Nadja Spiegelman

Was nie geschehen ist

atb aufbau taschenbuch

NADJA SPIEGELMAN, geboren 1987, wuchs in New York City auf und lebt heute in Paris und Brooklyn. Sie ist die Tochter des berühmten Comic-Autors und Pulitzer-Preisträgers Art Spiegelman und der Art-Direktorin des New Yorker, Françoise Mouly.

Als Kind glaubt Nadja Spiegelman, ihre Mutter sei eine Fee. Ein besonderer Zauber umgibt Françoise Mouly, die erfolgreiche Art-Direktorin des New Yorker. Erst Jahre später, als Nadja selbst allmählich zur Frau wird, bricht dieser Zauber. Immer häufiger trifft sie die plötzliche Wut der Mutter, ihre Zurückweisung, ihre Verschlossenheit. Nadja ahnt, dass sich in Françoises Ausbrüchen ihre eigene Familiengeschichte widerspiegelt, und beginnt, der Vergangenheit nachzuspüren. In langen Gesprächen mit ihrer Mutter und ihrer Großmutter stößt sie auf unsagbaren Schmerz und widerstreitende Erinnerungen, aber auch auf die Möglichkeit, im Erzählen einen neuen Blick auf die Vergangenheit zu finden. Ein poetisches, zutiefst ehrliches Memoir, das offenlegt, warum uns die, die wir am meisten lieben, häufig am stärksten verletzen.

NADJA SPIEGELMAN

WAS NIE GESCHEHEN IST

Aus dem Amerikanischen
von Sabine Kray

atb aufbau taschenbuch

Die Originalausgabe unter dem Titel
I'm Supposed to Protect You from All This
erschien 2016 bei Riverhead Books, New York.

Die Übersetzung des Gedichts »Howl« von Allen Ginsberg
stammt von Carl Weissner (Frankfurt am Main 2004).

FSC
www.fsc.org
MIX
Papier aus verantwortungsvollen Quellen
FSC® C083411

ISBN 978-3-7466-3621-4

Aufbau Taschenbuch ist eine Marke der Aufbau Verlag GmbH & Co. KG

2. Auflage 2020
Vollständige Taschenbuchausgabe

Die deutsche Erstausgabe erschien 2018 bei Aufbau,
einer Marke der Aufbau Verlag GmbH & Co. KG

Umschlaggestaltung zero-media.net, München
unter Verwendung eines Fotos von © Franck Arnaud
Satz LVD GmbH, Berlin
Druck und Binden CPI books GmbH, Leck, Germany
Printed in Germany

www.aufbau-verlag.de

Für meine Großmutter
und
meine Mutter

La mémoire ne nous servirait à rien
si elle fût rigoureusement fidèle.

Paul Valéry

KAPITEL EINS

Als Kind war ich überzeugt, meine Mutter sei eine Fee. Keine Fee mit durchscheinenden Flügeln und einem Zauberstab, sondern eine, die einen Pelz aus dem Secondhandladen und Tinte an den Fingern hatte. Es gab nichts, was sie nicht konnte. An den Wochenenden legte sie eine Schutzbrille an, packte eine Stichsäge und gestaltete ihre Schlafzimmerschränke neu. Sie schloss einen Schlauch an die Armatur in ihrem Badezimmer an, um mein Planschbecken auf dem Dach mit Wasser zu befüllen. Sie half mir, ein Modell des Regenwaldes zu bauen, und schnitzte mit ihrem Schablonenmesser sogar makellose kleine Paradiesvögel dafür.

»*Maman*«, fragte ich sie, als ich vier Jahre alt war, »wann werde ich eine Fee sein, so wie du?«

»Wenn du sechzehn wirst«, antwortete sie. Also beobachtete ich sie weiter und wartete.

Einmal, mitten in einem Gewitter auf einer Schnellstraße in Brasilien, fuhr meine Mutter plötzlich rechts ran. Ein verlassener, dunkler Strand lag vor uns. Enthusiastisch signalisierte sie meinem Bruder und mir auszusteigen. Wir krabbelten vom Rücksitz, wo wir es uns gemütlich gemacht hatten, und sprangen hinaus in den elektrisierten Regen. Wir folgten ihr, während mein Vater am Straßenrand stand und ihren Namen rief, doch seine Stimme war im tosenden Sturm kaum auszumachen. Wir zogen uns bis auf die Unterhose aus, dann reichte meine Mutter uns ihre Hand, eine für jedes Kind, und wir rannten direkt ins Wasser hinein. Die See packte uns, nur um uns sofort auf den Sand zurückzuwerfen. Wir kreischten vor Lachen. Wir rannten zurück. Aus dem Himmel brach ein Blitz und fiel ins Wasser. Die Wellen überragten meine Mutter um eine ganze Körperlänge.

Mein Vater, der noch immer beim Auto stand, war blass. Furcht und Ärger klangen aus seiner ruhigen Stimme. »Mein Gott, Françoise«, sagte er und schüttelte den Kopf. Nun waren wir zu spät, wie üblich. Meine Mutter lenkte den Wagen zurück auf die Schnellstraße und raste auf den tiefschwarzen Horizont zu. Obwohl wir in zwei Unfälle verwickelt gewesen waren, war mir lange nicht bewusst, dass meine Mutter eine leichtsinnige Fahrerin war; erst mit über zwanzig machten Freunde mich darauf aufmerksam. Jene Eigenschaften meiner Mutter, die sich ihrer Wahrnehmung entzogen, konnte auch ich nicht sehen. Von oben bis unten mit Sand und Salz bedeckt, schliefen wir auf dem Rücksitz ein, die Münder weit geöffnet, während unsere Haare sich beim Trocknen in wilde Locken kringelten.

Meine Mutter missachtete die meisten Gefahren. Sie tat sie als amerikanische Konstrukte ab, erfunden von jenen verhuschten Frauen, die auch ihr Gemüse wuschen. Sie war einfach sicher, dass nichts schiefgehen würde. »Also, dass man bei Gewitter nicht schwimmen soll, habe ich nun wirklich noch nie gehört«, sagte sie, als ich die Geschichte Jahre später erwähnte. Ihre Stimme kippte ein wenig, sie wurde abweisend. Sie mochte es nicht, wenn man über sie lachte.

Es gab auch noch andere Urlaube – wie etwa den, in dem meine Mutter uns, genervt von den anderen Müttern, aus der Ferienanlage entführte. Während die anderen sich beschwerten, dass es auf dem Frühstücksbuffet keinen Apfelsaft gab, ließ sie mich auf Feldwegen unseren Leihwagen fahren. Es war ein Jeep mit Gangschaltung, und meine Füße reichten kaum bis zu den Pedalen. Dann war da noch der Urlaub, in dem sie kein einziges Hotel im Voraus gebucht hatte. Stattdessen fuhr sie die Küste von Costa Rica entlang und kaufte alle seltsamen Früchte, die am Straßenrand feilgeboten wurden. Mein Vater begleitete uns nur selten. Einmal nahm meine Mutter im Wald eine Handvoll Erde, steckte sich ein wenig davon in den Mund und tat dann dasselbe bei uns. Sie erklärte, das stärke unser Immunsystem. Als Kinder waren wir häufig krank, danach sehr selten. Mein Bruder und ich lernten, dass einen stets die Angst in Gefahr brachte. Uns würde nichts zustoßen – diese Gewissheit unserer Mutter begleitete uns auf Schritt und Tritt, sie umgab uns wie ein Kraftfeld.

»Weißt du, wann ich mich endlich von meiner Mutter befreit gefühlt habe?«, fragte mich meine Mutter. Mehr als einmal hat sie diese Geschichte erzählt, sie war mehr eine Allegorie als eine Anekdote.

Ich war ein Baby. Sechs Monate alt. Sie hatte mich mit nach Frankreich genommen, um mich der Familie vorzustellen. Das waren die goldenen Jahre, an die ich mich niemals erinnern werde. Jene Jahre, in denen sie mich niemals ablegte. Sie trug einen weiten Mantel, darunter ein Tragetuch. Darin lag ich. Wir teilten einen Körper. Nachts wachte sie auf, bevor ich auch nur den Mund öffnen konnte, um zu schreien, und fütterte mich.

Doch als sie an jenem Abend das Haus ihrer Freunde betrat, sagte man ihr, sie solle mich während des Abendessens einfach im Schlafzimmer der Gastgeber lassen. Zögerlich befolgte sie den Rat. Als das Essen serviert und die zweite Runde Wein eingeschenkt wurde, fing ich an zu schreien. Meine Mutter sprang auf.

»Lass sie«, sagte die französische Freundin. »Der Lärm stört uns nicht.« Meine Mutter ging auf die Tür zu.

»Sie wird niemals lernen, mit dem Schreien aufzuhören, wenn du sie jedes Mal auf den Arm nimmst«, sagte die Freundin und schlug dabei jenen autoritären Ton an, den die Franzosen oft anschlagen, wenn sie jemandem einen weisen Rat geben: Du wirst dir eine Erkältung holen, wenn du mit nassen Haaren nach draußen gehst; Brot hat mehr Kalorien, wenn es nicht ganz durch ist; du wirst niemals einschlafen können, wenn du abends noch Ingwertee trinkst.

Meine Mutter zögerte, dann setzte sie sich wieder. Meine Schreie wurden lauter.

»Sie wird sich müde schreien«, erklärte eine andere Freundin. Doch meine Mutter hatte den Tisch bereits wieder verlassen, um mich auf den Arm zu nehmen. Während sie mich beruhigte, mich wiegte und eng an ihren Körper drückte, hörte sie Gesprächsfetzen aus dem anderen Zimmer, ein Chor der Missbilligung. »Nun, das Baby … Als mein Kind … Sie muss einfach … Es wird sie bloß ermuntern …«

So wäre das also, dachte meine Mutter, als ich mich, so an ihren Körper geschmiegt, langsam beruhigte. So wäre das also, wenn ich sie hier großziehen würde. Alles würde sich wiederholen.

Sie dachte an die hohen Decken ihres Lofts in Manhattan. Sie dachte an die Straßen, an das Gedränge von Chinatown, in dem wir unsichtbar waren, sie und ich. Und da begriff sie, dass sie frei war.

»Mir wurde klar, dass ich eine neue Definition von Mutterschaft entwickeln konnte«, sagte sie nun. »In Amerika war ich so weit weg von alldem. Ich hatte keinen Plan, keine Regeln. Also entwarf ich meinen eigenen Plan. Bis ins Detail. Ich hatte keine Ahnung, was ich da tat. Alles, was ich wusste, war, dass es anders sein würde.«

Jetzt, also jetzt, da ich ihre Vergangenheit kannte, sah ich beides. Ich sah, was meine Mutter alles getan hatte, um sich von ihrer eigenen Mutter zu unterscheiden. Und ich sah auch, wie die so lang verschwiegene Vergangenheit uns lenkte. Sie glich einer unsichtbaren Strömung im Ozean, sie definierte unseren Abstand, unsere Nähe zueinander, und sie verlief in einer solchen Tiefe, wir merkten kaum, dass nicht wir selbst den Kurs bestimmten.

Meine Mutter war achtzehn, als sie Paris verließ und nach New York floh. Schon immer hat meine Familie in jener Loftetage in SoHo gelebt, in die meine Mutter 1974, ihrem ersten Jahr in

Amerika, einzog. Ich versuchte mir den Ort so vorzustellen, wie ich ihn von alten Fotos kannte. Damals war es ein Durcheinander, voller Möbel, die sie von der Straße heraufgeholt hatte. Bücherregale und andere improvisierte Konstruktionen dienten als Raumtrenner. Kurz nach meiner Geburt baute meine Mutter echte Wände, Türen und Treppen. Die Zwischengeschosse erreichte man über Leitern, doch es gab auch Strickleitern, die ins Nichts führten, und Trapeze, die mit großer Sorgfalt an den tragenden Balken befestigt waren – so sah er aus, der Grundriss meiner Kindheit.

Zweimal im Jahr besuchten wir alle zusammen ihre Familie in Frankreich. Die geschiedenen Eltern, ihre zwei Schwestern und einen Cousin. Mehr Familie hatte ich nicht. Insgesamt neun Menschen, mich selbst eingeschlossen. Auf der Seite meines Vaters gab es niemanden mehr.

Meine Großmutter verbat es sich, *grand-mère* genannt zu werden, also nannten wir sie Josée, wie jeder andere auch (mal buchstabierte sie ihren Namen mit einem e am Ende, mal ohne, und wenn sie ihn aussprach, klang es wie Joe-Zay). Josée lebte auf einem Hausboot, das am Stadtrand von Paris festgemacht war, dort, wo die Seine einen Bogen macht und die nordwestliche Stadtgrenze erreicht. Sie hatte einen ehemaligen Frachtkahn gekauft und daraus ein luxuriöses Hausboot gemacht, das sie in ihrem eigenen, absolut einzigartigen Stil gestaltet hatte. Cremefarbene Teppiche, japanische Schiebetüren, in der Mitte ein Whirlpool – direkt unter einem achteckigen Oberlicht, das sich wie eine Blüte dem Himmel zuwandte. Ein Tisch erhob sich per Knopfdruck aus dem Boden. Gäste wurden angehalten, ihre Schuhe an der Tür auszuziehen oder Plastiküberzüge darüberzustülpen, falls sie sie anbehalten wollten.

Dieses Hausboot und mehrere andere, die sie zuvor renoviert und verkauft hatte, wurden in Magazinen vorgestellt. Ein ganzer Stapel dieser Magazine lag unter dem hängenden, rot lackierten Kamin. Die Wände des Gäste-WCs waren mit Bildern von ihren Reisen gepflastert: im Sari auf einem Elefanten, mit schwarz bemaltem Gesicht und in Leopardenfelle gehüllt, in Lederhosen und nichts weiter (zusammen mit einer Bescheinigung, dass »die Inhaberin dieses Dokumentes beim Mardi Gras im Jahr 1998 ihre Titten gezeigt hat«). Lange nachdem meine Großmutter eine schöne Frau gewesen war, war sie immer noch schön. Sie benahm und kleidete sich auf eine Art, die keinen Zweifel daran ließ. Sie umrandete ihre Augen mit blauem Eyeliner. Nie stellte sie mir Fragen über mein Leben.

Es gab immer einen Augenblick des Atemanhaltens, während meine Großmutter uns unsere Plätze am Tisch zuwies, ihre Entscheidungen waren so wohlüberlegt und zielgerichtet wie die der Queen. Diejenigen, die in ihrer Nähe saßen, standen hoch in ihrer Gunst, diejenigen, die weiter weg saßen, taten es nicht. Liebe war ein Nullsummenspiel. Weil meine Mutter selten kam, saß sie oft in ihrer Nähe. Ihre Schwestern, die am anderen Ende des Tisches Platz genommen hatten, gaben sich Mühe, sie nicht böse anzustarren.

Schon früh war mir klar, dass meine Tanten im Dunstkreis ihrer Eltern gefangen waren, wie Motten, die mit verkohlten Flügeln um eine Kerze kreisen. Warum ich das erkannte, wusste ich nicht. Sie waren Erwachsene und doch nicht erwachsen. Wenn sie ihrer Mutter Rede und Antwort standen, änderten sie ihre Tonlage auf die gleiche Art und Weise, wie ich es gegenüber meiner eigenen tat.

Andrée, die sechs Jahre jünger war als meine Mutter, war mir am nächsten. Sie hatte Motorradunfälle, bei denen sie sich die Knie brach, sie lebte in den übelsten Gegenden von Paris, und sie hatte wilde Liebesaffären. Sylvie, die anderthalb Jahre älter war als meine Mutter, sprang ständig auf, um Teller aufzutragen und abzuräumen, wobei sie sich laut seufzend als Märtyrerin der Familie aufspielte. Doch wenn sie mit den Kindern sprach – mit ihrem Sohn (unserem einzigen Cousin), mit meinem Bruder oder mir –, dann konnte sie auch lachen, und zwar laut, glucksend, wiehernd und unbefangen wie ein Kind.

Während dieser Besuche hielt ich mich an meine Mutter. Tief in mir wusste ich, dass ihre Familie gefährlich war, und sie hatte uns beigebracht, auf der Hut zu sein, genau wie beim Überqueren der Canal Street oder wenn es um Fastfood ging. Sie behandelte ihre Schwestern mit der gleichen höflichen Reserviertheit, die sie Frauen zuteilwerden ließ, denen sie nicht vertraute. Ihren Eltern gegenüber war sie ebenso überschwänglich freundlich und respektvoll, wie sie es gegenüber den Eltern anderer gewesen wäre. Ich verhielt mich genauso. In Paris war meine Stimme eine Oktave höher. Ich sagte kaum mehr als *merci, oui, merci, s'il te plaît, c'est délicieux, merci* und stellte mich auf die Zehenspitzen, um eine nicht enden wollende Reihe von Wangen zu küssen.

Als ich klein war, beobachtete ich, wie meine Mutter vor jeder Begegnung mit ihrer Familie Haltung annahm, sich vorbereitete – ich sah den strengen Blick, mit dem sie sich im Spiegel musterte, und den Lippenstift, den sie wie eine Rüstung auftrug. Der Großteil der Unterhaltungen am Tisch wurde in einer Sprache geführt, die ich nicht verstand, es gab einen Code, der mir unbekannt war, aber ich spürte, dass das Geplänkel voller Spitzen war, jedes Kompliment einen vergifteten Kern hatte. Ich hörte auch die Kommentare, die mich betrafen – die finsteren Bemerkungen zum Pony, den ich mir gerade erst hatte schneiden lassen. Ich bemerkte das wissende Nicken, das immer wieder die Runde machte, die Art, wie sie sich alle einig darüber waren, dass ein zweites Stück Kuchen das Allerletzte war, was ich brauchte. Ich fürchtete diese Abendessen, aber ich liebte die Fahrten im Taxi, zurück nach Hause. Dort, auf dem Rücksitz, fühlte ich mich plötzlich sicher und geborgen im Schoß meiner vierköpfigen Familie, die nun, da sie auf ihre ursprüngliche Größe zurückgeschrumpft war, besonders harmonisch wirkte.

Meine Mutter war ganz außer sich vor Erleichterung. »Das Beste, was ich je getan habe, war, dafür zu sorgen, dass sich zwischen denen und mir ein ganzer Ozean befindet«, sagte sie an diesen Abenden oft.

»Ich habe solches Glück, dass ich alldem entkommen bin«,

sagte sie bei anderen Gelegenheiten. »Ich hätte das schlicht nicht überlebt. Kannst du dir das vorstellen, also kannst du dir vorstellen, wie mein Leben dort ausgesehen hätte?« Aber ich konnte es mir nicht vorstellen. Obwohl die Vergangenheit ständig präsent war, konnte ich sie nicht lesen. Sie war in den Narben, die ich als kleines Kind mit dem Finger abfuhr, in den seltsamen Dingen, die meine Mutter in Rage brachten. Sie fand sich sogar in meinem Körper, als eine Wunde, eine Furcht, für die mir weder ein Name noch eine Erklärung einfallen wollte. Die Vergangenheit unterwanderte alles, sie war das Fundament, auf dem wir beide standen. Und dennoch, ebenso wie ihr französischer Akzent, der auch nach vierzig Jahren in Amerika noch zu hören war, entzog sich die Vergangenheit meiner Wahrnehmung, weil sie einfach zu präsent war.

Konnte meine Mutter denn überhaupt jemals ein Mädchen gewesen sein? Ich wusste, was es bedeutete, ein Kind zu sein, dass Gefühle einen einfach umhauen konnten mit ihrer Intensität und dass die Erwachsenen das nie zu verstehen schienen. Über die Kindheit meiner Mutter hingegen wusste ich fast nichts. Die meisten ihrer Narben stammten von Unfällen. Die vier- oder fünfmal gebrochene Nase. Die Stelle, wo ein scharfkantiger Metallzaun sich einmal komplett durch ihren Arm gebohrt hatte. Eine Wunde am Kopf, die sie sich an einer Kante im Flur der Familienwohnung zugezogen hatte. (»Ich wusste gar nicht, dass du ein rotes Kissen hast«, sagte ihre Großmutter Mina, als sie sie anschließend in ihrem Zimmer fand.) Das waren die lustigen Geschichten. Aber es gab noch andere Narben, an ihren Handgelenken, an verborgenen, weichen Stellen, Narben, die sie im Inneren ihres Körpers trug – über die sprach sie nie, und ich fragte nie nach ihnen.

»Nach der Scheidung kam mein Vater manchmal in mein Zimmer und …«, sagte meine Mutter einmal, dann fing sie sich. »Davon erzähle ich dir, wenn du älter bist.« Als ich ihr von den Schnitten an den Armen der Freundin, mit der ich zu Schulzeiten zusammen war, erzählte, sagte sie: »Weißt du, als ich in dem

Alter war …« Und dann, nach einem raschen Seufzer: »Davon erzähle ich dir, wenn du älter bist.« Ganz selten rutschte ihr etwas heraus, manchmal vergaß sie aber auch einen Augenblick lang, dass ich zuhörte. Ihr Vater war oft nackt durch den Flur geschlendert und hatte die jungen Haushälterinnen damit schrecklich in Verlegenheit gebracht. Einmal, an Weihnachten, hatte er ihr, rein prophylaktisch, den Blinddarm entfernt. Wenn ich sie aber ganz direkt nach ihrer Kindheit fragte, dann erzählte sie mir bloß die lustigen Geschichten, die unkomplizierten: die Geschichte zum Beispiel, als sie und ihre Schwester das Bett kaputt gemacht und das Missgeschick dann auf ihre dicke Großmutter geschoben hatten, oder die Geschichte, als meine Mutter Sylvie das Haar abgeschnitten hatte, während diese schlief. Ich sah bloß die ausgefransten Ränder der Löcher in den Geschichten, spürte lediglich die Nachbeben der Explosionen. »Davon erzähle ich dir, wenn du älter bist«, sagte sie jedes Mal, wenn ich versuchte, mehr aus ihr herauszukriegen, denn sie wusste, dass nur eine von uns ein Mädchen sein konnte. Und nur eine von uns eine Frau.

Als Kind erfand ich meine eigenen Zauber-Rituale. Ich drehte meine Puppen dreimal im Kreis, spuckte auf Teddybären, legte Draht unter mein Kissen und lebte in Angst vor einer verblichenen pinken Feenpuppe, von der ich glaubte, dass sie nicht nur mein Schicksal, sondern auch das der anderen Spielsachen bestimmte. Die echte Welt wurde von einer leuchtenden zweiten Welt überlagert, die aus Gesten und Symbolen bestand. Viel länger als alle meine Freunde glaubte ich an ein magisches Reich. Ich wollte nicht erwachsen werden. Meine Klamotten waren mir egal. Das, was sich da am anderen Ende der Kindheit befand – ein Körper, der sich unangenehm bemerkbar zu machen begann, die wachsende Wut meiner Mutter –, das alles schien mir nicht sehr erstrebenswert. Ich wollte mich dieser Welt und all ihrer Bedrohlichkeit entziehen, wollte mich hineinfallen lassen in diese andere, die leuchtende Welt.

Ich glaubte viele Dinge, ohne sie je zu hinterfragen. Ich

glaubte, dass meine Mutter meine Gedanken lesen konnte, es aber bewusst nicht tat, und dass es sich bei den winzigen roten Insekten, die im Kunstrasen auf unserem Dach lebten und so gemein auf der Haut brannten, um böse Omen handelte. Ich besaß die Fähigkeit, den Unterhaltungen von Menschen zu lauschen, denen ich in meinem ganzen Leben noch nicht begegnet war. Glasklar schwebten ihre trivialen Aussagen durch mein Bewusstsein, während ich mir morgens die Haare kämmte – *Ich habe dir doch gesagt, dass es ganz hinten ist.* Eine aufrecht stehende Plastikflasche, die mir auf dem Gehweg begegnete, leuchtete symbolträchtig, als handelte es sich um eine verschlüsselte Botschaft, deren Inhalt ich irgendwie erahnen konnte. Ich weigerte mich, die wahllose Unordnung dieser Welt zu akzeptieren. Es fehlte eine Geschichte, ein Sinn in all dem Chaos. Diesen Sinn holte ich mir durch die Magie.

Am Morgen meines sechzehnten Geburtstags starrte ich, von tiefster Enttäuschung erfüllt, in den Spiegel gegenüber vom Esstisch. Mir war nicht wirklich bewusst gewesen, dass ich noch immer darauf gehofft hatte, eine Fee zu werden, aber so war es. Meine Mutter betrat den Raum in jenem ausgeblichenen rosa Nachthemd, das schon ihrer Großmutter gehört hatte, und für einen Augenblick sah ich sie mit anderen Augen, so wie man Menschen, die man sein Leben lang kennt, eigentlich nicht sehen kann. Sie hatte violette Augenringe, ihre olivfarbene Haut wurde langsam dünn, weich und faltig, und ihr Haaransatz war schon seit Jahren grau. Und dennoch wusste ich, ja ich war mir noch immer sicher, dass sie eine Fee war. Ich wusste es, weil die richtigen Worte von ihr mich unverwundbar machen konnten. Ich wusste es, weil jeder einzelne erste Kuss meines Lebens nach drei Sekunden von ihrem Anruf unterbrochen wurde. Ich erkannte es an der Art, wie sie mich an diesem Morgen nur kurz ansah und mich dann fragte, ob ich fliegen könne.

Als ich sechs und mein Bruder anderthalb Jahre alt waren, wurde meine Mutter Art-Direktorin beim *New Yorker.* Es war der erste

Job, für den sie sich schick anziehen musste. Von da an stellte sie Babysitterinnen für uns ein, ehrgeizige junge Frauen, die Französisch sprachen und nach kurzer Zeit wieder fortgingen. An ihre Namen kann ich mich heute kaum noch erinnern. Meine Mutter stand jeden Morgen um zwanzig nach sechs auf, um uns zur Schule zu fahren. Sie raste den Franklin D. Roosevelt Drive entlang, bis sie die Dreiundzwanzigste Straße erreichte. Dann brachte sie den Wagen zurück nach SoHo, bevor sie in ihr Büro ging, das hoch oben über dem Times Square lag. Zum Abendessen war sie stets zu Hause, selbst wenn das bedeutete, dass die Babysitterin kochen musste oder wir erst lange nach Sonnenuntergang aßen.

Wenn ich krank war oder schulfrei hatte, nahm meine Mutter mich mit zur Arbeit. Ich saß auf der Couch in ihrem großen Büro und sah zu, wie die Künstler mit Coverentwürfen hereinkamen. Sie bearbeitete die Bilder mit ihrem roten Stift, kletterte auf einen Stuhl – ihre Haltung war immer perfekt, trotz ihrer kurzen Röcke und der hohen Schuhe – und pinnte die Entwürfe an die Wand. Sie gab Andrucke in Auftrag, rannte runter in die Druckerei, überprüfte die Farbtöne und brachte den Korrektoren (die alles erschreckend genau und jedes Bild wörtlich nahmen) bei, dass Hasen durchaus pink sein konnten, solange Ostern war. Manchmal gab sie mir eine Schere, und ich bastelte extravagante Schneeflocken aus ihrem Schmierpapier, wobei ich versuchte, ihre niemals nachlassende Geschäftigkeit zu imitieren. Meine Werke verteilte ich auf der ganzen Etage, rannte von Büro zu Büro und zweifelte nie an der Dankbarkeit der Beschenkten. Wenn ich mit meiner Mutter zusammen war, fühlte ich mich unverwundbar.

Wenn meine Mutter uns aber morgens in die Schule brachte, dann lag eine andere Energie in der Luft. Frustriert schlug sie auf das Lenkrad, und ihre französischen Stoßseufzer, ihre *Arghs* und *Pffs* hingen in der Luft wie die Soundeffekte eines Comics, so dicht, dass für eigentliche Sprache kein Platz mehr blieb. Und trotzdem bestand sie darauf, uns zu fahren. Sie wollte nicht, dass wir allein zur Schule gingen, wie sie selbst es als Kind hatte tun müssen. Nachdem ich ihre ganze Geschichte erfahren hatte, erschien es mir regelrecht seltsam, dass sie sich allein diesen Teil ihrer Kindheit zu hassen gestattete.

Ich versuchte, sie mir als Jugendliche vorzustellen, aber ich sah sie immer nur so, wie ich sie kannte. Nie hatte ich auch nur ein einziges Foto von ihr gesehen, auf dem sie zwischen acht und achtzehn gewesen wäre. Soweit ich wusste, waren auch nie welche gemacht worden. Sie hatte mir erzählt, dass sie als Kind Kaffee getrunken hatte. Ich versuchte mir vorzustellen, wie sie diesen Kaffee zubereitet hatte, im grauen Licht eines Pariser Morgen, leise und gewissenhaft, während der Rest der Familie noch schlief. Auf der Suche nach einer Verbindung zu dem unbekannten Kind, das meine Mutter für mich war, bettelte ich jahrelang darum, auch Kaffee trinken zu dürfen.

Außerhalb unserer Wohnung war der Name meiner Mutter fast immer an den meines Vaters geknüpft. »Auch sie selbst ist eine beeindruckende Frau«, hieß es in den Zeitungsartikeln. *Maus*, der Comic meines Vaters, in dem er die Erfahrungen seiner Eltern in Auschwitz und weiteren Konzentrationslagern verarbeitet hatte, gewann den Pulitzer-Preis, als ich fünf war. Im Licht dieses Preises erschien er der Welt überlebensgroß, so groß, dass sogar er selbst hin und wieder damit zu kämpfen hatte. Bei uns zu Hause war jedoch meine Mutter diejenige, die den längeren Schatten warf.

»Françoise kümmert sich um das echte Leben, ich kümmere mich um alles andere«, sagte mein Vater oft im Scherz. Und obwohl es stimmte, dass meine Mutter sich um die Finanzen kümmerte, obwohl sie klempnerte, zimmerte und unsere Ausbildung und unsere Ferien organisierte, während mein Vater manchmal wochenlang in seinem Atelier verschwand, sah ich sie immer zusammenzucken, wenn er das sagte. Sie fasste es nicht als Kompliment auf.

»Meine Freundinnen und ich sprechen oft darüber, wie sehr wir dich hassen«, sagte eine Freundin meiner Mutter einmal zu ihr. »Du bist Französin, du hast den besten Job in New York, du hast einen erfolgreichen Mann geheiratet, du bist schön, du bist dünn, du hast zwei wunderbare Kinder. Es ist einfach nicht fair. Du bist perfekt.«

Meine Mutter war nicht perfekt. Meine Mutter war heftig. Dinge geschahen nicht, weil sie möglich waren, sie geschahen, weil sie entschieden hatte, dass sie geschehen würden. Einmal gelang es ihr, eine Couch durch einen Türrahmen zu quetschen, der mehrere Zentimeter zu schmal war, indem sie all ihre Kraft aufwendete und unentwegt wiederholte: »Rein mit dir, Couch!« Aber wer schon einmal ein Märchen gelesen hat, weiß, dass Zauberformeln immer ihren Preis haben. Die Magie speiste sich aus verborgenen Quellen. Mein Bruder bezeichnete ihre Willensanstrengungen als »Feuerball-Strategie«. Sie war in der Lage, das gesamte Universum in Flammen aufgehen zu lassen, aber der Brennstoff war sie selbst. Irgendwo in ihr drin war verbrannte Erde.

Eines Nachmittags, ich war acht, packte meine Mutter mich grob an den Handgelenken, als ich von der Küche zurück in mein Zimmer schlenderte. Sie war fuchsteufelswild. Verblüfft starrte ich sie an.

»Du kannst nicht nackt herumlaufen, wenn die Klempner hier sind!«, sagte sie. Die Badezimmertür war noch geöffnet, und die Männer, die da arbeiteten, konnten uns hören, obwohl sie natürlich kein Französisch sprachen. Als Kind war ich oft nackt. Noch nie war ich dafür zurechtgewiesen worden. Jetzt überkam mich eine glühende Scham. »Es gehört sich nicht!«, sagte sie, und in ihren Augen konnte ich lesen, wie schockiert sie war, dass ich das bis zu diesem Tag noch nicht verstanden hatte. Ich verstand es in jenem Moment. Alles.

Der Körper einer Frau war eine Privatsache. Mein Körper war eine Privatsache. Mein Körper war der Körper einer Frau. Meine Mutter war eine Frau. Meine Mutter war eine Privatsache. Es gab Gefahren. Es gab Geheimnisse. Es gab etwas, das es zu schützen galt.

Ich hatte geglaubt, dass meine Scham mir diese Erinnerung so tief eingebrannt hatte. Dass nur ich mich immer noch daran erinnern konnte. Aber als ich zwanzig Jahre später davon anfing, nickte meine Mutter wissend. Mir wurde ganz anders. Es gab so wenige Erinnerungen, die wir tatsächlich teilten.

»Ja, da waren diese großen Kerle im Haus. Sie waren Fremde, und du …«, sagte sie. »In dem Moment wurde mir klar, dass etwas nicht stimmte. Was dir fehlte, war … Schamgefühl.« Wieder brannte die Scham in mir.

Meine Mutter war ein extrem privater Mensch. Sie tratschte nicht, und nie hätte sie ein Geheimnis verraten. Es fiel ihr auch schwer, anderen Menschen solche Verfehlungen zu verzeihen. Sie wühlte nicht in meinen Schubladen, las nie mein Tagebuch. Und ich kam nie auf den Gedanken, dass sie so etwas tun könnte. Niemals fragte sie meine Freunde aus, sie versuchte nicht einmal, ihre Namen zu behalten. Ihr Ton war herablassend, wenn sie von amerikanischen Müttern sprach, die sich mit ihren Kindern gemeinmachten. Zwischen uns gab es klare Grenzen: die Eltern auf den Vordersitzen, die Kinder hinten. Sie schöpfte ihre Kraft aus diesen Grenzen. Ich hingegen versuchte, sie einzureißen. Ich erzählte ihr zu viel von mir, von meinen Schwärmereien oder meinen lächerlichen Streitereien mit Freunden. Ich erzählte ihr all die Dinge, nach denen sie mich nie gefragt hätte.

Im Gegenzug erwartete sie aber, dass ich auch *ihre* Privatsphäre respektierte, das wusste ich. Doch je älter ich wurde, umso schwieriger wurde das. Wenn sie nicht zu Hause war, verbrachte ich ganze Stunden in ihrem begehbaren Kleiderschrank, berührte ihre Kleider und wühlte in ihren Kisten. Ich fand ihr altes Diaphragma, die Liebesbriefe meines Vaters, ihre Dessous. Schuld empfand ich bloß darüber, wie schuldig ich mich fühlte. Erst als ich die Papiere auf ihrem Schreibtisch durchgegangen war, ewig alte Briefe, hörte ich auf, denn die Fragen, die sie aufwarfen, die ich aber niemals laut hätte stellen dürfen, hielten mich wach.

Als ich in die Pubertät kam und mein Körper sich veränderte, entwickelte sich eine gefährliche Spannung zwischen uns. Meine Mutter warf morgens mit Inlineskates nach mir und bestand darauf, dass ich den Weg zur Schule allein bewältigte. Ich sollte mich bewegen, während sie meinen Bruder und seine Freunde mit dem Auto hinbrachte. Unter der Woche hütete ich mich davor, auf der Couch zu sitzen, wenn sie abends nach Hause kam. Ich kramte meine Bücher und Comics zusammen und ging in mein Zimmer. Intuitiv wusste ich, dass es sie wütend machte, mich still dasitzen zu sehen, ich wusste es auf jene Art, auf die man Dinge weiß, die kaum mit Worten zu greifen sind. Ich lauschte auf ihr *»Bonsoir!«*, das sie wie einen Warnschuss von der Tür aus abgab. Es war nur eine Frage von Sekunden, bevor die Wände meines Zimmers unter dem Klang meines Namens erzittern würden. *»NAADJAAAAAAAAA!!!«* Zwei kehlige Laute der Verärgerung. Obwohl ich darauf vorbereitet war, zuckte ich jedes Mal zusammen. Mein Herz raste. »Kannst du mir wenigstens dabei helfen, den Tisch zu decken?«, sagte sie, wenn ich im Türrahmen der Küche auftauchte, Tränen der Erschöpfung in ihren Augen. Und wenn der Tisch bereits gedeckt, das Abendessen bereits vorbereitet war, dann entzündete sich ihre Wut an einer Socke, die ich im Bad hatte liegen lassen, Schuhen im Flur oder an irgendetwas anderem, was ich getan oder nicht getan hatte. Manchmal streifte ich durch die Wohnung, bevor sie nach Hause kam, versuchte zu erraten, woran sie sich reiben würde, und korrigierte den Fehler. Doch die Muster waren offensichtlich tief verankert, unausweichlich. Ich spürte, dass es nicht die Socke oder das Paar Schuhe war, nicht das Haus, sondern mein Körper, der sich weigerte, ihren Erwartungen zu entsprechen.

Fernsehen war bei uns verboten (unser Gerät spielte nur VHS-Kassetten), also flüchtete ich mich in Bücher. Ich las in der Badewanne, im Auto, im Gehen auf der Straße, in einer Ecke, wenn meine Eltern eine Dinnerparty veranstalteten. Meistens las ich Bücher über ganz normale Mädchen in ganz normalen

Welten, die plötzlich entdeckten, dass sie über magische Fähigkeiten verfügten. Es gab ein Buch, das ich immer wieder las und auf dem obersten Regalbrett versteckte. *Don't Hurt Laurie!* war ein schmales pinkfarbenes Buch mit übergroßer Schrift. Es handelte von einem Mädchen, das misshandelt wird. Die Wut ihrer Mutter war rasend und unvorhersehbar. Den Schwestern im Krankenhaus erklärte sie, Laurie sei die Treppe heruntergefallen. Ich wusste, dass meine Mutter mir niemals wehtun würde. Jeden Abend gab sie mir einen Kuss und lobte die Geschichten, die ich schrieb. Und trotzdem erkannte ich etwas Vertrautes in Lauries Mutter, nämlich die Ausbrüche, die das Haus zum Wanken brachten und ebenso schnell vorüber waren, wie sie gekommen waren. Und ich beneidete Laurie. Ich beneidete sie um die blauen Flecken und die verbundenen Handgelenke. Ich beneidete sie, weil sie eindeutige Beweise dafür hatte, dass tatsächlich etwas geschehen war.

In meiner Jugend drohte die Realität meiner Mutter meine eigene auszulöschen. Hier und da gab es mal einen Abend ohne jeden Vorfall, doch schon am nächsten rief sie mich in die Küche. Bebend vor Wut, warf sie mir dann vor, eine zweite Milchtüte geöffnet zu haben. Dass die erste verdorben gewesen war, tat nichts zur Sache. Auch, dass ich es gar nicht gewesen war, zählte nicht. Wenn meine Mutter wütend war, dann fraß die Wut sie auf. Ihre graugrünen Augen wurden schwarz und toxisch. »Entschuldige dich einfach«, sagte sie dann. Und doch war ich nicht in der Lage, mich für Dinge zu entschuldigen, die ich nicht getan hatte, auch wenn es sich bloß um Kleinigkeiten handelte. Ich konnte nicht zugeben, alle Löffel weggeworfen, die Papiere verlegt oder den Senf versteckt zu haben. Mir war klar, dass ich mich vollkommen verlieren würde, wenn ich nachgab. Lieber ging ich in mein Zimmer und heulte, so laut ich konnte, in der Hoffnung, dass sie die Intensität meines Schmerzes begreifen würde. Ich hoffte, sie würde verstehen, dass mir Unrecht geschehen, ja dass ich unschuldig war. Aber mein Zimmer, das ehemalige Arbeitszimmer meines Vaters, war schallisoliert, und meine Mutter, die sich auf der anderen Seite des Lofts befand, konnte mich nicht hören.

Schon kurze Zeit später war es, als hätten diese Auseinandersetzungen nie stattgefunden. »Du übertreibst, Nadja«, sagte sie dann eine Woche später. »Wie hätte ich dich denn bitte die Treppe *rauf*-schubsen sollen?« Verunsichert fragte ich mich dann, ob sie vielleicht recht hatte. In den Tagebüchern, die ich hin und wieder führte, entwickelte ich einen Code – ein großes, fett umrandetes R auf jeder Seite, auf der ich solche Auseinandersetzungen beschrieb. Eine Erinnerung daran, dass diese Ereignisse tatsächlich REAL waren. Oft war es dennoch einfacher, einen Schleier über die Vergangenheit zu legen.

Die meisten Familien erzählen sich ihre Geschichten immer wieder, sie schaffen Legenden, um einander näherzukommen: jener Tag, an dem *sie* das Spielbrett umgeschmissen hat, der Tag, an dem *er* dem Hund die Haare geschnitten hat. Wir taten das nicht. Anstelle von Anekdoten hatten wir ganze Kapitel. Meine Mutter dampfte ganze Landstriche unserer gemeinsamen Vergangenheit ein und verwandelte sie in ein scharfes Werkzeug, mit dem sie die Gegenwart sezierte. Das Schwelgen in Erinnerungen führte zu erbitterten Streitereien. Erinnerungen, die denen meiner Mutter widersprachen, wurden in ihre Einzelteile zerlegt. Dieser oder jener Babysitter hatte während des Sommers nicht für uns gearbeitet. Wir waren seit 1999 nicht mehr in diese Hütte gefahren. Ich spürte, wie ich mich an meiner Version der Realität festzuhalten begann, als ob ein essenzieller Teil meiner selbst sonst verschwinden würde. Doch wenn Beweise auftauchten – eine Quittung von einem Restaurant, eine Landkarte, ein Tagebucheintrag –, dann wechselte meine Mutter einfach das Thema. Wie viele Pärchen konnten meine Mutter und mein Vater keine einzige Geschichte über ihre gemeinsame Vergangenheit erzählen, ohne sich darüber zu streiten, an welcher Straßenecke sie dabei gestanden hatten. Einmal, während eines Abendessens mit den Schriftstellern Siri Hustvedt und Paul

Auster, bei dem alle ganz besonders betrunken waren, versuchte Siri einen solchen Streit zu schlichten, indem sie eine eigene Anekdote zum Besten gab.

»Eines Morgens, wir waren auf dem Land, sahen meine Tochter und ich durchs Fenster einen Vogel – einen majestätischen Fischreiher. Paul schlief noch, und ich hielt sie im Arm, während wir schweigend den Vogel beobachteten«, sagte Siri. »Später hörte ich Paul diese Geschichte bei einer Party erzählen – bloß, dass dieses Mal er selbst derjenige war, der den Fischreiher gesehen hatte. Er hatte Sophie im Arm gehalten. Ich war überhaupt nicht dabei gewesen! Denn natürlich hatten wir ihm davon erzählt.«

»Ich war wirklich überzeugt, ihn selbst gesehen zu haben«, sagte Paul mit einem rauen Lachen und wischte mit dem Zigarillo in seiner Hand durch die Luft.

Mit ernstem Blick beugte Siri sich nach vorn. »Und das glaube ich ihm«, sagte sie. »Im Grunde ist es auch egal, denn wichtig ist nur, dass der Reiher gesehen wurde.«

Ich nahm mir noch etwas von dem mittlerweile lauwarmen Essen, das der chinesische Lieferdienst gebracht hatte, dabei war ich eigentlich nicht mehr hungrig. Außer mir aß nur noch meine Mutter. Sie aß nie, und wenn sie es tat, dann schlang sie wie ein Wolf. Ich steckte das Essen in meinen Mund, ohne es zu schmecken. *Der Reiher wurde gesehen.* Was für eine herrliche Art, Frieden mit der Vergangenheit zu schließen.

»Mein Gedächtnis ist so schlecht«, sagte meine Mutter damals. Sie klang angetrunken, was mich überraschte. Sie trank jeden Abend Wein, aber sie war selten betrunken. »Alle meine Erinnerungen …«, fuhr sie verdrossen fort, »alle meine Erinnerungen beinhalten meine Kinder, selbst jene, die sich auf die Jahre vor ihnen beziehen.«

»Also hat dein Leben vor dreiundzwanzig Jahren angefangen«, sagte Paul. So alt war ich zu diesem Zeitpunkt.

»Ich denke schon«, sagte meine Mutter.

»Aber das ist doch sehr schön«, sagte Siri.

»Ist es das?«, fragte meine Mutter. »Es fühlt sich ein bisschen traurig an.«

Ich glaube trotzdem nicht, dass meine Mutter meinte, dass ihre Erinnerungen erst mit meiner Geburt einsetzten. Ich glaube, sie meinte genau das, was sie sagte: dass wir in all ihren Erinnerungen eine Rolle spielten, obwohl das unmöglich war. Die Geschichten waren ein Ausdruck ihrer Macht. Die Vergangenheit formte die Gegenwart, doch ebenso konnte die Gegenwart die Vergangenheit verändern.

Unsere Beziehung veränderte sich abrupt, als ich wegzog, um das College zu besuchen. Es war, als hätte meine Mutter ihr Leben damit verbracht, mich zu formen. Jetzt trat sie plötzlich einen Schritt zurück, ganz so, als wäre ich nun fertig und dabei vollkommen nach ihrem Geschmack. Die Abwesenheit der Wut machte mir ebenso viel Angst, wie die Wut selbst es getan hatte. Ich fühlte mich ganz und gar nicht fertig. In dem Jahr, als ich das Haus verließ, nahm meine Mutter einen weiteren Vollzeitjob an. Sie gründete einen eigenen Kinderbuchverlag, dessen Geschäftsräume sich im Erdgeschoss unseres Hauses befanden. Sie wusste, dass auch mein Bruder das Haus verlassen würde – vier Jahre, das war nicht mehr lange hin –, und sie tat alles, damit sich ihr Leben ohne uns nicht leer anfühlen würde. Ich erlebte meine Freiheit als einen Sturz ins Bodenlose. Zwei Jahre gingen ins Land, bevor ich aufhörte, in meinem viel zu leisen Studentenzimmer plötzlich aufzuspringen, weil ich mir wieder einmal eingebildet hatte, sie hätte meinen Namen gebrüllt.

In meinem zweiten Jahr am College zog ich aus dem Studentenwohnheim aus und suchte mir eine unmöblierte Wohnung. Das Semester hatte noch nicht angefangen, und die anderen fuhren mit ihren Kindern im Geländewagen zu Ikea. Panisch rief ich meine Mutter an.

»Was mache ich? Ich weiß nicht einmal, womit ich anfangen soll!«, sagte ich.

»Du kriegst das schon hin, Nadja«, sagte sie. Sie war beschäftigt, sie hatte Deadlines, sie hatte gerade einen Künstler in ihrem Büro sitzen. »Es ist nicht so schwierig. So viel brauchst du gar nicht.«

»Aber wo werde ich heute Abend schlafen? Wie kauft man überhaupt eine Matratze?«, fragte ich.

»Ich weiß nicht«, sagte sie. »Leih dir eine Luftmatratze. Schlaf ein paar Nächte auf dem Boden. Ich muss jetzt auflegen.« Am Ende stand ich bei einer Freundin vor der Tür, hysterisch und in Krokodilstränen aufgelöst. Am nächsten Wochenende kam meine Mutter vorbei. Sie war unterwegs aufs Land. Auf das Dach ihres Wagens hatte sie ein Schlafsofa gebunden. Innerhalb von zwei Stunden hatte sie meine Wohnung komplett eingerichtet.

Während andere zynische Witze darüber machten, dass sie ihren Müttern ähnlich werden könnten, wünschte ich mir nichts sehnlicher. Es war mir unbegreiflich, wie es ihr gelungen war, sich selbst zu finden.

An einem Wintertag, kurz vor meinem letzten Semester am College aßen meine Mutter und ich in einem Sushi-Restaurant in Paris. Mein bevorstehender Abschluss machte mich nervös, ich war unsicher, was ich als Nächstes tun, wer ich sein würde. Meine Mutter begegnete allen meinen Sorgen mit einer unerschütterlichen Zuversicht. In diesem Moment wollte ich aber nichts anderes als Mitgefühl.

»Ist ja klar, dass du das nicht verstehst«, sagte ich resigniert. »Du hast schließlich schon immer gewusst, wer du bist.«

Meine Mutter schüttelte den Kopf. Und dann erzählte sie mir von einer anderen Zeit, einer Zeit vor meiner Zeit. Ich kramte nach meiner Digitalkamera, weil ich hoffte, mit der Videofunktion ihre Stimme aufzeichnen zu können. Kein Wort wollte ich mir entgehen lassen.

»Ich glaube«, sagte ich einige Wochen später, nicht ganz sicher, wie ich das Thema anschneiden sollte, »dass ich gern über dich schreiben würde. Also darüber, wie du erwachsen geworden bist.«

»Das schmeichelt mir, aber … bist du dir sicher?« In ihrem Blick lag eine Trauer, die ich nicht ganz einordnen konnte. Sie wich meinem Blick aus. Ich sagte, ich sei bereit. Ich wollte, dass sie das glaubte. Ich wollte nicht länger beschützt werden.

Meine Mutter ließ sich nicht sofort darauf ein. Sie dachte sorgfältig darüber nach. Und nachdem sie sich einmal entschieden hatte, hielt sie nichts zurück. Die Mauern zwischen uns fielen mit einem einzigen plötzlichen Ruck in sich zusammen. Sie gewährte mir Einlass. Es gab nichts, was ich nicht hätte fragen können. Sie antwortete mit einer tiefgreifenden Ehrlichkeit, die selbst in der Welt der eigenen Gedanken selten vorkommt. Sie schaffte Platz für mich in ihrem vollgepackten Leben. Wir redeten an unserem Küchentisch, in ihrem Büro im Erdgeschoss, auf dem Sofa. Wir redeten, bis das Licht des frühen Morgens durch das Dachfenster strömte und die Autos auf der Canal Street wieder zu hupen begannen. Wir fuhren gemeinsam weg, nur wir beide, in eine Hütte auf dem Land, und redeten tagelang. Ich machte meinen Abschluss, ich zog wieder bei meinen Eltern ein, ich zog wieder aus, ich nahm meinen ersten Job an und dann den zweiten. Jahrelang redeten wir.

Am Anfang fühlte meine Mutter mir ziemlich auf den Zahn. »Du weißt schon, dass das, was wir hier machen, große Ähnlichkeit mit *Maus* hat. Also mit dem, was dein Vater gemacht hat, als er seinen Vater interviewt hat.«

»Natürlich«, antwortete ich. Ich war überrascht, dass sie geglaubt hatte, mir könnte das entgangen sein. »Natürlich hat es damit zu tun. Ich möchte schreiben, und das kann ich erst, wenn ich mich mit dem auseinandersetze, was er getan hat. Ich tue etwas Ähnliches, aber gleichzeitig ist es auch etwas ganz Anderes. Außerdem tue ich, glaube ich, genau das, was er nie tun konnte.« Die Mutter meines Vaters hatte sich das Leben genommen, als er zwanzig gewesen war. Sein Vater hatte ihre Tagebücher verbrannt.

»Das war der Moment«, sagte meine Mutter mir später, »in dem ich wusste, dass ich dir vertrauen konnte. Ich vertraute deiner Einschätzung, dass du bereit warst.«

Zunächst verwendete ich meinen Laptop für die Aufnahme, sah die Welle auf dem Bildschirm hoch- und runterschnellen, während sie sprach. Dann kamen neue Technologien, und ich begann, mein iPhone zu benutzen. Ich mochte mich nicht auf mein Gedächtnis verlassen. Viele der Geschichten waren so heftig, dass ich noch beim Aufwachen am nächsten Tag ganz desorientiert war, anstelle unserer Unterhaltung nur diffuses Schwarz in meinem Kopf.

Meine Mutter und ich sprachen miteinander Französisch, eine Sprache, die mir mit ihr so selbstverständlich vorkam, dass ich meinen Sprachwechsel nur bemerkte, wenn ich in Anwesenheit meiner Freunde mit ihr telefonierte. Als ich drei war, hatte sie mich dazu bewegen wollen, mit den Kindern auf dem Spielplatz im Jardin du Luxembourg zu spielen. *»Mais maman«*, hatte ich geantwortet und mich unter ihrem langen Mantel versteckt, *»je ne parle pas français!«* Ich brauchte Jahre, um zu begreifen, dass auch andere diese private Sprache, die ich mit meiner Mutter sprach, verstehen konnten. Doch obwohl ich Französisch sprach, hatte ich nie gelernt, es korrekt zu schreiben. Also transkribierte ich unsere Interviews auf Englisch. Ich übersetzte, noch während ich tippte. Die Worte meiner Mutter schwappten in ihrer Sprache durch meinen Kopf, nur um dann in meiner eigenen aus meinen Fingern wieder hervorzutreten. Ihre Erinnerungen wurden meine eigenen. Eines Abends erzählte sie mir, dass es niemanden gab, mit dem sie so reden konnte wie mit mir. Nicht mit meinem Vater. Nicht mit ihren Freunden. Zu diesem Zeitpunkt konnte sie jeden Moment ihres Lebens mit einer bloßen Geste der Hand heraufbeschwören. Manchmal hatte ich das Gefühl, ihre Vergangenheit so genau zu kennen, dass ich ihre Gedanken lesen konnte.

»Aber du«, sagte sie, »du bist mir so nah. So nah, wie du mir als Baby warst. Ich mache mir keine Sorgen … ich kann mir keine Sorgen darüber machen, was du von mir denkst. Du bist ein Teil von mir.«

Für sie lösten diese Geschichten die Grenzen zwischen uns

auf, ließen uns miteinander verschmelzen. Ich war das Kind, das sie nie losgelassen hatte, dessen Schreie sie gehört, bevor es auch nur den Mund geöffnet hatte. Für mich hingegen schafften diese Geschichten jene Distanz, die ich brauchte, um sie als eigenständige Person zu erkennen. »Das erzähle ich dir, wenn du älter bist«, hatte sie immer gesagt. Nun war ich alt genug. Es würde noch lange dauern, bis ich die Trauer in ihrem Blick begreifen sollte, die ich gesehen hatte, als ich sie zum ersten Mal gefragt hatte, ob ich ihre Geschichte aufschreiben dürfe.

KAPITEL ZWEI

Als Kind war meine Mutter ein Junge. Ihr Vater brachte sie zu seinem Friseur, der ihre Haare genauso kurz schnitt wie seine. Ihre Mutter kleidete sie ganz in Blau – Polo-Shirts und kurze Hosen. Meistens machte das Françoise nichts aus. Sie war schlank und athletisch, sie kletterte über Zäune und sprang von Klettergerüsten.

Sylvie, die ältere Schwester meiner Mutter, war vierzehn Monate alt, als Françoise geboren wurde. Zu diesem Zeitpunkt wurde sie noch immer gestillt und konnte kaum laufen. Josée hatte geglaubt, sie könne nicht schwanger werden, solange ihre Brüste noch voller Milch waren; so schnell hatte sie kein zweites Kind gewollt. Noch bevor sie wusste, dass sie erneut schwanger war, reiste sie nach Ägypten. Dort ritt sie in der Wüste auf Kamelen. Meine Mutter jedoch war stur, schon damals. Sie hatte sich eingenistet, sie hielt sich fest.

Eine zweite Tochter. Ihr Vater verließ das Krankenhaus in Paris nur wenige Augenblicke nach ihrer Geburt, sein Gesicht eine solche Fratze der Verzweiflung, dass die Krankenschwester zurück ins Zimmer kam, um sicherzugehen, dass das Kind noch lebte. Einige Tage lang verschwand er in ein Casino am Stadtrand, dann kam er zurück – gerade noch rechtzeitig, um die Geburt des Kindes offiziell zu melden.

Er bestand darauf, sie Françoise zu nennen. Es war der Name seiner Großmutter, gewöhnlich und bodenständig. Josée hatte vorgehabt, sie Catherine zu nennen. Doch dieses Kind war seines. Die Fronten von Anfang an klar.

»Du warst ein unglaublich hässliches Baby«, sagte Josée oft zu Françoise, wenn ihr Geburtstag näher rückte. »Deine Nase war ganz platt gedrückt und dein Kopf so lang und oval wie ein Zäpfchen.« Sie war dann doch zu einem schönen Kind herangewachsen, einem Kind, das Menschen neben dem Kinderwagen innehalten und ihre Bewunderung zum Ausdruck bringen ließ. Sie hatte die dunklen Locken ihres Vaters, ebenso seinen intelligenten, kämpferischen Blick. »Braune Augen, genau wie Paul«, sagte Josée einmal zu mir, obwohl die Augen meiner Mutter von einem stechenden Graugrün waren. Ich denke, was sie eigentlich sagen wollte, war, dass die Augen meiner Mutter nicht blau waren wie ihre eigenen.

Andrée kam sechs Jahre nach Françoise auf die Welt. Das Kind eines anderen Mannes, behauptete Paul. Das Ergebnis einer ehelichen Vergewaltigung, beharrte Josée. Der Versuch, dem Scheitern der Ehe Einhalt zu gebieten, hatte man mir einmal erzählt. Das »e« am Ende ihres Namens kam erst auf der Geburtsstation hinzu, als man feststellte, dass auch dieses Kind sich geweigert hatte, ein Junge zu werden. Die Geburt von Andrée war eine Art Meilenstein in den Erzählungen der Familie, denn ungefähr zur selben Zeit nahm Pauls Karriere an Fahrt auf. Dank seines finanziellen Erfolgs war er in der Lage, die Räume im Erdgeschoss des Hauses, in dem die Familie lebte, zu erwerben, um darin seine Praxis einzurichten. Vorher waren sie im Grunde ganz glücklich gewesen. Danach gab es einfach zu viel Geld.

Die älteren Mädchen lernten, die meiste Zeit über unsichtbar zu sein. An den vielen Abenden, an denen ihre Eltern Dinnerpartys gaben, aßen die Kinder in der Küche, reichten, bereits in ihre Pyjamas gekleidet (Blau für Françoise, Rot für Sylvie), Erdnüsse und Oliven herum und begaben sich dann gehorsam auf ihr Zimmer. In dem Bett, das sie sich teilten, erzählte Françoise vor dem Einschlafen flüsternd schaurige Geschichten über Märtyrerinnen. Sie hatte entschieden, dass sie eines Tages eine Jeanne d'Arc sein würde. Sie konnte sich nicht vorstellen, je eine Frau wie ihre Mutter zu werden, mit perfekt manikürten Nägeln. Sie würde Männerkleider tragen, für eine große Sache sterben und die Geschichte Frankreichs prägen.

Hin und wieder gab es Momente schwesterlicher Innigkeit zwischen den Mädchen, aber in der Regel herrschten heftige Spannungen zwischen ihnen. Sie fühlten sich wie die Rennpferde, auf die Josée und Paul jeden Sonntag wetteten. Sylvie war das Pferd ihrer Mutter, Françoise das ihres Vaters. Françoise gewann fast immer – sie konnte nicht anders, es lag in ihrer Natur, zu wetteifern und zu gewinnen. Schwimmen lernte sie im selben Jahr wie Sylvie, wild ruderte sie mit den kleinen Armen, um mitzuhalten. Sie liebte die Schule und war jedes Jahr die Klassenbeste. Dann übersprang sie ein Schuljahr und fand sich plötzlich in derselben Klasse wie ihre Schwester wieder. Josées Ärger schien mit jedem kleinen Sieg, den Françoise errang, zu wachsen, und Françoise empfand darüber heftige Reue.

Françoise bewunderte ihren Vater. Sie liebte es, die Faszination in den Augen der Menschen zu sehen, wenn sie ihnen erzählte, was ihr Vater beruflich machte. Mit den Handflächen zog sie die Haut ihrer Wangen zurück, erläuterte Nasen- und Brustverkleinerungen. Paul war einer der ersten Schönheitschirurgen Frankreichs und das gutaussehende Aushängeschild der gesamten Profession. Sie vergab ihm die peinlichen Momente, die durch seine Flirterei mit jeder Verkäuferin, jeder Kellnerin entstanden. Er war ein außergewöhnlich charismatischer Mann, und wenn er gute Laune hatte und das ganze Haus mit seinem Gesang erfüllte, konnte niemand, nicht einmal Josée, ein Lächeln unterdrücken. Es stand außer Frage, dass Françoise, Pauls Tochter, einmal seine Praxis übernehmen würde. Und doch war es die Mutter, auf die sich die Bewunderung des kleinen Mädchens richtete.

Auf einem Foto aus der ersten Zeit ihrer Ehe wirkt Josée wie die perfekte Hausfrau der Fünfziger. Eine Perlenkette um den Hals und einen Strauß Blumen in der Hand, schaut sie schüchtern zu meinem Großvater hinter der Kamera auf. Und doch war sie nicht dafür gemacht, diese Frau zu sein. Die Dinnerpartys, die sie, wie man es von ihr erwartete, ausrichtete, waren verschwenderisch und extrem – mit Austern-Wettessen, einer

Stange voller luftgetrockneter Würste als optische Krönung des Buffets, Furzkissen auf den Stühlen, Gabeln, die sich durchbogen, wenn man versuchte, sie zu benutzen, Scherzgläsern, die den Wein auf gestärkte, monogrammbestickte Hemden kleckern ließen und lautstarke Begeisterungsstürme bei ihren Gästen auslösten. Wenn sie sich hübsch anzog, wie man es von ihr erwartete, war sie eine der schönsten Frauen in ganz Paris. Ihre Wespentaille und die endlos langen Beine verzauberten selbst die Männer auf der anderen Seite des Raumes. Wenn sie sich schick machte, wie man es von ihr erwartete, setzte sie neue modische Standards. Wenn ihr Mann sie betrog, wie man es mehr oder weniger von ihm erwartete, hatte auch sie wilde Affären. Aber wenn es darum ging, ihre Rolle als Mutter auszufüllen, fehlte ihr schlicht die Zeit.

Abends kam sie mit Einkaufstüten beladen nach Hause, ließ sie noch an der Tür fallen und rannte ins Bad.

»Nicht einmal Zeit zu pinkeln hatte ich!«, rief sie dann. Die kleine Françoise machte große Augen, wenn sie ihre Mutter so rennen sah, tief beeindruckt von dem dichten Zeitplan, dem sie offenbar folgte. Rückblickend ist eigentlich nicht klar, womit genau Josée so beschäftigt war. Fast jeden Tag ließ sie sich die Haare machen. Sie kaufte antike Möbel und restaurierte sie im Hof des Hauses, in dem sie lebten. Sie tat das so häufig, dass der Concierge sogar glaubte, sie handle mit den Möbeln. Sie half dabei, die internationalen Konferenzen der Schönheits- und Wiederherstellungschirurgie zu organisieren. Sie plante ihre Dinnerpartys, notierte in einem Heft, was es zu essen gegeben hatte und welcher der drögen Chirurgen neben wessen Frau gesessen hatte. Sie machte Anmerkungen wie »P war zu spät« oder »JM trinkt lieber Rosé als Weißwein«. Sie notierte auch, welches Outfit sie getragen hatte, um sicherzugehen, dass sie es kein zweites Mal anziehen würde.

Weder Josée noch Paul kamen aus einer reichen Familie. Paul war das einzige Kind eines Tierarztes aus einer Kleinstadt in Corrèze, einer isolierten Region in der Mitte Frankreichs. Als

Josée die Schwiegereltern zum ersten Mal besuchte, lagen in der Badewanne lauter Kartoffeln. Josée selbst kam aus düsteren, komplizierten Verhältnissen, von denen die Töchter wenig wussten. Niemals wurde darüber in der Öffentlichkeit geredet. Und doch war es den beiden gelungen, die Menschen für sich einzunehmen und sich in den biederen Zirkel der Oberschicht zu charmieren. Die Erinnerung an ihre Vergangenheit bewahrten sie nur, um sich damit gegenseitig möglichst tiefe Wunden zuzufügen.

Ständig hatten sie heftige und gewalttätige Auseinandersetzungen. Mehr als einmal wurde die Polizei gerufen.

»Ich konnte schon immer auf Knopfdruck weinen«, sagte Josée eines Sonntagnachmittags, als die Familie sich um einen gigantischen Haufen Meeresfrüchte versammelt hatte. Sie sahen zu, wie die Tränen ihr Gesicht herunterrannen. Ebenso plötzlich hörte sie wieder auf zu weinen und fixierte ihren Mann mit ihren stechenden blauen Augen. Sein Gesicht wurde rot, vor lauter Ärger begann er zu zittern. »Hör bloß auf zu feixen, du mit deinem Bastard-Grinsen«, sagte er. Sein Teller sauste an ihrem Ohr vorbei und krachte gegen die Wand. Josée reagierte darauf lediglich mit einem fast unmerklichen Blinzeln.

Am friedlichsten waren sie, wenn sie sich abends fertig machten, um auszugehen. Sie wussten, was für ein glamouröses Paar sie abgaben, und waren auf das Aussehen des anderen ebenso stolz wie auf das eigene. Paul sang vor sich hin, während er die dichten schwarzen Locken zurechtstrich und sein Parfüm auftrug. Françoise wich ihrer Mutter an diesen Abenden nicht von der Seite, beobachtete schweigend, wie Josée falsche Wimpern und den blonden Pferdeschwanz anlegte. Françoise hatte das Gefühl, vor lauter Liebe explodieren zu müssen. Sie bewunderte ihre Mutter so glühend, dass sie sich sicher war, dass diese Bewunderung für jedermann sichtbar sein musste, eine Art Leuchtsignal, das von ihrer Brust ausging. Doch Josée schien ihre kleine, jungenhafte Tochter niemals im Spiegel hinter sich leuchten zu sehen. Während Josée ihre Schuhe anzog und Paul ihr den Arm reichte, kam Françoise langsam näher, in der Hoffnung, einen Gutenachtkuss zu ergattern. Aber dann waren sie auch schon fort, der Klang ihres Gelächters hallte noch durchs Treppenhaus, ein Hauch Shalimar lag in der Luft. Nachdem sie gegangen waren, schlich Françoise sich in Josées Schrank und schmiegte sich an ihre Kleider.

Flehentlich wandte Françoise sich an Andrées Kindermädchen: »Wenn ich jetzt sofort ins Bett gehe, würdest du dann kommen, mich zudecken und mir einen Gutenachtkuss geben? Nur dieses eine Mal?«

»Das kann ich nicht«, sagte die Frau. »Ich habe eigene Kinder.«

Alles, was Françoise wollte, war die Erlaubnis, ihre Mutter lieben zu dürfen. Sie brachte ihr ein Geschenk nach dem anderen – Zeichnungen, die mit Herzen bedeckt waren, einen Aschenbecher, eine Vase aus Ton, die sie in der Schule gemacht hatte. Wäre nur ein einziges Geschenk gut genug gewesen, hätte es für all die Liebe stehen können, die sie nicht kommunizieren konnte, dann hätte Josée bemerken müssen, dass ihre Tochter sie abgöttisch liebte. Aber Josée war es gewohnt, angebetet zu werden, sie verwarf jedes einzelne Geschenk, indem sie irgendeine vage Kritik daran äußerte. Die Vase blieb einige Tage auf dem Kaminsims des Wohnzimmers, und Josée demonstrierte ihren Gästen lachend, dass das Wasser, was sie oben hineingoss, durch ein Loch im Boden sofort wieder herauströpfelte.

Françoise gab nicht auf. Morgens, wenn Josée noch weich und schläfrig war, krabbelte sie in ihr Bett und küsste ihre Wange. »Geh weg«, sagte Josée dann und drehte sich auf die Seite. »Ich mag es nicht, wenn ich angefasst werde.« Eines Tages, es war Muttertag, hatte Josée entsetzliche Zahnschmerzen und ein geschwollenes Gesicht. Françoise hörte ihre Mutter klagen. Sie weigerte sich, das Bett zu verlassen und sich der Welt zu zeigen. Françoise fand ihre Mutter dennoch herzzerreißend schön. Sie bereitete ein Lied für sie vor und betrat dann ihr Zimmer: *»Maman, maman, c'est toi la plus belle du monde.«* Es war Luis

Marianos Song, zu dieser Zeit ein Hit. Sie hatte den gesamten Text auswendig gelernt, und sie sang mit einer solchen Leidenschaft, dass sie das Gefühl hatte, ihre Lungen würden jeden Moment explodieren. »Schöne Mutter«, höhnte Josée, während sie Françoise aus dem Zimmer schubste. »Das ist mal ein Oxymoron.« Dann schloss sie die Tür ab.

Es war zwei Uhr morgens, als meine Mutter mir diese Geschichte erzählte. Wir hatten uns zusammen auf die Couch gekuschelt, ihre Beine lagen auf meinem Schoß. Durch das Dachfenster kam schon lange kein Licht mehr herein. In diesem Teil des Lofts gab es keine Fenster, doch Besucher brauchten meistens einen Moment, um das zu bemerken, denn die Decken waren hoch und die Wände voller Bilderrahmen mit Seiten aus alten Comics und Lithografien, die meine Eltern von Freunden geschenkt bekommen hatten. Da war auch ein großes Stoppschild, das meine Mutter auf der Straße gefunden hatte, und eine Wandmalerei – ein Überbleibsel aus jener Zeit, als meine Eltern noch ihr Underground-Comic-Magazin vom Loft aus produziert hatten. Direkt vor unserer Nase waren vier Bilder, die ich mit zwölf gemalt hatte. Nichtssagende Frauengesichter, jedes mit einer anderen Haarfarbe. Das blauhaarige Mädchen trug ein T-Shirt, auf dem *Hell* stand. Die meisten Menschen bemerkten die Bilder, sobald sie den Raum betraten. Früher war ich stets rot geworden, wenn die Freunde meiner Eltern sich genötigt fühlten, irgendetwas Nettes darüber zu sagen. Über dem Küchentisch hingen große Kindergartenmalereien, eine Hexe und ein Teufel. Im Badezimmer meiner Mutter gab es eine wunderschöne Vitrine aus Glas, die das ganze Kuriositätenkabinett aus Tonfiguren enthielt, die mein Bruder ihr geschenkt hatte. Die gesamte Wand über ihrem Schreibtisch war voller Kritzeleien. Da waren Gedichte, die wir über sie geschrieben, Briefe, die wir irgendwo für sie hinterlassen hatten. Auf ihrem Spiegel fand sich eine Botschaft, die ich dort einmal mit einem Glow-in-the-dark-Stift hingekritzelt hatte, *je ta dore maman* – falsch geschrieben und mit Herzen umrandet. Sie hatte es nie weggewischt.

Ich legte meinen Kopf auf ihre Schulter, versuchte, es mir bequem zu machen. Sie legte eine Hand auf meinen Kopf.

»Erinnerst du dich noch, als du klein warst und wir morgens gekuschelt haben?«, fragte meine Mutter. »›Alles so hart!‹, hast du damals immer gesagt und auf meiner Schulter rumgeklopft.«

»Es ist immer noch hart«, sagte ich lachend.

»Ich kann nichts dafür!«, sagte sie ernsthaft gekränkt. Ich nahm ein Sofakissen und legte es auf ihre Brust. »Ist schon gut«, sagte ich. »Das kriegen wir hin.« Einen Moment lang lagen wir ganz still, ihre Hand in meinem Haar. Ich lauschte ihrem durch das Kissen gedämpften Herzschlag und nahm den schwachen, aber vertrauten Duft von Shalimar wahr.

Françoise las bis spät in die Nacht hinein in der Badewanne, wo sie niemand ermahnte, das Licht auszumachen. Manchmal war sie dabei so vertieft, dass sie den laufenden Wasserhahn vergaß und die Wohnung der Nachbarn unter ihr überschwemmte. Ein großer Teil ihrer Bildung bestand aus auswendig Gelerntem, sie konnte ganze Theaterstücke aus dem Kopf rezitieren, nachdem sie sie bloß ein- oder zweimal gelesen hatte. Ihr Vater hatte ein Kundenkonto im Schreibwarengeschäft auf der gegenüberliegenden Straßenseite, und sie las sich alphabetisch durch die gesamte Buchauswahl des Ladens, bis ihre Taschenbuchsammlung aus dem Bücherregal herausquoll und sich langsam über die Heizung ausbreitete. Als es dann aber Zeit für Françoise wurde, sich in der Schule für eine Richtung zu entscheiden, beschlossen ihre Eltern: Naturwissenschaften. Sie kamen sogar in die Schule – seltene und denkwürdige Auftritte waren das – und sprachen mit dem Schuldirektor. Es verstand sich von selbst, dass Françoise Ärztin werden würde wie ihr Vater. Niemand störte sich daran, dass es extrem wenige weibliche Chirurgen gab. Ein ungutes Gefühl überkam Françoise. Es war nicht so, dass sie auf gar keinen Fall Ärztin werden wollte – zwar reizte Schönheitschirurgie sie nicht, aber andere Bereiche der Medizin hätten sie vielleicht schon interessiert. Es war die schleichende Erkenntnis, dass Entscheidungen, große Entscheidungen über ihre Zukunft getroffen wurden. Und zwar ohne sie.

Sylvie hingegen wurde ermuntert zu malen. Ihre Eltern waren sich einig, dass sie eine gute Ehefrau abgeben würde. Oder auch eine gute Masseurin. Ihre Mutter sprach häufig von ihren großen starken Händen. *Brave Sylvie,* sagten ihre Eltern und schüttelten traurig die Köpfe. Sylvie war eine gute Köchin, sie war kreativ und künstlerisch begabt, sie war lieb und *serviable,* sie war das, was Frauen waren. Françoise, da waren sich alle einig, war intelligent, skrupellos, missmutig und gemein.

»Sieh nur«, sagte Josée lachend zu Françoise, »sogar die kleine Andrée fängt zu weinen an, wenn du das Zimmer betrittst!« Françoise schaute finster und verließ den Raum. Wenigstens eine Gemeinsamkeit hatten die beiden Schwestern, wenn es nach Josée und Paul ging: Keine von beiden hatte Sinn für Humor.

Die Rollen waren verteilt, sich dem zu widersetzen, war unmöglich. Es zählte nicht, dass Andrée stets lächelte, wenn sie Françoise sah – dass sie sich tatsächlich als die Einzige in der Familie jemals zu freuen schien, Françoise zu sehen. Manche Dinge wurden so oft gesagt, dass sie wahr wurden. Françoise begann vor dem Spiegel zu üben, das offene Lächeln des Vaters und das verführerische der Mutter, aber es gelang ihr nicht, der dunklen Wolke zu entkommen, sie schien ihr überallhin zu folgen.

In den ersten zehn Jahren ihres Lebens waren Françoise und Sylvie einander ständige Gefährten, wenn auch nur widerwillig und aus purer Notwendigkeit. Françoise klebte ihrer Schwester Kaugummi ins Haar, und Sylvie hinterließ lange Kratzer auf den Armen ihrer Schwester. Eines Abends, während die Eltern ausgegangen waren, tobten sie in der Praxis im Erdgeschoss. Sylvie, die in einem Rollstuhl herumtollte, fuhr rückwärts in eine gläserne Vitrine und zerbrach eine Skulptur. Die Mädchen glaubten, es handele sich möglicherweise um einen ägyptischen Kunstgegenstand. Ganz sicher war die Vase teuer und selten, wie alle Besitztümer ihres Vaters.

»Lass das einfach so liegen«, sagte Sylvie. »Sie werden denken, das Hausmädchen sei es gewesen.«

»Aber die verliert ihren Job«, sagte Françoise.

»Immerhin würde es uns nicht erwischen«, antwortete Sylvie.

»Wo wird sie dann hingehen?«, sagte Françoise mit ehrlich empfundenem Entsetzen.

»Nicht unser Problem«, sagte Sylvie.

»Wenn du es ihnen nicht sagst, sage ich es«, sagte Françoise, und das tat sie. Beide Mädchen wurden bestraft. Ich bin Jeanne d'Arc, sagte sich Françoise. Sylvie hingegen interessierte sich immer weniger für Geschichten über Märtyrerinnen.

Im Verlauf eines einzigen Sommers hatte sich zwischen den beiden Schwestern ein Graben gebildet. Mit zehn war Sylvie komplett geformt – das sagten die Franzosen so, wenn ein Mädchen zum ersten Mal seine Periode bekam, *elle a été formée.*

In Sylvies Fall war das wörtlich zu nehmen: Sie hatte Brüste, sie hatte Kurven. Sie sah aus wie eine Frau.

Im selben Sommer wurde Sylvie ins Ferienlager geschickt. Zum ersten Mal waren die beiden Mädchen voneinander getrennt. Im darauffolgenden Herbst schickte Josée Sylvie zu Pauls Mutter Mamie nach Ussel, ein Exil, das ein ganzes Jahr währte.

»Sie hat die Gelbsucht«, behauptete Josée. »Sie braucht die Landluft.« Françoise hingegen wusste, dass das nicht der wahre Grund war.

Françoise schlief nun allein. Josée hatte am Ende des Flurs ein neues Zimmer für Sylvie hergerichtet, als sie nach Hause zurückkehrte. »Sylvie ist jetzt eine junge Frau«, sagte Josée. »Sie braucht ihr eigenes Zimmer.«

Françoise starrte den Kinderkörper an, der ihr noch immer im Spiegel begegnete. Sie beneidete Sylvie nicht um das Jahr mit Mamie. Mamies Atem roch schlecht, sie badete selten, sie war sehr dick, und ihre Stimme war so weinerlich wie die einer Ziege. Françoise hielt Mamie für eine kleingeistige Provinzlerin, deren Gesellschaft unter allen Umständen gemieden werden musste. Sie war ganz anders als Mina, die Mutter von Josée, die in einer geräumigen Wohnung in Paris lebte und an den Wochenenden im Wohnzimmer an der Schreibmaschine saß.

Und doch fand Sylvie in Ussel etwas, wonach sie sich gesehnt hatte. Mamie, die einsame Mamie, überschüttete ihre Enkelin mit bedingungsloser Liebe. Ihre Liebe ist groß, so groß, sagte Sylvie über Mamie und streckte die Arme nach beiden Seiten aus. Mamie gab Sylvie jeden Nachmittag um vier ein Glas Nutella. In jeder Mahlzeit steckte ein halbes Päckchen Butter. Sylvie nahm das alles an, die Liebe, das Essen. Unersättlich. An den Wochenenden und während der Ferien kam sie nach Paris zurück, das Gesicht immer runder. Nach einem Jahr hatte sie zehn Kilo zugenommen.

Josées Wut traf Sylvie mit voller Wucht. In der Welt, die sie und Paul geschaffen hatten, gab es keinen Platz für eine unschöne Tochter. »Meine Eltern haben die Oberflächlichkeit *erfunden*«, sagte meine Mutter einmal zu mir. Den Mädchen wurde das Gefühl gegeben, ihr Wert bemesse sich ausschließlich an ihrer körperlichen Erscheinung. Die Wohnung der Familie hatte Josée mit großer Sorgfalt hergerichtet, sie war absolut tadellos, wenn auch bedrückend düster. Schwere Vorhänge, wuchtige Möbel, dicke Teppiche – alles sollte den Eindruck erwecken, dass sie diese Art von Leben bereits seit Jahrzehnten lebten. Jetzt schien sich der Geist ihrer Vergangenheit in Sylvies Körper zu manifestieren. Hier zeigten sich Pauls provinzielle Wurzeln. Der Körper seiner Mutter kam absolut unerbeten in dem seiner Tochter zum Vorschein.

Josée reklamierte das neue Zimmer, das Sylvie kaum hatte bewohnen dürfen. Sie brauche Raum für sich, erklärte sie und stellte eine steife blaue Polsterbank hinein, auf der gerade einmal eine Person Platz nehmen konnte. Sylvie wurde nach unten in die Praxisetage verlegt, wo sie ein kleines dunkles Zimmer erhielt, dessen Fenster zum finsteren Innenhof hinausging. Über ihrem Kopf hörte sie die Dielen knarren, es waren die Schritte der Familie, von der sie nun kein Teil mehr war. Sylvie begriff das. Tagsüber schlich sie sich an den Patientinnen ihres

Vaters vorbei, an Designerschuhen und bandagierten Nasen, um über den Dienstbotenaufgang ins Bad zu gelangen. Nachts war sie allein auf der Etage. Noch Jahre später brachte sie diese Verbannung am meisten auf.

»Warum hast nicht du dieses Zimmer genommen?«, fragte Sylvie Josée fast fünfzig Jahre später bei einem Abendessen. Sie stellte diese Frage nicht zum ersten Mal. Heute war Josée diejenige, die Crème fraîche auf ihre Karotten löffelte, und Sylvie war diejenige, die sie dafür schalt, aber das hilflose kleine Mädchen war noch immer aus ihrer Stimme herauszuhören. »Du hättest es da sehr ruhig gehabt.«

»Ich hätte doch in meinem eigenen Haus nicht irgendwo anders geschlafen«, antwortete Josée entrüstet.

»Also hast du es normal gefunden, eine Elfjährige –«

»Nun, wer sonst hätte nach da unten gehen sollen? Vielleicht hätte dein Vater … aber abgesehen davon, ja. Man schickte die Kinder.«

»Und du dachtest, das sei –«

»Jetzt, wo du es sagst, sicher. Wir hätten Paul nach unten schicken können.«

»Weil du der Meinung warst, dass es für ein Kind –«

»Seine ganze Praxis war da unten. Es wäre praktisch gewesen«, bekannte Josée mit einem sanftmütigen Lächeln und einem Achselzucken. »Und dann hätte ich sein Zimmer nehmen können! Das fällt mir jetzt erst ein. Da hast du Pech gehabt.«

»Ich habe immer gleich viel Liebe für meine beiden Kinder empfunden«, sagte meine Mutter mir, als ich erwachsen war. Sie war felsenfest überzeugt, dass das die Wahrheit sei. Dass meine Mutter meinen Bruder lieber hatte, war für mich aber einer der Grundpfeiler unserer gemeinsamen Vergangenheit. Sie kümmerte sich liebevoll um seine kleinen Kratzer und blauen Flecken. Wenn er mich in den Rücken biss, bis es blutete, schimpfte sie, ich hätte ihn provoziert. Mein Bruder sah wie ein Engel aus, mit blonden Locken, die wie ein Heiligenschein um seinen Kopf standen, mit braunen Augen und langen Wimpern. Wenn er aber wütend war und wir beide allein waren, wurden seine Finger zu Krallen und ein langes atemloses Heulen erfasste ihn. Sein Gesicht lief rot an, dann sprang er. Er krallte sich fest, er schlug und er biss. Er habe genauso ausgesehen wie sie selbst als Kind, sagte meine Mutter immer. Wenn ich fragte, wem ich ähnlich sähe, sagte sie: »Deinem Großvater väterlicherseits.«

Eines Sommers, als wir mit einer besonders unaufmerksamen Babysitterin im Freibad waren, drückte mein Bruder mich so lange unter Wasser, bis die Welt ganz schwarz wurde. Er hatte mich an meinen wachsenden Brüsten gepackt. Er hatte begriffen, dass er mir auf die Art solche Schmerzen zufügte, dass ich wehrlos wurde, also verfolgte er diese Taktik am liebsten. Nach Luft schnappend, tauchte ich panisch wieder auf. Um ein Haar wäre ich gestorben, dessen war ich mir sicher. Ich war mir auch sicher, dass meine Mutter Mitgefühl mit mir haben würde, aber als ich ihr später von dem Vorfall erzählte, war ihr Blick hart wie Stein. Sie schickte mich weg und rief meinen Bruder in ihr Zimmer. Als sie wieder herauskamen, sagte sie, dass sie keinen von uns bestrafen würde. Ich solle aufhören, sie in unsere Streitereien hineinzuziehen. »Und du solltest dich für das, was du getan hast, schämen«, sagte sie zu mir. »Du weißt genau, was ich meine. Ende der Debatte.«

Einmal nahm einer ihrer Freunde mich beiseite und sagte mir, die Ungleichheit, mit der sie uns behandle, sei nicht normal. Daran hielt ich mich fest. Es war der einzige Beweis, den ich hatte. Weder meine Mutter noch mein Vater noch mein Bruder teilten meine Sicht auf die Vergangenheit. Ich versuchte mir vor Augen zu führen, dass jeder von uns ein Recht auf seine eigene Version der Vergangenheit hatte. Die Sicht meiner Mutter war nicht wahrer als meine eigene. Und doch gelang es mir nie wirklich, daran zu glauben.

Während ihre Familie schlief, schlich Sylvie über den Dienstbotenaufgang in die Küche und räuberte den Kühlschrank aus.

Sie aß in Sirup eingelegte Früchte, direkt aus der Dose. Sie stahl Geld aus der Haushaltskasse. Sie kaufte sich ganze Tüten voller Süßigkeiten in der *boulangerie.* Sie kaufte Dutzende Rosen und verteilte sie auf der Straße an Fremde. Die Kommunion der Mädchen war ein schickes Event, bei dem sie bloß *Hallo* sagen und sich ansonsten höflich zurückhalten sollten. Sylvie betrank sich so sehr, dass sie am Ende unter einem Tisch lag.

Françoise empfand ihrer Schwester gegenüber eine Mischung aus Entsetzen und Ehrfurcht. Das Jahr in Ussel hatte Sylvie zurückgeworfen, sie nicht ausreichend auf die Schule in Paris vorbereitet. Ihre Noten brachen ein. Statt das Jahr zu wiederholen und eine Klasse unter der ihrer kleinen Schwester zu landen, wurde Sylvie von einem Internat, von einer Privatschule in die nächste geschickt, was zu dieser Zeit selbst unter wohlhabenden Parisern eine Seltenheit war. Sylvie freundete sich mit Jungs an. Sie ging zu Partys, sie trank und sie rauchte. Françoise war zu solchen Anlässen niemals eingeladen. Die meiste Zeit verbrachte sie allein in ihrem Zimmer, mit ihrem unterentwickelten Körper und den perfekten Noten.

Sylvie hatte Menstruationsbinden. Sylvie hatte einen BH. Wenn Sylvie Unterleibskrämpfe hatte, dann legte Josée sich zu ihr ins Bett, *»pour lui donner ses fesses«.* Sie schmiegte ihren Po an den Unterleib der Tochter, um mit der Wärme die Schmerzen zu lindern. Vor lauter Eifersucht zog sich Françoises Magen zusammen. Sie hatte es satt, ein Junge zu sein. Die Eifersucht regte sich sogar in den dunklen Momenten, wenn sie vor der verschlossenen Zimmertür ihrer Mutter stand und den Klatschgeräuschen und Sylvies Schmerzensschreien lauschte. Anfangs schlug Josée sie mit der Hand, später mit einer Haarbürste. *Wenn ich dran bin, werde ich ihr nicht die Befriedigung verschaffen zu schreien,* beschloss Françoise. Jedes Mal, wenn sie sich nun ins Schlafzimmer ihrer Mutter schlich, nahm sie sich deren Haarbürste und schlug sich damit. Sie versuchte, es so schmerzhaft wie möglich zu machen und dabei keinen Ton von sich zu geben. Währenddessen beobachtete sie sich im Spiegel, übte einen stoischen Gesichtsausdruck. Aber sie kam niemals an die Reihe, und das verletzte sie am allermeisten.

»Einen BH?«, fragte Josée, als Françoise endlich nuschelnd ihren Wunsch äußerte. »Einen BH wofür?« Sie rief nach Paul und Sylvie. »Habt ihr das gehört? Françoise möchte einen BH!« Sylvie lachte am lautesten.

Josée passte sich mühelos dem Zeitgeist der Sechzigerjahre an – sie trug Miniröcke und einen Pony wie Brigitte Bardot. Ihr Körper war wie geschaffen für diese Zeit – die großen Brüste, über die sie sich ein Leben lang beklagt hatte, die schmale Taille, die man beinahe mit zwei Händen umfassen konnte. Françoise war wie besessen von dem Maxi-Mantel, den ihre Mutter über den besonders kurzen Röcken trug. Wenn sie bloß so einen Mantel besäße, dachte Françoise, dann würde auch sie endlich als Frau wahrgenommen werden. Doch sie wurde noch immer von ihrer Mutter eingekleidet: Schuluniformen und praktische Stücke, die vor allen Dingen haltbar sein sollten. Hin und wieder ging Paul mit Françoise shoppen, wedelte in den teuersten Geschäften mit ganzen Bündeln von Geldscheinen. Doch bei diesen Gelegenheiten war sie bloß eine Art Requisite für ihn. Er ließ sie eine Reihe schicker Outfits anprobieren, während er mit der Verkäuferin flirtete. Niemals hätte er ihr einen modischen Mantel gekauft, wie ihre Mutter ihn besaß.

Stattdessen kratzte Françoise ihr lange gespartes Taschengeld zusammen. In einem Kaufhaus erwarb sie einen billigen Regenmantel. Sie schnitt ihn ab, nähte ihn um, zog ihn an und drehte sich vor dem Spiegel. Es war nicht der Mantel, von dem sie geträumt hatte, aber wenn sie sich entsprechend bewegte, konnte sie ihn für elegant halten und den schiefen Saum und den Plastikschimmer übersehen. So rauschte sie damit durchs Haus und stellte sich die bewundernden Blicke vor.

»Was soll das denn sein?«, sagte Josée. »Damit kannst du nicht ernsthaft das Haus verlassen wollen!« Françoise sah an sich hinunter und der Fluch verwandelte ihre Prinzessinnen-Robe wieder in Plastik. Nie wieder trug sie den Mantel.

Jeden Sonntag, wenn sie mit Paul auf dem Weg zur Rennbahn war, setzte Josée Françoise bei ihrer Mutter ab. Oft hielt der Wagen gerade so lang, dass Françoise herausklettern konnte. Manchmal ging Josée aber auch noch schnell hinein und gab Mina Kleider von sich zum Auftragen. Es waren hölzerne Begegnungen, die Designerkleider aus der letzten Saison eher eine Form von Bezahlung als Geschenke. Minas Wohnung war voller Luxusgüter aus vergangenen Zeiten. Sie liebte schöne Dinge, nähte ihre Kleider aber selbst. Oder sie reparierte die alten Stücke von Josée, um wenigstens den Anschein von Eleganz aufrechtzuerhalten. Françoise dachte nicht darüber nach, warum Josée niemals länger im Haus ihrer Mutter blieb, sich niemals hinsetzte. Die zwei Frauen lebten in unterschiedlichen Welten. Unter keinen Umständen wäre Françoise darauf gekommen, dass Josée einmal hier gelebt hatte, trotz des Fotos an der Wand, das Josée als junge Frau zeigte. In Minas Welt existierte Josée nicht, und Mina gab es in Josées Welt ebenso wenig. Niemals wurde Mina zu Josée und Paul eingeladen, nicht einmal an Weihnachten, wenn die Mutter von Paul und der Vater von Josée als eine Art verkehrtes Großelternpaar, das sich wunderbar verstand, im Wohnzimmer saßen und die Pralinen aßen, die Paul von seinen Patienten geschenkt bekommen hatte.

Françoise liebte es, Zeit mit Mina zu verbringen. Hier war sie keine Schwester oder Tochter, kein Kind, keine Frau. Hier fühlte sie sich vollkommen wohl. Nachdem sie gebadet hatte, kitzelte Mina sie, während sie ihr ein wenig Parfüm auftrug – *une friction d'eau de cologne.* Françoise quiekte vor Freude, so sehr genoss sie die Berührung. Als sie älter wurde, unterhielt sie sich stundenlang mit Mina, wobei die Gespräche sich nur sehr selten um die Familie drehten. Stattdessen brachte Mina Françoise bei, wie man einen Knopf annähte oder eine Küche sauber machte, lauter Dinge, die daheim von der Haushaltshilfe erledigt wurden. Oft brachte Mina am Wochenende ihre Arbeit aus dem Sekretariat mit nach Hause. Der Beruf ihrer Großmutter beeindruckte Françoise sehr. Sie konnte sich nicht vorstellen, eine Ehefrau zu werden wie ihre Mutter oder eine Schönheitschirurgin wie ihr Vater. Sie überredete Josée, ihr ein Heft mit Übungen zu kaufen, und brachte sich bei, wie Mina zu tippen.

Eines Nachmittags sagte Mina: »Was für schöne Brüste du langsam bekommst!«

Stolz erfüllte Françoise. »Wirklich?«, sagte sie. »Findest du?« Sie bog den Rücken durch und zeigte sich von links, wo bereits mehr zu sehen war.

»Ja«, sagte Mina, »absolut.«

Françoise erhaschte ein Bild von sich im Spiegel und sah plötzlich enttäuscht aus.

»Bald wirst du einen BH brauchen«, sagte Mina, als sie bemerkte, was ihre Worte ausgelöst hatten. »Tatsächlich glaube ich, dass du den schon jetzt brauchst.«

Man konnte damals nicht einfach in ein Geschäft gehen und Kleider anprobieren. Man musste um alles bitten, dann wurde es von schönen Verkäuferinnen herbeigeholt, die auf die kleinen Mädchen herabschauten. Françoise fürchtete die Tortur, die mit dem Kauf eines BHs einhergehen würde. Die Verkäuferin würde sicher lachen. Oder sie rauswerfen. Doch Mina betrat den Laden mit aufrechter Haltung.

»Meine Enkelin braucht einen BH«, verkündete Mina. Die Frau warf einen Blick auf Françoise, ihre Augen fanden ihren Brustkorb.

»Irgendwas mit viel *Halt*«, sagte Mina in einem Ton, der keinen Raum für Fragen ließ. Die Frau presste ihre Lippen zusammen und nickte. Sie nahm mehrere gepolsterte BHs von der Wand.

»Ja«, sagte Mina. »Genau so etwas wollten wir.«

Françoise zog den BH zu Hause an. Sie drückte den Rücken und die Brust heraus. Josée fiel es gar nicht auf.

1966 kauften Josée und Paul eine dreistöckige Wohnung am Rande der Piste in Avoriaz, einem Ski-Resort in den französischen Alpen. Sowohl Françoise als auch Sylvie liebten es, Ski zu fahren, und beide Mädchen wurden für die regionale Meisterschaft angemeldet. Françoise bestand die Prüfung für das goldene Abzeichen, bevor Sylvie auch nur Bronze geschafft hatte. Sylvie verlor bald den Geschmack am Skifahren, Françoise trainierte irgendwann mit dem Jugendolympiateam.

Eines Nachmittags kündigte Françoise an, dass sie für die ganze Familie eine Zitronentarte machen würde. Die Familie begegnete dieser Ankündigung mit Skepsis. Alle wussten, dass Sylvie kochen konnte und Françoise nicht, obwohl Françoise es noch nie probiert hatte.

Es war ein ziemlicher Aufwand – die neue Wohnung lag hoch oben auf dem Berg und die Zitronen mussten mit dem Skilift heraufgebracht werden. Françoise verbrachte den ganzen Nachmittag in der Küche. Sie hatte kein Kochbuch, also dachte sie sich ein Rezept aus. Sie mischte Mehl mit Wasser, bis ein Teig daraus entstand, dann rollte sie ihn aus und bedeckte ihn mit Zitronenscheiben und Zucker. »Was ist das für ein scheußliches Ding?«, neckte sie Josée, als sie hereinkam, »Ich habe noch nie von einem Kuchen gehört, für dessen Zubereitung man einen ganzen Nachmittag braucht.«

Die Familie versammelte sich zum Abendessen. Françoise sprang mehrmals auf, um nach ihrem Werk zu sehen. Als es Zeit für das Dessert war, wartete die Familie am Tisch.

»Françoise hat sich vorgenommen, uns zu vergiften, aber wir werden schlicht verhungern, bevor es dazu kommt«, sagte Josée.

Françoise kam aus der Küche und stellte die Zitronentarte mitten auf den Tisch. Paul nahm ein Messer und versuchte, sie zu schneiden.

»Sie ist zu hart«, erklärte er. Er machte übertriebene Gesten, um zu verdeutlichen, wie schwer sie sich schneiden ließ, er schnitt Grimassen und gestikulierte, bis Josée, Sylvie und sogar die kleine Andrée sich vor Lachen krümmten.

»Wir brauchen einen Hammer«, erklärte Paul.

»Wir brauchen eine Säge!«, flötete Josée. Sylvie lachte am lautesten von allen. Paul stand auf, um eine Säge zu holen. Alle amüsierten sich prächtig – alle außer Françoise. Niemand probierte von der Zitronentarte, obwohl sie bis heute darüber sprachen, wie ekelhaft sie geschmeckt habe.

Der Mund meiner Mutter wurde zu einem dünnen Strich, während sie mir diese Geschichte erzählte. Sie senkte den Blick, ihre Stimme war ganz hohl vor Schmerz. Genauso musste sie an jenem Abend damals ausgesehen haben. Plötzlich war da ein kleines Mädchen unter dem dicken Lidstrich.

Obwohl wir wussten, wie sehr meine Mutter es hasste, geneckt zu werden, räumten mein Vater, mein Bruder und ich aus Spaß hin und wieder den Kühlschrank aus, entsorgten den grellgrünen Käse und die saure Sahne, die das Haltbarkeitsdatum schon längst überschritten hatte. »Jemand ein Selleriefilet?«, fragte mein Vater dann und hielt eine welke Selleriestange hoch, die sich gen Fußboden neigte. Meine Mutter gab sich Mühe, mit uns zu lachen, aber sobald unser Lachen ihres überdeckte, bekam sie schlechte Laune. Dann nahm sie ein Messer, stapfte zur Arbeitsfläche und schnitt grob den Schimmel vom Käse, um uns Brote zu machen.

»Der ist immer noch gut«, sagte sie dann. »Ihr Kinder seid diejenigen, die verdorben sind.«

Also gewöhnten wir uns daran, den Kühlschrank heimlich aufzuräumen. Wir neckten meine Mutter nur selten, uns neckte sie nie.

An manchen Wochenenden backten mein Bruder und ich Kuchen – ein Spiel, von dem ich dachte, ich hätte es erfunden. Unter meiner Regie entwickelten wir Rezepte mit allem, was wir finden konnten – ungesüßtes Kakaopulver, Haferflocken, getrocknete Aprikosen, ganze Dosen voller gemahlenem Zimt. Ich wusste, dass wir Mehl und Eier brauchten, aber mit den Mengen spielten wir ein wildes Ratespiel. Wir backten unsere Kreation bei irgendeiner Temperatur, bis sie fest wurde. Der Kuchen wurde ein dichter Backstein, anstatt aufzugehen. Schließlich stürzte ich ihn auf eine der edlen Kuchenplatten meiner Mutter und dekorierte den feuchten Kloß mit Erdbeeren. Fast immer schmeckte es wie Radiergummi und Sägespäne, fast gar nicht süß. Am Ende riefen wir meine Mutter aus ihrem Zimmer und servierten ihr voller Stolz ein Stück.

Glücklich aßen mein Bruder und ich. Wir bekamen selten Zucker und waren begeistert, wenn wir welchen essen durften, egal in welcher Form. Meine Mutter ertränkte ihr Stück in fettfreiem Vanillejoghurt, und wir aßen gemeinsam am Esstisch. »Mmh«, sagte sie jedes Mal. »Wirklich lecker. Bisher der beste von allen.«

Sie verbrachten ein paar glückliche Sommer in Deauville an der normannischen Küste. Es lag nur zwei Stunden nördlich von Paris und die Kreise, in denen Josée und Paul verkehrten, pendelten zwischen den beiden Städten. Sie mieteten noble Häuser und tanzten im großen Casino. Haute Couturiers gaben Josée Kleidermuster, die sie dort tragen durfte. An den meisten Wochenenden kam Paul aus der Stadt und schloss sich seiner Familie an. Die besten Restaurants offerierten bei der Erwähnung des *grand docteur* Mouly ihre besten Tische. Josée kaufte ein verlassenes *pressoir*, wo die Äpfel für den Cidre entsaftet wurden. Es lag kurz vor der Stadt, und sie wollte es zu einer Sommerresidenz umbauen. Françoise vertiefte sich in die Baupläne, sie bewunderte die Fähigkeit ihrer Mutter, Ruinen in neuem Glanz erstrahlen zu lassen. In ihren Augen war es eine Art magische Fähigkeit. Doch dann geschah etwas. Die Pläne für das *pressoir* wurden mittendrin verworfen. Das Gebäude wurde weiterverkauft. Die Familie würde die Sommer nicht mehr dort verbringen. Françoise vermutete, dass es mit den Spielgewohnheiten ihres Vaters zu tun hatte, die immer mehr außer Kontrolle gerieten, aber die wahren Gründe blieben den Kindern verborgen, und sie wären niemals auf die Idee gekommen, Antworten einzufordern.

Von nun an, entschied Paul, würde die Familie die Sommer in der Nähe von Ussel verbringen. Seine Eltern hatten ihm einen Bauernhof vermacht, er lag sechs Kilometer von seiner Heimatstadt entfernt, in der seine Mutter noch immer lebte. Josée würde den Bauernhof herrichten. Es war eine reizvolle Vorstellung, seine schöne Frau, die schicken Autos, das luxuriöse Ferienhaus, das sie gestalten würden, vorzuzeigen. Was konnte ihm den eigenen Erfolg denn besser vor Augen führen als der Neid seiner ehemaligen Mitschüler?

Das Haus wurde *Les Bezièges* getauft, und Josée entwarf neue Pläne, wenn auch mit weit weniger Enthusiasmus. Die Sonne in Ussel trug weder die goldene Wärme des Mittelmeers noch das kühle blaue Licht des Nordens in sich. Es war grau, immer grau über den kleinen, unschönen Häusern der Stadt. Zu Beginn eines jeden Sommers fuhr Josée mit den Kindern hin, ein ganzer Tag im heißen Auto. Die Mädchen zankten auf dem Rücksitz, und Paul blieb in der Stadt, um zu arbeiten. Wahrscheinlich hatte Josée nie so viel Zeit am Stück mit allen drei Mädchen verbracht wie während dieser Autofahrten, die den Anfang und das Ende der Ferien markierten. Später sollte sie sich häufig über diese Fahrten beschweren.

Die Ankunft der Pariser sorgte unter den Einheimischen für Stirnrunzeln. Ussel war eine eingeschworene Gemeinschaft und die prompte Geringschätzung beruhte auf Gegenseitigkeit. Die Renovierungsarbeiten am Haus begannen. Es hatte extrahohe Decken, ein Zwischengeschoss und ein Wohnzimmer für Gäste. Neben der Scheune ließ Josée ein Stück Acker planieren und darauf den einzigen echten Tennisplatz in der ganzen Region anlegen. Jacques Chirac, der zwar noch nicht Präsident war, aber bereits in der Nationalversammlung saß, kam mit seiner Frau vorbei, um mit den Moulys Doppel zu spielen. Doch meistens wirkte das große Haus leer, wenn nicht Freunde den langen Weg aus Paris auf sich nahmen. Dann drängte sich Josée beim Schlachter an der Schlange vorbei und bestellte dreißig feinste Lammkoteletts für ihre Gäste. Als sie eine Gruppe von Bäumen abholzen ließ, um Platz für die neue Auffahrt zu schaffen, lästerte die Stadt, dass sie nun einen Hubschrauberlandeplatz bauen lassen würde.

Mitte August kam Paul mit dem Porsche aus Paris. Er blieb nur für wenige Tage und badete in den Lobpreisungen, die der Schlachter und der Bäcker seiner entzückenden Frau und den drei gesunden Mädchen zuteilwerden ließen. Dann war er auch schon wieder weg. Seine Patienten erwarteten ihn in Paris, sagte er leichthin, obwohl kaum Zweifel daran bestand, dass er wieder auf dem Weg in irgendein Casino oder die Arme einer anderen Frau war.

Josée hatte zwei Zimmer für ihre Töchter hergerichtet – ein Mädchenzimmer für Sylvie und ein Kinderzimmer, das sich Françoise und Andrée teilten. Françoise machte es nichts aus, ein Zimmer mit Andrée zu teilen. Die unerklärlich heitere kleine Schwester hatte ihr Herz im Sturm erobert. Nacht für Nacht sang Andrée sich in den Schlaf, selbst nachdem Paul, der nicht schlafen konnte, ins Zimmer gestürmt kam und ihr Bett kaputt schlug. Als Andrée ihre ersten Schritte gemacht hatte – direkt in die ausgestreckten Arme der großen Schwester hinein –, hatte Françoise vor lauter Stolz fast aufgeschrien. Erst Jahrzehnte später, als sie schließlich eigene Kinder hatte, wurde ihr klar, dass Kinder ganz von allein laufen lernten.

Andrée, so hatte Josée befunden, war magersüchtig. Es stimmte: Sie verweigerte häufig das Essen. Josée bestand darauf, dass jemand (selten sie selbst) mit Andrée am Tisch sitzen blieb und ihr Bissen für Bissen in den Mund zählte, bis sie eine sinnvolle Menge an Essen zu sich genommen hatte. Damals war es in Mode, den Kindern die Windeln abzugewöhnen, indem man ihnen den Zusammenhang zwischen Essen und Verdauung begreiflich machte. Die kleine Andrée wurde am Esstisch aufs Töpfchen gesetzt und ermutigt, gleichzeitig zu essen und auszuscheiden. Françoise vermutete darin den Hauptgrund für ihre Essensverweigerung, dennoch übernahm sie die Aufgabe gern.

Nach jeder Mahlzeit blieben die beiden noch lange zusammen am Tisch sitzen, während Françoise Gabel für Gabel gegen die lächelnden, aber fest zusammengepressten Lippen ihrer Schwester drückte. Andrée genoss die Aufmerksamkeit. Sie wurde Françoises Spielzeug. Sie verbrachten Stunden damit, Schule zu spielen, und mit großer Geduld versuchte Françoise ihrer Schwester, die dafür eigentlich zu jung war, das Lesen beizubringen.

Françoise genoss diesen ersten ruhigen Sommer mit Andrée. Anders als in Paris musste sie sie nicht mit dem Kindermädchen teilen. Außerdem tobte Sylvie sich hier mit den Freunden aus, die sie während ihres Jahres bei Mamie gewonnen hatte. Françoise dagegen hatte keine eigenen Freunde.

Im Sommer darauf verkündete Josée wie nebenbei: »Du wirst nicht mehr mit Andrée spielen.« Sprachlos vor Entsetzen, starrte Françoise sie an.

»Ich habe Renée gebeten, ihre kleine Tochter zu uns zu schicken, damit Andrée eine Freundin in ihrem Alter hat«, fuhr Josée fort.

»Aber *warum*?«, fragte Françoise, als die Botschaft langsam zu ihr durchsickerte.

»Deine Bindung zu ihr ist ungesund«, sagte Josée. »Sie nennt dich *Maman*.«

Die Mädchen teilten sich weiterhin das Zimmer, aber tagsüber achtete Josée peinlich genau darauf, dass sie voneinander getrennt waren. Françoise fühlte sich von da an zunehmend isoliert von ihrer Familie. Die Tage zogen sich unendlich in die Länge. Sylvie lud sie absichtlich nicht ein, sich ihr und den Freunden anzuschließen, wenn sie loszogen, um jugendlichen Unfug anzustellen. Françoise war allein mit ihren Büchern und der immer weniger glücklichen Mutter, die darauf bestand, dass sie Möbel abschliff und beizte, bis ihre Fingerknöchel schmerzten. Andrée schien die Veränderung kaum zu bemerken. Sie war begeistert, eine Spielkameradin in ihrem Alter zu haben, und es dauerte nicht lange, bis sie aufhörte, Françoise *Maman* zu nennen. Françoise hingegen litt sehr unter dem Verlust. Noch lange, nachdem ich selbst kein Kind mehr war, nannte meine Mutter mich oft versehentlich Andrée.

Im März 1968 wurde Françoise dreizehn und begann, die Kontrolle über ihren Körper zu verlieren. Es geschah jedoch nicht so, wie sie es sich erhofft hatte, nicht wie bei Sylvie, deren Körper sich über Nacht in etwas Neues verwandelt hatte, mit Kurven, Unterleibskrämpfen und Blutflecken. Stattdessen kamen die Anfälle.

»Mach dein Bett«, sagte Josée, nachdem sie wütend die Tür zu Françoises Zimmer aufgerissen hatte. Es war mühselig, das Schlafsofa wieder zur Couch umzufunktionieren.

»Aber warum?«, fragte Françoise. »Das hier ist jetzt mein Zimmer. Außer mir kommt hier niemand rein.«

»Widersprich mir nicht«, entgegnete Josée. Sie konnte die Dinge auf eine so schreckliche Weise sagen, dass sie die Sonne verdunkelten. »Ein Mädchen wie du wird niemals jemanden finden, der es liebt«, sagte sie zum Beispiel. »Wie auch? Du bist ein so schlecht gelauntes, anmaßendes, unerfreuliches Mädchen. Wer würde so jemanden lieben?« Die Worte ließen einen dunklen Schleier über Françoises Zukunft fallen, der jegliche Hoffnung zunichtemachte. Sie war unglücklich. Sie würde immer unglücklich sein. Es war ausweglos.

Wenn Françoise mit Sylvie stritt, hatte sie keinerlei Hemmungen, ihrem Ärger freien Lauf zu lassen. Sie schlug ihre Schwester, so fest sie konnte, sie zerrte an ihren langen Haaren. Mit ihrer Mutter zu streiten, war etwas ganz anderes. Der Schmerz war unerträglich. Er wuchs in ihr wie ein Ding, etwas Greifbares, er dehnte sich in ihrer Brust aus, und er durchbrach ihren Brustkorb. Ihre Hände zitterten.

Françoise begann, regelmäßig den Kopf gegen die Wand zu schlagen, rhythmisch und so fest, dass ihr die Ohren dröhnten und das Zimmer sich um sie zu drehen begann. Sie kratzte sich im Gesicht, bis die Haut aufriss und blutete und sie Fetzen davon unter den Fingernägeln hatte.

Sie wollte, dass ihre Mutter bemerkte, wie sehr sie litt. Sie wollte, dass die Schmerzen endlich aufhörten. »Du hast den Verstand verloren!«, sagte Josée. »Jetzt bist du zu allem Überfluss auch noch verrückt geworden.« Grob zerrte sie Françoise ins Badezimmer und steckte sie unter die kalte Dusche. Sie fixierte ihre Handgelenke und schlug ihr ins Gesicht. Françoise zitterte, heftige Schluchzer schüttelten ihren Körper, und sie schluckte Wasser. Dann beruhigte sie sich.

Aber die Anfälle verschwanden nicht.

Crises de nerfs, nannte Josée das. *Hystérie.* Françoise beherrschte ihr Griechisch. Sie legte die Hände auf ihre Gebärmutter. Die Anfälle fanden nur in Gegenwart ihrer Mutter statt.

»Sie ist verrückt«, sagte Josée zu ihrem Mann. »Irgendwas stimmt nicht mit ihr.«

Sie brachten Françoise zu einem Neurologen. Der fertigte ein EEG an. Kalte weiße Elektroden wurden auf ihrer Kopfhaut platziert, bis ihr ganzer Kopf damit bedeckt war. Ein Heiligenschein aus Kabeln. Ein Szenario wie aus einem schlechten Horrorfilm, aber damals eine neue Technologie. Der Doktor war stolz darauf.

»Mit dieser Maschine«, erklärte er Françoise, »können wir in deinem Gehirn lesen.« Sie war entsetzt. Würde er schreckliche Gedanken finden? Sie versuchte ihren Geist so gut wie möglich zu leeren. Sie sah, wie die Nadel die Papierrolle rauf- und runterhuschte. Das Ergebnis war eine zittrig wirkende Grafik. Der Doktor verzog das Gesicht, als er sie betrachtete.

Die Maschine konnte nur elektrische Energie auslesen. Wenn sie zu irgendetwas nütze war, dann um Epilepsie zu diagnostizieren. Der Doktor rief Josée ins Zimmer und verkündete mit ernster Stimme, dass er nicht sagen könne, was mit Françoise nicht in Ordnung sei.

»Sie könnten sie zu einem Psychiater schicken«, schlug er vor.

Der Psychiater war ein unangenehmer Mann. In seinem schwach beleuchteten Büro fühlte Françoise sich sehr klein.

»Erzähl mir von deinen Eltern«, sagte er.

»Von meinen Eltern?«, sagte sie.

»Ja«, sagte er.

»Ist das vertraulich?«, fragte Françoise.

»Streng vertraulich«, sagte er. »Absolut vertraulich.«

Zwei Tage später kam Josée in Françoises Zimmer und schlug sie.

»Wie kannst du es wagen, dem Mann solche Dinge über mich zu erzählen?«, sagte sie. Françoise konnte sich kaum daran erinnern, was sie gesagt hatte. Sie fing an, die Termine mit dem Psychiater zu schwänzen. Stattdessen ging sie in den Park, um zu lesen. Dem Psychiater machte das nichts aus. Er sagte ihren Eltern nichts davon und stellte weiter seine Rechnungen. Als ihre Abwesenheiten ans Licht kamen, war es bereits egal. Es gab jetzt eine neue Sorte Anfälle.

Eines Tages, während des Matheunterrichts, wurde ihre Atmung plötzlich schnell und flach. Der kleine Finger und der Ringfinger krümmten sich langsam, aber unaufhaltsam Richtung Handballen. Sie starrte auf ihre Hände, die sich selbstständig gemacht, sie im Stich gelassen hatten. Zwischen zwei hektischen Atemzügen bat sie darum, zur Krankenstation gehen zu dürfen. Die stämmige Schulschwester hockte sich ihr zugewandt auf ihre Brust, beugte Françoises Ellenbogen und versuchte, die verkrampften Hände aufzuzwingen, als könnte sie so auch den Rest ihres Körpers zwingen, sich zu entspannen. Françoise geriet in Panik, sie hyperventilierte, ihre Brust vibrierte wie die eines Kolibris.

Einmal geschah es zu Hause. Sie legte sich auf die Couch im Gästewohnzimmer, unfähig, ihren Atem zu kontrollieren. Ihr Vater war gerade nicht im Haus, also rief ihre Mutter einen Arzt aus der Nachbarschaft. Es kam selten vor, dass Françoise Ärzten begegnete, die nicht zu den Freunden ihres Vaters zählten. Der Arzt war ruhig und freundlich. Er gab ihr eine Spritze, er sprach leise mit ihr: »Atme einfach«, sagte er, »lass einfach los.« Das tat sie, und ihre Finger lösten sich. Die Ursache für den Anfall sei Kalziummangel, sagte er. Das sei nichts Ungewöhnliches bei Heranwachsenden. Er gab dem Anfall einen Namen: *crise de tétanie*. Das gehe vorüber, sagte er, doch das tat es nicht. Zehn Jahre sollte es dauern, bis die Anfälle überwunden waren. Doch die *hysteria* gab es nicht mehr. Sie wurde vergessen. Wenn Françoise jetzt mit ihrer Mutter stritt, wurde ihre Atmung flach und ihre Finger krümmten sich.

Doch der körperliche Schmerz reichte nicht aus, um die dunklen Gedanken zu vertreiben. Ihr Vater bewahrte eine ganze Reihe Medikamente im Badezimmer auf, aber sie hatte schon oft gelesen, wie leicht es geschah, dass man zu viele oder zu wenige Tabletten einnahm. Françoise kletterte auf den Vorsprung des großen Erkerfensters in ihrem Zimmer. Das schmiedeeiserne Geländer reichte ihr bis zu den Schienbeinen. Sie lehnte sich darüber, hielt sich am Fensterrahmen fest und schaute entlang der Fassade hinunter auf die Straße. Paris war damals noch nicht auf beigefarbenen Postkarten-Perlglanz poliert wie heute, sämtliche Gebäude der Stadt waren noch immer grau vom Ruß.

Ihr Blick trübte sich, dann wurde er wieder klar. Jemand – vielleicht ihre Mutter – hatte ihr erzählt, dass die Menschen, die sich vom Eiffelturm stürzten, manchmal auf Passanten landeten. Doch ihre Straße befand sich in einer verschlafenen Wohngegend und war meistens wie ausgestorben. Das größere Problem war ihr Körper und die Tatsache, dass er sich widersetzte. Sie schwankte unangenehm, und der Gehweg schwamm auf sie zu.

Das war zu einer Zeit, als die Ereignisse, die nach ihrem Tod stattfinden würden, für sie noch von Bedeutung waren. Sie stellte sich vor, wie Josée auf die Straße rannte. Vielleicht würde sie weinen wie eine Sirene, möglicherweise würde die gesamte Nachbarschaft sich ihr anschließen. Der Schmerz würde die Wände der Wohnung sprengen, die Grenzen ihres Geistes durchbrechen, öffentlich werden. Ihr Körper wäre der Beweis.

Ihre Arme spannten sich an, ihre Knie federten, aber sie wusste nicht, ob sie sich festhalten oder loslassen sollte. Sie löste die Hand vom Fensterrahmen, bemerkte dabei kaum, wie sehr sie zitterte, und fuhr sich durch das kurze Haar. Die Welt um sie herum verschwamm, bis da nur noch dieses Pochen war, ihr Schädel einem stetig schrumpfenden Käfig glich. Ihre Gedanken klangen wie Schreie darin. Die Worte ihrer Mutter: *Niemals wird dich jemand lieben. Niemals wird dich jemand lieben.*

Als sie wieder denken konnte, formten ihre Gedanken die Zeilen eines Liedes. Mina hatte ihr ein paar alte Grammophonplatten gegeben, zwei davon hörte sich Françoise wieder und wieder an. Eine davon hieß *Un jour mon prince viendra. Eines Tages wird mein Prinz kommen.* Die Aussage war ihr ein Rätsel. Welcher Prinz? An welchem Tag? Wo war er denn bis jetzt gewesen? Und was dann? Wie konnte man denn mit einer solch vagen Hoffnung auf Rettung warten? Sie spielte die Platte immer wieder ab, versuchte, das darin verborgene Gefühl zu entschlüsseln.

Doch es war der andere Song, der jetzt in ihrem Kopf ablief. Es war »Non, je ne regrette rien«. *Nicht das Gute, was mir geschehen, nicht das Schlechte – all das, es ist mir gleich*, sang Edith Piaf. *SPRING,* sagte sie zu Françoise. Das schien eindeutig.

Sie stand lange in diesem Fenster. Sie hatte keine Angst vor dem Tod. Sie sehnte sich danach. Der Tod versprach selige Besinnungslosigkeit. Doch obwohl sie sich springen sah, immer und immer wieder, wollte ihr Körper sich nicht rühren. Es erinnerte sie an die Träume, die sie frühmorgens an Schultagen hatte. In diesen Träumen wachte sie auf, sie kämmte ihre Haare, nur um dann beim Verlassen des Hauses festzustellen, dass sie ihren Körper in Wahrheit im Bett zurückgelassen hatte. In diesem Moment fühlte sie die zischende Luft um sich herum, die Geschwindigkeit, den Adrenalinschub in ihren Venen, den Aufprall auf dem Beton. Und doch fand sie sich jedes Mal am selben Ort wieder. Im Fenster ihres Zimmers stehend.

Niemand blickte zu ihr herauf. Die Nacht kam, und sie ging wieder rein. Vier Etagen würden vielleicht auch gar nicht reichen, um zu sterben. Ihre Mutter würde vielleicht gar nicht weinen.

Mit dreizehn war ich noch ein Kind, anders als alle meine Mitschülerinnen mit ihrem Lipgloss, ihren ersten Küssen und Freunden. Als die anderen Mädchen anfingen, enge Jeans mit Markennamen auf dem Hintern zu tragen, hatte ich immer noch die elastischen, mit Blumen bedruckten Leggins an, die meine Mutter für mich ausgesucht hatte. Wenn meine Mutter, mein Bruder und ich Zeit in der Hütte in Connecticut verbrachten und dort im Wald spazieren gingen, hielt ich Ausschau nach umgestürzten Bäumen, die eine Art Tor bildeten. Ich wusste, dass es sich dabei um Durchgänge zur Welt der Feen handelte, die unserer zwar verdächtig ähnlich sah, aber doch eine andere war. Ich zählte, unter wie vielen solcher Tore ich entlanggegangen war, um stets genau zu wissen, in welcher Welt ich mich gerade befand. Unzählige bröckelnde Mäuerchen durchzogen die Landschaft, Überbleibsel aus einer Zeit, als sie noch die Grenzen zwischen verschiedenen Maisfeldern markierten. Mittlerweile waren sie überwuchert, und ich legte kleine Pyramiden aus Zweigen und Pinienzapfen als Opfergaben darauf.

Ich war damals noch immer ein Kind, aber mein Körper folgte seinem eigenen Zeitplan. Jeder Morgen brachte einen neuerlichen Verrat. Wenn ich jetzt auf dem Heimweg von der Schule im Bus saß, setzten sich Männer neben mich und fragten, wohin ich fuhr. Wenn ich jetzt nach dem Unterricht im Klassenraum blieb, um eine Frage zu stellen, glotzten die Lehrer auf meine Brüste.

»Die da, die in Orange«, sagte ein Mann mit schütter werdendem Haar laut zu seinem Freund, als ich an ihnen vorbeilief, »der würd' ich gern das Hirn rausvögeln.« Die Gewalt, die in dieser Aussage steckte, manifestierte sich zu einem Bild in meinem Kopf. Ich sah es regelrecht vor mir: mein Hirn am Boden.

»Gib mir doch bei Gelegenheit mal die Brust, *mamacita*!«, sagte ein anderer Mann, als ich an ihm vorbeiging. Wieder ein verstörend lebendiges Bild.

Als ich versuchte, mit meiner Mutter über diese Vorfälle zu

sprechen, sagte sie mir, ich solle so tun, als handele es sich bei diesen Bemerkungen um Komplimente.

»Ich bedanke mich immer und lächele«, sagte sie. Dann sah sie mein Gesicht und begriff, dass mir das nicht gelingen würde. »Oder du ignorierst sie einfach«, sagte sie. »Verweigere ihnen die Befriedigung, die ihnen deine Antwort verschaffen würde.«

Die Freunde meines Vaters waren Männer, die viel tranken und viel Zeit damit verbrachten, in ihren Bildern die eigene sexuelle Verdorbenheit zu erkunden. Auch diese Männer, die mit der freien Liebe der Sechziger aufgewachsen waren und die neuen Feministinnen verlachten, fingen an, mich anders zu behandeln. Wenn meine Eltern sie so reden hörten, lachten sie, als ob ihre Bemerkungen nichts weiter seien als die Witze, in deren Gewand sie vorgebracht wurden. Ich hingegen spürte die Bedrohung, die sich dahinter verbarg. Mein Körper tuschelte mit den Erwachsenen um mich herum. Er machte Versprechungen in einer Sprache, die ich nicht verstand, er machte Versprechungen, die er nicht würde halten können.

Ich fühlte mich, als sei ich auf einer abgelegenen Insel erwacht, nur um mich dort plötzlich im Körper einer Eingeborenen wiederzufinden. Sie identifizierten mich als eine von ihnen, obwohl ich nichts von ihrer Kultur verstand. Schon bald würden sie feststellen, dass ich ein Eindringling war, und ihre Wut würde mir, der Schwindlerin, gelten. Das alles würde Konsequenzen haben. Ich hielt mich nicht freiwillig an diesem Ort auf, aber es gelang mir einfach nicht, ihn zu verlassen.

Mein Körper war gefährlich. Nicht nur für mich, sondern auch für andere. Ich erkannte das an der Skepsis, die meine Mutter mir jetzt entgegenbrachte. Immer öfter geriet sie über die Nähe zwischen mir und meinem Vater in Wut. Wenn ich Arm in Arm mit ihm ging, wenn ich versuchte, im Kino zwischen den beiden zu sitzen, wenn er und ich über einen Witz lachten, den sie nicht gehört hatte, wurde sie wütend und wirkte enttäuscht. Manchmal schossen ihr sogar Tränen in die Augen. Die unschuldige Nähe, die es zwischen mir und meinem Vater immer schon gegeben hatte, blieb bestehen. Dennoch löste die Wut meiner Mutter in mir ein verwirrendes Gefühl von Schuld aus, das in direktem Bezug zu dieser Wut stand.

Sosehr ich um die Bedrohung wusste, die in Gegenwart von Erwachsenen von meinem Körper ausging, so sicher wusste ich, dass ich in den Augen meiner Altersgenossen weder weiblich noch begehrenswert war. Ich war schon immer ein schweres Kind gewesen, nicht fett, aber stämmig, mit runden Gliedmaßen und zu viel Kraft. Ich hatte meine Freundinnen beneidet, deren Mütter darauf bestanden, dass sie aßen. Jetzt veränderte sich mein Körper noch mehr und noch schneller als die Körper der anderen, sodass der Abgrund zwischen uns unendlich groß wurde. Während einer besonders befremdlichen Sexualkundestunde in der Middleschool saßen wir im Kreis auf dem Boden und zählten die Eigenschaften auf, die wir beim anderen Geschlecht anziehend fanden. Die Jungen nannten ausnahmslos Zierlichkeit und Zerbrechlichkeit, dazu glattes blondes Haar. Ich sehnte mich danach, eines dieser Mädchen zu sein, die mit solch gläsernen Knochen und wunderbar glatten Beinen gesegnet waren. Die konnte man hochheben und herumwirbeln, die waren noch klein genug, um auch einem Zwölfjährigen das Gefühl zu geben, er sei ein Mann. Ich hingegen hätte alle Mädchen und auch die meisten Jungen in meiner Klasse hochheben und herumwirbeln können. Durch Schulhofwitze und die Popkultur – die ich, obwohl ich nicht fernsehen durfte, quasi mit jeder Pore aufnahm – lernte ich, dass es nichts Peinlicheres für einen Mann gab, als mit einer Frau assoziiert zu werden, die nicht dünn war. Bei den Schulpartys in der Mensa, bei denen Jungen und Mädchen sich gegenseitig feierlich die Hände auf die Schultern legten und sich eine Armlänge voneinander entfernt hin und her wiegten, wäre es für jeden Jungen eine Blamage gewesen, von mir zum Tanz aufgefordert zu werden. Das wusste ich genau.

Mein sich verändernder Körper verschaffte mir weder Macht noch Freude, er sorgte nur für tiefes Unbehagen, denn ich war begehrenswert, wenn ich es nicht sein wollte, und abstoßend, wenn ich gern begehrenswert gewesen wäre.

In diesen Jahren begann ich, heimlich große Süßigkeitstüten zu kaufen. Ich stahl Geld aus der Haushaltskasse oder schummelte beim Busgeld, das ich von meiner Mutter bekam. Zu meinem Erstaunen kosteten Süßigkeiten sehr wenig. Eine Zeit lang, nicht sehr lange, klaute ich auch. Andere Mädchen klauten gemeinsam mit Freundinnen, sie kicherten sich schwindelig, genossen das Adrenalin. Ich stahl allein, ließ in Drogerien Lipgloss in die Taschen meines Rucksacks gleiten. In der Mensa verschenkte ich das Lipgloss mit der Begründung, dass meine Mutter mir zu viele davon gekauft habe. Meine Mutter kaufte mir niemals Schminke oder gar Deo (sie empfand das als zu amerikanisch), obwohl man festhalten muss, dass ich auch nur selten darum bat. Ich kaute die Süßigkeiten spät nachts und ausgesprochen systematisch, bis meine Zähne schmerzten und die Verpackungen unter meiner Matratze hervorquollen. Dabei las ich Jugendromane über ganz normale Mädchen, die die Zeit stillstehen lassen konnten.

Innerhalb eines Jahres nahm ich sieben Kilo zu. Ich war schon immer größer und schwerer gewesen als fünfundneunzig Prozent meiner Altersgenossinnen, aber so langsam begann meine Kinderärztin sich Sorgen zu machen, denn schon bald war ich, was das Verhältnis meines Gewichts zu meiner Körpergröße betraf, sechsundneunzig, siebenundneunzig, achtundneunzig Prozent voraus. Mir graute vor Waagen. Auch hier schien Magie eine Rolle zu spielen, konturlose Gebete und die richtigen Gedanken vermochten möglicherweise den Zeiger der Waage nach links zu bewegen. Doch er bewegte sich immer weiter nach rechts, und auch das führte ich auf die Magie zurück, es war eine Art Bestrafung für eine gravierendere Sünde als bloß jene, gegessen zu haben. Rückblickend aß ich wohl, um meine Kurven zu verbergen, um diese jäh über mich hereinbrechende Entwicklung zur Frau zu verlangsamen, um unsichtbar zu werden. Damals war mir das nicht klar. Meine Gewichtszunahme fühlte sich so unaufhaltsam an wie das Blut, das jetzt zu fließen begann, und die Haare, die plötzlich auftauchten. Während ich zwanghaft aß, träumte ich nachts davon, mich aus meinem Körper herauszuschälen, einfach herauszusteigen – schlank, geschmeidig und makellos.

Meine Mutter hingegen schien in diesen Jahren nur schöner und schöner zu werden. Bei den seltenen Gelegenheiten, zu denen sie in der Schule auftauchte, schwoll mein Herz vor Stolz. Kurze Röcke und schwarze Rollkragenpullover, eng anliegende rote Kostüme mit gepolsterten Schultern – an ihr saß jedes Kleidungsstück perfekt. Und trotz ihrer langen dünnen Beine und ihrer hohen Wangenknochen brachte sie mich mit ihrer Schönheit nie in Verlegenheit. Sie war nicht die Art von Mutter, über die die Jungen in meiner Klasse geflüstert hätten. Sie war die Art Mutter, um die die anderen Mädchen mich beneideten. Männer fingen in Gegenwart meiner Mutter an zu stottern, aber sie wussten, dass sie ihnen nichts schuldete. Sie war elegant, intelligent und selbstbeherrscht. Erwachsene brachten mir mehr Respekt entgegen, nachdem sie ihr begegnet waren.

Unsere Körper waren auf jede erdenkliche Art und Weise unterschiedlich. Sie hatte breite Schultern, ich breite Hüften. Sie trug im Sommer keine BHs, während ich dicke Einteiler zum Schwimmen anzog (nicht weil ich zu jung für einen Bikini gewesen wäre, sondern weil ich, wie meine Mutter es formulierte, wohl kaum einen Bikini tragen wollen würde). Sie wurde für die *Vogue* fotografiert und zum Interview für ein Buch mit dem Titel *Französische Frauen werden nicht dick* gebeten. Mich bat man darum, für *Teen People* zu modeln. Erst später fand ich heraus, dass ich unter der Überschrift *Echte Jeans für echte Körper* für den »kurvigen« Typ stehen sollte.

Ich spürte, dass meine Mutter sich für mein Gewicht schämte. Während der Highschool schien mir mein Körper der wesentliche Streitpunkt zwischen uns zu sein.

In einem jener Sommer machten wir Ferien in Südfrankreich. Eines Tages fuhren meine Mutter und ich in die Stadt, um Baguettes für das Abendessen zu besorgen. Sie waren noch warm, und während ich so mit diesen warmen Broten auf dem Beifahrersitz saß, riss ich mir ein Ende ab und nahm einen Bissen davon. Meine Mutter sagte, ich solle mir den Appetit nicht verderben, aber ich nahm einen weiteren Bissen. Sie packte das Baguette, riss es mir aus der Hand und schlug mich damit, so fest sie konnte, während sie fuhr.

Mein Körper sah nicht aus wie der meiner Mutter, und es war klar, dass sich daran niemals etwas ändern würde. Dennoch war ich überzeugt davon, dass sie – und nicht ich – das repräsentierte, was eine Frau sein sollte. Aus meiner Sicht gab es zwei Möglichkeiten: Entweder würde es mir gelingen, so schlank und androgyn zu werden wie sie, oder ich würde niemals wirklich eine Frau sein.

An einem der Wochenenden, die wir damals in der Hütte in Connecticut verbrachten, saßen meine Mutter und ich in dem holzvertäfelten Wohnzimmer mit seiner kathedralenartigen Decke und den vergilbten Sofakissen, die nach Mäusen rochen. Mein Bruder war draußen, er spielte im verwilderten Garten des Hauses. Meine Mutter saß in der Nähe des Kamins auf dem staubigen Fußboden und stellte ein Puzzle fertig, das mein Bruder und ich aufgegeben hatten. Ich betrachtete ihren Rücken, während ich allen Mut zusammennahm. Ich würde es ihr sagen. Meine Mutter war eine Frau, die Lösungen fand. Für jedes Problem, ganz gleich, ob es groß oder klein, konkret oder existenziell war, hatte sie Ratschläge parat, die Schritt für Schritt zu einer Lösung des Problems führten. Sie war so effizient wie eine Ärztin, die flink ein Rezept ausstellt.

»*Maman*«, sagte ich schließlich mit zitternder Stimme. Sie drehte sich um. Ich spürte, dass es sie schmerzte, mich anzusehen, und vermutete, dass es sowohl an meiner Weiblichkeit als auch an meinem Mangel daran lag.

»*Oui, mon chat?*«, sagte sie und winkte mich zu sich heran.

»Ich muss dir etwas sagen«, sagte ich.

»Was denn?«, fragte sie mit besorgter Stimme und legte die Hand auf mein Knie.

Ich war mir nicht sicher, ob ich die richtigen Worte finden würde. »In letzter Zeit … in letzter Zeit hab ich … hab ich mir alle Haare ausgerissen. Du weißt schon, die Haare, die … da unten wachsen«, sagte ich. Über Monate, fast ein Jahr hinweg, hatte ich mir aus lauter Wut auf meinen Körper mit vollen Händen die Schamhaare ausgerissen. Die Haut war wund und schorfig.

Ich spürte, wie sie sich versteifte, sah ihr Unbehagen. Weder zum ersten noch zum letzten Mal hatte ich eine ihrer Grenzen überschritten. Ich konnte einfach nicht verstehen, wo sie aufhörte und ich anfing, was ich ihr erzählen und was ich für mich behalten sollte.

»Tust du das auch, während du dich anfasst?«, sagte sie mit ruhiger Stimme.

»Nein!«, sagte ich. Die Vorstellung, dass meine Mutter glaubte, ich würde masturbieren, erfüllte mich mit Entsetzen, obwohl ich es tat.

Vielleicht war das die falsche Antwort, vielleicht fühlte meine Mutter sich einfach unwohl damit, diese Frage gestellt zu haben – woran auch immer es lag, sie machte zu. Sie entzog mir ihre Hand. Sie wurde kalt.

»Dann mach dir keine Gedanken darüber«, sagte sie.

»Aber –«, sagte ich.

»Ich hab dir doch gesagt, mach dir keine Gedanken. Warum ist das denn schlimm?«

»Ich fühle mich … ich bin … ich fühle mich … entsetzlich«, sagte ich.

»Dann hör auf damit«, sagte sie.

»Ich hab's versucht, ich kann nicht.«

»Du wirst schon irgendwann damit aufhören, wenn du so weit bist«, sagte sie abweisend. In ihrer Stimme erkannte ich den Ekel, vor dem ich mich so gefürchtet hatte. Mein Gesicht lief rot an, und eine Welle von Scham brach über mich herein. Tränen rannen meine Wangen herunter.

»Da gibt es wirklich nichts zu weinen, Nadja«, sagte sie abwesend. »Es ist nichts Ernstes.« Sie erhob sich, ging in die Küche und rief meinen Bruder herein. Er sollte ihr bei der Vorbereitung des Abendessens helfen.

Paris war das, was zwischen ihrem Zuhause und der Schule lag. Françoise kannte den Schlachter und die Frauen in der Bäckerei. Sie kannte den Parc Monceau mit dem leuchtenden Gras, das man nicht betreten durfte. Sie kannte die verschlafenen Straßen, in denen die Ärzte und Anwälte mit ihren Ehefrauen, den schön angezogenen Kindern und den kleinen Hunden wohnten. Den Weg zum Eiffelturm kannte sie nicht, obwohl sie ihn sehen konnte: Spielzeuggroß zeigte sich der Turm zwischen den niedrigen Gebäuden des Siebzehnten Arrondissements. Zur Schule nahm sie die Métro, und doch kam ihr niemals der Gedanke, dass die Linie über ihre Station hinausreichte, sich womöglich in bisher unentdeckte Teile der Stadt erstreckte.

Im Mai des Jahres 1968 breitete sich ein rasendes Fieber im Stadtzentrum aus. Radio und Fernsehen verbreiteten die Neuigkeiten. Die Studenten, so wurde berichtet, hatten die Universitäten besetzt. Die Arbeiter in den Fabriken streikten. Das Radio lief die ganze Zeit, die neuesten Ereignisse waren stets Gesprächsstoff beim Abendbrot. Die Studenten rissen das Pflaster auf. Die Studenten warfen Molotowcocktails. Dann kam die Nachricht, dass de Gaulle nun seinerseits eine Belagerung angekündigt habe. Josée war ungefähr in Françoises Alter gewesen, als die Deutschen Paris eingenommen hatten, Paul ein paar Jahre älter als sie. Sie wussten, was es bedeutete, wenn eine Stadt von einer Armee eingekesselt wurde.

»Geh runter zum Laden«, sagte Josée. Françoise zögerte. Sonst gab ihre Mutter ihr immer eine Einkaufsliste mit.

»Was soll ich kaufen?«

»Alles, was du kriegen kannst«, sagte Josée. »Nichts Verderbliches.«

Die Schlange vor dem Laden erstreckte sich bereits rund um den Block. Sämtliche Großeltern aus der Nachbarschaft waren da. Sie hatten ihre Körbe mitgebracht, ihr Blick war stur geradeaus gerichtet. Sie schienen sich auf stundenlanges Warten eingestellt zu haben. Klaglos. Es fühlte sich an, als folgten die Menschen um sie herum einer vertrauten Choreographie, von deren Existenz Françoise noch nie zuvor gehört hatte.

Die Métro streikte, die Schulen wurden geschlossen. Langsam wurde es schwierig, frische Lebensmittel zu bekommen. Panzer waren an die Stadtgrenze gebracht worden, Lastwagen kamen nicht herein. Über das Radio forderte die Regierung die Menschen auf, die Stadt zu verlassen. Die Studenten sollten isoliert werden. Man warnte die Bevölkerung davor, Benzin in ihren Badewannen zu horten, wie einige es während des Zweiten Weltkrieges getan hatten.

Es war, als wären die letzten dreißig Jahre schlicht beiseite gewischt und vergessen worden.

Die Furcht war in der gesamten Nachbarschaft greifbar. Josée begann zu packen. Doch Paul hatte keine Angst. Die Ungewissheit erregte ihn. Er verkündete, dass er bleiben würde. Als Arzt bekam er reichlich Benzin zugeteilt. Falls er sich also doch noch entschließen sollte, die Stadt zu verlassen, wäre er jederzeit dazu in der Lage.

Françoise bettelte darum, dass man sie in Paris bleiben ließ: »Dann kann ich Papa helfen.« Ihr war, als könnte sie den Puls der Stadt fühlen, die endlich bereit war, sich ihr zu öffnen.

Josée warnte sie, dass sie unter Umständen allein dastehen würde. Doch allein bedeutete bloß, ohne Hausangestellte, und das war an Wochenenden und Feiertagen schließlich auch nicht anders. Allein klang wunderbar. Außerdem, führte Françoise aus, brauche Paul jemanden, der ihm bei seiner Arbeit in der Praxis half.

Und so verließ der Rest der Familie Paris, während Françoise und ihr Vater blieben.

An diesem ersten Nachmittag ging sie allein spazieren. Die Läden waren geschlossen. Die Straßen komplett ausgestorben. Es gab keine Autos, keine Menschen. Sie war gruselig, diese Geisterstadt.

Doch Paul war außergewöhnlich gut gelaunt. An diesem Abend brachte er sie in die Küche. »Also!«, sagte er und klatschte in die Hände. »Jetzt müssen wir Essen machen!«

»Was kannst du denn kochen?«, fragte Françoise argwöhnisch.

»Mayonnaise«, sagte Paul. Françoise war beeindruckt. Noch nie hatte sie ihren Vater in der Küche gesehen.

»Dann lass uns doch Russische Eier machen«, schlug sie vor, da man ihr einmal gezeigt hatte, wie das ging. Sie setzte einen Topf mit Wasser auf.

»Weißt du, ich habe oft für mich selbst gekocht, bevor ich deine Mutter kennengelernt habe«, sagte Paul. Françoise konnte sich das nicht wirklich vorstellen. Ihr Argwohn verstimmte Paul. »Es ist sehr wichtig zu wissen, wie man eine gute Mayonnaise macht«, erklärte er ihr. Dann hielt er ihr einen Vortrag über die Emulsion von Öl und Eigelb sowie über die richtige Menge Senf, bis, untermalt von seiner Schwadronierererei, tatsächlich eine Mayonnaise Gestalt annahm.

Am folgenden Abend aßen sie hartgekochte Eier und fuhren danach zu einem seiner teuren Lieblingsrestaurants, das trotz des allgemeinen Chaos nicht hatte schließen müssen. Françoise war noch nie allein mit ihm in einem Restaurant gewesen, und endlich hatte sie das Gefühl, dass er ihre Existenz registrierte.

Wenn er mit der Arbeit in seiner halbgeschlossenen Klinik fertig war, machte er oft den Vorschlag, sich anzusehen, was so im Quartier Latin vor sich ging. Sie hatten die Stadt für sich, und Paul raste über rote Ampeln hinweg, während der Wind in Françoises kurze Haare griff. Sie hatte keine Angst. Ihr Herz war voll. Sie war ihrer Mutter so dankbar, dass sie sie zurückgelassen hatte.

Die beleuchteten Straßen des Quartier Latin waren belebt. Die Studenten hatten die Universitäten belagert, aber die Türen waren weit geöffnet und jeder konnte herein. Die Säle waren voller Schlafsäcke und Matratzen, die Wände mit Postern behängt. *Unter dem Pflaster liegt der Strand!* Françoise las jedes Einzelne ganz genau, ihr Design inspirierte sie. Keine Polizei in

Sicht. Das ganze Viertel war *en liesse* – in eine Art kollektiven Jubel ausgebrochen.

Die Studenten waren im Gegensatz zu denen in den USA keine Hippies. Die Jungen hatten keine langen Haare, und die Mädchen trugen keine Blumen. Ihre Leidenschaft brachten sie nicht durch einen bestimmten Kleidungsstil zum Ausdruck, sondern allein durch ihre Ideen. In fast jedem Saal, den Paul und Françoise betraten, fand gerade irgendeine Versammlung oder eine angeregte Debatte statt. Das Wort *solidarité* flog durch die Gebäude. Schloss sich eine weitere Fabrik dem Streik an, wanderte die Neuigkeit unter Siegesrufen von einer Person zur nächsten.

Paul schlenderte durch diese Landschaft, ohne auch nur so zu tun, als würde er irgendeiner der Reden lauschen, die da gehalten wurden. Er war weder für noch gegen den Aufstand der Studenten. Er blieb der joviale Mann, der er sonst auch war, der Mann, der jede Kassiererin zum Lachen zu bringen versuchte. Für Françoise hingegen waren diese Studenten – die nur sechs oder sieben Jahre älter waren als sie selbst – Erwachsene. Sie hatten eine ganze Stadt zum Erliegen gebracht, und sie war beeindruckt von ihrer Macht.

Zurück in der Wohnung, spielte sie für ihren Vater die Sekretärin. Sie nahm an der Schreibmaschine seine Diktate auf und war froh, das Tippen erlernt zu haben. Sie benutzte den Vervielfältigungsapparat. Die geheimnisvolle Sprache der medizinischen Berichte öffnete sich ihr in befriedigender Klarheit. Sie war in der Lage, gutartige Leberflecke von Melanomen zu unterscheiden, und war überrascht, wie leicht sich das alles erlernen ließ. Paul überschüttete sie mit Komplimenten. Während dieser paar Wochen lebten die beiden in ungezwungener Harmonie. Françoise kochte ihnen in der Küche einfache Gerichte. Sie saß an dem Schreibtisch, an dem normalerweise seine Sekretärin saß. »Du machst das so viel besser«, sagte Paul, seine Hand auf ihrer Schulter.

Françoise war glücklich, so glücklich. Als meine Mutter mir viele Jahre später diese Geschichte erzählte, musste sie bei dem

Wort »glücklich« schlucken, und es klang wie eine Art unterdrückter Schrei – *heu-reuse* –, als wäre das Wort unter der Last all ihrer Gefühle einfach entzweigebrochen. Endlich nahm ihr Vater sie als Erwachsene wahr. Sie arbeiteten so gut zusammen, waren perfekt aufeinander abgestimmt. So sah die Zukunft aus, die eines Tages ihre eigene sein könnte.

»Das ist meine Lieblingstochter«, sagte Paul immer, wenn er sie seinen Freunden vorstellte. »Eines Tages wird sie Ärztin sein, genau wie ich.«

»Es schien …«, sagte meine Mutter, dann zögerte sie. »Es schien zu schön, um wahr zu sein.«

Immer öfter fiel der Strom aus. Das tragbare Radio, die einzige Quelle für Nachrichten, über die sie verfügten, war batteriebetrieben. Da es keine Möglichkeit gab, sie zu ersetzen, ließen sie es nicht mehr den ganzen Tag lang laufen. Im Quartier Latin zeigte sich das klassische Paradoxon von Studentenstreiks: Sobald die Leidenschaft abebbte, offenbarte sich Dilettantismus. Wem außer den Eltern machte es denn etwas aus, dass sie nicht mehr zu den Vorlesungen gingen? Und trotzdem hörte die Belagerung nicht auf. Jeder Tag wurde um seiner selbst willen zum Sieg. Sie konnten jetzt nicht aufhören, waren sie doch schon so weit gekommen.

Eines Abends, gegen Ende der Belagerung, als die Elektrizität länger als üblich abgeschaltet wurde, wurde die Stimmung im Quartier Latin festlich, ja regelrecht hemmungslos. Die Restaurants, deren Vorräte in den Gefrierschränken zu verderben drohten, servierten ihre Mahlzeiten umsonst. Paul und Françoise setzten sich an einen Tisch auf der Straße. Die Kellner kamen mit einem Gang nach dem nächsten, ohne dass man sie hätte rufen müssen. Der Wein floss. Die Stimmung war großartig. So würde es unmöglich weitergehen, aber das kümmerte sie nicht. Es war ein Festmahl zum Weltuntergang.

An meinem zweiten oder dritten Tag an der Highschool nutzte ich meine morgendliche Freistunde, um in der Bibliothek meine

Mathehausaufgaben fertig zu machen. Stuyvesant war eine wunderschöne Schule, das Juwel unter New Yorks öffentlichen Schulen. Ich wollte das Mädchen, das ich in der kleinen Privatschule gewesen war, partout hinter mir lassen und mich als eine von achthundert neuen Schülern und Schülerinnen an dieser Highschool neu erfinden. Die zehn Geschosse des Gebäudes waren durch Rolltreppen miteinander verbunden. Eine Fußgängerbrücke, deren Bau eine Million Dollar gekostet hatte, führte von der Schule über den vielbefahrenen West Side Highway. Von den Fenstern der Bibliothek aus konnte man über den Hudson River und auf die Skyline Downtown schauen.

An den Fenstern der Bibliothek hatten sich Schüler versammelt. Einer nach dem anderen verließen sie die runden Tische, an denen sie arbeiteten, und drückten ihre Nasen an die Fenster. Ich hielt ihnen den Rücken zugewandt und konzentrierte mich auf die Zahlen, die sich vor mir abspulten, als ein Rumsen wie ein Überschallknall durch die Wände fuhr. Ich erinnere mich noch an die eigenwillige Linie, die mein Stift auf dem Millimeterpapier hinterließ.

»Da hat wohl jemand oben in der Sporthalle ein Gewicht fallen lassen«, sagte die Bibliothekarin. Sie lachte ein wenig zu laut über ihren eigenen Witz.

Die Schulglocke läutete zur nächsten Stunde.

»Nadja«, sagte jemand, als ich ging, »hast du aus dem Fenster gesehen?« Ich sagte, dass ich nicht zu spät kommen wolle, und ging weiter.

»Schau es dir an«, sagte die Person und packte mich am Arm. »Wirklich, schau es dir einfach an.«

Ich drängte mich durch die Menge. Es war das aufwendigste Filmset, das ich je gesehen hatte. Eine gemalte Skyline war über die eigentliche Skyline gehängt worden und verdeckte sie komplett. Ein Loch war in das World Trade Center geschnitten worden. Ein Stück Stoff hing davon herab. Rauch wogte aus einer verborgenen Trockeneismaschine durch den Riss. Genau das sah ich. Wirklich.

»Da war noch ein zweites Flugzeug«, sagte ein Junge zu einem anderen. Seine Stimme brach, er wirkte aufgeregt. »Es ist ein Terrorangriff.«

Jungs, dachte ich und schnaubte. Die schauten einfach zu viele Filme.

Über die Lautsprecher verkündete der Direktor, dass wir das Schulgebäude heute zum Mittagessen doch verlassen dürften, dann wieder nicht. Beim nächsten Blick aus dem Fenster sah ich nur nach unten. Ich sah Männer und Frauen in Anzügen, sie sprachen in ihr Handy und drängten sich auf den Straßen. Noch nie hatte ich so viele Menschen im Park am Fluss gesehen, obwohl ich dort als Kind oft gespielt hatte. Ich dachte bei mir, dass dort um die Mittagszeit halt viel los sei, und erlaubte mir nicht, weiter darüber nachzudenken.

Unsere Englischlehrerin, eine hübsche junge Frau mit einer weichen Trällerstimme, verabschiedete sich von ihrem Lehrplan für die kommende Stunde. Stattdessen bat sie uns, über unseren Morgen zu sprechen.

Dann vibrierte das Gebäude erneut. Die Lichter flackerten, gingen aus, dann wieder an. Ich starrte auf meine Hände. Sie hatten die Kante meines Tisches gepackt. Weiß traten meine Knöchel hervor. Warum taten meine Hände das? Ich spürte, dass ich mich auf der Schwelle zu einer Erkenntnis befand.

»Das ist nichts weiter als eine Interferenz durch ein Flugzeug, das gerade über das Gebäude fliegt«, sagte die Lehrerin und steckte sich eine Strähne ihres Haares hinter das Ohr, »das ist wie dieses Rauschen vom Handy, wenn man unter einer Brücke entlanggeht.« Meine Finger lösten sich. Über die Lautsprecher verkündete der Direktor, dass die normalen Stundenpläne nicht mehr gälten. Wir sollten uns in unsere Klassenräume begeben, damit man uns zählen könne. Ein Anflug von Gereiztheit erfasste mich – die Mathehausaufgabe, die ich extra fertiggestellt hatte, würde nicht eingesammelt werden.

Ich erinnere mich nicht mehr daran, meiner besten Freundin im Flur begegnet zu sein, aber später erzählte sie mir, dass es so gewesen sei. Sie war eine Kindheitsfreundin, einer der wenigen Menschen, die ich an diesem riesigen ungewohnten Ort kannte. Sie sagte, ich sei begeistert gewesen, sie zu sehen. Sie sagte, ich hätte nicht bemerkt, dass sie in Tränen aufgelöst gewesen sei.

Mehrere Geschosse lagen zwischen mir und meinem Klassenzimmer. Eine meiner neuen Freundinnen hatte ein Gipsbein. Die Verwaltung hatte die Rolltreppen und Aufzüge lahmgelegt. Während meine Freundin mit jedem Schritt rang, hielt ich ihre Krücken. Alle meine Gefühle lösten sich in der Wut auf, die ich darüber empfand, dass sie die Aufzüge außer Betrieb genommen hatten. Wir stießen die Tür des Treppenhauses in der zehnten Etage auf. Ein Mädchen blieb stehen und starrte uns an.

»Nadja!«, sagte sie. »Dein Vater hat überall nach dir gesucht.«

»Mein Vater?«, fragte ich. Und da kam er auch schon den Flur entlang und auf mich zugelaufen, sein Gesicht ein Kaleidoskop aus Erleichterung, Wut und Panik. »Da *bist* du ja«, sagte er und schloss mich so fest in die Arme, dass es mir den Atem nahm. Noch nie hatte ich meinen Vater in Angst gesehen. Er packte mich bei der Hand, und wir rannten die Treppen wieder hinunter. Meine Mutter war in der Lobby, ihr Gesicht von Tränen bedeckt. Umständlich quetschten wir uns zu dritt durch die Türen, weil meine Mutter mich einfach nicht mehr loslassen wollte.

»Sollte ich mein Fahrrad mitnehmen?«, fragte ich meinen Vater.

»Wenn du es hierlässt, wirst du es nie wiedersehen«, sagte er. Meine Hände zitterten, als ich das Schloss öffnete. Mein Verstand war schwer wie Blei und verweigerte den Dienst. Selbst da erlaubte ich mir nicht, mich zu fragen, was hier geschah. Wir schlossen uns einem breiten Strom von Menschen an, der sich den Fußgängerweg am Fluss entlang Richtung Uptown schob. In meiner Erinnerung waren die Menschen alle seltsam leise, sie flüsterten, wenn sie überhaupt sprachen. Und dann hielten wir alle inne und drehten uns um.

Ich weiß nicht, wie ich beschreiben soll, was ich sah. Da war das World Trade Center, einen knappen Kilometer von uns entfernt. Es hatte nur noch einen Turm. Dann fiel das Grau von diesem verbliebenen Turm ab, rollte sich unendlich langsam auf dem Weg nach unten zusammen, und während das Grau so herabsank, kam ein rotglühendes Skelett aus Stahlträgern darunter zum Vorschein. Leuchtend hingen sie in der Luft, dann zerfielen auch sie zu Pulver, wurden einzelne Partikel, wurden Luft und fielen. Alles fiel, alles fiel.

Meine Mutter schrie den Namen einer Freundin, die am Fuß der Türme lebte. Eine riesige weiße Wolke bewegte sich auf uns zu. Ich sah zu, wie meine Schule verschwand. Überall um uns herum drehten die Menschen sich um und begannen zu rennen. Ich war in einer Stadt voller Wolkenkratzer aufgewachsen. Es war nicht vorgesehen, dass sie in sich zusammenfielen.

»Lauft!«, rief jemand uns im Vorbeirennen zu. »Der Rauch wird euch umbringen!« Und dann schwebte ich plötzlich sehr hoch in der Luft. Irgendwo auf dem Gehweg unter mir drehte ein Mädchen sich um und begann zu gehen. Von da, wo ich schwebte, konnte ich die Worte, die sie sagte, gerade noch hören: »Meine Freunde, meine Schule, meine Freunde, meine Schule!« Immer und immer wieder, wie eine Beschwörung. Ein Fremder bot ihr Wasser an. Sie reagierte nicht.

Sie sollte das Wasser nehmen, dachte ich. Sie muss sich beruhigen.

Mein Vater nahm das Wasser und drückte es mir in die Hand. Und dann war ich zurück in meinem Körper. Die Worte kamen aus meinem eigenen Mund. Ich würgte einen Schluck herunter.

Wir wandten uns vom Fluss ab, bogen in die Canal Street ein. Jetzt waren wir wieder nur zu dritt. Die Straße war schmerzlich vertraut. Wie oft waren wir hier langgelaufen, meine Familie und ich. Aber irgendetwas war anders, ohne dass ich hätte sagen können, was genau.

Vor uns hatte ein Mann eine Staffelei auf dem Gehweg aufgestellt. Er war in sein Gemälde versunken. »Schau«, sagte ich und zerrte am Ärmel meines Vaters. Auf der Leinwand brannten die Türme. Doch hinter ihm, am Horizont, gab es keine Türme mehr.

Über die Jahre habe ich diese Geschichte so oft erzählt, dass sie irgendwann keine Erinnerung mehr war. Nur selten, wenn ich mit einem engen Freund darüber sprach, konnte ich die Nachwehen des Gefühls noch spüren. Meistens sah ich mich selbst jedoch durch eine Reihe leerer Bilder stapfen, durch die ich schon viele Male gegangen war. Ich konnte nicht nach rechts oder links sehen. Ich konnte keine Einzelheiten erkennen, die ich nicht bereits beschrieben hatte. Bei irgendeiner Party sagte ein Mädchen voller Begeisterung: »Oh, du machst mir Gänsehaut!«, und ich empfand ein seltsames Vergnügen dabei, mir selbst Gewalt anzutun.

Ich sprach fast gar nicht mehr darüber. Und wenn ich es tat, erzählte ich nichts von dem Mann mit seinem Gemälde. Diese Geschichte gehört jetzt meinem Vater, er hat sie in dem Comic verewigt, den er über diesen Tag geschrieben hat. Manchmal frage ich mich, ob ich tatsächlich das rote Skelett aus Stahlträgern vor Augen habe oder ob ich stattdessen seine Zeichnung sehe. Bevor er das Bild zeichnete, sprachen wir darüber, dass nichts davon in den Nachrichten zu sehen gewesen sei. »Also hast du es auch gesehen«, sagte er, und das hatte ich. Ich hatte es auch gesehen. Doch meine Erinnerungen wurden problemlos von seinen überschrieben. Sie verschmolzen mit den Einzelbildern seiner Comics, die mich zeigten, obwohl ich nie Model für ihn gestanden hatte.

Die Ruinen lagen noch in rot glühender Asche, als man uns zurück in die Schule schickte. An der Canal Street wurden unsere Schülerausweise kontrolliert. Downtown war für die meisten Menschen noch Sperrgebiet. Unsere Rückkehr wurde vom Fernsehen begleitet: die mutigen Schüler der Stuyvesant Highschool. Journalisten fanden unsere Telefonnummern heraus und riefen bei uns zu Hause an. Unsere Lehrer sprachen gegen das Krachen von Metall gegen Metall an, während die Kräne die

Trümmer der Wolkenkratzer auf die Schleppzüge unter unseren Fenstern packten. Ein Mann in einem gelben Ganzkörperschutzanzug kam in unser Klassenzimmer und sagte, wir sollten ihn ignorieren. Das kleine Gerät in seiner Hand machte *piep piep piep PIEP-PIEPPIEP.* Er notierte etwas, dann verließ er leise den Raum. Ein Sozialarbeiter verteilte ein Arbeitsblatt: *Wenn Lucy sich von den Erwachsenen um sich herum nicht verstanden fühlt, wenn Lucy nachts nicht schlafen kann, wenn Lucy Angst bekommt, während die Nachrichten laufen, dann hat Lucy eine posttraumatische Belastungsstörung.*

Meine Hand schoss in die Luft. »Lucy klingt für mich wie ein ganz normaler Teenager«, sagte ich voll selbstgerechter Wut. »Haben Sie sich heutzutage mal die Nachrichten angesehen?«

Die Sozialarbeiter flehten uns an, mit ihnen zu reden. Wir sprachen nicht einmal miteinander. Die Flure waren gepflastert mit Nachrichten von Schulen aus dem ganzen Land. »Unsere Gebete sind mit euch.« Drumherum bunte Handabdrücke. Warum sollte irgendjemand für *uns* beten, wollten wir wissen. Wir wollten kein Mitleid. Der Geruch von Tod umgab uns, aber ich kannte niemanden, der jemanden kannte, der gestorben war. Uns ging es gut. Wir waren nicht beschädigt. Es schien sehr wichtig, das unter Beweis zu stellen. Als die Touristen anfingen, uns nach dem Weg Richtung Ground Zero zu fragen, sagten wir ihnen, sie sollten zum Fluss gehen und reinspringen. Wenn Reisebusse an unserer Schule vorbeikamen und die Insassen auf uns zeigten, warfen wir unsere leeren Getränkedosen nach ihnen. Wenn die Subway unangekündigt mitten im Tunnel hielt, packten wir stumm die Haltestangen, ohne ein Wort darüber zu verlieren. Ich brauchte Jahre, um zu begreifen, dass nicht alle unter Albträumen von Bomben und Flugzeugen litten.

In diesen Albträumen hatte ich keine Angst. Ich war an jenem klaren, kühlen Ort jenseits der Angst. In allen Träumen hatte ich ein kleines Kind dabei. In einem fuhr ich durch eine Straße voller Landminen. In einem anderen versteckte ich uns in einem Keller, während Männer mit Waffen jeden erschossen, der sich bewegte. Als die Schießerei aufhörte, kroch ich nach draußen und holte uns Wasser. In meinen Träumen ging es nicht ums Sterben. Es ging ums Überleben. Sie wurden seltener, hörten aber nie ganz auf. Eines Morgens mit Anfang zwanzig wurde mir beim Aufwachen klar, dass ich auch das Kind war. Das einstürzende Gebäude hatte mich in der Mitte zerteilt. Für mich hatte sich die Welt zu schnell weitergedreht, sich bereits umgesehen, bevor der Augenblick auch nur vorüber war. Ein Teil von mir schwebte immer noch wie erstarrt über dem West Side Highway. Das Selbst, das weitergegangen war und Wasser gefunden hatte, war ein anderes, ein vollkommen verändertes Ich.

Ich mied alle medialen Aufbereitungen des Ereignisses, bis diese Vermeidungshaltung mir in Fleisch und Blut überging. Bilder der zusammenstürzenden Türme fühlten sich an wie ein Angriff, das änderte sich nie. Es schien unanständig, sich das anzusehen.

Am ersten Jahrestag sah ich auf unserem Küchentisch ein Magazin liegen. Auf dem Cover war ein Hochglanzbild von Menschen, die, bereit zum Sprung, in den Fenstern von einem der Türme standen.

»*Maman?*«, sagte ich.

»Das wusstest du nicht?«, sagte sie überrascht.

Selbst fünfzehn Jahre später war es mir noch unerträglich, dass man eine Gedenkstätte und einen neuen Turm errichtet hatte. Wie konnten sie dieses Ereignis nur in die Vergangenheit einsortieren. Es war noch immer unbegreiflich.

An jenem Morgen, an dem es geschehen war, waren meine Eltern auf dem Weg zur Vorwahl für das Bürgermeisteramt gewesen. Sie hatten gerade das Haus verlassen, standen auf der Straße. Meine Mutter sah über sich ein Flugzeug, sie verfolgte es. Sie sah, wie es ein Loch in den Turm schlug.

Meine Mutter zählte die Stockwerke. Der Turm war gebrochen. Der obere Teil würde möglicherweise herunterfallen. Vor ihrem inneren Auge sah sie ihn stürzen. Sie kalkulierte den Radius, sah meine Schule. Mein Vater war wieder nach oben gegangen, um die Nachrichten anzusehen. Außer sich vor Angst, brüllte meine Mutter von der Straße aus seinen Namen. Passanten glotzten. Panisch rief sie ihn auf dem Handy an, bis er nach unten kam. Sie schleppte ihn ins Zentrum des Chaos, aus dem die anderen bereits flüchteten. Fast eine Stunde lang suchten meine Eltern das Gebäude nach mir ab.

Im Grunde ein Szenario für die hypothetische Frage, ob eine Mutter in ein brennendes Haus rennen würde, um ihr Kind zu retten. Es gibt wenige Menschen, die für sich die Antwort auf diese Frage kennen.

KAPITEL DREI

Kürzlich hat eine alte Mitschülerin meiner Mutter zwei Klassenbilder geschickt. Sie waren körnig und unscharf, die Ausschnitte stark vergrößert.

»Wenn ich die nicht gesehen hätte«, sagte meine Mutter, »hätte ich dir gesagt, dass ich immer so gewesen bin.« Sie deutete auf das erste Foto, auf dem sie die Beine gekreuzt und die Hände in den Schoß gelegt hatte. Lieb schaute sie in die Kamera. »Ich hätte gesagt, ich war immer schüchtern, unsichtbar, ein kleines Mädchen. Unglücklich.« Auf dem zweiten Foto war ihr Blick selbstbewusst, sie fixierte die Kamera. Die Schultern hatte sie zurückgenommen, den Rücken hielt sie gerade.

»Auf dem zweiten Bild hat mich dein Vater sofort erkannt. Er sagte: ›Sieh an, da warst du ja schon du selbst!‹«

»Was ist geschehen?«, fragte ich.

»Ich weiß nicht«, sagte meine Mutter und ließ den Finger auf dem Foto ruhen. »Ich schätze, ich bin ich selbst geworden.«

Im Sommer 1970 hatte Sylvie in Ussel eine kleine Romanze. Jean-Michel Guérin war ein Junge aus dem Ort. Er sah nicht besonders gut aus. Er war nicht sehr groß, und seine markanten Gesichtszüge nahmen sein Gesicht zu sehr ein. Doch sein unerschütterliches Selbstvertrauen verlieh ihm eine mysteriöse Ausstrahlung. Es schien, als folge er einer Art besonderen Bestimmung, die kein Außenstehender je würde entschlüsseln können. Seine Eltern fügten sich ihm mit einer Mischung aus Angst und Stolz. So oft wie möglich entzog er sich ihnen und hing mit den anderen Teenagern aus dem Ort herum. Sie tranken und tanzten und rasten die kurvigen Landstraßen entlang.

Während ihres Jahres bei Mamie in Ussel war Sylvie eine Art Ehrenmitglied dieser Gang geworden. Françoise hingegen betrachtete man noch immer als Sommergast, als hochmütige Pariserin. Sie beobachtete Sylvies Kommen und Gehen aus der Distanz.

Es begann in der Augusthitze, ein unschuldiger Flirt, kaum auch nur durch Küsse befleckt. Jean-Michel machte hochtrabende Komplimente – *deine Augen, die Sterne* –, die in den Ohren einer Sechzehnjährigen neu und erwachsen klangen. Sylvie, die sich in diesen Momenten von der Rolle des hässlichen Entleins, das sie in ihrer Familie war, befreit fühlte, öffnete sich ihm und strahlte vor lauter neu gefundener Schönheit. Es war eine süße kleine Romanze, eine, die nicht einmal das junge Paar während dieses Sommers wirklich ernst nahm. Doch das schreckliche Kalkül der Familie bestand darin, dass jedes bisschen Liebe, das gegeben wurde, an anderer Stelle entzogen wurde. Die kleine Romanze ging mit einem hohen Preis einher.

In diesem Herbst kamen plötzlich Briefe für Sylvie. Es bestand kein Zweifel, von wem sie waren, man erkannte es schon an den Bildern, die Jean-Michel auf die Umschläge kritzelte. Josée schnappte sie aus dem Briefkasten und rief ihre Älteste. Die beiden verschwanden in Josées Zimmer, wo sie angesichts von Jean-Michels hochliterarisch formulierten Liebeserklärungen hysterisch kicherten wie kleine Mädchen. Diese plötzliche Komplizenschaft zwischen Mutter und Schwester war ein Schock für Françoise, und sie fühlte sich immer verlorener. Auch sie hatte in diesem Jahr einen Freund, einen lieben, langweiligen jungen Mann, den sie beim Skifahren kennengelernt hatte. Tatsächlich interessierten sich viele für die empfindsame, selbstgenügsame Françoise, doch sofern sie nicht den Mut aufbrachten, auf sie zuzugehen und sie zum Tanz aufzufordern, wie es dieser Junge getan hatte, bemerkte sie ihre Bewunderer nicht. Josée war einverstanden mit dem Freund – seine Mutter war eine berühmte Journalistin –, aber sie blieb verhalten und nahm Françoise nicht mit in ihr Zimmer, um seine Briefe zu lesen.

Tatsächlich interessierte sie sich kaum für das, was zwischen ihm und Françoise geschah, und Françoise wäre keine Jungfrau mehr gewesen, wenn ihre Mutter eines Nachmittags nicht früher nach Hause gekommen wäre als erwartet. Jetzt lauschte Françoise dem Lachen, das hinter der geschlossenen Zimmertür ertönte, und sie spürte den Stich der vertrauten Eifersucht.

Im Oktober begann Sylvie, sich darum zu bemühen, dass man sie auf das Mädcheninternat in Clermont-Ferrand schickte. Clermont-Ferrand war eine Industriestadt, etwa eine Stunde von Ussel entfernt. Ussel hatte keine vernünftige Oberschule, deshalb setzten viele Schüler ihre Schulausbildung in Clermont-Ferrand fort. Die Mädchenschule lag auf der gegenüberliegenden Straßenseite von der Jungenschule, die Jean-Michel besuchte. Françoise war überrascht von Sylvies Bitte, denn für Pariser war der Besuch eines Internats nichts anderes als eine Bestrafung für jene, die als schwer erziehbar galten.

Paul war sofort dagegen. Er hatte seine eigene Kindheit in Internaten verbracht und es im Leben nicht so weit gebracht, um seine eigene Tochter ebenfalls in ein Internat zu stecken. Außerdem hatte das Schuljahr in Paris bereits begonnen. Josée hingegen war von der Idee, dass Sylvie ihr *petite aventure* mit Jean-Michel fortsetzen könnte, ganz angetan. Sofort setzte sie alles daran, dass ihr Mann es sich anders überlegte. Sie und Paul hatten für diesen Winter einen einmonatigen Urlaub in Australien geplant. Da wäre es nur praktisch, wenn die Mädchen bereits woanders untergebracht waren. Bald sah auch Françoise die Vorteile dieses Plans. Zu Hause wurde es langsam unerträglich, und sie hatte keinerlei Verlangen danach, dem ganzen Ausmaß der Wutausbrüche ihrer Eltern allein ausgesetzt zu sein. Also schloss sie sich Sylvies Wunsch an.

Sie flehte ihren Vater an. Die Eltern ließen ihre Beziehungen spielen. Im November trafen die Mädchen im Internat ein.

Das Lycée Jeanne-d'Arc lag dem Lycée Blaise-Pascal gegenüber, sie nahmen jeweils einen ganzen Block von Clermont-Ferrand ein. Von den etwa tausend Schülern in der Jeanne-d'Arc lebten nur ungefähr zweihundert im Internat. Die meisten Internatsschülerinnen kamen von kleinen Bauernhöfen und Dörfern in der Region, die jedoch zu weit weg waren, um jeden Tag zu pendeln. Sylvie und Françoise teilten einen Schlafraum mit fünfzig anderen Mädchen. Bett an Nachttisch an Bett an Nachttisch, so war der Raum strukturiert. Man gab ihnen Betten, die weit entfernt voneinander lagen. Sylvies Bett war in der Nähe der Tür, das von Françoise am Ende des Raumes.

Nur wenige andere Mädchen hatten schon einmal von den Beatles gehört. Keine von ihnen war jemals in einem Flugzeug gereist. Françoise war schon mit acht Jahren allein nach Marokko geflogen. Sie kannte die Beatles *und* die Rolling Stones, obwohl sie Boris Vian und Georges Brassens dennoch lieber hatte. Sie spürte, dass sie Kultiviertheit ausstrahlte, eine neue Art von Coolness, von der sie nie geglaubt hätte, dass sie sie besaß. Offensichtlich waren die Mouly-Mädchen besonders böse und gefährlich, warum sonst hätte man sie mitten im Schuljahr aus Paris hierherschicken sollen? Und dass ihre Eltern nach Australien gereist waren, machte sie nur noch außergewöhnlicher. Australien – das war so weit weg, dass man darüber nur im Flüsterton sprach.

Françoise begann sich ihrer neuen Reputation anzupassen. In Paris war sie stets eine brave Schülerin gewesen, still und aufmerksam hatte sie in der ersten Reihe gesessen. Im Internat wurde sie die Art von Schülerin, vor der die Lehrerinnen einander warnten. Ständig stellte sie Fragen, forderte Erklärungen für die strengen und willkürlichen Regeln, die die Schule aufstellte. Sie warf mit Papierkügelchen auf eine Lehrerin, bis diese in Tränen aufgelöst das Klassenzimmer verließ. Sie schmuggelte eine Bananenschale aus der Mensa, trocknete sie auf dem Fensterbrett in der Toilette, kratzte das Mark heraus, rollte es in einen Streifen wächsernes, braunes Toilettenpapier, zündete es an und zeigte den anderen Mädchen, wie man inhalierte und den Rauch tief in der Lunge behielt.

Donnerstagnachmittags war es den Mädchen erlaubt, das

Schulgelände zu verlassen. Sylvie und Françoise blieben nicht bei ihren Klassenkameradinnen, sie gingen mit Jean-Michel und den anderen Jungs aus Ussel, die die Blaise-Pascal besuchten, in ein Café in der Nähe der Universität, wo sich die Studenten trafen und die coolsten Schüler der Oberschule ihre Freistunden verbrachten. Hin und wieder begegneten ihnen dort zwei Brüder, deren Eltern mit ihren bekannt waren. Der Altersunterschied zwischen Éric und Christian betrug anderthalb Jahre, genauso wie bei Sylvie und Françoise. Ihre Eltern hatten oft gescherzt, dass ihre Töchter die Jungs heiraten würden. Dieser Logik folgend, war Françoise klar, dass sie Christian zugedacht war, aber heimlich war sie in den älteren Éric verknallt. Er war gut aussehend und wagemutig, und seine Herablassung Frauen gegenüber ließ sie in Scharen zu ihm strömen. Doch obwohl Françoise an seinen Lippen hing, behandelte er sie mit derselben abweisenden Freundlichkeit, die er ihr schon als Kind entgegengebracht hatte.

Françoise beobachtete Jean-Michel und Sylvie aufmerksam, wenn sie im Café waren. Sie berührten sich selten, wenn man von der Berührung der Wangen zur Begrüßung und zum Abschied absah. Doch viel Zeit zur Beobachtung blieb ihr nicht. Einige Wochen nach ihrer Ankunft wurden Sylvie die Ausgangsrechte entzogen. Sie hatte eine Flasche Schnaps in die Schule geschmuggelt und eine andere Schülerin gefragt, ob sie mit ihr auf der Toilette trinken wolle. Die Toilette war einer der wenigen Räume in der Schule, wo man sich einschließen konnte. Doch das Mädchen war nicht an Alkohol gewöhnt und trank so viel, dass sie ins Krankenhaus geschickt werden musste. Sylvie, die ganz offensichtlich die Anstifterin gewesen war, durfte das Gelände von diesem Zeitpunkt an nicht mehr verlassen.

Von nun an beobachtete Sylvie ihre Schwester an den Donnerstagnachmittagen vom Fenster aus beim Verlassen der Schule und bei ihrer Rückkehr. Françoise verließ das Schulgelände durch den großen Haupteingang und machte sich allein auf den

Weg zum Café. Sie hatte stets ein Buch dabei und setzte sich zum Lesen ins Hinterzimmer des Cafés, bis ihre Freunde eintrafen. Das Café symbolisierte später eine bestimmte Zeit ihres Lebens. Sie liebte die Flipperautomaten und die *demi panachés*. Sie genoss diese entspannten Stunden unter Leuten ebenso sehr, wie sie es genoss, allein zu sein. Vor allen Dingen liebte sie die Leidenschaft, von der die politischen Debatten geprägt waren. Die Studenten drängten sich um kleine Tische und planten den Aufstand der Arbeiterklasse. Sie schlugen ihre Fäuste so heftig auf die Tische, dass ihre Getränke überschwappten. Sie sprangen so schwungvoll auf, dass die Stühle hinter ihnen umkippten. Sie erfanden die Welt neu. Endlich war sie Teil ihres eigenen Mai 1968. Hier waren die Studenten die Halbgötter, die Städte zum Erliegen brachten. Und hier, weit weg von Paris, war sie plötzlich im Zentrum der Bewegung.

Sie hörte zu, brachte langsam den Mut auf, die Ideen anderer infrage zu stellen und ihre eigenen zu entwickeln. Ihr Kopf schwirrte, wenn sie, die Revolution in ihrem Herzen, in die Schule zurückkehrte. Wenn sie dann aber anfing, ihrer Schwester all diese aufregenden Dinge zu erzählen, brachte Sylvies eisiger Blick sie zum Schweigen. Ihre Ablehnung war so stark, dass Françoise sie beinahe riechen konnte. Der Vorwurf wurde nie wirklich ausgesprochen und war doch offensichtlich. Françoise hatte sich ihrer Welt bemächtigt. »Wenn du mich an diesem Tag gefragt hättest, ob ich mit dir trinke«, sagte Françoise durch zusammengebissene Zähne, »dann hätte ich das gern getan.«

Françoise versuchte sich zu sagen, dass sie nichts falsch gemacht habe, aber das Schuldgefühl blubberte unangenehm in ihrem Magen. Ihre Hausaufgabenzeit verbrachte sie damit, die Flucht ihrer Schwester zu planen. Im Besenschrank der Bibliothek, der sich außerhalb des Blickfeldes der Aufsicht befand, kratzte sie mit einem Löffel den Putz aus den Rillen zwischen den Backsteinen. Einer nach dem anderen lockerte sich. Auf der anderen Seite der Wand war die Straße. Nachdem Françoise einige Steine entfernt hatte, holte sie ihre Schwester in den Schrank und zeigte ihr, was sie getan hatte. Sie bot ihr einen zweiten Löffel an, damit sie gemeinsam weiterarbeiten konnten.

»Und was werde ich machen, wenn das Loch groß genug ist?«, fragte Sylvie wütend. »Soll ich dann einfach raus auf die Straße springen. Mitten am Tag? Und hoffen, dass es keiner mitkriegt? Was, wenn ich dann auch noch mein Ausgangsrecht für die Wochenenden verliere?«

Françoise fuhr fort zu kratzen. Aber sie ging auch weiterhin allein ins Café.

Es dauerte nicht lange, bis sie sich in Jean-Michel verliebte. Mit seiner Stimme füllte er das ganze kleine Café. Er bemerkte, wie Françoise mit ihren tiefgründigen Augen jede seiner Gesten verfolgte, während er sprach. Kettenrauchend redeten sie stundenlang. Françoise rauchte, ebenso wie ihr Vater, der Arzt, Gitanes mit Filter, denn sie verfügte über die neusten Erkenntnisse des Gesundheitswesens. Jean-Michel rauchte Boyards, die so stark waren, dass fast allen davon schwindelig wurde. Und doch lohnte es sich, denn das dünne Maispapier haftete an den Lippen, und die Zigarette blieb auch beim Reden dort hängen – es war der Inbegriff von Coolness.

»Was machst du dieses Wochenende?«, fragte Jean-Michel Françoise eines Donnerstags, als er sie zurück ins Internat begleitete. Am darauffolgenden Donnerstag lehnte er sich im Café über den Tisch und küsste sie.

Françoise fand es aufregend, ja unglaublich, dass ein so charismatischer Typ sie interessant finden könnte. Trotzdem dachte sie an Sylvie, die verbittert in ihrem Zimmer auf und ab lief. Vielleicht war das bloß eine einmalige Sache, dachte sie. Vielleicht musste sie es ihr gar nicht erzählen. Doch in der darauffolgenden Woche küsste Jean-Michel sie erneut.

»Was ist mit meiner Schwester?«, fragte sie ihn und entzog sich ihm.

»Was soll sein mit deiner Schwester?«, sagte er. Er versicherte

Françoise, dass es zwischen ihm und Sylvie aus sei. Es habe nie wirklich angefangen. Er habe lediglich eine Empfängerin für seine Gedichte gesucht. Sylvie habe ihm wesentlich mehr Briefe geschickt als er ihr. Sie seien bloß Freunde gewesen.

»Ich muss dir etwas sagen«, erklärte Françoise Sylvie kurz darauf. Ihre Stimme zitterte. »Jean-Michel hat mich verführt.«

»Wie kannst du es wagen!«, entgegnete Sylvie. Sie war wütend, aber letztlich, so meinte meine Mutter, als sie die Geschichte erzählte, sei Sylvie eigentlich immer wütend gewesen. Wütend war sie am liebsten. Außerdem, betonte meine Mutter, habe sie auch nicht gesagt: Wie kann *er* es wagen!

»*Maman* wird stinksauer auf dich sein«, sagte Sylvie. Beide wussten, dass das stimmte, und auch, dass es sich dabei letztlich um das größere Problem handelte, obwohl keine von beiden sich wirklich erklären konnte, warum.

Bei den seltenen Gelegenheiten, zu denen die Mädchen zu Hause anriefen, stand Françoise nervös dabei, während Sylvie in den Hörer hineinmurmelte. »Sie war spät dran für ein Abendessen«, sagte Sylvie beim Auflegen. Oder: »Sie klang müde, sie mochte nicht mehr so viel reden.« Selbst aus der Entfernung war Josées Wut fast greifbar. Die Wut ihrer Mutter drückte Françoise nieder und ließ ihre Hände zittern. Sie durfte nicht innehalten. Sie nahm die Leidenschaft aus dem Café mit ins Innere der Schulmauern. In ihren Augen war etwas Wildes erwacht. Sie war bereit, sich für die erste Sache zu opfern, die ihr begegnen würde, ganz so, als stünde sie unter einem Bann.

Die Schülerinnen durften im Schlafraum, in den Toiletten und auch während der Hausaufgabenzeit rauchen, doch im Hof war das Rauchen untersagt. Françoise erklärte das zu einer schreienden Ungerechtigkeit. Sie hatte zwei Jahre zuvor, mit dreizehn, angefangen zu rauchen. In ihrem Schlafzimmer in Paris hatte sie einen Aschenbecher. Von ihren Eltern hatte sie bloß Ärger bekommen, als die Empfangsdame weitergetratscht hatte, dass sie sie auf der Straße hatte rauchen sehen. »Nur Schlampen rauchen auf der Straße«, hatte Josée sie wütend wissen lassen.

Heute organisierte Françoise einen Hungerstreik, um gegen das Rauchverbot im Hof zu protestieren. Zwölf Tage währte der Streik, und Françoise ernährte sich von nichts anderem als von Zuckerwürfeln, die sie heimlich lutschte, und von ihrem Stolz.

Die Direktorin wusste nicht weiter. Es war unmöglich, Françoise zu bestrafen. Die meisten Mädchen fügten sich, sobald man ihnen androhte, ihre Eltern zu kontaktieren. Doch Josée seufzte bloß, wenn sie die Briefe und Anrufe erhielt. Françoise war ein *enfant terrible*. Sie kam ganz nach ihrem Vater. Josée war noch nie in der Lage gewesen, sie in der Spur zu halten.

»Libérez Guyot!«, schrie Françoise eines Tages im Frühling, als die Mädchen sich für die Pause in den Hof begeben hatten. Sie hatte die Hände zu einem Trichter geformt. »Wenn wir alle gehen, können sie uns nicht bestrafen. Vereinigt euch! Reklamiert eure Macht!« Engagierte Studenten, die Françoise im Café kennengelernt hatte, standen außerhalb der Schulmauern und feuerten die Mädchen an. Auf Françoises Vorschlag hin hatten sie die Route eines Protestmarsches geändert, damit sie am Lycée vorbeikamen.

»Zusammen sind wir unbesiegbar!«, rief sie. »Wer schließt sich mir an? *Libérez Guyot!*«

»Jedes Mädchen, das die Schule verlässt, wird unverzüglich vom Unterricht ausgeschlossen!«, schrie die Direktorin von der Schultreppe aus zurück.

»Sie kann uns nicht alle vom Unterricht ausschließen!«, schrie Françoise. *»Libérez Guyot!«*

Die Direktorin packte sich ein Megafon. »Wenn Mouly geht, wird sie vom Unterricht ausgeschlossen.«

»Ich gehe!«, brüllte Françoise, getrieben von ihrem revolutionären Eifer. »Folgt mir!« Sie ging, ohne sich umzusehen. Achtzehn Mädchen lösten sich aus der Masse und folgten ihr mit zögerlichen Schritten. Die anderen glotzten ihnen einfach hinterher, bevor sie sich geordnet zurück in die Schule begaben.

Gemeinsam mit den anderen Aktivisten marschierte Françoise durch die Straßen der verschlafenen Stadt. *»LIB-ÉR-EZ GUYOT! LIB-ÉR-EZ GUYOT!«* Als sie die Universität erreichten, ging es in ein riesiges Amphitheater, wo die Mädchen leidenschaftlichen Reden lauschten. Eine junge Frau ergriff das Mikrofon.

»Ich komme soeben vom Lycée Jeanne-d'Arc«, sagte sie. »Und ich will euch sagen, dass hier eine mutige Aktivistin unter uns ist. Ihr Name ist Françoise Mouly, und sie ist von der Schule geflogen, weil sie sich uns angeschlossen hat.« Die Menge jubelte und pfiff.

»Mouly! Bist du hier? Komm auf die Bühne!«, rief das Mädchen. Die Menge teilte sich, als Françoise den Weg nach vorn antrat.

»Ich werde in der Schule anrufen«, verkündete das Mädchen. Während das Telefon klingelte, verstummte die Menge langsam.

Die Sekretärin der Schule nahm ab.

»Stellen Sie mich zur Direktorin durch«, sagte die Studentin. Sie hatte sich als Generalsekretärin ihrer Organisation, mit einem ausgesprochen seriös klingenden Namen, vorgestellt. Das Telefon klickte, und die Direktorin nahm ab. Sie war gereizt.

»Ich rufe an, um herauszufinden, ob Sie Ihre Schülerin Françoise Mouly heute tatsächlich der Schule verwiesen haben.«

»Ja, *bien sûr*«, sagte die Direktorin. »Ich habe sie davor gewarnt zu gehen, und sie ist gegangen.«

»Ist das so?«, sagte das Mädchen. »Denn hiermit möchte ich Sie darüber in Kenntnis setzen, dass wir gleich über die Gründung eines Aktions- und Unterstützungskomitees abstimmen werden, das sich ausschließlich dieser Angelegenheit widmen wird.« In dieser Art fuhr sie fort. Es klang bedrohlich. »Sie verwendete so viele beeindruckende Wörter!«, erzählte mir meine Mutter. Sie erinnerte sich nicht an die einzelnen Worte, sondern eher an die stille Bewunderung, die sie in ihr ausgelöst hatten.

»Natürlich ist die Entscheidung, äh, noch nicht endgültig«, sagte die Direktorin. »Da müssen unterschiedliche Faktoren miteinbezogen werden und Regeln und natürlich auch Ausnahmen.«

»Können Sie mir bestätigen, dass es keinen Rausschmiss geben wird? In diesem Augenblick können sechshundert Menschen Ihre Stimme hören. Wir alle sind bereit, sofort zu wählen«, sagte das Mädchen.

»Nun, ja, sicher, ich habe nichts gegen Mouly«, sagte die Direktorin. Wilder Jubel erfasste die Menge, als Françoises Retterin den Hörer auflegte.

Trunken vor Macht, kehrte Françoise in die Schule zurück. Für den Rest des Frühlings machte sie irgendeine verschleierte Andeutung über ihre »Freunde in der Organisation«, sobald es der Direktorin einfiel, sie zu rügen. Sie fühlte sich unantastbar.

Doch als Josée ihre Töchter für die Osterferien abholte, rauschte sie an Françoise vorbei, ohne sie auch nur eines Blickes zu würdigen.

»*Viens, ma chérie*«, sagte sie zu Sylvie. »Wie ich dich vermisst habe, mein armer Liebling.« Arm in Arm verließen die beiden die Vorhalle der Schule. Den Koffer in der Hand, blieb Françoise stehen. Sie war sich nicht sicher, ob sie den beiden folgen sollte.

»Wer war Guyot?«, fragte ich meine Mutter. Mittlerweile waren drei Jahre vergangen, seit sie angefangen hatte, mir ihre Geschichte zu erzählen.

Ich saß am Küchentisch, während sie an der Küchentheke stand und mit irrsinniger Geschwindigkeit einen Kopf Römersalat in Streifen schnitt. Wie üblich war sie später von der Arbeit gekommen als geplant, und der Braten, den sie mithilfe eines Timers im Ofen hatte schmoren lassen, war völlig verkohlt.

»Was sollen wir jetzt mit dem Abendessen machen?«, fragte sie mich. »Davon ist fast nichts übrig geblieben.« Ihre Stimme war zittrig.

Ich stand auf, um ihr ein Glas Wein einzuschenken. »Wir können was beim Chinesen bestellen«, sagte ich und gab ihr das Glas.

»Das haben wir schon beim letzten Mal gemacht«, sagte sie. »Das ist peinlich.«

In meinen Kindheitserinnerungen wimmelt es von Dinnerpartys in jenem fensterlosen Raum mit dem großen Spiegel an der Wand und dem Dachfenster an der Decke. Stundenlang floss der Wein, während der träge Deckenventilator im Zigarettenrauch rührte. Die Ellenbogen auf dem Tisch, stocherten wir mit unseren Gabeln direkt auf den Platten herum, auf denen das Essen angerichtet war. Meine Mutter bewegte sich leichtfüßig zwischen Herd und Tisch und stupste mich an, wenn ich ihr dabei helfen sollte, die Teller abzuräumen oder die Löffel für den Nachtisch an den Tisch zu bringen. Mit den Jahren dachte ich gern an dieses »Dinnerparty-Gefühl« zurück, daran, wie ich von Erwachsenen umgeben den Gesprächen hatte lauschen dürfen. Dass es keinem auffiel, ob ich am Tisch saß oder aufstand, dass ich meine Aufmerksamkeit mal hierhin und mal dorthin richten konnte. Nach und nach bemerkte ich jedoch auch andere Dinge, wie die grelle Energiesparbirne, die zu dicht über dem Tisch hing, wie eng es war, wenn acht Menschen am Tisch saßen, und die heimliche Unsicherheit meiner Mutter, die sich fragte, wie diese Dinner im Vergleich zu denen ihrer Freunde abschnitten. Die Dinner der Freunde fanden in richtigen Esszimmern statt, und die Teller, von denen gegessen wurde, waren nicht angeschlagen.

In meinem neuen Leben in Brooklyn sah es anders aus. Ich hatte meine Wohnung mit Pflanzen und gebrauchten Möbeln eingerichtet, und ich las Artikel darüber, wie man eine stimmungsvolle Lichtsituation schafft. Ich schmiss aufwendige Dinnerpartys. Zunächst kochte ich die vier Rezepte nach – Ratatouille, Feuertopf, Sauerkrautplatte und Couscous –, auf die meine Mutter immer für Gäste zurückgegriffen hatte. Bald lernte ich darüber hinaus, indisch und vietnamesisch zu kochen, und fing an, meine eigenen Rezepte zu erfinden. Lange glaubte ich, dass ich diese »weiblichen« Dinge von meiner Mutter gelernt haben musste, doch jetzt sah ich unser Loft in SoHo mit den Augen einer Fremden, und mir wurde klar, dass das nicht stimmte. Immer öfter wandte meine Mutter sich jetzt an mich, wenn es um Fragen der Gastgeberschaft ging, als wäre ich in diesem Bereich die Erfahrene.

»Wir können auf dem Dach essen«, sagte ich. »Mal etwas Besonderes.«

»Ja!«, sagte sie und nahm einen ausgiebigen Schluck von ihrem Wein.

»Würdest du dich kurz zu mir setzen? Nur für ein paar Minuten«, bat ich sie freundlich. Mit einem lauten Seufzer ließ sie sich in einen Stuhl sinken und dann den Kopf nach hinten gegen die Rückenlehne fallen. Ihre Augen fielen zu.

»Was wolltest du wissen?«, fragte sie und hob den Kopf.

»Wer war Guyot?«

»Oh, daran kann ich mich gar nicht erinnern«, sagte sie lachend. »Selbst damals wusste ich das nicht. Aber herrje, wie sehr ich mir wünschte, dass er freikäme.«

»Kann es sein, dass Josée deshalb wütend auf dich war?«

»Weshalb?«, fragte sie, und plötzlich wirkte sie angespannt.

»Weil du rausgeflogen warst.«

»Natürlich nicht! Ich habe mitgezählt, dreiundzwanzig Mal hat die Direktorin versucht, mich rauszuschmeißen«, sagte sie mit einem Hauch von Stolz.

»Umso mehr könnte das doch ein Grund sein, oder nicht?«

»Nein.« Sie war unnachgiebig. »Ich bezweifele, dass die Direktorin ihr überhaupt von Guyot erzählt hat. Sie hatte begriffen … sie wusste, dass die Situation zwischen mir und meiner Mutter schwierig war.«

»Woher hätte die Direktorin das wissen sollen?«

»Es gab … Vorfälle in der Schule. Vorfälle, die mit meiner Mutter zu tun hatten. Ich kann mich nicht an irgendetwas Genaues erinnern.«

»Mit deiner Mutter? Inwiefern?«

Die Augen meiner Mutter fielen wieder zu, während sie versuchte, sich zu erinnern. »Vielleicht waren da Briefe von ihr. Ich weiß es nicht. Vielleicht haben wir auch telefoniert«, sagte sie. Sie streifte ihre Ohrclips ab und zog sanft an ihren Ohrläppchen. »Sie hasste mich. Hasste mich«, fuhr sie fort. *Elle me haïssait*, das Verb ein einziger Schmerzensschrei in ihrem Mund. Ich wollte sie berühren, aber sie war wie in sich zusammengefaltet, die Hände steckten unter den Achseln. »Ich saß still auf dem Rücksitz des Autos, während sie Sylvie bemutterte. *»Oh, ma pauvre petite chérie.«* Sie ließ ihre Ohrringe auf- und zuschnappen und sah dabei auf ihre Hände. »Ich wusste, dass ich mich schämen sollte. Und es ergab keinen Sinn. Damals ergab es einfach gar keinen Sinn.« Langsam setzte sie sich auf, als ob jeder Teil ihres Körpers einzeln in Bewegung gesetzt werden müsste.

»Ich werde alt«, sagte sie. »Mittlerweile tut mir der ganze Körper weh.«

»Sag das nicht«, sagte ich.

»Nein, es ist … tatsächlich ist es irgendwie wohltuend«, sagte sie. Sie sah mich an, als wüsste sie, dass ich das nicht verstehen würde. Gleichzeitig schien sie sich zu wünschen, es wäre anders.

»Ich bin alt«, sagte sie. »Endlich.«

»Nein«, sagte ich. *»Maman.«* Als ob ich es verhindern könnte.

»Nein«, sagte sie zustimmend. *»Jamais. T'inquiète pas.«*

Es klingelte. »Amerikaner!«, sagte meine Mutter ärgerlich und sah auf die Uhr an der Wand.

Sie war nie darüber hinweggekommen, dass Menschen pünktlich zu einer Dinnerparty erschienen. Sie fand es unhöflich. Doch sobald die Gäste es die vier Etagen hinaufgeschafft hatten, strahlte sie, während sie sie mit Küssen auf die Wangen begrüßte. Ich stand hinter ihr, fragte mich, ob sie den leichten Misston, den unsere Unterhaltung hinterlassen hatte, wahrnahmen. Ich wandte mich ab, um die Blechteller zu holen, die wir immer für chinesisches Essen verwendeten. Sie tat es mir gleich, streckte die Hände nach den Weingläsern aus, und es war, als vollführten wir die Bewegung synchron, ganz so, als breiteten wir ein Tischtuch über alles, was irgendwie angekratzt war.

»Du warst also auf dem Schulhof und hast die anderen Mädchen aufgefordert, sich dir anzuschließen, während die Studenten draußen gewartet haben?«, fragte ich. Zwei weitere Jahre waren vergangen. Ich hatte sie auf dem Handy angerufen und sie bei der Arbeit erwischt. Wie so oft hatte sie die Videofunktion aktiviert. Wir machten das selbst dann, wenn wir beide gerade auf der Straße unterwegs waren.

»Schau dir das an! Kannst du das sehen?«, fragte sie und schwenkte das Telefon Richtung Fenster.

»Ich kann gar nichts sehen. Ich sehe eine Kante des Fensterrahmens.«

»Oh«, sagte sie, enttäuscht wie ein Kind. »Die Wolken haben sich gerade über die Skyline gelegt. Von einem Moment auf den anderen war alles weiß.«

»Ich sehe das Weiß«, sagte ich.

»Unglaublich, nicht wahr?«, sagte sie. Einige Monate zuvor war der *New Yorker* ins One World Trade Center gezogen, in jenes Gebäude, das wir langsam, aber sicher aus der Asche des Jahres 2001 hatten emporwachsen sehen. Während ihre Kollegen Monate damit verbracht hatten, den Umzug ihrer Büros in aller Sorgfalt vorzubereiten, hatte meine Mutter sich mit so vielen neuen Projekten eingedeckt, dass sie unter dieser Last regelrecht ins Taumeln geraten war. Von Angst sprach sie nicht. Sie bewegte sich ganz einfach immer schneller und schneller, bis ihre Silhouette verschwamm. Manchmal ließ sie sich mitten in der Öffentlichkeit an einer Wand entlang zu Boden sinken und hockte da, bis sie genügend Energie aufbrachte, um weiterzuarbeiten. Die Sachen aus ihrem Büro am Times Square räumte sie binnen zweier schlafloser Nächte zusammen. Wenn ich sie aber nach dem neuen Gebäude fragte, entgegnete sie fröhlich, es sei schön, so nah am Fluss zu arbeiten. Sonst nichts.

Sie setzte sich wieder an ihren Computer und richtete die Kamera unter den fluoreszierenden Leuchten auf ihr Gesicht. Ich fragte mich, wann genau sie aufgehört hatte, so akribisch zu kontrollieren, wie andere Menschen sie sehen durften. Wie so oft zu dieser Tageszeit – es war bereits Nachmittag – war der dicke schwarze Eyeliner unter ihren Augen verwischt. Sie sah müde aus, mehr als müde, sie wirkte entkräftet – aber ich sagte nichts dazu, denn sie bekam das bereits oft genug zu hören und baute darauf, dass ich mich zurückhielt.

»Du warst also auf dem Schulhof«, begann ich von Neuem, und wieder einmal sprudelte die Geschichte ohne Weiteres aus ihr heraus.

»Wie sah denn die Schule aus?«, fragte ich, und sie schlug vor, dass wir sie uns beide gleichzeitig bei Google Streetview ansehen sollten.

»Der Eingang ist so majestätisch!«, sagte ich. Was ich sah, war anders als alles, was ich mir ausgemalt hatte: kathedralenartige gotische Fenster, kleine Türmchen, die Frontfassade des Gebäudes mit schwarzen und beigen Fliesen verziert.

»Majestätisch?«, fragte meine Mutter. »Es war abscheulich! So heruntergekommen. Aber sieh dir nur an, wie weiß die Gebäude heute sind.« Sie hielt ihr Telefon vor den Bildschirm, während sie sprach, um mir die Gebäude zu zeigen. Ich sah die psychedelischen, strahlenförmigen Linien, die sich auf einem Bildschirm zeigen, wenn er auf einem anderen abgebildet wird. Diese Linien, so könnte man sich einbilden, offenbaren Dinge, die mit dem bloßen Auge nicht zu erkennen sind. Der große Eingang und die kühle, nüchterne Lobby mit den hohen Decken war den Eltern vorbehalten, hier verabschiedeten sie ihre Töchter, hier holten sie sie ab. An allen anderen Tagen nutzten die Schülerinnen ein kleines Tor auf der anderen Seite der Anlage, um die bedrückenden, im sowjetischen Stil gehaltenen Gebäude zu erreichen, wo der Unterricht stattfand. Hier waren auch die Internatsschülerinnen untergebracht. Meine Mutter zeigte mir die Gebäude, in denen sich ihre Schlafräume befunden hatten, und klickte sich durch die Straßen, während ich beobachtete, wie in ihrem Gesicht weitere Erinnerungen erwachten.

Die Aufseherin im Schlafraum war anders als die anderen Lehrerinnen gewesen – kleingeistige Frauen, die ihren Enthusiasmus bereits Jahrzehnte zuvor verloren hatten. Sie war jung und hübsch gewesen und nur ein Jahr lang am Lycée Jeanne-d'Arc geblieben, um ihre Ausbildung abzuschließen. Ihr Name war exotisch, dennoch wollte er meiner Mutter in diesem Moment nicht einfallen – Alexandra vielleicht. Ein freundlicher Name, bei dem einem ferne Orte in den Sinn kamen.

»Sie war sehr liebenswürdig zu mir«, sagte meine Mutter, »selbst dann, wenn sie es nicht hätte sein müssen. Besonders … während dieser krassen Vorfälle.« Den zweiten Satz murmelte sie bloß und fuhr mit der Hand durch die Luft, als wollte sie die Worte gleich beiseitewischen.

»Welche Vorfälle?«, fragte ich.

»Habe ich dir doch erzählt«, sagte meine Mutter und sah mir durch ihr Telefon direkt ins Gesicht. Ihr Blick war klar, ein Appell.

»Hast du nicht«, sagte ich.

»Ich meinte …« Sie sah hoch und dann weg. Die Stille manifestierte sich zwischen uns, ein vibrierendes, dichtes digitales Rauschen.

»Ich habe dir davon erzählt«, wiederholte sie. »Ich dachte … ich kann nicht …«

Ich ließ die Stille zwischen uns wachsen, ließ sie die Räume um uns herum füllen wie langsam steigendes Wasser. Meine Mutter seufzte und sah zu der geschlossenen Tür ihres Büros. Dann blinzelte sie und rieb sich mit dem Handrücken unter dem Auge.

Meine Brust zog sich zusammen, aber ich sagte es noch einmal, dieses Mal leiser. »Du hast mir das nicht erzählt.« Zu diesem Zeitpunkt hatte ich jede ihrer Geschichten bereits zwei oder drei Mal gehört. Mir war nicht bewusst gewesen, dass es noch etwas Unerzähltes gab.

»Ich kann mich nicht mehr daran erinnern, was es ausgelöst hat«, begann sie mit zögerlicher Stimme. Während sie sprach, vergaß sie das Telefon, das sie in der Hand hielt, und das Bild bewegte sich auf ihren Schoß zu, bis der Bildschirm sich verdunkelte und ich nur noch ihre gedämpfte Stimme hören konnte.

Françoise war im Flur. Sie schlug ihren Kopf gegen die Wand. Mit den Händen packte sie ihr Gesicht, als könnte sie ihren Körper aufreißen, sich von ihm befreien, ihm einfach entsteigen. Sie schrie. Dann wurde sie hochgehoben. Starke Arme trugen sie, noch immer strampelnd, in die Krankenstation. Hände mühten sich, sie festzubinden.

Die Direktorin kam herein. Sie war eine schmallippige blonde Frau, ungefähr in Josées Alter. Ein Teil von Françoise war vollkommen präsent, beobachtete alles, was geschah, während ihr Körper aufbegehrte und wie wild um sich schlug. Die Direktorin hatte gute Absichten. Sie wollte nichts weiter, als dass Françoise sich beruhigte. Françoise war auf ihrer Seite. Auch sie wünschte sich, die Direktorin möge die richtigen Worte finden. Denn gelänge es jemandem, diese Worte zu finden, wäre der Fluch sofort gebannt. Doch bis dahin war ihr Mund zu nichts anderem fähig, als zu schreien.

»Du führst dich irre auf«, sagte die Direktorin.

Sie sagte: »Beruhige dich, oder ich werde deiner Mutter davon erzählen müssen.«

Die Direktorin war ihre Mutter. Die drei oder vier Frauen, die um ihr Bett herumstanden, waren ihre Mutter. Die unwirsche Krankenschwester war ihre Mutter. Françoise jaulte. In ihrem Inneren öffnete sich eine Tür, und das, was da herausbrach, war gewaltig. Beinahe wäre es ihr gelungen, die Frauen abzuschütteln. Je mehr ihr versucht, mich festzuhalten, umso mehr muss ich kämpfen – das wollte sie ihnen sagen. Sie wollte sagen:

Lasst mich einfach in Ruhe, lasst mich in Ruhe, dann werde ich mich auch beruhigen. Doch der ruhige Teil von ihr wusste, dass sie alle Gefangene waren. Sie konnten sie nicht in Ruhe lassen, solange sie sich nicht beruhigte, und sie konnte sich nicht beruhigen, solange man sie nicht in Ruhe ließ. Sie wollte so verzweifelt aufhören zu schreien, dass sie immer lauter schrie. Die Direktorin schüttelte den Kopf und verließ das Zimmer. Eine Nadel fuhr unter ihre Haut. Dann war nichts als Schwärze.

Später bat die Direktorin sie in ihr Büro. Sie deutete auf einen Stuhl, der ihrem Schreibtisch zugewandt war, und bat Françoise, sich zu setzen.

»Du bist unglücklich«, sagte die Direktorin. »Was ist los? Bitte, erzähle mir, was los ist.«

An ihrem Tonfall konnte Françoise erkennen, dass die Direktorin sich Mühe gab. Aber der Schreibtisch zwischen ihnen gab der ganzen Sache etwas Verhörartiges. Wenn sich die Direktorin bloß neben sie setzen, wenn sie bloß ihre Hand nehmen würde. Françoise schüttelte den Kopf und sah auf ihre Füße.

»Ich kann dir nicht helfen, wenn du nicht mit mir sprichst«, sagte die Direktorin sanft. Vielleicht mussten sie aufstehen. Wenn sie beide stünden, würde der Schreibtisch sie nicht mehr voneinander trennen. Doch die Frau blieb hinter ihrem Schreibtisch sitzen, die Hände auf der Tischplatte gefaltet. Es war unmöglich.

»Du lässt mir kaum eine andere Wahl, als dich der Schule zu verweisen«, sagte die Direktorin. »Kann es sein, dass du genau das möchtest? Möchtest du zurück zu deinen Eltern? Vermisst du sie?«

Françoise sah ruckartig auf und begegnete ihrem Blick. Panisch.

»Nein«, sagte sie. »Schicken Sie mich nicht nach Hause.«

Die Direktorin seufzte. Françoise wurde nicht der Schule verwiesen. Nicht an diesem Tag und auch nicht bei den vielen anderen Gelegenheiten, bei denen ihr mit dem Rausschmiss gedroht wurde. Bei den nationalen Endjahresprüfungen erreichte sie im Fach Literatur eine der höchsten Punktzahlen in ganz Mittelfrankreich.

»Ich wette, in dem Moment war sie froh, mich nicht rausgeschmissen zu haben, die blöde Kuh«, sagte meine Mutter. Sie hatte ihr Telefon wieder zur Hand genommen, ich konnte sie sehen. Die Wut schlug ihr auf die Stimme. Die Direktorin hatte keinen Weg gefunden, sie zu retten. Wie hatte diese Frau – eine Erwachsene, die schließlich alles wissen sollte, sie hängenlassen können? Ihre Wut hatte etwas unglaublich Kindliches, es war die Wut der Hilflosen.

Françoise hatte schreckliche Angst, verrückt zu werden. Es gab niemanden, mit dem sie reden konnte. Auch nicht Sylvie oder ihre Freunde. Ganz gewiss nicht die Direktorin, die sich in ihrem Kopf zu einer Art diabolischen Doppelgängerin ihrer Mutter entwickelt hatte. Je mehr sie sich um ihren Verstand sorgte, umso mehr begann der, ihr zu entgleiten. Sie spürte, dass die Erwachsenen sich vor ihr fürchteten, und das wiederum steigerte die Furcht, die sie selbst vor sich empfand.

Die junge Aufseherin hingegen hatte keine Angst. Sie sah den Schmerz, der sich unter der Gewalt verbarg. Sie war klug genug, das Gespräch mit Françoise allein zu suchen. Sie sprach leise. Dass Françoise sich auch ihr nicht offenbaren konnte, lag nur daran, dass sie selbst nicht wusste, was los war. Die junge Frau sagte nicht: Alles wird gut. Sie sagte auch nicht: Das geht vorüber. Stattdessen tat sie, was sich sonst niemand traute. Sie hielt Françoise im Arm. Sie streichelte ihre Stirn.

Das Bild flackerte, als meine Mutter ihren Handballen fest gegen die Augen presste. Ich spürte die Entfernung zwischen uns wie einen Stich ins Herz. Ich wünschte mir, ich könnte sie in meine Arme schließen, obwohl ich nicht genau sagen konnte, ob ich sie trösten oder selbst getröstet werden wollte.

Wenn wir an einer Erinnerung aus unserem Langzeitgedächtnis rühren, bleibt sie Neurowissenschaftlern zufolge für ein Zeitfenster von etwa drei Stunden in unserem Bewusstsein präsent. In diesem Zeitraum ist die Erinnerung formbar. Die Gegenwart dringt in die Vergangenheit ein. Wir fügen Einzelheiten hinzu, um Lücken zu füllen. Das Gehirn codiert und speichert die Erinnerung neu. Und überschreibt dabei die vorherige Version. Während die Erinnerung wieder in den Tiefen unseres Geistes verschwindet, sind wir uns nicht einmal darüber bewusst, was wir hinzugewonnen und was wir eingebüßt haben, geschweige denn, warum.

Reine Erinnerungen sind wie Dinosaurierknochen, schrieb einmal ein Neurowissenschaftler, einzelne Fragmente, mithilfe derer wir ein Bild vom ganzen Dinosaurier entwickeln. Sie sind nichts als Blitze: der Untersuchungstisch im Sprechzimmer auf der Krankenstation in der Schule, die weiche Hand an der Stirn. Doch Erinnerungen, die wir in Form von Geschichten erzählen, werden lebendig. Sehnen verbinden die Knochen miteinander, Muskeln, Fett und Haut füllen die Zwischenräume, und im nächsten Moment sind unsere Erinnerungen vollendete, atmende Kreaturen, die unsere Vergangenheit bevölkern.

Die Geschichten, die wir erzählen, um unserer Identität Ausdruck zu verleihen – die Geschichten, die wir neuen Geliebten frühmorgens um fünf erzählen, um ihnen eine Vorstellung davon zu geben, wer wir sind –, sind gleichzeitig jene, die wir bereits am stärksten ausgeschmückt haben. Wir passen sie der jeweiligen Stimmung, der Erzählsituation und der Bedeutung an, die wir ihnen zuschreiben. Die Geschichte vom armen, vergessenen Guyot zum Beispiel. Immer und immer wieder wurde sie beim Aus- und Eintritt in das Bewusstsein meiner Mutter komprimiert und geformt, bis ein glatt geschliffener solider Brocken aus ihr geworden war, ein Stein im Fundament ihrer Identität. Diese Geschichte war eine der ersten Anekdoten, die sie mir über ihre Jugend erzählte, und sie wiederholte sie ständig. Dennoch gerieten bestimmte Aspekte der Geschichte ins Wanken, als ich sie hinterfragte. Wie war das Telefonat mit der Direktorin ins Auditorium übertragen worden? Sie erklärte, man habe ein normales Telefon mit Wählscheibe und einem außergewöhnlich langen Kabel auf die Bühne getragen und den Hörer ans Mikrofon gehalten. Sie sagte das voller Überzeugung, doch mir erschien es nicht wirklich plausibel. Irgendwann war aus dieser Erinnerung erst eine Geschichte und dann ein Mythos geworden.

Selbst jetzt, beim erneuten Erzählen, sagte sie: »Aber daran zeigt sich wieder, dass es mir einfach nicht möglich war, mich an Regeln zu halten.« Sie erzählte mir, wie sie an diesem Nachmittag einen neuen Kollegen durch das Gebäude geführt hatte. Als sie durch eine Tür in einen anderen Trakt trat, stellte sie plötzlich fest, dass er ihr nicht gefolgt war. Zögerlich war er im Flur vor der Tür stehen geblieben. Die Tür war mit *Betreten-verboten!*-Schildern zugepflastert. Sie führte in den technischen Trakt des Gebäudes. Für sie war es eine Abkürzung zu ihrem Büro. »Es wäre mir nie eingefallen, mich an das Verbot zu halten«, sagte sie. »Anderen Menschen mag das anders gehen.«

Doch die neue Geschichte, die da gerade ans Licht gekommen war, die Geschichte ihrer Anfälle im Internat, war nicht glatter geworden. Sie fügte sich einfach nicht nahtlos in ihr Selbstverständnis. Sie passte nicht in die Geschichte ihres Werdegangs. Andere Dinge, die sehr viel schwieriger zu erzählen gewesen sein mussten, hatte sie trockenen Auges und mit fester Stimme vorgetragen. Vielleicht hatte sie diese Geschichte ausgelassen, weil die Erinnerung zu schmerzhaft war. Vielleicht war die Erinnerung deshalb schmerzhaft, weil sie bisher ausgelassen worden war.

Besorgt sah sie auf ihre Uhr. Sie war spät dran, denn an diesem Abend musste sie gemeinsam mit meinem Vater an einer Gala teilnehmen. Sie schob die Locken aus dem Gesicht und sah mich durch das Telefon an. In ihren graugrünen Augen schimmerte Liebe und ließ die Falten deutlicher hervortreten.

»Lass uns bald wieder sprechen«, sagte sie und legte auf.

Die gespenstische Stille, die mich in meiner Wohnung umgab, wuchs. Wic so oft fühlte ich die Wucht meines Projekts.

Mit welchem Recht wühlte ich mich so tief in ihre Vergangenheit hinein? Ich hatte meine Freundinnen, allesamt Frauen zwischen zwanzig und dreißig, gefragt, ob sie ihren Müttern je solche Fragen über ihr Leben gestellt hätten. Die meisten hatten verneint. Die meisten hatten gemeint, dass sie sich nicht sicher seien, ob sie all diese Dinge überhaupt wissen wollten.

Zehn Minuten später klingelte mein Telefon. Es war meine Mutter.

»Rebecca«, sagte sie anstelle einer Begrüßung. »Gerade eben, auf dem Weg zum Aufzug, ist es mir wieder eingefallen: Sie hieß nicht Alexandra, sie hieß Rebecca. Damals klang es in meinen Ohren wie ein exotischer Name. Wenn ich jetzt darüber nachdenke, bin ich mir fast sicher, dass sie Jüdin gewesen sein muss. Ihr Äußeres … das passt irgendwie zusammen.« Der Aufzug kam, und sie legte wieder auf.

Ich musste an eine Geschichte denken, die meine Eltern mir immer wieder erzählten, weil sie sie so sehr amüsierte. Meine Mutter war bereits seit einigen Monaten mit meinem Vater zusammen, da erfuhr sie zu ihrer Überraschung, dass ein enger gemeinsamer Freund von ihnen Jude war. Die Tatsache, dass dieser Mann Jude war, war so offensichtlich, dass mein Vater angesichts ihrer Überraschung laut lachte.

»Der etwa auch? Und der? Und der?«, fragte sie und zählte die eindeutig jüdischen Namen ihrer Freunde auf, wobei es sich ausnahmslos um Männer mit auffälligen Nasen und buschigen Augenbrauen handelte.

»Ja«, versicherte ihr mein Vater. Fast alle Menschen in ihrem Bekanntenkreis waren Juden. Darüber hatte sie noch nie zuvor nachgedacht. Ich rief mir ein Bild von meiner Mutter vor Augen, wie sie in ebendiesem Moment mit dem Aufzug durch den verstärkten Kern des strahlenden neuen Gebäudes fuhr. Ich stellte mir vor, wie Rebeccas Gesicht im Geist meiner Mutter immer mehr all jenen jüdischen Gesichtern zu ähneln begann, die sie seitdem gesehen hatte, bevor es zurück in die tiefliegenden Stollen ihres Gedächtnisses sank. Ich erinnerte mich an die Dinnerparty, bei der meine Mutter gesagt hatte, dass alle ihre Erinnerungen meinen Bruder und mich beinhalteten, selbst jene, die sich auf die Zeit vor unserer Geburt bezögen. Es stimmte. Ich war es, die jetzt ihre Erinnerungen an die Oberfläche holte, und während sie sie mir erzählte, veränderten sie sich. Auch ein Teil von mir rankte sich nun in leuchtenden Farben um ihre Vergangenheit.

In diesem Sommer, dem Sommer 1971, entdeckte meine Mutter Sex. Das ganze Frühjahr hatten Jean-Michel und sie sich in Hauseingängen, auf Parkbänken und im Hinterzimmer des Cafés aneinandergepresst, weil es ihm nicht gestattet war, das Tor des Internats zu passieren. Während des Sommers in Ussel hatten sie sich dann Zutritt zur Hütte des Hausmeisters von *Les Bezièges* verschafft. Jahrelang hatte sie leer gestanden. Es gab weder Elektrizität noch Wasser noch Möbel. Ganze Tage verbrachten sie auf dem staubigen Holzfußboden und experimentierten mit ihren Körpern. »Wie die Karnickel.« Jedes Mal, wenn meine Mutter diese Geschichte erzählte, sah ich zwei weiße Kaninchen mit zitternden Nasen vor mir. Danach rauchten sie und planten auf dem Rücken liegend ihr *maison du paradis*. Ein eigenes Zuhause würden sie haben, nur für sich. Voller Kinder und Tiere. Auch ein echtes Bett würde es dort geben, es wäre ihr Bett, weich und in Sonnenstrahlen getaucht. Vorhänge. Einen Kamin. Ein Reißbrett für Jean-Michels architektonische Entwürfe. Er war ein Jahr älter als Françoise und würde im Herbst sein Studium an der Beaux-Arts in Paris beginnen. Er hatte große Pläne, er sprach davon, wie Architektur die Gesellschaft verändern könnte. Françoise hörte zu, ihr Kopf lag auf seiner Brust und hob und senkte sich mit jedem seiner Atemzüge. Mittlerweile war ihr klar geworden, dass sie keine Schönheitschirurgin werden wollte. Sie wollte ihren eigenen Weg finden, aber sie wusste noch nicht, welcher das sein würde. Während Jean-Michel so sprach, eröffnete sich eine mögliche Zukunft. Eine neue Zukunft. Sie hatte schon immer gern mit ihren Händen gearbeitet. Das Operationsbesteck ihres Vaters tauschte sie gegen Jean-Michels Schablonenmesser, anstelle neuer Nasen gestaltete sie architektonische Modelle.

Sobald die spät untergehende Sommersonne ihre pinken Strahlen auf die Spinnweben und die rostigen Sägen warf, rannten sie zurück ins Hauptgebäude. Gerade noch rechtzeitig, mit roten Gesichtern und dem Geruch nach Sex am Körper, erreichten sie den Tisch. Meistens hatte Françoise sogar noch Sägespäne im Haar. Ihre Mutter zog die perfekt gezupften Augenbrauen hoch, sagte aber nichts.

Ende August, als Paul aus Paris kam, rief Josée Françoise ins Gästewohnzimmer.

»Dein Vater und ich haben etwas mit dir zu besprechen«, sagte Josée, und ihre Stimme hallte von den hohen Decken wider. »Du und Jean-Michel, habt ihr eigentlich Sex?«

»Natürlich nicht«, sagte meine Mutter ehrlich entrüstet. Wie konnte Josée bloß etwas so Privates einfach laut aussprechen? Und das in Gegenwart ihres Vaters! Sie bemerkte nicht einmal, dass sie log.

»Vor meinem Vater!«, sagte sie zu mir. Ihre Entrüstung war auch so viele Jahre später noch immer greifbar. »Wenn Josée allein mit mir gesprochen hätte, wäre es vielleicht etwas anderes gewesen.«

Als Teenager kannte ich den Prospect Park vor allem bei Nacht. Da saßen wir auf den Spielerbänken am Rand des Baseballfeldes und tranken Starkbier aus Literflaschen. Doch am Tage, im blendenden Licht der Sonne, zwischen lauter Familien, die auf bunten Decken überall auf den großen Rasenflächen verteilt das erste Picknick dieses Frühlings genossen, hatte ich Schwierigkeiten, die Orientierung zu behalten. Allerdings war es immer noch Zanes Park, sein Viertel, und so machte ich mir keine Gedanken darüber, ob wir uns verlaufen könnten. Händchen haltend, liefen wir vollkommen ziellos die gewundenen Pfade entlang. Seine Stimme verriet mir, dass er nervös war, und ein wohliges Flattern erfüllte meine Brust. Ich machte ihn nicht oft nervös.

Zane trug sein Haar zu kurz, sein Grinsen war schief, seine Nase schmal und zu lang, und er hatte lange Wimpern. Seine T-Shirts waren mit politischen Slogans bedruckt, und seine Hosen waren so zerrissen, weil er dauernd auf Bäume kletterte, dass sie sich jeden Moment aufzulösen drohten. Ständig schleppte er eine verschlissene Ausgabe von *On the Road* mit sich herum. Meine Schwärmerei für ihn war so offensichtlich, sie schwebte über meinem Kopf wie ein Heliumballon. Jeder wusste, dass ich »Howl« bloß auswendig gelernt hatte, um ihn zu beeindrucken. Voller Inbrunst sagte ich es mir vor, jedes einzelne Wort ein Liebeslied: »Ich sah die besten Köpfe meiner Generation zerstört vom Wahnsinn, hungrig, hysterisch, nackt.«

Eines Tages nach der Schule schlug er vor, gemeinsam etwas zu unternehmen. Wir schlenderten durch SoHo, saßen auf einer Parkbank und beobachteten die Models auf ihren Giraffenbeinen: alle unterwegs zum nächsten Fototermin. Umständlich beantwortete er die Frage, die ich noch gar nicht gestellt hatte. Ich sei zu jung, zu süß, zu nett. Er wolle mich nicht verletzen. Mit zusammengepressten Lippen nickte ich, schluckte den Kloß, der sich langsam in meiner Kehle breitmachte. »Friede, Freude, Anarchistenkuchen«, sagte er mit einem albernen Grinsen, als wir uns zum Abschied umarmten. So verabschiedete er sich immer, das war sein Ding.

An diesem Abend saugte ich an der Haut auf der Innenseite meiner Unterarme, bis sie mit blauen Flecken übersät waren. Ich wollte nicht nett sein. N hatte schon immer für »nett« gestanden, wenn jemand ein Akrostichon aus meinem Namen gemacht hatte. »Das Wort ›nett‹ solltet ihr aus eurem Wortschatz verbannen«, hatte meine Englischlehrerin im selben Jahr gesagt. »Es ist das bedeutungsloseste Adjektiv überhaupt.« Es sollte mich Jahre kosten, mir das wieder aus dem Kopf zu schlagen, ja zu begreifen, dass Nettigkeit etwas Seltenes ist.

Meine Mutter hob am nächsten Morgen beim Anblick meiner Arme bloß eine Augenbraue. »Ich würde das nicht tun, wenn ich du wäre«, sagte sie. »Es sieht sehr unappetitlich aus.« Ich sah sie finster an. Was wusste sie schon von Schmerz? Trotzdem zog ich die Ärmel herunter.

Zane und ich waren gleichaltrig, aber für eine Fünfzehnjährige in New York City war ich noch sehr kindlich. Staunend hatte ich daneben gesessen, als meine Freunde in der Mittagspause einen Joint herumgereicht hatten, und ich fürchtete, dass mir dieses naive Image noch lange anhaften könnte. Zwei Jahre zuvor – damals war ich noch in der Middleschool gewesen – hatte ich eine schwarze Lunge aus Papier gebastelt und sie in finsterer Stimmung auf das Bett meiner Mutter gelegt. *Rauchen lässt Sie vorzeitig altern* stand darauf geschrieben. Jetzt schüttelte ich eine Zigarette aus der Schachtel Gauloises, die sie in ihrem Nachttisch aufbewahrte. Mit meiner besten Freundin setzte ich mich auf die Feuertreppe, und gemeinsam übten wir, nicht zu husten. Mit nahezu militärischer Präzision planten wir unsere Mission, endlich in die Kreise der Poeten und Kiffer aufgenommen zu werden.

Im Grunde waren an unserer Schule alle uncool, und entsprechend bizarr waren auch die Standards für Coolness. Um an der Stuyvesant aufgenommen zu werden, musste man es bei einem Test, der dem für die Universitätszulassung ähnelte, unter die obersten drei Prozent schaffen. Unter den Schülern gab es die Autisten, die pfeifend durch die Flure schlenderten, oder auch die russischen Kids, die gestohlene, programmierbare Taschenrechner aus den Innentaschen ihrer Trenchcoats heraus zum Kauf anboten. Wir fanden einander, bildeten Gruppen, deren kleinster gemeinsamer Nenner die ethnische Zugehörigkeit war, man war Asiate oder weiß. Die sozialen Hierarchien in einer Gruppe ließen sich nicht auf andere Gruppen übertragen. Unser Footballteam trug den Namen *Die Holzbeinigen*. Sie verloren fast jedes Spiel. Es war cool, gute Noten zu haben, aber noch cooler, wenn man sich dafür nicht anstrengen musste. Es kam nicht selten vor, dass man Schüler wegen einer schlechten Note auf dem Flur weinen sah.

Und doch gab es eine Art Coolness, geprägt von der Beat Generation und Audre Lorde. Man protestierte gegen den Afghanistan-Krieg und trug in der Schule T-Shirts, auf denen *Fuck Bush* stand. Man besuchte den Kurs mit dem Titel »Große Literatur«, wo wir *Schall und Wahn* oder *Fahles Feuer* nachdichten durften. Selbst die Mädchen von der Upper West Side färbten ihr Haar an unauffälligen Stellen lila.

In der Highschool erschien es uns wichtig, möglichst viele erste Male hinter sich zu bringen. Den ersten Kuss, den ersten Kater, die erste Zigarette, das erste Mal schwänzen, das erste Mal einen Joint bauen, den ersten Blowjob, zum ersten Mal zu einem Dealer ins Auto steigen. Und doch hatte ich mit fünfzehn noch nicht einmal den ersten Kuss geschafft. Nicht einmal im Ferienlager.

Meine beste Freundin und ich gingen ins CBGB. Der Laden hatte seine Glanzzeit in den Achtzigern gehabt, doch es war einer der wenigen Läden, in denen es Livemusik und keine Ausweiskontrolle am Eingang gab. Auf der Toilette versuchten wir die Weinflasche zu öffnen, die ich meinen Eltern gestohlen hatte. Wir versuchten es mit der Rückseite unserer Ohrringe, mit einem Stift und mit einer Sicherheitsnadel, während die Klowände von Heavy Metal geschüttelt wurden. In Kiosken kaufte ich in bestem Frenglisch Bier. »Einundzwanzig?!«, rief ich. »Da, wo ich herkomme, ist es sechzehn!« Das funktionierte in etwa der Hälfte aller Fälle.

Ich verbrachte ausgedehnte Abende im Keller eines Reihenhauses in Brooklyn, wo lässige Eltern im Badezimmer des Obergeschosses Cannabis anbauten. Ständig nahm ich an diesen Abenden mein Telefon zur Hand in der Überzeugung, dass meine Mutter jeden Moment anrufen würde und dass ich, sobald ich abnahm, vergessen haben würde, wie man Französisch spricht. Meine Freundin und ich kauften eine gläserne Pfeife auf der Canal Street, aber wir hatten nichts, was wir hätten hineintun können, also zerkrümelten wir Zigaretten und stopften den Tabak in den Kopf der Pfeife. Als ich das erste Mal etwas zu rauchen kaufte, sagte ich zum Dealer am Telefon: »im Wert von zwanzig Dollar«, und meine Freundin wurde blass vor Scham. Einmal schwänzten wir die Schule und bauten so lange Joints, bis uns die perfekte zylindrische Form gelang. Ich lernte Wendungen wie »für 'nen Zwanni« oder »für 'nen Zehner«, sagte außerdem »Gras« oder »Bobel« anstelle von »Kiffe«. Ich sagte: »Ey, der ist megalässig«, wenn Zane mal wieder irgendwo ums Eck verschwand, um andere Mädchen zu küssen. Ich lernte, mir das alles so locker von der Zunge gehen zu lassen wie den Rauch, den ich ausatmete. Das geschah alles sehr schnell, obwohl es damals lange zu dauern schien. Ein paar Monate vielleicht. Mit einem Schlag hatte ich meine Kindheit abgeschüttelt.

Ein oder zwei Mal wartete er draußen vor dem Klassenzimmer auf mich, durch das Fensterchen in der Tür sah ich ihn Grimassen ziehen, während ich im Matheunterricht saß. Damals hätte ich die ganze Welt umarmen mögen, so euphorisch war ich. Auf dem College erklärte mir ein Mädchen, dass sie sich sicher sei, nie wieder in ihrem Leben so glücklich sein zu können wie in dem Moment, als sie zum allerersten Mal Kokain genommen hatte. Manchmal frage ich mich, ob es bei der Liebe nicht genauso ist.

Und dann hatten wir, wie durch ein Wunder, plötzlich ein Date. Wir wollten uns eine Doku über die Musik während des Apartheidregimes im Film Forum ansehen. Ich schwebte zum Kino. Als ich dort ankam, waren seine Mutter, sein Vater, sein kleiner Bruder und seine Großmutter da. Ich versuchte, meine Überraschung zu überspielen. Hinterher gingen wir alle zusammen fettige Burger essen. Im Neonlicht des Burger-Restaurants sah ich mir seine Nase aus einem besonders unvorteilhaften Winkel an und prägte mir das Bild ganz genau ein. Nur für den Fall der Fälle. Seine Familie war lieb, und zum Abschied umarmte ich sie alle. Ich war schon ein paar Straßen weit gelaufen, ja fast zu Hause, als ich hinter mir jemanden rennen hörte. Ich drehte mich um, und er küsste mich. Mein Handy klingelte. Es war meine Mutter.

An diesem Abend hüpfte ich auf meinem Bett herum wie ein Kind. Dass mein Kopf dabei beinahe an die Decke schlug, war mir egal.

Auf dem Schulflur hielt er meine Hand, und wenn wir mit den anderen vor den Schließfächern rumhingen, legte er seinen Kopf auf meinen Bauch. Er küsste mich in den Pausen, und obwohl ich es mir irgendwie weniger invasiv und gleichzeitig sinnlicher vorgestellt hatte, gefiel es mir. Wir gingen zu Demos. Er legte sich mit den Polizisten an. Während des morgendlichen Fahneneids, den es seit 9/11 in allen öffentlichen New Yorker Schulen gab, schwor er Widerstand anstelle von Treue. Er wurde verwarnt und hörte trotzdem nicht auf damit. Voller Stolz ließ ich meine Fingerkuppe über seinen Namen in der Schülerzeitung wandern. Ich füllte ganze Hefte mit den extremen Höhen und Tiefen meiner Gefühlswelt, alles hing von seinem Lächeln oder Nicht-Lächeln ab. Ich versuchte, ihn weder das eine noch das andere spüren zu lassen. Keiner von uns kam auf den Gedanken, den anderen wirklich kennenlernen zu wollen. Ein oder zwei Mal erzählte er mir von seiner Kindheit, nur schöne Dinge. Meistens beschrieb er mir die Handlung von Filmen, die ich nicht gesehen hatte, und schlüpfte dabei in die Rollen verschiedener Protagonisten.

Nach der Schule nahm er LSD, obwohl ich ihn bat, es nicht zu tun. Ich machte mir Sorgen, dass es ihn verändern würde. Ich wollte nicht, dass sich irgendetwas veränderte. Mein Vater hatte mir die Geschichte eines Typen erzählt, der nur ein einziges Mal LSD genommen hatte und sein Leben seitdem vor einem Supermarkt verbrachte, wo er täglich die gleiche Länge eines Seils herunterschluckte, nur um es anschließend wieder heraufzuwürgen. Andererseits hatte mein Vater mir auch erzählt, dass halluzinogene Drogen eigentlich die einzigen Drogen seien, die es sich zu probieren lohne. Wobei man sagen muss, dass er mir das zu einer Zeit erzählte, als er noch geglaubt haben musste, dass ich ewig ein Kind sein würde. Es überraschte mich nicht, dass Zane die Drogen trotzdem nahm; mich überraschte eher, dass er sich anschließend dafür entschuldigte. Aus ihm wurde kein Seilschlucker. Er war weiterhin mein Freund, was für mich ein solches Wunder war, dass mir ganz schwindelig davon wurde. Neuerdings war ich mir meiner ehemals festen Überzeugungen nicht mehr so sicher. Zwei Jahre zuvor hatte ich noch Collagen gegen Zigarettenkonsum gebastelt. Jetzt rauchte ich auf dem Weg zur Schule. Würden denn alle Tabus nach und nach ihre Bedeutung verlieren?

An jenem Tag, als wir durch den Prospect Park spazierten, waren wir seit fünf oder sechs Monaten zusammen. Im Schutz der Anonymität der Stadt führten wir ein intimes Gespräch. Er zählte mir die zwei anderen Pärchen auf, die es bereits getan hatten. Liebevoll fragte er mich, ob ich bereit sei. Irgendwie war ich überrascht. Ich war einfach nicht auf den Gedanken gekommen, dass wir das auch tun würden. Schon ein Blowjob schien mir eine komplizierte Angelegenheit zu sein. Eine Freundin, die sehr stolz darauf war, es schon einmal gemacht zu haben, versuchte es mir auf dem Schulflur zu demonstrieren. »Ein Finger oder zwei?«, fragte sie und griff zu Demonstrationszwecken nach meiner Hand. Keine meiner engeren Freundinnen hatte bisher Sex gehabt. Es gab eine Art Wettstreit darum, welche von uns die Erste sein würde, doch niemand, auch ich selbst nicht, hätte gedacht, dass ich diejenige sein würde.

Ich wollte ein anderes Mädchen werden – schlagfertig, aufsässig, unerschrocken –, aber dieses Mädchen war ich nicht, würde ich niemals sein. Ich mochte unser unbeholfenes Rumgemache. Ich mochte das schreckliche Gedicht, das er mir schrieb – darin verglich er meinen Orgasmus mit einem Tsunami; ich mochte es so sehr, dass ich ihm nicht erzählte, dass ich nie einen gehabt hatte. Und dennoch, Jungfräulichkeit war etwas, was man verlor, und ich war mir nicht sicher, ob ich schon bereit war, irgendetwas zu verlieren. Ich spürte, dass er damit rechnete, dass ich zögern würde, und voller Dankbarkeit tat ich genau das.

Kurz danach fragte meine Mutter, ob ich Zane einladen wolle, im August mit uns in den Urlaub nach Südfrankreich zu fahren.

»Wirklich?«, fragte ich, wie so oft voller Ehrfurcht angesichts ihrer Fähigkeit, solch wunderbare und scheinbar unmögliche Dinge vorzuschlagen. Ich hatte schon vorher Freunde mit nach Frankreich genommen, ihre Anwesenheit hatte das fragile Gleichgewicht unserer vierköpfigen Familie gestärkt. Aber Zane! Wir zwei zusammen, weit weg von der Schule, und das gleich tagelang!

»Ja«, sagte sie überrascht. »Wirklich.«

Aber Zane schien gar nicht so scharf darauf. Er wolle mit einer Gruppe amerikanischer Aktivisten nach Kuba reisen, um seinen Widerstand zum Ausdruck zu bringen, erklärte er mir.

»Du könntest danach kommen«, sagte ich. Außerdem – und mir schaudert noch immer beim Gedanken an die folgenden Worte – fügte ich hinzu: »Du könntest auch Kondome mitbringen.«

Zunächst wollten seine Eltern meine Eltern treffen, was meine sehr amüsierte. Für den vierten Juli verabredeten sie sich zu einem Picknick im Brooklyn Bridge Park. Die Luft war voller Glühwürmchen. Zane und ich spielten mit unseren kleinen Brüdern, während unsere Eltern sich unterhielten. Ich sah über den Fluss hinweg auf die nach wie vor befremdliche Skyline. Und während ich die noch immer klaffende Lücke betrachtete, begriff ich, dass es kein Zurück gab. Manche der Dinge, die ich so eilig abgelegt hatte, würde ich nie wieder zurückholen können.

Am Tag seiner Ankunft in Frankreich machten Zane und ich einen kleinen Spaziergang zu dem mittelalterlichen Dorf, das an einem Hang gelegen war. Er deutete auf die Graffiti, die auf die verlassenen Zementflächen am Wegesrand gesprüht worden waren. *fuck yoghurt,* stand da zum Beispiel in Schmierschrift, und wir lachten. Dann erzählte er mir, dass er auf Kuba ein Mädchen geküsst hatte.

»Das war voll bescheuert von mir«, sagte er. »Und falls es dich tröstet: Mein Kumpel hat mir hinterher eine reingehauen.«

»Oh nein«, sagte ich und sah ihn an, um sicherzugehen, dass er keine Blessuren davongetragen hatte. »Okay. Ist schon gut, denke ich.« Ich würde mir durch diese Kleinigkeit nicht die gute Stimmung vermiesen lassen.

Meine Mutter richtete das Ausziehsofa in der kleinen Hütte her. Mein Bruder und ich teilten ein Zimmer mit zwei Einzelbetten am Ende des Flurs.

Ob nicht mein Bruder anstelle von Zane auf dem Sofa schlafen könne?, fragte ich. Und Zane bei mir im Zimmer?

»Auf keinen Fall«, sagte meine Mutter.

Aber mein Bruder habe doch gesagt, dass es ihm gar nichts ausmachen würde.

»Genügt es dir nicht, deinen Freund hier zu haben, musst du jetzt auch noch deinen armen kleinen Bruder nötigen, auf dem Sofa zu schlafen?«, sagte sie. Warum sollte sich mein kleiner Bruder daran stören?, dachte ich. Das Sofa war größer als unsere kleinen Betten.

»Tut mir leid, dass meine Eltern so öde sind«, sagte ich zu Zane.

»Jetzt?«, fragte er, als wir in dieser Nacht im erleuchteten Pool knutschten. Aber der Pool stand allen Urlaubern aus der Anlage zur Verfügung, es hätte jederzeit jemand auftauchen können.

»Jetzt?«, fragte er mitten am Nachmittag, als meine Familie unterwegs war. Aber sie hätten jeden Augenblick zurück sein können.

»Jetzt?«, fragte er in jener Nacht, als wir für Freunde meiner Familie die Kinder hüteten. Sie wohnten in einem Hotel, ich konnte hören, wie sich die Kinder nebenan im Schlaf hin und her wälzten. Ich betrachtete das Bett und die weiße Bettwäsche.

»Nein«, sagte ich. Ich spürte seine wachsende Ungeduld. Ich machte mir Sorgen, ein Versprechen gegeben zu haben, das ich nicht würde halten können. Aber ich wollte eben einen magischen Moment, einen Moment, an den man gern zurückdachte.

An unserem letzten Tag schlenderten wir noch einmal auf der kleinen, wenig befahrenen Straße zum Dorf. Die Straße schlängelte sich durch die Weinberge und einen schattigen Wald, und plötzlich sah ich im goldenen Licht des frühen Abends ein Feld vor uns liegen. Die Büsche am Straßenrand würden uns vor Blicken schützen.

»Jetzt«, sagte ich, packte sein Handgelenk und zog ihn auf das Feld.

Dort, wo das Gras pikte und kratzte, bildeten sich kleine Quaddeln auf meiner Haut. Ich spürte die klebrigen Beinchen eines Grashüpfers auf meiner Wade, einen Moment später war er schon wieder verschwunden. Kleine Mücken hatten es auf meine Augen abgesehen. Zane war nervös, erst dauerte es sehr lange, dann ging es sehr schnell. Dennoch dachte ich in diesem Moment: Das ist eine Geschichte. Ein Feld in Südfrankreich in der untergehenden Sonne. Er sah mir in die Augen. Zum ersten Mal schien er zu bemerken, dass sie nicht einfach braun, sondern voller goldener und grüner Sprenkel waren. Das hier, dachte ich, als er seinen Kopf wie ein kleiner Junge an meine Schulter schmiegte, ist eine Geschichte, die ich eines Tages meiner Tochter erzählen werde. Erst später, als meine beste Freundin mich dafür auslachte, wurde mir klar, was für ein befremdlicher Gedanke das war.

Als ich mich an diesem Abend für das Abendessen fertig machte, betrachtete ich mich im Badezimmerspiegel, um zu sehen, ob ich mich wohl verändert hatte. Ich war damals zu jung, um auch nur zu begreifen, wie klischeehaft allein dieser Impuls war. Mein Gesicht war gerötet, ich hatte Gras im Haar. Meine Eltern schienen nichts zu bemerken. Ihr Freund hingegen schon. Er war zehn Jahre älter als mein Vater. Über den Tisch hinweg warf er mir hungrige Blicke zu. Später legte er die Hände auf meine Schultern und massierte mich. Mehrfach sagte er meinem Freund, was für ein besonders glücklicher junger Mann er sei. Meine Eltern lachten. Als sie uns einen Moment lang den Rücken zuwandten, zog ich Zane vom Tisch weg, und wir gingen nach draußen, wo wir uns still unter einen Baum setzten.

In jenem Herbst schickte der Freund meiner Eltern ein Hochglanzfoto, das er im Sommer von mir gemacht hatte, dazu einen Liebesbrief. Das Foto war überraschend wenig schmeichelhaft. Meine Augen waren so stumpf und leer wie die einer Kuh. Meine Mutter saß auf meinem Bett und las mir den Brief vor.

»Ihh«, sagte ich.

»Ist doch süß«, sagte sie. »Du solltest ihn behalten.« Bevor sie ging, legte sie den Brief neben die pinke Plastikfee, die ich bislang noch nicht in die Box mit den anderen Spielsachen zu stecken vermocht hatte.

Ein paar Monate später stand ich im Türrahmen ihres Badezimmers.

»Maman«, sagte ich, *»s'il te plaît!* Lass mich doch bitte die Nacht bei Zane verbringen!«

»Die Antwort lautet nein«, sagte sie und neigte sich zum Spiegel, um eine Locke zu richten.

»Aber warum? Seine Eltern haben es schon erlaubt. Bitte.«

»Ich habe bereits nein gesagt, Nadja. Hör auf, mit mir zu diskutieren.«

»Dann nenn mir einen Grund!«

»Ich muss mich dir gegenüber nicht rechtfertigen. Du … du solltest dich einfach nicht in Situationen begeben, in denen du … in denen du das Gefühl hast, Dinge tun zu müssen, die du nicht tun möchtest«, sagte sie.

»Mais, maman«, sagte ich gereizt, »darum musst du dir keine Sorgen mehr machen. Das ist schon passiert, und ich habe es gewollt.« Ich glaubte, sie auf diese Art überzeugen zu können. Dass sie es nicht bereits wusste, schien mir nahezu unmöglich.

Endlich drehte sie sich zu mir um und sah mich an.

»Die Antwort lautet ganz entschieden nein«, sagte sie. »Und solche Dinge solltest du mir wirklich nicht erzählen.«

Erst im Herbst begriff Françoise, was geschehen war. Die Erkenntnis traf sie mit einem Schlag, sie manifestierte sich mit einer physischen Gewissheit, wie ein Ball, den sie gefangen hatte, ohne überhaupt zu bemerken, dass er auf sie zugeflogen war. Ihre Brüste waren geschwollen, sie schlief andauernd. Ihre Periode war ausgeblieben, was leicht zu ignorieren gewesen war, da sie sie erst seit einigen Monaten bekam.

Jean-Michel davon zu erzählen, machte sie nicht nervös. Hatten sie nicht genau davon geträumt? Den ganzen Sommer lang? Kinder und ein eigenes Haus? Er wirkte auf eine zaghafte Art und Weise glücklich, als sie es ihm erzählte. Vor der Reaktion ihrer Mutter hingegen hatte sie panische Angst.

»Ich wusste es!«, stieß Josée wutentbrannt hervor. »Natürlich bist du schwanger. Nun. Wird er dich heiraten?«

Steif saßen Jean-Michel und sein Vater im Wohnzimmer der Pariser Wohnung. Françoise hatte sich vorgestellt, wie Jean-Michel ihre Eltern mit seinen Liebeserklärungen zum Schweigen bringen würde – er war ein großer Redner und stolz auf seine Wortgewandtheit. Jetzt aber saß er still neben seinem Vater und wirkte unterwürfig mit seiner zu engen Krawatte und den polierten Schuhen. Er hielt den Blick gesenkt, während Louis und Josée die Einzelheiten besprachen. Françoise kämpfte gegen eine riesige Welle der Enttäuschung an. Es war bloß ein weiteres Signal, sagte sie sich, ein weiteres Signal, dass sie diesen Eltern, diesen steifen Zimmern, dieser betäubenden, erdrückenden Atmosphäre entkommen, sich ein eigenes Heim schaffen mussten. Einen Ort, an dem ihre Stimmen so laut klingen durften, wie sie wollten.

Nachdem Jean-Michel und sein Vater gegangen waren, zog Paul Françoise ins Esszimmer und schloss die Tür.

»Du wirst ihn nicht heiraten«, sagte er. Er werde nicht zusehen, wie sie ihre Zukunft wegwarf. Sie sei erst fünfzehn. Nicht mal das Baccalauréat habe sie in der Tasche.

Im Gegenteil, es sei der perfekte Zeitpunkt, sagte Françoise. Sie würde das Baby im Mai bekommen, ihr bliebe ein ganzer Monat, um für die Prüfungen zu lernen.

Nein, sagte Paul. Sie werde eine Abtreibung haben, kein Baby.

Françoise war unerbittlich – das Baby trete in ihrem Bauch, sie könne das bereits fühlen, sagte sie –, aber Paul ließ sich nicht beirren. Sie war minderjährig. Die Entscheidung stand ihren Eltern zu. In England gab es Kliniken, in denen man sich darum kümmern würde.

»Du wirst mich zwingen müssen«, sagte Françoise. »Freiwillig gehe ich nicht.«

Françoise schämte sich nicht für ihre Schwangerschaft, es war ihr auch nicht wirklich wichtig, ob sie nun heiratete oder nicht. Sie selbst hatte den Geburtstermin errechnet, darauf war sie stolz, und es gelang ihr nicht, einen Makel in ihrem Plan zu erkennen. Sie debattierte entschieden und rational. Dieses Kind war ihr Ticket in die Freiheit. In ihm sah sie die einzige Möglichkeit, ihrer Familie zu entkommen.

Endlich gab ihr Vater nach. »Schön«, sagte er. »Schön. Du kannst das Baby bekommen. Aber du wirst hier bei uns leben, während du es großziehst.«

Françoise ließ sich auf die Abtreibung ein.

Jahrzehnte später, als ich von innen gegen ihren Bauch trat, wurde meiner Mutter klar, dass sie so früh in der Schwangerschaft gar nichts hätte fühlen können. Dennoch hatte sie damals die Wahrheit gesagt – das Baby war real für sie gewesen, und sie hatte seine Tritte gespürt.

Ich versuchte mir die ältere Schwester vorzustellen, die ich nie gehabt hatte. Quer durch die unzähligen Jahre, die zwischen uns lagen, tastete ich nach ihrem kaum entwickelten Fuß, aber er entglitt mir. Dieser Kindergeist war im August gezeugt und wäre im Mai geboren worden, genau wie ich. Die Geburt hätte meine verhindert. Die Bänder, die mich mit der Vergangenheit meiner Mutter verbanden, strafften sich spürbar.

An einem Donnerstag flogen Josée, Françoise und Jean-Michel nach London. Lachend erzählte mir Josée später, wie Françoise vor dem Krankenhaus auf dem Absatz kehrtgemacht hatte und die Straße heruntergerannt war. Wie Josée und Jean-Michel sie wieder hatten einfangen müssen. Wie Jean-Michel es gerade mal bis zum Eingang des Krankenhauses geschafft, sich dann umgedreht und auf die Rückreise nach Paris begeben hatte. In der Schule gab es einen Test, den er nicht hatte verpassen dürfen. »Einen Test!«, johlte sie, offenbar fand sie den kindlichen Ernst im Zusammenhang mit einer so unwichtigen Angelegenheit urkomisch.

Meine Mutter erinnerte sich an nichts von alldem, erinnerte sich nicht einmal daran, dass Jean-Michel überhaupt da gewesen war. Alles, woran sie sich erinnerte, war das Wartezimmer und ihre Mutter.

»*Maman*, sagst du es bitte der Schwester?«, bat Françoise. »Sagst du es ihr bitte jetzt?« Um sie herum das Rumoren des Krankenhauses, unverständlich und bedrohlich.

Auf Englisch sprach Josée leise mit einem der Ärzte und wies dabei gestikulierend zu ihrer Tochter hinüber. Françoise beobachtete sie aufmerksam. Sie hatte bloß einen einzigen Wunsch. Wenn sie ihr Baby schon umbrachte, wollte sie dabei sein. Sie wollte die Schmerzen fühlen, und sie wünschte sich, dass sie qualvoll waren. Sie wollte den Moment erleben, in dem das Baby sie verließ. Sie wollte nicht betäubt werden.

Die Krankenschwester kam zu ihr.

»Bitte folge mir«, sagte sie zu Françoise. Sie bat Josée, am Empfang zu warten. Sie brachte Françoise in ein Zimmer. Es war in sanften Farben gestrichen, von weichem Licht durchflutet. Die Krankenschwester forderte sie auf, sich zu entspannen. Françoise lag auf dem Krankenbett. Das Licht war nicht hell genug, um zu lesen, aber ausnahmsweise machte ihr das nichts aus. Sie wollte mit ihren Gedanken allein sein. Die Schwester bereitete eine Spritze vor.

»Que'est-ce que c'est?«, fragte Françoise. Sie wich zurück, gestikulierte abwehrend mit den Händen. Nein.

»Yes, yes«, sagte die Schwester. Françoise erkannte das Wort *mother*, das Wort *yes*. Die Schwester packte ihren Arm und schob die Nadel hinein. Dann ging sie, und Françoise war allein. Allein mit der seltsamen Stille des Krankenhauses, dem Summen der Maschinen, den gedämpften Stimmen draußen auf dem Flur und allein mit den sanften Tritten des Kindes in ihrem Bauch.

Zwei Krankenschwestern betraten, gefolgt von Josée, das Zimmer und wiesen sie an, sich auf ein Bett mit Rollen zu legen. Die Fliesen auf den Fluren des Krankenhauses waren ungleichmäßig verlegt. Das Scheppern der metallenen Räder wurde von den Wänden reflektiert und schüttelte sie bis ins Mark. Vor ihren Augen begann alles zu verschwimmen. Der Lärm verflüchtigte sich, und die Wände des Krankenhauses zogen sich zurück. Sie fiel und sie schwebte, alles zur selben Zeit.

»Was geschieht hier?«, sagte sie. »Was passiert hier?« Die Worte kämpften sich aus den Tiefen ihres Bewusstseins herauf, ihre Lippen fühlten sich an wie Gummi, ihr Mund schien mit Watte gefüllt.

»Pssst«, sagte ihre Mutter. »So wird das für alle Beteiligten einfacher.«

Die Krankenschwester sagte etwas auf Englisch, was sie nicht verstand. Aber sie begriff.

»NON!«, brüllte Françoise. Sie packte die Ränder des Bettes, bis ihre Knöchel weiß hervortraten, sie versuchte, sich zurück in die Welt zu hieven. Mit wilder Entschlossenheit richtete sie all ihre Konzentration auf die Decke und die Hand der Mutter. Sie versuchte krampfhaft, ihre Augen offenzuhalten. Sie brüllte aus vollem Hals, war aber nicht in der Lage zu sagen, ob sie dabei auch nur einen Laut von sich gab.

»Espèce de salope!« Du Hure!, versuchte sie ihrer Mutter entgegenzuschreien. Aber die Worte verloren sich tief in ihr. Sie versuchte, den Ärmel der Krankenschwester zu packen, aber ihr Arm war bereits fort, eingeschlafen. Gleichmäßig und unnachgiebig erfasste die Schwärze den Rest ihres Körpers.

Und dann war sie wach. Ihr Unterleib fühlte sich taub an. Sie war allein, allein in einem fremden Krankenzimmer und allein in ihrem Körper. Sie spürte eine Leere, die tiefer ging, als sie es sich jemals hätte vorstellen können. Es war, als habe ihr kurzfristig ein zusätzlicher Sinn zur Verfügung gestanden, nur um ihr sofort wieder geraubt zu werden. Und dann begann sie zu zittern, während die Leere ihres Körpers ohnmächtiger Wut wich.

KAPITEL VIER

Ohne mich wärst du nichts«, stieß Paul an einem Frühlingsabend an Josée gerichtet hervor. Auf dieser Aussage fußte ihre Erzählung darüber, warum sie ihn verlassen hatte. Stets zitierte sie diesen Satz.

Damals waren Scheidungen noch unüblich, besonders wenn sie von einer nicht berufstätigen Mutter von drei Kindern ausgingen, deren Ehemann reich war. Doch nur die zwölfjährige Andrée war wirklich überrascht. Josée und Paul hassten einander leidenschaftlich. Beide nahmen sich Anwälte. Sie planten die Einzelheiten einigermaßen ruhig, und zunächst schien es, als ob die Scheidung gütlich abgewickelt werden würde. Pauls Spielsucht hatte den Finanzen der Familie kaum zugesetzt, das Geld floss noch immer.

Im Juli war Josée dann weg. Sie nahm Andrée und einen Koffer. Zunächst mietete sie ein Hausboot, das etwas außerhalb der Stadt lag, weit weg von den Ärzten und Anwälten, von denen sie die letzten zwei Jahre umgeben gewesen war. Am Rande einer Stadt, die nur begrenzt Raum bot, wo Gesetze gegen Lärm rigoros durchgesetzt wurden, wo Nachbarn permanent Rücksicht aufeinander nahmen, glichen die Boote einer Art Wildem Westen ohne Regeln und Gesetze. Manche Boote waren illegal an das Stromnetz der Stadt angeschlossen. Manche waren kaum mehr als zusammengenagelte Konvolute aus Treibholz und Mülltüten, improvisierte besetzte Räume. Josées erstes Boot war eher eine Art Landhaus, aus Holz und mit einem Erkerfenster, durch das man auf eine schwimmende Terrasse blicken konnte.

Sylvie war zu diesem Zeitpunkt mehr oder weniger von zu Hause ausgezogen. Sie lebte auf der Straße, im Dienstbotenzimmer über der Wohnung einer Freundin, in einer Kommune in Südfrankreich. Françoise blieb daheim, aber sie machte sich so unsichtbar wie nur möglich. Sie kam spät nach Hause und schloss sich dann in ihr Zimmer ein, um zu lernen. Die wenige Freizeit, die ihr blieb, verbrachte sie mit Jean-Michel, der in Paris im ersten Semester Architektur studierte. Sie hatte sich vorgenommen, sich im Herbst an derselben Hochschule einzuschreiben. Ihr Vater war tief enttäuscht, dass sie nicht Medizin studieren würde – eine Enttäuschung, die sich als Wut offenbarte.

»Aus dir wäre eine gute Assistentin geworden«, sagte er zornig zu ihr. »Aber nie mehr als das.« Vielleicht wäre sie in einem Labor zurechtgekommen, sagte er noch, doch ihr fehle einfach die menschliche Note, die jeder gute Arzt habe. Dennoch, wenigstens hätte sie einen Arzt heiraten können. Sie hätte Paul einen Schwiegersohn bescheren können, der eines Tages seine Praxis hätte übernehmen können. Mit Jean-Michel wurde er nie warm.

In jenem August reisten Jean-Michel und Françoise für zweieinhalb Monate nach Afghanistan. Als sie zurückkehrten, hatte sich alles verändert.

Während ihrer Abwesenheit war Paul mit einem Blumenstrauß zum Hausboot gegangen.

»Das ist ja großartig«, sagte er zu Josée. »Hier ist es so friedlich! Irgendwie anders! Ich werde bei dir einziehen.«

Sie hatte ihm die Tür vor der Nase zugeschlagen.

Auf Anraten seines Anwalts hatte Paul einen Privatdetektiv engagiert. Josée hatte einen Job bei einem Makler bekommen, der ihr dabei behilflich gewesen war, die Häuser zu kaufen, in denen sie gelebt hatte. Jetzt betreute sie Baustellen, war morgens noch vor den Arbeitern da und kam erst spätabends nach Hause. Der Privatdetektiv folgte Andrée auf dem Schulweg, den sie allein bewältigte. Den Schlüssel für das Boot trug sie dabei um den Hals. Sie bereitete sich ihre eigenen Mahlzeiten zu und fuhr ganz allein mit dem Ruderboot auf der Seine.

Der Privatdetektiv folgte auch Josée. Er riss die Tür eines Hotelzimmers auf, machte Fotos. Er hatte sie in flagranti erwischt.

Von nun an war es keine einvernehmliche Scheidung mehr. Nun, da der Vorwurf des Ehebruchs im Raum stand, verlor Josée jeglichen Anspruch auf einen Anteil des Vermögens ihres Mannes. Allerdings war es nicht die Affäre, die Paul zur Weißglut brachte. Es war nicht ihre erste. Was Paul in den Wahnsinn trieb, war der Mann, der auf den Fotos zu sehen war. Paul erkannte ihn auf der Stelle. Es war Louis Guérin, der Vater von Jean-Michel.

Mit der ihr eigenen tödlichen Präzision war es Josée gelungen, Paul so tief zu kränken, wie niemand anders es vermocht hätte. Sie hatte seinen Stolz angekratzt. Die Männer sahen einander ähnlich, beide waren stämmig wie ein Bär und hatten lockige Haare, doch Paul war gut aussehend, und Louis war es nicht. Louis war ein Geschäftsmann in Ussel. Paul war Chirurg, und er war nach Paris gegangen. Die Erinnerungen an die Sommer in Ussel quälten Paul, er dachte daran, wie er mit seinem Cabriolet durchs Stadtzentrum gefahren war und in seinem Erfolg gebadet hatte. Der große Doktor Mouly, der den August mit seiner schönen Frau und den drei Töchtern in der Heimat verbrachte. Sie waren voller Bewunderung für ihn, machten ihm Komplimente für seine perfekte Familie. Doch hinter verschlossenen Türen war das Geflüster sicherlich rasend schnell von Ohr zu Ohr gewandert. Seine Frau schlief mit einem Geschäftsmann aus dem Ort. Die ganze Stadt musste es gewusst haben. Alle außer ihm und der Frau von Louis Guérin. Als sie von der Affäre erfuhr, so erzählte man sich, habe sie eine Waffe gepackt und damit die Enten und Hühner im Hof erschossen. In den Widerhall eines jeden Schusses hatte sie geschrien: »Josée! Françoise! Josée! Françoise!«

»Es war allgemein *bekannt*«, sagte mir Josée einmal voller Stolz. Oh, wie sich die Neuigkeiten verbreiteten. Überall in Frankreich wusste man von der Affäre.

Paul hatte erwartet, dass Françoise ihre Beziehung mit Jean-Michel aus einer Art kindlichem Pflichtgefühl heraus sofort beenden würde. Der Junge war schließlich nie gut genug für sie gewesen. Als sie es nicht von allein tat, befahl er es ihr. Sie weigerte sich. Er schlug mit der Faust auf den Tisch. Die einzige Erklärung, die er für die Sturheit seiner Tochter fand, war die, dass Françoise von Anfang an von Josées Affäre gewusst hatte. Er war bis ins Mark verletzt, er war einsam, und ganz langsam wurde er wahnsinnig vor Schmerz und Wut. Jeden Abend kam er in ihr Schlafzimmer und setzte sich auf ihr Bett.

»Deine Mutter ist eine Hure«, sagte er dann, sprang auf und ging im Zimmer auf und ab. »Nichts als eine dreckige Hure. Als ich sie geheiratet habe, dachte ich, dass sie mir für immer dankbar sein würde.« Wer außer ihm hätte denn so ein Bastard-Mädchen geheiratet? Er hätte auf seine Eltern hören sollen. Was sie ihm angetan hatte! Wie sie es ihm gedankt hatte, die *pétasse*!

Ich erkannte in dieser Geschichte die Fortsetzung jener Geschichte, die meine Mutter vor so vielen Jahren begonnen hatte zu erzählen. »Manchmal kam mein Vater in mein Zimmer und … davon erzähle ich dir, wenn du älter bist.« Ich seufzte erleichtert. Fragend sah sie mich an, bevor sie fortfuhr.

»Du sprichst über meine Mutter«, erinnerte sie ihren Vater, aber er hörte nicht zu.

Die negative Energie, die der Schmerz ihres Vaters mit sich brachte, nagte an Françoise. Es war zu viel für sie. Sie packte ihre Koffer. Paul wütete in ihrem Zimmer, versuchte, ihre Koffer wieder auszupacken.

»Du kannst mich nicht verlassen«, sagte er. »Du kannst mich nicht ganz allein lassen.«

Brüllend folgte er ihr ins Treppenhaus. Françoise versuchte, ihren Körper zu verlassen. Auf der Straße wartete Jean-Michel bei laufendem Motor im Auto. Louis Guérin hatte angeboten, eine Einzimmerwohnung zu mieten, so machte man das damals. Françoise war es unangenehm, dass Louis zahlte, aber sie konnte unmöglich bei ihrem Vater bleiben, und eine andere Möglichkeit gab es nicht.

»Du bist genau wie sie«, sagte er zu ihr, während er versuchte, ihr den Koffer aus der Hand zu reißen. »Bitte, verlass du mich nicht auch noch.« Jean-Michel wand sich hinter dem Steuer und blickte besorgt über seine Schulter. Er hatte ihrem Vater noch nie widersprochen. Sie warf den Koffer in den Kofferraum und schlug ihn zu. Paul stand so dicht neben ihr, dass der Kofferraum ihn an der Stirn traf. Er taumelte zurück und schlug sie mit der Faust ins Gesicht.

Dann lag sie auf der Straße, sah die Gesichter aus einer neuen Perspektive. Ein metallischer Geschmack breitete sich in ihrem Mund aus. Die Hand, mit der sie sich ins Gesicht gefasst hatte, war rot vor Blut. Ihr Vater kniete sich hin und half ihr auf. Sie stützte sich auf ihn. Er brachte sie zurück ins Haus, die Treppe hinauf in seine Praxis. Er richtete ihre gebrochene Nase. Als sie wieder denken konnte, war da nur die unnachgiebige Angst: *Was, wenn ich jetzt nicht mehr gehen kann?* Doch plötzlich wurde ihr Vater kleinlaut, er schämte sich. Er hielt den Blick gesenkt und ließ sie gehen.

»Warst du wütend auf deine Mutter?«, fragte ich meine Mutter, als sie mir davon erzählte. »Weil sie mit dem Vater deines Freundes geschlafen hat?«

»Ich weiß nicht, wie ich das beantworten soll«, sagte sie, dann sagte sie lange nichts. »Wütend? Ich weiß nicht, wie das aussehen würde, wenn ich wütend auf meine Mutter wäre. Damals war es mir unmöglich. Ich kann mir immer noch nicht vorstellen, wie sich Wut ihr gegenüber anfühlt. Ich war wütend auf meinen Vater, weil er so über sie gesprochen hatte. Das war einfach. Aber meine Mutter? Sie ließ mich leiden. Ich hätte nur wütend auf sie sein können, wenn ich der Überzeugung gewesen wäre, sie könnte sich ändern.«

Irgendwann im Verlauf meines zweiten Jahres an der Highschool stellte meine Mutter fest, dass Kekse verschwanden. Einige Monate zuvor hatte sie verkündet: »Ich habe ein paar Knabbereien für deinen Bruder gekauft und sie versteckt.« Sie schien sich die Worte vorher zurechtgelegt zu haben. »Die sind nicht für dich. Du hast sie nicht nötig. Okay?«

»Okay«, hatte ich gemurmelt, dankbar, dass sie scheinbar bereit war, es dabei zu belassen. Ich hasste es, über mein Gewicht zu sprechen. Mein Körper fühlte sich konturlos an. Sekündlich schien er seine Gestalt zu ändern. Solange niemand darüber sprach, klammerte ich mich an die Hoffnung, nicht fett zu sein. Doch sobald meine Mutter von meinem Körper redete, spürte ich augenblicklich, wie ich mich ausdehnte, wie die Schwerkraft stärker auf mich zu wirken begann. Jede einzelne Sekunde war eine Qual. Deshalb tat ich bereitwillig so, als wüsste ich nicht bereits um den Vorrat an Beef Jerky, Fruit Roll-Ups, Keksen und Chips in der untersten Küchenschublade.

Aber als die ersten Knabbereien verschwanden und nur das Einwickelpapier an Ort und Stelle blieb, lag es auf der Hand, dass ich es gewesen sein musste.

»Ich war es nicht«, sagte ich.

»Gib es zu!«, sagte sie.

Dieser Streit dauerte fast einen Monat. Ich hatte Hausarrest. Meinen Freunden erzählte ich, dass mein Vater mich beim Rauchen erwischt hatte, der wahre Grund war mir zu peinlich. Meine Mutter konnte mir kaum ins Gesicht schauen.

»Wenn ich sie gegessen hätte, würde ich es dir sagen«, sagte ich immer wieder. »Alles, was ich will, ist hier rauszukommen. Warum sollte ich dir nicht die Wahrheit sagen?«

»Ich weiß es nicht!«, sagte sie dann. »Warum tust du es nicht?«

Die Situation war ausweglos. Wenn ich sie anschrie, schrie sie noch lauter zurück. Wenn ich vernünftig mit ihr redete, war sie auch darin besser. In meinem Zimmer prügelte ich auf Kissen ein, fühlte mich dabei aber lächerlich. Ich schrie, so laut ich konnte, doch es klang kümmerlich. Ich konnte nicht verstehen, warum sie mir nicht glauben wollte. Mehr als alles andere wünschte ich mir, der Streit möge hinter uns liegen. Und doch hätte ich niemals zugeben können, dass ich die Knabbereien gegessen hatte, denn ich wusste, dass das nicht stimmte.

»Menteuse, menteuse, menteuse!«, schrie sie mich eines Tages an. Lügnerin, Lügnerin, Lügnerin! Sie hielt ihr bebendes, gerötetes Gesicht dicht an meines, bis da nichts anderes mehr war als ihr Gesicht. Spucketropfen auf meinen Wangen. Ich verlor die Kontrolle. Ich schlug sie. Sehr fest. Meine Handfläche brannte. Sie taumelte zurück, die Augen weit aufgerissen vor Entsetzen.

»Das war's«, sagte sie in bedrohlich ruhigem Tonfall. Sie wandte mir den Rücken zu und schob einige Papiere auf ihrem Schreibtisch hin und her. »Ich melde dich beim Psychologen an.«

Meine Therapeutin war ruhig und freundlich, die Art Frau, die vernünftige Schuhe trägt. Manchmal traf sie sich auch mit meinen Eltern. Gemeinsam erklärten sie mir, dass ich die Knabbereien offenbar im Schlaf äße, nachts, in meinem pinken, mit Katzen bedruckten Schlafanzug, bis nichts mehr übrig sei als ein paar Krümel, die ich am nächsten Morgen wegwischte, wie den Schlaf in meinen Augen. In mir drin fand ich aber keinerlei Spuren dieser nächtlichen Attacken – egal wie sehr ich auch in mich ging, ich konnte nicht einmal eine Lücke, also das Fehlen einer Erinnerung ausmachen. Und doch fing ich irgendwann an, es selbst zu glauben. Meiner Mutter vertraute ich mehr als mir selbst. Ich fragte mich, was ich noch alles tat, ohne es zu bemerken. Alles schien möglich. Ich war verrückt. Ich war voller Angst. Ich entzog mich meinen Freunden, war mir nicht mehr sicher, wer ich war. Ich hörte auf, an meinen Erinnerungen festzuhalten. Sie waren zu gefährlich. Ich ließ sie los.

Schließlich erlaubten sie mir, bei Freunden zu übernachten. Wir saßen auf den Spielerbänken im Prospect Park, kifften und tranken Starkbier, wir kriegten Fressflashs und kauften unsere eigenen Cookies. Als ich nach Hause kam, fand ich eine leere

Chipstüte auf dem Fußboden in meinem Zimmer. Ich hob sie auf und brachte sie zu meiner Mutter.

»Das war ich nicht«, sagte ich, während ich ihr die Tüte entgegenhielt, trotzdem fürchtete ich, es vielleicht doch irgendwie gewesen zu sein.

»Oh«, sagte sie ungerührt. »Okay. Leg sie einfach da auf die Waschmaschine.«

Sie wandte sich wieder ihren Sachen zu. Ich ging zurück in mein Zimmer. Wir redeten nicht darüber. Ich hörte auf, darüber nachzudenken. Ich verbrachte den Sommer in Ostafrika und atmete die Freiheit ein, die mir die zwei Ozeane zwischen uns ermöglichten. Im darauffolgenden Herbst baten meine Eltern meinen Bruder und mich an den Küchentisch. Mein Bruder war verschlossen, zu wütend, um ein Wort zu sagen. Meine Mutter zwang ihn, sich dafür zu entschuldigen, dass er mir die Sache mit den Süßigkeiten in die Schuhe geschoben hatte, dass er das Einwickelpapier strategisch so platziert hatte, dass der Verdacht auf mich fallen musste. Seine Entschuldigung schmerzte, sie ließ alles real werden.

Erst drei Jahre später stellte ich fest, dass meine Mutter sich nie bei mir entschuldigt hatte und dass ich diese Entschuldigung brauchte. Von meiner kleinen Studentenwohnung aus rief ich sie an, ich lief in der Küche auf und ab und aß Cracker, während wir redeten. Endlich konnte ich mich behaupten, denn unsere Beziehung schien wie verwandelt, seitdem ich ausgezogen war.

»Das habe ich doch nicht wissen können«, sagte sie. »Das war unvorstellbar.«

»Ich verstehe«, sagte ich. »Ich verstehe, warum du mir nicht geglaubt hast. Aber das ändert nichts an der Tatsache, dass du mich verletzt hast. Du hast mich dazu gebracht, an meinem Verstand zu zweifeln. Und wenn man jemanden verletzt, dann entschuldigt man sich.«

»Niemand hätte das ahnen können«, sagte sie. »Selbst du hast es nicht geahnt.«

»Aber du bist meine Mutter«, sagte ich.

Zwei Stunden lang zog sich die Unterhaltung hin. Wir drehten uns im Kreis. Wir sagten immer wieder das Gleiche. Und dann, ganz plötzlich, begriff sie es.

»Du hast recht«, sagte sie. »Natürlich hast du recht. Ich bin deine Mutter. O meine Kleine, es tut mir so leid.«

Die Fenster der *boulangerien* waren mit gläsernen Eiszapfen, Mistel- und Tannenzweigen dekoriert. An jeder Straßenecke standen Männer in abgetragenen Mänteln mit Blasen an den Fingern über Grillschalen gebeugt da und schaufelten Kastanien in spitze Papiertütchen. Mit behandschuhten Händen quetschten die Kinder die Kastanien aus ihrer braunen Hülle und füllten die Backen mit den weichen Nüssen. Hähnchen drehten sich träge, ein Karussell, das niemals innehielt, während dicke Fetttropfen in die Pfanne darunter platschten. Paris kam mit dem Winter gut zurecht, tatsächlich stand die Farbe Grau der Stadt am besten. Die Straßen schienen von Familien bevölkert, von glücklichen Familien mit gut genährten Kindern, denen die Behaglichkeit ihrer warmen Häuser noch ins Gesicht geschrieben stand, während sie draußen einen Verdauungsspaziergang machten. Die Festtagsstimmung glich gedämpfter Musik, die aus einer Nachbarwohnung herüberdringt. Sie umgab die Mütter und Väter, und sie blieb hinter den Fenstern der Geschäfte.

Françoise schlug den Kragen hoch. Sie tastete nach der Münze in ihrer Tasche. Jean-Michel war nach Hause gefahren, um bei seiner Mutter zu sein. Françoise hatte ihn gebeten, in Paris zu bleiben, aber er hatte nicht einmal gezögert, bevor er nein gesagt hatte. Er müsse seiner Mutter beistehen, sie trösten, sagte Jean-Michel. Dieses Jahr würde sie das Weihnachtsfest ohne Louis verbringen müssen.

Nachdem die Tür hinter ihm ins Schloss gefallen war, durchsuchte sie die leere Wohnung nach herumliegendem Kleingeld. Sie steckte die Finger durch Löcher in Manteltaschen, und sie suchte unter der Matratze. Schließlich hatte sie genug beisammen, um sich jeden Tag ein Baguette leisten zu können. Ein Baguette, mehr nicht. Bald wusste sie, welch verschiedene Texturen Brot im Mund annehmen konnte, und sie entwickelte die verschiedensten Kaumethoden.

Zehn Tage. Sie bewegte die Zunge in ihrem Mund hin und her, um sich daran zu erinnern, wie es sich anfühlte, zu sprechen. Die Freunde aus dem Architekturstudium nannten sie Guérinette – Jean-Michel Guérin und seine Guérinette. Sie waren ebenfalls nicht in der Stadt und hatte ihren Namen mitgenommen. Ihre Mutter hatte sie seit Monaten nicht gesehen, noch immer hatte sie keine Einladung erhalten, sie auf dem Hausboot zu besuchen, und für einen Besuch bei ihrem Vater war sie zu stolz. Die Stadt war leer, abweisend und seltsam.

In den Sommerferien nahm Jean-Michel sie mit nach Ussel. Seine Mutter wollte sie nicht auf ihrem Grundstück haben, aber sein Vater ließ sie in einer kleinen Hütte außerhalb der Stadt wohnen. Sie waren jetzt zu dritt: Jean-Michel, Françoise und ihr Hund Chivas. Françoises Finger wanderten durch Chivas' Fell, sie entwirrten Knoten und entfernten Kletten. Er war ein Streuner, den sie aus Afghanistan mitgebracht hatten. Françoise hatte das Gefühl, dass ein wenig Wolf in ihm steckte, er wurde jeden Tag größer. Sie liebte seinen robusten Körper, sein Gewicht. An den Abenden legte sie den Kopf auf seinen Bauch, der sich beständig hob und senkte, während sie den vertrauten Geruch einatmete, der eine Spur Wildheit in sich trug.

Jean-Michel war bei ihr, aber es war kaum besser als an Weihnachten. Jean-Michel hatte ein Auto, er hatte Dinge zu erledigen, Freunde zu treffen, Familie zu besuchen. Françoise konnte nicht fahren, sie hätte ohnehin nicht gewusst, wohin. Sie hatte keine eigenen Freunde in Ussel. Sie fühlte sich ebenso gefangen in ihrer Einsamkeit wie in jenem Sommer, als ihre Mutter sie und Andrée voneinander getrennt hatte.

Sie begann sich Sorgen zu machen, dass man ihre Depression

regelrecht riechen könnte. Ihre Trübsal schien an ihr zu haften, sie troff an ihr herunter, befleckte die Luft eines jeden Raumes, den sie betrat. Sie machte sich Sorgen, dass Jean-Michel es bemerken und sich zurückziehen würde. Während er fort war, machte sie lange Spaziergänge, versuchte sich im Freien einfach treiben zu lassen. Chivas trottete hinter ihr her. Jean-Michel wurde immer abweisender, und je mehr er sich zurückzog, umso verzweifelter versuchte sie, ihn zu halten.

Abends gingen sie tanzen. Jean-Michel trank gern. Seine Stimme erhob sich laut über die Menge. Seine Kindheitsfreunde versammelte er in einem engen Kreis um sich, doch Françoise blieb außen vor. Sie sah zu und beneidete ihn. Wie leicht es ihm fiel, Menschen zum Lachen zu bringen. Sie war neidisch darauf, dass die laute Musik und die grellen Lichter ihm eine solche Energie zu geben schienen, während sie selbst sich am liebsten in eine Ecke verkrochen hätte. Sie versuchte, sich locker zu machen, aber sie hasste das wabernde Gefühl des Betrunkenseins. Sie hasste es, die Kontrolle zu verlieren, und wenn sie versuchte zu tanzen, widersetzten sich ihre Gliedmaßen unbeholfen der Musik.

Auf dem Rückweg zur Hütte packte sie ihren Sitz, während Jean-Michel die kurvigen Landstraßen entlangraste. Sie habe keine Angst vor dem Sterben gehabt, das sei es nicht gewesen, sagte sie mir. In jenem Sommer verging kein einziger Tag, an dem sie sich nicht den Tod vorgestellt hätte – diese Leere, diese Ruhe, dieser Zustand, in dem man weder erfüllt noch leer war. Doch sie wollte, wenn überhaupt, von eigener Hand sterben. Jean-Michel bestand darauf, dass betrunken Auto zu fahren, der halbe Spaß sei.

Eines Tages, als Françoise morgens die Haustür öffnete, fand sie Chivas' Kadaver, sein Fell war voller Blut. Die Bauern aus der Nachbarschaft erklärten ihr, dass sie den Hund erschossen hatten, weil er eine Ziege gerissen hatte. »Wenn so ein wildes Tier einmal Blut geleckt hat …«, sagten sie achselzuckend.

Sie rief die Polizei an, unter Tränen brach sich ihre Wut Bahn.

»Typisch *parisienne*!« Die Polizisten lachten. »Weint um ein Tier!«

»Nimm es nicht so schwer!«, sagte Jean-Michel. »So ist das auf dem Land, hier machen sie alles ein bisschen anders.«

Sie spürte, wie der Abgrund zwischen ihnen immer größer wurde. Jean-Michel war so weit entfernt von ihr, dass sie ihn nicht einmal mehr sehen konnte. Oder anders formuliert: Er sah *sie* nicht mehr.

Er drängte sie, mit ihm tanzen zu gehen. Sie weigerte sich. Sie stritten. Er ging und schlug die Tür hinter sich zu.

Sie war der Welt eine Last. Sie war ein schwarzes Schandmal. Sie war Gift. Ihr Unglück entzog jedem Raum den Sauerstoff und drückte von innen gegen die geschlossenen Fenster. Sie öffnete die Tür, und ihre Füße trugen sie zielstrebig zum Farbverdünner in der Gartenhütte. Wenn sie schon Gift war, wollte sie wenigstens eins mit dem Gift werden. Sie trank, so viel sie konnte, dann legte sie sich draußen ins Gras und wartete auf den Tod. Sie stellte sich vor, wie eine Schwärze sich in ihr ausbreiten würde, ihre Haut, ihre Lippen und ihre Fingernägel schwarz färben würde. Wenn sie doch bloß eine Ziege reißen und für ihre Wildheit erschossen werden könnte. Aber sie konnte noch nicht einmal tanzen.

Und dann fand sie sich würgend auf allen vieren wieder. Ein Schwall Gift drängte aus ihr heraus. Ihr Magen verkrampfte sich immer wieder, noch lange nachdem das Gift ihren Körper verlassen hatte. Sie wurde Tier, ihr Körper verriet sie, entschied sich ohne jeden Verstand und um jeden Preis für das Leben. Mühsam richtete sie sich auf und ging zurück in die dunkle Hütte. Sie fiel in ihr Bett, ein klaffendes Loch, das sie in sich aufnahm. Sie schlief, als Jean-Michel nach Hause kam, sich neben sie ins Bett legte und in seine eigene tiefe Bewusstlosigkeit fiel. Als sie am Morgen erwachten, küsste er sie sanft. Sein Atem roch nach Alkohol, ihrer nach dem Gift, beides war so intensiv, dass sie einander nicht mehr schmecken konnten. Sie sagte nichts.

An einem Wochenende in Connecticut sprachen meine Mutter und ich über Wahrheit und Fiktion. Kürzlich hatten wir eines der Tagebücher gefunden, die sie eine Weile lang geführt hatte. Es widerlegte die Chronologie der Ereignisse, die sie mir geschildert hatte. Sie legte es beiseite und fuhr fort, mir die Geschichte so zu erzählen, wie sie sich an sie erinnerte.

»Es gibt keine objektive Realität. Jedes Erzählen ist auch Fiktion«, sagte sie jetzt. Nichtfiktionales Erzählen sei eine Konstruktion, wenngleich auch eine Konstruktion, die anderen Regeln folge als die Fiktion.

»Aber was ist mit Zeitungen?«, fragte ich. »Ist denn ein Zeitungsartikel nicht absolut frei von Fiktion?«

»Im Erzählen werden auch Tatsachen zu etwas anderem«, sagte sie. »Man macht Geschichten daraus.«

»Aber trotzdem«, sagte ich, »in einem Zeitungsartikel gibt es nur eine einzige Geschichte zu erzählen. Die wahre Geschichte.«

»Nein«, sagte sie, »die Frage ist immer, was wir für berichtenswert halten. Letzte Woche gab es hier um die Ecke in Chinatown einen Unfall. Am nächsten Tag war die Geschichte in der *New York Times*. Ein Transporter hatte auf dem East Broadway in zweiter Reihe geparkt, aber der Fahrer hatte vergessen, den Rückwärtsgang rauszunehmen. Ganz langsam fuhr der Wagen auf den Gehweg und tötete ein vierjähriges Mädchen und einen dreijährigen Jungen. Sie waren mit ihrer Lehrerin unterwegs und hielten sich an den Händen. Es war eine Tragödie. Wenn aber der Transporter bloß in ein Schaufenster gekracht wäre, dann wäre es keine Geschichte für die *New York Times* gewesen. Es war nur deshalb eine Geschichte, weil zufällig kein Auto dastand, das den Transporter vor dem Gehweg zum Stillstand gebracht hatte, weil den Leuten zu spät klar wurde, dass da kein Fahrer im Wagen saß, weil der Wagen zufällig kleine Kinder überfuhr, weil sich diese Kinder an den Händen hielten. Weil du das direkt vor dir sehen kannst, eine Tragödie griechischen Ausmaßes, Schicksal.«

»Trotzdem«, sagte ich, »es ist nicht erfunden. Alle Ereignisse haben tatsächlich stattgefunden.«

»Nein«, sagte sie. »Wir konstruieren Realität. Wenn ich dir erzähle, dass ich mich nicht erinnern kann, ob etwas passiert ist oder nicht, dann deshalb, weil es für mich keine Rolle spielt. Ich bin einfach nicht in der Lage zu beurteilen, ob meine Erinnerungen zuverlässig sind.« Sie schlug auf das Buch, das sie in der Hand hielt, um ihren Worten mehr Nachdruck zu verleihen.

»Es gab eine Studie«, sagte sie. Meine Mutter zog ständig psychologische Studien heran, um ihre Argumentation zu untermauern. »Es gab eine Studie, bei der die Wissenschaftler die Hirnströme der Probanden aufzeichneten, während sie jemandem beim Tanzen zusahen. Dann bat man sie, sich bloß vorzustellen, sie sähen jemandem beim Tanzen zu. Die Muster waren dieselben. Physiologisch macht es keinen Unterschied, ob du etwas erlebst oder es dir vorstellst. Aus diesem Grund erzählen wir ständig Geschichten, aus diesem Grund hat jede Kultur ihre eigenen Mythen. Wir sehen die Dinge nicht, wie sie sind, wir sehen sie, wie wir sie verstehen. Schau dir die Entlein an, die Konrad Lorenz als ihre Mutter annahmen. Sie folgten ihm überallhin, weil er tatsächlich ihre Mutter war. Sie dachten dabei nicht: Oh, das ist nicht meine echte Mutter, ich halte ihn bloß für meine Mutter. Die Grenzen zwischen Wahrheit und Fiktion setzen wir selbst, und je besser wir unsere Fiktion im Griff haben, desto besser haben wir auch unsere Realität im Griff.«

»Oh«, sagte ich und fühlte mich ein wenig verloren.

Während ich schrieb, erinnerte ich mich daran: Das ist die Geschichte meiner Mutter, die Version, die sie mir erzählt hat. Das ist die Geschichte meiner Mutter, meine Vorstellung davon, wie sie tanzt.

Zweites Jahr Architekturstudium, hatte meine Mutter neben eine große Klammer geschrieben. Sie umfasste ein komplettes Jahr in dem Zeitstrahl, den sie auf meine Bitte hin in mein Notizbuch gemalt hatte. Im Dezember: *Besuch bei Mina in Cannes. Reise nach Algerien im März.* Erst im darauffolgenden Juni, dem Juni des Jahres 1974, wurden die Geschichten wieder aufgenommen.

»Ich denke, wir sollten uns mit anderen Leuten treffen«, sagte Jean-Michel lässig.

Françoise sah ihn an, sie verstand nicht. Er sagte, dass sie noch sehr jung gewesen seien, als sie sich begegnet seien. Sie sollten sich umsehen, die Welt erkunden.

»Okay«, sagte sie, weil es keine andere Antwort gab. Es war ihr nicht in den Sinn gekommen, dass das passieren könnte. Sie fühlte sich leer, wie versteinert. Es war nicht so, dass sie ihn geliebt hätte. Sie wusste nicht, wo sie anfing und wo er aufhörte, und wie sollte man sich selbst denn lieben? Welcher Teil von ihr würde bleiben, wenn er ging? Welche Gedanken, welche Vorlieben und Abneigungen, welche Redewendungen gehörten ihr? Guérin und Guérinette.

Sie würde einen neuen Namen brauchen. Ihr Verstand begann wieder zu arbeiten. Sie würde eine neue Bleibe brauchen. Sie hatte die letzten zwei Jahre in der Einzimmerwohnung verbracht, die Louis Guérin bezahlte. Einmal im Monat besuchte sie ihren Vater in der kalten, leeren Wohnung, in der er nun alleine lebte. Er hatte nur die untere Etage behalten, für seine Praxis. Mit ihm saß sie an einem Tisch in einem vollgestopften Zimmer, das einmal Sylvie gehört hatte. An der Wand klebte noch immer die grün-orange Tapete, das Bett stand noch immer in derselben Ecke. Jedes Mal zwang er sie, ihn um Geld zu bitten. Er zwang sie, ihren Stolz zu überwinden und die richtigen höflichen Worte zu finden. Sie konnte sich kein eigenes Zimmer leisten.

Sie empfand keine Wut, nur Schmerz. Nur Verwirrung, Sorge und irgendwie auch einen Funken Aufregung. Sie war nicht besonders wild darauf, sich mit anderen Leuten einzulassen, aber sie wollte unbedingt verstehen, wer sie selbst war. Ihr Körper, ihr Verstand, welche Gestalt würden sie haben, wenn sie nur ihr selbst gehörten?

Doch in Paris lauerten die Geister der Vergangenheit an jeder Ecke. Sie wollte einen neuen Ort sehen, ja geblendet werden vom Glanz des Neuen. Sie wollte einen Ort, der sie aufnehmen, sie neutralisieren würde. Sie wollte ein weißes Blatt Papier werden, auf dem eine neue Geschichte beginnen konnte. Sie wollte an einen Ort gehen, wo niemand, den sie kannte, je gewesen war.

So geschah es, dass sie sich für New York entschied – es war die Stadt, die nicht existierte. Sie hatte sie nur in Filmen gesehen, eine gefährliche, surreale Stadt. Wenn sie an Amerika dachte, dann dachte sie an die Leuchtreklamen auf den Champs-Élysées, die *USA cool jeans!* bewarben. Amerika war protzig, aufdringlich und hell. Aber es war groß, und es war weit weg. Dort, in den Straßen von New York, konnte sie nicht zufällig Jean-Michel begegnen, Arm in Arm mit irgendeiner neuen Freundin. Sie entschied sich, ihr Studium für ein Jahr zu unterbrechen. Sie würde sich alles ansehen, zuerst New York, dann vielleicht Chicago, einfach weil es gut klang, wenn sie es sagte – Shee-cah-goh –, und dann San Francisco. Und Texas. An jedem dieser Orte würde sie Geld verdienen, sie würde preiswert reisen. Als Erwachsene würde sie nach Paris zurückkehren und ganz Amerika in sich tragen.

Zuallererst brauchte sie Geld für den Flug. Sie brauchte eine Bleibe. Verzweifelt suchte sie in Paris Arbeit, fand aber keine.

»Komm runter in den Süden«, schlug ihre Mutter vor. »Alle bauen hier an der Côte d'Azur Ferienhäuser, da muss es doch Arbeit für eine Architektin geben.«

Josée, Louis und Andrée verbrachten den Sommer in einem Haus, das Louis, Josées Anweisungen folgend, erworben hatte. Seitdem die Taschenlampe des Detektivs das Hotelzimmer erleuchtet hatte, war die Scheidung zu einem nicht enden wollenden Kampf ausgeartet. Paul hatte das Sorgerecht für Andrée eingeklagt und gewonnen. Er holte sie aus dem Hausboot und schickte sie in ein Internat. Josée rastete aus. So oft sie konnte, rief sie Andrée schluchzend im Internat an. Ihr Zimmer auf dem Hausboot hatte sie in eine Art Altar für die Tochter verwandelt. Plötzlich bedeutete diese Tochter, die gerade in die Pubertät kam und Josées jüngerem Selbst wie aus dem Gesicht geschnitten war, die Welt für sie. Nun, da sie sie für den Sommer bei sich hatte, ließ sie sie kaum aus den Augen.

Als Andrée Françoise sah, rannte sie auf den Pool zu und schrie: »*Meine* Lieblingsschwester ist –«, um dann im Moment des Sprungs, kurz bevor sie ins Wasser platschte, den Satz zu beenden »– Sylvie!« Im Alter von zwölf Jahren konnte sie sich nicht mehr an die Puppentheater-Vorstellungen, die sie und Françoise gemeinsam inszeniert hatten, erinnern und ebenso wenig an die vielen Stunden, in denen sie Schule gespielt hatten. Das Mädchen, das Françoise früher einmal *Maman* genannt hatte, bekam nun endlich die ungeteilte Aufmerksamkeit ihrer echten Mutter.

Françoise umkringelte Anzeigen in der Lokalzeitung und nahm den ersten Job, der sich ihr bot. Als Zimmermädchen in einem Hotel in Cannes. Das Hotel zahlte nicht mehr als den Mindestlohn, aber, so erzählte sie ihrer Mutter stolz, es bot den Angestellten Kost und Logis. Sie packte ihren Koffer und nahm einen Bus.

Die Gäste des Hotels waren Rentner über achtzig, die dort von ihren erwachsenen Kindern geparkt wurden. Sie hatten sich von den grellen Broschüren des Hotels begeistern lassen, die die Vollverpflegung, die Gesellschaft und den Sonnenschein anpriesen. Die Hochglanzfotografien in der Broschüre waren lächerlich, wenn man sie mit dem tatsächlichen Ort verglich. Der Manager wies Françoise und das einzige andere Zimmermädchen, ein schüchternes, junges Bauernmädchen, in ihre Aufgaben ein. Er zeigte ihnen, wie man Betten machte, wie man Decken straff über die schmutzigen Laken zog. Die Gäste des Hotels neigten zu Inkontinenz, mysteriösen Blutungen und anderen körperlichen Ausscheidungen. Die Laken sollten nur einmal in der Woche gewaschen werden. Draußen gab es ein großes Becken mit kaltem Wasser. Seife gab es nicht, denn die Verwendung von Seife hätte einen zweiten Waschdurchgang erforderlich gemacht. Er zeigte ihnen, wie man die Flecken rubbeln musste, damit sie rausgingen. Wenn Françoise und die andere die Laken zum Trocknen in die Sonne hängten, klebte der Geruch von verdünntem Urin noch immer an allem.

Die Mahlzeiten waren nicht besser. Das Essen, das die Gäste auf den Tellern übrig ließen, wurde in einen großen Bottich gekratzt, um am nächsten Tag als Eintopf oder Shepherd's Pie wieder auf den Tisch zu kommen. Françoise und das andere Mädchen wurden dazu angehalten, sich von genau diesen Essensresten zu nehmen. Für fünfzig Centimes in der Stunde arbeiteten sie von sechs Uhr früh bis abends um elf.

»Das ist Ausbeutung!«, sagte Françoise zu dem anderen Mädchen. »Das kann unmöglich legal sein!« Sie würde eine Lohnerhöhung brauchen, wenn sie je genug für ihr Flugticket nach New York verdienen wollte. Wenn sie beide mit der Kündigung drohten, würde der Chef ihnen zuhören müssen, sagte Françoise. Sie würden eine Art Gewerkschaft bilden!

Das Mädchen hatte Angst, gefeuert zu werden. Ihre Eltern würden das nie verstehen.

»Komm mit«, sagte Françoise. Sie ging zum Manager.

»Die Arbeitsbedingungen sind nicht hinnehmbar«, fing sie an. Ihre Rede hatte sie während der langen Stunden beim Aufhängen der Laken vorbereitet.

Er unterbrach sie. Was ihr einfiele, sich zu beschweren, was für eine undankbare Person sie doch sei. Draußen gebe es tausend andere Mädchen, die gern an ihrer Stelle wären. »Pack deine Sachen«, sagte er. »Morgen will ich dich hier nicht mehr sehen.«

Er wandte sich an das Bauernmädchen. Ob sie auch ein Problem habe?

»Nein, nein, mein Herr!«, sagte sie. »Ich bin zufrieden hier! Ich danke Ihnen!«

Mit zitternden Händen packte Françoise ihre Sachen, wobei sie sich die Tränen verbiss. Sie musste ihre Mutter anrufen, damit sie sie abholte. Während sie wartete, wappnete sie sich für den Vortrag, der sie ganz sicher erwartete.

Zu ihrer Überraschung war Josée auf ihrer Seite. »Du hast das Richtige getan«, sagte sie. Für einen kleinen Moment war da Solidarität.

Josée half Françoise dabei, einen neuen Job zu finden. In dem Hotel, das sich in derselben Stadt befand, in der sie selbst lebte, gab es zwar keine Kost und Logis, aber die Bezahlung war dreimal so hoch, und das Hotel war sauber. Françoise zog ins Gästezimmer von Josées Feriendomizil. Während der ganzen Zeit ließ sie das Gefühl nicht los, mit einer fremden Familie zusammenzuleben, einer Familie, die nur so tat, als wäre sie eine. Ihre Beziehung zu Louis Guérin war angespannt und hölzern. Und obwohl er ständig um Josée herumscharwenzelte, hatte Josée offenbar ausgesprochen wenig Respekt vor ihm. Josée mochte gebildete Männer, die entschieden ihre Meinungen vertraten und sich dabei elegant ausdrücken konnten. Sie mochte Männer, die ihr geistig in nichts nachstanden und denen es gelang, sie zum Lachen zu bringen. Louis Guérin war vernarrt in sie, aber langweilig. Sosehr es sie auch befriedigen musste, dass sie Paul tief verletzt hatte, Louis selbst gegenüber war sie gelangweilt und kurz angebunden. Ständig stritt sie mit Françoise, die sich, eingehüllt in die düstere Wolke des Herzschmerzes, durch das Haus schleppte. Doch am Ende des Sommers hatte Françoise ein Flugticket nach New York. Anfang September sollte es so weit sein.

An dieser Stelle wurde die Geschichte meiner Mutter schwammig. Sie konnte sich nicht daran erinnern, wie sie so viel Geld hatte verdienen können oder wo genau sie das Ticket gekauft hatte. Sie räumte auch ein, dass Josée kürzlich erwähnt hatte, dass sie für das Ticket bezahlt habe. »Könnte natürlich sein, dass das stimmt«, sagte sie, ganz offensichtlich skeptisch.

»Eines Abends hatten wir einen furchtbaren Streit«, erzählte meine Mutter, »da sagte sie zu mir … also sie sagte: ›Als ob es nicht schon genügen würde, dass wir dich durchfüttern müssen, jetzt musst du uns auch noch nerven.‹ Sie legte den Finger in meine größte Wunde. Ich hatte niemanden sonst, an den ich mich hätte wenden können, ich hatte keine Bleibe, und sie nahm mir übel, dass ich von ihrem *Essen* aß? Am selben Abend bin ich gegangen.«

»Was hattest du denn getan, dass sie so etwas zu dir gesagt hat?«, fragte ich.

Sie schwieg eine Weile, bevor sie mir antwortete. »Ich weiß es nicht.«

Auf dem Tisch zwischen uns lagen drei kleine Notizheftchen, die sie hinten im Schrank gefunden hatte, Notizhefte, die sie zwischen 1974 und 1976 geführt hatte.

»Oh, sieh mal!«, sagte sie, als sie darin blätterte. »Den Satz habe ich aufgeschrieben.«

In einer sauberen, runden Schrift, die ganz anders aussah als ihre heutige Handschrift, stand da: *Dimanche 25 août, vers 9.30 Uhr – après ›Comme si ça ne suffisait pas de te nourrir s'il faut en plus que tu nous emmerdes‹, je suis partie.* Sie hatte sich Wort für Wort daran erinnert.

Sie ging die Straße hinunter, die vom Haus ihrer Mutter wegführte. Während der Abend dämmerte, wurde ihr klar, dass sie über keinerlei Plan verfügte. Nachts per Anhalter zu fahren, ängstigte sie zu sehr. Stattdessen schlief sie draußen. Sie hatte keine Decke, im Wald war es kalt, überall waren seltsame Geräusche zu hören.

Am Morgen klopfte sie ihre Kleider ab und ging zurück zum Straßenrand. Sie streckte den Daumen heraus. Bis zum frühen Abend hatte sie es nach Paris geschafft.

Die Stadt türmte sich vor ihr auf, Paris im August, eine Geisterstadt voller verschlossener Türen und vernagelter Schaufenster. Sie würde nicht zu ihrem Vater oder zu Jean-Michel gehen. Alle anderen, die sie kannte, waren gerade nicht in der Stadt.

Sie ging zum Hausboot ihrer Mutter. Es würde zwar verschlossen, die Zugbrücke hochgezogen sein, aber sie würde an der grünen Uferböschung, die vom Gehweg zur Brücke führte, schlafen können. Das war sicherer als die Parks der Stadt. Sie kletterte über die kleine Mauer, die zwischen dem Flussufer und der Straße lag, und ging langsam hinunter. Sie erstarrte. Das Boot war hell erleuchtet. Sie hörte gedämpfte Musik und Lachen. Die Vordertür öffnete sich, und der vertraute Umriss eines Menschen erschien.

»Sylvie?«, rief sie.

»Françoise!«, rief ihre Schwester zurück. »Was machst du hier? Komm rein!«

Kichernd und schwankend erklärte Sylvie, was los war. Josée hatte sie einmal gebeten, auf das Boot aufzupassen, und bei dieser Gelegenheit hatte sie heimlich eine Kopie des Schlüssels angefertigt. Sie erklärte, dass sie gerade ein Fest feierten, und fragte Françoise, was sie trinken wolle.

Mit einer ausschweifenden Geste in Richtung der Freunde, die sich auf dem Boot versammelt hatten, stellte Sylvie Françoise der Gruppe vor. Françoise erkannte Éric, den älteren der zwei Brüder aus Ussel. Zwischen seinen Beinen hockte seine Freundin.

Françoise fühlte sich schrecklich unwohl dabei, so ungebeten ins Haus ihrer eigenen Mutter einzudringen. Sie fragte sich, ob sie nicht doch lieber draußen geschlafen hätte.

»Ich bin wirklich sehr müde«, sagte sie zu Sylvie. »Ich gehe ins Bett.« Auf dem Boot gab es nur zwei Orte, an denen man schlafen konnte, Josées Schlafzimmer und das exquisite Mädchenzimmer, den Altar, den Josée für Andrée errichtet hatte. Sie entschied sich für Letzteres, schloss die Tür und sperrte die Musik aus.

Minuten später klopfte es. Éric drängte sich herein, presste seinen Körper gegen ihren und schloss die Tür hinter sich.

»Du bist ja ganz erwachsen geworden«, sagte er.

Sie machte einen Schritt zurück und sagte, wie erschöpft sie sei. Trotzdem packte er sie bei der Schulter, zog sie zu sich heran und küsste sie.

»Aber deine Freundin«, sagte sie.

»Der macht das nichts aus«, sagte er, während er an ihren Kleidern zog.

»Aber mir macht es was aus«, sagte sie, dieses Mal energischer. Er schob sie Richtung Bett. »Psst«, sagte er, »ich weiß, dass du immer schon in mich verliebt gewesen bist.«

»Ich war verliebt in eine Vorstellung von dir«, sagte sie, »bitte lass mir meine Illusionen.«

»Es wird dir gefallen, sobald wir erst einmal angefangen haben«, sagte er. Aber das tat es nicht. Sie drehte den Kopf zur Seite, heftete ihren Blick auf das Ticket auf dem Nachttisch, das sie nach New York bringen würde.

KAPITEL FÜNF

Françoise stand allein auf dem Gehweg der West Thirty-Fourth, den Koffer in der Hand. Ihre Mutter hatte sie davor gewarnt, in New York ein Taxi zu nehmen – angeblich lauerten die Diebe dort an roten Ampeln, rissen die Türen auf und schlugen Menschen die Finger ab, um ihre Ringe zu stehlen. Da sie nur ungefähr vierzig Dollar besaß, hatte Françoise nicht damit gerechnet, dass sie sich der Gefahr einer Taxifahrt aussetzen müsste. Doch die Frau, die im Flugzeug neben ihr gesessen hatte, hatte darauf bestanden, sie in ihrem Taxi mitfahren zu lassen.

Während des Fluges hatte die Frau Françoise mit Fragen bombardiert. Wohin wolle sie? Was würde sie in New York tun? Ob sie einen Job habe? Und einen Freund? Im Gegenzug offenbarte die Frau so viele Dinge über sich selbst, dass Françoise bei der Landung das Gefühl hatte, über sie genauso viel zu wissen wie über ihre engsten Freunde. Françoise war schockiert von dieser unvermittelten Intimität. Warum sollte eine Fremde sie fragen, ob sie einen Freund hatte, oder ihr erzählen, dass sie selbst keinen hatte? Das waren Privatangelegenheiten. Dennoch gab sie sich die größte Mühe, die Fragen trotz ihres holprigen Englisch zu beantworten. Nein, sie habe keinen genauen Plan, keinen Freund, keinen Job, keine dauerhafte Bleibe. Sie sah, wie sich die Augen der Frau vor lauter Sorge weiteten, und zum ersten Mal wurde sie sich der Realität ihrer Reise bewusst.

Die Frau erklärte ihr, wie die Stadt funktionierte. Die Avenues führten von oben nach unten, die geraden Hausnummern abwärts, die ungeraden aufwärts, die Straßen verliefen quer dazu. »Nur in Greenwich Village nicht«, fuhr sie fort, »Greenwich Village musst du dir unbedingt ansehen! Es ist ein bisschen wie Paris.« Warum sollte sie sich eine Gegend ansehen, die aussah wie Paris, dachte sich Françoise, wo sie sich doch gerade von Paris so weit wie möglich entfernen wolle?

In ihrem Stadtführer hatte sie sich die billigste Jugendherberge markiert und schriftlich um eine Reservierung gebeten. *Dear Sir or Madam*, begann der Brief, darauf folgten Sätze, die sie gewissenhaft aus einem Lehrbuch abgeschrieben hatte.

Jetzt, da sie vor dem Gebäude stand, legte sie den Kopf in den Nacken, und das Gebäude wuchs, genau wie in den Filmen, bis es hoch oben zu einem Punkt wurde und verschwand.

In dem schmuddeligen Flur hingen Männer rum und sahen sie wortlos an, als sie an ihnen vorbeiging. Zur Linken waren vergitterte Empfangsschalter, ähnlich wie in einer Postfiliale. Es gab keine Lobby. Was für ein seltsames Hotel, dachte sie sich. Sie näherte sich der mürrischen schwarzen Frau hinter dem Tresen. Seit Wochen hatte sie die Worte geübt, die sie nun sagen würde; so weit hatte sie ihre Reise geplant.

»Hallo, ich habe ein Zimmer reserviert. Mein Name ist –«

»Whaddayawan!«, unterbrach sie die Frau.

»Hallo, ich habe ein Zimmer reserviert –«, begann Françoise erneut.

»Gway!«, sagte die Frau.

Françoise versuchte, ihr einen Durchschlag des Briefes zu zeigen. Die Frau warf einen kurzen Blick darauf und schob ihn weg. *»Notteere, gway«*, sagte sie und scheuchte Françoise Richtung Tür.

»*Euh*, aber ich habe doch eine Reservierung für heute Nacht«, wiederholte Françoise. Die Frau rief etwas, und ein kahlköpfiger weißer Mann kam in den Flur.

»Was haben wir denn für ein Problem?«, fragte er. Er schien der Manager zu sein, doch er trug keinen Anzug. Françoise wiederholte ihre sorgfältig auswendig gelernte Rede.

»Das hier. Ist. Nicht. Für. Frauen«, erklärte er ihr, wobei er die Hände aufeinanderlegte und sie dann abrupt auseinanderriss, um das Wort »nicht« zu betonen. »Das hier. Ist. Das. YMCA. Das YMCA.«

»Ja«, sagte Françoise und zeigte ihm, dass sie es in ihrem Reiseführer markiert hatte.

»Es. Gibt. Hier. Keine. Frauen«, wiederholte er. »Keine. Frauen. Geh woandershin.«

Die Straßen waren dunkel. Es war zu spät, um ein neues Hostel zu finden. Sie hatte eine Reservierung. »Ich bleibe hier«, sagte sie. »Ich kann nirgendwo anders hin. Ich kann für ein Zimmer bezahlen.«

»Wir haben eine Etage für Frauen«, sagte er und hob einen Finger, »aber die ist heute voll. Wir können dir dort kein Zimmer geben.«

»Aber ich muss heute hierbleiben«, wiederholte sie, und damit wurde es zu einer Tatsache.

»Okay«, sagte er nachgebend. »Okay. Vielleicht können wir dich morgen auf die Frauenetage bringen. Heute Abend werden wir dich in einer Etage schlafen lassen, auf der normalerweise keine Frauen sind. Wir werden dich in deinem Zimmer einschließen müssen, und du kannst weder auf den Flur noch in den Waschraum gehen. Okay?« Während er sprach, drehte er einen unsichtbaren Schlüssel in der Luft.

Der Manager ging weg und kam dann mit zwei bewaffneten Wachmännern zurück. Sie brachten Françoise den Flur hinunter zu den Aufzügen. Im zehnten Stock drückte der Manager den Nothalteknopf und sperrte die Türen auf. »Warte hier drin«, sagte er zu ihr. Die Wachmänner begannen, auf und ab zu laufen, und bellten die Männer auf dem Flur an, dass sie sich in ihre Zimmer begeben und die Türen hinter sich abschließen sollten. Als der Bereich frei war, brachte der Manager Françoise in ihr Zimmer.

Der Raum bot gerade genug Platz für ein Einzelbett und einen Schreibtisch. Immerhin gab ein vergittertes Fenster den Blick auf einen kleinen Ausschnitt der Gasse vor dem Fenster frei.

»Stell deinen Koffer ab«, sagte der Manager. »Jetzt bringe ich dich in den Waschraum.«

Sie nahmen den Aufzug in die Frauenetage. Die drei Männer warteten vor der Tür des Waschraums.

Einige ältere Frauen standen an den Waschbecken. Eine trocknete ihre Haare mit einem Fön, offenbar hatte sie sie im Waschbecken gewaschen. Gab es denn keine Duschen? Eine andere war in Lumpen gekleidet und sang laut und schief vor sich hin, während sie eine Unterhose mit einer Zahnbürste und Zahnpasta schrubbte. Hatten sie besondere Zahnpasta hier in Amerika? Lebten diese Frauen etwa hier?

Die Türen der Toilettenkabinen endeten dreißig Zentimeter über dem Boden. Françoise fühlte sich entblößt. Man konnte ihre Füße sehen, und die Geräusche, die sie machte, waren im ganzen Raum zu hören. Sahen amerikanische Toiletten immer so aus?

Es war, als ginge man im Flugzeug zur Toilette, in einer offenen Kabine, erzählte meine Mutter mir. »Amerikaner sind so prüde, und Franzosen laufen splitternackt rum, aber wenigstens begeben wir uns zum Pissen und Scheißen in einen geschlossenen Raum.«

Die Wachmänner brachten Françoise zurück in ihr Zimmer. Glaubten sie etwa, sie sei so eine Art Nymphomanin? Die Tür schloss sich hinter ihr, und sie hörte, wie der Schlüssel im Schloss gedreht wurde. *Merde*, dachte sie, und eine Welle der Angst erfasste sie. Was tat sie hier?

Ich muss das aufschreiben, dachte sie, aber ihr Arm war zu schwer, um sich nach dem Notizheft zu strecken. Sie war völlig erschöpft. Sie schlief ein und hielt sich an dem einzigen tröstlichen Gedanken fest, der ihr in den Sinn kam: Keine Sorge, an das hier wirst du dich erinnern.

Und das tat sie. Als meine Mutter mir von ihrer Ankunft in New York erzählte, brach die Erzählung aus dem Nebel hervor. Diese ersten achtundvierzig Stunden – das verblichene, gelbe T-Shirt des Managers, das Quietschen der Bettfedern –, all das war gestochen scharf.

Am nächsten Morgen brachte der Manager sie auf die Frauenetage und gab ihr einen eigenen Schlüssel. Sie fand eine Schlafpritsche vor, eine abgenutzte und schmutzige Kommode und ein kleines Fenster, das den Blick auf all die anderen Fenster freigab. Gestrandete Frauen, jede in ihrer eigenen kleinen Zelle. Was nun?, dachte sie, nachdem sie ihre Sachen ausgepackt hatte. Jetzt gehe ich nach draußen, sagte sie sich. Draußen zögerte sie. Rechts oder links? Sie wandte sich nach rechts, nach Westen, und bewegte sich auf den Meatpacking District mit seinen niedrigen Industriegebäuden, auf den Eingang des Lincoln Tunnel zu. Wäre sie nach links gegangen, wäre sie auf der Fifth Avenue mit den riesigen polierten Schaufenstern gelandet, aber das wusste sie damals nicht. Die Sonne glühte, und die scharfkantigen Schatten ließen die Stadt wie ein strahlendes Relief wirken. Die Gehwege waren breit und die Straßen von Schlaglöchern gespickt. Taxis rasten über den zerrütteten Asphalt, ausschweifend, chaotisch. Die wenigen Menschen, die ihr begegneten, liefen schnell und mit gesenkten Köpfen. Der Satz »Zeit ist Geld, Zeit ist Geld« ging ihr immer wieder durch den Kopf. In Paris gab es lauter Caféterrassen und Seitenblicke. Dort war der Gehweg immer auch ein Laufsteg. Hier sah sie niemand an. Sie war unsichtbar. Die Anonymität gab ihr ein Gefühl von Macht. Ich könnte sterben, dachte sie, und es würde Monate dauern, bis jemand davon erführe. Sie hatte mit niemandem gesprochen und trug keinen Pass bei sich. Ihre Leiche ließe sich nur schwer mit dem Zimmer im YMCA in Verbindung bringen. Sie könnte sterben, und ihre Mutter würde es nicht erfahren. Sie fühlte eine freudige Erregung. Wenn sie sich dazu entschied, zu leben, dann würde sie diese Entscheidung nur für sich selbst treffen. Umsichtig machte sie sich auf den Rückweg zu ihrem Zimmer.

Stück für Stück erschloss Françoise sich die Stadt – Pecan Pie, die Fähre nach Staten Island, Kaffee aus Pappbechern, Kellnerinnen, die einen »Süße« nannten, und Fremde, die einen grußlos nach dem Weg fragten. Sie hatte sich eine Stadt wie Frankfurt vorgestellt, glatt und modern, aber New York wirkte wie von Gummibändern und Tesafilm zusammengehalten. Die Subway rumpelte so laut in die Stationen, dass man schreien konnte, ohne dass einen jemand hörte. Sie verliebte sich in die Stadt, in ihre Zähigkeit und Anonymität.

Nach zehn Tagen im YMCA fand sie ein Zimmer im Markle-Evangeline-Heim für berufstätige junge Frauen im West Village. Die Frau, mit der sie das Zimmer teilte, half ihr, einen Job zu finden, und bald verkaufte sie Süßigkeiten und Zigaretten in einem Kiosk.

Der Grieche, dem der Laden gehörte, hieß Dimitri, ließ sich aber von allen bloß Dennis nennen. Françoise realisierte zu spät, dass auch sie einen neuen Namen für sich hätte erfinden können. Dennis zeigte ihr, wie man das schwere Eisengitter anhob und die Kasse bediente. Ihre Schichten gingen von sechs bis zwölf, und schon bald schickte Dennis sie von der Dreiundzwanzigsten Straße in seine belebteste Filiale an der Grand Central Station. Sie bemerkte, dass sie die Hand schon auf die richtige Zigarettenmarke legte, bevor der Kunde auch nur etwas gesagt hatte. Bauarbeiter rauchten Lucky Strikes, andere Arbeiter zogen Parliaments vor, Sekretärinnen entschieden sich für Mores. Tagsüber sprach sie mit fast niemandem und schärfte so ihre Beobachtungsgabe.

An den Nachmittagen arbeitete sie in einem japanischen Architekturbüro, wo sie Plexiglasmodelle baute. Bereits nach einigen Wochen hatte sie genug Geld, um das Evangeline zu verlassen und sich ein kleines Zimmer in einer WG zu mieten, das sie in der *Village Voice* gefunden hatte. Anders als im Evangeline musste sie hier weder zu einer festgelegten Zeit zu Hause sein, noch gab es wachsame Hausmütter. Ihre Mitbewohnerin war eine junge Frau aus dem Mittleren Westen, die als Lehrerin in einer Schule in der Bronx arbeitete. Sie hatte ausgeblichenes blondes Haar und schwere Tränensäcke unter den Augen, aber zunächst wirkte sie relativ normal. In den kommenden Monaten wurde sie allerdings immer verrückter.

»Und heute haben sie die Tische angezündet!«, fing sie an, sobald Françoise auch nur die Wohnung betreten hatte. »Und dieser Junge hatte ein Messer! Und ich bin hin! Und ich habe gesagt: ›Du hast ein Messer! Du hast ein Messer! Ich bin deine Lehrerin, gib mir das Messer!‹ Und dann hat er mir das Messer an die Kehle gehalten! Und die anderen Kinder haben einen Kreis gebildet! Und sie sind rumgesprungen und haben geschrien! Und sie haben über mich gelacht! Und sie wollten mich schneiden! Und ich bin auf einen Stuhl gesprungen! Und –«

Irgendwann zog Françoise sich in ihr Zimmer zurück und schloss die Tür hinter sich, wenn die Mitbewohnerin nach Hause kam. Gedämpft konnte sie hören, wie sie die gebührenfreien Nummern des Teleshopping-Kanals anrief und den Telefonisten dort ihre Geschichte erzählte, bis sie auflegten.

»Du solltest zurück nach Hause gehen«, sagte Françoise zu ihr. »Du solltest zurück nach Hause gehen.« Aber ihre Mitbewohnerin hörte nicht zu.

Der einzige Mensch, mit dem Françoise sich austauschen konnte, war ein dreißigjähriger deutscher Architekt namens Meister, der an der NYU unterrichtete, einer ihrer Professoren aus Paris hatte ihr seine Nummer gegeben. Meister hatte eine aristokratische Nase und sprach fließend Französisch. Einmal pro Woche erzählte Françoise ihm beim Lunch von ihrem Leben. Als sie ihm von ihrer Ankunft im YMCA erzählte, lachte er und brachte sie dazu, einzustimmen.

»Von nun an wird es mit meinem Leben nur noch bergab gehen«, sagte sie eines Nachmittags zu ihm. »Es gibt nichts mehr zu entdecken.«

»Wie alt bist du noch mal?«, fragte er.

»Fast neunzehn«, antwortete sie. »Ich weiß, das klingt komisch, aber es stimmt. Ich bin über den Zenit meines Lebens bereits hinaus. Alles, was ich von nun an tue, ist reine Wiederholung.«

»Und wann hast du diesen Zenit erlebt, du zynisches altes Hutzelweib?«, fragte er.

»Mit fünfzehn«, entgegnete Françoise. »Ich war bereit, für das Recht, im Hof zu rauchen, zu sterben.« Dieses Mal verweigerte sie dem Spötter das Lächeln.

»Und heute«, fragte ich meine Mutter, »wie würdest du diese Frage heute beantworten?«

»Als ich Mutter wurde«, sagte sie, ohne zu zögern.

Während der Highschool erschloss auch ich mir New York. Mir war nicht bewusst, dass meine Mutter ebendiese Straßen entlanggegangen war, jene Straßen, in denen morgens um drei eine wilde, ungezügelte Stille pulsierte. Mir war nicht bewusst, dass meine Grenzüberschreitungen nicht revolutionär waren. Ich trank Wein, rauchte auf der Brooklyn Bridge Zigarren und pinkelte durch die Ritzen im Holz der Brücke auf die darunter fahrenden Autos. Ich stahl Brandy aus dem Vorratsschrank meines Fotografielehrers und kotzte ihn in Park Slope wieder aus. Ich schwänzte die Schule, um kiffend auf den Piers zu sitzen, von denen aus man über den Hudson schauen konnte. Immer wenn ich betrunken nach Hause kam, entschied meine Mutter, dass ich das nächste Mal früher zu Hause zu sein hatte. Sie pochte darauf, dass ich diejenige war, die Grenzen einforderte. Ich bestand darauf, dass ich schlicht dabei war, meine Grenzen zu erkunden.

Einmal, am Valentinstag, gelang es zwei Freundinnen und mir, einen Passanten vor einem Spirituosengeschäft davon zu überzeugen, für uns hineinzugehen und uns eine Flasche Tequila zu kaufen. Im Lebensmittelladen neben dem Atelier meines Vaters kauften wir Salz und Limetten, dann schlenderten wir durch die verwinkelten Straßen des West Village und tranken abwechselnd – wir leckten die Haut zwischen Zeigefinger und Daumen an, damit das Salz daran kleben blieb, dann nahmen wir einen

Schluck Tequila und bissen in die Limettenspalten. Ehe wir uns versahen, war die Flasche leer, und wir torkelten durch ein indisches Restaurant, um uns dort auf der Toilette zu übergeben. Dann saßen wir auf dem Gehweg, eine meiner Freundinnen beugte sich würgend über meine Schuhe, und schon waren wir in einem Polizeiauto mit kreischenden Sirenen. Meine Freundin kotzte die ganze Tür voll. Die andere Freundin saß in einem anderen Polizeiauto, in dem ein Polizist die Innenseite ihres Oberschenkels knetete. Einige Stunden behielten sie uns auf der Wache. Eine meiner Freundinnen fluchte so heftig, dass die Polizisten sie mit Handschellen an den Stuhl fesselten, während die andere schluchzte, dass sie es nun wohl nie mehr aufs College schaffen würde. Ich weigerte mich, den Polizisten die Telefonnummer meiner Mutter zu geben.

»Wenn ihr meine Kinder wärt«, sagte der Polizist, der das Telefon bediente, »würde ich euch mit dem verfluchten Nietengürtel grün und blau hauen, bis ihr es verdammt noch mal gerafft hättet.«

Am Ende gaben wir ihnen die Telefonnummern, denn andernfalls hätten wir die Nacht in einer Zelle verbringen müssen. Trotzdem begann ich zu zittern, als sie uns sagten, dass unsere Eltern im Nebenzimmer säßen.

»Dauert noch einen Moment, bis ihr zu ihnen könnt«, sagte der Polizist höhnisch. »Wir zeigen ihnen erst noch, wie das mit dem Gürtel funktioniert.«

Als meine Mutter mich dann sah, umarmte sie mich. Sehr fest. Sie breitete den Mantel ihrer unerschütterlichen Liebe über mir aus und rauschte mit mir aus der Polizeistation. Zusammen mit meinem schläfrigen kleinen Bruder quetschten wir uns ins Auto.

»Du bist nicht sauer?«, fragte ich. »Ich werde das nicht für immer büßen müssen?«

»Nein«, sagte sie. »Ich denke, dir reicht es für eine Nacht. Und ich glaube nicht, dass du diesen Fehler ein zweites Mal machen wirst.«

Jahre später erzählte ich ihr, wie dankbar und gleichzeitig durcheinander ich gewesen sei. Eine einzige aus der Küche gestohlene Flasche Wein mündete oft in einer wüsten Schreierei, nach der wir beide heiser waren. Aber wegen dieser Sache wurde sie nicht sauer, nicht einmal am nächsten Tag.

Sie lachte. »Der Vater deiner Freundin war stinksauer auf mich«, erzählte sie mir. »Im Warteraum unterstellte er mir in einer Tour, dass meine schreckliche Tochter seine unschuldige Tochter korrumpiert habe. Und ich wusste, dass er vielleicht nicht ganz falsch lag. Du warst keine Mitläuferin, kein Schaf, du hattest schon immer deinen eigenen Kopf. Ich war … jetzt kann ich dir das ja sagen … ein klein bisschen stolz auf dich.«

Während andere glaubten, sie müssten vor dem College unbedingt ihre Jungfräulichkeit verlieren, fand ich es damals irgendwie peinlich, aufs College zu wechseln, ohne schon einmal ein Mädchen geküsst zu haben. Die schwulen Jungs und die Lesben in unserer Highschool waren die Coolsten. Sie hatten pinke oder blaue Haare und trugen Zuckerperlenketten um den Hals. Jeder von uns hielt sich für ein klein wenig homosexuell. Selbst Zane war ein bisschen verknallt in einen Jungen und machte darüber andauernd Späße, die nur halb scherzhaft gemeint waren.

Ich hatte seinetwegen immer noch Liebeskummer, als ich erfuhr, dass ein Mädchen, mit dem ich mich bislang kaum unterhalten hatte, in mich verknallt war. Dass jemand mich so ganz aus der Ferne anziehend finden könnte, war mir neu. Wir fingen an, abends zu chatten, tagsüber steckten wir uns Zettelchen zu. Eines Tages gingen wir gemeinsam die Treppe in den ersten Stock hinunter. Da, wo die Treppe langsam breiter wird, fragte sie mich, ob ich je ein Mädchen geküsst hätte. Ich sagte nein und scharrte mit den Füßen. Ich wusste, dass sie schon viele geküsst hatte. Sie sagte irgendwas über »den richtigen Moment für bestimmte Dinge«. Dann: »Na ja … dann werde ich vielleicht einfach …« Wie ein Zuckerschock rauschte der Kuss durch meinen Körper.

»*Maman*, Papa!«, sagte ich, als ich einige Tage später morgens in ihr Schlafzimmer platzte. »Dreimal dürft ihr raten, was ich habe. Eine Freundin!« Sie hatten schwule und lesbische Freunde. Sie hatten mich monatelang leiden sehen. Mir wäre nicht in den Sinn gekommen, dass sie etwas anderes als Freude darüber empfinden würden.

Langsam knickte mein Vater das obere Ende der *New York Times* herunter.

»Wie modern von dir«, sagte er kühl über die Zeitung hinweg. Meine Mutter sagte gar nichts.

Wendy trug Boxershorts und ging wie ein Typ. Ich mochte das, obwohl ich es auch mochte, wie klein sie sich in meinen Armen anfühlte, wie weich ihre Lippen waren und wie groß und comicartig ihre Augen wurden, wenn sie zu mir aufsah. Ihre Berührungen, ihre Hände, ihr Mund und ihr Begehren ließen mich meinen eigenen Körper neu entdecken. Der Sex mit ihr brachte mein Denken zum Stillstand. Ich lief herum wie im Nebel. Wenn ich an einer Parfümerie vorbeikam, ging ich oft hinein, bloß um kurz an dem Männerduft zu riechen, den sie trug. Die Frage, ob mein Begehren nach ihr ein Zeichen dafür war, dass ich mich verändert hatte, stellte ich mir nie.

Vor meinen Freunden outete ich mich nicht. Ich begann einfach, auf den Schulfluren Wendys Hand zu halten. Ein paar Leute versuchten, mich darauf anzusprechen, stellten zögerliche Fragen, elliptische Halbsätze. Es gab mehrere Schüler, die ganz offen schwul oder lesbisch waren, aber wir waren das einzige Paar. Ja, sagte ich deutlich, ich bin mit ihr zusammen. Die Frage dahinter ignorierte ich ganz bewusst.

Eines Nachmittags, zu Beginn unserer Beziehung, brachte Wendy mich in das LGBTQ-Zentrum in der Vierzehnten Straße, wo sie bereits viel Zeit verbracht hatte. Man bat uns, unter den Leuchtstoffröhren eines trostlosen Raums einen Kreis zu bilden und zu sagen, warum wir stolz darauf seien, lesbisch zu sein. Mein Herz raste. Ich nahm mich selbst nicht als lesbisch wahr. Ich wusste nicht, worauf ich hätte stolz sein sollen.

Meine Kinderärztin legte ihre Hand auf meinen Unterleib. Ganz nebenbei fragte sie mich, ob ich sexuell aktiv sei. Ich sagte ja. »Verhütest du denn?«, fragte sie. Überrascht zog sie ihre Hand weg, als ich nein sagte. Ich murmelte, dass ich mit einer Frau zusammen sei. Sie bat mich, auf ihrem Bürostuhl Platz zu nehmen, stützte sich mit den Händen auf den Knien ab und beugte sich zu mir, während sie sagte: »Ich kenne Schwule und Lesben, und dich kenne ich, seit du ein Kind bist. Du bist nicht lesbisch.«

Ich vermutete, dass meine Mutter genauso empfand. Es geschah nicht oft, dass sie sich in dieser Beziehung im Ton vergriff, aber ihr Unbehagen war greifbar. Bald fiel mir auf, dass sie immer einen Grund fand, mich zu Hause zu behalten, wenn ich sagte, dass ich auf dem Weg zu Wendy sei. Also fing ich an zu behaupten, ich würde mich mit anderen Freunden treffen, wobei ich immer einen anderen Namen nannte, aber in Wahrheit sah ich meine Freunde immer seltener. Die Leidenschaft, mit der Wendy mich liebte, die Art, wie sie mich brauchte, gab mir Halt. Ich hatte immer Sorge gehabt, dass ich möglicherweise zu viel Liebe in mir trug, dass ich Menschen darin ersäufen könnte, bis sie mich nicht mehr wollten. Für Wendy hingegen war es nie genug, ganz egal, wie sehr ich sie mit Liebe überschüttete. Manchmal machte sie Andeutungen, dass es da ganze Hefte voller Gedichte über mich gebe aus der Zeit, bevor wir überhaupt zum ersten Mal miteinander geredet hatten. Sie machte sich Sorgen, dass ich in Wahrheit hetero war, also verbarg ich meine eigenen Zweifel und beschwichtigte sie. Wenn wir uns stritten, entdeckte ich am nächsten Tag rote Schnitte an ihren Armen. Ihre Eltern hatten sehr wenig Geld, und oft tat sie so, als sei sie deshalb nicht gut genug für mich. Am Telefon fand ich mich in endlosen Schleifen von »Wer liebt wen mehr« wieder. Keiner konnte auflegen, aber wir wussten beide, dass sie es war, die mich mehr liebte.

Eines Abends saßen wir in meinem Zimmer bei den Hausaufgaben. Ich hörte die Haustür zufallen, dann das geplagte *»Bonsoir«*, das meine Mutter quer durchs Loft rief, während sie ihren schweren Rucksack abnahm. Ich wappnete mich. Normalerweise sorgte ich instinktiv dafür, dass Wendy ging, bevor sie nach Hause kam. An diesem Abend hoffte ich, dass meine Sorgen sich als unbegründet erweisen würden.

»Hi, Wendy«, sagte meine Mutter, als sie mein Zimmer betrat. Ihr Tonfall war alles andere als freundlich. »Nadja, könnte ich kurz allein mit dir sprechen?«

In der Küche erklärte sie mir, dass Wendy nicht zum Abendessen würde bleiben können. Ich solle ihr mitteilen, dass sie auf der Stelle gehen müsse. Wir stritten laut auf Französisch, aber ich ging nicht als Siegerin aus diesem Gespräch hervor. Ich brachte Wendy zur Subway. Als ich zurückkehrte, fand ich eine Notiz auf dem Bildschirm meines Computers. Ich wollte bloß in Ruhe meinen Essay zu Ende schreiben (ohne Abendessen), aber leider wurde ich aus dem Paradies verbannt, stand da. Mir kam es vor, als würde ich von allen Seiten unter Beschuss stehen, und ich schloss das Dokument.

»Nadja.« Meine Mutter rief mich zurück in die Küche. »Wenn du sie zur Subway bringst … dann küsst du sie ja nicht auf der Canal Street, oder? Bitte versprich mir, dass du das niemals tun wirst.«

»Die Welt hat sich verändert«, sagte ich. »Die Siebziger sind vorbei.« Wenn meine Eltern glaubten, ich würde sie nicht hören, sprachen sie über die Phase, die ich durchmachte.

»Es ist besser, kein Öl ins Feuer zu gießen«, hörte ich meinen Vater eines Abends sanft zu meiner Mutter sagen.

Jahre später fühlte ich mich Freunden sofort nahe, wenn wir darüber sprachen, wie wir unser Coming-out erlebt hatten. Ihre schmerzvollen, mutigen Geschichten berührten mich tief. Meine eigene – die abgeknickte Zeitung meines Vaters, sein Spruch – schien harmlos im Vergleich zu diesen Geschichten. Oft stellten mir meine Freunde auch eine zweite Frage, eine, auf die ich keine Antwort wusste: Wann hattest du dein Coming-out? Ich erklärte, dass ich keines gehabt hätte. Ich hatte mich nie gefürchtet. Meine Eltern, meine Stadt, meine Schule – sie alle hatten mir die Leichtigkeit eines Lebens ohne Scham vermittelt. Ich erklärte, dass ich mich verlieben konnte, in wen ich wollte, und wie sehr ich das zu schätzen wusste. Ich erklärte, dass ich mich nicht in irgendwelche Schubladen stecken lassen wollte, dass meine Identität sich nie verändert habe.

Ich war Ende zwanzig, als ich eines Abends, umgeben von Notizheften und Tagebüchern, auf dem Fußboden in meinem Kinderzimmer saß und mir einer ganz anderen Version meiner Geschichte bewusst wurde. Dort, in einem Tagebuch aus der fünften oder sechsten Klasse, hatte ich darüber geschrieben, wie unglücklich ich verliebt sei. Es ging um meine beste Freundin. Gewissenhaft hatte ich in der Schönschrift einer Dreizehnjährigen den Songtext aus einem lesbischen Film aufgeschrieben, den ich, daran konnte ich mich noch erinnern, bei der Videothek unter einen Stapel Filme geschmuggelt hatte. Und da, in dem Notizheft, das ich während meiner Zeit mit Zane emsig geführt hatte, standen quer über zwei Seiten die vergessenen, an mich selbst gerichteten Worte: *Wen versuchst du zu täuschen? DU BIST LESBISCH.* Diese Version meiner Vergangenheit steckte ich zusammen mit den Notizbüchern in Kisten. Meine Geschichte erzählte ich genau so, wie ich sie immer erzählt hatte.

Ich küsste Wendy auf der Canal Street. Ich küsste sie auf den Schulfluren und in der Subway. Lehrer, die wohlwollend gelächelt hatten, als ich meinen Freund geküsst hatte, blieben stehen, um uns zu fragen, ob wir uns nicht schämten. In der Subway begann eine Gruppe Frauen zu singen: »Schwänze statt Muschis, Muschis sind ekelhaft.«

»Ich hab genug von dieser Homo-Scheiße«, schrie eine quer durch den Waggon, als wir uns weiterküssten.

»Die haben bloß die Kultur der Unterdrückung verinnerlicht«, flüsterte Wendy mir zu, denn es handelte sich um Frauen und ethnische Minderheiten. Ich blinzelte ein paar Tränen weg und küsste sie noch einmal.

An einem Nachmittag im Frühling saßen Wendy und ich irgendwo in Downtown auf einer Treppe. Unsere Knie berührten sich, und wir hielten Händchen. Ich grinste über irgendetwas, das Wendy gesagt hatte, und sie lehnte sich zu mir, um das Grübchen auf meiner Wange zu küssen. Ich sah auf. Eine schöne ältere Frau, im Overall, drehte sich zu uns um und starrte uns an, während sie an uns vorbeiging. Sie hatte lange graue Haare, die ihr bis zur Taille reichten. Sie strahlte. Ich hielt ihren Blick. Noch nie hatte mich eine Fremde so angelächelt. Ich verstand es nicht, dann verstand ich es doch. Ich verstand, was es bedeutete, stolz zu sein.

Françoise bewegte sich noch weiter Richtung Downtown. Nachdem sie auf einen Flyer an einem Laternenpfahl reagiert hatte, fand sie sich als Darstellerin in einem Theaterstück des Dramatikers Richard Foreman wieder, der damals zur Avantgarde gehörte. Stundenlang stand sie bewegungslos auf der Bühne, nur ein oder zwei Mal durfte sie sich rühren und Zeilen aus Romanen rezitieren. Sie hatte jetzt drei Jobs – Zigaretten am Morgen, Architektur am Nachmittag, Foreman am Abend. Ihr Vater lieh ihr den größten Teil des Geldes, das sie brauchte, um in SoHo ein Loft zu mieten. Ich habe den Brief, den sie ihm damals geschrieben hat. Das SoHo, das sie darin beschreibt, ist ganz anders als jenes Viertel mit den teuren Designerläden, in dem ich aufgewachsen bin. *Es hat 2000 Quadratfuß (180m²) und kostet 250$ im Monat – was relativ billig ist,* schrieb sie. *Einige der anderen, die ich mir angesehen habe, kosteten 400$!*

Françoises Loft hatte einmal einen ausbeuterischen Industriebetrieb beherbergt. Von den drei Fenstern auf der einen Seite konnte man direkt auf das dazugehörige Gebäude einen halben Block entfernt sehen. Es war nicht wirklich legal, in diesen verlassenen Fabriken Downtowns zu leben, und obwohl sie dem Italiener, der das Trödelgeschäft nebenan betrieb, Miete zahlte, bedeckte sie die Fenster nachts mit Pappe. Sie hatte eine Matratze, eine Herdplatte und ein Radio. Es gab ein großes Industriewaschbecken und einige Toilettenkabinen. Eine davon war zu einer Dusche umgebaut worden. Jeden Morgen um fünf verließ sie das Haus, und wenn sie abends um elf zurückkam, machte sie sich daran, einen neuen Fußboden zu verlegen. Die Bretter dafür verkaufte ihr der Vermieter. Sie war glücklich. Sie spürte, dass sie lebte.

»Ich fand es schwierig, damit umzugehen, dass du älter wurdest«, erzählte mir meine Mutter. »Ich wollte die Zeit anhalten, um eine Miniaturausgabe von dir in meiner Tasche herumtragen zu können. Ich erinnere mich an ein Gespräch, das ich mit meinem Vater geführt habe. Er sagte mir, dass ich mich freuen könne, dass der Moment, in dem man beginnt, die Persönlichkeiten seiner Kinder zu entdecken, der Beginn einer ganz neuen Phase sei.«

Über die Jahre beschäftigte meine Mutter eine ganze Reihe junger Frauen, die frisch vom College kamen. Mit zunehmendem Alter nahm ich ihre Assistentinnen ganz anders wahr. Zunächst waren sie atemberaubend coole ältere Mädchen, die ich beobachtete und in der Schreibschrift einer Achtjährigen in meinen Tagebüchern verewigte. Dann waren es Freundinnen von mir, die meine Mutter auf meine Empfehlung hin angestellt hatte. Meine Mutter betrieb ihren Kinderbuchverlag im selben staubigen, mit Büchern vollgestellten Büro, von dem aus sie damals bereits gemeinsam mit meinem Vater das Comic-Magazin *RAW* herausgebracht hatte. Das Büro lag im Erdgeschoss unseres Hauses. Die Maschinen waren noch immer dort – die gigantische Schneidemaschine mit Steuerrad und Guillotine, die Setzkasten-Schubladen, der filigrane Tisch –, dazwischen die neuen iMacs. Die Möbel hatten sich seit den Achtzigern kaum verändert. Meine Mutter arbeitete mit sehr wenigen Angestellten, die sie gründlich ausbildete und moderat bezahlte, wobei sie in Kauf nahm, dass sie nach ein oder zwei Jahren weiterzogen.

Nach dem College nahm ich einen Job bei einer jüdischen

Zeitung an. Dort war ich unzufrieden, wie viele andere überhebliche junge Leute bei ihrem ersten Job. Ich glaubte, dass ich jedes Problem des Unternehmens sofort erkannt hätte und es lösen könnte. Doch trotz meiner ungemein strukturierten Vorschläge lehnte mein Vorgesetzter es ab, die gesamte Organisation auf den Kopf zu stellen. Die Büroräume befanden sich im Financial District, einem Teil Manhattans, der mir bisher nicht besonders vertraut war. Die Scharen von Männern und Frauen in Anzügen, die trostlosen Mittagsimbisse, die schmalen Straßen zwischen den hohen Gebäuden, die die Sonne verdeckten – all das missfiel mir. Hin und wieder ging ich nach der Arbeit zu Fuß zu meinen Eltern nach SoHo – über mir endlich wieder weiter Himmel an einem spärlich bebauten Abschnitt des Broadways – und aß mit ihnen zu Abend, statt in meine Wohnung in Brooklyn zurückzukehren. Bei chinesischem Essen brachte ich meine diversen Beschwerden vor, und meine Mutter machte Lösungsvorschläge. Sie schienen mir allesamt, um mit einem Terminus aus der neuen Arbeitswelt zu sprechen, »justiziabel«. Manchmal half sie mir auch mit präzisen und taktvollen Formulierungen für die eine oder andere E-Mail, die ich dann direkt in mein Notizbuch schrieb. Sie überschüttete mich mit Lob. Wenn ich das Haus verließ, fühlte ich mich unbesiegbar und wie eingehüllt in einen leuchtenden Kokon. Doch am nächsten Morgen, unter den Leuchtstoffröhren meiner Kabine im Großraumbüro, verließ mich dieses Gefühl zwangsläufig.

Anderthalb Jahre nachdem ich meinen Abschluss gemacht hatte, bot meine Mutter mir an, mich anzustellen. Die Idee schien zugleich wunderbar und schrecklich. Bei der Zeitung bat ich um eine Gehaltserhöhung, obwohl ich stark vermutete, dass man sie mir verweigern würde. »Es lässt mir das Herz aufgehen, eine junge Frau um eine Gehaltserhöhung bitten zu sehen«, sagte die Chefredakteurin. »Aber nein.« Ich kündigte.

Im Vergleich dazu war es regelrecht idyllisch, für meine Mutter zu arbeiten. Sie gab mir genauso viel Verantwortung, wie ich tragen konnte. Sie gab mir die unterschiedlichsten Aufgaben, vom Feinschliff an den Geschichten bis hin zu den Preisverhandlungen für das Papier, das sie in China bestellte, und ich hatte das Gefühl, unablässig zu lernen. Aufmerksam hörte sie sich meine Vorschläge an, lobte mich nur, wenn ich sehr hart gearbeitet hatte, und schalt mich an jenen Tagen, an denen ich das nicht getan hatte. Ich kannte die Beschwerden meiner Freundinnen, die in der Vergangenheit für sie gearbeitet hatten – sie sei sprunghaft und ihr Ärger oftmals unverhältnismäßig –, doch diese Dinge kannte ich ja bereits von meiner Mutter.

Es gab Tage, an denen das Violett ihrer Augenringe dunkler war – wenn zum Beispiel alle Bücher des Herbstprogramms gleichzeitig in den Druck mussten und dazu noch das Cover des *New Yorker* in allerletzter Minute geändert wurde. Sie schnaubte lautstark in französischer Manier, schlug mit der Faust auf den Tisch, wenn ein Stift zu Boden fiel. Die anderen Mitarbeiter reagierten verschreckt. Ich aber wusste, wie man sie beruhigen konnte. Ich sprach sanft mit ihr, gab ihr eine Tasse Kaffee und umarmte sie, bis wir wieder in der Spur waren.

Es gab Tage, an denen sie bei unseren morgendlichen Konferenzen alte Babysachen von mir auspackte und Geschichten über meine Verdauung erzählte, Tage, an denen sie mich dafür schalt, den Kaffeesatzbehälter der Maschine nicht entleert zu haben, als wäre ich fünfzehn. Doch später, wenn wir allein waren, hörte sie mir zu und entschuldigte sich. Viel öfter gab es Tage, an denen wir beide mit einem roten Stift in der Hand vor einem Manuskript saßen und uns von den Ideen der jeweils anderen inspirieren ließen, während die Geschichte langsam Gestalt annahm. Ich empfand eine neue Art von Ehrfurcht vor meiner Mutter. Sie bearbeitete Bilder mit einer Leichtigkeit, mit der andere an Sätzen feilen. Sie machte kleine Veränderungen, und wie von Zauberhand trat die Bedeutung des Bildes hervor.

Sie passte jedes Projekt den Stärken des jeweiligen Künstlers an, sodass deren Visionen sichtbar wurden, während ihre eigenen Bemühungen unsichtbar blieben. Ständig war sie mit den Händen beschäftigt – sie druckte, sie schnitt und klebte an

Manuskripten herum. Sie brachte sich ohne jegliche Rücksicht auf sich selbst in ihre Projekte ein. Niemals gab sie sich mit »genug« zufrieden. Sie verlangte sich alles ab, bis jedes Buch so gut wie nur irgend möglich war, und sie wusste auch, wann dieser Punkt erreicht war. Oft kamen die Mitarbeiter morgens ins Büro und stellten fest, dass sie über Nacht ein neues Design, neue Layouts, neue Cover entworfen hatte. Dann gab sie uns unsere Aufgaben für den Tag und verschwand zu ihrem Job beim *New Yorker*. Wenn sie am Abend gegen sieben oder acht zurückkehrte, saß sie erneut stundenlang da, feilte an unserer Arbeit und nahm Korrekturen vor. Lob ging ihr leicht über die Lippen, und immer fühlte es sich verdient an.

Ich begann zu verstehen, warum sie, als mein Bruder und ich noch Kinder waren, oft solche Wutausbrüche gehabt hatte, wenn das Abendessen noch nicht fertig und der Tisch noch nicht gedeckt war oder wenn meine Socken auf dem Badezimmerfußboden gelegen hatten. Ich beneidete sie darum, wie wenige Minuten sie von jedem Tag verlor. Selbst auf den Subway-Fahrten zu ihrem Büro am Times Square dachte sie über die Arbeit nach. Ich bemühte mich, es ihr gleichzutun, und konnte doch nichts gegen die Stunden ausrichten, die mir entglitten, gegen die Selbstvergessenheit. Immer wieder bemerkte ich zu spät, dass ich viel zu viel Zeit mit meinem Mittagessen auf der Treppe unseres Hauses verbracht, in die Sonne geschaut, die Models und die Touristen auf der Straße betrachtet hatte.

Françoises Vater besuchte sie im März. Er war auf dem Weg nach St. Barths. Er bat sie, ihre Freunde kennenlernen zu dürfen. Françoise organisierte eine Party, und als sich das Loft allmählich füllte, stellte sie überrascht fest, wie viele Freunde sie hatte. Paul plauderte glücklich mit den Leuten. Er wirkte stolz auf seine Tochter und ihre Wohnung.

Ihre Mutter kam sie im Juni besuchen. Noch immer hatte sie Louis Guérin dabei. Auch sie war seltsamerweise auf dem Weg nach St. Barths. Im selben Moment, in dem Josée die Wohnung betrat, verlor sie jeglichen Glanz. Alles – die alten Poster und Flyer, die Möbel von der Straße – schien zu schrumpfen. Alles schien wie von Staub bedeckt.

»Hier lebst du?«, sagte Josée. »Das Viertel ist erbärmlich. Du hast nicht einmal einen Stuhl. Warum lebst du nicht bei mir auf dem Hausboot? Da würde es dir bessergehen. Vermisst du denn Paris nicht?« Sie erinnerte Françoise daran, dass ihr Rückflugticket nur ein Jahr lang gültig war. Außerdem, meinte Josée, sei SoHo nicht sicher. Sie erinnerte Françoise daran, dass sie erst vor ein paar Wochen ausgeraubt worden sei.

Selbst nach Josées Abfahrt kehrte der Zauber nicht in das Loft zurück. Ihre Mutter hatte es von einer verzauberten Festung auf eine karge Schaumstoffmatratze und eine rostige Herdplatte reduziert. Sie hatte nicht einmal einen Stuhl. Obwohl sie niemals von allein darauf gekommen wäre, ihre Mutter darum zu bitten, bei ihr einziehen zu dürfen – sie hatte nie den Eindruck gehabt, dass ihre Mutter das wollen könnte –, jetzt da sie es anbot, war die Verlockung unwiderstehlich. Durch die Worte ihrer Mutter begann Paris zu strahlen: die Seine, die ruhigen Straßen, das alles war plötzlich von einer Nostalgie durchdrungen, die sie noch nie zuvor empfunden hatte. Hier bot sich die Gelegenheit, eine Beziehung zu ihrer Mutter aufzubauen. Sie buchte ihren Heimflug.

Es gab dieses Klischee, dass Menschen den Boden küssten, wenn das Flugzeug landete. Josée sagte, sie habe das vor langer Zeit einmal gesehen, als sie noch Stewardess gewesen sei. Auf einem der ersten Flüge, der Juden von Amerika nach Israel brachte. Sie bückten sich in ihren Fellmänteln und küssten den klebrigen, heißen Teerbelag der Landebahn. Als Françoise jedoch genau ein Jahr nach ihrer Abreise wieder in Paris landete, war es das Letzte, was sie tun wollte. Sie fühlte sich wie ein Magnet, der auf Abstoßung gepolt war.

Am Flughafen erwartete Paul sie am Gate. Als sie die Ankunftshalle erreichten, kam Jean-Michel mit einem Strauß

Blumen auf sie zugerannt. »Wenn du jetzt mit ihm nach Hause gehst, werde ich nie wieder mit dir sprechen«, drohte Paul.

»Wenn du jetzt mit ihm nach Hause gehst, werde ich nie wieder mit dir sprechen«, hielt Jean-Michel dagegen.

Françoise hasste es, zwischen den zwei Männern wählen zu müssen, aber sie hatte ihren Vater gebeten, sie abzuholen, und nicht Jean-Michel, also stand ihre Entscheidung.

Paul fuhr sie zu seiner Wohnung. Er hatte einen jungen Chirurgen, den er protegierte, zum Mittagessen eingeladen.

»Warum verstaust du deine Sachen nicht?«, sagte Paul und zeigte auf Andrées Zimmer.

»Eigentlich«, sagte Françoise und gab sich Mühe, die richtigen Worte zu finden, »hat Josée mir angeboten, dass ich eine Weile lang bei ihr auf dem Boot bleiben könne.«

»Was? Du willst bei dieser Bastard-Hure einziehen?«, fragte Paul. Augenblicklich traten seine Venen vor Wut hervor. Er befahl ihr, auf der Stelle zu gehen. Françoise, die zu müde für Gefühle war, nahm ihren Koffer. Der junge Chirurg bot ihr an, sie zu ihrer Mutter zu fahren. »Weißt du«, sagte er im Auto zu Françoise, »du hast sehr schöne Augen.«

»Danke«, sagte Françoise.

»Du könntest wirklich sehr hübsch sein, wenn du dir die Härchen zwischen deinen Augenbrauen ein wenig zupfen würdest«, sagte er. Auf dem Boot ihrer Mutter war ein Brunch in vollem Gange.

Josée wandte sich ihr zu und begrüßte sie mit einem herzlichen »Ah, da ist sie ja!«. Ihren Freunden erklärte sie mit übertriebenem Detailreichtum, wie sie ihre arme Tochter aus einem rattenverseuchten Loch in der schmuddeligsten Gegend New Yorks gerettet hatte.

Nachdem die Gäste gegangen waren, stritten sie den ganzen Abend lang. Françoise hielt nur mühsam durch. Sie hatte vergessen, wie wenig sie ihrer Mutter entgegenzusetzen hatte. Am Morgen packte sie erneut ihren Koffer und ging, ohne genau zu wissen, wohin.

Eine Freundin aus dem Architekturstudium bot ihr die Couch in ihrer schönen, lichtdurchfluteten Maisonettewohnung an, die ihre Mutter ihr gekauft hatte. Sie war eine liebenswürdige Gastgeberin, aber sie hatte gerade einen neuen Mann kennengelernt, und die Wohnung, mit ihren spärlichen Wänden, bot wenig Privatsphäre. Auf ihrer Couch liegend, hörte Françoise die beiden im Bett lachen. Sie starrte die hohe Decke an und kämpfte um Schlaf, während die Scham ihr auf den Magen schlug. Sie fühlte sich überflüssig auf der Welt und nicht wie ein Teil von ihr. Die kleine Nische, die sie in dieser Stadt einmal für sich geschaffen hatte, war spurlos verschwunden. Paris hatte seine Erinnerung an sie ausgelöscht.

Meine Mutter und ich waren zusammen in der Küche, unsere Körper bewegten sich synchron. Sie rührte in der Pfanne, die ich auf den Herd gestellt hatte, ich schnitt die Zwiebeln, bevor sie auch nur daran dachte, sie zu holen.

»Kann ich helfen?«, fragte mein Bruder, während er den Kühlschrank öffnete, um sich ein Glas Wasser zu nehmen. Er war in diesem Jahr aufs College gekommen, ich hatte es gerade abgeschlossen. Jedes Mal, wenn ich ihn sah, war er mehr und mehr ein Mann. Er trug jetzt einen Bart, zerrissene Jeans, die tief auf seinen Hüften saßen, und hatte muskulöse Arme. Ich fragte mich, wie es sich anfühlen mochte, größer zu werden als meine Mutter. Ich beneidete ihn darum.

Er saß auf einem der Hocker, auf denen wir als Kinder gefrühstückt hatten, und seine wippenden Knie berührten die Kante des Tresens. »Kann ich dich um deinen Rat bitten, Nadja?«, sagte er, während er den Daumen in eine Grapefruit presste, um sie zu schälen.

Da er der Jüngere von uns beiden war, hatte mein Bruder mich in vielen Dingen für eine Expertin gehalten. Nach der Schule, in unserem Wohnzimmer, hatten meine Freundinnen und ich unser eigenes Verständnis von Frauenrechten geschärft, indem wir ihm Vorträge hielten: Blumen solltest du ihr kaufen, aber halt ihr nicht die Tür auf. Bezahl für ihr Essen, aber lass sie auch mal für deins zahlen. Später hing er mir an den Lippen, wenn ich über die Rechte von Schwulen und Lesben oder den Umgang mit Transsexuellen sprach. Er nickte eifrig, wollte unbedingt alles richtig machen. »Aber was ist mit mir?«, fragte er verzagt. Ich hatte ihm gesagt, dass er es am leichtesten habe, doch das schien ihn wenig zu trösten. Mein süßer, pflichtbewusster Bruder trug das Privileg, ein heterosexueller weißer Mann zu sein, um den Hals wie einen Albatros.

Unsere gemeinsame Reise nach Berlin im vergangenen Winter hatte ihn ganz plötzlich realisieren lassen, dass ich nicht die perfekte ältere Schwester war, die er immer in mir gesehen hatte. Ich konnte uncool sein und auch Fehler machen. Es konnte passieren, dass ich uns beide, ohne es zu wollen, in Gefahr brachte. Ich weiß nicht, wen von uns das mehr verletzt hatte. Jetzt bauten wir behutsam eine neue Beziehung zueinander auf. Ich stürzte mich auf die Gelegenheit, ihm Rat zu geben.

»Tja, also man weiß ja, dass man mit Mädchen nicht rummachen soll, wenn sie zu betrunken sind, um ja zu sagen«, begann er. Er erklärte, dass sie auf dem College viele Orientierungsveranstaltungen gehabt hätten und den Studenten eingetrichtert worden sei, wie wichtig es war, nur einvernehmlichen Sex zu haben.

»Aber was ist denn, wenn ich auch getrunken habe?«, fuhr er fort. Wie viele Drinks müsse sie zu sich genommen haben, damit es nicht mehr okay sei? Wenn sie vorher Interesse gezeigt habe und man dann zusammen etwas trinken gehe – sei es dann okay?

Ich sprach laut und gewichtig. Ich hatte viel zu sagen und war mir die ganze Zeit darüber bewusst, dass meine Mutter zuhörte, obwohl sie uns den Rücken zugewandt hatte.

»Du kannst dir selbst vertrauen«, sagte ich. »Schließlich lässt sich nicht pauschal sagen, dass man sich von einem Mädchen fernhalten muss, sobald es einen Drink hatte. Aber viele Männer benutzen Alkohol dazu, Frauen auszunutzen. Folge deinem

Instinkt und tu nichts, was sich komisch anfühlt. Wenn du davon ausgehen musst, dass sie sich am nächsten Tag nicht mehr daran erinnern wird, dann warte. Wenn sie dieselben Fragen mehrfach stellt oder nicht vernünftig laufen kann, dann ist sie zu betrunken, um echtes Einvernehmen zu signalisieren.«

Meine Mutter seufzte. Sie legte die Arme um meinen Bruder. »Ach, mein armer kleiner Junge!«, sagte sie.

»Warum?«, sagte ich, mehr konfrontativ als fragend.

»Sie haben es alles so kompliziert für euch gemacht!«, sagte sie zu ihm und rieb seinen Rücken, während er sich in ihre Umarmung fallen ließ. »Mein Armer.«

Meine Wut verschaffte sich blitzartig Raum. Ich versuchte ihr zu erklären, dass sie niemals in der Lage dazu wäre, die Saufkultur an amerikanischen Universitäten zu verstehen. Ich versuchte ihr zu erklären, wie viele junge Frauen mir begegnet waren, die mit blauen Flecken an den Oberschenkeln in fremden Betten aufgewacht waren und erkannt hatten, dass ihre Körper nicht mehr sicher waren.

Meine Mutter und mein Bruder hielten sich noch immer fest, sein Kopf lag auf ihrer Schulter. Ich sprach noch immer über Partys in Studentenverbindungen und von Betäubungsmitteln, die Frauen in die Getränke getan wurden, über reinen Alkohol. Dann brach meine Stimme. Ich legte das Messer ab. Mir war klar, wie melodramatisch ich mich gerade verhielt, und so sehr ich es vor meiner Mutter verbergen wollte, sosehr wünschte ich mir auch, dass sie es sähe.

»Ich kann da gerade nicht weiter drüber reden«, sagte ich und schob mich an ihnen vorbei.

Ich schaffte es in mein Zimmer, bevor die Tränen kamen, aber ich ließ die Tür offen, während ich zwischen heftigen Schluchzern laut nach Luft schnappte.

Bald hörte ich die Schritte meiner Mutter. »Oh Nadja«, sagte sie und sank neben mir zu Boden, »was um alles in der Welt ist denn los?« Ich ließ meinen Kopf auf meinen Knien ruhen.

»Ist dir … ist dir irgendwas passiert, *mon poussin*?«, fragte sie voller Zärtlichkeit. Sie legte ihren Arm um meinen Rücken und strich die Locken von meinem Hals. In diesem Moment wünschte ich, mir wäre tatsächlich etwas geschehen. Es wäre alles so viel einfacher zu erklären gewesen.

Seit ich zwölf war, hatte sie mich ermahnt: Trag nicht so tief ausgeschnittene Hemden, sag deutlicher nein, ignorier es einfach, wenn es dich stört. Dabei hatte ich mir immer nur gewünscht, dass sie sich mit ihrem Ärger auf meine Seite schlug. Ich wollte die Umarmung, die mein Bruder bekommen hatte. Ich wollte dieses »Oh mein armes kleines Mädchen«. Ich wollte das alles immer noch so sehr.

»Manchmal bist du einfach so … unfeministisch«, sagte ich.

»Oh, *mon amour*«, sagte sie. »Es ist nicht so einfach. Diese jungen Mädchen heutzutage … sie lassen zu, dass ihr ganzes Leben zerstört wird. Sie beschließen, dass sie die Opfer sind, sie beschließen, dass sie beschädigt sind.«

»Sie *sind* Opfer«, sagte ich. »Es ist ein furchtbares Verbrechen.«

»Vielleicht. Aber … ganz praktisch betrachtet … was haben sie davon?«

Aufrichtig sah sie mich an, aber mir fiel nichts ein, was ich nicht schon zwei Mal gesagt hatte. Ich spürte, wie sich zwischen uns ein Abgrund auftat, und eine Art Schwindel ergriff mich angesichts der Tatsache, dass sie ihre Meinung niemals ändern würde.

»Weißt du«, sagte sie nach einer langen Pause, »ich denke, man könnte sagen, dass es mir einmal passiert ist. Auf gewisse Weise.«

»Mit Éric?«, fragte ich. »Bevor du nach New York gegangen bist?«

»Oh nein!«, sagte sie überrascht. »Nein, nein. Das war keine … nein«, sagte sie. »Das war zu einem anderen Zeitpunkt.«

Wieder in Paris, kehrte Françoise halbherzig an die Hochschule zurück, um ihr Studium fortzusetzen. Sie mietete sich ein winziges Dienstbotenzimmer in einem heruntergekommenen Stadtteil, weit weg von allen Menschen, die sie kannte. Ihre Selbstverachtung schnitt ihr die Luft ab. Nichts, was sie anzog, schien zusammenzupassen. Sie schleppte sich zu Partys, aber ihre Gedanken legten sich über das Stimmengewirr im Raum. Was sie auch tat, sie konnte die Sehnsucht danach, eine andere zu sein, nicht überwinden. Egal, was sie sich vornahm, war qualvoll. Nichts zu tun, war qualvoll.

Sie ging weiterhin ins Aquarelle, in jenes Café, in das sie immer mit Jean-Michel gegangen war. Es war nur wenige Straßen von der Beaux-Arts entfernt, und dort saßen immer noch dieselben Leute, die über dieselben Dinge sprachen. Sie wollte schreien. Sie hatte sich komplett verändert, und es schien ihnen nicht einmal aufzufallen. Sie brauchte etwas Neues, ein anderes Umfeld, andere Menschen. Sie wollte ihr Paris größer machen, wollte allem mit derselben Abenteuerlust begegnen, die sie in New York empfunden hatte. Im Café gab es einen alten Griechen, er war dort Stammgast. Er war über fünfzig, doppelt so alt wie die Studenten. Er war fett und unattraktiv, war weder schlagfertig noch geistreich, aber die Studenten tolerierten ihn, ließen ihn von Zeit zu Zeit etwas in ihre Diskussionen einwerfen. Eines Nachmittags griff er sich Françoise und erzählte ihr von seinen Platten. Er habe eine riesige Plattensammlung. Sie solle mitkommen und sie sich ansehen, sagte er. Er lebte nicht gerade um die Ecke, aber sie kam trotzdem mit. Schließlich geschah bis hierhin alles in der Öffentlichkeit. Sie hatten so viele gemeinsame Bekannte. Sie sahen einander täglich.

Als sie in der Wohnung ankamen, schloss er die Tür ab. Noch nie hatte sie in Betracht gezogen, dass sie in eine Situation geraten könnte, in der sie nicht in der Lage wäre, sich zur Wehr zu setzen. Das war eine Überraschung. Sie hatte sich immer für stark gehalten. Doch als sich das Unausweichliche abzeichnete, spielte sie tot. Auf diese Art interessierte es ihn wesentlich weniger. Es war schnell vorbei.

Mein Gott, dachte sie, wie armselig. Es war nicht so schlimm, wie sie befürchtet hatte. Es war bloß ihr Körper. Ihn zu verlassen, fiel ihr leicht.

Wie dumm sie gewesen war, zu ihm nach Hause zu gehen, dachte sie später. Lektion gelernt. Von nun an würde sie nie wieder zu jemandem nach Hause gehen, es sei denn, sie war sich sicher, dass sie Sex haben wollte. Aber sie würde sich von einer unschönen Erfahrung nicht verändern lassen. So viel Macht über sie hatte er nicht verdient. Es dauerte Jahre, bis sie mit irgendjemandem über den Vorfall sprach.

Sie erzählte mir das ganz ruhig. Sie schien sich mehr Sorgen darum zu machen, wie ich es aufnehmen würde, als um ihr eigenes Empfinden. Aber ich reagierte gar nicht. Mein ganzer Körper fühlte sich taub an. Anstelle von Gedanken war in meinem Kopf ein Surren, es klang wie das dumpfe Summen eines Generators.

»*Mais maman*«, sagte ich, »er hatte kein Recht, dir das anzutun.« Auch wenn ich mich größtenteils in mich selbst zurückgezogen hatte, diese Worte schossen wie automatisch aus meinem Mund.

»Es wäre an mir gewesen, es besser zu wissen«, antwortete sie.

»Es war nicht deine Schuld«, sagte ich. Obwohl ich mich fragte, was sie jetzt noch davon haben würde, die Wut und den Schmerz zu formulieren, den sie meiner Meinung nach empfinden sollte.

»Schuld und Verantwortlichkeit sind nicht dasselbe«, sagte sie. »Es lag in meiner Verantwortung. Für mich war es viel traumatischer, als jemand in mein Loft eingebrochen ist und mein Radio gestohlen hat. Das war mein Raum. Mit Meister wollte ich auch nicht unbedingt schlafen, aber –«

»Du hast mit Meister geschlafen?«, sagte ich.

»Natürlich«, sagte sie. »Ich habe seinen Intellekt bewundert, er war wie ein Mentor für mich, also war es … okay. Es war nicht schlimm. Ich habe einfach gewartet, bis es vorbei war, weil ich mich weiter mit ihm unterhalten wollte. Aber der Grieche – vor dem habe ich mich körperlich geekelt. Viel vordergründiger war jedoch die Erkenntnis, dass manche Menschen es nötig hatten, andere Menschen zum Sex zu zwingen. Er tat mir leid.«

Ich spürte, wie mein Körper sich versteifte, und wusste, dass ich sie zornig anstarrte. Ich war wütend. Auf den Griechen. Auf mich selbst. Auf sie.

»Komm mal her«, sagte sie und zog mich in ihre Arme. »Es tut mir leid«, sagte sie. »Es tut mir so leid. Mein armes Mädchen.«

»Warum?«, sagte ich unglücklich. »Warum sollte es dir leidtun?«

»Weil ich deine Mutter bin. Es ist meine Aufgabe, solche Dinge von dir fernzuhalten.«

In Paris verfiel Françoise in eine tiefe Depression. Manchmal verließ sie ihr kleines Dienstbotenzimmer tagelang überhaupt nicht. Es war dunkel und eng. Die Decke war schief. Es gab ein Bett, ein kleines, hoch angebrachtes Fenster, das ein klein wenig Licht hereinließ, und eine hölzerne Wand, die den Bereich abtrennte, wo sich das Waschbecken befand. Die Toilette war auf dem Flur. Sie saß auf dem Boden und starrte auf diese Wand, die ihre kleine Wohnung unnötigerweise in zwei Teile teilte. Sie brauchte Raum. Sie musste atmen. Ihr fiel nichts Anderes ein, als die Wand einzureißen. Sie zeichnete einen Grundriss. Aus dem Waschbecken würde sie eine Badewanne machen, sie würde eine Herdplatte anschließen, eine Küche gestalten.

Doch das Zimmer gehörte ihr nicht, mahnte sie sich immer wieder. Sie konnte die Wand nicht einreißen.

Eines Tages führte kein Weg mehr daran vorbei. Mit einem Hammer und einem Schablonenmesser brach sie ein Loch in die Wand. Es sah schlimm aus. Die Kanten waren ausgefranst, und auf dem Boden lagen lauter Splitter. Der Vermieter würde stinksauer sein. Zitternd setzte Françoise sich in eine Ecke. Sie presste das Schablonenmesser, das sie noch immer in der Hand hielt, gegen ihr Handgelenk. Ihr Körper wehrte sich. Sie atmete tief ein und brachte ihren Arm zur Ruhe. Sie drückte fester, so fest sie konnte, die rechte Hand schnitt in das linke Handgelenk. Ein Tropfen Blut erschien, dann ein weiterer, bis das Blut über ihren Arm lief. Sie dachte darüber nach, einen Brief zu hinterlassen, aber was würde darin stehen? Ich bringe mich um, weil ich ein Loch in die Wand gemacht habe? Sie drückte fester, und es kam mehr Blut. Doch noch immer war sie Beobachterin, aus ihrem Kopf heraus sah sie sich zu. »Fester«, feuerte sie sich murmelnd an. »Noch fester.« Trotzdem gelang es ihr nicht, ihre Venen zu erreichen. Nicht mal umbringen kann ich mich, dachte sie. Sie ließ den Kopf gegen die Wand fallen und schloss die Augen, bis sie inmitten der Splitter am Boden einschlief.

Wir saßen spätabends im Büro ihres Kinderbuchverlages, als sie mir erzählte, wie sie versucht hatte, sich die Pulsadern aufzuschneiden. Zu diesem Zeitpunkt ging ich noch aufs College und wollte mich unbedingt beweisen. Ihre Stimme war fest, sie sprach schicksalsergeben und doch sachlich. Ich versuchte es ihr gleichzutun. Ich war taff, ich sah ihr in die Augen, ihre Worte schockierten mich nicht. Ich fragte sie, ob sie wisse, dass man sich die Pulsadern vertikal und nicht horizontal aufschneiden müsse. Einmal den Unterarm rauf. Überrascht sah sie mich an und sagte, das habe sie nicht gewusst. Derartige Informationen hatte ich ebenso eingeatmet wie den Smog New Yorks. Ich wusste, wie man sich die Pulsadern aufschneidet, wie man sich Dreadlocks macht, wie man einen Schlüsselbund zu einem Schlagring umfunktioniert – diese Informationen nahm man in der Highschool auf. Ich zuckte die Achseln, und in beinahe verschwörerischem Tonfall beschrieb sie mir bis ins kleinste Detail, wie die Klinge sich langsam durch ihre Haut gebohrt hatte. Ich zuckte kaum zusammen. Doch später, als ich darüber schrieb, verkrampften sich meine Hände, und ich atmete mit zusammengepressten Zähnen jäh ein. Alle paar Wörter musste ich innehalten, um über meine schmerzenden Handgelenke zu streichen.

Vier Monate nachdem sie angekommen war, verließ Françoise Paris wieder. In ihrem tristen Dienstbotenzimmer starrte sie die kaputte Wand an und träumte von ihrem Loft, davon, wie es dort ganz am Anfang gewesen war: der Rausch der Freiheit in der geräumigen Etage, die hupenden Autos draußen auf der Canal Street, der eigenhändig verlegte Dielenfußboden, der sich über die Länge eines halben Blocks erstreckte. Doch als sie nach New York zurückkehrte, war ihr Loft noch immer jene zerschlagene Illusion, die sie zurückgelassen hatte: Sie sah es noch immer durch die Augen ihrer Mutter. Das Licht war grau und spärlich, sodass in der Mitte des Raumes ganze Flächen komplett im Dunklen lagen. Sie hatte den Job als Zigarettenverkäuferin aufgegeben, genau wie den Job im Architekturbüro und den beim Avantgarde-Theater. Sie hätte versuchen können, die Jobs zurückzubekommen, aber es gelang ihr nicht, den Mut dazu aufzubringen. Sie nahm den einen oder anderen Job an, sie ging aber immer seltener hin. Stattdessen rollte sie sich neben dem gasbetriebenen Industrieheizkörper in ihrem Schlafsack ein, um sich warmzuhalten.

Am Anfang klingelte hin und wieder ihr Telefon. Ein schrilles, unnachgiebiges Klingeln. Sie starrte den Apparat an, bis er wieder Ruhe gab, sie starrte, bis ihre Freunde sie irgendwann nicht mehr anriefen.

Sie schlief achtzehn Stunden am Tag, fast nie verließ sie das Haus. Wenn sie wach war, las sie in irgendeinem krassen Philosophie-Lehrbuch. Heidegger, Nietzsche, Kierkegaard. Die Buchstaben verschwammen und wechselten ihre Positionen. Bestimmte Seiten las sie immer wieder, bis die Ideen mit bemerkenswerter Klarheit in sie eindrangen und sie dann zu Boden rissen. Sie wusste nicht genau, ob der jeweilige Text wirklich an Klarheit gewann oder ob sie selbst schlicht und einfach immer mehr davon verlor. Ihr ging das Essen aus. Sie aß ganze Hände voll trockener Haferflocken. Sie begann, Briefe zu schreiben, wobei ihre Hand mit blindwütiger Geschwindigkeit über das Papier flog. Die Briefe waren an niemanden speziell gerichtet, sie wusste, dass sie sie niemals abschicken würde.

Sie wusste, dass sie langsam verrückt wurde. *Devenir folle* war mehr als nur eine Redewendung für sie. Sie hatte miterlebt, wie ihre Mitbewohnerin verrückt geworden war; sie wusste, was das bedeutete. Doch sie kannte kein Zurück.

Eines Tages war sie plötzlich ein metallenes Geodreieck, das auf der Spitze balancierte, während eine Frauenstimme eine Oper ohne Text vortrug und sie mit ihrem kristallklaren Ton an Ort und Stelle hielt. Sie steckte in dieser Stimme, sie war die Stimme. Sie wusste, dass sie halluzinierte, und mühte sich vergeblich, die Augen zu öffnen. Denn ein metallenes Geodreieck hatte keine Augen. Es dauerte ewig.

Endlich zwang sie sich, die Augen zu öffnen, und fand sich an einer Straßenecke, einige Blocks vom Loft entfernt, wieder. Sie stand zwischen einem Laternenpfahl und einem Mülleimer. Sie redete mit sich selbst. Menschen starrten sie an. Sie konnte sich nicht daran erinnern, das Haus verlassen zu haben.

Hektisch sah sie sich um, sah die Menschen an sich vorüberziehen. Ihre Augen waren kalt, und sie hielten Abstand. Die Anonymität New Yorks bäumte sich gefährlich um sie herum auf. Sie schleppte sich nach Hause. Sie nahm all ihren Mut zusammen. Sie rief ihren Vater an. Er stellte keine Fragen. Er bezahlte ihr Flugticket nach Hause.

Meine Mutter fand einen der Briefe, die sie in diesem einsamen Winter in New York geschrieben hatte. Er war auf zartem, durchscheinendem Papier und in einer fremden Handschrift verfasst, in jener Handschrift, die heute nicht mehr zu ihr gehörte.

Ich werde dir mal was sagen, New York – ich weiß bereits, dass ich dir nicht schreiben kann – nicht jetzt – mein Kopf ist wirr, ein Sturm von Eindrücken zerrt daran – mein Zeitgefühl verändert sich sekündlich – seit Wochen weiß ich schon nicht mehr, wie man einen Gedanken fasst – ich kann es nicht mehr – ich weiß nicht, wie man einen einfachen Brief schreibt – Ich werde es dir sagen, New York – Nichts, was ich sagen kann, ergibt Sinn – die Aussage verändert sich in dem Moment, wo sie das Papier berührt – des-

halb weiß ich bereits, dass das, was ich schreibe – absurd sein wird – Aber lass mich dir sagen, New York – ich sollte es nicht tun, aber ich möchte es dir schreiben – heute habe ich deinen Brief gefunden – gerade habe ich ihn noch einmal gelesen – ich reihe meine Wörter aneinander – ich setze ein Wort hinter das andere – Normalerweise kann man so schreiben – Aber all das – und der ganze Rest ist – dass ich bloß wissen kann, dass ich – all das – verloren habe, während ich ans Schreiben dachte – Ich könnte existieren, wenn ich die Zeit nicht verloren hätte – Seit einigen Wochen – oder Monaten – vielleicht ganz tief drinnen, seit New York – aber ganz sicher seit ein paar Wochen – In diesem Moment – habe ich nur den Augenblick – den Augenblick von Sekunde zu Sekunde, von Stunde zu Stunde, durch Tage und Nächte, bis in die Wochen und Monate – der Augenblick –

Vorsichtig hielt ich den Brief. Erst kürzlich hatte ich die Herkunft des englischen Wortes *past* nachgesehen. Es kam vom französischen *pas*, für Schritt, vom lateinischen *passus*, für ein ausgestrecktes Bein. In seinen frühsten Verwendungsformen bedeutete es »Reise«. Die Vergangenheit war damals kein fester Ort, den man hätte besuchen können. Sie war nicht statisch. Sie war eine Passage, ununterbrochene Bewegung. Aber dieser Brief, so besessen von der Gegenwartsform, reduzierte diese Reise auf ihre kleinste Einheit: einen einzigen Schritt, ein einziges gestrecktes Bein. Näher hätte ich ihr nicht kommen können, das fühlte ich. Ich tat so, als wäre er an mich adressiert, mir geschickt worden von jenem Mädchen, nach dem ich gesucht hatte.

Paul lebte jetzt in einer Junggesellen-Bude. Von seinem breiten Rundumbalkon aus blickte man auf jene Stelle der Seine, wo eine kleine Replik der Freiheitsstatue stand. Ihr Blick war nach Westen, Richtung New York, gerichtet. Im Wohnzimmer gab es ein großes Zebrafell als Teppich und eine gut bestückte Bar, die auf Knopfdruck aus der Wand kam. Blaue Lichter erleuchteten die Unterseite der schwarzen Schränke. Françoise richtete sich in Andrées Zimmer ein. Eine ganze Parade von Freundinnen ihres Vaters zog an Françoise vorbei. Sie alle waren in ihrem Alter und begrüßten sie am Morgen mit zerzausten Haaren, während sie sich Kaffee machten.

Paul nahm neuartige Diätmedikamente, um Gewicht zu verlieren, und bot sie auch Françoise an. Sie mochte den Energieschub, der wie aus heiterem Himmel kam, sie mochte es, dass die Tabletten den Nebel auflösten. Keiner von beiden wusste, dass sie Speed nahmen, oder sie gestanden es sich nicht ein. Françoise schrieb völlig manisch, füllte ein Notizheft nach dem anderen. Paul war fast immer weg: bei der Arbeit, im Casino, auf Dates, auf verlängerten Wochenenden. Wenn sie allein in seiner Wohnung war, begannen ihre Gedanken zu rasen, sie entkam diesen dunklen Gedanken einfach nicht. Egal, wo sie hinsah, sie fand nur Einbahnstraßen. Sie hatte New York verloren. Sie hatte alles verloren. Sie stand auf der Terrasse und sah auf die Straße hinab. Sie war nie leer genug. Vielleicht war sie aber auch einfach zu feige. An einem Wochenende im Mai kristallisierte sich ganz plötzlich die Antwort heraus. Der Medizinschrank. Die Schlaftabletten ihres Vaters.

Sie schüttete die Tabletten in ihre Hand. Zu wenige würden sie bloß einschlafen lassen, von zu vielen würde sie sich übergeben müssen. Ihren Berechnungen legte sie jene Menge zugrunde, die sie ihren Vater hatte nehmen sehen. Es war so eine saubere, bequeme und elegante Art zu sterben. Was für ein wundervolles Geschenk sie sich damit machen würde.

Sie zog sich bis auf die Unterwäsche aus und ging in das Zimmer ihres Vaters. Sie drückte den Knopf, der die schweren Metallgitter vor den Fenstern hochgleiten ließ. Nachmittagssonne strömte ins Zimmer. Sie legte sich auf sein Bett.

Ist dir klar, dass das hier die letzten Augenblicke deines Lebens sind?, fragte sie sich lautlos.

Ich habe bloß Glück, dass es so einen einfachen Ausweg gibt, antwortete sie.

Sie schluckte die Handvoll Tabletten und lehnte sich zurück, um zu sterben. Sie dachte darüber nach, einen Brief zu hinterlassen. Aber so ein Brief konnte auseinandergenommen, verstümmelt und neu interpretiert werden. Ihre Eltern würden die Worte benutzen, um die Schuld von sich zu weisen. Außerdem war sie erschöpft, zu müde, um zu schreiben.

Bist du sicher, dass du nichts bereust?, fragte sie sich schläfrig.

Nein, dachte sie. Die Dinge, die ich noch zu tun habe, existieren nicht. Es gibt nichts zu bereuen.

Sie konzentrierte sich darauf, wie sich die Bettdecke auf ihrer Haut anfühlte. Das Sonnenlicht versengte ihre Augenlider, sie hielt sie geschlossen. Sie trieb davon.

Orange!

Mach, dass es aufhört!

Sie war festgebunden. Es war grausam orange. Es musste aufhören. Sie musste sich bewegen. Sie hörte sich jaulen.

»Wenn du dich beruhigst, machen wir dich los.« Die sanfte Stimme einer Krankenschwester. Françoise konnte sie aus dem Augenwinkel sehen.

Mach das Orange weg! So heftig, wie sie konnte, warf Françoise sich gegen ihre Fesseln.

»Deine Mutter ist hier«, sagte die Krankenschwester.

»Nein! Nein!«, schrie Françoise. Sie hörte die Räder einer Liege im Flur eines anderen Krankenhauses rattern, ein Echo aus einer Vergangenheit, die viele Jahre zurücklag.

»Oh mein liebes Mädchen, wie schön, dass du wach bist«, sagte Josée.

Françoises Hände zerrten an den Fesseln.

»Ich habe dich gerettet, weißt du das«, sagte Josée. »Ich habe dich gerade noch rechtzeitig gefunden.«

»Du hast mein Baby umgebracht«, sagte Françoise. »Du hast mein Baby umgebracht.«

Samstagnachmittag, einen Tag vor Muttertag, war Josée auf dem Dach ihres Hausbootes bei der Gartenarbeit gewesen. Zurückhaltend hatte Françoise für ein Abendessen am Vorabend zugesagt, war aber nicht gekommen. Josée hatte sich dabei wenig gedacht. In letzter Zeit machte Françoise oft Pläne, an die sie sich dann nicht hielt. Doch als Josée sich vorbeugte, um einen Zweig abzuschneiden, erstarrte sie mit der offenen Schere in der Hand.

»*Maman!*«, hörte sie Françoise rufen.

»Hast du mich gerufen?« Josée drehte sich zu Andrée um. Doch Andrée war unten unter der Dusche.

»*Maman!*«, wieder Françoises Stimme. Kristallklar. Josée rannte nach drinnen.

Sie zerrte Andrée, deren Haare noch voller Schaum waren, aus der Dusche. Sie ließ sie die Nummer von Pauls Concierge wählen, dann nahm sie selbst den Telefonhörer in die Hand.

»Ist Françoises Moped im Hof?«, fragte Josée.

»Ja«, sagte die Concierge.

»Gehen Sie hoch in die Wohnung«, forderte Josée. Die Concierge hatte Pauls Schlüssel.

Ein paar Augenblicke später rief die Concierge zurück. »Da ist niemand«, sagte sie. Sie hatte Françoises Namen in die Wohnung hineingerufen, und niemand hatte geantwortet.

»Gehen Sie noch mal rein, und sehen Sie sich um«, forderte Josée. Nervös lief sie hin und her, während sie wartete. Dann wählte sie erneut die Nummer der Concierge. Das Telefon klingelte und klingelte.

»Oh, Madame!«, sagte die Concierge, als sie endlich abnahm. Sie war außer Atem. »Sie ist nicht! Sie ist nicht tot!«

Josée schleifte Andrée zum Auto. Die Notärzte waren bereits da, als sie ankamen. Es habe keine Zeit zu verlieren gegeben, sagten sie. Françoise habe seit Freitag im Sterben gelegen.

Die Augen meiner Mutter blitzten vor Wut und Fassungslosigkeit, als sie mir diesen letzten Part der Geschichte erzählte. Ich spürte, wie sehr sie sich nach einer Erklärung sehnte.

Josée glaubte an Übersinnliches. Sie hat mir einmal erzählt, dass sie seit einer Nahtoderfahrung, die sie beim Wasserski gemacht hatte, eine tiefgehende Verbindung mit dem Jenseits habe. Bei einigen dieser Begegnungen mit dem Jenseits traf sie auf Mütter, die sich von ihren Töchtern nicht hatten verabschieden können. »Sie wollte, dass ich dir sage, dass sie immer stolz auf dich gewesen ist«, sagte sie dann beispielsweise zu der Tochter.

Andrée erzählte mir später, dass Josée nach dem Verlassen des Krankenhauses mit ihr ins Kino gegangen sei. Sie hatten noch etwas Zeit totzuschlagen gehabt bis zur Abfahrt von Andrées Zug, der sie zurück ins Internat bringen würde. Sie sahen sich Roman Polanskis *Der Mieter* an. »Was für ein Film für einen solchen Tag«, sagte sie bitter. »Was für eine Filmauswahl für ein Kind.«

Ich hatte den Film nicht gesehen, also recherchierte ich, worum es ging. Er war in der letzten Maiwoche des Jahres 1976 erschienen. Am Anfang des Filmes begegnen sich zwei Leute am Krankenbett einer Frau, die soeben versucht hat, sich das Leben zu nehmen. Während sie noch miteinander flirten, stößt die sterbende Frau, die bereits nicht mehr sprechen kann, einen Todesschrei aus. Das Pärchen verlässt das Krankenzimmer und geht ins Kino.

Ich hatte keinen Zweifel an Josées ungeheuren magischen Fähigkeiten. Ich war ihr dankbar. Aber ich war nicht so dumm, das meiner Mutter gegenüber zu erwähnen.

»Als ich das letzte Mal in Frankreich war«, erzählte meine Mutter mir an unserem Küchentisch in New York, »habe ich in einem Buchladen in einem Buch über Selbstmordversuche von Jugendlichen geblättert.« Die Autoren hatten die Jugend als einen Zustand beschrieben, in dem zwei gleich starke Bedürfnisse an einem reißen: Man möchte seine Eltern loswerden, und man möchte von ihnen geliebt werden, ein Erwachsener werden und ein Kind bleiben. Der Selbstmord biete das ideale Paradoxon, denn er erlaube einem beides zugleich. Auf der einen Seite war er ein Ausdruck ultimativer Autonomie, man übernahm ganz allein die Kontrolle. Und dann, nach dem Tod, würden die Eltern über dem toten Körper zusammenbrechen, und man würde für immer ein Kind bleiben dürfen.

»Wir haben das alle durchgemacht«, sagte Paul unbekümmert, als er Françoise frisch gebräunt einen Krankenbesuch abstattete. Sein Stolz war gekränkt. Es war fast so, als wäre ihre fehlende Originalität eine Enttäuschung für ihren Vater. Doch vielleicht, so sagte meine Mutter heute, war es das Beste, was er hatte sagen können. Sie hörte auf zu hoffen, dass sie für ihre Eltern von Bedeutung sein könnte. Und dann war sie frei.

»Denkst du jemals«, fragte ich, »denkst du immer noch darüber nach, es zu tun?«

»Die Dinge verändern sich«, sagte sie mit einem Seufzer und lehnte sich zurück. »Ich bin jetzt viel ...« Ihre Hand glitt durch die Luft wie ein Vogel, während sie nach dem richtigen Wort suchte. »Heute gibt es Menschen, die sich auf mich verlassen. Ich habe immer noch Momente, in denen ich mich ... verloren fühle. Aber nie so verloren wie damals. Es ist, als wäre da ein riesiger Ozean, in den ich von Zeit zu Zeit immer noch stürze, aber gleichzeitig sind da all diese ...« Sie drückte den Daumen gegen die Fingerkuppen der anderen Finger wie eine Schattenpuppe – ein Entlein, mit dem sie Punkte in die Luft zwischen uns malte. »An diesen Dingen kann ich mich festhalten.«

Sie führte die Hand an ihren Mund, drückte die Fingerkuppen an ihre Lippen, dann ließ sie die Puppe in sich zusammenfallen. Einen Moment lang sprach sie durch ihre Faust, dann war ihre Hand auch schon wieder in Bewegung.

»Das sind die Kollateralschäden des Menschseins«, sagte sie mit einem tiefen Seufzer. »Ich denke, also bin ich. Manchmal beneide ich ganz kleine Kinder. Du wirst das spüren, wenn du selber welche hast. Bis zu einem bestimmten Alter leben sie vollkommen im Moment. Es ist magisch. Diese Seelenzustände, diese Verzweiflung – all das existiert nicht, wenn du nur in der

Gegenwart lebst. Als ich jünger war, war ich nicht in der Lage, dem Regen zu lauschen. Es gelang mir nicht, meinen Atem zu kontrollieren oder die rasenden Gedanken in meinem Kopf zum Stillstand zu bringen. Ich war zu alldem nicht in der Lage.«

Nachdem sie aus dem Krankenhaus entlassen worden war und sich erholt hatte, zog Françoise zurück in ihr Loft in SoHo, begegnete meinem Vater und verliebte sich. Bis hierhin hatte sie mir alle Fragen freimütig beantwortet, doch sie bestand darauf, dass wir an dem Punkt aufhörten, an dem sie meinem Vater begegnet war. Es gebe einige Dinge, so erklärte sie mir, die ich niemals wissen solle.

Natürlich kannte ich die Kennenlerngeschichte meiner Eltern, ich hatte sie schon immer gekannt. So wie man manche Dinge einfach weiß, auch wenn man sich nicht daran erinnern kann, wann und wie man sie erfahren hat. Meine Mutter traf meinen Vater, kurz nachdem sie zurück nach New York gezogen war, im Herbst 1976. Sie begegneten sich bei einem Abendessen, das Freunde von ihr gaben, ein Pärchen, das sie in der Kunstszene Downtowns kennengelernt hatte. Sie gehörten zu jenem Zirkel, der ihr noch aus ihrer Zeit bei Richard Foreman vertraut war. Mein Vater hatte damals noch eine jüdische Freundin, eine kurzlebige Romanze, die sich aus einer Art Pflichtgefühl heraus ergeben hatte. Françoise dachte, er sei leicht einzuschüchtern, und war nicht sonderlich beeindruckt von ihm gewesen.

Später stieß sie auf einen vierseitigen Comic-Strip, den er für ein Underground-Comic-Magazin gezeichnet hatte. Er war schwarz-weiß, mit scharfen, wütenden Strichen. Nackte Emotion, die so wild und heftig in das Papier hineingekratzt worden war, dass man meinte, es müsste gerissen sein. Es ging um den Selbstmord seiner Mutter. Es ging um seine Wut.

Sie rief ihn an. Sie redeten stundenlang – die ganze Nacht hindurch, wenn man manchen Erzählungen Glauben schenkte – sie ignorierten die steigende Telefonrechnung. Ihr Englisch war beschränkt, und sich am Telefon zu unterhalten, fiel ihr schwer. Doch sie hatte das dringende Bedürfnis zu verstehen.

»Wie konntest du nur?«, wollte Françoise wissen. »Wie konntest du nur etwas so Intimes über deine Mutter veröffentlichen?«

Ich weiß nicht, wie er ihre Fragen beantwortet hat. Ich könnte nachhaken, aber meine Eltern sind nicht mehr dieselben Menschen, die sie damals waren. Die Frage würde vom heutigen Standpunkt aus beantwortet werden, mit all den Filtern, die die Zeit und der spätere Ruhm meines Vaters darübergelegt hatten. Dennoch, es gelang ihm zu antworten, und während dieser Unterhaltung verliebten sie sich ineinander.

Eines Tages, als ich bereits einen guten Teil dieses Buches geschrieben hatte, erzählte mir mein Vater, dass meine Mutter eine andere gewesen sei, als er sie kennengelernt habe. Ja, sagte ich wissend, sie sei damals nicht so selbstbewusst gewesen. Ich hatte Fotos gesehen. Ich war stolz darauf, dass meine Mutter in ihren Zwanzigern noch keine so auffallende Schönheit gewesen war, wie sie es heute ist. Ich hoffte, dass auch ich mit dem Alter immer schöner werden würde. Auf alten Fotos hatte sie so einen scheuen Zug um den Mund, eine Reserviertheit in ihrem Blick, ein Gesicht, das sich hinter einer Art Heiligenschein aus lockigem Haar verbarg. Das Mädchen war nicht meine Mutter. Meine Mutter konnte sich innerhalb von zehn Minuten fertig machen und dann zu einer piekfeinen Party Uptown gehen. Sie war dazu in der Lage, ein Kleid für dreißig Dollar so aussehen zu lassen, als käme es direkt vom Laufsteg. Auf neueren Fotos begegnen die Augen meiner Mutter dem Betrachter mit einer Art von Intelligenz, die es einem schwer macht, den Blick wieder abzuwenden.

Mein Vater reagierte auf diese Antwort mit einem Stirnrunzeln, schüttelte den Kopf und sagte »Ähm«, was bei ihm selten vorkam. »Sie war sehr … beschädigt«, sagte er langsam, dann hielt er inne und verkniff sich weitere Worte. Er habe sie großziehen müssen, sagte er. Er habe sie durch eine Art beschleunigte Kindheit führen müssen. Ein Teddy habe dabei eine Rolle gespielt.

»Stimmt es, dass Papa dich großziehen musste?«, fragte ich meine Mutter.

»Dein Vater schreibt mal wieder die Geschichte um«, sagte sie. »Zu seinen Gunsten. Wie üblich.«

»Und der Bär?«, fragte ich. Ein schielender Teddybär namens Gladly. *Gladly my cross-eyed bear. Gladly my cross I'd bear.* Gern, mein schielender Bär. Gern würd' ich mein Kreuz tragen. Ich erinnerte mich noch daran, wie man mir das Wortspiel damals erklärt hatte, es war eines der ersten gewesen, die ich begriffen hatte. Ich hatte eine vage Erinnerung daran, wie meine Mutter ihn im Arm gehalten, wie er in ihrem Schrank gelegen hatte.

»Welcher Bär?«, sagte sie.

»Der in deinem Schrank«, sagte ich.

»Das war dein Bär«, sagte sie.

Und es stimmte, dass sie meine Kuscheltiere auf einem der oberen Regale ihres Schrankes verwahrte, als ich entschied, dass ich zwar zu alt für Teddys in meinem Zimmer sei, aber auch zu jung, um sie wegzugeben. Sie waren noch immer dort – ebenso wie die meines Bruders, der schielende Bär war darunter.

KAPITEL SECHS

Ich wusste schon immer, wie es sich anfühlt, eine Protagonistin in der Geschichte eines anderen zu sein. Ein Sternchen in *Maus* zeugt von meiner Geburt.* Als ich das Licht der Neonröhren im St. Vincent's Hospital im East Village erblickte (es fühlt sich merkwürdig an, an dieser Stelle das Wort »ich« zu verwenden, schließlich handelt es sich um ein Selbst, an das ich mich nicht erinnern kann), fiel ein anderer Teil von mir aus dem Stift meines Vaters als schwarze Tintenträne auf die Seite. Obwohl man sagen muss, dass es nicht eine Seite, nicht ein Sternchen war – es waren Hunderte von Büchern, die immer wieder jemand zum ersten Mal aufschlug, die immer wieder zum ersten Mal gedruckt wurden. Bis heute ist das so. Auch in späteren Comics und anderen Geschichten tauchte ich auf, mein Gesicht langgezogen, direkt von meinem Schülerausweis abgezeichnet.

»Wie läuft es mit Nadjas Buch?«, fragte eine Bekannte meiner Mutter sie einmal, während ich danebensaß. »Ist es schon erschienen?«

Das war es noch nicht. Zu diesem Zeitpunkt hatte ich bereits sechs Jahre lang, mal mehr, mal weniger intensiv daran gearbeitet. Mein Vater erzählte Leuten stolz von meinem Projekt. Meine Mutter nahm ihm das übel. Sie wurde sauer, wenn irgendjemand sie danach fragte. »Es hat nichts mit mir zu tun«, erklärte sie mir, als ich fragte, warum. »Es ist dein Buch. Ich muss es so verstehen, als wäre es über jemand anderen, irgendein Mädchen, das den gleichen Namen trägt wie ich.«

»Noch nicht«, sagte meine Mutter zu ihrer neugierigen Freundin. »Es fühlt sich ein bisschen so an, als säße ich in der Todeszelle in Erwartung der Giftspritze.« Sie lachten.

»Empfindest du das wirklich so?«, fragte ich sie später. »Wie in der Todeszelle?«

»Ach, *mon chaton*!«, sagte sie. »Sie behandeln einen da sehr gut in der Todeszelle. Henkersmahlzeit und das ganze Drum und Dran.«

»Einen Schriftsteller in der Familie zu haben, ist genauso, wie mit einem Mörder verwandt zu sein«, erklärte mein Vater mir trocken. Oftmals nicht nur in Bezug auf mich, sondern auch auf sich selbst.

Meine Mutter hatte mir erzählt, dass sie mich selbst im Krankenhaus nicht aus der Hand gegeben hatte. Jedes Mal, wenn die Krankenschwestern versuchten, mich aus ihrem Arm zu nehmen – »damit Sie auch mal schlafen können« –, riss sie die Augen wieder auf. »Ohne sie kann ich nicht schlafen.« Am Tag nach meiner Geburt entließ sie sich aus dem Krankenhaus und legte mich von da an niemals ab. Ich konnte mich an die Zeit, als ich noch klein genug war, um von meiner Mutter herumgetragen zu werden, nicht erinnern. Ich wusste nicht, wie es sich anfühlte, auf ihrem Arm zu sein. War dieses *Ich* überhaupt realer als jene gezeichneten und gedruckten Repräsentationen von mir?

Meine Großeltern väterlicherseits steckten in den Seiten eines Buches. Nur über diese Seiten durfte ich sie kennenlernen. Mein Vater hatte einen schmerzhaften Teil seiner Vergangenheit abgekapselt und ihn dort hinterlassen, wo wir, ja wo jedermann ihn finden konnte. Ich war vierzehn, als ich *Maus* las und erfuhr, dass seine Mutter sich das Leben genommen hatte. Ich saß auf dem Teppich in einer Ecke meines Zimmers, das Haus war seltsam still, weil jeder von uns sich allein hinter einer geschlossenen Tür befand. Ich wurde so gefangen genommen, dass ich einfach zu Boden sank. Das ist die Großmutter, die ich nie gehabt habe, dachte ich. Hier war sie, in einem Buch, das bereits so viele Menschen vor mir gelesen hatten. Der Schmerz meines Vaters schrie aus dem Buch heraus, die Zeit hatte ihn nicht kleiner werden lassen. Die Wut und der Schmerz waren so nackt wie schon 1972. Ich hatte ihm nicht erzählt, dass ich das Buch jetzt las. Ich hatte nicht die Absicht gehabt, es zu lesen. Es war nicht das erste Mal, dass ich es versuchte, die letzten Male hatte ich es immer wieder zugeschlagen.

»Glaubst du, Anja hätte mich gemocht?«, fragte ich ihn an diesem Abend sehr ruhig, während wir den Tisch für das Abendessen deckten. Ich sah ihm aufmerksam in die Augen: sah die Überraschung, die aufsteigenden Tränen.

»Sie hätte dich *geliebt*«, sagte er. Er sah weg, dann mich wieder an. »Sie hätte dich geliebt.«

Jedes Mal, wenn ich meine Eltern nach dem Ursprung meines Namens fragte, erzählten sie eine andere Geschichte: Er funktioniere in beiden Sprachen; er sei eine Anspielung auf den Titel eines Buches von André Breton; ihnen sei damals eine italienische Reiseführerin begegnet, die sie nett gefunden hätten. Meine Lieblingserklärung lautete allerdings, dass es der Name meiner Großmutter Anja war, nur in veränderter Reihenfolge der Buchstaben.

Irgendwann einmal, in einer unerreichbaren Vergangenheit, hatte es einen Stammbaum von Spiegelmans gegeben, der so dicht belaubt gewesen war, dass ich in seinem Schatten regelrecht untergegangen wäre. Manchmal, wenn der Glaube an die Magie mich erfasste oder ich mich wie so oft fragte, warum ausgerechnet ich für ein so behütetes Leben auserkoren worden war, erklärte ich mir all das mit den unzähligen osteuropäischen Juden, deren Gesichter in meiner Nähe ausharrten, namenlos, ihre Münder und Augenbrauen, die den meinen glichen, ihr Haar war wie meines, und all das vergossene Blut verdichtete sich in meinem eigenen. Es gab so viele von ihnen und so wenige Nachkommen, über die sie wachen konnten. Diejenige, die ich am deutlichsten sah, war Anja, denn ich kannte ihr Gesicht von einem einzigen Foto. Obwohl mein Vater sie fast nie erwähnte, wusste ich, dass er sie geliebt hatte. Manchmal, in Momenten großer Not, bat ich sie um Hilfe. Ich wusste, dass sie mir von allen am nächsten war. Ich dachte oft an sie, an die Großmutter, die ich nie gehabt hatte.

Im Januar 2012 flogen meine Mutter und ich nach Frankreich. Nur wir beide. Meine Mutter hatte die Reise so organisiert, dass sie und ich zwei Tage in Paris verbringen konnten, bevor wir nach Angoulême weiterfuhren, wo wir meinen Vater treffen würden.

Früher hätte ich Tütchen mit Nüssen eingepackt, um die Streitereien mit meiner Mutter ums Essen zu umgehen. Außerdem hätte ich in mein Notizheft all die verletzenden Dinge notiert, die sie möglicherweise sagen würde, um den eigentlichen Schmerz vorwegzunehmen. Doch dieses Mal enthielt mein Notizheft nur Flugnummern und Abfahrtszeiten. Als wir in unserem Einzimmerapartment im Zentrum von Paris ankamen, das meine Mutter zehn Jahre zuvor erworben hatte, kochte ich uns etwas zum Abendessen, während sie ihren Computer anschloss und arbeitete.

Am nächsten Tag sprang sie energiegeladen aus dem Bett, das wir teilten. Es war eine nervöse Energie, und als ich sie am Telefon mit meiner Großmutter sprechen hörte, klang ihre Stimme jung. Gedämpft hörte ich, wie Josée sie vom anderen Ende der Leitung aus tadelte. Es war zwei Uhr nachmittags, eigentlich hätten wir um zwölf zum Lunch auf dem Hausboot sein sollen. Ich stand auf und probierte vier verschiedene Outfits an, wobei ich mit den Händen versuchte, meinen Bauch glattzustreichen. Ich zählte die Monate, die seit meiner letzten Begegnung mit meiner Großmutter vergangen waren. August bis Januar. Ich fragte mich, ob ich in dieser Zeit zugenommen hatte. Das hatte ich. Meine Mutter duschte und erinnerte mich dann zornig daran, dass wir spät dran seien. Wir rannten nach draußen und winkten ein Taxi heran. Der Lippenstift meiner Mutter war makellos aufgetragen.

»Na, du siehst aber hinreißend aus!«, sagte Josée zu meiner Mutter, als wir ankamen. »So dünn wie eh und je.« Dann sah sie wortlos an mir herunter.

Im Eingangsbereich zogen wir unsere Schuhe aus. »Barfuß wirst du dir eine Erkältung holen«, sagte Josée. »Da, sieh mal,

Françoise, die habe ich extra für dich gekauft.« Sie hielt ein Paar weiche, elegante Hausschuhe hoch. »Nadja, du kannst die hier anziehen«, sagte sie und gab mir ein paar labberige graue Schühchen mit Bommeln an den Fersen. Das Hausboot war schwer zu heizen, und es war kalt. Josée hatte einen heftigen Winter hinter sich, ständig hatte sie mit Hochwasser zu kämpfen gehabt. Ihre Bewegungen wirkten steif.

Sofort machten meine Mutter und ich uns in der Küche an die Arbeit. Sie reichte mir ein Baguette, und ich schnitt es. Sie stellte ein Körbchen hin, und ich fand eine Serviette, mit der ich es auskleiden konnte.

»Siehst du!«, sagte Josée lachend, während sie uns beobachtete. »Töchter sind eben *doch* für etwas gut.«

»Wann ist dir das zum ersten Mal aufgefallen?«, fragte meine Mutter freundlich, während Josée sich ein Glas Wein einschenkte.

»Als ich alt und krank geworden bin«, sagte Josée. »Als ich dreißig war, hat mir mal ein Freund gesagt, dass wir Kinder kriegen, damit sie sich eines Tages um uns kümmern. Damals habe ich gelacht. Kinder machen so viel Freude, wenn sie jung sind! Aber mit zunehmendem Alter wirst du sehen, dass es schön ist, jemanden zu haben, auf den man sich stützen kann. Eigentlich ist es egal, wer es ist, eine Sekretärin oder sogar ein Hausmädchen, aber es ist so viel angenehmer, wenn du denjenigen gut kennst.« In ihrer Stimme lag eine Spur Feindseligkeit, aber meine Mutter lachte entspannt, ein ungezwungenes Lächeln auf den Lippen.

Sechs Monate zuvor, im August, während eines Familienurlaubs in Paris, hatte meine Mutter einen Notruf von Josée erhalten. Sie sagte, sie sei soeben gestürzt und habe sich die Hüfte gebrochen. Normalerweise hätte sie eine der anderen Töchter angerufen, aber wo sie schon mal hier sei, könne sie doch vielleicht herkommen? Meine Mutter, mein Bruder und ich sprangen in ein Taxi. Auf dem Weg zum Hausboot grübelten wir laut. Warum hatte Josée statt des Notarztes meine Mutter angerufen? Wie würden wir sie vom Boot runterbekommen? Doch als wir ankamen, stand Josée abfahrbereit und mit gepackten Sachen ganz oben auf ihrer Treppe. Es gelang ihr, ins Taxi zu klettern. Im Wagen gab sie dem Fahrer die Adresse einer Klinik, die sie mochte. »*Madame*«, sagte die Ärztin zu meiner besorgten Mutter. »Falls Ihre Mutter tatsächlich eine gebrochene Hüfte hat, sollte sie in einem Krankenhaus sein und nicht hier.« Doch Josée weigerte sich standhaft, ins Krankenhaus zu gehen, und schlussendlich bekam sie ein Zimmer zugewiesen. Noch am selben Abend wurden Röntgenbilder gemacht. Flüsternd teilte die Ärztin meiner Mutter draußen auf dem Flur mit, dass mit Josées Hüfte alles in Ordnung sei, ja dass sie tatsächlich vollkommen gesund sei.

Doch meine Mutter wusste, dass etwas nicht stimmte, auch wenn ihrer Mutter gesundheitlich nichts fehlte. Josée bat sie nicht oft um Hilfe. Was genau wollte sie eigentlich sagen? Meine Mutter glaubte zu wissen, was es war: Josée war zu alt, um allein auf dem Hausboot zu leben, und zu stolz, das zuzugeben. Die Feuchtigkeit und Kälte des Winters waren ihr direkt ins Mark gefahren.

Meine Mutter sprach besorgt mit allen Familienmitgliedern. Sylvie und Andrée waren der Meinung, Josée sollte betreut wohnen. Meine Mutter fand diese Vorstellung abstoßend. Stattdessen, so überlegte sie, könne Josée das Hausboot verkaufen und sich eine gemütliche Wohnung kaufen. Josée wischte den Vorschlag beiseite.

»Auf keinen Fall kann sie das Hausboot verkaufen«, sagte ich. »Es ist ihr Lebenswerk. Es ist ihr *chef d'œuvre*.« Es war nicht klar, wer Josée ohne ihr Boot sein würde. Wenn ich meinen Freunden zu verdeutlichen versuchte, was für ein Mensch sie sei, erklärte ich, dass alles Show sei – der Whirlpool, der Tisch, der mithilfe einer Fernbedienung aus dem Fußboden hochgefahren werden konnte. »Ich lebe auf einem Boot« – mit dieser Wendung stellte sie sich Fremden vor.

Vielleicht könnte sie sich ja auch leisten, das Boot zu behalten und eine Wohnung zu mieten, schlug meine Mutter vor. Auch diesen Vorschlag verwarf Josée.

»Natürlich kann sie nicht zur Miete wohnen«, sagte mein Bruder. »Mieten ist etwas Vorübergehendes. Damit würde sie sich ja eingestehen, dass auch sie sterben wird.«

Schließlich entschied meine Mutter, dass sie eine Wohnung für Josée kaufen würde. Meine Mutter war stolz darauf, dass sie genug verdient hatte, um das zu tun, aber sie wusste, dass Josées Würde ein wunder Punkt war. Sie formulierte es vorsichtig. Sie sagte Josée, dass sie gern eine Wohnung für meinen Bruder und mich kaufen würde, dass Josée diese dann einrichten könne, während sie darin lebe. Darauf ließ Josée sich ein. Sie entschied sich für eine Wohnung, von der aus sie das Hausboot innerhalb von zehn Minuten mit dem Auto erreichen konnte. Sie nannte sie »Nadjas Wohnung« und beschwerte sich oft über all die Arbeit, die die Renovierung mit sich bringe. In den folgenden Jahren verbrachte sie weiterhin viel Zeit auf ihrem Hausboot, war stets in Bewegung. Oft aß sie dort zu Abend und übernachtete auch dort. In den Wintermonaten wusste sie jedoch die Zentralheizung in der Wohnung zu schätzen.

Nun war der Moment gekommen, in dem Josée meiner Mutter zum ersten Mal die Wohnung zeigen würde. Da die Renovierung noch nicht abgeschlossen war, bereitete sie uns zunächst ein Mittagessen auf dem Boot zu. Sobald wir uns zum Essen niedergelassen hatten, begann sie sich über Jean-Claude, den Mann von Sylvie, zu beschweren. Jean-Claude war ein sanftmütiger, zurückhaltender Mann, der eine ganze Reihe von Lebensmittelallergien hatte. Wenn er einen Raum betrat, bemerkte man ihn in der Regel kaum, und ich fand es schwer vorstellbar, dass irgendjemand eine ernsthafte Abneigung gegen ihn haben könnte. Doch Josées Wohlwollen hatte etwas Zyklisches – liebte sie gerade eine der Pariser Töchter, musste sie mit der anderen streiten. An diesem Tag stand Andrée in ihrer Gunst und Sylvie nicht, und so befand sich auch Jean-Claude in ihrer Schusslinie.

»Aber wisst ihr, bei einer Gelegenheit hat mich Jean-Claude wirklich beeindruckt«, sagte meine Mutter, und ich wusste sofort, welche Geschichte sie gleich erzählen würde. Sie hatte sie schon oft erzählt.

Eines Nachmittags war mein Cousin in die Seine gefallen. Er war damals noch klein, und Jean-Claude sprang sofort hinterher, um ihn zu retten.

»Er hat nicht einmal seine Jacke ausgezogen!«, sagte meine Mutter, wie sie es immer tat, wenn sie die Geschichte erzählte. »Es war eine richtige Heldentat. Er hat mich sehr beeindruckt!«

»Mais non!«, sagte Josée verächtlich. »Der Junge hielt sich an einer Schwimmboje fest. Jean-Claude ist da einfach draufgesprungen, sodass sich das Kind die Lippe aufgeschlagen hat. Ein schöner Held!«

Es war das erste Mal, dass ich diese Version der Geschichte hörte. Ich sah die zwei Frauen an. Beide waren unbeirrbar. Ich selbst war damals dabei gewesen, zehn oder elf Jahre alt. Ich hatte an Deck des Bootes gestanden. Angestrengt versuchte ich mich zu erinnern. Ich versuchte die Lippe meines Cousins heraufzubeschwören, das Blut, das ins trübe Wasser troff, aber ich erinnerte mich an diesen Moment wie an einen Film. Ich stand außerhalb, sozusagen hinter der Kamera. Ich konnte sogar mich selbst da an Deck stehen sehen. So lebte ich in den Erinnerungen meiner Mutter und hatte darüber die eigenen verloren.

Es folgte ein Augenblick angespannter Stille. Meine Mutter zuckte die Achseln und wechselte das Thema. Ich wusste, dass sie die Geschichte weiterhin so erzählen würde, wie sie es immer getan hatte.

»Nadja, ich freue mich, dass du hier bist«, sagte meine Großmutter und wandte sich ganz entschieden mir zu. »Ich wollte nämlich mit dir reden.«

Mein Körper verkrampfte sich. Mit erstaunlicher Gewissheit wusste ich plötzlich, was jetzt kommen würde. Ich war einfach zu beschäftigt damit gewesen, meinen Bauch einzuziehen, um es vorherzusehen. Jetzt wurde mir klar, dass Josée alles bereits im Voraus geplant hatte.

»Als ich gelesen habe, was du in diesem Buch gesagt hast, hat mich das sofort ganz *krank* gemacht! Fürchterlich krank. Und das tut es immer noch. Es macht mich krank, krank, krank.«

Ich sagte nichts und sah sie ruhig an. Ich spürte, wie ich meinen Körper verließ. Das geschah häufig, wenn ich mich mit der Wut anderer Menschen konfrontiert sah.

Mein Vater war in Frankreich, um für die französische Ausgabe von *MetaMaus* zu werben. *MetaMaus* beschäftigte sich mit der Entstehungsgeschichte von *Maus*. Auch ich war dafür interviewt worden. Auf die Frage, welche Beziehung ich selbst zum Holocaust habe, hatte ich geantwortet: »Es gibt da ja noch die französische Seite meiner Familie und das, was sie während des Krieges getan haben. Meine Urgroßmutter hat sich mit einem Italiener eingelassen, der Geschäfte mit den Nazis machte, und als er starb, beschuldigte man auch sie. Man warf ihr vor, eine Nazi-Sympathisantin zu sein, was sie ins Gefängnis brachte. Das war natürlich eine sehr indirekte Form der Beteiligung, aber wenn ich an meine Herkunft denke, ist da noch immer dieser Konflikt. Es gibt sowohl Opfer als auch Täter.«

Bereits im Dezember hatte Josée die französische Ausgabe erhalten. Sie hatte die Erwähnung ihrer Mutter sofort bemerkt und war außer sich gewesen. Meine Mutter hatte Josées Unmut nur nebenbei erwähnt, aber ich wusste, dass meine Aussage zu Spannungen zwischen den beiden geführt hatte. Jetzt hatte Josée die Möglichkeit, mich persönlich zur Rede zu stellen.

»Obendrein ist es noch nicht einmal wahr«, sagte sie jetzt.

»Wieso sollte es nicht wahr sein?«, fragte ich. Meine Mutter hatte mir Minas Geschichte erzählt, als ich acht Jahre alt gewesen war. Sie hatte sie direkt von Mina erzählt bekommen. Ich selbst hatte die Geschichte dann für ein Schulprojekt in der vierten Klasse aufgeschrieben. Der Titel, den ich mit Filzstift auf das Deckblatt der mit Faden gebundenen Mappe geschrieben hatte, lautete: *Meine Urgroßmutter, meine Heldin.* Später erzählte mir meine Mutter, wie sie geschluckt habe, als sie meine Arbeit neben denen der anderen Kinder in unserem Klassenzimmer gesehen habe. Sie habe sich gefragt, ob sie mir das eine oder andere vielleicht etwas zu früh erzählt habe. Aber es war eine Geschichte, die ich schon immer gekannt hatte, eine Geschichte, auf die ich stolz war.

In der französischen Ausgabe ist aus meinem Zitat Folgendes geworden: *»Lorsqu'il est mort, elle a été tenue pour responsable de ce qu'il avait fait et jetée en prison comme sympathisante nazie.«* Rückübersetzt heißt es dann: »Nachdem er gestorben war, wurde sie für das verantwortlich gemacht, was er getan hatte, und ins Gefängnis gesteckt.« Das Wort »gesteckt«, das ich auf Englisch gar nicht benutzt hatte, störte Josée am meisten.

»Sie wurde nicht ins Gefängnis *gesteckt*!«, sagte sie entschieden. »Sie wurde ins Gefängnis *gebracht*! Eigentlich müsste man sogar sagen, dass es nicht einmal das war – sie wurde gefangen genommen. Wie konntest du nur solche Lügen veröffentlichen?«

Worum geht es hier?, fragte ich mich nüchtern. Fiel es Josée leichter, wütend zu sein, statt sich bei meiner Mutter für die Wohnung zu bedanken, die sie ihr gekauft hatte? War sie eifersüchtig auf die Aufmerksamkeit, die meine schon lange verstorbenen Großeltern väterlicherseits erhalten hatten? Oder war ihre Reaktion einfach ein Ausdruck der in Frankreich vorherrschenden Einstellung, wenn es um den Zweiten Weltkrieg ging? Denn alles, was nichts mit dem Widerstand zu tun hatte, war dort immer noch ein Tabu. Wut stieg in mir auf. Ich verteidigte mich. Ich erklärte, dass ich mich für Minas Geschichte nicht schämte. Ich erklärte Josée, dass ich stolz war, stolz auf meine Urgroßmutter, die fernab der gesellschaftlichen Regeln, die für Frauen galten, gelebt hatte.

»Was sollen meine Freunde denken, wenn sie das lesen?«, fragte Josée. »Ich kann mich nicht mehr mit meinen Freunden treffen. Es ist mir peinlich, das Haus zu verlassen.«

»Aber Nadja«, unterbrach meine Mutter in einem schlichtenden Tonfall, der mir unter die Haut ging. »Hör doch mal zu, was Josée dir erzählt.«

»Ich höre ja zu«, sagte ich gereizt. »Und ich versuche, darauf einzugehen.«

»Sie möchte dir doch bloß mehr über Mina erzählen.«

»Nein, will ich nicht«, sagte Josée. »Nicht, wenn sie anschließend alles verdreht, bis nichts übrig bleibt außer Lügen.«

»Aber im Grunde können wir uns doch darauf einigen, dass wir alle Mina geliebt haben«, sagte meine Mutter.

Josée schnaubte verärgert. »Wenn *das* ihre Art ist, Liebe zu zeigen …«

»Es tut mir leid, dass ich dich verletzt habe«, sagte ich steif. »Das ist nie meine Absicht gewesen.«

Josées blaue Augen wurden stechend und kalt wie Eiszapfen. »Es ist ein Segen, dass Mina das nicht mehr miterleben muss«, sagte sie. »Tu dir keinen Zwang an, vergiss deine Verwandtschaft mütterlicherseits gleich ganz. Du hast nie eine Urgroßmutter gehabt! Lösch sie aus deinem Gedächtnis. Wenn das deine Art ist, dich zu erinnern, ist es vielleicht das Beste, wenn du dich gar nicht mehr an sie erinnerst.«

Ich seufzte und saß einen Moment lang schweigend da. Dann stand ich auf.

»Ich gehe«, erklärte ich. »Es tut mir leid, dass ich dir wehgetan habe. Ich weiß nicht, was ich sonst noch sagen soll.« Mein Vater beendete (und gewann nicht selten) Streitereien, indem er einfach ging. Mir erschien diese Strategie erwachsen und wirksam. Ich ging mir die Schuhe anziehen.

Auf der Holztreppe, die aus dem Bauch des Bootes hinauf zur Zugbrücke führte, hielt meine Mutter mich auf.

»Geh nicht«, sagte sie. Sie sprach leise, obwohl sie die Zwischentür hinter sich geschlossen hatte.

»Warum nicht?«, fragte ich. »Es ist schon in Ordnung. Ich will mir das einfach nicht anhören.«

»Es ist nur … bitte geh nicht«, sagte sie. Ich stand ganz ruhig da und wartete. Sie seufzte, dann sagte sie: »Bitte zwing mich nicht, mich zwischen meiner Mutter und meiner Tochter zu entscheiden.«

»Oh«, sagte ich, während ich mich umwandte. »Du musst dich nicht entscheiden. Bleib. Ich weiß, wie ich nach Hause komme.«

»Aber warum gehst du?«, fragte meine Mutter. »Was genau macht dich denn so wütend?«

Die Frage erwischte mich kalt. Ich setzte mich auf die Treppe, als ob mich jemand geschubst hätte.

»Ich möchte einfach eine Großmutter, die mich wahrnimmt.« Der Satz platzte einfach heraus, und das Schluchzen, das auf meine Kehle drückte, mir fast entwischte, überraschte mich.

»Du wirst nicht diejenige sein, die sie verändern wird«, sagte meine Mutter.

»Ich will sie nicht verändern«, antwortete ich, während ich meinen Kopf schüttelte, um wieder klar denken zu können. Erneut stand ich auf und wandte mich zum Gehen. »Ich will bloß nicht mit ihr zu Mittag essen.«

Josée kam zur Treppe. Ihr Gesicht wirkte sanftmütig, sie sah mir in die Augen.

»Weißt du, ich liebe dich«, sagte sie. Mein Atem setzte aus. Das hätte ich niemals für möglich gehalten.

»Aber du hast mich zutiefst verletzt, ach, wenn du nur wüsstest, wie sehr du mich verletzt hast!« Sie brach in Tränen aus. Ich hatte sie noch nie weinen sehen, aber es fühlte sich seltsam vertraut an, als hätte ich immer gewusst, wie es sein würde. Ich ging wieder hinein.

Josée trocknete ihre Tränen.

»Du hast den Ruf meiner verstorbenen Mutter beschmutzt«, sagte sie mir. »Ich fühle mich so bloßgestellt.« Unbehaglich rutschte ich auf meinem Stuhl hin und her. Meine Mutter stand auf, um zur Toilette zu gehen. Mit weit aufgerissenen, ängstlichen Augen sah ich zu, wie sie ging. Ich wollte sie bitten, zu bleiben, aber ich wusste, wie schwach das wirken würde. Josée räumte in der Küche herum, sie machte den Abwasch und stellte Dinge zurück an ihren Platz, während sie fortfuhr, mir zu erklären, wie unrecht ich gehabt hätte.

Ich kramte in meiner Tasche und zog mein rotes Notizheft hervor. Ich schrieb alles auf, was Josée sagte. Ich schrieb, wie immer, auf Englisch, was bedeutete, dass ich ihre Worte in meinem Kopf übersetzte, sobald sie sie ausgesprochen hatte. So war, wie üblich, keines der Zitate wirklich akkurat.

Ich schrieb: *Ich weiß, dass es praktisch für dich ist, wenn alles in deinem Leben im Gleichgewicht ist. Aber – tut mir leid, dir das sagen zu müssen, Mädchen – in dieser Familie gab es keine Nazis.*

Ich schrieb: *Sie machten keine Geschäfte mit den Nazis. Sie haben bloß hin und wieder Waren mit ihnen getauscht.*

Josée sah, dass ich schrieb, und wurde ruhiger. Sie begann zu diktieren, sie sprach langsam und sah über meine Schulter hinweg auf das Papier. Sie setzte sich mir gegenüber.

»Das waren die glücklichsten Jahre meines Lebens«, sagte sie leise. Ich sah zu ihr auf. Für einen kurzen Augenblick durfte ich durch ihre Augen bis in ihr Inneres sehen. Plötzlich hatte ich das Gefühl, endlich die Wahrheit gefunden zu haben. Dennoch stand es im Widerspruch zu allem, was ich über ihre Vergangenheit zu wissen geglaubt hatte.

»Beppo, der Italiener … er war der einzige Vater, den ich je wirklich gehabt habe«, sagte sie. Doch als sie fortfahren wollte, betrat meine Mutter das Zimmer.

»Na dann! Lasst uns mal Nadjas Wohnung ansehen!«, sagte meine Mutter fröhlich. Sie klatschte in die Hände und nahm ihre Jacke.

Josée und ich wechselten einen Blick. Der verlorene Moment glomm noch immer zwischen uns. Wir packten unsere Sachen und folgten meiner Mutter nach draußen. Ich legte eine Hand auf Josées Schulter.

»Ich würde«, sagte ich leise und nur an sie gewandt. »Ich würde *sehr gern* die ganze Geschichte hören.« Mit einem Ruck entfernte sie sich von mir, schüttelte die Berührung ab. Doch ihre Wut wirkte mit einem Mal irgendwie halbherzig. Plötzlich hatten wir Zugang zueinander gefunden.

»Ich denke, Nadja wird sich wohlfühlen in der neuen Wohnung«, sagte Josée, als wir im Auto saßen.

»Ja«, sagte ich. »Danke.«

»Sie ist sehr günstig gelegen«, sagte sie.

»Gibt es eine Métro-Station in der Nähe?«, fragte ich.

»Nein«, sagte sie. »Aber die Métro benutze ich eh nicht mehr.«

Meine Mutter war verblüfft gewesen, als Josée ihr das Angebot geschickt hatte.

Die Wohnung, die Josée ausgewählt hatte, war in jeder Hinsicht das Gegenteil des Hausbootes. Das Hausboot bot offenes Wasser und einen weiten Horizont. Regeln wurden dort bloß aufgestellt, um anschließend missachtet zu werden. Dazu kam Josées einzigartiger Geschmack. So gering die Entfernung zwischen Wohnung und Boot auch sein mochte, die Wohnung lag dennoch im Herzen von Neuilly, dem biederen Vorort der Oberschicht. Kastenartige Balkone aus Beton klebten an der Fassade des Gebäudes. Schwere Glastüren in der Lobby verschlugen jedem Besucher die Sprache. Es gab einen kleinen sauberen Aufzug, einen Concierge und schlichte braune Fußmatten vor jeder Tür. Die Atmosphäre war wie gemacht für alte Damen mit akkurat frisierten grauen Haaren und kleinen weißen Hunden – die Sorte alter Damen, die Schülerporträts von ihren Enkelkindern im Portemonnaie trugen. Josée passte nicht wirklich an diesen Ort.

Josée war stolz auf die Räume. Sie zeigte uns die elektrischen Jalousien aus Metall, die man herunterlassen konnte wie jene vor den Schaufenstern von Geschäften. Es waren dieselben, die Paul vor Jahren in seiner Junggesellenbude hatte installieren lassen. Sie führte uns die modernen Lichtschalter vor, die sie angebracht hatte – berührungsempfindliche Displays, konzentrische Kreise, die sich als unbedienbar erwiesen. Sie zeigte uns auch die Dusche mit den luxuriösen Kacheln und den Schiebetüren aus Spiegelglas.

»Die Dusche hat auch an der Innenseite Spiegel«, sagte sie gehässig.

Ich trat auf den Balkon. In der Entfernung zeigte sich, wie fast überall hoch oben in Paris, der spielzeuggroße Eiffelturm am Horizont. Irgendwo in der Nähe musste es einen Spielplatz geben, man konnte ihn zwar nicht sehen, aber hören. Wie seltsam, dass Kinder beim Spielen überall auf der Welt die gleichen Geräusche machten, weder Sprache noch Kultur schienen darauf einen Einfluss zu haben.

Josée trat zu mir auf den Balkon. »Als Kind habe ich die Schule nebenan besucht«, erklärte sie.

»Bis zu welchem Alter?«, fragte ich.

»Ach, ich weiß es nicht«, sagte sie. »Bis ich sechs war, vielleicht? Und dann kam natürlich erst mal der Krieg.«

Ich nickte, und mir wurde klar, wie wenig ich von ihrem Leben wusste. »Hast du gute Erinnerungen daran?«

»Aber ja, ausschließlich«, sagte sie. »Ich behalte nur die guten Erinnerungen, egal, worum es geht.«

Sie ging wieder nach drinnen, aber ich blieb noch einen Moment draußen. Der schrille Schrei eines kleinen Mädchens fuhr durch die Stille.

Auf dem Rückflug nach New York zitierte meine Mutter einen negativen Kommentar, den Josée über eine ihrer Schwestern gemacht hatte. »Die Arme«, sagte meine Mutter, aber das heimliche Vergnügen hinter ihren Worten war deutlich herauszuhören.

»Na ja, aber zu dir war Josée auch etwas unhöflich«, sagte ich.

»Was willst du damit sagen?« In ihrer Stimme lag ein Hauch Kampfbereitschaft, auf ihrem Gesicht der Anflug eines provokanten Lächelns.

»Als sie sagte, dass Töchter am Ende eben doch für etwas gut seien, obwohl es im Grunde eine Sekretärin oder Haushälterin tue. Glaubst du nicht, dass sie das gesagt hat, um dich zu verletzten – nach all dem, was du für sie getan hast?«

»Ach, Nadja!«, sagte meine Mutter. »Du steckst noch immer in der Phase fest, wo alles schwarz oder weiß sein muss. Die Welt ist wesentlich komplizierter.«

Ich begann, mich zu wehren. »Mir geht es nicht darum, dass es mir wichtig ist, ob Josée objektiv betrachtet gut oder böse ist. Mir geht es eher darum, ob ich sie lieben kann, oder auch darum, ob ich das überhaupt muss. Mir gegenüber war sie schon immer kühl und dir gegenüber oft grausam.«

»Na ja, aber was ist mit Josées Mutter?«, fragte meine Mutter. »Mina war grausam gegenüber Josée, weißt du? Kannst du ihr verzeihen?«

Ich schnaufte durch meine halbgeöffneten Lippen – *pfff*, der französische Ausdruck für »keine Ahnung, mir doch egal«. Wir hatten nur wenige Tage in Frankreich verbracht, aber ich hatte mir die französischen Eigenheiten schnell angeeignet.

»Über Mina habe ich noch gar nicht nachgedacht«, sagte ich.

»Josée hatte ein hartes Leben«, sagte meine Mutter.

»Das hatten viele«, antwortete ich. »Das ist nicht die ultimative Ausrede für alles. Auch du hattest ein hartes Leben.« Die Zeitung knisterte in den Händen meiner Mutter, sie wand sich ein wenig auf ihrem Platz. »Ich glaube, dass ich gelernt habe, bestimmte Dinge zu verzeihen, nachdem ich mehr über dein Leben erfahren habe«, fuhr ich fort. »Ich verstehe, wie problematisch deine Beziehung zu deiner eigenen Mutter war und wie das unsere Beziehung beeinflusst hat. Ich verstehe, dass es sich vielleicht nicht immer so angefühlt hat, dass du aber immer dein Bestes getan hast. Aber du? Wie ist es dir gelungen, Josée zu vergeben?«

»Es geht nicht um Vergebung«, sagte meine Mutter. »Irgendwann habe ich einfach aufgehört, mich nach ihrer Liebe zu sehnen. Und auch von dir brauche ich keine Vergebung.«

»Okay«, sagte ich. »Aber je älter ich werde, desto mehr vergebe ich dir.«

»Wofür?«, fragte meine Mutter eindeutig angespannt.

Ich sprach darüber, wie sie meinen Bruder mir vorgezogen hatte. Gleichzeitig erklärte ich, dass es auch sein Gutes gehabt habe. »Ich glaube, am Ende hat mich das stärker gemacht.« Ich war stolz darauf, mich so klar geäußert zu haben. Kühl, rational und erwachsen.

»Ich hoffe, du siehst das nicht als Rechtfertigung«, sagte meine Mutter. »Du kannst die Dinge nicht als Medaille mit zwei Seiten betrachten – also, das hat wehgetan, aber am Ende hat es auch sein Gutes gehabt.« Es war keine Entschuldigung, aber sie leugnete auch nichts. So weit waren wir noch nie zuvor gekommen. Ich hätte es gut sein lassen sollen, aber ich ging weiter.

»Du warst streng mit mir. Mich hat das stark gemacht«, sagte ich. »Am Ende, glaube ich, ist es eben doch eine Medaille mit zwei Seiten. Ich mag mich, so wie ich bin, mehr oder weniger jedenfalls. Ich fühle mich stark, fähig und selbstbewusst. So oder so, das kommt durch dich. Als Kind war ich eifersüchtig auf meinen Bruder, weil der so viel Aufmerksamkeit von dir bekam – aber ehrlich gesagt, glaube ich nicht, dass du ihm einen Gefallen getan hast.«

Meine Mutter nahm den Arm von der Armlehne, die wir uns geteilt hatten.

»Hab ich dir je erzählt, wann ich mich entschied, ein zweites Kind zu bekommen?«, fragte sie. Ihr Blick war scharf. Ich sah das harte, metallische Glitzern in ihren Augen und wusste, dass ich nicht würde hören wollen, was sie als Nächstes zu sagen hatte. Trotzdem entgegnete ich entspannt, dass sie es mir noch nie erzählt habe. Es war so lange her, dass wir uns zuletzt gestritten hatten.

»Du warst dreieinhalb Jahre alt, und du warst in der Badewanne. Ich liebte diesen Moment, denn es war der einzige, den ich nur für mich hatte. Und auch du mochtest es, zu baden, Wasser hast du schon immer geliebt. Ich ließ dich eine Weile lang spielen, während ich eine Zigarette rauchte, ein Buch las oder was weiß ich tat. Aber an diesem Tag war es anders. Als ich aufstand, um das Bad zu verlassen, sagtest du: ›*Maman*, bleib hier bei mir!‹ Ich fühlte mich wie eine Gefangene. Ich blieb eine weitere Minute lang bei dir, dann versuchte ich es noch einmal. Und du sagtest: ›Nein, *Maman*! Du musst noch bleiben!‹ Du warst kurz davor, in Tränen auszubrechen, also setzte ich mich wieder hin. Aber die Wucht meiner Gefühle – von dir zur Gefangenen gemacht worden zu sein, der Hass, den ich dir gegenüber empfand –, all das machte mir Angst. Also ging ich. Ich schlug die Tür hinter mir zu und ließ dich heulen. Und das war der Moment, in dem ich entschied, ein zweites Kind zu bekommen. Ich wollte das, was uns so aneinanderkettete, zerbrechen.«

»Oh«, sagte ich. Meine Kehle brannte vor Scham. Sie nahm die Zeitung wieder auf und begann zu lesen. Ich wandte mich zum Fenster. Tränen brannten in meinen Augen. Ich schniefte laut, aber sie drehte sich nicht um. Den Rest des Fluges sprachen wir kaum miteinander.

Die Reise hing mir noch lange nach. Zurück in New York, hatte ich das Gefühl, etwas mitgebracht zu haben. Etwas Neues. Wochenlang harrte es da aus, dann trat es ans Licht wie Meerglas, das durch den Sand an die Oberfläche dringt. Dieser Gedanke war neu, und doch war mir irgendwie immer schon klar gewesen, dass es dazu kommen würde: Ich musste Josées Geschichte kennen.

Ich wusste so viel über das Leben meiner Mutter, dass ich das Gefühl hatte, mich in den Jahren vor meiner Geburt regelrecht einrichten zu können, ganz so, als hätte ich sie selbst erlebt – und zwar jeden Gefühlsstrang in jenem von fünf Fingern gehaltenen Fadenspiel, das die Familie Mouly miteinander verband. Und doch blieb da im tiefsten Inneren meiner Mutter ein Geheimnis. Vielleicht konnte ich die Jugend meiner Mutter nur deshalb nachvollziehen, weil auch ich diese Zeit bereits durchlebt hatte. Meine Mutter und ich waren einander noch nie näher gewesen. Und doch beunruhigte mich der Gedanke, dass ich womöglich aus einem ganz bestimmten Grund nicht nachvollziehen konnte, wie sie ihrer Mutter hatte vergeben können – und zwar, weil ich meiner eigenen Mutter nie wirklich vergeben hatte. Vielleicht hatte ich aber auch einfach noch nicht verstanden, wie das funktionierte – ihre Liebe nicht zu brauchen. Was es auch war, ich wollte wissen, was meine Mutter getan hatte. Und auch ich wollte Josée vergeben können, um meiner Mutter und auch um meiner selbst willen.

Doch zunächst einmal musste ich Josée dazu bringen, mir zu vergeben. Den Weg, der zu dieser Vergebung führen würde, kannte ich bereits. Josée stellte explizite Forderungen: Sie verlangte, dass ich die Sätze über ihre Mutter aus zukünftigen französischen Auflagen des Buches entfernen ließ. Also schickte ich eine neue Version des Textes an meinen Vater. Darin erwähnte ich meine Urgroßmutter mit keinem Wort. Stattdessen sagte ich einfach, dass meine französische Herkunft mit meiner jüdischen schwer in Einklang zu bringen sei, da nur drei Prozent aller Franzosen sich am Widerstand beteiligt hätten, während alle anderen entweder aktiv oder passiv mit den deutschen Besatzern kollaboriert hätten.

Ich bin nicht einverstanden damit/lehne es ab/schäme mich dafür, wie du die Geschichte beschönigst, schrieb mein Vater mir zurück.

Ich rief ihn an und versuchte es zu erklären. »Sie hat es zwar nicht ausdrücklich so gesagt, aber Josée hätte kaum klarer durchscheinen lassen können, dass sie mir nur dann von Minas Leben erzählen wird, wenn ich die Zeile über Mina aus meinem Text streiche«, sagte ich ihm. »Mir ist es das wert.«

»Ich werde es tun«, sagte mein Vater. »Ich habe dir gesagt, dass du es mit deinen eigenen Worten ausdrücken darfst, und wenn du das willst, werde ich es machen. Enttäuscht bin ich trotzdem.«

»Ich dachte, du könntest das nachvollziehen«, sagte ich.

»Was glaubst du, wo ich wäre, wenn ich in meinem Buch all die Stellen weggelassen hätte, mit denen sich die Menschen unwohl fühlen?«, fragte er.

Es kam selten vor, dass wir nicht einer Meinung waren. Seine Worte schmerzten.

»Es ist bloß eine kleine Auslassung«, sagte ich, mehr um mich selbst als ihn zu überzeugen. Er änderte fast nie seine Meinung. »Ich tue es, um an eine tiefere Wahrheit zu gelangen.«

»Es ist feige«, sagte er. Dennoch leitete er meinen Text weiter, und die zukünftigen Ausgaben der französischen Übersetzung wurden geändert. Einige Wochen lang verhielt er sich mir gegenüber kühl, dann taute er wieder auf. Unsere seltenen Streits waren nicht so qualvoll wie die mit meiner Mutter. Ich fürchtete nie, dass er mich nicht mehr lieben könnte. Fast nie teilte er mir ungefragt seine Meinung mit, und ich wusste sie weit mehr zu schätzen als die anderer Menschen. Ich konnte ebenso wenig ertragen, dass er sich möglicherweise irrte, wie die Möglichkeit in Betracht zu ziehen, dass ich diejenige war, die sich irrte.

»Es ist nicht fair«, jammerte ich gegenüber meiner Mutter. »Papa musste Josées Wut nicht erleben. Er versteht das nicht.«

»Oh, das musste er sehr wohl!«, sagte meine Mutter. Sie erzählte mir, dass Josée im vorangegangenen Dezember versucht hätte, sich mit ihm über genau diese Zeilen auseinanderzusetzen. Er hatte ihre Einwände beiseitegewischt und ihr einen Crêpe gebracht. Sie hatte den Crêpe zu Boden geworfen. Mein Vater hatte auch das ignoriert und später darüber gelacht.

»Dann kam das Thema noch einmal auf, als Josée und ich allein im Auto saßen«, fuhr meine Mutter fort. »Ich öffnete den Mund, um zu sagen, dass es etwas Gutes sei. Dass die Scham mit dieser Generation überwunden sei. Meine Kinder seien stolz auf Mina. Ich hatte immer geahnt, dass sie mir gegenüber Hass empfand, und als sie sich zu mir wandte und sagte ›*Tais toi!*‹, sprach dieser Hass in seiner ganzen Bosheit aus ihr.«

Ich wich zurück, ich war verunsichert. Denn auch wenn das letzte Mal bereits Jahre zurücklag – wie oft hatte meine Mutter mir gegenüber dieselben Worte im selben Tonfall gesagt?

»Es tut mir leid«, sagte ich leise, die Entschuldigung kam regelrecht automatisch.

»Aber nein, es war wundervoll!«, sagte meine Mutter. »Eine solche Erleichterung.« Ihre Augen glänzten, sie lächelte, doch ihr Blick war stark und direkt. Sie forderte mich auf, zu verstehen, sie versuchte, mir ihre Gefühle telepathisch zu übermitteln.

»Eine Erleichterung?«, fragte ich.

»Es bedeutete, dass ich mir diese Seite meiner Mutter nicht eingebildet hatte«, sagte meine Mutter. »Es bedeutete, dass es diese Seite an ihr immer noch gab. So konnte ich einen Moment lang wieder ihr Kind sein, ihr schreckliches, ungewolltes Kind!« Sie öffnete ihre Arme, ohne mich zu berühren, als wollte sie mich dazu auffordern, in ihre Arme zu springen oder einen Walzer mit ihr zu tanzen.

»Ich verstehe«, sagte ich, obwohl ich lediglich begriff, dass ich auch diese Sache noch nicht verstand.

Ich traf alle Vorbereitungen, um für ein Jahr nach Frankreich zu ziehen. Ich suchte mir einen Job in einer Galerie und eine Untermieterin für mein Zimmer in Brooklyn.

Im selben August saß ich allein auf der Treppe des Brooklyn Museum und sah der Fontäne zu. Sie tanzte, ohne dass es dazu eine Musik gegeben hätte. Die Gruppen Jugendlicher wechselten ständig die Plätze, wie Muscheln im Strom der Gezeiten. Chassidische Frauen mit Sneakers unter langen Röcken eilten vorüber, eine junge Mutter, vollbepackt mit Tüten vom Wochenmarkt, sah zu, wie ihre kleine Tochter gefährlich nah am Wasser entlangtapste. Ich hatte geglaubt, dass Brooklyn mir bereits ausreichen würde, denn die geografische Struktur dieser Stadt war meinen Eltern fremd.

Mein Flug kam allmählich näher, nur noch ein paar Wochen, dann würde ich den Schritt über die Klippe wagen. Ich war schon oft in Paris gewesen, doch meine Beziehung zu dieser Stadt war die eines kleinen Mädchens. Ich war meinen Eltern vom Museum zum nächsten Buchladen, von da zu einem Café oder einem Restaurant gefolgt, meine Kenntnis der Stadt beschränkte sich auf eine mentale Landkarte persönlicher Wahrzeichen. Ich hatte dort keine Freunde. Paris war eine Stadt, in der meine Unabhängigkeit sich so rasch verflüchtigte, dass ich es selbst kaum bemerkte. Ich verband keine guten Erinnerungen mit ihr. Wenn die Amerikaner von der Seine schwärmten, von den *macarons*, den Frauen oder dem Wein, dann wollte ich ihnen sagen, dass das nicht Paris war. Für mich war Paris mit langen, angespannten Abendessen mit den Großeltern verbunden, mit Ladenbetreibern, die einem auf die Finger schlugen, weil man ihre Schlüsselanhänger angefasst hatte, oder mit einer Concierge, die einen dafür schalt, dass man an einem Samstagnachmittag im Wohnzimmer zu laut gelacht hatte. Ich wusste, dass man sich über all die Dinge nicht wirklich beklagen durfte – wer würde mich dann noch ernst nehmen? –, und trotzdem hatte ich Angst.

Meine Eltern fuhren mich zum Flughafen nach Newark. Die pulsierende, stroboskopartige Beleuchtung des Holland Tunnel steigerte meine Unruhe zusätzlich. Wir nahmen tränenreich Abschied. Meine Mutter scherzte, dass sie den Abflug verhindern würde. Drei Mal drehte ich mich um, um zu winken, während ich mich Richtung Sicherheitscheck bewegte. Doch als ich das Gate erreichte, war der Wartebereich leer. Der Mann hinter dem Tresen sagte mir, dass mein Flug gestrichen worden sei. Der nächste Flug gehe morgen. »Warum?«, fragte ich. Der Himmel war wolkenlos. Alle Monitore in Sichtweite zeigten *pünktlich* und *Boarding*. Der Mann zuckte die Achseln.

Ich rief meinen Vater an. Meine Mutter, die bereits auf dem New Jersey Turnpike war, nahm die nächste Ausfahrt und bretterte zurück zum Flughafen.

Eine letzte Nacht in meinem Kinderzimmer, mein Koffer noch gepackt. Ich fühlte mich ausgelaugt, leer – all meine Gefühle hatten sich, anstelle des Flugzeuges, in die Luft verflüchtigt. Mein Vater witzelte, dass meine Mutter mit ihren Kräften dafür gesorgt habe, dass mein Flug gestrichen worden sei. Ich schloss mich ihm an, aber ich wusste, dass es tatsächlich stimmte.

Ein letztes Mal stand ich an der Ecke Canal Street und Broadway, wo die schicken Läden von SoHo langsam von Chinatowns gefälschten Designerhandtaschen abgelöst wurden. New York war meine Stadt. Ich beherrschte ihre Regeln, und ich wusste, wie man sie brach. Ich wusste, wie man sich zwischen den Touristen hindurchfädelte, wann man mit Fremden sprechen durfte, wann man bei Rot über die Straße gehen konnte. Die Kreuzung war belebt, ein einziges Menschengedrängel, aber sie war mir mehr als vertraut. Ich kannte sie morgens um vier, wenn sie wie ausgestorben dalag, wenn die Taxis über rote Ampeln fuhren und Ratten im Abfall wühlten. Ich hatte sie von einem halben Meter Schnee bedeckt und nach einem plötzlichen sommerlichen Wolkenbruch gesehen. Es gab kaum einen Moment, in dem ich mich mehr als New Yorkerin betrachtete, als den, wenn ich an dieser Ampel wartete, während mich links und rechts die Touristen anrempelten, die den Gehweg bevölkerten. Die Fußgängerampel schaltete um einiges später als die Verkehrsampel, und ich wandte mich stets so, dass ich sehen konnte, wann Letztere rot wurde. So war ich immer die Erste, die auf die idyllisch leere Straße trat, ganze dreißig Sekunden bevor die Fußgängerampel *Walk* anzeigte.

Heute hingegen sah ich auf meine Füße. Ich spürte die Geräusche der Straße in den Hintergrund treten. Auf dem Fußweg hatte jemand in einfacher Handschrift, die jemand anderem oder auch mir gehören mochte, *nadja* in den Asphalt geritzt. Sosehr ich auch in mich ging, ich konnte mich nicht daran erinnern, das geschrieben zu haben. Es schien mir eher eine geheime Botschaft zu sein, die aus dem Inneren der Stadt selbst emporstieg. Ich stellte mich so hin, dass mein Name direkt unter mir lag. Zwei volle Ampelphasen lang sah ich darauf hinunter, während die Massen um mich herum aufbrandeten, schnauften, sich beschwerten und mir ihre Ellenbogen in die Seiten stießen. Ich rührte mich nicht. Ich wollte nicht, dass ihre Füße meinen Namen auslöschten. Und dann, irgendwann, wenn auch zögerlich, bewegte ich mich.

An diesem Abend nahm ich ein Taxi zum Flughafen. Ich rief meine Mutter an. »Wirst du mein Flugzeug dieses Mal abheben lassen?«, sagte ich.

»Oui, mon chaton«, sagte sie voller Wehmut. Dieser Tage schie-

nen sie die Kräfte, die ich ihr noch immer zusprach, mehr und mehr zu belasten.

Und dann raste das Flugzeug die Landebahn hinunter, und ich fühlte die vertraute Welle von Schwerelosigkeit in meinem Bauch, als die Räder sich vom Boden lösten. Ich blätterte in meinem Buch herum, ohne etwas wahrzunehmen. New York verwandelte sich in eine Ansammlung von Stecknadelköpfen, dann wurde es vom Meer verschluckt.

Ich legte mein Buch beiseite und zog eine lange Liste mit Fragen hervor. *Worüber hast du dich mit deiner eigenen Mutter gestritten?* und *Wann hast du deine Jungfräulichkeit verloren?*. Ich konnte mir nicht vorstellen, Josée auch nur eine einzige dieser Fragen zu stellen. Ich stellte mir vor, wie sie mein Flugzeug an einem seidenen Spinnenfaden den Himmel entlang zu sich heranzog. Ich dachte darüber nach, dass meine Mutter nach New York gegangen war, um ihrer Mutter zu entkommen, und darüber, dass ich mich jetzt aufmachte, um sie zu finden. Ich hatte das Gefühl, eine Schleife gelegt, die Zeit auf den Kopf gestellt zu haben. Plötzlich reiste ich in der Zeit zurück.

Meine Mutter war achtzehn, als sie nach New York kam; ich war fünfundzwanzig, als ich die Stadt verließ. Vielleicht kreuzten sich die Wege unserer Flugzeuge, ihres ein Geisterflugzeug. Vielleicht überlagerten wir uns in der Stille über dem schwarzen Wasser, und in der Kabine, im weißen Rauschen der zirkulierenden Luft, saßen wir beide vollkommen still.

KAPITEL SIEBEN

Das Flugzeug setzte so sanft auf der Landebahn auf, dass die Menschen in der Kabine applaudierten. Mein Magen hatte sich zur Faust geballt. Vom Taxi aus sah ich die Seine und dann den Louvre, und mein Herz machte ohne mein Zutun einen Sprung. Normalerweise fühlte ich mich in diesem Moment wie eine Französin, aber jetzt fühlte ich mich amerikanischer als je zuvor. Ich hielt mein Telefon an das Fenster, um Fotos zu machen, sie waren alle verschwommen, und auf allen waren wie zufällig Touristen zu sehen, die ihre eigenen Bilder machten.

In der Einzimmerwohnung meiner Eltern, die sich direkt im Zentrum der Stadt befand, war ich allein. Ich hatte noch nie allein gelebt. Es fiel mir nicht leicht, die Stille nicht als beunruhigend wahrzunehmen, ja die Ruhe darin zu finden. Ich packte meine Kleider aus. In den Schränken stapelten sich die Sachen meiner Mutter: eine Sammlung kaputter Telefone, Ladekabel, zu denen schon lange die Geräte fehlten, und einzelne Teile nicht zueinander passender Bettwäsche. Das alles räumte ich in die obersten Fächer.

Ich bemerkte, dass auch unzählige Dinge in der Wohnung meinem Großvater gehört hatten, Dinge, die meine Mutter nach seinem Tod aus seiner Wohnung geholt hatte. Unter anderem gab es da ägyptische Gegenstände, in Stein gemeißelte Hieroglyphen und Schreibtischaccessoires aus braunem Leder. Es gab auch eine Kiste mit Dingen aus unserem Leben, die er aufgehoben hatte: Briefe, die meine Mutter ihm geschickt hatte, Artikel aus Hochglanzmagazinen, darin Fotos von ihr, Fotos von meiner Geburt, zwei Ausgaben von *Teen People*, für die ich *»Echte Jeans für echte Körper«* vorgeführt hatte. Ein Stapel durchscheinender Papiere stellte sich als eine Sammlung der Faxe heraus, die ich ihm als Kind geschickt hatte. Selbst durch die kindliche Krakelschrift hindurch konnte ich die gezwungene Fröhlichkeit spüren, die darin zum Ausdruck kam. *Ich schicke dir viele Küsse!* Ich erinnerte mich daran, wie ich sie geschrieben hatte, wie meine Mutter am Küchentisch neben mir gestanden, wie sie diktiert und mein Französisch verbessert hatte. Jedes Wort hatte sich angefühlt, als wäre mir etwas entrissen worden. Eilig schloss ich die Box und legte sie beiseite.

In New York hatte ich einen Taschenspiegel aus reinem Gold, der der Mutter meines Vaters gehört hatte, als sie noch ein junges Mädchen gewesen war. Sein Vater hatte ihn zusammen mit einem goldenen Zigarettenetui zu Kriegsbeginn vergraben und ihn, nachdem er, wie durch ein Wunder, das Konzentrationslager überlebt hatte, unter Lebensgefahr wieder ausgegraben. Das war alles, was übriggeblieben war. Alles andere, alle anderen, waren fort. Voller Ernst hatte mein Vater meinem Bruder und mir diese Dinge überreicht. Die Macht, die diesem Spiegel innewohnte, flößte mir Furcht ein. Was, wenn ich ihn versehentlich zerstörte, ihn verlor? Ein einziges Mal öffnete ich ihn und sah mir darin mein Gesicht an. Dann vergrub ich ihn in meinem Kinderzimmer tief unter anderen Dingen.

Die Dinge in der Pariser Wohnung fand ich auf eine andere Art beängstigend. Ich fing an, sie in die Kisten mit den verlassenen Ladekabeln zu stopfen, die ich oben in die Schränke gepackt hatte. Eine afrikanische Fruchtbarkeitsgöttin warf ich regelrecht in eine der Kisten, und als ich das unschöne Geräusch von brechendem Ton hörte, spürte ich einen kleinherzigen Rechtfertigungsdrang, als hätte ich die Objekte wegen der düsteren Magie, die sie in sich trugen, zerbrochen. Dann kamen die Gewissensbisse. Diese Dinge waren Jahrhunderte alt. Sie hatten so viel mehr gesehen als ich.

Als mein Großvater im Sommer 2007 starb, war mir, als habe man mir ein Gewicht von den Schultern genommen, von dem ich nicht einmal gewusst hatte, dass ich es trug. Jeder Hauch von Zigarrenrauch oder Hermès-Parfüm ließ ungebetene Erinnerungen durch mein Nervensystem schießen. Dann erinnerte ich mich jedes Mal voller Erleichterung daran, dass er nicht in Paris auf mich wartete. Er war nirgendwo. Er war fort. Doch jetzt war er hier. Seine lederne Aktentasche. Ein Stück geschnitzten Elfenbeins. Er hatte also doch auf mich gewartet. Ich stellte den imposanten roten Glasaschenbecher, der ihm gehört hatte, in die Mitte des Tisches und sagte mir, das mein Großvater nicht darin stecke. Es handelte sich um einen schönen Gegenstand, nicht mehr und nicht weniger. Wie um das unter Beweis zu stellen, drückte ich eine Zigarette darin aus. Mir wurde klar, dass es auch in meinem Inneren eine Menge Dinge gab, die es auszupacken galt. Und trotzdem, vielleicht war das ja schon ein Anfang.

Ziellos schlenderte ich in einem sich stetig vergrößernden Radius um meine Wohnung herum. Ich hatte geglaubt, die Stadt einigermaßen zu kennen, aber bald realisierte ich, dass die mentale Landkarte meiner Kindheit schon immer auf dem Kopf gestanden hatte. Die Seine lag südlich der Wohnung, nicht nördlich, wie ich angenommen hatte. Osten und Westen verwechselte ich monatelang.

Es vergingen ganze Tage, an denen ich mit niemandem außer den Ladenbesitzern und Kellnerinnen sprach. Mir wurde klar, dass ich mittags um eins aufstehen konnte, ohne dass es jemandem aufgefallen wäre. Amerika schlief dann noch. Ich fürchtete, ich könnte verschwinden. An dem Haus, in dem sich meine Wohnung befand, wurden umfangreiche Bauarbeiten vorgenommen, und so lag ich im Bett, die Hände auf die Ohren gepresst, während die Wände wackelten und Presslufthämmer auf meinen Schädel einwirkten. Auf der anderen Seite der Fenster standen Männer auf Baugerüsten und riefen einander laut zu, während sie Steine aus der Wand rissen. Ich begann zu fürchten, ich könnte verrückt werden. Ich stürzte mich in eine Flut von Verabredungen, zu Drinks und Kaffee, traf jeden entfernten Bekannten, jeden, der auch nur der Freund eines Freundes war. Man hatte mich gewarnt, dass die Pariser engmaschige Freundeskreise hätten, in die man nur schwer hineinkomme, dass es schwer sein würde, Menschen kennenzulernen. Aber sobald ich erzählte, dass ich in Brooklyn gelebt hatte, leuchteten die Augen der Leute. »Brooklyn«, seufzten sie voller Sehnsucht. Die Dachterrassen, die Speakeasys, die handgemachten Hamburger – was ich da ausgerechnet hier wolle, wollten sie wissen. Ich stellte dauernd Fragen – über Slang-Ausdrücke, die Namen der Straßen, warum die Kellner so unfreundlich waren –, und meine neuen Freunde beantworteten sie so eifrig, dass sie einander dabei regelrecht ins Wort fielen. Bald wurde mir klar, dass man in Frankreich nur äußerst selten zugab, von etwas keine Ahnung zu haben. Meine offene Naivität war für sie etwas Ungewöhnliches. Ich wiederum genoss es, mich für meinen Akzent und meine Sitten ein wenig aufziehen zu lassen. »*Très* Brooklyn«, sagten meine Freunde oft; zum Beispiel wenn ich ihnen Wasser in alten Marmeladengläsern servierte, die ich ausgespült hatte. Plötzlich fühlte ich mich wohl in meiner Rolle als Außenseiterin, viel wohler, als ich mich je gefühlt hatte.

Schließlich konnte ich den Anruf bei meiner Großmutter wirklich nicht mehr aufschieben. Unruhig lief ich in meiner Wohnung hin und her, während es klingelte. »Ich würde gern vorbeikommen«, sagte ich mit piepsiger Stimme.

»Aber natürlich!«, sagte sie. »Ich koche dir ein kleines Mittagessen.«

»Da du doch so gut kochst, dachte ich mir, du könntest mir vielleicht das eine oder andere beibringen?«, sagte ich. »Eine Art Kochkurs?«

»Ein Kochkurs?«, fragte sie.

»Ja«, sagte ich, »sehen möchte ich dich natürlich auch. Und reden würde ich gern, über meine Mutter und über deine Kindheit. Ich würde das alles gern wissen.«

»Ah«, sagte sie. »Ich weiß nicht, was ich dir über Françoise erzählen kann. Aber das sehen wir dann schon, wenn du hier ankommst. Es ist mir eine große Freude, dich zu sehen.«

Am Tag des Besuches betrachtete ich mich im Spiegel. Ich zog das Kleid über meinen Hüften glatt. Ich versuchte mich so zu sehen, wie meine Großmutter mich sehen würde, aber stattdessen sah ich bloß den prüfenden Blick meiner Mutter, jenen Ausdruck, den ich so oft auf ihrem Gesicht gesehen hatte.

In der Métro machte ich mir einen Spaß daraus, all den gemeinen Dingen, die sie zu mir sagen könnte, eine Punktzahl zuzuweisen. Zehn Punkte, wenn sie mir sagte, dass ich zugenommen hätte. Fünfzehn, wenn sie über meinen Pullover lästerte. Doch als ich dann ankam, eilte sie zur Tür, um mich zu umarmen.

»Sieh an, wie schön du bist!«, rief sie. »Paris scheint dir gutzutun. Du bist so viel schlanker geworden.«

Sie nahm einen weißfleischigen Fisch aus dem Kühlschrank und bat mich, ihn in eine Bouillon zu legen, die sie bereits vorbereitet hatte.

»Dein Fisch ist köstlich«, sagte sie mir, während wir aßen.

»Aber die Bouillon ist doch das Besondere«, sagte ich und schämte mich, dass meine Wangen vor Stolz glühten. Ich fragte, ob ich unsere Unterhaltung aufzeichnen dürfte.

»Würdest du gern mein Aufnahmegerät benutzen?«, sagte sie. »Ich habe es extra aus dem Schrank geholt; ich habe es hier.«

»Oh!«, sagte ich überrascht. »Ähm, ich danke dir. Aber ich kann das tatsächlich einfach mit meinem Telefon machen.«

»Mit deinem Telefon?«

»Ja, schau, jetzt zeichnet es auf.«

»Nun, dann leg es nicht dorthin. Da werden die ganzen Vibrationen des Tisches mit aufgezeichnet. Leg es besser hier auf dieses Buch. Ich habe das lange Zeit beruflich gemacht, weißt du?«

Überrascht sah ich sie an, ich war gespannt, was jetzt kommen würde.

»Ich habe jahrelang als Ghostwriter gearbeitet«, sagte sie. Auf Französisch bezeichnet man einen Ghostwriter als *nègre*, und einen Augenblick fragte ich mich, ob das eine ihrer rassistischen Äußerungen war. Sie liebte es zu provozieren, manchmal waren ihre Kommentare so schockierend, dass es schwierig war, nicht zu lachen. »Schau mal da, Schwarz und Gelb haben eine kleine Hummel gemacht«, sagte sie einmal, als wir an einem Pärchen unterschiedlicher Herkunft vorbeikamen, die ein Kind dabeihatten.

»Hast du die Bücher da, die du geschrieben hast?«, fragte ich sie.

»Ach, die habe ich unter mein Bett gelegt. Da kommt man nur auf allen vieren dran. Das erste war über die Legionäre. Es ist sehr schwierig, diese Männer zum Reden zu bringen. Trotzdem war es aufregend. Jede Erfahrung, die sie beschrieben, mussten wir selbst machen, um sie auf ihren Wahrheitsgehalt hin zu überprüfen. Wenn sie behaupteten, eine bestimmte Menge Gewicht könne in einer bestimmten Zeit runter ans Ufer gebracht werden, dann stoppten wir uns selbst, während wir dasselbe taten«, sagte sie. »Sogar meine Mutter konnte ich überreden mitzumachen.«

Ich versuchte, mir Josée und Mina vorzustellen, wie sie eine steile Uferböschung herunterrannten, auf beider Rücken eine schwere Last. Ich empfand es als eine treffende Metapher.

»Was hast du denn für Tricks gelernt, um die Menschen zum Reden zu bringen?«, fragte ich.

»Ich habe sie angesehen«, sagte sie mit einem charmanten Lächeln. Dann sah sie mich an, machte einen Schmollmund und klimperte mit den Wimpern. Ich bemerkte, dass meine Großmutter sich der Wucht einer einfachen Antwort bewusst war, und wahrscheinlich war sie sich auch darüber bewusst, dass eine solche Antwort sich sehr genau aufschreiben ließ. Meine Mutter wiederum sprach in ganzen Absätzen statt in Sätzen, und obwohl ihre langen Aussagen sich hin und wieder tatsächlich auf eine extrem präzise Antwort zubewegten, gingen sie doch oft in eine Richtung, die uns am Ende beide überraschte. Ich nickte Josée zu und wartete, dass sie fortfuhr.

»Und es hat immer hier stattgefunden!«, sagte sie und zeigte auf die Küchentheke, an der wir gemeinsam saßen. »An dieser Bar sind so viele Geheimnisse verraten worden. Sie muss direkt über einem karmischen Energiezentrum liegen. Warte, ich nenne dir einen guten Trick. Du bietest ihnen etwas Wein an, etwas *saucisson*, etwas Tee. Sie sitzen so da.« Sie lümmelte auf ihrem Stuhl, lehnte sich zurück, die Arme hatte sie in einigem Abstand zueinander auf dem Tisch abgelegt. »Stundenlang erzählen sie dir irgendwelche langweiligen Sachen über ihre Familie. Und dann, ganz plötzlich, erzählen sie dir die interessanten Dinge.«

»Mich interessieren die Sachen über die Familie«, hörte ich mich sagen, weil es sich gerade anbot.

»Ja«, sagte sie, »das Blatt hat sich gewendet. Möchtest du noch etwas Tee?«

Ich hielt ihr meine Teetasse hin. »Wie war meine Mutter als kleines Mädchen?«, fragte ich.

»Also«, sagte sie ruhig. »Wenn du jemandem so etwas wie eine Tasse reichst, dann solltest du immer die Untertasse mitreichen. So. Du gibst es im Ganzen. Das macht es viel einfacher für diejenige, die serviert. Sie zielt, und du bewegst dich nicht. So ist es auch eleganter.«

»Okay«, sagte ich, überrascht, dass sie mich auf eine Art und Weise zurechtgewiesen hatte, die nicht wehtat.

Ich war zufrieden, dass unser erstes Treffen so gut gelaufen war, und wollte mich gerade auf den Weg machen, als ich neben dem Tisch ein Schwarz-Weiß-Foto bemerkte. Es war gegen die Wand gelehnt und zeigte eine strahlende Josée, die die Wange an ein seltsames, weiches Ding in ihren Armen drückte. Meine Mutter, acht oder neun Jahre alt, stand hinter ihr, das Gesicht von einem strahlenden Lächeln erfüllt. Ich nahm das Bild in die Hand. Das war nicht die Kindheit, von der meine Mutter erzählt hatte. Ich fragte Josée, was sie da in den Armen halte.

»Es ist ein Kissen. Mit einem gestickten Hund darauf«, sagte sie mir. Françoise habe es für sie gemacht. Es sei so süß gewesen, und es habe ihr so am Herzen gelegen, aber nach der Scheidung habe mein Großvater das Kissen, wie fast alle ihre Besitztümer, an ein Auktionshaus verkauft.

»Ich habe auf acht oder neun Konvolute von Kissen geboten, bloß um es wieder zurückzubekommen«, sagte Josée lachend. »Aber es war bei keinem dabei.« Sie nahm mir das Foto aus der Hand, sah es an und stellte es vorsichtig wieder an die Wand.

Ich ging lange an der Seine entlang, bis ich die Métro erreichte. Sofort rief ich meine Mutter an, das Triumphgefühl machte mich regelrecht atemlos. Es stimmte also gar nicht, dass Josée alle Geschenke meiner Mutter mit Geringschätzung bedacht hatte. Meine Mutter hatte das Hundekissen vergessen. Das Hundekissen war geliebt worden. Es könnte doch noch alles in Ordnung kommen, und es wäre so einfach.

»Nun«, sagte meine Mutter schließlich und seufzte. »Wenn sie es wirklich geliebt hätte, hätte sie es wohl kaum zurückgelassen.«

Ich schluckte die Enttäuschung herunter, und wir redeten von anderen Dingen. Erst später, als ich mir die Aufnahme anhörte, bemerkte ich, wie wenige der Fragen, die ich Josée bezüglich meiner Mutter gestellt hatte, sie tatsächlich beantwortet hatte.

Ich drückte eine weitere Zigarette im Aschenbecher meines Großvaters aus. Mittlerweile waren jede Mengc Kippen darin. Ich fragte mich, was mit dem Hundekissen geschehen sein mochte, ob der Mensch, der es gekauft hatte, es wohl weggeschmissen hatte. Es waren nur wenige greifbare Spuren aus der Kindheit meiner Mutter geblieben. Ein wenig beschämt hatte Josée mir erklärt, dass sie keinerlei Fotos von meiner Mutter besitze, die sie im Alter zwischen sechs und neunzehn zeigten.

In der Wohnung gab es ein Ölgemälde, das zu groß war, als dass ich es in den Schrank hätte stecken können. Meine Mutter hatte es aus Pauls Wohnung mitgenommen, weil es schon in der Wohnung der Familie gehangen hatte, als sie noch ein Kind gewesen war. Es war ein pompöses Gemälde aus dem 19. Jahrhundert, und es zeigte ein Picknick grobschlächtiger Feuerwehrmänner. Betrunkene Kerle, die sich an Bäumen abstützten, Kindern Kelche voller Alkohol reichten und Frauenhintern begrapschten. Es war aufdringlich, aber der Rahmen war schön. Ich hatte es hinter dem Esstisch auf den Boden gestellt, doch jetzt machte ich mir Sorgen um seine Sicherheit. Ich hängte es über das Bett. Wenn man es nicht zu genau betrachtete, wirkte es imposant.

Als es zum ersten Mal geschah, war ich acht Jahre alt. Ich war allein nach Paris gereist, um meine Großeltern zu besuchen. Selbst damals hatte ich beweisen wollen, dass ich alt genug war – alt genug, um allein zu reisen, alt genug, um Erfahrungen zu machen, die nur mir gehören würden. Die erste Hälfte der Woche sollte ich mit Josée verbringen, die zweite mit Paul.

Auf dem Hausboot schalt mich Josée dafür, dass ich den Abwasch nicht richtig gemacht hatte, dafür, dass ich mir nachts klumpige Rohrzuckerwürfel aus der Zuckerdose stahl und bei den Mahlzeiten zu viel Brot aß. »In deinem Magen wird es sich ausdehnen«, sagte sie. Ich schlief auf einer Matratze in jenem Zimmer, das sie auch als Massageraum nutzte. Eines Tages kam die Masseurin, was dazu führte, dass meine Großmutter plötzlich nackt und stöhnend auf der Massageliege neben mir lag.

Noch nie hatte ich solches Heimweh empfunden. Aber dann gab es da auch diesen Nachmittag, an dem Josée mir zeigte, wie man einen Drachen steigen ließ, und jenen Abend, an dem sie mir vor ihren Freunden sagte, dass das Kleid, das ich anhatte, mich »so dünn wie eine Bohnenstange« aussehen ließ. Dann waren da noch die Enten, die ihre Nester auf dem Hausboot bauten. Josée zeigte mir, wie man sie durch das Bullauge der Küche mit trockenem Brot füttern konnte. Hinter einer Pflanze beim Whirlpool fand ich ein Entenküken, das im vorangegangenen Frühjahr gestorben war. Josée ließ es mehr schlecht als recht von einem Freund ausstopfen. Ich verliebte mich in das unbewegliche Ding, dem ein Stück Pappe aus dem Hals herausstak, und sie sagte mir, dass ich es behalten könne. Als ich ging, nahm ich es mit.

Eine meiner Tanten holte mich beim Hausboot ab und brachte mich mit dem Auto zu dem luxuriösen Wohnhaus, in dem mein Großvater lebte. Anlässlich meines Besuches hatte er sein kleines Büro, in dessen Fenster ein Rosenstrauch stand, in ein Gästezimmer für mich verwandelt. An die Wand hatte er extra für mich ein Gemälde gehängt, das zwei furchterregende weiße Katzen zeigte.

An meinem ersten Abend aßen wir in dem noblen Restaurant, das im Erdgeschoss des Hauses war. Nach dem Essen brachte ein Mann einen ganzen Servierwagen voller Desserts an unseren Tisch. Höflich sagte ich, dass ich satt sei. Doch mein Großvater musste gesehen haben, wie groß meine Augen angesichts der *île flottante*, eines in Vanillecreme schwimmenden Baisers, geworden waren, und er bestand darauf, dass ich es bestellte. Nachdem ich den letzten Rest der Creme vom Teller gekratzt hatte, sah ich auf und bemerkte seinen entsetzten Blick.

»Du kleines dickes Schwein«, sagte er. »Wie konntest du das alles bloß essen?«

An diesem Abend saß ich in meinem Zimmer auf dem Bett und hörte ihn im Wohnzimmer telefonieren.

»Es ist ja nicht bloß eine Blase in ihrem Bauch, die einfach platzen und weggehen wird. Wir müssen etwas unternehmen«, sagte er.

Er kam nicht herein, um Gute Nacht zu sagen. Argwöhnisch betrachtete ich die ominösen blauäugigen Katzen, bevor ich einschlief. Stunden später hörte ich, wie sich die Tür zu meinem Zimmer öffnete und mein Großvater hereinkam. Bäuchlings lag ich auf meinem Bett, nicht zugedeckt, das Gesicht zur Wand gedreht. Er setzte sich ans Fußende meines Bettes. Behutsam hob er mein Nachthemd. Er fing an, meinen Po zu streicheln. Ich hielt meine Augen geschlossen, damit er nicht bemerkte, dass ich wach war. Ich weiß nicht, wie viel Zeit verging. Irgendwann ging er.

Am nächsten Morgen sagte er mir, ich solle fettfreien Joghurt mit Süßstoff zum Frühstück essen. Nur für mich hatte er den Kühlschrank damit gefüllt. Als ich badete, blieb er im Badezimmer. In diesem Alter wären auch meine Mutter und Großmutter unter Umständen im Raum geblieben, aber in seiner Gegenwart fühlte ich mich unwohl, ohne dass ich hätte sagen können, warum. In Kinderschrift machte ich eine Notiz in mein Tagebuch. *Ich weiß ja, dass er mein Großvater ist, also ist es in Ordnung, aber ich wünschte trotzdem, er würde mich in Ruhe lassen*, schrieb ich.

Ich erzählte meiner Mutter nichts davon. Was hätte ich auch erzählen sollen?

Bis zum nächsten Vorfall vergingen Jahre. Wie man es von mir erwartete, küsste ich meinen Großvater auf die Wange, wenn er mir überteuerte Weihnachtsgeschenke überreichte. Seine Haut war seltsam, ja besorgniserregend weich, aber ich kann mich kaum an die wenigen Momente, die ich tatsächlich mit ihm verbrachte, erinnern. Meistens saßen mein Bruder und ich still auf seinem Ledersofa, oder wir waren weniger ruhig und wurden dafür gescholten. Dann ging es zu Tisch, und wir aßen eigens bestellte ausgefallene Mahlzeiten – ganze Teller mit Austern, üppige Kuchen –, und zwangsläufig wies man mich dafür zurecht, wie oder auch wie viel ich aß. Seine Freundin war eine Marquise, die ihn nicht heiraten wollte, weil das den Verlust ihres Titels bedeutet hätte. Einmal wurde ich in ihr Schloss eingeladen, die Treppenhäuser waren eng und verwinkelt, und man ließ mich in einem Prinzessinnenbett mit einem roten Samthimmel schlafen. Um Punkt zwölf Uhr mittags wurden alle dort anwesenden Kinder in eine Hütte voller Hochbetten gesperrt und zum Mittagsschlaf genötigt. Durch die Fenster konnten wir sehen, wie die Erwachsenen am Pool saßen und Cocktails tranken. Für die anderen Kinder war das nicht so eine große Ungerechtigkeit, aber ich versuchte zu diskutieren, um darum herumzukommen. Zur Strafe bekam ich von der Frau, die sich um uns kümmerte, den Hintern voll. Das wiederum erzählte ich meiner Mutter, wobei meine Stimme vor Wut zitterte. Ich mochte die Marquise, aber sie ließ mich freundlich wissen, dass ich sie nicht *grand-mère* nennen dürfe, weil sie bereits zu viele eigene Enkelkinder habe. In meinen Erinnerungen an diesen Urlaub spielt mein Großvater nur in einer einzigen eine Rolle – und zwar hielt er mir beim Frühstück einen Vortrag über Buttermesser.

Dann war ich vierzehn, und die Art, wie sein Blick und seine Hände auf mir ruhten, lösten Unbehagen in mir aus. Doch damals fühlte ich mich oft unwohl in meinem Körper, und viele Männer hatten eine ähnliche Wirkung auf mich. Mein Großvater hatte die Familie in ein Restaurant eingeladen. Ich hasste die gesittete Extravaganz dieser Essen. Mein Großvater flirtete wie verrückt mit der Kellnerin. Als Trinkgeld gab er ihr einen fetten Geldschein. Ich spürte ganz genau, wie unwohl sie sich fühlte. Die Unterhaltung war angespannt, weil meine beiden Tanten ständig versuchten, ihre Abneigung gegen die Marquise durch die Blume zum Ausdruck zu bringen, denn sie vermuteten, dass sie es bloß auf das Geld meines Großvaters abgesehen habe. Ich brauchte einen Augenblick für mich allein, also ging ich zur Toilette.

Die Toilette war sehr klein. Es gab einen kleinen Vorraum mit einem Waschbecken und einem Spiegel. Der Raum, von dem die hölzernen Toilettentüren abgingen, war vielleicht sechzig Zentimeter breit. Während ich noch meine Hände wusch, kam mein Großvater herein. Ich drückte mich an die Wand, um ihn vorbeizulassen. Er wandte sich mir zu und presste sich an mich. Er berührte meinen Bauch.

»Hier bist du ganz schön voluminös«, sagte er. Ich senkte den Kopf. Ich konnte den kalten Zigarrenrauch in seinem Atem riechen.

»Aber nicht so voluminös wie hier«, sagte er, während er beide Hände auf meine Brüste legte. Ich lachte höflich und schob mich an ihm vorbei, um die Toilette zu verlassen.

Am Ende der Mahlzeit sagte meine Mutter: »Bedanke dich

bei deinem Großvater.« Ich küsste ihn auf die Wange und tat, wie mir geheißen.

Zurück in New York, redete ich mit meiner Mutter. Ich erzählte ihr davon, was auf der Toilette geschehen war, und auch von der Nacht, als ich acht Jahre alt gewesen war. Ich erzählte von dem vagen Unwohlsein, für das ich keinen Namen hatte. Ich lehnte im Türrahmen ihres Zimmers und sah zu, wie sie sich fürs Ausgehen fertig machte. In einem Handtuch und mit klatschnassen Haaren trug sie Lippenstift auf.

»Er ist halt Schönheitschirurg!«, sagte sie. »Das verstehst du nicht. Frauen zu berühren, ist einfach eine Angewohnheit von ihm.« Sie wandte sich wieder dem Spiegel zu und klippte ihre Ohrringe an.

»Das ist eine Berufskrankheit«, sagte sie. »So ist er einfach.«

»Okay«, nuschelte ich und ging in mein Zimmer.

Als es das letzte Mal geschah, war ich neunzehn. Meine Mutter wollte vor unserem Rückflug noch einmal in seiner Wohnung zu Mittag essen. Sie wollte mich – ganz explizit mich – dabeihaben, obwohl mein Vater und mein Bruder ebenfalls in Paris waren. »Dein Großvater stirbt«, sagte sie. »Es könnte das allerletzte Mal sein, dass du ihn siehst.« Dieser Umstand schien mir zwar traurig, aber es war bloß ein abstraktes, irgendwie rührseliges Gefühl. Doch wenn meine Mutter einmal entschieden hatte, dass ich etwas tun würde, dann ließ sie sich äußerst schwer davon abbringen.

Seit drei Jahren hatte das Leben meines Großvaters nun auf der Kippe gestanden, und er sollte auch nach diesem Tag noch zwei weitere Jahre leben. Er hatte Blasenkrebs und trug Windeln. Er weigerte sich, eine Krankenschwester anzustellen, da er es vorzog, wenn Sylvie und Andrée seine Windeln wechselten. Meiner Mutter wurde deutlich vermittelt, dass sie die pflichtvergessene Tochter war; diejenige, die nicht genug für ihn tat.

Seine Haushälterin hatte ein Mittagessen für uns drei zubereitet. Ich verwendete die Austerngabel auf die falsche Art. Nachdem wir mit dem Essen fertig waren, ging meine Mutter in das hintere Zimmer, in jenes Büro, das noch immer so dekoriert war wie damals, als es mein Schlafzimmer gewesen war, um sich mit der Haushälterin zu unterhalten. Mein Großvater stand auf und stellte sich hinter meinen Stuhl. Er legte seine Hände auf meine Schultern und zog mich mit überraschend festem Griff vom Stuhl hoch.

»Na, dann lass dich mal ansehen«, sagte er.

Meine Mutter kam zurück ins Zimmer. »Wir müssen uns beeilen, ich danke dir sehr für das wunderbare Mittagessen, Papa«, sagte sie, während sie ihn umarmte.

»Ja, danke schön«, sagte ich und stürzte zu meiner Jacke. »Auf Wiedersehen!«

Ich winkte und entfernte mich schnell den Flur entlang Richtung Fahrstuhl. Meine Mutter und mein Großvater standen im Türrahmen seiner Wohnung.

»Nicht einmal einen Abschiedskuss bekomme ich?«, rief er mir fragend hinterher.

Ich zögerte, wiegte mich auf der Stelle und überlegte, wie ich ein Nein in einen netten Witz verpacken könnte. Meine Mutter sagte: »Komm her und gib deinem Großvater einen Kuss.« Also ging ich zurück.

Als ich mich vorbeugte, um seine Wange zu küssen, griff mein Großvater nach meinen Brüsten. Dann packte er meine Schultern, hielt mich eine Armeslänge von sich weg und starrte auf meinen Busen.

»Du bist viel zu rund«, sagte er.

»Okay«, sagte ich, »tschüs.« Meine Mutter und ich gingen zum Aufzug. Als die Türen sich schlossen, lachte meine Mutter. »Was war *das* denn?«, sagte sie grinsend, als hätten wir zusammen gerade irgendeine total verrückte Sache erlebt.

»*Das* ist der Grund, warum ich nie besonders wild darauf bin, meinen Großvater zu treffen«, sagte ich. Ich lächelte nicht. Ich war sauer.

Ihr Lächeln verblasste. *»Ohhhh«*, sagte sie. »Oh.« Wir schwiegen beide, als wir das Gebäude verließen.

Auf der Straße fragte sie: »Aber warum hast du mir denn nie davon erzählt?«

»Das habe ich«, sagte ich.

»Das hast du auf keinen Fall, daran würde ich mich doch erinnern«, sagte sie.

»Habe ich wohl«, hielt ich dagegen. »Du sagtest, er sei eben Schönheitschirurg und das sei nun einmal seine Art, mit Frauen umzugehen.«

»Aber er ist dein Großvater«, sagte sie. »Mit *dir* darf er so etwas nicht machen.«

»Tja«, sagte ich, »das ist mir wohl bewusst.« Doch tatsächlich war es mir bis zu diesem Zeitpunkt nicht wirklich bewusst gewesen.

Meine Mutter war aufgebracht, aber als sie meinem Vater davon erzählte, wurde er fuchsteufelswild. Es überraschte mich, dass diese Dinge irgendjemanden so wütend machen konnten. Unter der schwarzen Decke seiner Empörung fühlte ich mich plötzlich wohl und behaglich. Schon immer hat mir Ärger, der gegen andere, nicht anwesende Personen gerichtet war, ein Gefühl von Sicherheit gegeben.

»Dieses Arschloch musst du nie wieder treffen«, erklärte mein Vater.

»Wirklich?«, sagte ich. Ich sah meine Mutter an. Sie nickte zustimmend. Ich fühlte mich, als hätte ich ein unverdientes Geschenk erhalten.

In den Unterhaltungen, die hinter der geschlossenen Schlafzimmertür stattfanden, bat meine Mutter meinen Vater, die Sache mit Paul zu klären. Mein Vater weigerte sich mit der Begründung, dass er dem Mann den Kiefer brechen würde, stünde er ihm gegenüber. Meine Mutter flehte ihn an, Paul anzurufen und von Mann zu Mann eine Lösung zu finden. Stattdessen schrieb mein Vater meinem Großvater einen Brief. Ich habe ihn nie gelesen, aber ich weiß, wie die Wut meines Vaters klingt, wenn er sie in Worte verpackt. Er faxte ihn aus New York. Einige Wochen später rief eine meiner Tanten an. Mein Großvater sei sehr verletzt. Er könne nicht nachvollziehen, warum ich mir solch unglaubliche Anschuldigungen ausgedacht hätte. Seiner Ansicht nach müsse ich verrückt sein. Was in Anbetracht der Tatsachen keine Überraschung war.

Wir saßen auf dem Bett meiner Mutter, als sie mir von der Antwort meines Großvaters berichtete. Dass mein Großvater behauptete, ich hätte mir die Geschichte ausgedacht, verstörte mich zutiefst. Seit der Sache mit den verschwundenen Lebensmitteln, in der Highschool – seit jenen Wochen, in denen ich den Gedanken zugelassen hatte, dass ich etwas tat, woran ich mich im Nachhinein nicht mehr erinnern konnte –, seitdem hatte sich bei mir das Gefühl eingeschlichen, dass meinen Erinnerungen an die Vergangenheit nicht zu trauen sei. Als wir während einer Vorlesung an der Universität den Film *Gaslight* ansahen, zitterte ich am ganzen Körper. Später, während des dazugehörigen Seminars, platzte es aus mir heraus: »Meine Mutter hat mir früher immer wieder vorgeworfen, dass ich bewusst alle ihre Löffel weggeschmissen hätte.« Das hatte sie wirklich. »Ich *habe* die Löffel aber nicht weggeschmissen«, fuhr ich energisch fort, obwohl wir über Barthes sprachen und niemand Zweifel an meiner Unschuld zu haben schien. Damals wusste ich noch nicht, dass dieser Film eine solche Wirkung entfaltet hatte, dass daraus ein Verb entstanden war.

»Ich bin so froh, dass du dabei warst, als es passiert ist«, sagte ich jetzt mit einem Seufzer der Erleichterung zu meiner Mutter, weil mich noch immer die Frage quälte, ob überhaupt etwas passiert war.

»Ja«, sagte meine Mutter. »Bloß«, sie zog die Ohrringe von ihren Ohrläppchen und betrachtete sie, wie sie da in ihrer Hand lagen. Die Ringe unter ihren Augen waren tief, und sie sah unendlich traurig aus. »Es ist eben alles nicht so einfach für mich, weißt du?«

»Ich weiß«, sagte ich, obwohl es mir bis zu diesem Moment nicht wirklich klar gewesen war.

»Er ist immer noch mein Vater«, sagte sie. »Der einzige, den ich habe. Und er stirbt.«

»Es tut mir sehr leid, dass ich das alles so kompliziert gemacht habe«, sagte ich mit echter Reue, obwohl mir theoretisch bewusst war, dass Opfer sich nicht selbst die Schuld geben sollten.

»An dir liegt es nicht«, sagte sie. »Es liegt an deinem Vater. Wenn er ihn bloß angerufen hätte, statt ihm diesen Brief zu schicken.«

Danach sprachen wir kaum noch darüber. Tatsächlich gingen wir an Weihnachten nicht mehr zum Mittagessen zu meinem Großvater, obwohl das zu nicht unerheblichen Spannungen in der Familie geführt haben muss. Ich weiß nur, dass ich ihn nie wiedersah. Wenn wir in Paris waren, besuchte meine Mutter ihn allein. Ich blieb derweil bei meinem Vater und meinem Bruder. Ich fühlte mich dann wie an jenen seltenen Tagen, an denen das Fieberthermometer wie durch ein Wunder eine Temperatur angezeigt hatte, die hoch genug gewesen war, dass ich nicht in die Schule hatte gehen müssen.

Zwei Jahre später rief meine Mutter mich schluchzend an, um mir zu erzählen, dass Paul gestorben sei. Zu dieser Zeit arbeitete ich als Betreuerin in einem Ferienlager für Menschen mit Entwicklungsstörungen – ich hatte ein übertriebenes und letztlich auch lähmendes Bedürfnis danach, anderen Menschen zu helfen, und wollte mich endlich an meine Belastungsgrenze bringen. Ich war ihr bereits näher gekommen.

Mein Vater würde selbstverständlich nicht zu Pauls Beerdigung gehen, erklärte meine Mutter mir am Telefon. Ich spürte, dass sie sich dem nicht allein aussetzen wollte. Ich bot ihr an, das Ferienlager eine Woche früher zu verlassen und sie zu begleiten.

Die Trauerfeier fand in Paris statt. Obwohl mein Großvater nie religiös gewesen war, war er am Ende auf Nummer sicher gegangen und hatte vor seinem Tod einen Priester gerufen. Der Gottesdienst war katholisch, es wurde auf Latein gesungen, und aus dem Weihrauchfass strömte aromatischer Rauch. Die Kirche war voller Frauen, denen ich noch nie begegnet war, Frauen jeden Alters, die Perlen und prächtige schwarze Designerroben trugen.

Eine nach der anderen kam nach dem Gottesdienst zu mir. »Ich habe Ihren Großvater *so sehr* geliebt«, sagten sie. *»So sehr.«* Ihre Stimmen bebten, doch ihre Gesichter waren so straff, dass sie kaum eine Träne vergießen konnten.

Später fuhr eine weitaus kleinere Gesellschaft zur tatsächlichen Beerdigung nach Ussel. Meine Erinnerungen an diese Reise sind alle grau eingefärbt, obwohl es Juli war. Ich war neugierig auf jene Stadt gewesen, in der meine Mutter ihre Sommer und die Jahre im Internat verbracht hatte, ich stellte mir volkstümliche Landhäuser vor. Stattdessen schien alles ziemlich finster – flache Gebäude, deren Einförmigkeit dem Ganzen etwas Klaustrophobisches gab. Mehrfach erklärte meine Mutter, wie dankbar sie sei, mich an ihrer Seite zu wissen. Auf dem Friedhof wurde der Sarg in ein Mausoleum geschoben. Fest drückte meine Mutter meine Hand. Ich weinte mit ihr, obwohl ich im Grunde nicht den Großvater beweinte, den ich gekannt hatte, sondern eher jenen, den ich gern gehabt hätte.

Plötzlich erschien es mir durchaus möglich, dass sie ein und dieselbe Person waren. Ich erfuhr, dass Erwachsene in den Augen von Jüngeren ganz anders wirken. In den letzten Jahren hatte meine Mutter immer wieder erwähnt, wie sehr es sie schmerze, nie einen Moment der Versöhnung mit ihrem Vater erlebt zu haben. Meine Tanten hatten diesen Moment bekommen. Anders als früher konnten sie heute ganz unbefangen Liebe für ihn empfinden. »Am Ende war er ein vollkommen anderer Mensch«, sagte Sylvie. »Es gab viele Dinge, über die wir am Schluss aufrichtig reden konnten.« Sie bemühten sich nicht, das vor meiner Mutter zu verbergen. Es war die Belohnung, die sie dafür bekommen hatten, dass sie seine Windeln gewechselt hatten. Meine Mutter hingegen wurde für ihre Abwesenheit bestraft, dafür, dass sie mit ihrer verrückten Lügnerin von einer Tochter in New York lebte. Ich wusste, dass meine Mutter mir dafür nicht die Schuld gab, und doch empfand ich Schuld. Diese Schuld war einer der vielen Gründe, warum ich nach Paris gekommen war. Sie war auch der Grund für den atemlosen Anruf bei meiner Mutter, als ich ihr von dem Foto von Josée und dem Kissen erzählt hatte.

Zurück in der Wohnung, stellte ich mich vor das Regal mit der Sammlung alter medizinischer Bücher meines Großvaters. Die meisten waren aus dem 18. Jahrhundert, ihre Rücken rot und golden. Sie waren mürbe, zerkrümelten einem regelrecht unter den Händen. Ich öffnete eines, ein Foto rutschte heraus und fiel zu Boden. Mir stockte der Atem. Ich bückte mich, um es aufzuheben. Doch es war bloß ein Hochglanz-Farbfoto, ein Schnappschuss, der meinen Großvater und einige andere alte Männer auf einer Chirurgenkonferenz irgendwann in den Neunzigerjahren zeigte. Das hier ist kein Märchen, ermahnte ich mich. Diese Bücher enthielten keine Antworten.

Eine tiefsitzende Kindheitserinnerung schoss plötzlich an die Oberfläche. Ich erinnerte mich daran, wie ich damals all die verbotenen Sachen auf den Regalen meines Großvaters hatte berühren wollen. Vollkommen beliebig streifte ich mit den Fingern über die Bücher, einfach nur um der Berührung willen, und nahm ein weiteres zur Hand. Es war ein kleiner Band, auf dem Rücken, kaum noch sichtbar, die Worte *Medizinisches Wörterbuch*. Es haftete an den drei Büchern, die danebenstanden, ihre Rücken waren wie miteinander verwachsen. Ich zog alle vier auf einmal heraus, irgendetwas klapperte. Die Bücher waren in Wirklichkeit ein Kästchen. Die oberen zwei bildeten den Deckel. In das lederfarbene Fach schmiegten sich eine kleine kristallene Karaffe und drei Schnapsgläser. Die Mulde für ein viertes Glas war leer. War auch das hier aus dem 18. Jahrhundert, oder war es bloß auf alt gemacht? Mir fehlte die nötige Sachkenntnis, um das sicher sagen zu können. Ich öffnete es, schloss es, öffnete es, nahm die Schnapsgläser und die Karaffe heraus und reihte sie auf dem Regal nebeneinander. Diese Art von Gegenstand war genau nach meinem Geschmack, ein Hauch Verderbtheit steckte darin. Zu Hause in Brooklyn hatte ich einmal ein Buch besessen, in dem sich ein Flachmann verbarg, der viel weniger elegant gewesen war als das, was ich hier in Händen hielt. Ich zog den Stöpsel aus dem Fläschchen und roch daran: ein schwacher Hauch von Alkohol. *Sillage*, dachte ich. Es war ein französisches Wort, das ich erst kürzlich gelernt hatte. Es hatte einen wunderschönen Klang, see-yaj. Ursprünglich bezeichnete es das Kielwasser, das sich hinter Booten im Wasser bildet. Gleichzeitig konnte es aber auch jenes Phänomen beschreiben, bei dem das Parfüm eines Menschen in der Luft bleibt, nachdem sein Träger den Raum bereits verlassen hat. Ich roch noch einmal an dem Fläschchen, doch der Geruch hatte sich bereits verflüchtigt. Es blieb nicht mehr viel von meinem Großvater, auf das ich meine Vergebung hätte projizieren können, und vielleicht, so vermutete ich in diesem Moment, war das hier alles, was ich jemals finden würde: ein Kräuseln des Wassers, einen Duft, der sich einen Moment später verflüchtigt.

Einige Tage später rief meine Großmutter an. »Magst du Hopper?«, fragte sie. Die Edward-Hopper-Ausstellung war das Event der Saison. Selbst unter der Woche wand sich nachmittags eine riesige Schlange vor dem Grand Palais, die Wartezeit betrug um die zwei Stunden. Alle jungen Leute, die ich kannte, sprachen davon, dass sie sich die Ausstellung ansehen wollten oder dass sie es bereits getan hatten. Hoppers Arbeiten waren in Frankreich bis zu diesem Zeitpunkt relativ unbekannt gewesen. Ich liebte ihn, als gehörte er mir allein. Das erste Gemälde, was mich je berührt hatte, war ein Hopper gewesen. Es war im Museum of Modern Art geschehen, während mein Vater mir leise erklärt hatte, wie das Bild aufgebaut war – die Linien, die das Auge leiteten, die fast menschliche Art und Weise, wie das Licht einen Raum betrat.

»Ja«, sagte ich. Mein Gefühl sagte mir, dass die Begegnungen mit meiner Großmutter ebenso strategisch geplant wurden wie die Züge eines Schachspiels. In ihrer Zeit als Ghostwriterin hatte sie die Person, die sie befragen wollte, vom Flughafen abgeholt, sie direkt auf ihr Boot gebracht und sie zwei bis drei Wochen am Stück interviewt. Erst dann hatte sie ihnen erlaubt, den Eiffelturm zu besuchen. Ich wünschte mir, dasselbe mit ihr tun zu können, aber Paris war nicht meine Stadt.

»Ich habe uns zwei Tickets organisiert«, sagte sie. Meine Großmutter gehörte einem Verein von ehemaligen Stewardessen an. Sie nannten sich *The Broken Wings*, und sie organisierten Gruppenausflüge und kulturelle Veranstaltungen. Meistens ließ sie Sylvie und Andrée um die Tickets buhlen, indem sie sie als Belohnung für die Reinigung ihres Whirlpools auslobte oder dafür, dass sie ihr halfen, ihr Boot winterfest zu machen.

Josée und ich trafen uns zum Mittagessen auf dem Hausboot, dann nahmen wir das Auto zum Museum. Während sie fuhr, erzählte sie mir, wie sie am Tag zuvor von der Polizei angehalten worden sei.

»So ein junger Polizist hat mich durchs Fenster aufgefordert, meinen Gurt anzulegen, und ich habe einfach …« Kokett lächelnd bewegte Josée in einer Geste der Verneinung ihren Zeigefinger. »Er versuchte es noch zwei Mal, dann zuckte er die Achseln – ›Sie wollen es offenbar nicht anders‹ – und signalisierte mir, rechts ranzufahren. Ich zeigte ihm meine Bescheinigung vom Arzt – so etwas hatte er noch nie gesehen!«, sagte sie. »Man hätte meinen können, dass ihm jeden Moment die Augen aus dem Kopf fallen würden. Er rief sogar seinen Freund dazu, damit der es sich ebenfalls ansehen konnte.« Sie lachte vergnügt. Sie hatte den Gurt hinter sich über den Sitz gespannt und eingesteckt, damit das Warnsystem des Autos nicht ansprang. Tatsächlich verursachte ihr das Anschnallen gar keine Schmerzen, sie konnte bloß das Gefühl des Eingeengtseins nicht leiden. Die Bescheinigung des Arztes war der große Preis, den sie dafür erhalten hatte, vor ewigen Zeiten den Brustkrebs besiegt zu haben.

»Ich werde meinen Krüppel-Ausweis benutzen, um uns an der Schlange vorbeizukriegen«, erklärte sie mir. »Wir werden ein bisschen schauspielern müssen, damit sich niemand aufregt.« Als wir uns dem Museum näherten, begann Josée zu hinken.

»Gib mir deinen Arm«, sagte sie, dann stützte sie sich schwer auf mich und hustete mitleiderregend, während sie vorwärts humpelte. Als wir an der Schlange von Menschen vorbeigingen, die wartend im Regen standen, legte sich ein Lächeln über die gespielte Sorge auf meinem Gesicht. Ich war schon immer eine schlechte Schauspielerin gewesen.

Überrascht stellte ich fest, dass wir zu früh waren. Der Rest der Gruppe war noch nicht eingetroffen. Mit meiner Mutter kam so etwas niemals vor. Ich setzte Josée auf einer Bank am Fenster ab und machte mich auf die Suche nach den Toiletten. Als ich an der Cafeteria des Museums vorbeikam, dachte ich darüber nach, einen Espresso für Josée zu kaufen. In der Regel trank sie nach dem Mittagessen einen Kaffee, aber heute hatte sie gesagt, dass dafür nicht genug Zeit bleibe. Sie wird dich bloß zurechtweisen, schalt ich mich, während ich mir die Hände wusch. Doch als ich erneut an der Cafeteria vorbeikam, stellte ich mich an.

Mit zwei Espressotassen aus Plastik in der Hand kehrte ich zurück zu Josée.

»Was für eine geniale Idee«, sagte sie und strahlte. *»Quel amour!«*

Sie nippte daran. »Ich glaube, das ist der beste Kaffee, den ich je getrunken habe.« Kaum etwas machte mir mehr Freude, als wenn jemand ein Geschenk oder eine Geste von mir zu schätzen wusste. Momente wie diesen versuchte ich festzuhalten, immer wieder betastete ich sie im Geiste wie von der Sonne gewärmte Steine. War es denn möglich, dass Josée mich bereits so gut kannte?

»Weißt du, was der glücklichste Moment meines Lebens war?«, sagte sie in die behagliche Stille hinein, die zwischen uns lag.

»Nein, welcher war es?«, fragte ich.

»Als du und deine Mutter mich vor ein paar Jahren durchs Meer gezogen habt. Jede von euch hielt einen meiner Arme, ich trieb auf dem Rücken, und ihr wart wie zwei Delphine, meine zwei Meerjungfrauen. Ich habe mich so wohl und aufgehoben gefühlt. In dem Moment hätte ich nichts dagegen gehabt zu sterben.« Ja, dachte ich, ich verstehe diesen Moment, besser beinahe, als ich mich selbst verstehe.

Die Stewardessen waren leicht auszumachen, obwohl sich viele ältere Damen für Touren eingefunden hatten. Sie waren schlank und elegant mit ihren Pelzmänteln, ihren makellos frisierten Haaren und gelifteten Gesichtern. Josée stellte mich vor, ihre Enkelin aus New York. Stolz erfüllte ihre Stimme.

Hoppers New-York-Gemälde gaben mir Trost, die flüchtigen Blicke, die sie mir auf die vertraute Architektur außerhalb der Fenster gewährten, die hellen Sonnenstrahlen, die mir in diesem grauen Pariser Winter so sehr fehlten. Und doch war es ein Bild von Paris, das mich am längsten in seinen Bann zog. Sein Titel lautete *Soir Bleu*, er wurde nie ins Englische übersetzt, auch dann nicht, wenn das Bild in Amerika hing. Ich hatte es noch nie zuvor gesehen. Es war anders als alle anderen. Hoppers Bilder zeigten oftmals leere Räume oder verlassene Straßen. Doch auf diesem Bild war eine belebte Café-Terrasse zu sehen: ein Seemann, eine Prostituierte, ein Pärchen, das offenbar der Bourgeoisie angehörte, ein trauriger, ganz in Weiß gekleideter Clown. Die Umgebung wurde kaum skizziert – zwei blaue Steifen, einer hell, einer dunkel, verdeutlichten, wo die Welt endete und der Horizont begann. Lampions, die am oberen Rand des Bildes aufgereiht waren, schenkten keinerlei Licht. Das Fehlen jeglicher emotionaler Tiefe in diesem Bild überraschte mich. Hopper hatte es in New York gemalt, vier Jahre nach seiner Rückkehr aus Paris, erklärte uns die Dame, die die Führung leitete. Jetzt eröffnete sich eine neue Perspektive auf das Bild: Vielleicht, dachte ich, ging es darum, wie die Menschen in der Erinnerung zu vollkommen übertriebenen Archetypen mutieren, darum, wie sie sich im Rückblick groß und eindimensional über dem Erinnernden aufbauen.

»Da bist du ja«, sagte Josée, die die Gruppe verlassen hatte, um mich zu finden. Sie warf einen Blick auf das Bild. »Gefällt dir das?« Sie klang skeptisch.

»Es ist nicht das schönste«, sagte ich leichthin und hakte mich bei ihr unter.

Der Nachmittag verging wie im Flug. Josées Bemerkungen über andere Museumsbesucher brachten mich zum Lachen. Ihre Reaktionen auf die Bilder waren zurückhaltend, trafen aber jedes einzelne Mal den Kern. Sie setzte mich zu Hause ab und umarmte mich, wobei ihre blauen Augen wärmer wirkten als je zuvor.

»Es ist so schön, dich hier in Paris zu haben, meine liebe Kleine«, sagte sie.

KAPITEL ACHT

Wie läuft es mit deiner Großmutter?«, fragten meine neuen Freunde in Paris. Ich wusste nicht, was ich sagen sollte. Es lief gut. Es lief beinahe zu gut. Ich hatte ein Drehbuch im Kopf gehabt – darin verhielt sie sich mir gegenüber grausam, ich ließ mich nicht unterkriegen, und nach endlosen gemeinsam verbrachten Stunden erwies sie sich endlich als die liebe Großmutter, die ganz versessen auf mich war. Die Großmutter, die ich mir immer gewünscht hatte. Jetzt war sie plötzlich einfach da, die Frau, nach der ich mich gesehnt hatte, die mit mir ins Museum ging, die mich vorzeigte und lobte. Es war fast zu einfach.

Die ersten Monate versanken im Nebel. Sie zogen vorüber, an manchen Tagen tat ich absolut nichts, meine ganze Energie verwendete ich darauf, mich in dieser Stadt zurechtzufinden. Die Sprache beherrschte ich fließend, aber ich war überrascht, wie sehr sich die Kultur meinem Verständnis entzog. Damals wusste ich nicht, dass man zunächst *Bonjour* sagen musste, bevor man nach dem Weg fragte oder ein Geschäft betrat, man musste es zu jeder einzelnen Kassiererin sagen – es nicht zu tun, war ebenso unverzeihlich, wie nicht Danke zu sagen.

Kassiererinnen stopften meine Einkäufe in Tüten, Menschen wandten sich ohne ein Wort zu sagen von mir ab. Ich war anders, und das strahlte ich aus, ich verärgerte die Menschen, doch mein Französisch war zu makellos, um mein Anderssein zu entschuldigen. In Frankreich gibt es eine bestimmte Form von Härte, die ältere Frauen ausschließlich jüngeren Frauen entgegenbringen, die ihren Erwartungen nicht gerecht werden. Es gab kaum einen Tag, an dem ich nicht von irgendeiner Fremden zurechtgewiesen wurde. Ich wappnete mich dagegen und kämpfte doch immer wieder mit den Tränen.

Ich werde das alles vergessen. Ich muss es aufschreiben, schrieb ich in das Notizheft, das ich während dieser Monate führte, aber darüber hinaus schrieb ich fast nichts. Ich ließ die Tage mit den Nächten verschwimmen, der Sonnenaufgang erfasste mich, ein rasender Puls. Wenn ich versuchte, mich an den vorangegangenen Tag zu erinnern, waren da nur Schlieren, ein Aquarell im Regen.

Mein Leben lang hatte ich in einer Stadt gelebt, die sich, wie ich selbst, ständig neu erfand. New York war eine unscharfe Ansammlung von Hochhäusern und sich verändernden Schaufenstern. Paris hingegen ließ die Zeit stillstehen wie ein See. Die Stadt bestand aus geografischen Schichten, Ablagerungen, unsichtbaren Linien, die sich durch die unveränderlichen Fassaden der Gebäude zogen. Ich besuchte alle Orte, an denen meine Mutter je gelebt hatte. Auf der Rue Dauphine auf der linken Seite der Seine schlich ich mich in den Innenhof des Hauses, in dem sie und Jean-Michel gemeinsam in der Einzimmerwohnung gelebt hatten. Ich zählte die Fenster, um ihres zu finden, wobei ich fast damit rechnete, dass mir zwischen den Vorhängen ein Geist ihres jüngeren Selbst entgegenblicken würde.

Ich war oft einsam, und es in Paris zu sein, war eine neue Erfahrung. Eines Nachmittags schlenderte ich in düsterer Stimmung zaghaft durch die Stadt. Ich sehnte mich danach, ans Wasser zu gehen, verbot es mir jedoch. Stattdessen ging ich zu einem von Künstlern besetzten Haus auf der Rue de Rivoli, die ihre Türen für Touristen geöffnet hatten, und erklomm die von Graffiti gesäumten Treppen. Oben angekommen, fand ich mich in einer Ecke wieder, die vollgepackt war mit Dingen, die vom Sperrmüll gerettet worden waren: der Gipsabdruck einer Hand, ein ausgestopfter Affe, leere Vogelkäfige, in denen mit Farbe besprühte Plastikflaschen standen. Handgeschriebene Schilder hingen an Fäden von der Decke herunter. *Warum solltest du also Kinder in die Welt setzen, wenn du doch weißt, dass du sie nicht ernähren können wirst?*, stand auf einem. Ich schlich mich wieder nach draußen, wobei ich die Künstler ignorierte, die mich von ihren Tischen aus aufforderten, näher zu kommen. Dann ging ich einige Straßen weiter zur Seine.

Als ich den Fluss beinahe erreicht hatte, schlüpfte ich in eine der vielen Zoohandlungen auf der rechten Seite der Seine. Vollkommene kleine Welpen und Kätzchen patschten mit ihren Pfötchen gegen die Plexiglasscheiben ihrer kleinen Käfige. Ein junges Mädchen rollte auf Rollerblades einen Gang entlang, der von Aquarien gesäumt war. Ganz hinten im Laden, wo weniger Kinder waren, hielt ich inne und betrachtete ein dickes Goldhamster-Weibchen. Langsam stand sie auf, und ich bemerkte, dass sich unter ihr eine ganze Reihe Junge befand. Sie waren pink, glichen kleinen Larven, und ihre Augen waren noch verborgen unter einer grauen, leicht gewölbten Hülle. Die Hamsterin kratzte an dem Stroh, mit dem ihr Käfig ausgekleidet war, vergrub die Babys darin, schob sie ein wenig hin und her, dann setzte sie sich wieder. Nur ein paar wenige pinke Gliedmaßen schauten noch heraus. Ein amerikanischer Junge, der nicht weit von mir stand, rief: »Schau, Mama, die Maus läuft in ihrem Rad!« Mir war klar, dass ich ihm hätte erzählen sollen, was es hier zu sehen gab. Wenigstens seiner Mutter, die angesichts der ausgelassenen Freude ihres Jungen gutmütig lächelte, hätte ich es sagen sollen. Aber ich behielt das Geheimnis für mich.

Ich verließ das Geschäft, erst dann erlaubte ich mir endlich, die Brücke zu betreten, die über das Wasser führte, und lief bis zu ihrer Mitte. Die Kalksteinhäuser färbten sich im Sonnenuntergang rosa und golden, und Farbfetzen verbreiteten sich über die gesamte Seine. Doch wie ich da so in einer kleinen Einbuchtung saß, die Arme um die Knie geschlungen, roch ich nichts als den Uringestank, sah nichts als die Kameras, die diese Nacht nur ungenügend abzubilden vermochten. Meine Stimmung wurde nicht besser, und endlich fühlte ich mich wie eine Pariserin, denn trotz all der Schönheit, die mich umgab, war ich traurig.

Kurz nachdem ich nach Frankreich gezogen war, kam meine Mutter mich besuchen. Der Termin hatte bereits festgestanden, eine Geschäftsreise, auf deren Zeitpunkt sie keinerlei Einfluss gehabt hatte. Obwohl ich nach all dem Gerangel um meine Freiheit (meine dramatische Abreise, unsere tränenreichen Abschiede erschienen mir jetzt beinahe grotesk) vielleicht genervt hätte sein können, war ich erleichtert, sie zu sehen. Vor ihrer Ankunft rannte ich zum Bäcker, stellte Croissants, Obst und Käse auf den gedeckten Tisch. Ich machte ihr einen Cappuccino, und als ich sah, wie ihr langsam die Augen zufielen, überredete ich sie, ein Nickerchen in meinem Bett zu machen. Es fühlte sich sehr friedlich an, am frühen Morgen zu arbeiten, während sie schlief, und es verschaffte mir große Befriedigung, meine Mutter zu verwöhnen – *la chouchouter*, wie man in Frankreich sagte. Ich empfand stets weniger Schuldgefühle angesichts meiner eigenen Trägheit, wenn ich meine Mutter dazu bewegen konnte, sich auszuruhen oder etwas zu essen, ja, es langsam angehen zu lassen.

Solange ich meine Mutter an meiner Seite hatte, gab es nichts, was uns hätte aufhalten können. Alles ging plötzlich schneller. Jeder Tag, den sie in Paris verbrachte, war vollgepackt. Die Zeit hörte auf, sich wie Treibsand anzufühlen, sie wurde ein Eispickel, mit dessen Hilfe man die Oberfläche der Welt freilegen konnte. Am ersten Tag ihres Besuches wurde sie im Radio interviewt, kaufte mir eine Kaffeemaschine, traf eine Freundin zum Mittagessen, hatte einen Termin mit einem Künstler, um über seine Cover-Zeichnungen für den *New Yorker* zu sprechen, wurde erneut, dieses Mal für die Zeitung, interviewt, rief den Bürgermeister an, weil unser Nachbar dabei war, im Erdgeschoss einen Puff zu eröffnen. Sie klärte einige Details bezüglich der Verleihungszeremonie für einen Orden, den sie von der französischen Ehrenlegion erhalten sollte, zeigte mir, wie man die Toilettenschüssel wieder in neuem Glanz erstrahlen ließ, wie man die Holzoberflächen in der Küche ölte, und schickte schließlich noch die Fahnen für ein Kinderbuch an eine Druckerei in China. Dankbar fiel ich abends in das Bett, das wir uns teilten, und schlief tief und fest.

Eines Nachmittags trennten sich unsere Wege für kurze Zeit. Ich ging in ein Geschäft, um ein Geschenk für eine Freundin zu kaufen. Der Besitzer folgte mir in die hinterste Ecke des Ladens. Er lauerte in meiner Nähe, kommentierte meinen Körper, wobei seine Hände zunächst beinahe und dann tatsächlich meine Schulter berührten. Ich verließ das Geschäft mit leeren Händen, aufgebracht und mit geröteten Wangen.

Später erzählte ich meiner Mutter davon. Selten hatte sie mir so viel Anteilnahme entgegengebracht wie an jenem Tag.

»Ich weiß, dass es schwierig ist«, sagte sie, »aber du musst eine Strategie entwickeln. Rede dir ein, dass du dir das genauso wünschst, selbst wenn das nicht stimmt. Sag dir, dass du dich schließlich nicht umsonst hübsch machst. Rede dir diese Dinge ein, sieh dich jedes einzelne Mal als Gewinnerin, denn sonst fühlt es sich an, als würdest du verlieren – und ich möchte nicht, dass du dich jemals als Verliererin fühlen musst.« Ihr Rat half mir. Von diesem Moment an wurde es anders. Wenn ich jetzt zwischen Männern entlanggehen musste, die mich schon aus der Entfernung beobachtet hatten, senkte ich nicht den Kopf, ich sah ihnen in die Augen. Ich forderte sie heraus, mich anzusprechen. Ich wollte, dass sie es taten. Sie taten es nie.

Am Abend vor ihrem Geburtstag besuchte meine Mutter Josée. Sie erklärte mir, dass sie an diesem Abend mit ihrer Mutter allein sein müsse. Sie verbrachte die Nacht auf dem Hausboot. Als sie zurückkam, wirkte sie weich und verletzlich.

Als wir am nächsten Tag durch Paris liefen, bestand sie darauf, dass wir die Hauptstraßen mieden. Stattdessen huschten wir in kleine Straßen und durch überdachte Gänge, wir mäanderten auf jedes unserer Ziele zu. Es schien mir, als meide sie die Straßen, die sie zu gut kannte, jene Straßen, in denen die Zeit stehen geblieben war.

Die Gasse, durch die wir gerade gelaufen waren, wurde plötzlich in einem privaten Innenhof zur Sackgasse. Ich seufzte genervt. Mit sanfter Stimme sagte sie: »Wenn ich in Paris bin, fühle ich mich wie ein Fetzen Papier.« Als wir umkehrten, hakte sie sich bei mir unter.

»Hier habe ich keinerlei Gewicht«, sagte sie. »Jeden Moment könnte ich davongeweht werden. Alles in dieser Stadt hat so viel Gewicht, ist so *heavy*, wie man so schön auf Englisch sagt.«

Wir durchquerten eine weitere kleine Straße und fanden uns vor einem kleinen, gut gefüllten koreanischen Restaurant wieder. »Ich glaube, dass ich tatsächlich noch nie Koreanisch gegessen habe«, sagte sie, während sie die Tür aufdrückte. Obwohl es im Restaurant laut war, gelang es meiner Mutter und mir wie immer mühelos, eine intime Unterhaltung zu führen.

»Gestern Abend hat Josée mich gefragt, ob mein Vater jemals …«, sagte sie, dann hielt sie inne. Ich wartete. »Welches Wort gebrauchte sie noch mal?«, sinnierte sie. »Es war sehr spezifisch. Verantwortungslos … unanständig … indiskret! Sie fragte mich, ob mein Vater sich mir gegenüber jemals indiskret verhalten habe.«

»Also … in sexueller Hinsicht?«, fragte ich, um es besser zu verstehen.

»Ja. Ich habe nein gesagt. Aber sie schien mir nicht zu glauben.«

»Warum sollte sie dich das fragen?«, sagte ich. Meine Mutter zuckte die Achseln. Sie schien eher verwirrt denn beunruhigt.

»Ich habe ihr erklärt, dass ich mich *wirklich* nicht sehr wohl damit gefühlt habe, dass er nackt im Haus herumgelaufen ist. Aber Josée sagte, dass auch sie nackt im Haus herumlief, was stimmt. Meine Eltern sind alle beide schon immer Nudisten gewesen.« In der Tat sei Josée auch während dieser Unterhaltung nackt gewesen. Sie hatte bereits im Whirlpool gesessen, während meine Mutter sich ausgezogen hatte. Josée hatte angemerkt, dass meine Mutter ein Bäuchlein entwickele, und sie gewarnt, dass man jedes zusätzliche Kilo in diesem Alter nie wieder loswerde. Diese Bemerkung schien meine Mutter mehr aufzubringen als die Frage nach ihrem Vater.

Ich versuchte das Gespräch zurück auf diese Frage zu lenken: »Aber worauf wollte sie denn hinaus bei der Sache mit deinem Vater?«

Meine Mutter sagte, es habe ein paar peinliche Momente mit ihrem Vater gegeben. Doch nichts in der Art, auf die Josée angespielt habe. Als meine Mutter neunzehn gewesen war, hatte Paul sie mit nach St. Barths in die Ferien genommen. Meine Mutter erinnerte sich daran, wie sie in der Tür des Hotelzimmers gestanden hatte. Es hatte nur ein Zimmer gegeben, darin ein einziges Bett. Paul hatte nackt geschlafen.

»Papa, ich möchte kein Bett mit dir teilen«, hatte sie gesagt. Er hatte sie gefragt, warum.

»Ich weiß nicht«, hatte sie gesagt. »Ich fühle mich einfach sehr unwohl damit.«

»Aber mir macht es absolut gar nichts aus!«, hatte er großzügig entgegnet, ganz so, als wäre sie diejenige gewesen, die *ihn* in Verlegenheit gebracht hatte.

Meine Mutter lachte. Während dieser Ferien waren sie und ihr Vater von einer Freundin von Josée gesehen worden. Die Freundin hatte Josée später erzählt, sie habe Paul mit einer sehr jungen Freundin gesehen.

Josée hatte das richtiggestellt: »Nein, nein, er war mit Françoise unterwegs. Sie ist unsere Tochter.«

Die Freundin hatte nicht nachgegeben: »Nein, die Art, wie sie miteinander umgegangen sind, die Art, wie er sie angefasst hat … Ich glaube nicht, dass das seine Tochter gewesen ist.«

Wegen dieser Sätze, erklärte Josée im Whirlpool, sah sie sich dazu veranlasst, Françoise nach dem Verhalten ihres Vaters zu fragen.

Ich sagte: »Aber war es denn nicht … war es nicht … also die Art, wie er mit dir umging … war das nicht tatsächlich irgendwie verstörend?«

Nein, erklärte meine Mutter. Was sie gestört habe, seien seine sehr jungen Freundinnen gewesen. Das, so erklärte sie mir, habe sie sehr unangenehm gefunden.

»War das das Einzige, was Josées Misstrauen erregt hat?«, fragte ich. »Also, dass ihre Freundin dich für die Freundin deines Vaters gehalten hat?«

Nein, sagte sie. Ungefähr zur selben Zeit, mit Anfang zwanzig, hatte sie ihrem Vater eine Zeit lang im Krankenhaus assistiert. Seine Sekretärin hatte Josée später mitgeteilt, dass sie gesehen habe, wie sich die zwei im Pausenzimmer auf die Lippen geküsst hätten.

»Stimmte das?«, fragte ich.

»Ich erinnere mich nicht daran«, sagte meine Mutter. »Vielleicht haben wir uns auf die Lippen geküsst, aber nicht auf eine Art und Weise, die irgendjemandem unangenehm hätte sein müssen.« Ihr war aus dieser Zeit vor allen Dingen im Gedächtnis geblieben, dass sie ständig in Ohnmacht gefallen war, wenn sie Blut sah, und dass ihr Vater sie gezwungen hatte, es immer wieder aufs Neue zu versuchen. Das hatte ihr nicht gefallen.

Wir hatten unsere Getränke ausgetrunken. Sie wollte eine weitere Runde bestellen. Ich schlug vor, lieber nach Hause zu gehen, dort Wein zu trinken und unsere Unterhaltung in einem persönlicheren Rahmen fortzusetzen.

In der Wohnung legte meine Mutter sich auf das Sofa. Ihre Füße ruhten in meinem Schoß, sie hatte die Augen geschlossen, ein Weinglas in der Hand.

»Wir müssen nicht weitersprechen«, sagte ich leise.

»Nein, nein«, sagte sie. »Meine Augen möchten sich bloß ausruhen. Ich werde nicht einschlafen. Wovon sprachen wir?«

»Les gestes indiscrets«, sagte ich.

»Richtig. Tja, und dann sagte Josée, dass ich mit meinem Vater in einem Bett geschlafen hätte, als ich bei ihm in der Wohnung gelebt habe. Ich sagte ihr, dass das nicht stimme, dass ich in Andrées Zimmer geschlafen hätte. Doch sie ließ nicht locker. Der Selbstmord, sagte sie. Sie sagte, dass sie mich nackt in seinem Bett gefunden habe.« Meine Mutter seufzte und setzte sich auf, um zu trinken.

Das sei nur dem Selbstmordversuch geschuldet gewesen, erklärte meine Mutter mir jetzt. Und ja, es stimme, vielleicht könne man das wirklich seltsam finden. Also, dass sie sich an diesem Morgen auf die Bettseite ihres Vaters gelegt habe. Aber sie habe eben nicht in Andrées Bett sterben wollen, in dem sie so oft unglücklich gewesen sei.

»Glaubst du wirklich, dass es bloß das war?«, fragte ich mit schwacher Stimme.

»Nun, Freud würde natürlich etwas anderes behaupten«, sagte meine Mutter. Ihre Lippen zuckten. Sie sah ängstlich aus.

Sie hob die Hand an ihren Mund und zog einen Glassplitter heraus. Sie betrachtete das glänzende Stück Glas in ihrer Hand, dann stand sie auf, um es wegzuwerfen. Sie wusch das Glas aus und schenkte sich noch etwas Wein ein.

»Willst du von derselben Flasche trinken?«, fragte ich. Ich erlaubte mir die Hoffnung, dass der Splitter irgendwie aus der Flasche gekommen war und sich nicht bereits in dem Weinglas befunden hatte, das ich ihr gegeben hatte.

»Es ergibt keinen Sinn, jetzt eine neue aufzumachen«, sagte sie. »Aber du solltest diese Marke nicht mehr kaufen.«

Sie setzte sich zurück auf die Couch, neben mich, und legte den Arm über meine Schulter. Ich lehnte mich gegen ihre Brust.

»Nein, da war ganz sicher etwas … etwas Seltsames«, fuhr sie fort. »Aber ich erinnere mich genau daran, was damals in meinem Kopf vorging. Mit meinem Vater hatte das nichts zu tun. Beinahe hätte ich mich vom Balkon gestürzt. Ich hatte bloß zu viel Angst.« Mit einem entschuldigenden Blick, ganz so, als schämte sie sich für ihre Feigheit, wandte sie sich mir zu.

»Natürlich«, sagte ich beschwichtigend. »Aber deine Entscheidung, dabei Unterwäsche zu tragen?«

»Meine letzten Minuten bedeuteten mir sehr viel. Ich dachte: *Merde*, das hier tue ich nur für mich, dann kann ich es mir auch so angenehm wie möglich machen.«

»Also hast du deine Kleider ausgezogen?«, fragte ich.

»Ich habe im Bett meines Vaters geschlafen, wenn er nicht da war. Und ich schlief in Unterwäsche. Und mein … also, ich trug keinen richtigen Schlafanzug. Ich meine, ich trug etwas, wenn er da war, und wenn er nicht da war, trug ich nichts. Und es war … es war Mai, und vom Fenster aus konnte man die Seine sehen.«

»Okay«, sagte ich, »okay.« Wir schwiegen. Schließlich sagte ich: »Aber Josée sagte, sie habe dich so gefunden, also habe sie geglaubt …«

Als meine Mutter weitersprach, ahmte sie Josées anklagenden Tonfall nach. »›Weil du immer sein Liebling warst‹«, sagte sie. »›Weil er dich so sehr liebte und du immer sein Liebling warst.‹«

»Uff«, sagte ich. »Mit Worten kann sie umgehen.«

Meine Mutter lachte.

Ich sagte: »Glaubst du, dass Josée jemals dachte: Du lieber Gott, ich muss meine Tochter vor diesen Dingen beschützen?«

»Das wäre ihr nicht im Traum eingefallen«, sagte meine Mutter sofort, »nein.«

»Warum dann? Warum wollte sie dann jetzt mit mir darüber reden?«, fragte ich.

»Sie hat das in letzter Zeit schon am Telefon mehrfach thematisiert«, sagte meine Mutter.

»Mehrfach? In letzter Zeit?«, fragte ich. »Weil ihr euch nähergekommen seid?« Andererseits war ihre Nähe zueinander nicht neu. Schon seit Jahren telefonierten sie jeden Sonntag. Was neu war, war die Tatsache, dass ich in Frankreich war.

»Nein«, sagte meine Mutter. »Ich glaube, sie versucht gerade, eine neue Geschichte zu entwickeln, eine, die ungefähr in folgender Aussage mündet, die sich ungefähr so anhört: ›Zusammenfassend, verehrte Damen und Herren, kann man sagen, dass ich gut daran getan habe, mich von diesem alten Perversling scheiden zu lassen. Oh, was habe ich gelitten.‹ Wenn mein Vater mich vergewaltigt hätte, könnte niemand ihr vorhalten, dass sie eine schlechte Mutter gewesen ist.«

Ich atmete scharf aus, ich war schockiert.

»Und dann habe ich natürlich von dir gesprochen«, fuhr meine Mutter fort. Ich setzte mich auf und löste mich von ihr. »Ich sagte: ›Nadja gegenüber hat Paul sich tatsächlich sehr unangemessen verhalten.‹ Und Josée sagte: ›Ach was, er hat sie bloß ein bisschen begrapscht, er war halt Schönheitschirurg, so hat er sich Frauen gegenüber immer benommen.‹ Kannst du das fassen? Sie ist einfach darüber hinweggegangen.« Ungläubig schnippte meine Mutter mit den Fingern. Schweigend ließ ich einen Moment vergehen, bevor ich sprach.

»Vielleicht«, sagte ich leichthin, »ist das einfach so, hier in Frankreich? Vielleicht gibt es hier so eine Art Archetyp vom schmierigen alten Großvater, und für sie ist dieses Verhalten normal.«

Das brachte meine Mutter auf eine andere Geschichte, und sie wechselte übergangslos das Thema, obwohl ich noch ganz durcheinander war.

»Vielleicht!«, sagte meine Mutter. »Wer weiß schon, wie sie hier in Frankreich sind. Schließlich gab es da ja auch noch diese ganze Geschichte mit dir und Vinchon.«

»Wer ist Vinchon?«, fragte ich.

»Hat dein Vater dir nie davon erzählt?«, fragte sie überrascht. »Nun, vielleicht sollte ich es dann auch nicht tun. Vinchon war ein Bekannter von uns, du hast ihn eines Sommers in Südfrankreich kennengelernt.«

»Ihr hattet viele seltsame Freunde«, sagte ich. »Sie haben sich mir gegenüber sehr oft unangemessen verhalten.« Ich versuchte mir den vorwurfsvollen Tonfall zu verkneifen, der sich in meine Stimme geschlichen hatte.

Doch meine Mutter sagte einfach: »Das stimmt. Dein Vater hat dich nie besonders gut beschützt und ich auch nicht, wenn wir schon davon reden.« Dieses Eingeständnis kam unerwartet und ließ mich innehalten. Ich spürte, wie ich mich, wenn auch etwas zaghaft, zu entspannen begann.

Nachdem er die Familie kennengelernt hatte, schickte Vinchon meinem Vater eine E-Mail. An seine exakten Worte konnte meine Mutter sich nicht mehr erinnern, aber unter anderem stand da, wie schön es gewesen sei, meinen Vater kennenzulernen, und dass seine Tochter doch ziemlich sexy sei und es gewiss ein Vergnügen wäre, sie zu ficken. Irgendetwas in der Art, recht deutlich. Vielleicht war es ein französischer Witz, wenn auch ein ziemlich seltsamer.

»Ich kann nicht glauben, dass Papa nie mit dir darüber gesprochen hat«, unterbrach sich meine Mutter mittendrin. Ich machte *mhh*, aber mir war recht klar, warum er es nicht getan hatte.

Mein Vater hatte meiner Mutter die E-Mail gezeigt. Er war amüsiert und perplex. Meine Mutter unheimlich wütend. »Wie kann Vinchon es wagen, dich da mit hineinzuziehen!«, sagte sie zu ihm. »Was sollst du denn darauf antworten? Ja klar, ich würd' sie auch gern ficken?« Doch mein Vater, so erzählte meine Mutter, habe nicht darauf reagiert. Er drohte dem Mann nicht, ihm den Kiefer zu brechen, so wie er es bei meinem Großvater getan hatte. Er schrieb einfach nie zurück.

Später sprach meine Mutter mit einer ihrer engsten Freundinnen, einer Italienerin, die in Frankreich lebte, über den Vorfall. »Das ist doch aber bloß ein Witz«, versicherte die Freundin ihr in ihrem fetten Akzent. »So bauen Männer Beziehungen auf. Du weißt doch, wie sie in Frankreich ticken!«

»Nein, erklär mir, wie sie in Frankreich ticken!«, sagte meine Mutter. Das war die Pointe ihrer Geschichte. Sie lachte. Ich zwang mich mitzulachen.

»Dein Vater hat dich nicht einmal verteidigt«, wiederholte sie. »Er hat noch nicht einmal mit dir darüber geredet!«

»So öffnet ein richtiger Mann Austern«, sagte meine Großmutter über ihre Schulter hinweg zu mir. »Ich wette, dein Vater weiß nicht, wie man das macht.«

Thierry warf die leeren Schalen durch das Bullauge über dem Waschbecken. Er war ein gut aussehender Mann, der ein paar Hausboote weiter lebte. Josée brachte ihn mit einer Mischung aus Charme und üppigen Mittagessen dazu, ihren Fernseher zu reparieren oder ihr neues Smartphone einzurichten. Sie lehnte sich über ihn, während er arbeitete, sie lutschte die Fleischreste von der Oberseite der Muscheln und schalt ihn spielerisch dafür, dass er so verschwenderisch damit umgehe. Am Tag zuvor hatte Josée mich angerufen, um sicherzustellen, dass ich Austern mochte. Ich war gerührt gewesen – noch nie hatte sie mich gefragt, was ich essen wolle. Jetzt, nachdem sie mich gebeten hatte, den Tisch zu decken, versuchte ich mich in dem japanischen Schrank zurechtzufinden, in dem sie ihre Teller aufbewahrte. Ich wollte unsere neu gewonnene Intimität nicht beschädigen, indem ich nachfragte, wo die Dinge lagen.

»Herrje!«, sagte sie, als sie zum Tisch herübersah. »*Oh là là*, wir brauchen Austerngabeln, Nadja, keine normalen Gabeln. Und für später brauchen wir Steakmesser, keine normalen Messer! Und für die Vorspeise benutzen wir kleine Teller, für den Hauptgang dann die großen. Amerikaner! Hat deine Mutter dir denn nichts von alldem beigebracht?«

Während des Mittagessens wurden die Vorträge über Etikette von solchen über die richtigen Weine für die entsprechende Saison abgelöst. Solche Vorträge waren mir als Teenager unendlich müßig erschienen, denn damals hätte ich jeden Wein getrunken, der mir angeboten wurde. Jetzt hingegen hatte ich das Gefühl, auf eine Quelle geheimnisvollen Wissens gestoßen zu sein, mit dem ich meine amerikanischen Freunde bei Dinnerpartys würde unterhalten können. »Man sollte Pinot Noir ausschließlich zwischen Februar und Juni trinken«, würde ich ihnen dann erzählen, und gemeinsam würden wir über die alten Regeln der Alten Welt staunen.

Man stellte mir einen Teller mit sechs Austern hin. Nach der dritten zog sich mein Magen fest zusammen wie eine Faust. Ich wollte sie alle aufessen – ich aß immer alles auf, was auf meinem Teller lag, eine eher krankhafte als höfliche Angewohnheit –, und vor einiger Zeit hatte ich mir einreden können, ich möge Austern. Doch jetzt setzte sich mein Körper aktiv zur Wehr. Ich kämpfte mich durch die vierte auf meinem Teller, dann gab ich die letzten zwei an Josée und Thierry weiter.

Im Zuge des Mittagessens leerten wir eine ganze Flasche Wein und tranken dann noch einige Schlucke von einer zweiten. Meine Großmutter servierte ein Rindergulasch. Thierry erzählte mir von seiner übersinnlichen Verbindung zu Tieren. Meine Großmutter servierte Käse. Als die Mahlzeit sich dem Ende zuneigte, versuchte ich, die Teller abzuräumen. »Also wirklich, diese Amerikaner sind doch richtige Barbaren«, rief Josée. »Weißt du denn nicht, dass es unhöflich ist, abzuräumen, wenn der Gast noch da ist?« Errötend setzte ich mich wieder hin.

Als Thierry ging, versuchte ich es erneut, aber meine Großmutter bestand darauf, dass wir beide uns hinlegten. Ein Schläfchen am späten Nachmittag! Das war ein Luxus, den ich meiner Mutter nie auch nur vorzuschlagen gewagt hätte.

Die Untermieterwohnung, die sich im vorderen Teil des Bootes befand, stand zu dieser Zeit leer, und manchmal verbrachte ich die Wochenenden bei Josée und übernachtete darin. Ich schob die japanischen Papiertüren zu und legte mich auf die Matratze am Boden. Licht strömte durch das runde Fenster, und ich konnte das Klatschen der Ruder hören, als ein Boot vorbeifuhr. Das Buch, das ich las, war sehr langweilig, und ich ließ es geöffnet auf meine Brust sinken, während ich wegdämmerte.

Plötzlich spürte ich eine Welle von Übelkeit. Ich wusste, dass das Boot meiner Großmutter zu groß war, um zu schaukeln – überhaupt lag die Seine zu ruhig da –, aber in meinem Kopf erwachte eine Erinnerung. Ich war sehr klein, auf einem kleinen Boot auf dem Meer, und ich trug einen großen Sonnenhut aus Stroh. Mir war schlecht geworden. Ich war unter Deck in die Kabine des Kapitäns getragen worden, damit ich mich hinlegen konnte. An mehr konnte ich mich nicht erinnern. Doch erst vor wenigen Tagen hatte meine Mutter einen Ausflug erwähnt, zu dem mein Großvater uns mitgenommen hatte. Sie hatte mir erzählt, wie er stets versucht hatte, sich Zuneigung zu erkaufen – und immer war es schlecht ausgegangen. Er hatte ein kleines Motorboot gemietet, um mit uns übers Mittelmeer zu fahren. Ich hatte mich übergeben, und er war wütend auf mich und meine Mutter gewesen, weil wir sein Geschenk nicht zu schätzen gewusst hatten. Sie hatte mich unter Deck gebracht, um mich nicht weiter seiner Wut auszusetzen. Ich fragte, wie alt ich da gewesen sei. Drei, sagte meine Mutter, und es war ein gutes Gefühl, genau zu wissen, aus welchem Alter meine erste Erinnerung stammte.

Die Wellen von Übelkeit wurden jetzt stärker. Ich sprang auf und rannte Richtung Badezimmer. Ich übergab mich, noch während ich rannte, und drehte zur Küche hin ab, denn sie lag näher. Irgendjemand hatte ein Schneidebrett aus Holz über das Waschbecken gelegt. Ich hatte nicht mehr die Zeit, es beiseitezuschieben. Würgend beugte ich mich darüber.

Schüchtern klopfte ich an die Tür der Wohnung meiner Großmutter, mein Magen rumorte noch immer.

»*Oui, mon chat!*«, rief sie fröhlich. Ich öffnete die Tür und blieb verlegen im Türrahmen stehen. Sie hatte sich umgezogen, sie trug jetzt einen Kimono und schob einige Unterlagen in ihrem Wohnzimmer zurecht.

»Brauchst du etwas?«, fragte sie.

»Ich habe mich übergeben«, sagte ich und fühlte mich irgendwie kindisch.

»Auf den Teppich?«, fragte sie.

»Ein bisschen«, sagte ich. »Vor allem ins Waschbecken.«

»Lass uns mal sehen«, sagte sie und ging voran.

Auf dem cremefarbenen Teppich im Wohnzimmer war eine dünne Kotzspur, die Spritzer erstreckten sich über einen knappen halben Meter.

»Wie ein kranker Welpe«, sagte sie lachend.

Auf dem Schneidebrett war eine riesige Lache aus Erbrochenem. Josée hob das Brett hoch und warf das ganze Ding aus dem Fenster in die Seine. »Damit wäre das ja schon mal erledigt«, sagte sie und rieb sich energisch die Hände. Sie holte etwas blaues Puder, dazu einen merkwürdig harten Schwamm, und ich kniete mich hin und begann zu rubbeln.

Mein Magen rumorte. Dieses Mal schaffte ich es bis zur Toilette. Als ich wieder rauskam, widmete ich mich erneut den Flecken auf dem Teppich. Für den Fall, dass mir wieder schlecht würde, stellte Josée eine Schüssel neben mich auf den Boden. Langsam verblassten die Flecken. Vor meinem inneren Auge zogen Austern vorbei und machten mich ganz krank.

»Fühlst du dich besser?«, fragte sie, als ich aufstand. »Ein bisschen«, sagte ich. Ich nahm mir ein Glas Wasser. Ich spürte, dass sie mich beobachtete und auf eine Erklärung wartete. Ich wollte uns beiden die Verlegenheit ersparen, über meinen undankbaren Magen zu sprechen.

»Es muss an all dem Herumgerenne von letzter Woche liegen, als meine Mutter hier war«, sagte ich schnell. »Ich habe mich daran gewöhnt, nichts zu essen.«

»Natürlich!«, sagte sie, und die Spannung zwischen uns ließ nach. »Ihre Art zu leben, ohne Unterbrechung, ohne eine einzige Pause – das muss dich ja ganz fertiggemacht haben, da mithalten zu wollen.«

Sie ging nach nebenan, um mir Tee zu machen. Ich ging ins Badezimmer, um das Glas Wasser wieder auszukotzen.

»Ich lasse deinen Tee hier auf dem Tisch stehen«, rief sie mir zu. »Ich gehe jetzt ins Bett. Morgen sollten wir deine Mutter anrufen und ihr sagen, was sie mit dir angestellt hat.«

Am nächsten Morgen aßen wir ein einfaches Frühstück mit Toast. Ich trank Wasser aus einem Weinglas. Meine Großmutter besaß keine Wassergläser. Sie trinke niemals Wasser, behauptete sie, weil sie wisse, was darin stecke. Am Abend zuvor, als ich bereits geschlafen hatte, hatte sie ihren kaputten Schreibtischstuhl in die Seine geworfen. Ich dachte zunächst, dass sie Witze mache, aber dann sah ich, dass diese gigantische ergonomische Innovation auf Rädern tatsächlich nicht mehr da war.

»Stress ist wahnsinnig schlecht für deine Gesundheit«, erklärte Josée mir, »und Françoise weigert sich, sich zu entspannen, selbst wenn sie die Gelegenheit dazu hat. Ich bin mir sicher, dass sie bereits Menschen auf dem Gewissen hat. Wir müssen ihr sagen, was sie mit dir angestellt hat.«

Trotz meiner Proteste butterte sie mir eine weitere Scheibe Toast. »Du musst essen«, sagte sie.

Doch als der Abend kam, hatte die Geschichte sich verändert. Beim Abendessen sagte Josée zu meiner Tante: »Nadja hat zu viel gefeiert! Als sie gestern hier ankam, um mit uns mittagzuessen, dachte Thierry, sie sei eine notleidende Frau auf der Suche nach einer Unterkunft. Er musste sie praktisch die Treppe hinuntertragen. Und dann hat sie beim Mittagessen so viel Wein getrunken, dass sie mir den ganzen Teppich vollgekotzt hat. Also mach jetzt mal langsam, Nadja! Kein Wein für dich.« Sie lachten mich aus. Ich dachte darüber nach, mit ihr zu diskutieren – ich war in meinem besten Kleid erschienen! Hatte nur zwei Gläser Wein getrunken! –, stattdessen schwieg ich und rang mir ein Lächeln ab. Dennoch hatten meine Großmutter und ich an diesem Morgen eine gemeinsame Ebene gefunden. Nur zu gern hatte ich eine weitere Scheibe Toast genommen und die Geschichte über meine Mutter sein lassen.

Ich traf Josée fast jede Woche. Sie brachte mich ins Museum und ins Theater, obwohl sie selbst das Theater hasste. Sie schenkte mir eine Handtasche aus Gepardenfell, die einer ihrer Liebhaber, ein Forschungsreisender, der dem Rest der Welt die Osterinseln erschlossen hatte, in Afrika für sie hatte machen lassen. Sie fragte mich, wie ich meine Zeit verbrachte, und wenn ich mich sicher genug fühlte, um lustige Geschichten zu erzählen, lauschte sie mir vergnügt. Sie überschüttete mich mit Komplimenten. »Natürlich hast du hier Freunde gefunden«, sagte sie mir, »du bist so charismatisch und schön«, sagte sie. »Deine Pfunde schmelzen«, sagte sie jedes Mal, wenn sie mich sah. »Bloß ein paar wenige Kilos noch, vielleicht nicht einmal das.« Dennoch kämpfte ich mit meinem Misstrauen. Jede von uns hatte Hintergedanken, dachte ich, und wir tänzelten vorsichtig umeinander herum. Josée war eine Verführerin, sagte ich mir; ich durfte mich nicht von ihr verführen lassen. Und dann war da diese Frau, die mir gegenübersaß: so lieb, so aufmerksam und immer zerbrechlicher. Und wie sie jedes Mal aufblühte, wenn sie mich sah. Wie fürsorglich sie für mich kochte, mit welcher Großzügigkeit sie mich beschenkte. War sie tief in ihrem Inneren ein Monster? Oder war ich das Monster, indem ich das überhaupt in Erwägung zog?

Eines Nachmittages kam sie schneller zur Tür als erwartet. Ich hatte mich noch nicht auf mein verändertes Ich eingestellt. Allein war ich entspannt in meinem Körper, ließ mich in ausschweifenden und fabelhaften Gedanken treiben. In ihrer Gegenwart wurde ich zum kleinen Mädchen, nichts an mir war ausschweifend, ich war passiv und höflich. Die ersten Minuten zwischen uns waren oft angespannt, was einer der Gründe dafür war, warum ich nie mit leeren Händen bei ihr auftauchte.

»Ich habe dir Clementinen und Birnen mitgebracht«, sagte ich und wuchtete die Tasche zwischen uns.

»Wunderbar«, sagte sie. »Geh und leg sie in die Küche.« In diesem Moment verriet sie mir noch nicht, dass sie Birnen hasste. Später erfuhr ich, dass sie während ihrer Kindheit eine Zeit lang stets den Geruch reifender Birnen in der Nase gehabt hatte, weil die geernteten Früchte direkt über ihrem Bett deponiert worden waren. Der Geruch machte sie bis heute krank.

»Ich bin am Verhungern«, sagte sie. Es war vier Uhr nachmittags, und obwohl ich Bescheid gesagt hatte, dass ich es nicht zum Mittagessen um zwei Uhr schaffen würde, hatte sie mit dem Essen auf mich gewartet.

»Zuerst habe ich aber eine kleine Aufgabe für dich«, sagte sie, wie so oft, wenn ich kam. Dieses Mal bat sie mich, die Küchenuhr wieder aufzuhängen, die von ihrem Haken heruntergefallen war. Ich stieg auf einen Tritthocker, um auf die Küchenablage zu kommen. Dort kniete ich mich hin, während ich zwischen der Rückseite der Uhr und der Wand herumtastete, bis Loch und Nagel sich gefunden hatten.

»Bitte schön«, sagte ich. »Ganz einfach.«

»Siehst du«, sagte sie. »Nicht einmal die einfachsten Dinge kann ich mehr selber machen.«

»Ich helfe dir gern. Jederzeit«, sagte ich.

Sylvie half Josée ständig mit solchen Dingen, aber im Augenblick sprachen sie nicht miteinander. Warum genau, wusste ich nicht. »Sie war zum Mittagessen hier, und ich habe irgendwas gesagt, so was wie: ›Reich mir bitte mal das Salz‹, und sie sagte: ›Ich bin nicht deine verdammte Dienerin!‹, und dann ist sie rausgestürmt!«, sagte Josée mit weit aufgerissenen Augen – ein Sinnbild der Unschuld. »Du weißt ja, wie Sylvie ist. Sie ist so flatterhaft. Man kann sie nicht verstehen.«

Ich machte *mhh* und deckte den Tisch.

Geschickt wich Josée meinen Fragen aus, indem sie stattdessen auf Fragen antwortete, die ich nie gestellt hatte. Oft nahm sie Umwege, führte uns auf die ausgetreteneren Pfade der Vergangenheit, doch heute war ich fest entschlossen. »Wie hat sich meine Mutter als Jugendliche verändert?«, fragte ich, als wir uns zum Essen hinsetzten. Gleichzeitig öffnete ich die App auf meinem Telefon und startete die Aufnahme.

»Was meinst du mit ›als Jugendliche‹?«, sagte sie.

»Ich weiß es nicht, mit zwölf, dreizehn.«

»Ach ja, das waren die Jahre, in denen Sylvie fort war. Da haben wir alle unheimlich aufgeatmet. Françoise war in dieser Zeit sehr glücklich, weil sie endlich Gelegenheit hatte herauszufinden, wer sie war. Vorher war das Haus ein Ort des Schreckens, weil die Mädchen dauernd miteinander stritten. Wir lebten alle in ständiger Angst vor ihren Streitereien.«

»Sylvie und Françoise?«

»Sie haben keine Ruhe gegeben! Das ganze Haus haben sie beherrscht. Und Sylvie hat Angst und Schrecken verbreitet. Sie schlug deine Mutter. Sie war sehr stark. Als sie ging, konnten wir alle endlich aufatmen. Ich glaube, das waren sehr glückliche Jahre für Françoise, eine glückliche Jugend.«

»Sie hat es als eine schwierige Zeit beschrieben«, sagte ich.

»Oh, es war schrecklich!«, sagte Josée.

»Aber ich meine«, sagte ich, »auch nachdem Sylvie fortging …«

»Von welchem Jahr reden wir?«

»1966 oder 1967«, schätzte ich.

»Ja, aber das ist genau die Zeit, in der Sylvie fort war!«, rief Josée.

»Sie hat mir erzählt, dass eure Beziehung nicht einfach war«, sagte ich zurückhaltend.

»Ich weiß nicht, wovon sie redet«, sagte Josée. »Sie war sehr gut in der Schule. In dieser Zeit stellte sich heraus, dass sie kurzsichtig war, und sie bekam Kontaktlinsen. Wir haben gemeinsam Yoga gemacht und Judo. Und im Mai 1968 entdeckte sie den Rest von Paris, die ganze Welt tat sich ihr zu genau dieser Zeit auf.«

»Aber habt ihr nicht manchmal gestritten?«

»Sie und ich? Nein. Ich kann mich nicht daran erinnern, auch nur ein einziges Mal mit ihr gestritten zu haben. Es gab kaum einen Anlass dazu. Vielleicht habe ich sie mal gescholten, als sie das Wasser in der Badewanne laufen ließ und die Wohnung der Nachbarn überschwemmt hat – aber ansonsten, nein, sie war gehorsam.«

Ich blieb dran. »Sie hat mir gesagt, dass du sie zum EEG geschickt hast. Weil sie verrückt war?«

»*Euhhh* … ein EEG«, grübelte Josée. »Ach ja, da war sie vierzehn. Das haben wir gemacht, weil sie einfach zu klug war! Wir hatten angefangen, uns Sorgen zu machen. Ein Psychiater empfahl uns, sie untersuchen zu lassen. Aber Traurigkeit hatte nichts damit zu tun! *Au contraire*: Wir wussten nicht, dass wir eine hochbegabte Tochter hatten. Damals gab es noch kein Wort dafür.« Josées Lächeln war lieb und reumütig.

Ich bohrte weiter. Meine Mutter hatte mir erzählt, dass sie so verzweifelt gewesen war, wenn sie gestritten hatten, dass sie sich das eigene Gesicht blutig gekratzt hatte.

»Das ist das allererste Mal, dass ich das höre!«, sagte Josée. Sie selbst habe so etwas nie gesehen, insistierte sie. Sylvie habe gekratzt. »Aber … im Alter von vierzehn bis wann, meinst du? In welchen Jahren will sie so todunglücklich gewesen sein?«

Ich zögerte. »Ich erinnere mich an die Geographie der Dinge, nicht an ihre Chronologie«, hatte meine Mutter gesagt. »Vielleicht zwischen zwölf und fünfzehn?«, warf ich ein.

»Ahh!«, sagte Josée, begeistert von dieser neuen Erkenntnis. »Ich glaube, dann weiß ich, worauf sie anspielt. In dieser Zeit hatte sie ihre *crises de tétanie*, das muss sie schon sehr bedrückt haben! Ein Kalziummangel war die Ursache. Das hat sie umgehauen, sie hat sich auf dem Boden gewälzt. *Ah voilà!* Das muss sie wohl meinen. Und ja, tatsächlich haben wir sie wohl auch aus diesem Grund zum EEG geschickt.«

Josées Erleichterung darüber, dass sich diese Sache aufgeklärt hatte, war greifbar. Es fiel mir schwer, mit dem gleichen Nachdruck weiterzufragen.

»Sie hat mir erzählt, dass das zwei verschiedene Dinge waren«, sagte ich. »Die *crises de tétanie* waren die eine Sache, aber es gab da auch noch eine Form von Hysterie, wenn ihr gestritten habt. Dabei hat sie sich das Gesicht zerkratzt.«

»Aber nein. Hysterie! Vielleicht, wenn sie mit Sylvie gestritten hat. Aber niemals mit mir.« Und dann fiel ihr etwas ein. »Oh! Doch, jetzt weiß ich, wovon sie redet! Ja, ja. Das war ungefähr zu der Zeit, als sie ihre Leidenschaft für Andrée entdeckte, sich um sie kümmerte, als wäre sie ihr eigenes Kind, ihr eigenes kleines Baby. Ich fand das seltsam, und ich bat sie, ihre Freunde zu fragen, was die davon hielten – mit dreizehn oder vierzehn hatte sie mindestens eine Freundin, glaube ich. Und vielleicht habe ich auch mit dem Psychiater darüber geredet. Also habe ich ihr verboten, weiterhin so viel Zeit mit ihrer Schwester zu verbringen. Es war nicht gesund. Françoise hat das ganz und gar nicht gefallen – das muss es sein, woran sie sich erinnert.«

»Weil Andrée sie *maman* nannte, richtig?«, sagte ich in der Hoffnung, wieder auf neutralen Boden zu gelangen.

Mit großen Augen sah Josée mich an. »*Maman?* Andrée war damals sieben Jahre alt. Ich will hoffen, dass sie wusste, wer ihre Mutter war!« Sie lachte.

»Also«, sagte ich, »kannst du dich nicht an die *crises de nerfs* erinnern?«

»Nun, vielleicht haben wir die *crises de tétanie* so genannt, bevor wir die Diagnose bekamen. Aber dass sie sich selbst verletzt haben soll ... Nein, ich bin mir sicher, dass so etwas nie geschehen ist. Vielleicht habe ich es aber auch einfach nicht mitgekriegt. Siehst du, am Ende bin ich eben doch eine schlechte Mutter.« Sie schenkte mir ein verzagtes Lächeln, doch in ihren Augen konnte ich Erschöpfung erkennen. Ich ließ das Thema fallen. Was versuchte ich hier unter Beweis zu stellen?

Ein anderes Mal fragte ich Josée, ob meine Mutter als kleines Mädchen je gekocht habe. Als sie nein sagte, fragte ich sie, ob sie sich denn nicht an die Zitronentarte erinnere.

»Oh ja. Aber nein, so ist es nun wirklich nicht gewesen«, sagte sie. »Paul hat keine Kettensäge geholt. Vielleicht eine Handsäge oder ein extragroßes Messer.« Auch sie erzählte mir jetzt die Geschichte. Sie war der meiner Mutter sehr ähnlich. Nur das Ende war ein komplett anderes.

»Sie stellte die Tarte auf dem Tisch ab, und wir sagten: *Ai-ai-ai* – wie sollen wir die bloß schneiden? Und genau in diesem Moment passierte etwas Außerordentliches – es rettete uns alle. Eine Lawine brach los. Sie hatte das Fenster im Zimmer der Mädchen zerbrochen und war bis in die Küche vorgedrungen. Sie kam unmittelbar vor unseren Füßen zum Stehen.« Ich legte meine Gabel ab und starrte meine Großmutter entgeistert an.

»Da haben wir alle *uff* gemacht!«, fuhr sie fort. »Zunächst einmal, weil wir nicht tot waren, aber auch, weil es uns davor bewahrte, diese Tarte essen zu müssen! Diese Geschichte haben wir sicherlich zehn oder auch hundert Mal unseren Freunden erzählt. Und da deine Mutter sehr wenig Humor und dafür jede Menge Stolz hat, liegt ihr das Ganze immer noch schwer im Magen. Glücklicherweise lag die Tarte nicht schwer in *unseren* Mägen, denn wir haben sie nie gegessen.«

»Aber das ist doch unglaublich«, sagte ich. »Wie Geschichten sich verändern. Wie unterschiedlich wir uns erinnern.«

»Deine Mutter muss zugeben, dass es das erste Rezept war,

das sie je ausprobiert hat!« Josée war sofort auf Konfrontationskurs.

»Ja, natürlich«, sagte ich. »Aber sie hat nie –«

»Sie behauptet, dass sie danach nie wieder versucht hat zu kochen?«, unterbrach mich Josée. »Nein. Das stimmt einfach nicht.«

»Nein«, sagte ich. »Die Lawine! Sie hat die Lawine noch nie erwähnt.«

»Tja!«, sagte Josée. »Alle erinnern sich daran. Frag Sylvie!« Vor meinem inneren Auge sah ich die Erinnerung meiner Mutter, so wie ich sie mir immer vorgestellt hatte – die Familie rund um einen eleganten Esstisch aus Holz, die Gabeln erhoben, die gelbe Tarte im kühlen Licht des Winters. Und dann begann sich das Szenario mit Schnee zu füllen.

»Schau, was ich neulich gefunden habe«, sagte Josée. Sie gab mir einen weißen Gipsabdruck von dem Gesicht eines jungen Mädchens. Ihre geschlossenen Lider und ihre Wangenknochen gingen fließend ineinander über, als wäre sie nie in der Lage gewesen, sie zu öffnen. Die fast gerade Linie ihres Mundes zeigte, je nachdem, aus welchem Winkel man sie betrachtete, entweder ein Lächeln oder einen Ausdruck tiefer Unzufriedenheit – eine Art Rorschachtest der Emotion.

»Was ist das?«, fragte ich, während ich es in meinen Händen hin und her bewegte. Es fühlte sich ebenso schwer wie zerbrechlich an.

»Das ist deine Mutter«, sagte Josée. »Ich habe mich ein bisschen an Gipsabdrücken für die Praxis deines Vaters versucht, sie diente mir dabei als Modell. Erkennst du sie denn nicht?«

»Nein«, sagte ich.

»Schau dir ihre Augenbrauen an – da kannst du mal sehen, wie haarig sie war«, sagte Josée lachend. »Die berührten sich beinahe.«

Andächtig hielt ich das Gesicht meiner Mutter in der Hand. Vorsichtig. Auf ihrer Wange war ein kreisförmiger Riss, wo der

Gips gebrochen und wieder zusammengeklebt worden war. Behutsam strich ich mit dem Daumen darüber.

Josée kam zum Mittagessen vorbei. Es war ein seltenes Ereignis; sie hasste es, mit dem Auto in die Stadt zu fahren, wo es häufig viel Verkehr und keine Parkplätze gab. Ich putzte die ganze Wohnung von oben bis unten. Ich legte entspannten Jazz auf und deckte den Ikea-Tisch. Mit großer Sorgfalt legte ich die Gabeln auf die gefalteten Servietten. Es war Februar, also mitten im Winter, und durch die hohen Fenster strömte kaltes, graues Licht herein. Ich hatte ein Hühnercurry mit Cashews gemacht und hoffte, dass es zu exotisch war, als dass Josée die Qualität des Essens zu bewerten in der Lage wäre.

»Du hast meine Gepardentasche in ein Accessoire für deine Couch verwandelt«, sagte Josée, die bemerkte, dass ich sie über die Armlehne gelegt hatte. »Du solltest ein Kissen hineintun«, sagte sie. »Ich habe eines, ich werde es dir geben.«

Sie war begeistert von meinem Curry, und ich zählte ihr wie beiläufig die Zutaten auf. Dann versuchte ich einige Fragen zu stellen, die uns in ihre Vergangenheit führen würden, aber wie so oft verrutschten wir in der Zeit, sprachen über Dinge, die später geschehen waren. Wegen der trockenen Hitze der Heizungsluft hatte ich die Fenster ein wenig geöffnet, und so ging ein leichter Luftzug. Ich verabschiedete mich von meiner Agenda und erlaubte ihr, die Richtung des Gespräches zu bestimmen. Sie bewegte sich auf den Zeitpunkt ihrer Scheidung zu. Heute wollte sie über Paul sprechen.

»Das waren die schwierigsten Jahre«, sagte sie. Menschen, denen sie vertraut hatte, logen eiskalt vor Gericht. Paul hatte ihr Andrée weggenommen, nur um sie gleich darauf ins Internat zu stecken. Die Frauen, von denen sie einmal geglaubt hatte, dass sie ihre Freundinnen waren, wandten sich von ihr ab. Sie waren der Meinung, dass eine Frau, die den gut aussehenden, reichen Arzt verließ, um auf einem Boot zu leben – und das mit vierzig! –, verrückt sein müsse. Mehrere Bekannte aus der Zeit, in der sie mit Paul verheiratet gewesen war, waren überrascht, ihr Jahre später wieder zu begegnen. Paul hatte ihnen allen erzählt, dass sie gestorben sei.

»Ich ging vollkommen mittellos«, erzählte sie mir. »Nicht einen Cent wollte ich von ihm.« Das, da war ich mir verhältnismäßig sicher, stimmte nicht wirklich. Doch sie hatte diesen Satz schon so oft gesagt, dass ich ein glasklares Bild davon hatte, wie die junge, schöne Josée pfeifend davongeschlendert war. Jedes Mal strich sie bei diesem Satz mit den Händen über ihre Taschen.

Als die Scheidungspapiere endlich da waren, stellte sie sich auf das Dach ihres Bootes und warf ein Blatt nach dem anderen in die Seine, um dann dabei zuzusehen, wie der Fluss sie davontrug. Diese Scheidung war der schlimmste Moment ihres Lebens. Schlimmer als der Brustkrebs im darauffolgenden Jahr. Viele Frauen bekämen nach unschönen Scheidungen Brustkrebs, erklärte sie mir beiläufig, und ich fragte mich, ob es irgendetwas Schlimmes gebe, an dem Paul nicht die Schuld trug. Die Scheidung sei sogar schlimmer gewesen als all die schwierigen Situationen ihres Lebens mit ihren Töchtern.

»Was für schwierige Situationen?«, fragte ich.

»Deine Mutter hat mich verlassen. Ich habe ihr ein Flugticket nach New York besorgt, und sie ist einfach für ein ganzes Jahr verschwunden, ohne sich je zu melden. Als sie zurückkam, ist sie zu ihrem Vater gezogen. Und dann war da natürlich noch der Selbstmordversuch. Ich habe ihr das Leben gerettet, und sie hat mir ins Gesicht gespuckt.«

Und dann erzählte mir Josée ihre Version dieses Tages – der telepathische Ruf nach *»Maman«*, wie sie Andrée mit ihren shampoonierten Haaren aus der Dusche gezerrt hatte, wie sie zu Pauls Wohnung gerast waren, Françoises Wut am nächsten Tag. Die Einzelheiten deckten sich stark mit der Version meiner Mutter. Dann wurde mir klar, dass meine Mutter bewusstlos gewesen war und nichts anderes als die Version ihrer Mutter zu erzählen hatte.

»Warum, glaubst du, hat sie das getan? Warum hat sie versucht, sich umzubringen?«, fragte ich in der Hoffnung, dass sie mich mit dieser Frage an sich heranlassen würde.

»Sie sagte, es sei um Liebeskummer gegangen, sie sagte, ein Junge habe ihr das Herz gebrochen«, sagte Josée. »Aber … daran glaube ich nicht wirklich.«

»Was war es dann?«, sagte ich leise.

»Ich glaube, dass dein Vater sich … ihr gegenüber sehr schlecht verhalten hat.« Josée lehnte sich zurück und faltete bedächtig ihre Serviette. Es kam öfter vor, dass sie während unserer Unterhaltungen die Generationen miteinander vermengte, sie sprach dann von meinen Tanten als meinen Schwestern und von meinem Großvater als meinem Vater. Häufig fiel es ihr selbst nicht auf, und ich korrigierte sie nicht, obwohl diese Verwechselungen mich sehr irritierten. »Seine Sekretärin hat mir erzählt, dass sie sich im Pausenraum auf den Mund geküsst hätten, und ich weiß nicht, ob du das weißt, aber im Krankenhaus sind sie unter ihrer Arbeitskleidung alle nackt. Er hat Françoise so vergöttert«, sagte Josée mit leiser und verhaltener Stimme. Dann seufzte sie.

»Du denkst also, dass ihre Beziehung … irgendwie krankhaft war?«, fragte ich.

»Oh, mehr als krankhaft. Ich hoffe, dass er sie nie vergewaltigt hat. Ich weiß es nicht. Es würde mich nicht überraschen. Deine Mutter will einfach nicht darüber reden. Und er, na ja, er ist jetzt tot. Dass er sich sexuell zu ihr hingezogen fühlte, ist schon mal klar. Denn für ihn … er war ein solcher Narzisst. In Françoise erkannte er sich wieder – bloß als Frau. Es war die ultimative Phantasie. Er hatte sich selbst neu erschaffen, und dann opferte er sie, verschlang sie. Das ist der Grund, warum sie nach New York ging, glaube ich. Um ihm zu entkommen. Ich beschäftige mich schon lange mit alldem, weißt du.«

Ich legte meine Gabel ab. Ich fühlte, wie mein ganzer Körper den Dienst zu verweigern begann, ein Organ nach dem anderen. Selbst später, als ich das hier zu schreiben begann, weigerten sich meine Hände zunächst, die Worte zu tippen.

»Du hast mich gefragt, warum sie versuchte, sich umzubringen. Ich glaube, dass es daran lag«, fuhr Josée fort. »Schließlich hat sie sich dafür in sein Bett gelegt. Es muss einen sexuellen Hintergrund gehabt haben. Ich hoffe, dass es nicht bis zum Vollzug gekommen ist. Aber ich weiß es nicht. Ich werde es niemals wissen.«

Sie beugte sich über den Tisch und sah mir in die Augen. »Wir sollten niemals mit ihr darüber reden«, sagte sie. »Wenn Françoise annehmen müsste, dass wir Bescheid wissen, wäre das eine Katastrophe für sie.«

Ich schluckte und nickte fast unmerklich.

»Es kann natürlich sein«, sagte Josée und lehnte sich wieder zurück, »dass sie selbst es nicht weiß. Die wirklich schlimmen Dinge im Leben hinterlassen manchmal nichts als ein Loch in deiner Erinnerung, um dich vor ihnen zu schützen. Wie bei den Mördern, die sich nicht daran erinnern, jemanden getötet zu haben.«

Josée und ich hatten erst in der vorangegangenen Woche einen französischen Thriller gesehen, der mit ebenjener Prämisse arbeitete. Sie hatte ihn interessant gefunden, ich hatte ihn gehasst. Nicht bloß wegen der abgedroschenen männlichen Phantasie, die im Zentrum der Handlung stand – der Professor mittleren Alters, der von attraktiven jungen Frauen bestürmt wird –, sondern weil die Vorstellung dieser wabernden schwarzen Löcher mich zutiefst verstörte. Mir war das schon einmal passiert. Die unerwartete Auferstehung dieser schwierigen Kindheitserinnerung hatte mir das Gefühl gegeben, den Kontakt zur Realität zu verlieren. Es erschreckte mich ohnehin schon, dass sich meine Existenz aus einer einsamen Vergangenheit zusammensetzte, aus Erinnerungen und Erzählungen, die niemand in meiner Familie teilte. Dass ich diese Vergangenheit unter Umständen auch nicht kennen sollte, war einfach zu viel. Ich fragte mich oft, wie viele andere Erinnerungen, wie viele dunkle und fremde Krebsgeschwüre noch in mir lauerten.

Bei dieser Geschichte vertraute ich den Erinnerungen meiner

Mutter. In allen Unterhaltungen, die wir später darüber miteinander führten, betonte sie eisern, dass ihr Vater niemals das getan hatte, was Josée da andeutete. Er hatte keinerlei Grenzen überschritten. Ihre Augen blitzten, sie blieb unnachgiebig. Ich hatte keinen Zweifel an ihrer Geschichte. Trotzdem wusste ich, dass mein Großvater bestimmte Grenzen nur unzureichend respektiert hatte. Als eine meiner Tanten noch ein Teenager und wunderschön gewesen war, hatte er sie nachts mit in Clubs genommen und ihr gesagt, dass sie ihn nicht Papa nennen solle. Doch das war weit entfernt von Josées Vermutungen – *Vergewaltigung! Inzest!* –, die mich so sehr quälten, während ich sie aufschrieb. Sie ließ aus dieser fragilen und komplexen Geschichte Berge entstehen, verzerrt bis zur Unkenntlichkeit, für mich völlig unbekannt, nicht wiederzuerkennen.

»Wie dem auch sei, dein Großvater war ein unverbesserlicher Schürzenjäger«, fuhr Josée, die jetzt durch die Lautsprecher meines Computers zu mir sprach, fort. »Er rammelte wie ein Karnickel.«

Es dauerte Monate, bis ich mich überwinden konnte, diese Aufnahme zu transkribieren. Ich wusste, dass ich mich dazu würde zwingen müssen, diese Worte aufzuschreiben. Nicht weil sie *die* Geschichte waren, sondern weil sie eine der Geschichten erzählten. Doch ich floh. Energisch klappte ich meinen Computer zu. Ich schrubbte meine Dusche, bis sie glänzte und meine Fingerknöchel ganz blutig waren.

»Ja«, hörte ich mich selbst sagen. »Er schien die Grenzen einfach nicht zu kennen.«

»Er war es. *Er. Er. Er*«, sagte Josée. Sie sagte: »Rammelte wie ein Kaninchen.« Sie sagte: »Es würde mich nicht überraschen.« Sie sagte: »Wir werden es nie erfahren.«

»Mir gegenüber«, musste ich gesagt haben, denn da stand es in der Abschrift, die ich schließlich erstellte, »gab es bestimmte Dinge, die nicht … astrein waren. Er wusste nicht immer, was angemessen war, besonders bei seiner Familie nicht.«

»Mit dir? Aber du warst gar nicht sein Typ«, sagte Josée. »Du siehst kein bisschen aus wie deine Mutter! Dein Glück. Er hätte auch dich verschlungen. Er war ein Geier, er war unersättlich. Ja, und *diesen* Mann habe *ich* zum Vater meiner Kinder gemacht.«

Später würde Josée diesen Nachmittag noch oft erwähnen. Nicht wegen unserer Unterhaltung, sondern weil ich darauf bestanden hatte, ihr den Rest des Currys in einer Tupperdose mitzugeben, als sie ging. »Ein *doggy bag*«, erklärte sie ihren Freunden, während ich danebenstand. Offenbar war sie ganz angetan, sowohl von meiner Aufmerksamkeit als auch von der Tatsache, wie exotisch ich hier wirkte. »Sie hat mir ein *doggy bag* gegeben!«

Der Nachhall dieses Nachmittags begleitete mich nur kurz, wie ein Trugbild, dann verschwammen die Konturen, und er verschwand ganz. Meine einzige wirklich lebendige Erinnerung war die, wie Josée sich über den Tisch lehnte – »Wir sollten niemals mit ihr darüber reden. Wenn Françoise annehmen müsste, dass wir Bescheid wissen, wäre das eine Katastrophe für sie« –, dazu mein zustimmendes Nicken, der Pakt, den wir geschlossen hatten, wie mit Blut unterschrieben.

Und doch hatte ich ja bereits mit meiner Mutter darüber gesprochen, Glas in ihrer Kehle, und ich hatte ihr geglaubt. Konnte ich die Vergangenheit an diesem Punkt nicht einfach ruhenlassen? Doch da war es. Es war in meine Geschichte gesteckt worden, und sein Gewicht beulte die Seiten aus. Der schwere rote Kristallaschenbecher stand neben mir, während ich arbeitete, und füllte sich stetig mit Zigarettenstummeln.

Der Wind trieb mich vorwärts, die breite Allee entlang, die zu Josées Wohnung führte, mein Rücken ein Segel. Die Welt wirkte an diesem Morgen verschwommen, ein wenig irreal. Am Abend zuvor hatte ich mich mit Freunden getroffen, mit denen ich mich stets heftig betrank — Wodka Tonic, Weißwein, irgendeinen Likör, an dessen Namen ich mich nicht erinnern konnte und dessen klebriger Geschmack noch immer da war.

»*Bonjour, mon petit chat*, komm, zieh dein … dein Dingsda aus, mach es dir gemütlich.« Ich trug einen langen Pullover anstelle eines Mantels. Die Tatsache, dass Josée ihn nicht direkt kommentiert hatte, betrachtete ich als gutes Zeichen.

»Ich bin gegen sämtliche Pariserinnen in den Kampf gezogen, um an einem Sonntag noch ein Backhähnchen für uns zu ergattern«, erklärte ich. »Keiner der Schlachter, bei denen ich war, wollte vor Punkt ein Uhr eines verkaufen, und fünf Minuten später war auf der gesamten Straße keines mehr zu bekommen.« Diese Sätze hatte ich mir auf dem Weg von der Bahn zurechtgelegt.

Sie lachte abwesend. »Also, dieser Sturm!«, sagte sie.

»Wie bitte?«, sagte ich.

»Im Norden Frankreichs fegt ein Sturm übers Land«, sagte sie, »sogar hier.« Ich lauschte, hörte den Wind durch ihre Küche pfeifen und sah, wie die Bäume draußen sich im Wind bogen.

»Oh«, sagte ich. Ich hatte den Sturm nicht bemerkt. Ich suchte nach einer Antwort.

In Josées Gegenwart waren mir zwei Wesenszustände vertraut, keiner von beiden entsprach meinem wahren Ich. Meistens bediente ich mich in ihrer Gegenwart der piepsigen Stimme des höflichen, kleinen französischen Mädchens, das schüchtern war und gefallen wollte. Hin und wieder, vor allen Dingen, wenn ich gerade von einem meiner Ausflüge zurückkehrte, war ich so ungestüm, so aufgeregt, etwas zu erzählen zu haben, obwohl ich kaum ernsthaft daran glaubte, dass man mir Gehör schenken würde – dass ich zu laut sprach und mich an den Worten verschluckte. Ich spürte, dass Josée die stillere Version von mir bevorzugte, und heute entsprach sie mir auch am ehesten. Ein Kind, klein und tief eingemummelt in einen riesigen Wintermantel. Die Zeilen eines Briefes, den die dreizehnjährige Françoise an Mina geschrieben hatte, verfolgten mich. *Ich würde so gern für immer die Françoise bleiben, die ich bei dir bin*, hatte meine Mutter ihrer Großmutter geschrieben. *Es wäre so viel angenehmer für alle Beteiligten.*

Ich tranchierte das Huhn, wobei ich versuchte, nicht die

Hände zu benutzen. Tranchieren war Männerarbeit. Einmal, an Weihnachten, hatte Josée sich die Mühe gemacht, es meinem Bruder beizubringen, indem sie seine Hände führte. Ich hatte aufmerksam zugesehen, begierig, etwas zu erlernen, das eigentlich nicht für mich bestimmt war, aber es gelang mir noch immer nicht, das weiche Knorpelgewebe zwischen den Knochen mit dem Messer zu finden.

»Wir haben exzellenten Käse zum Abschluss«, sagte Josée mit geschürzten Lippen, ohne jedoch mein Hantieren zu kommentieren. »Ich musste ihn auf das Fensterbrett stellen.«

Draußen auf dem Fensterbrett schwamm ein Halbmond aus Käse im Wasser.

»Oh! Er ist vollgeregnet worden«, sagte Josée. »Wir werden ihn trocknen müssen.« Sie ließ den Käse abtropfen, dann packte sie ihn aus, und ein intensiver, scharfer, ja einem menschlichen Körpergeruch nicht unähnlicher Geruch erfüllte den Raum. Mir drehte sich der Magen um.

»Deine Mutter hat mir dieses neue Buch über sie geschickt«, sagte Josée. »Es ist schrecklich. Ich habe sie gleich angerufen, um ihr das zu sagen.«

»Dieses neue Buch« war die Biografie meiner Mutter, die der Cartoon-Wissenschaftler Jeet Heer verfasst hatte. Ich hatte das fertige Buch noch nicht gesehen, aber ich hatte einen großen Teil des Manuskripts gelesen und es für klug und kompetent befunden, obwohl ich dabei gegen den selbstsüchtigen Wunsch hatte ankämpfen müssen, ein exklusives Anrecht auf meine Mutter als Protagonistin zu haben. Das letzte Mal, als ich mit meiner Mutter gesprochen hatte, hatte sie mir erzählt, dass Josée das Cover und das billige Papier kritisiert und außerdem angemerkt habe, dass es voller Druckfehler sei.

Ich war überrascht, dass Josée das Buch nicht gefallen hatte – ich erinnerte mich an die vier knappen Seiten über die Kindheit meiner Mutter, die nichts als Lob für Josée enthielten.

»Sie sagt, sie sei ein ungewolltes Kind gewesen«, sagte Josée, »was überhaupt nicht stimmt! Natürlich wollte ich sie.«

»Aber du hattest nicht vorgehabt, so bald ein zweites Kind zu bekommen«, sagte ich.

»Sie war nicht geplant, aber das heißt nicht, dass sie nicht *gewollt* war«, sagte Josée.

»Trotzdem hattest du auf einen Jungen gehofft. Mehr wollte sie, glaube ich, gar nicht zum Ausdruck bringen«, sagte ich.

»Nein, sie war gewollt. Sie wurde geliebt. Sie war unser kleines *chouchou*, als sie auf die Welt kam.«

»Du musst aber auch den Kontext mitbedenken«, sagte ich. »Im Buch heißt es, *sie hatte ihren unerbetenen ersten Auftritt in dieser Welt.* Sie wollte doch bloß sagen, dass ihre Geburt in jenem Moment nicht gepasst hat.«

»Non!«, sagte Josée plötzlich wütend. Ich sah zu ihr auf. »*Ich* war das unerwünschte Kind, nicht sie.« Einen Augenblick lang hing die Unterhaltung in der Luft, Schweigen machte sich breit.

»Und dann heißt es, sie sei nach New York weggelaufen, weil wir beide ständig gestritten hätten. Und das, also wirklich, nein! Wir hatten einen Streit, an den ich mich erinnern kann, aber sonst … Nein. Ich kann mich nicht daran erinnern, jemals mit ihr gestritten zu haben. Es ist einfach nicht wahr.« Und dann setzte sie wieder einmal zur vertrauten Version dieser Jahre an. Sie erzählte, wie ihre Töchter wie die Wildkatzen gestritten hätten und sie selbst mit ihrem Latein am Ende gewesen sei, während sie versuchte, Frieden zu stiften.

In einer späteren Unterhaltung kritisierte Josée das Buch erneut. Dieses Mal erklärte sie, Françoise habe behauptet, sie sei nichts als eine frustrierte Hausfrau gewesen. Als ich anbot, das Buch zu holen, um sie an den tatsächlichen Wortlaut zu erinnern, antwortete sie, dass ihr ganz sicher übel werden würde, wenn sie diesen Text auch nur noch ein einziges Mal ansehen müsse.

So steht es im Buch: *Während (Josée), die sich schließlich mit großem Erfolg als Kunstbuchhändlerin, Immobilienmaklerin, Ghostwriterin (und als solche für mindestens einen Bestseller verantwortlich) und Innenarchitektin neu erfand, mit ihrem unge-*

wöhnlichen Karriereweg eine Inspiration für Mouly darstellte, hatten Mutter und Tochter eine immer mal wieder von Irritationen geprägte Beziehung zueinander. (Spiegelman sagt, dass seine Schwiegermutter ihn bei ihrer ersten Begegnung beiseitegenommen habe, um sich über die mangelnden Koch- und Hausfrauenkünste Moulys lustig zu machen.) Mouly wollte weg aus Frankreich.

Nervös pickte ich an meinem Essen herum – immer mal wieder von Irritationen geprägt. Ich musste an mein eigenes Buch denken.

»Das Hähnchen ist köstlich!«, sagte Josée, obwohl es zu trocken war. »Was für ein Festessen du mir bereitet hast. Weißt du, ich rede nicht gern beim Essen, aber schau, wie viel ich dir gerade erzählt habe.«

Josée wird in diesem Buch nur ein einziges anderes Mal erwähnt: *Mouly sagt heute, dass ihr Verständnis von Schönheit eng an ihre Beobachtung der eigenen Mutter als »einen im wahrsten Sinne dieser Worte schönen, anmutigen, eleganten und glamourösen Menschen« geknüpft ist. Schon als Kind wollte Mouly Kunst schaffen, die schön genug war, um (Josée) zu gefallen: »Viele meiner frühen Kindheitserinnerungen drehen sich darum, wie ich für sie gebastelt und gemalt habe.«*

In meinem Buch, das war mir bereits klar, würde ich diesen Satz vervollständigen – mit der tropfenden Vase und den Geschenken, die ohne einen weiteren Blick beiseitegeworfen worden waren.

Mir war nicht gut. Es war nicht bloß der Käse, der noch krasser schmeckte, als er roch, oder mein Kater. Es war Josées glückseliges Lächeln, die Art, wie sie mich aufforderte, doch noch einen weiteren Happen zu nehmen, die Gemütlichkeit ihrer Küche, während draußen der Wind heulte. Ich konnte mir bloß vorstellen, wie wütend sie eines Tages mit mir sein würde.

Nach dem Mittagessen nahm ich den Kaffee, den Josée mir gemacht hatte, mit ins Wohnzimmer. Ich hatte eine externe Festplatte mitgebracht, mit Filmen, die meine Mutter digitalisiert hatte. Die meisten stammten aus meiner Kindheit – endlose Aufnahmen, auf denen mein Bruder und ich Geschenke aufrissen und Kuchen aßen. Dann war da aber auch noch eine Datei, die den mysteriösen Titel *Cahiers du cinema* trug. Sie enthielt Kopien alter Super-Acht-Filme aus den späten Fünfzigern, die meine Mutter bei ihren ersten Schritten, Sylvie auf einem hohen Balken am Strand und für einen Augenblick auch Josée in einem schweren Pelzkragen zeigten.

Josée bombardierte mich mit Fragen, während ich versuchte, die Dateien hochzuladen und zum Laufen zu bringen. Ich verband die Festplatte via USB mit ihrem schicken neuen Flatscreen, wechselte die Batterien ihrer Fernbedienung und begann, mich durch die Kanäle zu klicken. Ich spürte Josées Bewunderung auf mir ruhen wie eine Wärmelampe. Als sie ihre Hand auf meine Schulter legte und ihre Stirn gegen meine sinken ließ, entstand ein Moment seltener körperlicher Nähe zwischen uns.

»Ich habe vollkommenes Vertrauen in deine Intelligenz«, sagte sie, ihre Stimme war das reinste Schnurren. Ich wippte auf den Fersen und fühlte, wie meine Schultern sich strafften.

Die ersten Bilder flackerten auf dem Bildschirm. Eine fünfjährige Sylvie glitt auf einem Spielplatz an der See an einer langen weißen Stange herunter. Meine Großmutter schrie auf und stolperte ins Bild.

»Ah! Das ist Sylvie! In Deauville, wo wir viele Sommer verbracht haben. Das ist meine Freundin Catherine! Jetzt liegt sie im Sterben. Oh! Und da ist deine Mutter! Schau, wie sie versucht, mit ihrer Schwester mitzuhalten. Aha! Selbst damals. Schau, wie glücklich und voller Leben Sylvie war!«

Schwarze Punkte leckten am Bildschirmrand. Sylvie, ganz in Weiß gekleidet, entfernte sich von der Kamera und rannte in blendend weißes Licht hinein. Der Fernseher gab ein statisches Rauschen von sich. Mit dieser Art von Filmqualität wurde in zeitgenössischen Filmen oft ein Gefühl von Vergangenheit evoziert, und es fiel schwer, sich nicht dazu hinreißen zu lassen, jeden Moment als Ausdruck einer poetischen Form der Vergänglichkeit wahrzunehmen. Züge, Gesichter, ganze Körper verschwanden hinter einem weichen Schleier. Einige Tage zuvor hatte ich *Cahiers du cinéma* allein in meiner Wohnung geschaut. Ich hatte auf einen klaren, ungefilterten Blick auf jene Momente im Leben meiner Mutter gehofft, aber die Kamera war so präsent – jeder sah hinein, jeder lächelte. Sie kam mir vor wie ein Spiegel, als ob ich beim Zusehen beobachtet würde, als ob mein Blick von ihren absorbiert würde, bis man überhaupt nichts mehr sah. Doch jetzt saß ich hier und beobachtete Josée beim Zuschauen. Beide Füße fest am Boden, stand sie wie elektrisiert vor dem Fernseher. Sie kommentierte jeden einzelnen Moment für mich.

Die Auszüge waren nicht in chronologischer Reihenfolge; das Alter meiner Mutter schwankte zwischen zwei und fünf Jahren. In einer Sequenz bot ihr eine Hand ein Milchfläschchen an, bloß um es wieder wegzuziehen, als sie danach griff. Meine Mutter lächelte gerissen, als sie beim zweiten Mal fest zupackte.

»Das ist deine Mutter, dieser Ausdruck in ihren Augen! Ich erkenne sie, genau so ist sie. Erkennst du sie?«

Das tat ich nicht. Meine Mutter sah aus wie ein Junge. Sie bewegte sich wie ein Junge. Ihre Wangen, die jetzt unter den hohen Wangenknochen ein wenig einfielen, waren damals noch perfekte Apfelbäckchen gewesen. Sie trug einen so kurzen Männerhaarschnitt, dass ihre Locken nicht zu erkennen waren. Sie trug ein blau gestreiftes Polohemd mit Kragen.

»Vielleicht hast du sie nie so gekannt«, sagte Josée, bevor ich antworten konnte. »Du liebe Güte, Nadja, du hast mich so glücklich gemacht! Was für eine Freude du mir gemacht hast!«

Sie stand wenige Meter vom Fernseher entfernt und wiegte sich von einem Fuß auf den anderen. Ich forderte sie auf, sich zu mir auf die Couch zu setzen, und sie bewegte sich rückwärts und mit ausgestreckten Händen auf mich zu, weil sie den Blick nicht vom Bildschirm abwenden wollte.

Mein Großvater flimmerte ins Bild. Er stand auf einem Feld

und trug einen beigefarbenen Pullover, der sogar bei dieser schlechten Aufnahmequalität teuer wirkte.

»So hast du ihn gar nicht gekannt, nicht wahr? Damals, als er noch gut aussehend war«, sagte Josée mit einem glücklichen Lachen.

Ich sah zu, wie er Françoise hochhob, die in dieser Aufnahme drei oder vier Jahre alt war. Er knabberte an ihrem Ohr, seine Hände auf ihrem Bauch. Es war die erste von mehreren solcher Szenen, in denen mein Großvater Françoise auf dem Knie hatte, ihren Hals küsste, ihr das Kinn tätschelte, mit dem Finger gegen ihre kleine Nase schnippte. Im Gegensatz zu ihm berührte Josée ihre Töchter kaum, und wenn sie es tat, dann ruppig; eine Hand, die ein Hemd richtete. Das Bild meines Großvaters erstaunte mich. Hinter der Kamera war er so unsichtbar gewesen, dass ich beinahe vergessen hatte, dass er da war. Geist, dachte ich. Aber mir wurde klar, dass sie alle Geister waren, wie sie da lachten, redeten und schweigend über den Bildschirm tollten. Es gab so viel, was ich niemals wissen würde.

»Siehst du?«, sagte Josée, als Françoise und Sylvie zwei Puppen in die Kamera hielten, die fast genauso groß waren wie sie selbst. »Meine armen Töchter wurden gar nicht so unzureichend geliebt.«

Es gab keinerlei Entwicklung, keinerlei Handlung und deshalb endete das Video auch ohne jede Vorwarnung. Auf dem Bildschirm erschien wieder eine Liste von Dateien. Josée entfuhr ein kleiner Schmerzensschrei. Um den Moment der Leere zu überbrücken, scrollte ich schnell wieder nach oben und ließ einen Film mit dem Titel *Herbst 1987, Nadja, Françoise, Josée, Mina* laufen.

Plötzlich existiere ich. Ich bin sechs Monate alt. Meine Eltern haben auf dem Rückweg von Auschwitz in Paris haltgemacht (Auschwitz wiederum ein ganz eigenes surreales Heimvideo – ich in einem Buggy in den Ruinen des Lagers). Morgensonne strömt durch die Fenster des Hausbootes und wirft goldene Streifen auf meine vom Schlaf noch etwas zerknautschte Mutter und meine

Großmutter. Meine Mutter schaukelt mich auf ihrem Knie. Meine Großmutter hält einen Becher Joghurt in Richtung der Kamera.

»Möchtest du welchen?«, sagt sie mit einem entzückenden französischen Akzent.

»Nein danke«, sagt die Stimme meines Vaters, die sich weicher und höflicher anhört, als ich sie je gehört habe.

»Hat er dir nicht geschmeckt?«, sagt Josée.

»Doch, er hat mir geschmeckt«, sagt mein Vater. »Ich wollte aber bloß probieren.«

»Wenn du möchtest, habe ich auch welchen ohne Fettheit«, sagt Josée.

»Es gibt den Joghurt auch fettfrei«, übersetzt meine Mutter enthusiastisch, auch ihr Akzent ist stärker, als ich ihn je gehört habe.

»Fettheit«, wiederholt Josée und nickt der Kamera feierlich zu. Den Joghurt hält sie noch immer in der ausgestreckten Hand.

»Nein, ich achte nicht einmal auf mein Gewicht. Ich möchte einfach keinen«, sagt mein Vater.

Josée wendet sich herablassend ab und beginnt, in rasend schnellem Französisch auf meine Mutter einzureden. Mein Vater richtet die Kamera auf mich, dann filmt er aus dem Fenster hinaus. »Wo ist Mina?«, fragt er schließlich.

»Sie nimmt gerade ein Bad«, sagt meine Mutter.

»Dass du sie nicht aufnimmst«, schimpft meine Großmutter spielerisch. Meine Mutter lacht.

»Ich seh's direkt vor mir, wie du an die Tür klopfst und Mina – *ooohhh*.« Meine Mutter tut wie ein schüchternes Mädchen, eine Hand vor dem Mund, die andere vor ihrer Brust.

»Ich möchte bloß alle vier Generationen auf Band haben«, sagt mein Vater leicht verdrießlich.

Die Kamera geht aus, dann wieder an. Meine Mutter balanciert mich auf ihrem Knie, ihre Hände unter meinen Ärmchen, sodass ich in voller Größe zu sehen bin.

»Du bist jetzt schon ein großes Mädchen, nicht wahr? Du bist ein großes Mädchen«, sagt sie zu mir.

»Sie ist eine große *chieuse*«, sagt Josée – was übersetzt in etwa Nervensäge bedeutet. Sie nimmt eine hölzerne Ente von einem Regal und lässt sie sachte auf mein Gesicht zufliegen. Ich bestaune sie, greife mit dicken Fingerchen danach und versuche, ihren Schnabel in meinen Mund zu führen.

Mina taucht im Türrahmen hinter meiner Mutter auf. Sie muss ungefähr einundachtzig sein, ein paar Jahre jünger als Josée heute, aber sie sieht so viel älter aus, als Josée es jemals könnte. In ihrem großen pinken Morgenmantel wirkt sie wie in sich zusammengeschrumpft und sehr verletzlich. Meine Mutter übergibt mich an Mina, die überrascht wirkt und mich ungelenk entgegennimmt.

»Sie wird dich fallen lassen!«, schreit die gegenwärtige Josée im selben Moment, in dem die Josée auf dem Bildschirm sagt: »Mach dir keine Gedanken, es ist nicht so schlimm, wenn du sie fallen lässt, Babys sind sehr weich, und es gibt einen Teppich.«

»Josée, könntest du dich neben Mina stellen?«, fragt mein Vater hinter der Kamera. »Ich hätte gern eine Aufnahme von allen vier Generationen.«

Die Frauen stellen sich zusammen in den Türrahmen. Für einen einzigen kurzen Moment schauen wir alle in Richtung der Kamera.

»Ich hab' den Kaffee vergessen!«, ruft Josée, und meine Mutter und sie eilen aus dem Bild. Mina sieht zu, wie sie verschwinden, dann wendet sie sich achselzuckend meinem Vater zu und lächelt, als wollte sie sagen: diese Mädchen! Dann gleitet das Lächeln von ihrem Gesicht, und sie bleibt seltsam und wie angewurzelt stehen. Mein Vater filmt weiter, wie sie dasteht, mich in ihren Armen, das Gewicht verlegen von einem Fuß auf den anderen verlagernd. Argwöhnisch betrachtet sie erst das Baby, dann sieht sie in die Kamera, dann wieder zurück zum Baby. Die anderen Frauen kehren nicht zurück. Die Kamera wird ausgeschaltet. Eine neue Szene beginnt.

Ich war acht, als Mina starb. Ich baumelte gerade an dem hölzernen Trapez, das an langen Seilen in meinem Zimmer hing, als meine Mutter mit wunden, geröteten Augen hereinkam. Ich grub die Fersen in den Boden, um das Trapez zum Stillstand zu bringen, dann stand auch ich ganz still und hörte zu. Wenn ich an Mina dachte, dachte ich an faltige Hände, den Duft von Rosen und Babypuder und die furchteinflößenden medizinischen Geräusche, die das Pflegeheim erfüllten. Ich kenne jemanden, der gestorben ist, dachte ich feierlich und ein wenig stolz, während ich dieses neue Gewicht auf meinen Schultern beinahe körperlich spüren konnte.

»Wie war Mina so?«, fragte ich Josée eines Abends.

»Körperlich?«, fragte sie. Dann wechselte sie das Thema.

»Hast du in deiner Jugend mit deiner Mutter gestritten?«, fragte ich noch einmal.

»Nein, nie«, sagte sie.

»Was weißt du über das Leben deiner Mutter?«, fragte ich einige Wochen später.

»Sie behielt ihre Vergangenheit für sich«, sagte sie, »nie hätte ich es gewagt, solche Fragen zu stellen wie du.«

Eines Tages, als ich Josée beim Ausmisten half, fand ich in einem Schrank, der sich auf dem Hausboot befand, eine zusammengefaltete Papiertüte. In dickem rotem Edding stand da etwas in Josées Handschrift:

Wir denken tatsächlich nur dann an die Vergangenheit, wenn wir keine Zukunft mehr haben. [Mina] wusste, wie bitter es für einen war, mit Menschen über Menschen zu sprechen, die diese nicht persönlich gekannt hatten. Mit der ihr eigenen Willensstärke hat sie einfach weitergeblättert. An mir wäre es gewesen, sie auszufragen, ihr das Gefühl zu geben, dass ihre Vergangenheit auch meine war. Ich hätte es wissen wollen müssen, aus Liebe zu ihr, aber aus einem Gefühl von Anstand heraus zeigte ich keinerlei Neugierde.

Vorsichtig hielt ich das Papier, dann zeigte ich es Josée. Sie konnte sich nicht daran erinnern, es geschrieben zu haben. »Aus einem Gefühl von Anstand«, betonte sie laut, als sie es ein zweites Mal durchlas. »Davon könntest du ruhig etwas mehr zeigen.«

Als ich meine Mutter zu Mina befragte, wurde sie verlegen. »Ich möchte sie ja gern für dich zum Leben erwecken, aber ich weiß einfach nicht, wie«, sagte sie.

Während wir sprachen, hatte sie mich gezeichnet, wobei sie ständig von vorn begann. Ein ganzer Stapel Bilder war neben ihr gewachsen, Kohlestift auf cremefarbenem Papier. Auf keinem der Bilder war ich wirklich zu erkennen, aber wenn man sie alle zusammen betrachtete, ergab sich ein Abbild von mir. Als ich zusah, wie meine Mutter mich zeichnete, dachte ich darüber nach, wie metaphorisch man das verstehen konnte. Meine Mutter hatte mir einmal gesagt, dass ihr Leben sich für sie immer wie Literatur anfühle, voller Schwingungen und Symbole. Ich hatte stets das gleiche Gefühl gehabt und fragte mich jetzt, ob das wohl allen Menschen so ging. Das Auslassen und Hinzufügen von Dingen diente uns dazu, die Autorschaft über unsere Leben zu reklamieren, es handelte sich um kreative Akte. Vielleicht hatte man uns aus ebendiesem Grund bereits in der Schule beigebracht, die Bedeutung des grünen Lichts im *Großen Gatsby* zu entschlüsseln: Wir sollten sie auch in uns selbst finden können.

Jetzt drehte sie die Zeichenmappe zu mir herum und begann, einen Grundriss von Minas Haus zu zeichnen: Eine Reihe von Kritzeleien standen für den Rosengarten, Fragezeichen bezeichneten Räume, deren Sinn und Zweck sie vergessen hatte; sie markierte den exakten Standort eines Lehnstuhls, ohne dazu etwas zu sagen. Sie erklärte, dass Mina nicht gern gekocht habe, aber es für sie, für Françoise, liebend gern getan habe. Sie erzählte mir, wie glücklich sie gewesen sei, mit ihrem Buch im Sonnenschein neben Mina sitzen zu dürfen, während die ihre Rosen beschnitt. Sie erzählte mir, wie stolz sie darauf gewesen sei, eine Großmutter zu haben, die arbeitete. Mina sei elegant gewesen. Mina war ruhig, sie war lieb.

Meine Mutter hatte bereits all ihre Erinnerungen erzählt, jetzt zermarterte sie sich das Hirn nach weiteren. Sie konnte sich nicht an einzelne Dinge erinnern, die Mina zu ihr gesagt hatte. Frustriert legte sie den Kopf in die Hände und seufzte.

Sie habe die ganze Nacht nicht schlafen können, erklärte sie mir am nächsten Morgen. Es sei schmerzlich gewesen, dass sie mir einfach kein Gefühl für ihre Großmutter hätte vermitteln können.

»Wahrscheinlich verstehst du Mina am besten, wenn ich dir die Geschichte mit der Puppe erzähle«, sagte sie.

»Welche Puppe?«, fragte ich.

»Ich muss dir davon erzählt haben«, sagte sie, aber das hatte sie nicht. Eines Tages, Françoise war zwei oder drei Jahre alt gewesen, hatte Josée Sylvie und sie mit in den Park genommen. Sie hatte ihre Lieblingspuppe dabei und sie immer wieder hoch in die Luft geworfen und wieder aufgefangen. Bei einem ganz besonders hohen Wurf unter dem Dach eines kleinen Pavillons blieb die Puppe zwischen den Balken hängen. Françoise bat Josée, sie herunterzuholen. Sie hatte erwartet, dass Josée ihren Schuh ausziehen und nach der Puppe werfen würde, dass sie einen Stuhl holen oder die Parkaufsicht alarmieren würde, dass sie die Polizei anrufen würde. Doch Josée erklärte das Unterfangen schlicht für unmöglich. Sie schalt Françoise und sagte ihr, dass es von vorneherein eine schlechte Idee gewesen sei, die Puppe hochzuwerfen. Sie packte sie beim Arm und zerrte sie nach Hause. Françoise schluchzte während des gesamten Heimwegs.

»Doch Mina«, erklärte meine Mutter mir jetzt. »Mina hätte die Puppe herunterbekommen. Selbst wenn es die ganze Nacht gedauert hätte.«

Und so kam es, dass ich, was Mina betraf, eine ganze Weile lang bloß eine Geschichte hatte, in der sie nicht vorkam. Die Geschichte von der Puppe, die zwischen den Balken hängengeblieben war.

Eines Novembernachmittages in Paris nahm Josée mich mit zu Minas Grab. Gelbe und pinke Blumen, die an Allerheiligen hier abgelegt worden waren, übersäten den Friedhof mit Farbtupfern und ließen ihn in dem silbrigen Licht des bedeckten Himmels seltsam farbenfroh aussehen.

»Als die Mädchen noch klein waren, brachte ich sie immer zum Spielen auf Friedhöfe«, sagte meine Großmutter. »Die Leute meinten, ich sei verrückt, aber ich habe Friedhöfe schon immer gemocht.«

Gemeinsam mit Sylvie hatte sie erst am vorangegangenen Wochenende Margeriten gepflanzt, doch sie wirkten, nach einem heftigen Regenguss, ein wenig angeschlagen. Josée wollte, dass ich sie ausgrub, damit wir sie durch die Hyazinthen ersetzen konnten, die wir auf dem Weg hierher gekauft hatten. Wie sie so neben mir stand und mir bei der Arbeit zusah, spürte ich deutlich die Muskeln in meinen Armen. Erde sammelte sich unter meinen Fingernägeln. Mina lag hier begraben, genau wie Mélanie und Beppo. Doch in den Stein gemeißelt sah ich nur ihre echten Namen, die nicht jenen entsprachen, die alle um mich herum schon immer verwendet hatten. Moos hatte die Buchstaben ein wenig konturlos und weich werden lassen.

Josée sprach mit mir, während ich arbeitete. Sie zeigte auf Dinge, und ich musste aufstehen oder mich recken, um sie zu sehen. Es sei sehr schwierig, einen Platz auf diesem Friedhof zu bekommen, erklärte sie mir, aber in dieser Grabstätte stünden noch drei weitere Plätze zur Verfügung. Sie würde einen nehmen, der Halbbruder, von dem sie sich entfremdet hatte, würde einen weiteren bekommen. Andrée hatte sie angeboten, den letzten Platz für sich zu reklamieren. Ich fragte mich, ob meine Mutter wohl gern hier begraben werden würde, wenn man sie gefragt hätte.

Nur einige Jahre zuvor hatte ich begonnen, mir quälende Gedanken über die unvermeidliche Tatsache zu machen, dass auch meine Mutter eines Tages sterben würde. Natürlich hatte ich mich darum schon als Kind gesorgt, jedes einzelne Mal, wenn sie mich bei einem Babysitter gelassen hatte. Doch jetzt war dieser Gedanke unleugbar realistisch, und er ging mir oft durch den Kopf. Als ich meine Mutter zu einer Geschäftsreise nach Versailles begleitet hatte, war ich deswegen sogar in Tränen ausgebrochen. Wir waren in einem palastartigen Zimmer untergebracht gewesen, von dessen Fenstern aus man Marie-Antoinettes Gärten überblicken konnte. Vielleicht hatte es daran gelegen, wie wunderschön das alles ausgesehen hatte, oder daran, wie nutzlos, belanglos und selbstsüchtig diese Schönheit im Grunde war. Als meine Mutter mir dann einen Gutenachtkuss gab, versuchte ich mir alles ganz genau einzuprägen – ihren Körper in einen weichen Pyjama gehüllt, den Geruch ihres Haares und ihr Parfüm. Ich versuchte eine Erinnerung zu erschaffen, die so lebendig war, dass ich sie auch vierzig Jahre später noch würde heraufbeschwören können. Dann fing ich zu weinen an, so sehr, dass ich keine Luft mehr bekam. Meine Mutter war verwirrt, aber liebevoll, als ich versuchte, ihr zu erklären, was vor sich ging. Sie streichelte meinen Rücken und versprach mir, dass sie niemals sterben würde.

Im Laufe dieses Jahres trat die Angst vor dem eigenen Sterben an die Stelle der Angst vor dem Tod meiner Mutter. Die Panik, die ich bei diesen Gedanken empfand, war so heftig und so weit entfernt von irgendeiner echten Gefahr, dass ich mich zu fragen begann, ob es wirklich das Sterben war, das ich fürchtete. Vielleicht fürchtete ich gar nicht das Sterben, sondern den Verlust meiner Jugend. Vielleicht fürchtete ich gar nicht den Tod meiner Mutter, sondern die Tatsache, dass ich auch ohne sie weiterleben würde.

Hier auf dem Friedhof, die Hände in kalter, feuchter Erde, hatte ich das Gefühl, in voller Blüte zu stehen. Wenige Jahre zuvor, so erklärte mir Josée gerade, hatte die Leitung des Friedhofs Schilder auf vernachlässigte Grabstätten gestellt. Sofern innerhalb eines Jahres niemand Anspruch auf diese Plätze erhebe, würden die Grabstätten freigegeben. Niemand hatte sich gemeldet, also waren die Leichen ausgegraben und in ein Massengrab umgebettet worden. Die Grabstätten waren an neue Inhaber verkauft worden.

»Wirst du mich hin und wieder hier besuchen kommen, damit sie mich nicht wieder ausgraben?«, sagte sie.

»Aber natürlich!«, sagte ich. »Und nicht nur deswegen.« Auf Josées Gesicht erstrahlte ein riesiges, breites Lächeln, das ich noch nie zuvor gesehen hatte. Für gewöhnlich bewegten sich ihre Mundwinkel einfach ein wenig nach oben, was ihre Wangenknochen betonte. Doch dieses Lächeln berührte jeden Winkel ihres Gesichts.

Einige Grabstätten weiter stand ein Mann mit einem Hochdruckreiniger. Josée bat ihn, Minas Grab zu säubern, wobei es ihr gelang, den Preis um zwanzig Euro zu drücken. Mich wies sie an, den Pflanztopf mit einem Stück Plane abzudecken. Der Mann sprühte zunächst Bleiche auf den Stein, dann drehte er den Schlauch auf. Der Druck fetzte das Moos herunter und ließ gewaltige Wasserstrahlen gen Himmel schießen, wobei der beißende Geruch von Bleiche die Luft elektrisierte. Das Wasser fiel um uns herum vom Himmel herab. Und dann schien sich das Wasser im ganzen Himmel zu verteilen, denn es fing tatsächlich zu regnen an. Ich fühlte mich auf eine unheimliche Art ganz entschieden lebendig.

Der Mann schloss seine Arbeit ab, packte seinen Schlauch ein und fuhr davon. Der Grabstein glitzerte weiß, die Buchstaben waren klar und deutlich zu sehen. Ich kniete mich hin und pflanzte die Hyazinthen ein.

»*Voilà*«, sagte Josée, als ich fertig war. »Gefällt es dir?«

»Ja«, sagte ich, »es sieht sehr schön aus.«

Sie lachte und schlug mir spielerisch auf den Rücken: »Eigentlich habe ich meine Mutter das gerade gefragt.«

KAPITEL NEUN

Josées früheste Erinnerung stammte aus einer Zeit, in der sie sich noch im Bauch ihrer Mutter befand. Sie spürte ein heftiges Rütteln. Der warme Körper, in dem sie lebte, versuchte sie abzustoßen. Sie spürte, wie ihre Mutter versuchte, ihr klarzumachen, dass sie loslassen, gehen, ja, sterben müsse. Selbst damals war sie stur. Selbst damals klammerte sie sich fest. Erst viel später, erklärte sie mir, habe ihre Mutter ihr davon erzählt, wie sie auf dem Kopfsteinpflaster von La Défense immerzu im Kreis gefahren sei, um Josée herauszuschütteln.

»Was ich nicht alles getan habe, um dich dazu zu bewegen, endlich loszulassen«, hatte ihr Mina erklärt. »Oh und wie du dich festgeklammert hast!«

Josée wurde 1930 geboren. Ich habe mich oft gefragt, ob die Tatsache, dass es sich um eine runde Jahreszahl handelte, dazu beigetragen hat, dass Josées Erinnerungen immer präzise waren.

Ihr Alter war stets einfach zu berechnen gewesen. 1939, als der Krieg erklärt wurde, war sie neun, vierzehn 1944, als die Amerikaner durch Paris marschierten. Zu dieser Zeit hieß sie Josette – ein Name für ein kleines Mädchen, das »ette« eine ihm innewohnende Verniedlichung. Es war der Name einer Bäckerin oder einer Verkäuferin, kein Name, der einen zu Höherem bestimmt hätte. Als sie heiratete, verwandelte sie sich in Marie-Josée, das klang bourgeois, und wurde später schlicht zu Josée.

Als sie ihre Mutter nach ihrem Namen fragte, sagte Mina ihr: »Es heißt nicht Josette.« Josée wandte ihren Kopf zur Seite und sah kalt an ihrer Nase hinab, während sie ihre Mutter zitierte: »Es heißt *j'ose être.*«

Ich wage es, zu sein.

Ein anderes Mal erklärte mir Josée, dass ihre früheste Erinnerung ein Blick durch ein Fenster im Haus ihrer Großeltern in Nanterre im Westen von Paris sei. Josée war nicht groß genug, um durch das Fenster ins Haus schauen zu können, also stand sie auf dem Hund. Durch die Scheibe beobachtete sie ihre Mutter dabei, wie sie einen Baumwolldocht in Alkohol tunkte und ihn anschließend mit einem Streichholz entfachte. Mina hielt den brennenden Docht in ein umgedrehtes Glas, das aussah wie ein leeres Joghurtglas, während Minas Vater Alfred bäuchlings auf dem Bett lag. Mina setzte das erhitzte Glas auf seinen Rücken, und das Vakuum saugte seine Haut an, sie wölbte sich und wurde ganz lila. Einige Augenblicke später löste Mina das Glas mit einem Schnippen ihres Daumens. Es blieb eine Quaddel, auf deren Oberfläche die Kapillargefäße blühten, und mit einem kleinen Skalpell ritzte Mina schnell ein x in das geschwollene Fleisch. Blut spritzte. Alfred lag da, schnaufend und glatzköpfig. Seine Haare, stellte Josée erschrocken fest, lagen auf dem Nachttisch. Sie verließ ihren Platz am Fenster und warf sich auf den Hund. Wer waren bloß diese Menschen, weinte sie in sein Fell hinein, die einander die Rücken blutig schnitten und die Köpfe abhackten? Nie wieder wollte sie diese Menschen sehen.

Trotzdem sei es eine sehr gute Heilmethode, erklärte sie mir im selben Atemzug, sehr gut geeignet zur Reinigung der Lunge. Sie stamme aus der Zeit Louis XIV., und wir würden sie heute immer noch praktizieren, wäre sie nicht so kompliziert.

Es war nicht leicht gewesen, Josée dazu zu bringen, von ihrer Vergangenheit zu sprechen, insbesondere von der frühen, aber so langsam begann sie sich auf mich zuzubewegen. Dennoch nahmen ihre Geschichten oft seltsame, starrsinnige Wendungen. Jäh schreckte sie jedes Mal vor jeglicher Schuldzuweisung gegenüber ihrer Mutter zurück.

Bloß ein einziges Ereignis stellte Josée rundheraus negativ dar und erwähnte es gleich mehrfach. Bei den Besuchen in Nanterre, als Josée zwei oder drei Jahre alt war, hatte Mina das Blut roher Steaks in ein Glas gepresst, Josée auf ihren Schoß genommen, ihr die Nase zugehalten und ihr das Blut in den Mund geschüttet. »Deshalb esse ich niemals rotes Fleisch«, sagte sie mir, obwohl sie Schinken aß, während sie das sagte. Was sie eigentlich sagen wollte, war, dass sie niemals Fleisch aß, das blutig wirkte.

Es seien die Männer in Minas Leben gewesen, die sie geprägt hätten, sagte Josée – Minas kleiner Bruder, der starb, als sie neun Jahre alt war; Minas Vater Alfred, der starb, als Josée drei war; und Minas Sohn. Josée zählte ihren eigenen Vater nicht mit auf. Sie selbst, sagte sie, habe sich ohnehin viel mehr zu Frauen hingezogen gefühlt – um Geheimnisse zu teilen, um zu reden und zu lachen. Vielleicht, so sagte sie mir, liege es daran, dass Männer sie zunächst nicht begehrt hätten. Im Grunde konnte man sagen, dass sie überhaupt unerwünscht gewesen war.

»Aber das war, bevor du auf die Welt gekommen bist«, sagte ich. »Danach, als sie dich in ihren Armen hielt, muss Mina das anders empfunden haben.« Ich glaubte fest daran, dass die biologische Liebe einer Mutter zum Ausdruck kam, sobald das Kind auf der Welt war.

Josée erzählte mir, dass sie sich sogar an den warmen, süßen Geruch der Muttermilch zu erinnern glaubte, an das sanfte Wippen, wenn ihre Mutter die Brust wechselte. »Dafür musst du ein Baby schon lieben«, sagte sie, »es ist nicht so, als hätte sie nichts Besseres zu tun gehabt.«

Gemeinsam fuhren wir oft in die Nähe jener Straße, in der sie ihre ersten Lebensjahre verbracht hatte. Es war die Rue du Marché, und sie befand sich zwischen dem Hausboot und ihrer Wohnung in jenem Viertel, in dem sie noch immer lebte. Einmal, so erzählte sie mir, hatte sie ein »Zu verkaufen«-Schild im Fenster ihres alten Hauses gesehen, aber als sie am nächsten Morgen dahin zurückkehrte, war das Schild verschwunden gewesen. »Ich hätte es liebend gern gekauft«, sagte sie.

»Hast du glückliche Erinnerungen daran?«, fragte ich.

»Oh nein! Schreckliche!«, sagte sie.

Als sie vier oder fünf Jahre alt gewesen war, hatte Mina sie nach draußen geschickt, um Zigaretten zu kaufen. Im *café-tabac* an der Ecke hatte die kleine Josée um *»des chameaux«* gebeten. Das sei eine schöne Erinnerung, erklärte sie. Die Aufgabe hatte ihr das Gefühl gegeben zu existieren, sie war dankbar gewesen, zu etwas nütze zu sein. Der Laden war noch immer da, die Straße, das Haus und die Etage. »Es ist alles immer noch da«, erklärte sie mir. »Ich werde es dir zeigen.« Aber sie tat es nie.

Josée und Mina lebten allein. Ihr Vater Eugène bezahlte für die Wohnung. Hin und wieder kam er während seiner Mittagspause zu Besuch, *»pour tirer un coup«*, um eine schnelle Nummer zu schieben, wie Josée boshaft bemerkte. Manchmal nahm er sich die Zeit, Josée auf seinem Knie zu balancieren. »Hast du dir die Zähne geputzt? Bist du heute schon auf dem Klo gewesen?«, fragte er dann. Nie stellte er eine andere Frage.

Eines Abends, als sie bei einer Freundin zu Besuch war, machte Josée eine erstaunliche Entdeckung.

»Wusstest du, dass es Papas gibt, die abends zu Hause sind?«, sagte sie zu Mina. »Wieso ist mein Papa abends nicht hier?«

»Das geht dich nichts an«, antwortete Mina. »Du bist zu jung, um das zu verstehen.« Eugène verbrachte seine Abende in seinem eigenen Zuhause mit seiner Frau und seinen Söhnen.

Josées lebendigste Erinnerungen an Mina waren jene, in denen Mina fortging. Einmal versteckte sie sich in Minas Überseekoffer, der bereits für eine Griechenlandreise gepackt war. Sie hoffte, sich so einschmuggeln zu können. Mina reiste oft allein, die Urlaube bezahlte Eugène. Auf einem Foto, das sie in den Dreißigerjahren auf einer Skipiste zeigt, wirkt sie lässig und elegant in Hosen und Pullunder. Sie steht breitbeinig und selbstbewusst, eine Hand in der Hosentasche, die schwarze Baskenmütze frech nach rechts geneigt. Das, so versicherte mir meine Mutter, war nichts, was die meisten anderen Frauen damals getan hätten. Wenn sie nicht reiste, ging Mina aus. Sie war jene Art von Schönheit, die man nicht zu berühren wagte, erklärte mir Josée, so glamourös. Während dieser Reisen, während jener

Nächte blieb Josée gemeinsam mit ihrer Großmutter Mélanie zu Hause. Die beiden beobachteten Mina von einem der oberen Fenster, sahen zu, wie sie in ihrem durchscheinenden orangefarbenen Organza-Kleid auf die Straße trat, um eine Ecke ging und verschwand.

Als Josée drei Jahre alt war, schickte Mina sie fort. Sie sollte bei Mélanie in Nanterre leben. Ich konnte das nicht nachvollziehen. Immer wieder kam ich darauf zurück. Wie konnte eine Mutter ihr Kind fortschicken? Warum? Mina war dreißig, erklärte Josée mir achselzuckend. Sie war beschäftigt, sie hatte ein eigenes Leben.

Dann stießen wir auf ein Foto. Es zeigt Josée mit fünf Jahren in ihrer Schuluniform, sie hält Minas Hand.

»Ach so«, sagte sie. »Das ist aus der Zeit, wo ich nebenan zur Schule gegangen bin. Also bin ich wahrscheinlich erst mit sechs nach Nanterre gekommen.«

Trotzdem verstand ich es nicht. Mit sechs war man doch noch sehr klein. Eines Tages sagte Josée dann ganz nebenbei: »Als ich außer Sicht geschafft worden war …« Da fiel alles an seinen Platz, und ich begriff. Obwohl ein Mann, der nicht ihr Ehemann war, Minas Miete, ihre Rechnungen und ihre Ferien bezahlte, war die Schande eines unehelichen Kindes für Mina unerträglich.

In Nanterre lebten Mélanie und Josée in einer kleinen Hütte auf dem Grundstück einer Frau, die Josée Tante Lucy nannte, die aber, wie Josée mir erklärte, nicht die Schwester ihrer Mutter war. Es gab kein fließendes Wasser. Es gab ein Klohäuschen. Mélanie und Josée teilten ein Bett mit einer dicken roten Überdecke, es war das Bett, über dem die Birnen zum Reifen aufbewahrt wurden. Manchmal nahmen Mina und Eugène die kurze Anreise auf sich, um sie zu besuchen. Sie kamen samstags, weil Eugène die Sonntage mit seiner Familie verbrachte. Sein schickes Auto wirkte in Nanterre fehl am Platz. Die anderen Kinder kriegten schon bald alles spitz. »Warum lebst du nicht bei deinen Eltern?«, stichelten sie. »Warum haben deine Eltern nicht denselben Nachnamen?« Schnell schossen sie sich auf das Wort »Bastard« ein.

Trotzdem hatte Josée zwei Freundinnen, zwei jüngere Mädchen, Schwestern, die jeden Tag nach der Schule mit ihr nach Hause liefen. Endlich, dachte sie, werde ich gemocht.

»Glaubst du etwa, diese Mädchen sind deine Freundinnen?«, fragte Mélanie sie eines Nachmittags. »Die kommen bloß, weil ich ihnen Eis spendiere. Du wirst schon sehen.«

Am folgenden Nachmittag kaufte Mélanie ihnen kein Eis, wie sie es sonst getan hatte. Und Josée sah tatsächlich: Die Mädchen hörten auf, sie auf dem Heimweg zu begleiten.

Mélanie brachte Josée viele Dinge bei. Sie brachte ihr bei, im Verborgenen zu leben, ohne sich zu langweilen, und auf Süßes zu verzichten. Mélanie drohte Josée oft damit, ihr zur Strafe kein Dessert zu geben, also übte Josée sich darin, überhaupt kein Dessert mehr zu wollen. Vor allen Dingen kein Eis.

Mélanie war eine dicke, robuste Frau. Für die kleine Josée sah sie aus wie ein Ballon – zwei kleine Ärmchen, zwei kleine Beinchen und ein hübscher kleiner Porzellankopf mit einem Dutt darauf. Doch was ihre Persönlichkeit anging, wusste Josée bloß, dass Mélanie keine besaß. Sie war nicht mehr als eine Präsenz in ihrem Leben, ein Wesen, das ständig an ihrer Seite war. Mélanie musste sich immer nach einer Autorität richten, zunächst war das ihr Mann, und dann, als er starb, wurde es ihre Tochter.

Die Erinnerungen meiner Mutter bestätigten diese Darstellung: Mélanie war eine Leerstelle, eine Null, sie tat überhaupt nichts. Wenn Françoise ihre Wochenenden bei Mina verbrachte, saß die riesenhafte Mélanie in ihrem Lehnstuhl und rührte sich nicht. Sie las nicht und sie sah auch nicht fern. Sie sprach nicht. Die einzige Bewegung dieser Frau bestand darin, große Brocken Kautabak in eine Spuckschale zu befördern, die sie stets bei sich hatte.

Als Mélanie im Jahr 1961 beerdigt wurde, sagte eine Verwandte zu Josée: »Das muss dich ja schon sehr treffen. Letztlich hat dich ja schließlich deine Großmutter aufgezogen.« Die Erkenntnis traf Josée in diesem Moment zum allerersten Mal, und sie spürte einen Stich von Trauer. Noch nie zuvor war ihr dieser Gedanke gekommen.

Josées zärtlichste Erinnerung an Mélanie bestand darin, wie Mélanie sich damals immer abwandte und tat, als ob sie nichts bemerkte, wenn Josée die Schinkenwürfelchen aus dem Gemüseeintopf vom Herd pickte.

»Und ich erinnere mich auch daran«, sagte Josée mit einer Stimme, der deutlich anzuhören war, dass sie sich die Nostalgie abrang, »wie warm ihr Körper war, wenn sie sich neben mich ins Bett legte.«

Nachdem Josée weg war, organisierte Eugène Minas Umzug von der Rue du Marché in eine schönere Wohnung auf dem Boulevard d'Inkermann. Dort gab es ein Zimmer für Josée. Einmal in der Woche fuhren Josée und ihre ältere Cousine die gut acht Kilometer von Nanterre auf ihren Fahrrädern, um die Nacht bei Mina zu verbringen. Eines Abends entschied Josée, dass sie ihrer Mutter ein Abendessen bereiten würde. Sie hackte das Bund Radieschen, das sie in Minas Küche gefunden hatte, und dünstete sie, bevor sie sie berstend vor Stolz servierte. Ihre Mutter nahm einen einzigen Bissen und spuckte ihn wieder aus.

»Das ist viel zu salzig!«, rief Mina. »Ungenießbar!« Und das war es. Josée hatte noch nie zuvor gekocht, und sie hatte gleich eine Handvoll Salz hineingetan. Ihre Mutter kratzte das Essen von ihrem Teller in den Mülleimer. Josée blieb stur am Tisch sitzen und aß die eigene Portion bis auf den letzten Bissen auf.

Mit acht wurde Josée ins Internat in Chambon-sur-Lignon geschickt. Heute sind es sechs Autostunden von Paris, aber damals dauerte es viel länger. Sie sei in Nanterre zu dünn geworden, sie sei krank. Was auch immer der Grund gewesen sein mochte, nie hätte sie den Umzug hinterfragt. Kleine Mädchen stellten keine Fragen.

Die Schule war gemischt, es gab sowohl Mädchen als auch Jungen, und zwischen den Geschlechtern herrschte der totale Krieg. Die Jungen packten die Mädchen an Armen und Beinen und warfen sie in ein flaches Flüsschen. Josée hatte bereits von Mélanie gelernt, dass Jungen gefährlich waren. Sie lernte, auf Bäume zu klettern, so hoch, dass es den Jungen nicht gelang, ihr zu folgen. Während der Mahlzeiten weigerte sie sich zu essen. Sie tat, als äße sie, stopfte Fleisch in die Ritzen der Tische, wenn die Aufseher ihr den Rücken zuwandten. Irgendetwas stimmte nicht mit ihrem Bauch. Sie stank fürchterlich. Die Mädchen in ihrem Schlafsaal beschwerten sich. Selbst die Reinigungsfrau beschwerte sich. Doch statt sich aufziehen zu lassen, rief Josée zu einem Furzwettbewerb auf. Sie furzte am lautesten und gewann.

Im Sommer kehrte sie nach Paris zurück und lebte wieder bei Mina. Während dieser Zeit schmiedete sie ihren Racheplan. In der Schule wurden Lotterielose verkauft, um Geld für verschiedene wohltätige Zwecke zu sammeln. Außerdem gab es ja noch die landesweite Lotterie, an der die Erwachsenen teilnahmen und hofften, Millionen zu gewinnen. Damit müsse doch etwas anzufangen sein, dachte Josée bei sich. Als die Freunde ihrer Mutter vorbeikamen, verkaufte sie ihnen Tickets für eine Lotterie, die sie persönlich organisierte. Ihre Lose waren teuer, umgerechnet etwa fünf Dollar, aber sie weigerte sich, irgendeinen wohltätigen Zweck zu nennen. »Bei mir bekommen Sie auf jeden Fall etwas für Ihr Geld«, erklärte sie ihnen. Für den Tag der Ziehung versprach sie ihnen eine kostenlose Theateraufführung.

Für die Vorstellung verkleidete sie sich als Mond. Sie bedeckte ihr Gesicht mit Talkum und zog sich einen weißen Morgenrock über. Ihre gesamte Kindheit hindurch hatte sie eine gewisse Affinität dem Mond gegenüber gehabt – er reflektierte Licht, wurde still und leise zur Sichel, bis er fast ganz verschwand. Es war eine Ein-Frau-Aufführung, für die sie da aus den schweren

Wohnzimmervorhängen trat. Die Erwachsenen versammelten sich. *»Le soleil a rendez-vouz avec la lune«,* Josée sang den aktuellen Hit von Charles Trenet, bei dem die Sonne vergeblich auf den Mond wartet. Schon bald war die Aufführung vorbei. Die Erwachsenen klatschten, und sie wartete, bis sich der Applaus gelegt hatte. »Leider«, so erklärte Josée den Zuschauern, »kann die Ziehung nicht stattfinden, da ich zu wenige Tickets verkauft habe. Da lohnt es sich gar nicht.« Die Erwachsenen machten kollektiv *tss-tss* und bemitleideten »die arme Kleine«. Sie streichelten ihr über den Kopf und sagten, dass es dennoch eine gute Idee gewesen sei, dass sie wunderschön gesungen habe. Sie bedankte sich artig. »Wenigstens haben *Sie* ein Ticket gekauft«, erklärte sie jedem, »was ich leider nicht von allen sagen kann.«

Tatsächlich hatte sie eine gigantische Summe zusammenbekommen. Es war 1938, der Krieg hatte noch nicht begonnen, und die Erwachsenen hatten sich großzügig gezeigt. Erfreut stellte sie fest, dass Erwachsene Narren waren. Sie waren nicht so überlegen, wie sie bisher geglaubt hatte. Selbst sie, ein Kind, das sein bisheriges Leben im Verborgenen verbracht hatte, selbst sie konnte sie alle manipulieren.

Im selben Herbst wurde sie erneut fortgeschickt. Mina erklärte, Paris sei zu gefährlich für Josée, auch Nanterre sei nicht sicher, und schickte sie zurück nach Chambon-sur-Lignon. Dieses Mal wurde sie von Mélanie begleitet. Weil ihre Großmutter dabei war, konnte Josée nicht wieder ins Internat. Stattdessen besuchte sie die öffentliche Schule im Dorf und lebte mit Mélanie in einem Zimmer, das ihnen der einzige Lehrer der Schule vermietete. All das, so erklärte mir Josée, trug sich kurz vor dem Münchner Abkommen zu, weshalb die Erwachsenen sich Sorgen machten, dass es Krieg geben könnte. Zurück in meiner Wohnung, dachte ich noch einmal darüber nach und war ein wenig durcheinander. Das Münchner Abkommen hatte in Frankreich zu allgemeinem Aufatmen geführt, man hatte geglaubt, der Krieg mit Deutschland sei abgewendet. Es wurde am 29. September 1938 unterzeichnet. Dennoch blieb Josée bis zum folgenden Sommer, also ein ganzes Jahr lang, versteckt.

»Nun, das ist doch logisch«, sagte José. »Sie hätten mich nicht zurück nach Paris gebracht, nachdem das Schuljahr bereits angefangen hatte.«

Der Dorfschullehrer bat die Schüler, ihre liebsten Sprichwörter vorzutragen.

»Du musst wünschen, was du nicht vermeiden kannst«, sagte Josée, als sie an der Reihe war.

»Wo hast du denn das aufgeschnappt?«, fragte der Lehrer.

»Ich habe es erfunden«, sagte Josée.

»Und was bedeutet es?«, fragte der Lehrer.

»Wir müssen alle sterben, also sollten wir uns vornehmen, den eigenen Tod herbeizuwünschen. Wenn der Krieg kommt, sollten wir den Krieg wollen. Wenn jemand dich schlägt, solltest du dir einreden, dass es dir gefällt, geschlagen zu werden. Auf diese Art ist man immer glücklich.«

Entgeistert sah der Lehrer sie an. Beim Abendessen sprach er Mélanie darauf an. Er mache sich Gedanken darüber, dass Josée möglicherweise selbstmordgefährdet sei. Josée wand sich innerlich. Vielleicht, so dachte sie, habe sie sich nicht richtig ausgedrückt.

In diesem Sommer kehrten Josée und Mélanie erneut nach Paris zurück. Sie waren noch dort, als Frankreich Deutschland am 3. September den Krieg erklärte. Obwohl der Krieg erst im kommenden Mai so richtig begann, war die Angst allgegenwärtig. Mina und Mélanie verschlossen die Wohnung, sie waren überzeugt, dass sie bei ihrer Rückkehr demoliert und geplündert sein würde. Sie nahmen ihren Schmuck mit, während Josée ihr Bébé Claude mitnahm, eine lebensgroße Puppe aus Zelluloid, die eine Unterhose aus braunem Velours trug.

Eugène zwängte sie alle in sein Auto. Seine andere Familie hatte er bereits in Sicherheit gebracht. Die Straßen waren komplett dicht. Menschen rannten zwischen den Autos umher. In den Augen der neunjährigen Josée wirkte es, als hätten manche

Menschen ganze Hausstände auf die Dächer ihrer Autos gebunden. Noch nie hatte sie Erwachsene so sehr in Angst gesehen.

Auf dem Rücksitz erklärte Mélanie, dass die Deutschen sich Paris mit riesigen Schritten näherten. Sie äßen kleine Kinder, erklärte sie Josée. Manchmal kam Mélanie durcheinander und sprach über die »Preußen«. Mélanie war im Jahr 1875 geboren und hatte als kleines Mädchen wilde Geschichten über die Pariser Kommune gehört, über das Leben im damaligen besetzten Paris. Möglicherweise würden sie Ratten essen müssen, erklärte sie Josée. Außerdem spießten die Preußen kleine Kinder auf die Pickel ihrer Helme.

Eugène trat hart auf die Bremse, und Mélanie landete auf Josée und Bébé Claude. Sie wog zu diesem Zeitpunkt beinahe hundert Kilo, obwohl sie später noch weit mehr wiegen würde. Der Aufprall brach der Puppe ein Bein, und nun weinte Josée endgültig. Das ist es also, dachte sie, das sind also die ersten Kriegsverluste.

Eugène ließ die Frauen in Bernay in der Normandie zurück, wo er ein kleines Zimmer für alle drei gemietet hatte. Josée wurde in der Schule angemeldet. Begeistert stellte sie fest, dass die Erwachsenen zu beschäftigt waren, um sie zu schelten, wenn sie Unfug anstellte oder Dinge kaputt machte. Die Belgier passierten den Ort auf ihrer Flucht vor den Deutschen. Sie kamen in Wellen, schmuddelige Familien, die ihren gesamten Besitz mit sich herumschleppten. Sie holte ihnen Wasser und ließ sie das Bad benutzen. Wieder war sie glücklich, zu etwas nutze zu sein.

Und dann kamen keine Belgier mehr. Ihr Vater kehrte mit dem Auto zurück. Die Deutschen seien im Anmarsch, erklärte er ihnen. Er fuhr sie in die Bretagne, in eine Stadt, die so weit im Nordwesten lag, dass dahinter eigentlich nur noch das Meer lag. Dann kehrte er erneut nach Paris zurück.

In der Bretagne lebten sie auf einem Bauernhof. Enttäuscht stellte Josée fest, dass Schule hier kein Thema war. Die Frau des

Bauern schickte ihre Kinder aufs Feld zum Kartoffelkäfersammeln. Das waren fette gelbe Käfer, die sich an die Unterseiten der Blätter klammerten. Josée hasste diese Aufgabe, aber es gefiel ihr, das volle Glas am Ende des Tages der Bäuerin zu überreichen, die die Käfer anzündete und den Kindern erlaubte zuzusehen, wie sie bei lebendigem Leib verbrannten.

»Schaut her«, sagte sie. »Wir verbrennen die Deutschen.« Eines Tages gab es einen Aufruhr. »Versteck dich unter dem Tisch!«, befahl Mina, »die Deutschen sind hier.«

Josée versteckte sich. Sie zitterte vor Angst, sie war sicher, dass sie gleich gegessen werden würde. Stattdessen hörte sie einen Chor von jungen Männern – *ba bum bababa bum bababa bum* –, dazu rhythmisch stampfende Füße. Sie eilte ans Fenster. Junge Männer marschierten da in Viererreihen, ihr Gleichschritt war vollkommen. Sie trugen Sportschuhe, keine wuchtigen Stiefel, kurze Hosen statt militärischen Uniformen. Junge Männer, die sich ein bisschen Bewegung verschafften. »Aber gut sehen sie schon aus!«, rief Josée. Sie hatte erwartet, dass die Erwachsenen ebenso überrascht und erleichtert darüber wären, doch Minas Hand traf gänzlich unerwartet und mit großer Wucht ihre Wange.

Das war's, dachte sich Josée, ich geb's auf. Wie soll ich das auch verstehen.

Sie blieben noch eine Weile auf dem Hof, einige Monate vielleicht. Für Josée war es der Schauplatz eines der scheußlichsten Erlebnisse des ganzen Krieges: Sie musste zusehen, wie ein Schwein geschlachtet wurde.

»Waren es die Deutschen?«, fragte ich.

»Nein«, sagte sie traurig. »Die Franzosen.« In der Stadt hatte es eine große Feier mit einem Festessen gegeben. Wahrscheinlich war es der französische Nationalfeiertag gewesen, vielleicht aber auch eine Hochzeit. Josée hatte nicht gefragt, weil kleine Mädchen keine Fragen stellten. Sie schnitten dem Schwein die Kehle auf. Das Schwein schrie. Das Blut war überall. Das Schwein schrie noch mit aufgeschlitzter Kehle.

Es war ein fürchterliches Geräusch. Die Erwachsenen waren glücklich und betrunken. Sie fingen das Blut auf, für die Würstchen. Josée sah zu, wie es sich auf dem Boden neben dem Brunnen sammelte, pinke Schlieren im schlammigen Wasser. Das ist der Krieg, dachte sie bei sich, das hier ist das Blut und das Grauen des Krieges.

Der folgende Winter, der Winter 1940/41, war einer der kältesten seit Beginn der Wetteraufzeichnung. Eugène brachte sie zu früh nach Paris zurück. Andere versuchten noch, der Stadt zu entfliehen, als sie bereits zurückkehrten. Auf der Straße, die aus der Stadt führte, stauten sich die Autos. Deutsche Flugzeuge stürzten in engen Formationen auf sie herunter. Inmitten des Stakkato-Feuers der Maschinengewehre hielten die Menschen ihre Wagen an, warfen sich in Gräben und hielten die Köpfe dicht am Boden. Josée hatte Angst, aber sie dachte auch: endlich. Sie presste die Nase in die Erde und wartete, bis die Flugzeuge fort waren. Die Leichen blieben am Straßenrand zurück, als sie zu ihren Autos zurückkehrten.

Bis Anfang 1942 lebten Josée und Mélanie mit Mina in der Wohnung auf dem Boulevard d'Inkermann. Eugène und sein Bruder besaßen ein Unternehmen, das Tierfutter verkaufte. Das Unternehmen war während des Krieges sehr erfolgreich, und die Familie konnte ziemlich gut davon leben. Es gab keine Autos mehr in der Stadt, und die verbleibenden Bewohner, sowohl die Franzosen als auch die Deutschen, nutzten vor allem Pferde. Dabei unterstützte Eugène vorbildlich die Résistance, erklärte Josée mir eindringlich. Er war ein Freimaurer und versteckte Fallschirmspringer.

Als ich eine Reihe junger Franzosen befragte, wie ihre Familien sich während des Krieges positioniert hätten, erklärten mir zwei von ihnen, ihre Vorfahren hätten Fallschirmspringer versteckt. Die anderen sagten, sie wüssten es nicht so genau, und wechselten eilig das Thema.

Im Alter von elf Jahren besuchte Josée bereits die siebte Schule.

Sie wollte unbedingt alles nachholen, was sie versäumt hatte. An den Abenden brachte Mina sie zum Schlittschuhunterricht. Begeistert über so viel Aufmerksamkeit von ihrer Mutter, rauschte Josée über das Eis, während Mina zusah. Sie war groß und schlaksig, ein richtiger Spargeltarzan, mit dünnen langen Gliedmaßen und knubbeligen Knien.

An einem unbeaufsichtigten Nachmittag überzeugte Josée ihre einzige Freundin, dass sie sich beide die Wimpern kurz schneiden sollten. Sie glaubte, dass die Haare durch das Abschneiden länger nachwachsen würden, und fand ihren Plan brillant. Aber oh, Minas Strafe hatte sich gewaschen, als sie feststellte, was Josée getan hatte.

»Schau«, sagte sie und lehnte sich über den hell erleuchteten Küchentisch ihrer Wohnung, »sie sind nie nachgewachsen.« Sie senkte die Lider über die blauen Augen, und zum ersten Mal bemerkte ich, wie kurz ihre Wimpern waren. Einen Moment lang hielt sie inne. Mit gesenkten Augen wartete sie, dass ich etwas sagte. Eine Woge außergewöhnlicher Zärtlichkeit überkam mich. Mir war klar, dass sie gerade einen kleinen Makel in ihrer schönen Rüstung bloßlegte. Ich ließ meinen Blick über den Wimpernkranz wandern. Da war es, das schlaksige, elfjährige Mädchen, dessen Präsenz ich von nun an immer würde spüren können, wenn ich sie ansah.

Josée und ich unterhielten uns oft bei langen Mahlzeiten, mal war es ein Abendessen, mal ein Mittagessen – all die Essen verschmolzen in meiner Erinnerung zu einem einzigen langen Moment. Sie mochte nicht reden, während sie aß, und ich wiederum hatte Schwierigkeiten damit, wenn der Computer wie eine Barriere auf der Couch zwischen uns stand. Jedes Mal, wenn ich bei ihr zu Hause ankam, duftete es in der Küche, und das Essen war bereits fertig. Einmal hatte sie Lammkoteletts gemacht, aus denen roter Saft lief, wenn man hineinschnitt, ein anderes Mal weiche, gedämpfte Birnen. Eines Nachmittags brachte ich ihr eine Tüte mit kleinen Financiers aus der *boulangerie*. Als ich ein paar Tage später wiederkam, erklärte sie mir, dass sie das Gebäck an einem einzigen Nachmittag aufgegessen habe. Durch mich habe sie ihre Vorliebe für Süßes wiederentdeckt.

»Wahrscheinlich gehört es einfach zum Altwerden«, sagte sie, »eine Art Rückkehr zu den einfachen Freuden der Kindheit.«

Josées Ausflug zurück in die Normalität währte nicht lange. Im Februar 1942 brach ein weiterer großer Aufruhr über sie herein, dieses Mal innerhalb der vier Wände der Familie. Nach einem heftigen Streit hatte Eugène sie alle in der Wohnung eingeschlossen. Mina packte ihre Kleider in Koffer und warf sie in einem Wutanfall zum Fenster hinaus.

»Er hat euch eingeschlossen?«, fragte ich. »Ich habe noch nie von einer Wohnungstür gehört, die sich nicht auch von innen hätte öffnen lassen.«

»Ich weiß es nicht«, sagte Josée, »ich habe keine Fragen gestellt. Ich war nicht so wie du, mit deinem Aufnahmegerät und deinen ganzen Fragen.«

Mina rief die Nachbarn aus dem darüberliegenden Stockwerk an, und es gelang ihnen, die Tür aufzubrechen. Mina floh mit Josée und Mélanie im Schlepptau. Sie brachte sie in eine kleine dunkle Wohnung mit hässlichen, mottenverseuchten Möbeln. Fünfundzwanzig Minuten dauerte der Fußmarsch zu dieser Wohnung, wo sie ein gut aussehender Italiener erwartete. Mina fiel in seine Arme, und er stellte sich Josée als Beppo vor, aber sie glaubte, sein Gesicht bereits zu kennen. Josée erinnerte sich daran, dass auch er während ihrer Schlittschuhstunden am Rand der Eisbahn gestanden hatte. Plötzlich erinnerte sie sich an alles – auch an das kokette Lachen ihrer Mutter, während sie selbst ihre Kreise auf dem Eis gezogen hatte.

»Dein Vater will dich mir wegnehmen«, erklärte Mina Josée, »ich muss dich verstecken.« Josée packte ihre Sachen. Ein weiterer Umzug. Zusammen mit Mélanie zog sie nach Viarmes, einen verschlafenen Vorort im Norden Frankreichs. Zur Schule konnte sie nicht, weil sie sonst riskiert hätte, dass man sie womöglich fand. Sie lebten in einem kleinen Hotel. Es gab nichts zu tun. Mélanie hatte ihr eingeschärft, nicht mit den anderen Kindern zu reden. Ihr Vater suche sie in ganz Frankreich, erklärte sie Josée, und jeder könne einer seiner Spione sein. Endlose Langeweile zog Josées Tage in die Länge. Die Sternstunden dieser langen Monate waren die Samstage, denn dann verwandelte sich das Hotel in das städtische Kino, und die Filmrollen katapultierten Josée an die fernsten Orte der Welt.

Als Josée und Mélanie in diesem Sommer nach Paris zurückkehrten, hatten Beppo und Mina eine luxuriöse Wohnung gemietet. Sie befand sich im reichen Sechzehnten Arrondissement auf der Rue du Conseiller-Collignon, ganz in der Nähe des Place du Trocadéro mit dem Palais und dem großen Springbrunnen. Hier lebten vor allen Dingen hohe Beamte und Frankreichs Geldadel. Auf der westlichen Seite grenzte das Viertel an den Bois de Boulogne, der das Ganze mit üppigem Grün umschloss.

Die neue Wohnung verfügte über einen kleinen Garten vor dem Haus, und Mina konnte sich um die Rosen kümmern, die darin wuchsen. Endlich war Josée ein Teil von etwas, das einer Familie ähnelte. Es gab einen Papa, der jeden Abend nach Hause kam, eine Mutter, die morgens da war. Es gab ein Zimmer für Mélanie und eines für Josée. Geduldig erklärte Beppo seiner neuen Schwiegermutter, wie man bei Tisch saß und wie man mit den Hausangestellten sprach. Dennoch litt Mélanie in diesem Jahr unter schrecklichen Verdauungsbeschwerden, weil ihr Magen so große Mengen reichhaltigen Essens nicht gewohnt war.

»Und du?«, fragte ich meine Großmutter. »Wie hast du reagiert?« Die kleine Josée ließ sich von nichts überraschen. Sie nahm, was das Leben brachte, sie begegnete den guten Zeiten mit der gleichen Anpassungsfähigkeit, mit der sie auch den schlechten begegnet war. »Ich wollte alle Saucen probieren«, erzählte sie mir. Der Chauffeur brachte sie und Mina mit einer Pferdekutsche zu den Geschäften in der Stadt, wo sie von Kopf bis Fuß in Hermès und Lanvin eingekleidet wurden. Beppo, der alles tat, um sie zu beeindrucken, stellte eine russische Hauslehrerin ein, die Josée, was den Lernstoff betraf, im Laufe des Sommers fast auf den Stand ihrer Altersgenossen brachte. Auch ein wenig Italienisch brachte Beppo ihr bei. Als Belohnung für ihre guten Noten, die zuvor niemand so richtig bemerkt hatte, gab er ihr Taschengeld. Trotzdem bestand Josée darauf, zu Fuß zur Schule zu gehen. Chauffeure und schicke Autos wären bei ihren Klassenkameraden nicht gut angekommen, sagte sie.

Donnerstags besuchte Josée ihren Vater. Seine Sekretärin (die auch seine neue Geliebte war) ließ Josée durch das Fenster im Erdgeschoss in sein Büro klettern. Geduldig wartete Josée, während Eugène seine Post durchging. Dann nahm er sie mit in ein nahegelegenes Restaurant, wo sie zu Mittag aßen. Dort nahm er etwas aus der Tasche und reichte es Josée unter dem Tisch. Das kleine Päckchen enthielt weißes Brot. Das Pariser Brot war zu dieser Zeit in der Regel schwarz, denn weißes Mehl war schwer zu bekommen.

Eugène hatte sich die Haare geschoren – aus lauter Kummer, wie er Josée erklärte. »Wie konnte deine Mutter mich nur verlassen?«, wollte er wissen. »Nach allem, was ich für sie getan habe.«

»Aber wollte dein Vater dich nicht zurückholen?«, fragte ich. »Wie konntest du ihn da einfach zum Mittagessen treffen?«

»Ach, ich glaube, er und meine Mutter hatten sich irgendwie geeinigt. Sie hat ihm wohl gesagt, dass ich bei ihr lebte, in der Schule angemeldet sei und besser nicht erneut aus allem herausgerissen werden solle«, erklärte Josée. Dann, einige Minuten später, sagte sie: »In dieser Zeit herrschte Funkstille zwischen meinen Eltern«, nur um, während ich schon den Mund öffnete, um zu widersprechen, hinzuzufügen: »Mit Ausnahme des Gesprächs natürlich, in dem sie das besprachen, wovon ich dir gerade erzählt habe.«

Eines Nachmittags, als sie mit ihrem Fahrrad unterwegs war, bekam Josée plötzlich Bauchschmerzen. Blut lief ihr Bein herunter. Panisch raste sie nach Hause. Sie musste innere Verletzungen haben. Sie würde sterben. Minas Erklärungen waren vage. Nur das Wort »Eierstöcke« nahm Josée am nächsten Tag mit in die Schule, wo sie ihr Wissen mit den anderen Kindern auszutauschen versuchte. Doch selbst nachdem sie einen Blick ins Lexikon geworfen hatten, konnten sie lediglich so tun, als hätten sie irgendetwas verstanden. Auch als Mina Josée erklärte, dass sie bald ein Geschwisterchen haben würde, ja dass ein Baby in ihrem Bauch wuchs, brachte das kein Licht ins Dunkel.

Josées Bruder wurde im September 1943 geboren. Mina und Beppo, die glücklichen frischgebackenen Eltern, mieteten die Wohnung gegenüber für den Kleinen und seine Nanny. Eines Nachmittags las Josée mir aus einem Heftchen vor. *Geheimnisse einer großen Schwester*, stand auf seinem Deckel.

Es gelingt mir nicht, meiner Rolle als großer Schwester gerecht zu werden, weil die Kinderfrau nicht möchte, dass ich ihm zu nahe komme. Sie hat Angst, dass ich Bakterien anschleppe. Jedes Mal, wenn er lächelt, gilt sein Lächeln Maman. *Ich bin aber nicht eifersüchtig, und ich freue mich sehr. Ich hätte auch gern eine Schwester, aber ich werde die Hoffnung nicht aufgeben.*

»Ich hatte die Hoffnung noch nicht aufgegeben«, sagte Josée lachend. »Nun ja, ich war schon immer sehr optimistisch!« Wir saßen auf ihrem Bett auf dem Hausboot, und ich spähte über ihre Schulter hinweg in das Heft mit der perfekt geschwungenen Klein-Mädchen-Schrift.

»Diese Hefte habe ich nach Minas Tod in ihrem Haus gefunden«, erzählte Josée. »Aber ich hatte bis jetzt noch nicht die Zeit, sie mir anzusehen.«

Eigentlich geht es mir bloß nachts nicht gut. Josée las aus einem neuen Eintrag vor. *Auch mit dem Gardenal, das* Maman *mir gibt, kann ich nicht schlafen. Jede Nacht muss sie meinetwegen aufstehen, die Arme. Ich möchte das natürlich nicht, aber ich weine oder wimmere so sehr, dass sie darauf besteht, mich zu trösten. Zitternd vor Kälte liegt sie neben mir. Und ich, die kleine Egoistin, ich lasse sie mich trösten. Ja wirklich, sie ist die beste aller Mütter. Es gibt wenige wie sie, und ich liebe sie. Vor ein paar Tagen hat sie mir gesagt, dass ich ihr das nicht oft genug zeige. Also zeige ich es jetzt,* las Josée vor und schnaubte: »Ach, das ist alles langweilig! Genug jetzt.« Sie schloss das Heft und legte es beiseite.

»Nein, bitte«, sagte ich, »das interessiert mich.« Sie seufzte, öffnete das Heft erneut und las stumm weiter.

Der süßliche Tonfall verwirrte mich. Ihr Tagebuch las sich wie aus einem kitschigen Film, es war so vollkommen makellos, dass es fast surreal schien. Ganz kurz ertappte ich mich bei dem Gedanken, es könne sich um eine aufwendige Fälschung handeln. Schnell schüttelte ich den Kopf, um diesen Gedanken loszuwerden, denn das Ausmaß meines Zynismus ärgerte mich. Während Josée weiter in dem zerknitterten, ein wenig vergilbten Heft blätterte und voller Interesse weiterlas, ließ ich meinen Kopf zaghaft auf ihrer Schulter ruhen. Konnte es denn sein, dass meine Großmutter einmal dieses kleine Mädchen gewesen war, so überschwänglich in all ihrem Ernst und ihrer Unschuld? Ich versuchte, ihre Präsenz in der Frau neben mir zu erspüren. Das Bild war verwackelt, wurde deutlich, dann wieder unscharf.

»Oha!«, rief sie aus, »Pass mal auf! Jetzt lege ich richtig los. Also!«

Ich nehme es gar nicht mehr wahr, wenn ich flirte, las Josée begeistert und voller Innbrunst. *Selbstverständlich bereue ich es nicht. Ich habe ihn bislang immer nur morgens und auf dem Heimweg von der Schule gesehen. Am Dienstag nur ein Mal. Ich bin nicht verknallt. Wir kennen uns nicht. Da ist bloß dieser Blick zwischen uns, wenn wir uns begegnen. Nur, als wir uns das letzte Mal gesehen haben, da hat er mich ganz eindringlich angeschaut, so, als wollte er mich etwas fragen. Wahrscheinlich hat er sich einfach nicht getraut, weil ich mit Marie-Claire und Nicole unterwegs war* [»Das waren die Freundinnen, mit denen ich immer zur Schule lief«, ergänzte sie], *aber selbst wenn ich allein gewesen wäre, hätte ich ihm nicht geantwortet. Ich hätte so getan, als ob ich ihn gar nicht bemerkt hätte. Das wäre wahrscheinlich sehr unangenehm für ihn gewesen. Gut.* Maman *hat mir beigebracht, dass wir uns von Männern nicht bestimmen lassen dürfen, das verursacht zu viel Schmerz. Deshalb habe ich auch schon damit angefangen,* Maman *zu rächen. Die eine oder andere Eroberung habe ich schon gemacht. Kleine Erfolge, aber besser als nichts. Ich räche meine Mutter und stähle mich für zukünftige Schlachten. Ich glaube, ich bin auf dem richtigen Weg.*

Der Umriss des kleinen Mädchens neben mir wurde klarer und begann zu leuchten. Diese Josée erkannte ich: Sie war die Frau, wegen der später noch viele Männer leiden würden.

Maman *ist ein Goldstück, und ich liebe sie immer mehr,* fuhr sie fort. *Es stimmt schon, dass ich seit Weihnachten nicht besonders nett zu ihr war. Sie ist sehr genervt und sehr müde, und es wird nicht mehr lange dauern, bis sie selbst krank wird. Ich muss zusehen, dass es mir bald bessergeht, damit ich sie ein bisschen entlasten kann.* Maman *geht mir gerade ein Bonbon holen. Arme* Maman. *Sie weiß nicht, was sie tun soll, um mich glücklich zu machen. Die Süßigkeit, die Mamilein mir gebracht hat, ist lecker. Als ich in diesem Winter krank war, hat sie mir Rollschuhe und einen Gummiball zum Spielen gebracht. Was für eine liebenswerte Mutter ich habe. Jetzt muss ich dich aber verlassen. An wen richtet sich dieses »dich« überhaupt? Es ist sehr ermüdend, so lange zu schreiben.*

»Hat Mina deine Tagebücher gelesen?«, fragte ich.

»Nein«, sagte Josée. »Damit hätte sie sich nicht aufgehalten.«

Der letzte Eintrag lautete: *Mittwoch bin ich zum Mittagessen ins Büro gegangen* [»In das Büro meines echten Vaters«, ergänzte Josée]. *Wenn ich genau darüber nachdenke, muss ich zugeben, dass ich Papa gernhabe, aber Beppo und* Maman *noch lieber mag. Vielleicht, weil sie mich sehr streng erziehen, und ganz sicher auch, weil sie mir stärker als Papa das Gefühl geben, dass sie mich lieben.* Maman *sagt, ich solle Papa nicht zu viele Briefe schreiben, sonst könnte er mich zurückholen, wenn ich achtzehn bin. Und die Briefe wären dann Beweisstücke. Das bereitet mir große Sorge, denn ich möchte für immer bei* Maman *und Beppo bleiben.*

Danach kam eine leere Seite und dann eine einzige Zeile:

Ein Jahr ist es jetzt her, dass ich zum letzten Mal geschrieben habe. Am 31. Mai 1944 ist Beppo gestorben.

Die ganze Nacht lang hörte Josée Mina im Schlafzimmer nebenan. Immer wieder hörte sie sie ins Badezimmer und zurückgehen. Sobald die Uhrzeit angemessen schien, ging Josée ins elterliche Schlafzimmer, ein Raum, den sie selten betrat. Beppo lag im Bett, so wie fast immer während der monatelangen Krankheit. Mina war im Bad.

Josée stand an Beppos Bett. Er sah zu ihr hoch, und ein Schluckauf erfasste ihn. Drei Mal. Sie wusste damals nichts über das sogenannte Todesrasseln – wie ein Sterbender vielleicht nach Luft schnappen, den Kopf mit einem plötzlichen Ruck vom Kissen heben würde, Augen und Mund weit aufgerissen vor Erstaunen im Angesicht des Todes.

»Mach dir keine Sorgen, *Maman*, es geht ihm gut!«, rief Josée mit der Freude, die es Kindern bereitet, gute Neuigkeiten zu verkünden. »Er hat bloß Schluckauf.«

Beppo sah Josée an, sah ihr tief in die Augen, dann starb er.

Mina eilte zurück ins Zimmer. »Er ist tot«, schluchzte sie, »er ist tot.«

Es klingelte. Josée ging an die Wohnungstür. Es waren Marie-Claire und Nicole, die sie für den Schulweg abholen wollten.

»Heute kann ich nicht in die Schule gehen«, sagte sie gefasst, »mein Vater ist gerade gestorben.«

KAPITEL ZEHN

Kaum eine Woche nach Beppos Tod, am 6. Juni, erreichte die amerikanische Armee Frankreich. Die ganze Stadt feierte. Doch Mina, Josée und Mélanie trieben trauernd durch die berauschende Szenerie.

Josée erinnerte sich daran, wie Mina sie, als die Amerikaner im August auf ihren Panzern durch die Stadt rollten, hinaufhob, damit sie alles holte, was sie zu fassen bekam. Zunächst sah ich eine ganz junge Josée, auf den Schultern ihrer Mutter. Aber als ich den Strudel von Anekdoten auf einem Zeitstrahl chronologisierte, wurde mir klar, dass sie bereits vierzehn war.

»Für diese Soldaten musst du gar nicht mehr gewirkt haben wie ein Kind.«

»Nein!«, sagte sie. »Ich war eine junge Frau. Deshalb war es ja so unangenehm. Sie wollten mich alle festhalten und küssen. Und sie waren so schmutzig. Und bis dahin hatte ich kaum schwarze Menschen gekannt.«

»Und für Mina war das in Ordnung? Also, dass du von den Soldaten angefasst und geküsst wurdest?«

»Nun ja, sie hat mich ja selbst hochgehoben«, sagte Josée. »Aber da gab es Zigaretten und Schokolade und Kaugummi, was wir überhaupt erst durch die Amerikaner kennenlernten. Außerdem Dosen mit gepökeltem Fleisch. Nichts davon mochte ich zu dieser Zeit.«

Sie erzählte mir, dass die vor dem Hintergrund des nahegelegenen Bois de Boulogne herabstürzenden amerikanischen Bomben aussahen wie Feuerwerkskörper, und erinnerte sich an die nervöse Stimmung im Bunker des Hauses, wo sie ganze Abende verbrachten. »Ihr Amerikaner habt eure Bomben vollkommen willkürlich abgeworfen«, sagte sie, »einfach so, aus großer Höhe.« Doch im Grunde genommen war der Krieg nur eine Kulisse für die viel persönlicheren und ergreifenderen Dramen der Jugend. Selbst der Anblick eines deutschen Scharfschützen, der plötzlich, nur wenige Schritte von ihr entfernt, auf der Straße lag, weil jemand ihn von seinem Dach heruntergeschossen hatte, war mit einer anderen Erinnerung verknüpft: An diesem Tag hatte sie sich die Haare machen lassen.

Sie war verliebt. Ein Junge ihres Alters namens Gerard war mit seiner Mutter und seinem Bruder ins selbe Haus gezogen. Sein jüdischer Vater war deportiert worden.

»Ist Gerard während des Krieges auch deportiert worden?«, fragte ich.

»Ich weiß es nicht«, sagte Josée. »Zum Ende des Krieges hin tauchte er plötzlich auf.« Es sei schon möglich, erklärte sie, dass die Familie bereits vor Kriegsbeginn in jenem Haus gewohnt, aber während des Krieges habe ausziehen müssen, doch sie habe nie danach gefragt.

Sie trafen sich heimlich, sprachen sich ab über die Strecken im Park, wo er mit seinem Hauslehrer und sie mit ihrer Hauslehrerin unterwegs waren. An den Nachmittagen, an denen sie wusste, dass es eine Chance für eine unbeobachtete Begegnung gab, spielte sie *Für Elise* auf dem Klavier. Es war ihr Zeichen. An diesen Abenden kletterte er über eine Leiter zu ihrem Schlafzimmerfenster hoch. Dann schlichen sie sich gemeinsam hinaus in den Dienstboten-Hof und küssten sich. Vor jeder dieser Begegnungen nahm Josée lange Mullbinden aus dem Medizinschrank und wickelte sie stramm um ihre Brüste. Wenn er meine Brüste fühlt, dachte sie, könnte ihn das in einen gefährlichen Zustand katapultieren. Sie hatte noch immer nicht verstanden, wie Kinder plötzlich in die Bäuche von Frauen kamen, und sie wollte keinerlei Risiko eingehen.

Eine Weile lang blieben ihre Treffen dank einer Art wechselseitiger Erpressung geheim. Der Ehemann der Concierge hatte eine Affäre mit Gerards Hausmädchen, und obwohl sie die jungen Liebenden gesehen hatten, bewahrten beide Pärchen das Geheimnis des jeweils anderen. Josée erzählte niemandem davon, nicht einmal ihren Freundinnen. Sie war sich sicher, dass sie empört wären. Doch der Tag, an dem die Affäre aufflog, kam von allein. Mélanie ertappte sie auf frischer Tat. Vielleicht war es auch Mina. Oder vielleicht hatte sie auch eine Nachbarin gesehen und getratscht. Wie auch immer, Josée erinnerte sich in den lebendigsten Farben an Minas Wut. Mina schlug sie *un aller-retour,* erst mit der Handfläche, dann »auf dem Rückweg« mit der Rückseite ihrer Hand. Es kam häufiger vor, dass Mina ihre Tochter schlug. Was nicht heißen solle, dass sie ein misshandeltes Kind gewesen sei, fügte Josée eilig hinzu. Es sei eine andere Zeit gewesen, und die Strenge sei ihr sicherlich nicht schlecht bekommen. Doch das Verbrechen, einen Jungen geküsst zu haben, zog natürlich noch eine größere Strafe als bloß diese Ohrfeige nach sich.

Mina schleifte sie am Schlafittchen zu einem heruntergekommenen Internat, tief in der Normandie in Alençon. Sie machte ihr deutlich, dass die neue Schule als Bestrafung gedacht sei. Die anderen Schülerinnen kamen aus den umliegenden Dörfern, Töchter von Bauern und Landarbeitern. Allein Josées Ankunft brachte ihr einen schrecklichen Ruf ein. Was konnte sie getan haben, um an einen so abgelegenen Ort geschickt zu werden? War sie eine Mörderin? Selbst an den Wochenenden, ja sogar in den Winterferien, als die anderen Schülerinnen heim zu ihrer Familie fuhren, blieb Josée im Internat. Es war so kalt, dass die Eimer mit Wasser, die sie zum Baden erhielt, binnen einer Stunde zu Eis gefroren waren.

Josée war ihrer Mutter kein bisschen böse. Die Strafe war vollkommen angemessen und wurde nicht im Geringsten angezweifelt. Ihre Generation stellte die Entscheidungen der Eltern nicht infrage. Aber in Alençon nahm sie zu, der Ort war berüchtigt für sein fettiges Essen. Noch vor dem Ende des Schuljahres wog sie siebzehn Pfund mehr. Außerdem machte sie Ärger in der Schule.

»Ich schrie sie an, dass so kaltes Wasser inakzeptabel sei«, erzählte mir Josée. »Aber es war kurz nach Kriegsende, es gab Restriktionen, und es war nicht ihre Schuld, die Armen. Ich erfand eine Vorrichtung zum Duschen, indem ich den Eimer an eine Art Schlauch anschloss. Daran habe ich mich kürzlich erst erinnert, als ich einen Brief gefunden habe, in dem ich Mina davon erzählte«, sagte Josée.

»Oh, den Brief würde ich gern hören«, sagte ich.

»Den habe ich verbrannt«, sagte Josée.

»Was?«, sagte ich. »Wann?«

»Vor ein paar Monaten. Mina hatte alles behalten, jeden einzelnen Brief, den ich ihr geschickt hatte. Ich habe viele Dinge verbrannt, auch die Briefe von Beppos Familie, einfach alles.«

»Warum?«, fragte ich.

»Ich dachte nicht, dass es irgendjemanden interessieren würde. Ich wollte es euch leichter machen, wenn ich mal sterbe, damit ihr Mädchen nicht so viele Dokumente sortieren müsst.«

»Bitte verbrenn keine weiteren Sachen«, sagte ich schnell. »Es ist bloß Papier, es nimmt nicht viel Platz weg, ich gehe es gern gemeinsam mit dir durch.«

»Nein«, sagte Josée, »ich muss das alles erst sortieren.«

Monate später ließ sie mich ihre Unterlagen sehen. Zu dieser Zeit bekam ich auch das Tagebuch *Geheimnisse einer großen Schwester* zu sehen. Außerdem ein Buch, in das ihre Freunde am Ende eines Sommers lustige Zitate geschrieben hatten. Briefe waren keine dabei.

»*Oh Maman*, du bist die Schönste auf der ganzen Welt«, sang Josée eines Nachmittags vor sich hin, während sie den Tisch abräumte, an dem wir zu Mittag gegessen hatten. »Dieses Lied habe ich immer für meine Mutter gesungen«, sagte sie und sah mit einem süßen Lächeln zu mir auf.

»Meine Mutter hat mir erzählt, dass sie dir dieses Lied immer vorgesungen hat!«, sagte ich.

»Nein«, entgegnete Josée scharf. *»Oh mama, tu sei per me la più bella del mondo«,* sang sie weiter. »Es war auf Italienisch«, sagte sie. »Luis Mariano. Das war vor der Zeit deiner Mutter.«

»Bist du dir sicher?«, fragte ich. »Sie erinnert sich –«

»Nein«, sagte Josée. »Das ist unmöglich.«

»In welchen Situationen hast du es denn für Mina gesungen?«, fragte ich.

»Ach, ich weiß nicht«, sagte Josée, »vielleicht, als sie mich zur Strafe ins Internat nach Alençon gebracht hat. Aber auf eine nette Art.«

Wieder sah ich mir die Daten an, als ich nach Hause kam. Der Song war 1958 von einem italienischen Sänger aufgenommen worden, dann ein Jahr später auf Französisch von Luis Mariano. Josée wäre zu diesem Zeitpunkt achtundzwanzig gewesen, verheiratet und ohne Kontakt zu ihrer Mutter. Und doch musste ich daran denken, wie sanft sie die Worte gesungen hatte, an das nostalgische Leuchten auf ihrem Gesicht. Irgendwie war der Song, den ihre Tochter ihr vorgesungen hatte, der Song geworden, den sie für ihre eigene Mutter sang. Und selbst im Nebel der ineinander übergehenden Generationen wurde die unerwiderte Liebe real.

Eines Abends im Jahr 1998, als Josée achtundsechzig Jahre alt war, traf sie eine Frau zum Abendessen. Die Frau beklagte sich über einen Mann. Er war verheiratet gewesen und hatte bereits ein Kind gehabt, als sie etwas miteinander anfingen. Dann war auch sie schwanger geworden. Er hatte sich von seiner Frau scheiden lassen, aber nicht für sie – er hatte eine Dritte geheiratet und ein drittes Kind mit ihr bekommen. »Das sind Männer«, stimmte Josée zu. Die meisten ihrer Freundinnen waren geschieden. Aber als sie weitersprachen, stellte sich heraus, dass der Mann, um den es ging, ihr Gerard war. Sie ließ ihm durch den Sohn der Frau eine Nachricht zukommen. »Pour Elise«, schrieb sie auf die Rückseite ihrer Visitenkarte. »Er wird wissen, was es bedeutet«, sagte sie.

Er kam zum Mittagessen auf ihr Hausboot. Vom Fenster aus beobachtete Josée ihn. Er war jetzt ein Mann, sehr machohaft und braungebrannt vom Skilaufen, dazu ein selbstbewusster Gang. Diese Eigenschaften fand Josée grundsätzlich sehr anziehend. Sie machte ihm Jakobsmuscheln, und sie redeten bis acht Uhr am Abend. Schnell verliebte er sich erneut in sie. Ihr Hausboot wurde überflutet, und acht Tage später bot er ihr an, dass sie bei ihm wohnen könne. Doch Josée lehnte ab. Er hatte drei Exfrauen, vier Kinder und zu viel Geld. Außerdem waren alle seine Frauen jünger gewesen. Außerdem wäre sie nie auf den Gedanken gekommen, ihr Boot hinter sich zu lassen.

Doch ein Jahr später, als die nächste Überschwemmung kam, wandte sich Josée an ihn. Er brachte sie in seiner Wohnung mit Blick auf den Eiffelturm unter und überließ ihr sein Schlafzimmer, während er in dem kleinen Bett seines Sohnes schlief. Regelmäßig ließ er ihr die Badewanne ein, führte sie zum Essen in schicke japanische Restaurants aus und schenkte ihr eine Spieluhr, die *Für Elise* spielte. Josée erzählte ihm, wie sie sich die Brüste abgebunden hatte, und er gab zu, dass er mehrere Unterhosen getragen habe aus Angst, dass sie während ihrer Umarmungen seine Erektion hätte spüren können. Sie suchten das Gebäude, in dem sie als Kinder gewohnt hatten, und überzeugten den Concierge kichernd, sie hereinzulassen. Doch der Hof, den sie sich so groß, ja endlos vorgestellt hatten, war klein, nichts Besonderes. Die Leiter, an die sie sich erinnert hatten, war nichts weiter als eine kleine Treppe mit drei Stufen. Sie lachten. Die Szenerie war eine leere Hülle, viel zu klein, um ihre Vergangenheit darin zu bewahren.

Mina, die Gerard noch nie gemocht hatte, musste an diesem Tag vom Himmel aus zugesehen haben. Josée hatte plötzlich einen gemeinen Anflug von Ischias-Beschwerden, und Gerard musste sie durch das alte Haus schleppen.

»Lass uns Flitterwochen machen«, sagte er. Er wollte ihre erwachsenen Töchter kennenlernen und ihr auch seine Söhne vorstellen. Josée lehnte das ab. Sie fragte sich, warum sie sich in diese gefährliche Situation begeben hatte. Sie hatte schon zu viele Männer gekannt.

»Lass uns nach Venedig fahren«, sagte er. Das hatte er ihr bereits versprochen, als sie noch jung gewesen waren. Acht Tage dauerte die Reise. Er mietete ein luxuriöses Hotelzimmer am Canal. Sie besuchten Paläste, aßen in eleganten Restaurants, sie fuhren nach Verona, und er kletterte auf Romeos Leiter. Ein Fotograf machte ein Bild davon: Josée auf dem Balkon, Gerards Lippen, die ihre nur ganz leicht berühren. Sie teilten ein Bett, aber sie schliefen nicht miteinander. Jedes Mal, wenn er versuchte, sie zu küssen, sah Josée Minas Gesicht zwischen ihnen erscheinen und zog sich zurück. Sie wollte das alles nicht schon wieder erleben.

»Na ja, jetzt ist er tot«, sagte sie abschließend, als wäre damit alles gesagt. Einen Augenblick lang war es still.

»Sie sind alle tot«, fuhr sie sehr viel sanfter fort. »Jeder Mann, mit dem ich je eine Beziehung hatte, egal ob freundschaftlich oder romantisch. Sie sind fast alle tot.«

Erst bei ihrer Rückkehr aus Alençon im Sommer 1947 erfuhr Josée von den Gräueltaten, die sich während des Krieges in den Konzentrationslagern zugetragen hatten. Gemeinsam mit Gerard und seinem Bruder ging sie ins Kino, um sich *Nacht und Nebel* anzusehen, die Dokumentation, die den Genozid offenlegte. Das ganze Kino schrie auf. Gerard und sein Bruder hielten sich aneinander fest. Erst da begriffen sie, dass der deportierte Vater nie mehr zurückkommen würde. »Kann es sein, dass du Gerard noch einmal getroffen hast, nachdem du geheiratet hattest?«, fragte ich.

»Nein«, sagte Josée. »Warum?«

»Nacht und Nebel ist 1955 erschienen«, sagte ich.

»Ah non!«, sagte Josée. »Ganz sicher nicht.«

»Kann es sein, dass du eine andere Doku gesehen hast?«, fragte ich. »Oder eine Wochenschau?«

»Nein, es war die mit den Szenen aus den verlassenen Lagern«, sagte Josée. »Ich kann mich noch genau daran erinnern. Niemand in Frankreich hatte während des Krieges gewusst, was dort geschah. Wir standen alle unter Schock.«

»Okay, aber dann hast du die Doku vielleicht später gesehen? Vielleicht mit Paul und nicht mit Gerard?«

»Nein«, sagte Josée, »ich habe sie mit Gerard und seinem Bruder gesehen. Das ganze Kino hat aufgeschrien.«

»Aber diese Doku ist erst 1955 herausgekommen …«, wiederholte ich.

»Nein«, sagte Josée bestimmt. »Ist sie nicht.«

»Es war halt Krieg«, sagte Josée oft so entschieden, dass wir beide wussten, dass ich ihre Aussage nicht weiter hinterfragen würde.

»Ich hatte keine Gelegenheit, mich zu fragen, ob ich eine gute Beziehung zu meiner Mutter hatte oder nicht«, sagte sie. »Es gab viel wichtigere Dinge, über die man sich Gedanken machen musste. Es war halt Krieg.«

»Natürlich würde ich meine Kindheit als schwierig bezeichnen«, sagte sie. »Aber nicht, weil meine Eltern irgendetwas falsch gemacht hätten. Es war halt Krieg.«

Ich drängte sie, mir mehr zu erzählen, doch ich hörte nur Geschichten über Essensrationen und Kerzen, die Bunker, die Fahrt zurück nach Paris, als sie sich im Straßengraben versteckt hatte, und die Peinlichkeit, im Jahr 1942 von einem Chauffeur herumkutschiert zu werden.

Gegen meinen Willen wurde ich immer zynischer. Bald wurde der Satz zu einer Art Signal dafür, dass es ihr zu anstrengend war, die entsprechende Frage zu beantworten. Oft dachte ich an meine anderen Großeltern und wurde zornig. Doch ich wusste, dass ich kein Recht hatte, eine Bewertungsskala für Schmerz und Geschichte anzulegen. Ich hatte noch nie eine Leiche gesehen. Ich war noch nie bei der Schlachtung eines Schweins dabei gewesen.

Nachdem sie ein Jahr in Alençon verbracht hatte, wurde Josée auf ein sehr viel schöneres Internat geschickt, eines in Versailles, das von Diplomatenkindern besucht wurde.

»Warum?«, fragte ich.

»Weil meine Strafe vorüber war!«, sagte Josée. »Alençon war eine schreckliche Schule mit einem schlechten akademischen Niveau. Natürlich sollte ich dort nicht für immer bleiben.«

»Ja, aber warum hast du dann nicht einfach wieder bei Mina gewohnt?«, fragte ich.

»Oh …«, sagte Josée und hielt einen Moment lang inne. Als sie weitersprach, verfiel sie in die Stimmlage eines kleinen Mädchens. »Vermutlich hätte ich auch das tun können. Aber vielleicht war meine Strafe noch nicht vollends abgegolten.«

»Wurde denn dein Bruder nie ins Internat geschickt?«, fragte ich.

»Das hätte Mina ganz krank gemacht«, sagte Josée, »Sie ertrug es nicht, ihn nicht in ihrer Nähe zu haben. Er war *l'enfant roi,* der kleine König. Vor allen Dingen war er ein Junge. Und er erinnerte sie an ihre einzige große Liebe. Er sah genauso aus wie Beppo. Minas Liebe zu ihm speiste sich aus einer unglaublichen Tiefe.«

»Oh«, sagte ich.

»Das sollte wohl reichen für heute, meinst du nicht?«, sagte Josée und presste beim Aufstehen die Handflächen auf ihre Knie. »Du hast mich ganz müde gemacht mit all diesem Gerede.«

Im Internat in Versailles übte Josée ihren Hang zur Rebellion. Als eine Lehrerin die Tagebücher ihrer Mitbewohnerin las, war Josée außer sich. Sie hatte einen leidenschaftlichen Sinn für Privatsphäre. Nie hätte sie die Sachen anderer Menschen angerührt. Außerdem war sie verliebt in die Mitbewohnerin, eine wortgewandte Russin. Es war echte, romantische Liebe, wenn auch eine unausgesprochene, eine unerwiderte und nicht ausgelebte Liebe. Niemals hätte sie für ihre eigenen Rechte gekämpft, aber für dieses Mädchen wäre sie bis ans Ende der Welt gegangen. Mit den Fäusten hämmerte sie gegen die Türen der Klassenzimmer. *»Formez le monôme!«*, skandierte sie dabei, und die Mädchen strömten in den Flur, um sich ihr anzuschließen. Singend durchquerten sie die Schule, immer mehr wurden sie mit jedem Klassenzimmer, an dem sie vorbeikamen. *»Formez le monôme«*, sie feuerten sich gegenseitig an, der Gesang hatte bereits seine eigene Melodie, seinen eigenen Rhythmus entwickelt, als sie die Tür des Zimmers der *directrice* erreichten. Aus diesem Grund war sie dann später, so erklärte Josée, auch nie wütend auf Françoise gewesen, als die zu rebellieren begann. Schließlich hatte sie selbst einmal dasselbe getan.

»Was ist ein *monôme*?«, fragte ich sie.

»Keine Ahnung«, entgegnete sie. »Das war einfach das, was man damals sagte.« Einige Tage später schlug ich es in einem Wörterbuch nach: ein Marsch von Studenten.

Gegen Ende des Schuljahres, im Mai, gab es einen weiteren Vorfall. Während eines Schulausflugs zu einem Konzert in Paris schlich Josée sich davon, um mit einem Jungen zu Abend zu essen. Als es Zeit wurde, nach Versailles zurückzukehren, gelang es den begleitenden Lehrerinnen nicht, sie zu finden. Vierzehn Mädchen versäumten den letzten Zug nach Versailles und mussten in einem Hotel übernachten. Josée wiederum erreichte einen späten Bus und schaffte es noch am selben Abend zurück in die Schule. Die Lehrer waren wütend, doch als sie drohten, ihre Mutter anzurufen, drohte Josée damit, alle anderen Eltern anzurufen. »Wollen Sie etwa, dass der kongolesische Botschafter mitbekommt, dass seine Tochter die Nacht in einem Pariser Hotel verbracht hat?«, fragte sie.

Einige Tage später wurde Josée während der Mittagspause zur *directrice* gerufen. Die anderen Mädchen sahen sie gehen, sicher, dass es ihr Untergang sei.

»Gefällt dir der Schriftsteller Claudel?«, fragte die *directrice.*

»Mir ist er zu religiös«, antwortete Josée. Es handelte sich nicht um eine religiöse Schule, deshalb konnte sie solche Dinge sagen.

»Dreh dich«, sagte die Direktorin. »Geh. Halt. Dreh dich um. Lauf zurück. Sehr gut.« Sie sah an Josée herauf und herunter. »Was würdest du davon halten, im Schultheater die Jeanne d'Arc zu spielen?«

An den Wochenenden fuhr Josée oft nach Paris. An einem jener Samstage empfing Mélanie sie mit den Neuigkeiten.

»Deine Mutter ist im Gefängnis«, erklärte Mélanie. Mina war am Donnerstag verhaftet worden, doch niemand hatte Josée in der Schule Bescheid gesagt. Wahrscheinlich hatte es irgendeine Art Warnung gegeben: eine Vorladung von der Polizei, ein Gerichtsverfahren, Anwälte. Aber Josée hörte zum ersten Mal von der Sache, und Mélanie informierte sie ohne jede weitere Erklärung.

Die Besuchszeit im Gefängnis war am Donnerstagnachmittag. Josée sollte Mina selbst besuchen fahren, um von ihr Instruktionen zu erhalten, wie die Finanzen der Familie geregelt wurden und wer sich um ihren vierjährigen Bruder kümmern sollte. Mélanie war zweiundsiebzig Jahre alt und konnte kaum laufen. Josée bat einen Freund der Familie, ihr für den folgenden Donnerstag eine Entschuldigung für die Schule zu schreiben. Sie habe einen Arzttermin, hieß es darin, denn natürlich durfte niemand erfahren, dass ihre Mutter im Gefängnis saß.

»Wie war das, als du sie besucht hast?«, fragte ich.

»Ich war nicht weiter aufgebracht«, sagte Josée. »Wenn du als Kind den Krieg erlebt und so viele schreckliche Dinge gesehen hast, beeindruckt dich so schnell nichts mehr. Es war nur eine von vielen schwierigen Situationen. Das Leben ging weiter.«

Im Gefängnis saß sie mit ihrer Mutter an einem Tisch, die Hände dort, wo die Wärterin sie sehen konnte.

»Heute frage ich mich«, sagte Josée, »ob zwischen uns nicht vielleicht eine Glasscheibe war und ein Mikrofon? Nein, das glaube ich nicht. Ich glaube, wir haben einfach so dagesessen.«

Während sie sprach, materialisierte sich die Glasscheibe vor meinem inneren Auge, dann löste sie sich wieder auf. Wäre das nicht etwas, woran man sich erinnern würde? Ob eine Glasscheibe einen von der eigenen Mutter getrennt hat, ob man sie berühren konnte oder nicht?

»Gott sei Dank wird alles Schmerzhafte von ganz allein aus dem Gedächtnis gelöscht«, fuhr Josée fort, als beantwortete sie meine Frage. »Solche Details, weißt du … ich erinnere mich einfach nicht.«

Soweit Josée wusste, hatten Beppos Geschäftspartner Mina nach seinem Tod in einer vermeintlich großzügigen Geste die Geschäftsführung des Unternehmens, das geschmuggelten Alkohol an die Deutschen verkaufte, angeboten. Mina hatte keine genaue Vorstellung von den Hintergründen des Geschäfts, aber sie war stolz auf ihre Fähigkeiten als Sekretärin. Das Angebot nahm sie gern an. Und dann war binnen weniger Monate der Krieg vorbei, und die neue französische Regierung stellte Untersuchungen an, um herauszufinden, wer von der Besatzung profitiert hatte. Mina war keine Kollaborateurin gewesen. Doch die Regierung verlangte, dass sie das verdiente Geld zurückzahlte – eine Summe, die weder Mina noch das kränkelnde Unternehmen hätten aufbringen können. So war Mina für Schulden ins Gefängnis gekommen, die zwar nicht ihre eigenen waren, aber auf ihren Namen liefen.

»Worüber habt ihr an diesen Donnerstagen gesprochen?«, fragte ich.

»Sie erzählte mir von ihrem Leben dort«, sagte Josée. »Sie hatte einen Job im Krankenflügel. Sie sah abscheuliche Dinge – Menschen, die sich das Leben nehmen wollten, hungernde Menschen und solche, die an der Ruhr starben. Frauen, die ihre neugeborenen Kinder erstickten.«

»Was?«, fragte ich. »Warum taten sie das?«

»Weil sie in diese Welt keine Kinder setzen wollten? Ich weiß es nicht. Mina hat diese Dinge gesehen, sie hat sie mir erzählt. Für mich war es … sowenig sie mir als Kind erzählt hat … so sehr hat es ihr gutgetan, über diese Dinge reden zu können.«

Später, als Josée wieder einmal abstritt, dass Mina ihr je etwas Persönliches aus ihrem Leben erzählt habe, erwähnte ich das.

»Aber nein«, sagte Josée, »das hat Mina mir nicht erzählt.«

»Wie hast du denn dann davon erfahren?«, fragte ich.

»Vielleicht hat Mélanie es mir erzählt, vielleicht hat Mina sich ihr anvertraut«, sagte Josée. »Aber egal, das war viele Jahre später, nicht, als ich siebzehn war.«

Von da an wich sie mir immer aus, wenn ich sie fragte, worüber sie mit ihrer Mutter gesprochen habe, als diese im Gefängnis gewesen sei. »Ich erinnere mich nicht«, sagte sie dann. »Sie hat mir erklärt, was zu Hause zu tun war. Wichtige Dinge. Wir hatten keine Zeit zum Plaudern.«

»Hast du ihr erzählt, dass du die Jeanne d'Arc im Schultheater spielen würdest?«

»Nein«, sagte Josée. »Darüber hätten wir nicht gesprochen.«

»Und hat sie dir von den Dingen erzählt, die sie im Krankenflügel erlebt hat?«

»Nein«, sagte Josée, »das habe ich dir schon erklärt. Und jetzt reicht es mit den Fragen. Ich kann nicht sprechen, während ich esse, ich schlucke dabei zu viel Luft.«

Zu Hause sah ich mir unsere erste Unterhaltung noch einmal an. Auf dem Papier wirkten die elliptischen Sätze wie ein Beweis für ihre Aufrichtigkeit, sie schien im Erzählen über vergessene Wunden zu stolpern. Ich meinte mich zu erinnern, dass ihre Stimme ähnlich geklungen habe. Doch als ich die Aufnahme noch einmal abspielte, war Josées Stimme einnehmend und sicher – so als hätte sie mich ganz bewusst schockieren wollen.

Ruhr, Selbstmord: Es war ein regelrechtes Crescendo der Schrecken, ganz so, als hätte sie das Gefühl gehabt, dass die Dinge, jeweils für sich genommen, nicht genügend Wucht entfalten würden.

Warum hatte sie all das jetzt zurückgenommen? Vielleicht wollte sie das Vertrauen ihrer Mutter nicht missbrauchen, egal, wie verstörend deren Erzählungen auch sein mochten. Vielleicht war ihr auch nachträglich klar geworden, dass diese Anekdote Mutter und Tochter in einer Beziehung zueinander zeigte, die andere Menschen möglicherweise verurteilen würden – eine Beziehung, in der die Mutter sich auf die Tochter stützte statt umgekehrt. Überall auf Josées Hausboot gab es Fotos von Mina. Ich bemerkte, dass sie in deren Nähe leiser und zurückhaltender sprach, manchmal huschte ihr Blick sogar zu den Bildern, während sie erzählte. Es war nicht leicht, sich von dem Gefühl zu lösen, dass Mina mithörte.

Ich liebte es, mit Josée Gespräche über übernatürliche Phänomene zu führen. Oft hatte ich das Gefühl, dass dies unsere ehrlichsten Gespräche in dieser Zeit waren. Wie Menschen, die von ihren Träumen erzählen, gab sie unabsichtlich Dinge preis.

Sie erzählte mir in allen Einzelheiten von ihrer Nahtoderfahrung, sie verwendete die englische Abkürzung NDE, was bei ihr klang wie *en-dee-eh.* Sie sagte, dass die meisten Menschen ihr Leben von der Geburt bis zum Sterbebett vor sich ablaufen sähen, doch bei ihr sei es umgekehrt gewesen, vom Tod bis zur Geburt. Sie sagte mir, dass man sein Leben in diesen Momenten nicht vor sich sehe, wie man es selbst erlebt habe, sondern wie die anderen es wahrgenommen hätten. Man verwandele sich in diese anderen Menschen aus dem eigenen Leben und erlebe alles so, wie sie es empfunden hätten, all die Momente, in denen man ihnen Freude und Schmerzen bereitet hätte. Vieles von dem, was man da sehe, sei sehr überraschend, erklärte sie mir, ganz anders, als man es sich vorstellen würde.

Ich fragte, wen sie verletzt habe, und sie nannte Paul. Am Ende, sagte sie, zählten nur diejenigen wirklich, die man absichtlich verletzt habe. Sie erzählte, dass sie sich nach der NDE einer Community von Menschen angeschlossen habe, die dasselbe erlebt hätten. Mit der Unterstützung des spirituellen Leiters hatte sie ihre Geburt nachgestellt, *rebirthing sessions* nannte sie das. Sie machte alles noch einmal durch, auch den Urschrei, den sie von sich gegeben hatte, als sie in diese Welt getreten war.

Der Geburtsschrei, so erklärte sie mir, sage sehr viel über einen Menschen aus. Ihrer sei voller Wut gewesen.

Sie erzählte mir, dass sie seit ihrer NDE auch Auren sehen könne. Ich fragte sie, welche Farbe meine habe. Sie sagte, dass die Fähigkeit mit den Jahren nachgelassen habe und dass nur wenige Menschen eine so starke Aura besäßen, dass man sie wahrnehmen könne.

Sie erzählte mir von ihren früheren Leben. In einem war sie ein Mann gewesen, was, wie sie meinte, einiges erkläre. In einem dieser Leben als Mann war sie hinterrücks von ihrer untreuen Ehefrau mit einer Mistgabel erstochen worden. Drei Tage hatte es gedauert, bis alles Leben aus ihr heraus in den Futtertrog für die Kühe geronnen war, was wohl auch erklärte, warum sie eine solche Abneigung gegen Heu hegte. In einem anderen Leben war Mélanie ihre Schwester gewesen, womit sich die Affinität erklärte, die sie immer füreinander gehabt hatten.

Sie erzählte mir auch, dass Paul sie nach seinem Tod besucht habe und dass sie bei dieser Gelegenheit alle offenen Rechnungen miteinander beglichen hätten. Am nächsten Morgen war ihr Kissen nass, denn sie hatten während dieser Begegnung beide viele Tränen vergossen. Danach war er nie wiedergekommen.

Dann erzählte sie mir noch von dem Tag, an dem sie Mina ganz in ihrer Nähe gespürt habe.

»Ich habe ihr immer wieder gesagt, dass sie gehen soll«, sagte Josée. »›Geh, *Maman,* geh nach oben, geh nach oben, nach oben! Tu etwas anderes! Es gibt so viele Dinge, die man nach seinem Tod tun kann, verstehst du das nicht? Du musst nicht hierbleiben. Du kannst wiedergeboren werden.‹ Aber sie will einfach nicht gehen. Bis heute nicht. Und irgendwie macht es mich auch glücklich, sie in meiner Nähe zu wissen. Jedes Mal, wenn ich hinter mir Bremsen quietschen höre oder stolpere und mich im letzten Moment wieder fange, dann sage ich: ›*Merci, maman!*‹«

»Also kann man sich nach seinem Tod aussuchen, ob man

wiedergeboren werden oder auf der Erde bleiben möchte?«, fragte ich.

»Nun, du suchst dir das nicht selbst aus«, sagte Josée, als wäre das offensichtlich. »Das kommt auf dein Karma an und auf das Leben, das du gelebt hast.«

»Und wenn man ein gutes Leben lebt, wird man dann wiedergeboren?«

»Du wirst so lange wiedergeboren, bis du zufrieden bist. Oder bis andere mit dir zufrieden sind. Aber Mina bleibt in unserer Nähe.«

»Glaubst du, Mina passt auch auf *mich* auf?«, fragte ich, und mein Tonfall verriet, wie wichtig mir das war.

»*Oui!* Aber natürlich! Doch während dieser Zeit kann sie eben nichts anderes tun.«

»Sie kann also nicht gleichzeitig glücklich sein und auf uns achtgeben?«

»Nein. Es ist entweder das eine oder das andere. Sie hängt fest«, sagte Josée traurig.

»Warum bleibt Mina in unserer Nähe?«, fragte ich.

»Ich weiß es nicht«, sagte sie ein wenig genervt, weil wir uns im Kreis drehten. »Ich habe mich aus ihren Entscheidungen herausgehalten, als sie noch am Leben war, und ich werde ganz sicher nicht darüber urteilen, was sie mit ihrem Tod anfängt.«

Die letzten zwei Monate des Schuljahres waren schwierig für Josée. Sie hatte niemandem von der Notlage zu Hause erzählt. Oft versäumte sie den Unterricht. Zwei Mal in der Woche pendelte sie nach Paris, um Essen für ihre Großmutter und ihren Bruder zu organisieren, was in den Jahren unmittelbar nach dem Krieg immer noch langes Schlangestehen für die entsprechenden Rationen bedeutete.

Doch in den kleinen Zeitfenstern, die ihr blieben, widmete sie sich ausschließlich dem Theaterstück. Am Ende des Jahres stand sie als Jeanne d'Arc auf der Bühne, strahlend in ihrem weißen Hemdkleid. Es war die Krönung ihrer fragmentarischen

Schulausbildung. Ich stelle sie mir auf der Bühne vor, die Fäuste gereckt, ergriffen von der Leidenschaft des Märtyrertums. Weder Mélanie noch Mina noch ihr Vater befanden sich im Publikum, aber Josée hatte sich an diese Situation schon längst gewöhnt. Ich sehe ihre jugendliche Schönheit als kreisförmiges Licht von ihr abstrahlen und den ganzen Raum erleuchten. Und selbst in diesem Moment sehe ich, wie sich ihr Gesicht verhärtet.

An einem der Donnerstage aß sie mit ihrem Vater zu Mittag, bevor sie ihre Mutter besuchen fuhr. Sie sagte ihm, dass sie sich beeilen müsse – die Zugfahrt zum Gefängnis dauerte lange, man musste mindestens zwei Mal umsteigen.

»Lass dir Zeit«, sagte er. »Ich fahre dich hin.«

Also aß sie in Ruhe. Aber als sie hätten losfahren müssen, sagte ihr Vater, dass er nun doch keine Zeit mehr habe. Josée war gezwungen, zur Métro zu rennen. Als sie im Gefängnis ankam, blieben ihr noch fünf Minuten Besuchszeit. Mina wurde gerufen. Sie kam, aber sie blieb im Türrahmen stehen und kam nicht zum Besuchertisch. Als Josée einen Schritt auf sie zu machte, hob Mina abweisend die Hand. Dann verschwand sie wieder in den Tiefen des Gefängnisses. In der folgenden Woche versuchte Josée ihr zu erklären, dass es Eugènes Schuld gewesen sei. Doch Mina war noch immer wütend und wollte sich die Rechtfertigungen ihrer Tochter nicht anhören.

»In diesem Fall«, sagte Josée, »wollte mein Vater, glaube ich, einfach nur meine Mutter verletzen. Vielleicht hatte er auch bloß im letzten Moment den Mut verloren. Es war nicht einfach, vor das Gefängnis zu fahren.« Einen Moment lang schwieg sie.

»Trotzdem«, sagte sie, »hat mich das sehr verletzt. Weißt du, solche kleinen Dinge verletzen einen mehr als alles andere.«

Obwohl sie nie zusammengelebt hatten, standen Josée und ihr Vater sich nahe. Als sie zur Welt gekommen war, hatte Eugène die Vaterschaft angenommen, andere Männer hätten das wahrscheinlich nicht getan. Wann immer er konnte, steckte er ihr kleine Geschenke zu, Karten für den Zirkus zum Beispiel. Die meisten Papiere, die Josée in sorgfältig versteckten Kisten aufbewahrte, hatten ihrem Vater gehört.

Nach Eugènes Tod waren weder seine Frau noch seine drei Söhne besonders an seinen Sachen interessiert. Josée übernahm die Aufgabe, sein Büro und seine Wohnung auszuräumen. Sie hob seine alten Terminkalender auf und die vielen Briefe, die ihm sein Onkel während des Ersten Weltkrieges geschickt hatte. Sie verwahrte auch seine Hausschuhe und seinen Morgenmantel, alles, was symbolisch für jenen Vater stand, mit dem sie nie hatte zusammenleben dürfen. Mich interessierten diese Gegenstände nicht. Ich warf sie beiseite und grub wie besessen nach Mina. Doch Josée war stolz auf jede Kleinigkeit, die ihm gehört hatte. Sie zeigte mir seinen abgelaufenen Führerschein und einen Orden, den er erhalten hatte.

Sie gab mir auch seinen Terminkalender aus dem Jahr 1930. Am Tag ihrer Geburt hatte er mit Bleistift eine kleine Notiz gemacht: *J.E.*

»Er hat es nicht einmal über sich gebracht, meinen Namen zu schreiben«, sagte sie dann.

Zu Weihnachten wurde Mina aus dem Gefängnis entlassen, nach acht Monaten. So schwierig Minas Gefängnisaufenthalt für Josée auch gewesen sein mochte, ihre Rückkehr war für sie offenbar noch schwieriger, zumindest konnte ich das den Andeutungen entnehmen, als sie mir davon erzählte. Einen Monat verbrachte Josée allein in Italien, dann kehrte sie nach Paris zurück und absolvierte das letzte Jahr des Lycée per Fernstudium. Sie belegte auch einen Schnellkurs, um sich als Sekretärin zertifizieren zu lassen. Die Finanzen der Familie waren gravierend dahingeschmolzen, aber Mina bestand darauf, dass sie die Wohnung, die sie gemeinsam mit Beppo angemietet hatte, behielten. Sowohl Mina als auch Josée fanden eine Stelle als Sekretärin. Josée bediente das Telefon eines Anwalts und tippte dessen Briefe ab. Die Bezahlung war nicht besonders, aber sie war stolz darauf, überhaupt etwas Geld zu verdienen.

Als sie dann ihren ersten Lohn erhielt, ging sie gleich am nächsten Morgen zu dem Floristen neben ihrem Büro und gab ein Viertel des Geldes für eine prächtig blühende Azalee aus. Ein Geschenk für ihre Mutter. Ihr Chef sah sie damit ins Büro kommen – ich stelle mir vor, wie sie mit der Blume im Arm hereinstolpert, ihr Gesicht hinter einer regelrechten Explosion pinker Blüten verborgen – und bot ihr an, sie später nach Hause zu fahren. Josée nahm an. Es schien viel einfacher, als die Pflanze mit in den Stadtbus zu nehmen, außerdem würde ihr Chef das beeindruckende Haus zu sehen bekommen, in dem sie wohnte. Sie stieg in sein schickes amerikanisches Auto. Mina arbeitete gerade im Garten, als sie vorfuhren. Stocksteif blieb sie stehen, als Josée mit den Blumen aus dem Wagen stieg.

»Schämst du dich denn gar nicht?«, sagte Mina, als Josée näher kam. Ihre Stimme zitterte vor Wut. Josée war verwirrt. Sie machte einen weiteren Schritt und streckte ihrer Mutter die Pflanze entgegen. Mina schlug sie. »Wie kannst du es wagen, dich von diesem Mann fahren zu lassen!«

»Aber … er ist mein Chef«, sagte Josée. »Ich habe die Blumen für dich gekauft. Er hat mir angeboten, mich nach Hause zu fahren, damit ich sie nicht tragen muss.«

»Natürlich«, sagte Mina, »das sagen sie alle.« Sie ging ins Haus und ließ ihre Tochter auf der Türschwelle in die Azalee weinen.

Während sie die Geschichte erzählte, füllten sich Josées Augen erneut mit Tränen. »Siehst du? Selbst jetzt nimmt mich das noch mit«, sagte sie.

»Hat sie sich jemals entschuldigt?«, fragte ich.

»Aber nein. Mütter entschuldigen sich niemals bei ihren Kindern. Ich glaube nicht, dass sie sich jemals für irgendetwas entschuldigt hat«, sagte Josée und wechselte eilig das Thema.

»Ach! Wie schmerzhaft diese Geschichte ist!«, sagte ich mit einem schmerzlichen Lachen, die Hand auf meinem Herzen. »Weißt du, in dem Alter nimmt man alles so ernst. Das erste

Gehalt, das erste Geschenk für die eigene Mutter. Aber jetzt begreife ich, dass sie bloß versuchte, mich vor den Fehlern zu bewahren, die sie selbst begangen hatte.« Damit war das Thema erledigt, und sie weigerte sich, noch irgendetwas dazu zu sagen.

Ich hatte stets angenommen, dass Josée und Paul sich im Flugzeug begegnet waren. Es schien so gut zu den großen Gesten ihrer turbulenten Liebesgeschichte zu passen, und Josées Geschichten aus ihrer Zeit als Flugbegleiterin überschatteten fast alles andere, was sie von ihrer Vergangenheit erzählte. In meiner Phantasie hatte sie Pauls Aufmerksamkeit beim Demonstrieren der Sicherheitsanweisungen auf sich gezogen, die junge Josée in ihrer feschen blauen Uniform, mit dem passenden Hütchen und dem geflügelten Anstecker auf der Brust. Meinen Großvater hatte ich mir so vorgestellt, wie ich ihn schon immer gekannt hatte, eine Zigarre in der Hand, ein teures Hemd, das über dem Bauch ein wenig spannte, die breite, haarige Brust und ein lüsterner Ausdruck in den Augen. In Wahrheit waren sie sich bei einer Dinnerparty begegnet – in einer kleinen Wohnung, als Josée noch Sekretärin und Paul noch Arzt im Praktikum gewesen war. Josée war von der Schwester ihres Freundes eingeladen worden. Viel mehr gab es über die Begegnung offenbar nicht zu sagen, nur dass Josées Freund ziemlich sauer auf seine Schwester gewesen war, wie mir Josée lachend erzählte. Aber wenn Paul etwas wollte, so erklärte sie mir, dann holte er es sich, und sie hatte er gewollt. Und sie hatte ihn gemocht, ja ihn sogar geliebt. Er war charismatisch, kam gut damit zurecht, wenn sich die Aufmerksamkeit aller Anwesenden auf ihn richtete, und er war stämmig, männlich und gut aussehend. Er brachte sie zum Lachen, alberte gern herum und trug hochtrabende Liebeserklärungen vor.

»Du bist wahrscheinlich der einzige Mensch«, sagte meine Mutter voller Ehrfurcht, als ich ihr davon erzählte, »dem Josée jemals gestanden hat, dass sie meinen Vater einmal geliebt hat.«

Als Josée Paul kennenlernte, war er achtundzwanzig, sie neunzehn. Ihren zwanzigsten Geburtstag verbrachte sie in Tränen aufgelöst.

»Warum?«, fragte ich.

»Weil nichts geschah«, sagte Josée. Ihr ganzes Leben lang hatte sie darauf gewartet, endlich zwanzig zu werden, denn dann sollte die glorreiche Zeit der Unabhängigkeit beginnen. Stattdessen lebte sie zu Hause mit Mina, Mélanie und ihrem Bruder und schluchzte beim Ausblasen der Geburtstagskerzen.

»Außerdem habe ich wegen des Hundes geweint«, setzte sie hinzu.

Paul forschte damals an Knochentransplantaten. Dafür benutzte er streunende Hunde. Den letzten hatte er bei ihr gelassen. Eigentlich wusste Josée, dass sie sich nicht auf die Tiere einlassen durfte. Sie half Paul bei den Versuchen. Sie hielt die wimmernden Tiere während der Operationen fest und wusste, dass jegliche Zuneigung sie später einholen würde. Doch dieser Hund war süß, verletzlich, gebrechlich und humpelte mit seinem Gipsbein durch die Wohnung. Am Morgen ihres zwanzigsten Geburtstags starb er.

Ihr Vater, der vorbeigekommen war, um ihr zum Geburtstag zu gratulieren, war so nett gewesen, das tote Tier in einem der großen Industrieöfen seiner Fabrik zu verbrennen. Und dann realisierte Josée etwas, das sie noch stärker weinen ließ: Paul würde sehr wütend sein, denn die Untersuchung des Kadavers war der ganze Sinn und Zweck des Versuchs gewesen.

Als Josée mir diese Geschichte erzählte, spürte ich ein Summen und Drücken in meinen Schläfen, ein Gefühl, das ich als Kind immer mit Momenten der Magie in Verbindung gebracht hatte. Gänzlich unabhängig von Raum und Zeit schob sich das Bild meiner Mutter, die bei ihrem toten Hund saß und weinte, über das Bild der weinenden Josée. Niemals hatte ich eine dieser Frauen, die mir stets einen solchen Respekt einflößten, so unbefangen Tränen weinen sehen, wie Menschen sie über tote Tiere vergießen. Möglicherweise gibt es in einer jeden Geschichte tote Hunde. Selbstverständlich gab es spektakulärere

Parallelen in ihren Geschichten als diese. Aber dieses Bild ließ meinen ganzen Körper schwingen. Irgendwo, unberührt von den Gesetzen der Zeit, trauerten beide Frauen um all das, was sie nicht erreicht hatten, und im Gegensatz zu mir wusste keine von beiden um all das, was sie noch erreichen würden.

In den ersten Jahren ihrer Beziehung mit Paul, erzählte mir Josée, habe sie mehrere Abtreibungen gehabt. Eine Abtreibung war damals die einzige Lösung, wenn man unehelichen Verkehr hatte. Nur Soldaten hatten Kondome, und sie selbst hatte nie eines gesehen.

»Niemand verhütete?«, fragte ich schockiert. »Aber was haben denn deine Freundinnen gemacht?« In Amerika waren bereits in den Fünfzigern Kondomautomaten aufgestellt worden.

Manche ihrer Freundinnen nahmen Hinterzimmerdienste in Anspruch, sie besuchten die sogenannten *faiseuses d'anges,* die Engelmacherinnen. Einige Freundinnen reisten nach England. Vielleicht hatten einige auch Freunde, die so rücksichtsvoll waren, »der Decke einen neuen Anstrich zu geben«. Doch Josée hatte das Glück, mit einem jungen Arzt zusammen zu sein.

Immer wenn ihre Periode zu spät dran war, nach zwei oder drei Wochen, erweiterte Paul ihren Muttermund und nahm eine Ausschabung vor.

»Aber die Schmerzen müssen unerträglich gewesen sein«, sagte ich und schlug die Beine übereinander, als müsste auch ich mich vor diesen Schmerzen schützen. Wir beendeten unsere Mahlzeit und leerten eine Flasche Rotwein. Ich stand auf und öffnete eine weitere.

»Es hat sehr wehgetan«, sagte Josée sachlich, während ich jeder von uns noch ein Glas einschenkte. »Aber wenn man weiß, was kommt, dann tun die Dinge meistens viel weniger weh.«

»*Quand même!*«, sagte ich, und ein unsicheres Kichern stieg in meiner Kehle hoch.

»Ja, natürlich, es war keine Vergnügungsreise«, sagte Josée.

Als ich später recherchierte, stellte ich fest, dass Verhütungsmittel im Frankreich der Nachkriegszeit wirklich schwer zu finden gewesen und Abtreibungen tatsächlich keine Seltenheit gewesen waren. Trotzdem – die Prozedur musste gefährlich und sowohl körperlich als auch emotional schmerzhaft gewesen sein.

»Waren sie denn in deiner Wahrnehmung keine Kinder?«, fragte ich.

»Überhaupt nicht«, sagte Josée. »Überhaupt nicht. Wir nannten es entbunden werden … von einem Problem. Wir taten es schon, wenn wir bloß ein paar Wochen zu spät dran waren – niemals haben wir damals drei Monate verstreichen lassen.«

»Für mich ist das schwer nachvollziehbar«, sagte ich, »wenn ich andere Menschen von Abtreibungen reden höre …« Ich dachte an meine Mutter, meine Freundinnen, an all die Frauen, die ich kannte, die es so sehr mitgenommen hatte, ihr Leben in ungelebte Möglichkeiten zersplittern zu sehen.

»Das sind alles Geschichten. Frauen, die den Blues kriegen, weil sie einen Fötus verloren haben.« Josée ließ ein kleines Schnauben hören. »Eigentlich sind das alles bloß Leute, die nie den Krieg gekannt haben. Diese Frauen haben sonst nichts im Hirn. Es gibt im Leben wichtigere Dinge, über die man sich Gedanken machen kann. Du musst wissen, dass jedes Kind selbst entscheidet, wann es Mensch werden und diese Erde betreten möchte. Wenn es nicht klappt, dann steigt es einfach wieder nach oben und erschafft sich im Bauch einer anderen. Es ist … Du hast niemanden *umgebracht.* Ich glaube, dass wir uns oft für reine Kinkerlitzchen selbst bemitleiden. Die Menschen brauchen den Krieg oder etwas anderes, was sie wachrüttelt, damit sie nicht in den Abgrund des Zweifels stürzen.«

Was Josée hingegen Sorgen bereitet hatte, war die Vorstellung, dass die Eingriffe sie unfruchtbar machen könnten. Tatsächlich hatte sie im ersten Jahr ihrer Ehe eine Fehlgeburt gehabt, bevor sie Sylvie bekam. Wieder war der Schmerz unerträglich, aber Paul hatte nicht eingegriffen. Ein anderer Freund habe ihr auf den Untersuchungstisch geholfen, erzählte Josée, ein anderer ihre Hand gehalten. Das Kind sei ein Junge gewesen, der Sohn, den Josée und Paul sich immer gewünscht hätten. Aber auch das sei keine große Tragödie gewesen, meinte sie.

Nach der Fehlgeburt besuchte sie zum ersten Mal in ihrem Leben einen Gynäkologen. Dort erfuhr sie, dass die Fehlgeburt durch ihren retroflektierten Uterus ausgelöst worden war. Den dritten Monat ihrer folgenden Schwangerschaften verbrachte sie jeweils im Bett und auf dem Bauch liegend.

»Pass auf«, sagte sie. »Es kann gut sein, dass das bei dir genauso ist. Eine meiner Töchter hat es auch, ich weiß nicht mehr genau, welche. Es ist erblich.«

Ich spürte einen wohligen Schauer angesichts der Tatsache, dass sie damit anerkannte, dass wir verwandt waren. »Mir hat einmal ein Arzt gesagt, dass ich es auch habe«, sagte ich. Der Arzt hatte auch gesagt, dass es keinerlei Einfluss auf meine Fruchtbarkeit habe, aber das erwähnte ich nicht.

»Ja, das kannst du auch ohne den Arzt feststellen«, sagte Josée. »Wenn du beim Verkehr lieber auf dem Bauch liegst; wenn es wehtut, wenn er auf dir liegt, aber nicht, wenn er dich von hinten nimmt. Dann ist dein Uterus retroflektiert.«

Ich lachte. Ein Februarwind drückte gegen die Küchenfenster, und die Uhr zählte die Nachtstunden. Der Rotwein war sehr gut und ließ meine Arme und Beine warm und schwer werden.

»Das ist eigentlich sehr logisch«, sagte Josée. »Entweder stößt er gegen deinen Muttermund oder eben nicht. Und dann, na ja, dieser G-Punkt – aber das hat zu meiner Zeit keine Rolle gespielt.«

»Zu deiner Zeit hat man sich nicht wirklich Gedanken um die weibliche Lust gemacht?«, fragte ich. Josée atmete ein, ein wenig stockend, während sie abwog. Dann entließ sie die Luft mit einem Zischen aus ihren Lungen.

»Nein«, sagte sie.

»Du zögerst ja«, neckte ich sie. Ähnlich wie bei meiner Mutter war es nicht einfach, Josée zu necken.

»Ja, weil dein Großvater gut gevögelt hat. Er mochte es. Ich weiß nicht, ob er es gut machte, aber er hat es wirklich sehr genossen. Nein, es ist nicht so wie heute, wo die Frauen ihre Sexspielzeuge haben. *Pfff*, ihr habt das alles so kompliziert gemacht.«

»Aber die weibliche Lust ist gar nicht so kompliziert«, sagte ich.

»*Effectivement.* Aber … wenn ich höre, dass die Frauen heutzutage zehn Orgasmen haben! Das scheint mir einfach viel zu anstrengend.«

»Zehn Mal stelle ich mir auch etwas anstrengend vor«, sagte ich. »Aber dass Frauen überhaupt Orgasmen haben, erscheint mir schon wichtig.«

»Ich glaube nicht, dass Männer sich damals große Mühe gemacht haben, die Klitoris einer Frau zu finden. Ich kann mich nicht daran erinnern, dass dein Großvater mich jemals gefragt hätte, ob ich mich amüsiert hätte.«

»Aber hat dich das nicht frustriert?«, fragte ich.

»Nein, also wir wussten, dass wir theoretisch einen haben *konnten.* Wenn es von allein geschah, dann war es gut. Aber wir wären nicht aktiv geworden, hätten niemals so etwas gesagt wie: Ich auch, ich will … ich habe ein Recht darauf!«

»Männer erzählen doch, dass … dass sie Schmerzen bekommen, wenn man sie erregt und dann nicht weitermacht. Mir passiert das auch – es macht mich fast irre, ich werde wütend und muss weinen.«

»Wirklich?«, fragte Josée. »Du?«

Ich errötete und verhaspelte mich. »Ja, es sind einfach … eine Menge Gefühle.«

»Vielleicht fehlt etwas«, sinnierte Josée. Sie versuchte, es zu verstehen: »Vielleicht kann irgendetwas nicht heraus?«

»Vielleicht«, sagte ich. Meine Wangen brannten. Ich reihte mehrere Wörter aneinander, die keinen Satz ergaben. Ich war fasziniert, aber auch nervös. Da lag eine Spannung in der Luft, wie bei einer Pyjama-Party, auf der gerade jemand »Wahrheit oder Pflicht« vorgeschlagen hat.

»Ich weiß es nicht«, meinte Josée. »Vielleicht bin ich etwas prüde. Es ist mehr als zwanzig Jahre her, dass ich das letzte Mal Sex hatte.«

Sie lachte, und ich lachte mit.

»Ich habe keine Ahnung, wovon ich rede«, sagte Josée und schüttelte den gesenkten Kopf.

»Und hast du jemals … hast du dich jemals selbst berührt?«, fragte ich und versuchte, in meine Rolle als Interviewerin zurückzufinden.

»Mélanie hat mich immer davor gewarnt, meine Blume zu berühren«, sagte Josée. »Ich hatte keine Ahnung, was sie meinte.«

»Aber das ist doch etwas, was alle Mädchen irgendwann entdecken, oder nicht?«, fragte ich.

»Nein. Mich machte ein Mann darauf aufmerksam, dass das möglich war … also einen Orgasmus zu haben. Ich hatte keine Ahnung. Er war mein Freund, mit siebzehn. Er erklärte mir, dass ich mir ein warmes Bad einlassen und eine Kerze anzünden solle. Dann solle ich etwas sanfte Musik auflegen und mich selbst streicheln. Und dann sei ich bald *aux anges*. Aber ich habe keine Erinnerung an eine lebensverändernde Erfahrung in der Badewanne. Vielleicht hatte ich die Kerze an die falsche Stelle gestellt.«

»Ich habe das immer für selbstverständlich gehalten«, sagte ich. »Wenn eine Freundin mir erzählen würde, dass sie noch nie einen Orgasmus hatte oder dass ihr Freund sich nicht um ihre Lust kümmert – das würde mich schockieren«, sagte ich.

»Tja, da sind wir nun – im 21. Jahrhundert«, sagte Josée und gestikulierte demonstrativ. »Das war zu unseren Zeiten alles anders. Und ich habe auch nicht mit meinen Freundinnen darüber gesprochen. Wir hatten Wichtigeres zu tun, wir planten Reisen, und wir organisierten Dinnerpartys.«

Mir wurde klar, dass Josée wahrscheinlich nie so ehrlich mit jemandem über Sex geredet hatte.

»Ich habe einfach das Gefühl, dass ich verrückt werden würde, wenn ich diesen Teil von mir nicht ausleben dürfte«, sagte ich.

»In welchem Alter hast du angefangen, deinen Körper zu entdecken?«, fragte Josée.

»Meinen Körper? Da war ich noch sehr jung. Acht oder neun«, sagte ich.

»Du hast dich doch nicht schon selbst berührt, als du acht warst?«, sagte Josée und riss die Augen auf.

»Doch, habe ich. Lange bevor ich verstanden habe, was Sex ist. Niemals hat jemand mir erzählt, dass ich meine Blume nicht anfassen dürfe«, sagte ich mit einem verlegenen Schulterzucken.

»*Ah bon!* Du warst acht oder neun und hast das ganz selbstständig entdeckt!«

»Es war keine sexuelle Handlung ... trotzdem wusste ich, dass es etwas war, das man im Privaten tut. Es war Teil meines ...«

»Deines Wohlbefindens«, beendete Josée den Satz für mich.

»Ja, das vermute ich«, sagte ich. »Es war nicht ... zielorientiert.«

»Hm«, sagte Josée. »Tja, ich denke, das liegt daran, dass dir niemals jemand gesagt hat, dass es verboten sei.«

»Ja«, sagte ich. Ich hatte weder eine Erinnerung daran, dass meine Mutter je versucht hätte, mir Sex zu erklären, noch dass ich mir überhaupt die Frage gestellt hätte, was Sex war. Als ich in die Pubertät kam, kaufte sie mir sorgfältig ausgewählte anschauliche Bücher, solche, die Masturbation als etwas Gutes und Homosexualität ganz neutral darstellten. Doch zu diesem Zeitpunkt hatte ich die Sammlung obszöner Comics meiner Eltern schon lange heimlich gelesen.

»Und du musstest nicht zur Beichte!«, fuhr Josée fort. »Als ich zehn war, setzte mir der Priester alle möglichen Ideen über unreine Gedanken in den Kopf. Doch ich hatte keine. Ich sah mir zwar den Jungen, der gegenüber zur Schule ging, durchaus genauer an und rollte meine Söckchen herunter, um sexyer zu wirken, aber das war's. Selbst als Gerard und ich vierzehn waren, hatte ich bloß Angst, schwanger zu werden. Mir war nicht klar, dass es so etwas wie Lust gab. Ein Kuss machte mich nicht heiß.«

Josée spann den Gedanken über die Blume weiter. Den Gedanken, dass man seine Blume nicht berührte, musste ihre Großmutter ja irgendwoher haben. Irgendjemand musste dasselbe zu ihr gesagt haben, als sie ein kleines Mädchen war. Das bedeutete, dass auch Mélanie eine Blume hatte, die sie irgendwann entdeckt hatte. Auf diesen Gedanken war Josée bisher noch nie gekommen.

»Es ist eigentlich fast poetisch, wenn man so darüber nachdenkt«, sagte sie. »Und ich weiß gar nicht, ob meine Töchter sich jemals selbst berührt haben. Ich habe sie nie gefragt.«

»Nun ja, nein«, sagte ich.

»Weißt du, ich habe mit meinen Töchtern nie über diese Dinge gesprochen. Nicht so, wie ich es mit dir kann. Das sind Unterhaltungen, die nur Großmütter und Enkelinnen miteinander haben können«, sagte Josée mit einem warmen Lächeln. Ich lächelte zurück.

Es war nach Mitternacht, als wir Gute Nacht sagten. Ich nahm sie in den Arm, und ihr Körper fühlte sich klein an in meiner Umarmung. Erst als ich auf dem Ausziehsofa im Wohnzimmer lag, empfand ich einen späten Moment der Scham angesichts der Wendung, die unser Gespräch genommen hatte. »Du hattest schon immer Schwierigkeiten mit Grenzen«, hatte meine Mutter gesagt. Dennoch, Josées Lächeln war so ungeheuer einnehmend. Sie strahlte mich an, als wäre ihre Liebe etwas regelrecht Physisches, das sie mir auf diese Art und Weise überreichen konnte. Diese neue Intimität zwischen uns war genau das, was ich wollte. Von Regeln wusste ich nichts.

Für mich war es immer ganz selbstverständlich gewesen, dass ich meiner französischen Familie nicht von den Frauen erzählte, mit denen ich zusammen war. Meine Mutter meinte dazu: »Warum solltest du ihnen auch Munition liefern?« So behielt ich die meisten persönlichen Dinge für mich, und die anderen wiederum stellten auch nicht besonders viele Fragen.

Doch jetzt, da ich Josée über die intimsten Details ausquetschte, fühlte ich mich verpflichtet, ihr auch Intimes aus meinem Leben zu erzählen. Meine Freundin aus New York würde bald zu Besuch kommen, und ich wollte, dass sie sich kennenlernten. Einige Wochen bevor sie ankam, besuchte ich Josée, um ihr davon zu erzählen. Schon auf dem Weg zum Hausboot war ich so aufgeregt wie schon lange nicht mehr. Wenn Menschen einfach annahmen, dass ich mit Männern ausging, berichtigte ich sie meistens, auch wenn ich die peinlichen Momente gern vermieden hätte. Für mich war das eine Art politischer Akt. Und trotzdem war mir klar, dass ich eigentlich nie ein wirkliches »Coming-out« gehabt hatte.

»Ich würde mit dir gern über etwas reden«, sagte ich noch im Stehen und zog an meinen Fingergelenken, während Josée den Tisch auf dem Dach des Bootes deckte. Sie hielt inne und sah zu mir auf.

»Weißt du noch, mein Freund? Ich habe dir von ihm erzählt. Der Grafikdesigner aus New York?«, sagte ich. Sie nickte. Ich atmete tief ein.

»Sein Name ist nicht Louis«, sagte ich. »Ihr Name ist Lindsay.«

»Was machen ihre Eltern?«, fragte Josée freundlich, zog eine Serviette gerade und griff nach dem Besteck.

»Ihr Vater ist Arzt«, sagte ich. »Ihre Mutter ist Hausfrau.«

»Na dann!«, sagte Josée erleichtert, »Sie kommt also aus einer guten Familie. Alles andere ist unwichtig.« Ich lachte und bekam vor lauter Erleichterung ganz weiche Knie. Ich setzte mich hin.

»Hattest du geglaubt, dass mir das etwas ausmachen würde?«, fragte Josée. »Für mich zählt nur, dass sie dich schätzt und dich glücklich macht.«

Als Josée Paul erzählte, dass sie sich als Stewardess beworben hatte, lachte er, als hätte sie keine Chance, diesen Job zu bekommen, der 1951 einen solchen Glamour versprühte.

Viele umwerfende junge Frauen waren damals zu den offenen Bewerbungsgesprächen der Airline erschienen. Josée biss sich angesichts seines Kommentars auf die Zunge und wartete. Im März wurden alle Frauen, die sich beworben hatten, zur Geschäftsstelle der Transcontinental and Western Air auf den Champs-Élysées bestellt. Die Namen der Frauen, die die Airline ausgewählt hatte, wurden der Reihe nach vorgelesen. Josée war die Erste.

»Mich haben sie *als Erste* aufgerufen«, sagte sie mit einem seltenen Anflug von Stolz in der Stimme. Und sie wurde nicht nur als Erste aufgerufen, man machte auch eine Ausnahme für sie, weil sie noch nicht ganz einundzwanzig war. Erst vier Wochen später konnte sie offiziell als Stewardess angestellt werden. Sie flog zunächst einige Probestrecken und gelangte so das erste Mal nach New York.

In Josées Augen waren die Amerikaner verantwortlich für all die Bomben, die auf Paris gefallen waren, obwohl sie eigentlich die Deutschen hätten treffen sollen. Die Amerikaner hatten Frankreich befreit, sie waren in der Normandie für Frankreich gestorben. Und doch hatten sie sich nicht wirklich um Europa geschert. Sie waren bloß wegen der Deutschen gekommen. Amerikaner waren keine »Menschen wie wir«. Sie waren große, stämmige Superheldentypen; sie waren stinkreich.

Als Josée New York sah, hauten all der Überfluss und die Pracht sie um. Der South Street Seaport wimmelte von Booten, das Empire State Building erhob sich über ihrem Kopf. Aber es entsprach genau dem Bild, das sie sich bereits von der Stadt gemacht hatte: Es war wie aus dem Film. Amerikaner kamen von einem anderen Planeten. Sie waren Wesen des Überflusses, ihre lauten Stimmen, ihre Umarmungen, ihre viel zu hohen Gebäude. Nachts wurde die ganze Stadt erleuchtet. Wie unglaublich degeneriert!, dachte sich Josée. Selbst nach dem Krieg ging sie noch sparsam mit ihren Kerzen um, ließ sie niemals grundlos brennen.

Josée konnte sich nicht mehr an einzelne Momente erinnern. Zehn Tage lang war sie dort, sah, was sie erwartet hatte, und verließ die Stadt, ohne den Wunsch zu verspüren, jemals dorthin zurückzukehren. Als Stewardess sollte sie noch viele Dinge beobachten: Die Stromversorgung in Ägypten war unzuverlässig, Griechenland war herrlich, ganz Italien blühte. Überall, wo sie hinkamen, wurde die Crew empfangen, als wäre jeder Einzelne von ihnen ein Filmstar. Man schickte ihnen Champagner auf die Zimmer, und die Zeitungen druckten Fotos von ihnen. Josée wurde unglaublich gut entlohnt. Ihr ohnehin schon hohes Gehalt wurde in starken amerikanischen Dollars ausgezahlt. Einen Teil des Geldes gab sie Mina und deklarierte es als Miete für ihr altes Kinderzimmer, in dem sie lebte. Selten brachte sie Souvenirs für ihren Bruder oder ihre Mutter mit, aber für Mélanie stahl sie ganze Tüten der Pfefferminzbonbons, die sie an die Passagiere verteilten.

Paul jagte ihr von einer Stadt zur nächsten nach. Stundenlang fuhr er in seinem Citroën, von Paris nach Rom, von Rom nach Mailand, nur um bei seiner Ankunft festzustellen, dass sie schon wieder in der Luft war. Irgendwann reichte es ihm, und er nutzte das einzige Druckmittel, das er hatte, um Josée zur Kündigung zu zwingen. Die Verträge der Stewardessen sahen vor, dass sie unverheiratet waren. Also machte er ihr einen Antrag. »Wer würde denn einen Beruf wie diesen aufgeben«, sagten die anderen Flugbegleiterinnen, »du bist ja verrückt!« Doch Josée war verliebt. Sie wünschte sich nichts sehnlicher als die Stabilität einer Familie. Ein Jahr nachdem sie angefangen hatte, reichte sie ihre Kündigung ein.

Paul versicherte ihr, dass er seinen Eltern von ihrem Geheimnis erzählt habe, und Josée fand es sehr höflich von ihnen, dass sie es nie ansprachen. Paul besuchte Eugène in seinem Büro, das er wie Josée durch das Fenster betrat, und hielt um ihre Hand an. Eugène war entzückt. Er schlug Paul auf die Schulter und versprach eine großzügige Mitgift. Am siebzehnten Juni waren sie offiziell verlobt, doch schon am dreizehnten Juli war die Verlobung Geschichte.

Paul machte am Telefon Schluss. Seine Eltern hätten einen

Detektiv engagiert, der Erkundigungen über ihre zukünftige Schwiegertochter eingeholt hätte, erklärte Paul. Offenbar hatte er ihnen eben doch nichts von ihrem Geheimnis erzählt. Nun wussten sie, dass sie ein Bastard war. So tief dürfe Paul nicht sinken mit seiner Heirat, insistierte seine Mutter, auch wenn Pauls Vater bloß ein Kleinstadt-Tierarzt war und es einige Bauernmädchen in den umliegenden Dörfern gab, deren Kinder eine verblüffende Ähnlichkeit mit ihm hatten.

Sobald sie aufgelegt hatte, nahm Josée den Verlobungsring ab und schickte ihn zurück an Paul. Ohne auch nur einen Zettel. Sie schickte ihn nicht einmal per Einschreiben. Dann brach sie in Tränen aus.

Später erfuhr Josée, dass die Eltern von Paul versucht hatten, ihn mit der Tochter eines Expräsidenten zusammenzubringen. Doch wie auch immer man das, was zwischen Paul und Josée war, nennen wollte, es war von Leidenschaft geprägt. Schon bald wurde ihm klar, was er für einen Fehler begangen hatte. Er verbrachte einen ganzen Sommer damit, immer wieder mit Blumen an Josées Tür zu klingeln. Mina öffnete und erklärte, Josée sei ausgegangen, während diese das Haus stets durch den Dienstboteneingang auf der anderen Seite des Gebäudes betrat und verließ. Paul bezog auf der gegenüberliegenden Straßenseite in seinem Auto Posten. Zehn Tage blieb er, Tag und Nacht. Er drohte, sich umzubringen. Er schwor, dass er nichts essen würde, bevor sie sich nicht bereit erklärte, mit ihm zu sprechen. Mina beobachtete das alles vom Fenster aus und hielt ihre Tochter auf dem Laufenden.

»Dann lass ihn halt sterben«, sagte Josée.

Und dann vergab sie ihm. Als ich sie fragte, warum sie ihre Meinung geändert habe, zuckte sie mit den Schultern und sagte einfach: »Ich habe ihn geliebt.«

Am Anfang waren sie glücklich miteinander. Doch von den glücklichen Zeiten sprach sie nur in vagen Andeutungen, auf die immer ein »Aber dann …« folgte. Das Glück war so oft von

Wut überschrieben worden, dass ich nur kurze Blicke darauf erhaschen konnte.

Kaum ein Jahr nach ihrer Hochzeit bemerkte Josée, dass Paul ständig log. Einmal, als sie mit Sylvie schwanger war, schnitt sie sich in die Hand, und da sie glaubte, dass Paul Nachtschicht im Krankenhaus habe, fuhr sie dorthin. Doch sie erfuhr, dass er gar nicht da war. Bald darauf fand sie die Sachen einer anderen Frau in seinem Auto. Einmal rief sie zu Hause an, und weil er sie am Telefon für eine seiner Geliebten hielt, zischte er wütend: »Ich habe dir doch gesagt, dass du mich hier nicht anrufen sollst.« Doch das seien nicht die eigentlichen Schwierigkeiten gewesen, erklärte sie mir, gegen eine andere Frau könne man sich zur Wehr setzen, Spielsucht sei da schon etwas anderes.

Am Morgen des ersten Weihnachtsfestes, das sie gemeinsam verbrachten, hatten sie einen Streit. Mina klingelte an der Tür. Sie hatte ihren jüngeren Bruder dabei, beide waren festlich gekleidet. Paul schrie: »Deine Hure von einer Mutter ist hier!« Er öffnete die Tür und teilte Mina mit, dass sie nie wieder einen Fuß in dieses Haus setzen würde, dann schlug er ihr die Tür vor der Nase zu. Josée war wütend. Doch von diesem Tag an sah sie ihre Mutter sehr selten. In ihrer neuen Welt gab es einfach keinen Platz für sie.

Indes arbeitete Mina in drei verschiedenen Unternehmen als Sekretärin, oftmals schuftete sie auch am Wochenende. Es fiel ihr schwer, die Miete für die Wohnung aufzubringen, doch sie weigerte sich noch immer, sie aufzugeben. Josées Bruder schickte sie auf die besten Schulen und knappste dafür an allen anderen Ecken. Sie arbeitete, bis sie weit über siebzig war, aber ihre Vorliebe für schöne Dinge verlor sie nie.

Während einer unserer vertraulicheren Unterhaltungen erzählte mir Josée, dass sie, obwohl sie ansonsten wenige Entscheidungen ihres Lebens bereue, immer noch ein schlechtes Gewissen habe, ihre Mutter in diesen Jahren nicht mehr unterstützt zu haben. Bei den kurzen Besuchen, die Josée ihrer Mutter zuteilwerden ließ, deutete Mina hin und wieder an, dass sie etwas brauchte, dass zum Beispiel ihre Waschmaschine kaputtgegangen sei und sie sich die Reparatur nicht leisten könne. »Es wäre mir ein Leichtes gewesen, ihr zu helfen«, sagte Josée. »Wir hatten überall haufenweise Geld rumliegen, im ganzen Haus. Ich nahm mir davon, wann immer ich wollte. Paul hätte es nie bemerkt. Doch ich habe es nicht gemacht.« Als ich sie fragte, warum sie es nicht getan habe, sagte sie: »Es wäre mir einfach nicht eingefallen, ich war viel zu beschäftigt damit, Ehefrau und Mutter zu sein.«

An einem der Sonntage, als Mina babysittete, während Josée und Paul zur Rennbahn fuhren, wettete Josée auf ein Pferd mit dem Namen Mélanie. Das Pferd war keiner der Favoriten, sie wettete bloß aus einer sentimentalen Laune heraus darauf. Aber das Pferd gewann, ihr Einsatz vervierzehnfachte sich. Der Gewinn war gigantisch, und in ihrem Überschwang schenkte Josée Mélanie alles. Mélanie hätte gute Verwendung für das Geld gehabt, es war auch genug, um die alternde Mélanie aus der Abhängigkeit von ihrer Tochter zu befreien. Und doch fanden sie jeden einzelnen Schein nach Mélanies Tod im Jahr 1961 im hintersten Winkel ihrer Sockenschublade. Sie hatte das Geld nie angerührt.

»Warum, denkst du, dass sie es nicht ausgegeben hat?«, fragte ich.

»Weil wir es in ihrer Sockenschublade gefunden haben«, wiederholte Josée gereizt.

»Nein, ich meine, aus welchem Grund hat sie es nie ausgegeben?«, sagte ich.

»Ach so!«, sagte Josée. »Du meinst, ich soll mich in Mina hineinversetzen und versuchen, mir vorzustellen …?« Sie zögerte, es war eine ungewohnte Übung für sie.

»Ich weiß es nicht«, schnaubte sie schließlich. »Weißt du, Menschen, die den Krieg erlebt haben …« Ich versuchte mir einen dieser Sonntage, an denen Josée Françoise bei Mina abgesetzt hatte, vorzustellen. In der Erinnerung beider Frauen waren diese Nachmittage wie so viele andere Routinen miteinander verschmolzen. Ich versuchte, den Moment festzuhalten, versuchte, mir Josée auf dem Fahrersitz eines schicken neuen Wagens vorzustellen, eine Hand zu einem nachlässigen Gruß erhoben. Ihre Kleidung auf dem Weg zur Rennbahn zeugte von ihrer mühelosen Eleganz, modisch, ganz im Stil der Sechzigerjahre. Ich stellte mir auch Mina vor, in einem selbst genähten Kleid im Türrahmen stehend, perfekt frisiert für ebendiesen Moment, an dem sie aus der Tür treten würde. Dann war da noch Françoise, die vom Auto zur Tür rannte. Die Knie wie immer von Schorf bedeckt, das Haar kurz geschnitten, ließ ich sie mitten im Laufen innehalten.

Und jetzt sah ich, was meine Mutter damals nicht gesehen hatte: dass Mina einen Stich Eifersucht gespürt haben musste, als sie ihre Tochter von jenem Reichtum umgeben sah, den sie selbst nur im Kleinen gekannt hatte. Und ich begriff, dass Josée den Neid ihrer Mutter wahrgenommen und dabei unweigerlich ein gewisses Vergnügen verspürt haben musste.

Dann setzte sich die angehaltene Szene wieder in Bewegung. Josées Wagen fuhr davon, Françoise fiel Mina in die Arme. Mina nahm sich Josées am wenigsten geliebten Tochter an und liebte sie voller Inbrunst. Ich sah über die Generationen hinweg ein Muster entstehen, es verbreitete sich wie die Kreise, die ein über das Wasser geworfener Stein auf der Wasseroberfläche hinterlässt: all die Enkelinnen und ihre Großmütter, die sich liebten, all die Mütter, die dabei auf der Strecke blieben.

KAPITEL ELF

Vom Zug aus rief ich Josée an.

»Oui, mon chat!«, sagte sie, als sie abnahm.

»Ich wollte dir nur sagen, dass ich unterwegs bin«, sagte ich.

»Zugnummer sechs-eins-fünf-fünf, Platz fünfzehn. Um fünf nach drei kommst du an«, sagte sie, als habe sie es auswendig gelernt.

»Ja«, sagte ich lachend. »Bis ganz gleich.«

Der TGV raste gen Süden und durchschnitt die Landschaft. Weinberge flogen an den Fenstern vorbei. Als der Zug in Hyères ankam, sah ich suchend das Gleis entlang. Ich erkannte sie nicht sofort. Sie trug ein blassgelbes Band im Haar, das die blonden Strähnen zurückhielt, dazu ein weiches gelbes Hemd, das bis zu ihren Oberschenkeln reichte. Sie wirkte lässig, während ich mit schick gerechnet hatte.

Sie blickte in die entgegengesetzte Richtung, und ich tippte ihr auf die Schulter. »Ahh!«, sagte sie freudig und drehte sich zu mir herum. Sie strahlte, und ihre blauen Augen wanderten einen Augenblick lang an mir auf und ab. Ich spürte ihre Energie auf meinem Körper. Aus der Nähe wirkte sie wieder jung, und auch ich wurde jünger. Meine Stimme wurde ganz hoch, meine Schritte verwandelten sich in ein kindliches Schlurfen. Als ich meine Spiegelung in einem der Zugfenster suchte, erwartete ich beinahe, ein kleines Mädchen in seinem besten roten Samtkleid zu sehen.

Als wir ins Auto stiegen, beschrieb sie mir all die Ausflüge, die sie für uns geplant hatte, Freunde, die wir treffen, Strände, die wir besuchen würden. Zuvor hatte sie angekündigt, dass wir am siebten Juli gemeinsam zurück nach Paris fahren würden, aber jetzt teilte sie mir mit, dass sie entschieden habe, dass wir bis zum dreizehnten im Süden bleiben würden. Ich fühlte mich wie das Opfer einer Entführung, doch nach außen hin tat ich fröhlich. Ich hatte keinen guten Grund, weshalb ich früher zurückgemusst hätte. Das Gefühl, ein Gast zu sein und mich dem Zeitplan meiner Gastgeberin unterwerfen zu müssen, lag mir schwer im Magen. Doch während sie diesen Zeitplan ausformulierte, die Ereignisse darin immer wieder neu arrangierte, bemerkte ich, dass dem Ganzen eine gewisse Dringlichkeit zugrunde lag. Hier und da wirkte es so, als würden wir etwas nicht schaffen, doch sie sagte nie, dass wir es ja auch noch im nächsten Jahr machen könnten, und das brach mir das Herz. Auch in den letzten Jahren hatte es mal schlechtere Zeiten in Bezug auf Josées Gesundheit gegeben, aber sie hatte sich stets wieder erholt. Die Vorstellung, dass sie nicht noch weitere zehn Jahre unter uns sein würde, wollte ich nicht an mich heranlassen.

Wir rasten die Landstraße entlang, während die Autos auf der gegenüberliegenden Spur im Stau standen und nur langsam vorwärts krochen.

»Ich hoffe, du musstest dich auf dem Weg zum Bahnhof nicht durch diesen Verkehr quälen«, sagte ich.

»Nein, da war es noch nicht so schlimm. Außerdem hätte mir ohnehin nichts die Laune verderben können. Ich war so aufgeregt, dass du kommst, *je trépignais.*«

»Was heißt das?«

»*Trépigner?* Es bedeutet, von einem Fuß auf den anderen zu springen wie ein kleines Kind.«

»Ach, das ist aber sehr süß«, sagte ich. Es klang wie ein Begriff aus der Astronomie, der das Zittern der Erdachse beschreibt. So ähnlich hatte ich mich heute Morgen auch gefühlt, ein wenig unsicher.

»Willst du direkt ans Meer fahren und schwimmen? Oder erst nach Hause, auspacken? Ich muss dich aber vorwarnen, wenn wir jetzt nach Hause fahren, dann werden wir heute Abend nicht mehr rauskommen. Ich habe Freunde zum Abendessen eingeladen.«

Ich zögerte, versuchte die richtige Antwort zu erraten. Lieber wollte ich auspacken und ankommen – ich bin einer dieser Menschen, die für jede Reise vierundzwanzig Stunden benötigen, egal, wie lang oder kurz sie ist –, doch ich hatte das Gefühl, dass sie die andere Variante vorzog. »Lass uns zum Strand fahren«, sagte ich.

»Das habe ich mir schon gedacht!«, sagte sie. »Ich möchte auch immer als Erstes ins Wasser, wenn ich hier ankomme.«

Dann erzählte sie mir, wie sie gemeinsam mit Sylvie hierher gefahren sei, wie sie sich mit dem Fahren abgewechselt hätten. Auf dem letzten Stück war Josée dran gewesen, und Sylvie war eingeschlafen. Sie war direkt zum Strand gefahren, hatte geparkt und war schwimmen gegangen. Als Sylvie wach geworden war, war es dunkel gewesen. Genervt hatte Sylvie darauf bestanden, für das Frühstück am nächsten Morgen noch Milch zu kaufen, bevor der Laden im Dorf schloss.

»Ich sagte ihr, dass sie sich entspannen und das Meer genießen solle, aber sie weigerte sich auszusteigen und hörte nicht auf, von der Milch zu reden, *die Milch, die Milch.* Also begann ich ein Gespräch mit den Besitzern eines dieser kleinen Umkleidehäuschen am Strand: ›Meine Tochter führt ein episches Drama auf, weil sie unbedingt Milch haben möchte. Haben Sie vielleicht welche übrig?‹ Die Frau ging nach hinten, und, kaum zu glauben, sie hatte noch eine kleine Milchtüte. Tropfnass und triumphierend brachte ich Sylvie die Milch. ›*Voilà!* Deine Milch‹, sagte ich, ›wirst du dich jetzt endlich entspannen?‹ Aber nein, sofort fing sie damit an, dass wir jetzt schnell nach Hause müssten, weil die Milch sonst schlecht werde. *Ha!* Dieses Mädchen.«

Josée hatte mir eine Geschichte über Sylvie erzählt, aber eigentlich war es eine Geschichte über sie selbst. Impulsiv, freigeistig – diese Selbstwahrnehmung sprach aus vielen ihrer Geschichten, besonders aus jenen, in denen ihre Töchter den unentspannten Part spielten. Wir stiegen aus dem Auto, und sie half mir auf dem Parkplatz beim Umziehen. »Du hast fünfzehn Minuten zum Schwimmen«, sagte sie. Während ich schwamm, saß sie auf einer Bank und wartete. Die Sonne ging unter, und die Luft war kühl. Das kalte Wasser kitzelte, als es an meinem Körper emporkroch. Mein Bauch zog sich zusammen, schien meine Wirbelsäule zu berühren. Ich atmete tief ein und warf mich ins Wasser. Glück durchspülte meinen Kopf, als das Wasser meine Schläfen berührte. Ich schwamm schnell raus, und die rhythmischen Schwimmzüge glätteten meine Gedanken. Ein Gefühl überkam mich. Es war das Gefühl, eine Frau kennengelernt zu haben, die meine Mutter mögen würde. Eine Erinnerung stieg in mir auf, ohne ganz die Oberfläche zu durchbrechen, doch sie erfüllte mich ganz und gar mit dem ihr eigenen Gefühl. Es war wie in einem Traum. Es war die Erinnerung an die Nacht in Brasilien, als meine Mutter rechts rangefahren war, damit sie, mein Bruder und ich mitten im Gewitter schwimmen konnten, während mein Vater ängstlich im Auto auf uns gewartet hatte. Ja, dachte ich verträumt, es ist wirklich zu schade. Meine Mutter hätte Josée bestimmt gemocht, wenn sie sie gekannt hätte.

Josée kannte noch einen anderen Strand, einen geheimen. Man konnte dort eine Chaiselongue mieten und bekam Essen und Getränke von der Snackbar gebracht, wie an vielen Stränden an diesem schmalen Streifen der Küste. Doch an diesem speziellen Strand gab es unglaublich klares blaues Wasser, und es war weder zu voll noch zu teuer. Ihren Freunden verriet sie nicht, wo er sich befand. »Ach nein, ich kann dich morgen nicht am Strand treffen«, sagte sie dann, »Wir gehen an *meinen* Strand. Nadja kann dir bestätigen, dass es der schönste Strand hier in der Gegend ist.« Dann betonte sie, dass sie unmöglich beschreiben könne, wie man dorthin gelange, obwohl sie den Weg jedes einzelne Mal ohne Probleme fand.

Sie stellte mich den Frauen vor, die den Strand betrieben, *les plagistes,* wie sie sie nannte, und sie küssten uns auf beide Wangen. »So schleimen sie sich ein«, sagte meine Großmutter über diese matronenhaften Umarmungen. Außerdem würde sich der junge Mann, der an den Liegestühlen bediente, nun, da sie mit dem hübschesten Mädchen vom ganzen Strand da war, wahrscheinlich mit noch größerem Eifer um sie kümmern. Ich errötete, denn ich fühlte mich nicht schön in meinem Körper, den ich als zu weich empfand. Ich sah mich um und bemerkte, dass ich unter den anwesenden Frauen die jüngste war. Als der junge Mann zwei Espressi zu unseren Füßen platzierte, sagte Josée laut: »Schau, Nadja – nun hast du Kaffee und einen gut aussehenden Franzosen, der vor dir niederkniet. Was könnte man noch wollen?«

»Nichts«, sagte ich lasziv lachend und zwinkerte, was ich sonst niemals tat. Er richtete sich auf und ging eilig davon.

Am nächsten Tag lud uns Josées Freund Julien an seinen Strand ein.

Ich mochte Julien. Er war achtundsiebzig und sehr verliebt in meine Großmutter. Er hatte einen Gehstock mit einer silbernen Spitze, trug lässige hellbraune Leinenanzüge und stellte hochtrabende Thesen über Weltschmerz in den Raum. Er las gern Biografien starker Frauen. Josée sagte, er ermüde sie, weil er so undeutlich sprach. Sie hatte wenig Geduld mit Menschen, die langsam gebrechlich wurden.

»Du wirst dir etwas Schönes anziehen müssen«, sagte meine Großmutter, »sein Strand ist sehr schick.«

Ich zeigte ihr zwei verschiedene Outfits, weil ich glaubte, dass sie noch stolzer auf mein Aussehen wäre, wenn sie gegen eines ihr Veto eingelegt hätte. Am Ende trug ich eine auf Taille geschnittene bedruckte Seidenhose, mein Bikinioberteil und eine durchsichtige Seidenbluse, die ich in der Taille zusammengeknotet hatte.

Sie erklärte mir, dass der Wirt des Restaurants sehr gut aussehend sei und dass sie hin und wieder ihre Freundinnen mit zu Juliens Strand brachte, damit sie sich ihm an den Hals werfen konnten. »Er hat mal für die französische Nationalmannschaft Rugby gespielt«, erklärte sie vielsagend, und ich tat so, als beeindruckte mich das. »Er wird dich sicher sehr attraktiv finden.«

»Aha«, sagte ich und begann, mir Sorgen zu machen. Ich wusste, dass sie enttäuscht sein würde, falls dem nicht so wäre.

Während wir die Strandpromenade entlangliefen, sagte sie: »Da ist er ja! Dieser große, breite Rücken, den würde ich überall erkennen.«

Neben dem Eingang des Restaurants stand ein Mann mittleren Alters, der sich mit einer großen blonden Frau um die sechzig unterhielt. Er stand von uns abgewandt, und seine Statur glich einem umgedrehten Dreieck. Josée ging entschlossen auf die beiden zu. Kurz bevor sie ihm auf die Schulter tippte, drehte sie sich um und flüsterte mir zu: »Jetzt musst du schön sein!«

Mir blieb nicht einmal genug Zeit, meine Haare zurückzuwerfen. Aber zu mir selbst sagte ich noch: Okay, sei schön! Ich schob die Schultern zurück, hob das Kinn und machte meinen Bauch ganz fest.

»Ma beauté!«, rief er, beugte sich zu Josée herunter, umfasste ihre Schultern und küsste sie.

»Je te présente ma petite-fille.« Mit einer ausladenden Geste deutete Josée auf mich.

Sei schön, forderte ich mich selbst auf.

Er küsste mich auf die Wangen, dann lehnte er sich zurück und sah an mir herauf und herunter, wobei seine Augen kurz auf meiner Brust ruhten. *»Elle est ravissante«,* sagte er und wandte sich zu Josée, während sein Blick auf mir ruhen blieb.

»Natürlich ist sie das«, sagte Josée schroff, »sonst würde ich sie doch nicht so herzeigen.«

Er legte seine Hand auf ihre Schulter.

»Dein Geliebter wartet da drüben am Tisch auf dich«, sagte er, wobei er sich tief zu ihr herunterbeugte und ihr ins Ohr sprach.

»In der Mitte des Restaurants?«, fragte Josée voller Abscheu.

»Er hat darauf bestanden.«

»Er ist nicht mein Geliebter«, sagte Josée, während wir zu Julien gingen, um ihn zu begrüßen.

Josée und Julien bestellten gegrillte Garnelen mit Risotto. Ich bestellte ein Lachstartar, weil es gesund klang, ich aber auch gesehen hatte, dass dazu Pommes serviert wurden. Josée machte sich Gedanken darüber, dass die Portion nicht ausreichend sein könnte. »Du wirst vor Hunger sterben!«, sagte sie. Ich strahlte vor Freude. Mein Lachs wurde in einem feinen Schälchen serviert, das tiefer war, als es aussah.

Julien erzählte mir von einer seiner drei Exfrauen. »Sie verstand es, Konversation zu machen, sie war die Zweitbeste darin in ganz Paris«, sagte er. »Das hat jeder gesagt.«

»Wer war die Beste?«, fragte ich.

»Die Frau des Innenministers«, sagte er, ohne zu zögern.

»Was bedeutet es, gut darin zu sein, Konversation zu machen?«, fragte ich.

»Oh, was für eine wunderbare Frage!«, rief er. »Es ist eine aussterbende Kunst, wie Literatur oder Musik. Es ist schwer zu beschreiben – man sollte eine gewisse Leichtigkeit besitzen und doch klug sein, sich über die unterschiedlichsten Themen unterhalten zu können, und allen ein gutes Gefühl vermitteln. Heutzutage findet man das nur noch sehr selten.« Dann setzte er hinzu: »Ihr Sohn hat mich nie besonders gemocht. Ich glaube, er war eifersüchtig.«

»Worauf?«, fragte ich und streute Salz über meine Pommes.

»Oh wie sie den Finger in die Wunde legt!«, rief Julien. »Deine Enkelin ist so böse mit ihren unschuldigen Fragen.«

»So habe ich das nicht gemeint!«, sagte ich lachend.

»Worauf!«, wiederholte er und schlug die Hand auf sein Herz.

Der Wirt kam und fragte, wie es uns gehe. Josée beschwerte sich, dass ihre Garnelen zu trocken seien. Er umfasste Josées

Hand mit seinen zwei großen Handflächen und zog ihren Arm quer über den Tisch zu sich heran. »Wussten Sie, dass Bonobos …«, setzte er an.

»*Vraiment*«, sagte Julien gereizt. »Sie haben mir doch versprochen, dass Sie heute nicht über die Bonobos reden würden.«

»Julien und ich haben heute Morgen darüber gesprochen«, sagte der Wirt. »Er will das Wissen für sich behalten. Aber wussten Sie, dass Bonobos alle ihre Streitigkeiten – zwischen Männchen und Weibchen, Weibchen und Weibchen, ganz egal – aus der Welt schaffen, indem sie Liebe machen?«

»Wie interessant«, sagte Josée trocken.

»Nun, meine liebe Josée«, fuhr der Wirt mit weicher Stimme fort, »ich habe das Gefühl, dass zwischen uns eine gewisse Spannung besteht …«

Josée lachte kokett und drückte kurz seine Hand, bevor sie ihre zurück in ihren Schoß legte. Julien schaute finster. Als er weg war, fragte Julien mich, ob ich einen Freund hätte. Ich errötete, murmelte ein Ja und senkte den Blick.

»Lebt er in New York?«

»Ja«, sagte ich und schob das Essen auf meinem Teller herum.

»Vermisst er dich?«

»Das hoffe ich doch«, sagte ich.

»Was macht er?«

»Er ist Grafikdesigner«, sagte ich und wünschte das Ende der Unterhaltung herbei. Es wollte mir nicht gelingen, die Augen von meinem Teller zu heben. »Obwohl er manchmal auch Comics zeichnet.«

»Wirklich?«, fragte Josée überrascht.

»Siehst du!«, triumphierte Julien stolz. »Man muss bloß die richtigen Fragen stellen. Ich wette, du hattest gar nicht vor, uns zu erzählen, dass dein Freund Comics zeichnet.«

»Nein«, sagte ich wahrheitsgemäß, und Julien, der mein Unbehagen spürte, ließ das Thema endlich ruhen.

Nach dem Mittagessen umfasste Julien lange Josées Schultern, als sie sich voneinander verabschiedeten. Mehrfach versuchte er, eine weitere Verabredung einzufädeln, aber sie sagte ihm, das sei unwahrscheinlich. Er ging nach Hause, um sich etwas hinzulegen, und wir begaben uns zurück an ihren Strand.

»Wie machst du das?«, fragte ich, als wir es uns auf den Liegestühlen gemütlich machten. »Wirst du mir das auch beibringen? Wie gelingt es dir, dass sich so viele Männer in dich verlieben?«

»Es ist angeboren«, sagte sie. »Mach dir keine Gedanken, du hast es. Deine Mutter hat es auch.«

Doch ich wusste, dass das nicht stimmte. Männer verloren das Interesse, sobald sie mit mir ins Gespräch kamen. Also fragte ich noch einmal.

»Du darfst keine Scheu davor haben, unfreundlich zu sein«, antwortete sie. Ich lachte und bat um mehr Details.

»Es ist wie mit Hunden – du musst Männer wissen lassen, dass sie eine Herrin haben und dass du diese Herrin bist. Ach ja, du schmeichelst ihnen, und du bemutterst sie auch ein bisschen, aber dann faltest du sie zusammen. Du hältst sie in der Spur. Hast du gesehen, wie Julien mich unterbrochen hat und wie ich ihn dann ganz direkt angesehen habe? Dann habe ich ganz langsam gesagt: ›Ich rede‹, das hast du gehört, nicht wahr? Wie Hunde müssen sie wissen, wer entscheidet, wo es langgeht. Sie sind bloß schöne Hunde, solche, mit denen man sich gern schmückt.«

»Was noch?«, fragte ich.

»Nun, du musst immer mindestens drei Verehrer haben«, sagte sie, nachdem sie einen Moment lang nachgedacht hatte. Hast du einen, ist er gelangweilt, hast du zwei, fangen sie an, sich zu streiten, aber wenn du drei hast, dann tun sie alles, um deine Aufmerksamkeit zu erlangen.«

»Aber wie?«, fragte ich. »Wie kriegst du es überhaupt hin, dass sie sich für dich interessieren?«

»Le regard«, sagte sie, offenbar überrascht, dass ich etwas so Offensichtliches nicht wusste. »Bei jeder Party siehst du dich

um, bis du jemanden findest, der dir gefällt, und dann wirfst du ihm *le regard* zu. Dann siehst du weg und wartest, bis er kommt, um mit dir zu reden.« Sie sagte mir außerdem, dass es wichtig sei, niemals die am besten gekleidete Frau im Raum zu sein, vor allem als Gastgeberin. Man müsse makellos aussehen, aber nicht so, als hätte man sich dafür allzu viel Mühe gegeben. Außerdem müsse man immer bequeme Schuhe tragen. »Doch in meiner Generation war es noch so, dass Männer um einen warben. Vielleicht ist das bei den jungen Männern heute anders.«

»Hm«, sagte ich. »Vielleicht.« Dann nahm ich mein Buch heraus, um zu lesen.

»Weißt du«, sagte Josée, »ich war froh, dass du Julien gegenüber ›er‹ gesagt hast.«

»Es bedeutet mir viel, offen mit dir über diesen Teil von mir reden zu können«, sagte ich. »Ich muss das nicht allen deinen Freunden erzählen. Ich denke, dass du es ihnen schon sagen wirst, wenn du das möchtest.«

»Natürlich kannst du meinen *Freunden* davon erzählen!«, sagte sie. »Bloß nicht Julien. Er ist hier im Dorf der Concierge, darüber würde er wochenlang tratschen. Wenn du dann eines Tages mit einem Jungen herkommen wolltest, müsstest du alles wieder von vorn erklären.«

»Hm«, sagte ich, »das macht mir nichts. Es wäre ja noch immer wahr, in jeglicher Hinsicht, die von Bedeutung wäre. Ich bin verliebt, der Mensch ist in New York, manchmal zeichnet sie Comics. Die Pronomen sind unwichtig.«

»Das verstehe ich«, sagte sie. »Du liebst einen Menschen.« Sie sah hinaus auf das Meer und fragte leise: »Glaubst du, dass du dein Leben mit ihr verbringen wirst?«

»Ich weiß es nicht«, sagte ich, »ich bin noch zu jung, um mir da sicher zu sein. Aber ich liebe sie. Es scheint möglich.«

Sie nickte. Ich spürte, dass Josée diesen Teil von mir, in all seiner Veränderlichkeit, viel besser verstand als jeder andere, mit dem ich je darüber gesprochen hatte – besser sogar, als ich mich selbst bisweilen verstand. Ich wollte sie fragen, ob sie jemals mit einer Frau zusammen gewesen sei. Aber als ich mich ihr zuwandte, den Mund bereits geöffnet, war sie schon aufgestanden und bewegte sich in Richtung des Wassers.

Als es mir einige Monate später gelang, sie zu fragen, antwortete Josée, ohne zu zögern. Sie erzählte mir von der leidenschaftlichen Affäre, die sie mit einer berühmten Tennisspielerin gehabt habe. Sobald ich nach Hause kam, suchte ich im Internet nach Fotos dieser Frau. Sie war nicht schön, aber ihr Blick war klug und verführerisch. Sie wirkte eher männlich, so wie die Frauen, zu denen ich selbst mich oft hingezogen fühlte. Auf vielen Bildern saß sie am Steuer eines Sportwagens. In einem hielt sie ein Gepardenbaby an der Leine. Die Tennisspielerin, so erzählte es Josée, habe die schönsten Frauen in ganz Paris verführt. Josée war eine von ihnen gewesen. Im Sommer 1981 hatten sie gemeinsam eine wilde Nacht auf dem Hausboot verbracht, und am nächsten Morgen hatte Andrée sich über den Lärm beschwert, den sie gemacht hätten. Die Tennisspielerin verfrachtete Josée in ihr Cabriolet, und aus einer Laune heraus fuhren sie nach Süden, bis nach Saint-Tropez. Josée erinnerte sich, wie der Wind ihr während der Fahrt im offenen Wagen in die Haare gegriffen hatte. Doch obwohl sie wunderschöne Tage miteinander verbracht hatten, war ihre Affäre nur von kurzer Dauer gewesen.

»Danach«, sagte sie mir, »habe ich den Frauen abgeschworen. Sie sind noch besitzergreifender als Männer.«

Für unseren letzten Abend hatte Josée ein Restaurant ausgesucht, das eine Freundin ihr empfohlen hatte. Es lag etwas zurückversetzt, direkt am Strand, an einer der vielen Einbuchtungen der Küste, wo das Meer ein wenig ins Land hineinlugte.

Wir saßen draußen auf der Terrasse an einem der Tische, die dem Ozean am nächsten waren. Wir bestellten einen Krug mit Rosé und einen Teller mit Muscheln, Sardinen und Garnelen, die über einem Feuer aus Weinreben gegrillt worden waren. Die anderen Tische füllten sich langsam mit Pärchen, die für ein Date herkamen, und gut gekleideten Familien. Ihre leisen Gespräche verschmolzen mit dem Klang des Windes und der Wellen. Über Josées Schulter hinweg konnte ich eine steinerne Treppe sehen, die den Hang hinab direkt ins Meer führte.

»Ich bin einfach so ...«, sagte ich, atmete tief ein und versuchte mit einer Geste, den Tisch, das Wasser und die steinerne Treppe zu umfassen, »Ich bin einfach so *glücklich* gerade.«

Ich lächelte, aber eigentlich hätte ich gar nicht zu lächeln brauchen. Durch meine Venen schoss Licht, ohne Vorwarnung ergriff mich eine unerklärliche Freude. Ich versuchte dieses Gefühl ganz bewusst festzuhalten, es wie aus dem Augenwinkel im Blick zu behalten, denn ich wusste, dass gegenwärtiges Glück nur in Form von kurzen, leuchtenden Blitzen existierte. Meistens existierte es entweder in der Vergangenheit oder in der Zukunft: »Ich war glücklich« oder »Ich werde glücklich sein« und nicht oder jedenfalls fast nie: »Ich *bin* glücklich.« Selbst wenn man versuchte, den Augenblick auszukosten, verlieh ihm das bereits eine Art Nostalgie. Josée strahlte mich an, ihre Wangenknochen traten hervor und ließen ihr Gesicht offener wirken.

»La plénitude«, sagte sie bestimmt. »Ein Gefühl von Erfülltheit – es gibt nichts, was dir noch zu wünschen übrig bliebe.«

»Ja«, sagte ich, »ja, ganz genau.« Trotzdem war das Gefühl schon wieder kurz davor, sich mir zu entziehen.

Als ich noch den letzten Löffel meines Desserts genoss, sagte Josée: »Wir sollten ihnen den Tisch jetzt freimachen, sie brauchen den sicherlich für andere Gäste.«

»Okay«, sagte ich und warf einen sehnsuchtsvollen Blick auf das Meer.

»Möchtest du schwimmen gehen?«, fragte sie.

»Ja«, sagte ich überrascht. Unter meinem Kleid trug ich den Badeanzug.

»Na, dann geh – geh! Die Nacht ist so mild, und das Meer hat sich den ganzen Tag lang aufgeheizt.«

»Bist du denn sicher, dass es dir nichts ausmacht, zu warten?«

»Ich schlage es ja nur vor, weil ich es selbst tun würde, wenn ich jünger wäre«, sagte sie. Sie nahm ein Buch aus ihrer Tasche. Ich ging zum Auto, um ein Handtuch und einen Strandstuhl aus dem Kofferraum zu holen. Den Stuhl stellte ich auf den Sand vor der Terrasse.

»Wofür ist der?«, fragte Josée.

»Für dich, damit … damit du hier sitzen und mir zusehen kannst«, sagte ich stockend.

»Dir zusehen?«, fragte sie überrascht. »Nein, ich setze mich drinnen an den Kamin. Falte das Ding ruhig wieder zusammen und geh auf die andere Seite, damit du nicht das ganze Restaurant unterhältst.«

Ich legte mein Kleid ab und ging den verlassenen Strand hinunter, während die Geräusche des Restaurants hinter mir leiser wurden. Das Wasser war beinahe so warm wie die Luft. Ich schwamm mit einem straffen Zug entlang der Küste, streckte meinen Körper unglaublich lang, bis ich die Klippen erreichte, die die Bucht begrenzten. Ich schwamm zurück, bis ich die glitzernden Lichter des Restaurants wiedersah. Noch immer weit vom Strand entfernt, ließ ich mich auf dem Rücken treiben. Das Mittelmeer schaukelte mich sanft, das Salz trug meinen Körper wie ein Kissen. Ich versuchte zu zählen, wie oft ich so am letzten Tag des Sommers auf dem Meer gelegen hatte. Jedes Mal, wenn ich das tat, versuchte ich, all die körperlichen Empfindungen zu speichern, das Gefühl des Wassers, wie es mein Gesicht kitzelte. Diese Erinnerungen waren so klar und einander so ähnlich, dass dieser Moment alle Momente wurde, wie ein Faden, der durch gerafftes Gewebe gezogen wird, ganz so, als hätte ich nie etwas anderes getan, als mich vom Meer schaukeln zu lassen.

Unter mir konnte ich Tausende Muscheln gegeneinanderschlagen hören, es fühlte sich an, als würde ich den intimsten Gedanken des Meeres lauschen. Dann hörte ich etwas genauer hin. Tiefes, schwarzes Wasser. Eine urzeitliche Panik erfasste mich. Ich rappelte mich hoch, schnappte nach Luft, durch meine Venen schoss plötzlich Adrenalin. Ich war sehr weit von der Küste entfernt, meine Großmutter drinnen am Feuer. Die Dunkelheit hatte mich verschluckt, und ich war ganz allein. Ich zwang mich, tief einzuatmen. Es drohte keinerlei Gefahr. Ich schwamm zurück zur Küste, während mein Herz noch immer schlug wie verrückt.

Ich ging über den Sand zurück zum Restaurant, mit kerzengeradem Rücken, weil ich mir unangenehm bewusst darüber war, dass mich viele der Menschen im Restaurant anstarrten.

»Elle est bonne?«, fragte ein Mann Mitte fünfzig von seinem Tisch aus.

»Délicieuse«, antwortete ich leise, den Kopf gesenkt, während ich mich abtrocknete.

»Alors, ma bichette«, sagte meine Großmutter, und ich fuhr überrascht herum. Sie war noch immer an unserem Tisch. Sie hatte ihr Buch beiseitegelegt und ihren Stuhl so gedreht, dass sie das Meer überblicken konnte.

Ich ging zu ihr hinüber, und sie machte sich fertig, um zu gehen. Vor der Tür des Restaurants hielten wir inne. Wir standen unter einer Laterne, und die Luft fühlte sich kühl an auf meiner nassen Haut. »Als du da langgeschwommen bist, war da noch jemand, der in die entgegengesetzte Richtung geschwommen ist – eure Wege haben sich gekreuzt. Es war sehr schön anzusehen.«

Ich hatte niemanden außer mir im Wasser gesehen. Vielleicht hatte sie mich einfach doppelt gesehen. Dennoch verstand ich, was sie mir mitteilen wollte: Sie hatte mir zugesehen. Sanft legte ich meine Hand auf ihren Arm. Ohne ein Wort zu sagen, nahm sie einen Pullover aus ihrer Tasche und reckte sich, um ihn mir beiläufig um die Schultern zu legen. Er war weich und aus beigem Cashmere, und er roch genau wie sie. Glücklich bewegte ich meine Schultern darunter.

Auf dem Rückweg nach Paris verbrachten wir einige Nächte bei einer Freundin von Josée außerhalb von Frejus. Renée und Josée kannten sich bereits seit 1952. Ich bewunderte die vertraute, ungezwungene Nähe der beiden Frauen, für mich war Renée eine der Freundinnen meiner Großmutter, die ich am liebsten hatte. Ihre elegante Zurückhaltung wich einer wahren Güte, wenn sie sich sicher fühlte. Ich hatte das Gefühl, dass sie, sobald sie sich einmal entschieden hatte, jemanden gernzuhaben, nie wieder damit aufhörte. Eines Sommers war ich mit meinen Eltern schon einmal hier gewesen, drei oder vier Jahre alt musste ich damals gewesen sein. Meine Mutter erzählte gern, wie sie mich in der örtlichen Schule angemeldet habe und ich sofort den regionalen französischen Dialekt angenommen hätte. Meine Großmutter erzählte mir, dass meine Klasse in der Nähe eines großen Feuers auf einem Weingut festgesteckt und ich selbst das damals nicht ein einziges Mal erwähnt hätte. Weder an meinen französischen Dialekt noch an das Feuer konnte ich mich erinnern. Doch Renée hatte eine lebendige Erinnerung an meine Besuche und bemerkte mehrfach, wie wundervoll es sei, mich nun so ganz erwachsen im selben Pool schwimmen zu sehen.

Die Tage, die wir in ihrem Haus verbrachten, waren friedlich. Nach dem Mittagessen schwanden die Stunden des Tages dahin, ohne dass in der Zwischenzeit irgendetwas anderes passiert wäre, als dass ich mich auf meinem Liegestuhl vom Bauch auf den Rücken gedreht hatte. Mein Handgelenk baumelte vom Stuhl herunter, die Rückseite berührte das Glas Eistee, das meine Großmutter mir gebracht hatte, ohne dass ich auch nur darum gebeten hatte. Ich hatte so viel Farbe bekommen, ich war beinahe orange, und die blonden Strähnchen an meinen Schläfen waren mittlerweile weiß. Wir rekelten uns wie Katzen, nahmen uns den Raum, den wir brauchten, während wir schliefen.

Die Zeit verging ebenso schnell wie langsam, Wasserfall und Damm gleichermaßen, und ich versuchte mich aufzuraffen, aufzustehen, doch die Sonne drückte mich wie ein Gewicht auf meiner Brust zurück in den Stuhl.

Wäre meine Mutter hier gewesen, hätte sie schon längst telefoniert, eine direkte Leitung nach New York. Sie hätte ihren Laptop auf dem Schreibtisch im Wohnzimmer aufgestellt, hätte letzte Änderungen an einem Buch vorgenommen oder die Fahnen eines Buchcovers bearbeitet. Sie stand unter Spannung wie eine Metallspirale, ich dagegen war nichts weiter als formlose Pampe. Ich hatte nichts getan, um diese Ferien zu verdienen. Ich hätte arbeiten sollen. Doch ich öffnete meinen Laptop kein einziges Mal.

Gegen sechs Uhr abends machte sich stets ein Murmeln auf der Terrasse breit – »Zeit für den Aperitif«. Ich raffte mich auf, um zu duschen und mir ein geblümtes Kleid anzuziehen. Renée war sehr konservativ, und es gab strikte Regeln, selbst in ihrem Sommerhaus und auch wenn nur Freunde und Familie anwesend waren. Für das Abendessen zogen wir uns um, wir trugen Schuhe, niemand legte die Ellenbogen auf den Tisch, und niemand aß, bevor nicht alle einen Teller vor sich hatten. Käse gab es nach dem Essen, Alkohol vorher. Ich war so entzückt von diesen Regeln, wie es nur jemand sein konnte, der ohne sie groß geworden war.

Den Aperitif nahmen wir an einem Tisch am Rande des Pools. Wir tranken Pastis, dieses intensive, lakritzige gelbe Getränk, das sich weiß färbt, wenn man es mit Wasser mischt. Ich gab mir Mühe, es zu mögen, denn ein Kellner in Paris hatte mir erklärt, dass es nur von Franzosen bestellt wurde.

Nach dem Aperitif deckten wir den Tisch für das Abendessen. Es gelang mir einfach nicht, daran zu denken, die Ellenbogen nicht auf den Tisch zu legen, und meine Großmutter hob fortwährend die Augenbrauen und klopfte vielsagend mit ihrem eigenen Ellenbogen auf den Tisch. Das erste Glas Rosé trank ich schnell, um die innere Spannung zu lösen.

»Nadja trinkt viel«, bemerkte Josée, »das fällt einem immer auf, wenn man später die Flaschen zählt.«

Ein höfliches Nicken statt einer Antwort rund um den Tisch.

»Aber sie verträgt auch was«, fuhr sie fort, und aus ihrer Stimme klang Stolz. »Ich habe sie noch nie betrunken gesehen.«

»Ich habe früh angefangen«, sagte ich mit einem schiefen Lächeln.

»Ach wirklich?«, fragte Renée höflich interessiert.

»In Amerika dürfen wir offiziell erst mit einundzwanzig Alkohol trinken, deshalb trinken wir schon mit sechzehn ganze Flaschen Tequila, nur um zu beweisen, dass wir es trotzdem können«, sagte ich und hoffte, dass das »Wir« mich davor bewahren würde, dass sie schlecht von mir dachten.

Die Runde schnalzte mit den Zungen, um ihre Herablassung gegenüber den Zuständen in Amerika zum Ausdruck zu bringen.

»Meine Mutter hat mir einmal erzählt«, fuhr ich fort, »dass Josée mir bei einem Besuch in New York, kurz nach meiner Geburt, Whiskey gegeben hat, damit ich aufhöre zu weinen.«

»Das hat sie dir erzählt?«, sagte Josée. »Wo hat sie bloß solche Ideen her! Das hätte ich niemals getan.«

»Nun ja«, sagte ich zögerlich. »Ich habe viel geweint. Vielleicht hast du mir keinen Whiskey gegeben, sondern es bloß vorgeschlagen? Es ist ja auch nicht so ungewöhnlich. Ich bin mir sicher, dass es sehr gut funktioniert.«

»Wo hätte ich denn überhaupt den Whiskey herhaben sollen?«, sagte Josée, als wäre das der ultimative Beweis ihrer Unschuld.

»Es könnte auch irgendein anderer Schnaps gewesen sein, schätze ich. Aber es ist ja auch nichts Schlimmes, bloß ein Tropfen Alkohol«, sagte ich. »Ist es nicht vielleicht einfach ein kultureller Unterschied?«

»Niemals hätte ich einem Säugling irgendeine Art von Alkohol eingeflößt. Was für eine Vorstellung! Was hat sich deine

Mutter denn sonst noch für Geschichten ausgedacht?« Josée gestikulierte in meine Richtung. »Bei ihr müsst ihr auf der Hut sein. Sie schreibt. Man muss die Dinge ständig richtigstellen.«

Ich ließ die Sache fallen und fragte mich, ob ich das tatsächlich einfach erfunden hatte.

Und dann, als die allgemeine Aufmerksamkeit nicht mehr auf mir ruhte, erzählte Josée lachend, wie sie ihren Töchtern Hustensirup zum Einschlafen gegeben habe. Eines Abends, Andrée war fünf gewesen, hatte sie die ganze Flasche getrunken.

»Ich war keine besonders gute Mutter«, sagte Josée in die Runde. »Aber ich war schon immer eine ausgesprochen gute Großmutter.«

Im folgenden Frühjahr erklärte sich Josée bereit, die Feier meines siebenundzwanzigsten Geburtstags auf dem Dach ihres Hausbootes auszurichten. Ich war dankbar, obwohl ich nicht damit gerechnet hatte, dass es mit einem solchen Aufwand verbunden wäre. In den Wochen vor dem Fest reinigten wir gemeinsam die Scharniere der Kühlschranktüren mithilfe von Q-Tips und schrubbten die Treppe. Sylvie kam in meiner Abwesenheit und balancierte über einen Balken übers Wasser, um frische Blumen zu pflanzen. Ich hatte mir vorgestellt, wir würden entspannt ein paar Cocktails trinken, aber Josée ließ ein Sechs-Gänge-Menü für meine zwanzig Gäste kommen, und sie schob und räumte, um sicherzustellen, dass jeder einen Sitzplatz haben würde.

Auch meine Mutter war an diesem Wochenende in Paris, ein Stopover auf dem Weg zu einer Geschäftsreise nach Holland. Sie traf am Morgen der Party ein, abends saß sie müde und schüchtern am Tisch, aß in aller Ruhe und lächelte höflich, während meine Freunde versuchten, sich mit ihr zu unterhalten. Tiki-Fackeln und blühende Rosenbüsche säumten das Dach des Bootes, wo wir aßen. Am Ende der Mahlzeit erhob sich das

Dessert, ein gigantisches pyramidenförmiges *pièce montée*, aus dem Speiseaufzug, während kleine Feuerwerkskörper Funken in die Luft sprühten.

Als ich die Zwei und die Sieben aus dem karamellisierten Brandteig fischte, kämpfte ich gegen einen kleinen Anflug von Scham. Einige meiner Freunde hatten in diesem Jahr ihren dreißigsten Geburtstag gefeiert, und keines der Feste war so luxuriös gewesen wie meines. Der Abend war genauso feierlich wie eine Hochzeit.

Eine Freundin nahm mich beiseite, sah mir in die Augen. Leise und mit überraschendem Ernst sagte sie: »Deine Großmutter liebt dich.«

Meine Mutter und ich verbrachten die Nacht auf dem Boot. Am nächsten Tag würden wir zu dritt zu einem Bestattungsunternehmen gehen, um Josées Beerdigung zu planen.

Wir nahmen das Mittagessen auf dem Dach ein, die Reste vom vorherigen Abend. Zu Josées Überraschung ließ ich die Musik, die sie für den Gottesdienst ausgewählt hatte, auf meinem iPhone laufen. Sie schlug vor, das Telefon an die Lautsprecher, die ich für meine Party mitgebracht hatte, anzuschließen. Purcells düstere und groß orchestrierte Trauermusik, *Funeral for Queen Mary,* schwebte über das Wasser, während ich in die Sonne blinzelte und die zuckrigen Reste des *pièce montée* löffelte.

Josée war guter Laune, genau wie meine Mutter. Sie war glücklich, dass ihre Mutter ihr die Umsetzung ihrer Wünsche überantwortet hatte und nicht einer ihrer Schwestern, obwohl die beiden diese ehrenvolle Aufgabe ohnehin bereits abgelehnt hatten. Ich hatte mich selbst eingeladen, und jetzt, da Josée mich so eifrig mit meinem Notizbuch in der Hand dasitzen sah, schien sie sehr glücklich zu sein, uns beide dabeizuhaben. Sie habe keine Angst vor dem Tod, erklärte sie mir häufig. Sie wisse, was auf sie zukomme. Es würde einen Tunnel geben und Glöckchen, und all die Menschen, die sie verloren hatte, würden bereits mit ausgestreckten Armen auf sie warten. Es gab nichts, wovor man sich hätte fürchten müssen.

»Warst du bei Minas Beerdigung?«, fragte ich meine Mutter. Ich erinnerte mich an das Knarzen des Trapezes in meinem Zimmer und daran, wie es immer langsamer geworden war, als ich das Gesicht meiner Mutter gesehen hatte.

»Non!«, sagten meine Mutter und Josée gleichzeitig. Sie schienen beide verärgert. Ich zuckte zurück und sah von einem Gesicht ins andere.

»Tatsächlich war ich ziemlich enttäuscht, Françoise«, sagte Josée.

»Aber du selbst hattest mir gesagt, ich solle nicht kommen«, sagte meine Mutter. Von einem Moment auf den anderen wirkte sie ganz klein.

»So etwas hätte ich niemals gesagt!«, entgegnete Josée.

»Mais si, maman«, sagte Françoise. »Du hast mich sofort angerufen, um mir zu erzählen, dass Mina … Du sagtest, der Termin für die Beerdigung stehe noch nicht fest. Und dann sagtest du mir so etwas wie: ›Es lohnt nicht, dafür herzufliegen. Du hast so viel zu tun in New York.‹«

»Wie kommst du denn darauf?«, sagte Josée. »Ich war sehr verletzt, dass du nicht gekommen bist.«

»Ich hätte wahrscheinlich einfach trotzdem einen Flug buchen sollen«, sagte meine Mutter. »Aber ich kannte ja nicht einmal das Datum.«

»Alle haben gefragt, wo du warst«, sagte Josée.

»Das ist etwas, was ich wirklich bereue«, sagte meine Mutter und schaute traurig auf das Essen vor ihr.

»Es war peinlich für mich«, sagte Josée. »Ich musste erklären, dass eine meiner Töchter es nicht geschafft habe.«

Meine Mutter seufzte und nahm sich den Rest des Salates aus der Schüssel. Ich bemerkte, dass sie einen Moment lang brauchte, ihr erwachsenes Ich zu finden. Ihre Züge veränderten sich, und ihre Stimme sank um eine Oktave. Sie wechselte das Thema, und das Mittagessen verlief entspannt weiter.

An diesem Wochenende fand das Flower Street Festival in Neuilly statt, und der große Platz des Viertels war überschwemmt mit leuchtenden Pflanzen. Selbst mit Josées Behindertenausweis war es nicht einfach, einen Parkplatz zu finden.

»Ich kann es kaum erwarten, all das hinter mir zu haben«, sagte sie, während sie um den Block fuhr, »im Sarg werde ich dann endlich ein wenig Ruhe finden.«

Es war dasselbe Bestattungsunternehmen, das sie auch nach Minas Tod beauftragt hatte. Das einfache Mobiliar und die Vase mit weißen Lilien vermittelten die saubere und geruhsame Anonymität eines Wartezimmers beim Arzt. Ein freundlicher junger Mann, der als einziger Mitarbeiter an diesem Nachmittag anwesend war, platzierte drei Stühle vor seinem Schreibtisch und bereitete jedem von uns eine Tasse Espresso. »Du liebe Zeit, der ist ja kochend heiß!«, rief Josée, nachdem sie einen Schluck genommen hatte. »Ich bin nicht zur Einäscherung gekommen.«

»Das tut mir leid, Madame«, sagte der junge Mann.

»Ich sehe schon, Sie können es gar nicht erwarten, mich tot zu sehen«, antwortete sie, und er errötete. Doch er erklärte uns die Details in aller Ruhe. Meine Mutter machte sich Notizen, so wie sie es bei jedem wichtigen Termin tat. Auch ich und der junge Mann machten sich Notizen. Josée, das war mir klar, war offensichtlich sehr begeistert, dass ihre Wünsche gleich dreifach protokolliert wurden.

Sie verkündete, dass sie nicht wolle, dass der Leichenwagen die Schnellstraße nehme, wenn er sie von der Kirche zum Friedhof bringe. »Ich möchte eine angenehme Aussicht«, sagte sie. »Nehmen Sie die reizvolle Route.« Der junge Mann notierte, wir taten dasselbe.

»Setzen Sie die Todesanzeigen noch immer in den *Figaro*?«, fragte Josée. »Oder wird das heute alles via Textnachricht erledigt?«

»Ja, Madame, wir setzen eine Anzeige in den *Figaro*. Und wir senden auch eine Karte an Ihre Kontakte.« Er zeigte uns Vorlagen für diese Karte. Schnell entschied sich Josée für die am wenigsten auffällige und bat um eine Kopie, damit sie die Wortwahl bearbeiten konnte. Sie selbst würde die Todesanzeige für die Zeitung verfassen, und sie würde auch die Umschläge bereits adressiert für uns hinterlassen.

»Nun, wie sieht es mit den Blumen aus?«, fragte sie. Der junge Mann antwortete, dass die Auswahl der Blumen meistens den Hinterbliebenen überlassen werde. »Es kann sehr heilsam für sie sein«, sagte er sanft, »wenn sie ein paar Entscheidungen selbst treffen können.«

»Ich möchte keine unansehnlichen Blumen bei meiner Beerdigung«, sagte Josée. »Ich wähle die Basis, dann können sie noch ein paar Kränze hinzufügen, wenn sie das wünschen.«

Als Nächstes fragte sie nach der Ansprache, die der Priester während des Gottesdienstes halten würde. Sie wolle nicht, dass er einen solchen Blödsinn erzähle wie bei der Beerdigung ihrer Mutter.

»Er wird sich mit Ihren Töchtern treffen, um ein Gefühl für Sie zu bekommen«, sagte der junge Mann. »Die Familie wird ihm einen kurzen Text zur Begrüßung und eine Biografie zur Verfügung stellen. Dann werden sie natürlich auch noch ihre eigenen Reden halten.«

»Den Willkommensgruß werde ich selbst schreiben«, sagte Josée. »Und ich habe Andrée bereits ein Gedicht gegeben, das sie lesen soll.«

Der junge Mann erklärte ihr, dass das nicht möglich sein werde, die Kirche habe ihre eigenen festen Abläufe. Josée war aufgebracht. »Ich will nicht, dass sie lächerliche Dinge über mich sagen«, wiederholte sie.

»Meine Schwestern und ich werden unsere Texte bereits im Voraus schreiben«, versprach meine Mutter sanft, »wir werden sie gemeinsam mit dir überarbeiten.«

Endlich schlug Josée ihre Hände zusammen und bat darum, den Sarg auswählen zu dürfen. Der junge Mann brachte uns in einen Kellerraum.

»Da ist die Toilette, auf der ich mich nach Minas Tod übergeben habe«, Josée deutete im Vorübergehen auf eine Tür. Die Wände des Kellers waren mit Särgen gepflastert, in Reihen, sortiert nach der Art des Holzes, aus dem sie gemacht waren. Sie waren längs aufgeschnitten worden, sodass man das Innenleben sehen konnte.

»Oh«, sagte Josée enttäuscht. »Ich wollte eigentlich hineinsteigen.« Der junge Mann, der sich mittlerweile an ihren freimütigen Humor gewöhnt hatte, lachte.

»Das ist kein Scherz«, sagte sie ärgerlich. Sie bewegte die Schultern. »Ich wollte sehen, wie sie passen.«

»Ich versichere Ihnen, sie sind alle sehr gemütlich«, sagte er.

Josée überflog die Auswahl und entschied sich quasi augenblicklich. Durch die Renovierungsarbeiten, die sie auf dem Hausboot durchgeführt hatte, verfügte sie über einen großen Erfahrungsschatz, und so wusste sie bereits, dass sie einen Sarg aus Eiche wollte.

»Kann man diesen hier mit einem anderen Innenfutter bekommen?«, fragte sie. »Ich hätte es gern cremefarben.«

»Aber sicher«, sagte der Mann.

»Schön, Elfenbein hat mir noch nie gut gestanden«, sagte sie. »Es lässt mich grün aussehen. Da, schau her, es gibt auch ein Kissen. Ich werde es sehr gemütlich darin haben.« Sie fasste nach dem Sarg und überprüfte die Griffe. Sie fand sie unhandlich, die Metallkanten schnitten einem in die Handfläche.

»Machen Sie sich keine Gedanken«, sagte der junge Mann. »Die Träger sind das durchaus gewohnt.«

»Lassen Sie uns die Griffe dennoch auswechseln«, sagte Josée. »Warum sollten wir das Ganze für irgendjemanden unangenehm gestalten?«

»Ich kann mir vorstellen, dass meine Mutter den Sarg selbst tragen würde, wenn sie könnte«, setzte meine Mutter amüsiert hinzu.

»Eine letzte Sache noch«, sagte der Mann, während er Josées

Wahl mit Kreuzchen auf einem Formular festhielt. »Hätten Sie gern ein kleines Kreuz auf dem Deckel?«

»Warum nicht?«, sagte Josée. »Das könnte sich ja noch als ganz nützlich herausstellen.«

Als wir zehn Minuten später die Treppen wieder hinaufstiegen, merkte ich an, dass dort wahrscheinlich noch nie eine so schnelle Wahl getroffen worden war.

»Nun ja«, entgegnete Josée brüsk, »ich werde nicht den Rest meines Lebens damit verbringen, einen Sarg auszuwählen.«

Als wir uns zurück an den Schreibtisch des Mannes begaben, um den verbliebenen Papierkram zu erledigen, kamen wir auf die Sargträger zu sprechen. Der Mann sagte, dass Josée bis zu drei Menschen für diese Aufgabe wählen könne, der vierte würde ein professioneller Träger sein.

»In meinem Leben gibt es keine Männer«, sagte Josée mit einem Hauch Stolz in der Stimme.

»Da wären deine zwei Enkel«, sagte meine Mutter. »Ich weiß, dass mein Sohn sich sehr geehrt fühlen würde.«

»Glaubst du wirklich?«, fragte Josée überrascht. Meine Mutter versicherte ihr, dass dem so sei.

»Ich würde mich auch sehr geehrt fühlen«, sagte ich. Josée lachte. »Nein, wirklich«, meinte ich. »Du brauchst drei, und du hast drei Enkelkinder. Ich bin ziemlich stark.«

»Kann sie das machen?«, fragte Josée.

»Es entspricht nicht der Tradition«, sagte der Mann lächelnd. »Aber ich sehe keinen Grund, es nicht trotzdem zu tun.«

»Okay«, sagte Josée. »Du wirst deine Haare unter einem Käppi verstecken müssen.«

Ich küsste sie auf die Wange.

»Und du wirst mich nicht fallen lassen?«, fragte sie.

»Ich verspreche es«, sagte ich lachend. »Ich werde dich nicht fallen lassen.« Dann stellte ich mir jedoch vor, wie es sich anfühlen würde, tatsächlich ihren Sarg zu tragen, und zum ersten Mal wurde mir klar, dass ich am Boden zerstört sein würde.

»Du wirst in der Nähe bleiben, nicht wahr?«, fragte ich sie leise, als meine Mutter nicht zuhörte. »Ich meine, danach. Du wirst doch in meiner Nähe bleiben?«

»Oh«, sagte Josée. »Das weiß ich noch nicht. Ich werde so viele Dinge zu tun haben.«

KAPITEL ZWÖLF

Auf der Insel Ischia, vor der Küste von Neapel, gab es ein Resort mit natürlichen Thermalquellen, das von Freunden von Freunden betrieben wurde. Im Frühjahr, als Josées vierundachtzigster Geburtstag anstand, rief meine Mutter an, um vorzuschlagen, dass wir drei dort hinfahren könnten, um zu feiern. Es war ein Geschenk an ihre Mutter und uns alle. »Aber das wird ja auch großartig für mein Buch!«, platzte ich heraus. Zwar kam meine Mutter oft nach Paris, aber diese Reisen waren kurz und hektisch. Ich sehnte mich nach einer Gelegenheit, zu der wir alle drei am selben Ort wären.

»Ja, ich weiß«, sagte meine Mutter geduldig. »Endlich mal etwas, was alle Beteiligten glücklich macht.«

Josée war begeistert. E-Mails flogen hin und her, während wir die Reise planten. Meine Mutter würde von New York nach Paris fliegen, wo wir uns alle am Flughafen treffen und dasselbe Flugzeug Richtung Neapel besteigen würden.

Am Tag unserer Abreise trug Josée ein makelloses Reise-Outfit: einen hellbraunen Hosenanzug aus Leinen, ein cremefarbenes Hemd, einen leichten Schal und eine pinke Sonnenbrille. Als wir durch den Sicherheitscheck gingen, verschwand ihr Boardingpass. Sie habe ihn in die Box gelegt, zusammen mit ihrer Handtasche, beharrte sie.

»Er muss von der Röntgenmaschine fortgeweht worden sein«, sagte sie und zeigte dem Sicherheitsbeamten die leere Box.

»Vielleicht haben Sie ihn in Ihre Handtasche gelegt, *Madame,* oder in eine Tasche an Ihrer Kleidung?«, sagte die Frau. Ihre Stimme klang unantastbar neutral, gleichzeitig triefte sie vor Herablassung.

»Da habe ich bereits geschaut«, sagte Josée kurz angebunden. »Er steckt in der Maschine fest.«

Die Sicherheitsbeamtin suchte über Josées Kopf hinweg Blickkontakt mit mir.

»Würden *Sie* in ihrer Handtasche nachsehen?«, fragte sie mich, während ihre Augen mir zu sagen schienen: *Schließlich wissen wir doch beide, was passiert ist.* Überrascht starrte ich einen Augenblick zu lange zurück, dann senkte ich den Blick und nahm Josée sanft die Tasche aus der Hand. Ich wühlte ein wenig darin herum.

»Er ist nicht da«, sagte ich schnell und voller Erleichterung.

Die Beamtin seufzte und wies uns an, uns am Gate einen neuen ausdrucken zu lassen.

»Alors!«, sagte Josée, als wir uns entfernten. »Das kommt offenbar doch häufiger vor, wenn diese Idiotin sofort die Lösung parat hat. Was für ein schlechtes System.« Dieses Fazit trugen wir einander immer wieder vor, als versuchten wir damit, die Erinnerung an meine Hand in ihrer Tasche auszulöschen.

Die Bildschirme zeigten, dass das Flugzeug, mit dem meine Mutter aus New York eintreffen würde, Verspätung hatte. Josée erklärte, dass wir beide einfach vorausreisen und Françoise auf der Insel erwarten würden, falls sie nicht rechtzeitig hier wäre, um unseren gemeinsamen Flug nach Italien zu erwischen. Sie wollte nicht einen halben Tag in der brütenden Hitze Neapels verschwenden. Ich gab ein unverbindliches Geräusch von mir, was so viel bedeutete wie: Wir werden sehen. Ich wusste, dass ich mich weigern würde, meine Mutter zurückzulassen.

Im Flugzeug gab es Dreierreihen. Josée hatte den Fensterplatz, ich den in der Mitte. Ich setzte mich auf den Platz am Gang und stellte meine Tasche auf den Sitz zwischen uns.

»Was machst du da?«, fragte Josée.

»Ich ziehe um, wenn sich jemand hierhersetzt«, sagte ich.

»Natürlich wird da jemand sitzen wollen«, sagte sie. »Spiel keine Spielchen.« Ich seufzte und rückte auf. Sekunden später setzte sich eine Frau auf den Platz am Gang. Josée hob vielsagend die Augenbrauen. Ich lachte und gab ihr damit recht. Dann wandte ich mich ab und beobachtete angespannt den vorderen Eingang des Flugzeugs. Immer weniger Menschen kamen herein. Josée lehnte den Kopf zurück und schloss die Augen.

Meine Mutter war die allerletzte Passagierin, die das Flugzeug betrat. Ich schrie auf, als ich sie sah; ihr Gesicht war so wunderbar vertraut, dass ich es kaum als solches wahrnahm. Ich drängelte mich an der Frau neben mir vorbei und fiel in die Arme meiner Mutter.

»Was für ein Schrei!«, sagte Josée mit einer Hand auf der Brust. »Welch ein *cri de cœur! ›C'est ma maman!‹«* Mit seltsam hoher Stimme ahmte sie mich nach. »Diesen Schrei werde ich mein Leben lang nicht vergessen«, sagte sie. »Du hast mich damit aus dem Schlaf gerissen.«

In Neapel ließen meine Mutter und ich Josée mit unserem Gepäck am Taxistand zurück – wobei meine Mutter sie anflehte, sich in den Schatten zu setzen. Josée bestand jedoch darauf, in der Sonne stehen zu bleiben, während wir versuchten, ein paar Informationen über die Busfahrpläne aus der zurückhaltenden Frau am Informationsschalter herauszubekommen. Als wir uns schon wieder entfernten, rannte ich noch einmal zurück, um einen Stadtplan zu holen, den ich meiner Mutter dann voller Stolz zeigte.

»Was für eine gute Idee!«, sagte sie. Und dann nahmen wir ein Taxi zum Hafen, genauso, wie ich es mir bereits gedacht hatte. Meine Mutter war eine Frau, die gern alle Optionen kannte, bevor sie eine Entscheidung traf.

In Italien wirkte meine Großmutter plötzlich alt. In ihrem eigenen Zuhause war jedes Ding eine Art Verlängerung ihrer selbst. Dort wirkte sie niemals gebrechlich. Selbst als sie sich das Handgelenk gebrochen und nicht einmal ihr eigenes Essen hatte zubereiten können, hatte sie nicht schwach gewirkt. Ihr ganzes Wesen schien sich auszudehnen, und sie wurde mehr als nur ihr Körper; ja sie wurde der ganze Raum. Doch hier, weit weg von Paris, schrumpfte sie in sich zusammen. Die Falten auf ihrem Gesicht wurden tiefer, und plötzlich fielen mir ihre zerbrechlichen Knochen und die dicken Venen an ihren Händen auf.

Ich bemerkte, wie andere Menschen in ihrer Gegenwart sprachen und sich bewegten, wie sie sie mit Samthandschuhen anfassten. Selbst meine Mutter behandelte sie mit großer Umsicht, sie stützte sie, wenn sie gemeinsam gingen, und sorgte sich um jede ihrer Bewegungen.

»Wenn sie weiter so mit mir umgeht«, murmelte Josée, als wir die Fähre bestiegen, »bin ich bald eine alte Frau.«

Die Sonne ging bereits unter, als wir endlich auf Ischia ankamen. Meine Mutter, die vor mehr als vierundzwanzig Stunden ihre Reise aus New York angetreten hatte, zeigte keinerlei Erschöpfung. Sie kümmerte sich um den Check-in im Hotel neben dem Spa. Zwei Zimmer nebeneinander, eines für Josée und eines für uns beide. Als die Tür unseres Zimmers sich hinter uns geschlossen hatte, fielen wir uns in die Arme wie Liebende. Bis zu diesem Moment war mir nicht klar gewesen, wie sehr wir uns zurückgehalten hatten.

Das Spa schmiegte sich in eine schmale Bucht. Kleine, dicht bewachsene Klippen flankierten den Weg zum Strand. Dreiundzwanzig Thermalbecken waren durch ein Labyrinth steinerner Pfade miteinander verbunden. Es gab Becken mit Düsen und sprudelnde, deren Wasser exakt die Temperatur des menschlichen Körpers hatte. Das Wasser kam aus der Tiefe der Insel, wurde von einem ruhenden unterirdischen Vulkan erwärmt und mit Mineralien angefüllt. Marco, der das Spa gemeinsam mit seiner Familie leitete, erklärte uns, dass das Wasser von Natur aus leicht radioaktiv sei. Der Körper kämpfe dagegen an, bis er ermüde. Das führe zu einer tiefen Entspannung.

Er beendete seine Tour beim Restaurant auf der Terrasse, wo wir uns hinsetzten und auf das Meer hinaussahen. Ein Kellner brachte uns frische grüne Oliven und große Stücke Parmesan. Marco sprach vor allen Dingen mit meiner Mutter. Er war ein

Fan ihrer Kinderbücher und kannte sie alle beim Namen, selbst jene, die bereits vor Jahren erschienen waren. Ich hatte oft schweigend dabeigesessen, wenn Menschen solche Unterhaltungen mit meinem Vater geführt hatten, aber selten hatte ich jemanden getroffen, der so vertraut mit der Arbeit meiner Mutter war. Sanft lenkte sie die Unterhaltung von sich selbst auf ihn. Er erklärte uns, dass viele Männer, die auf der Insel aufgewachsen seien, nun zur See führen, und dass er selbst es zwar versucht, die Arbeit aber nicht zu ihm gepasst habe.

»Ohhh!«, sagte meine Mutter grinsend, lehnte sich zurück und deutete mit einer ausladenden Bewegung ihres Armes auf meine Großmutter. »Meine Mutter«, sagte sie vielsagend, »lebt auf einem Hausboot.«

Am Abend, als die lauten italienischen Familien, die nur den Tag im Spa verbracht hatten, abgefahren waren, saßen nur noch Hotelgäste auf der leuchtenden Terrasse. Die Becken waren jetzt ruhig, dunkel und leer. Wellen leckten an den zusammengeklappten Liegestühlen und verwischten die Fußabdrücke im Sand.

»Jetzt ist es viel zu kalt, um im Meer zu schwimmen«, sagte Josée. »Wenn wir nur einen Monat früher gekommen wären, hätten wir die Insel in voller Blüte erlebt.«

Während des Abendessens sahen wir auf das Meer und versuchten, in die Vergangenheit zurückzufinden. Ich fragte meine Mutter und meine Großmutter nach den Ferien, die sie gemeinsam verbracht hatten, als meine Mutter noch sehr klein gewesen war. Meine Mutter erinnerte sich daran, wie sie an der Côte d'Azur schwimmen gelernt und wie sie gemeinsam mit ihrem Vater angeln gewesen war.

»Wir haben die Fische, die dein Vater gefangen hat, nie gegessen«, beharrte meine Großmutter, obwohl meine Mutter lebendige Erinnerungen daran hatte.

»Oh!«, sagte ich in diesem Moment, mir war plötzlich etwas eingefallen. Ich wandte mich zu Josée und legte eine Hand auf ihren Arm. »Hast du meiner Mutter je die Geschichte von der Lotterie erzählt?« Ich spürte, wie sie sich unter meiner Berührung versteifte.

Stockend versuchte Josée die Geschichte zu erzählen. Die Fakten purzelten durcheinander. Einzelheiten veränderten sich. Ein weiteres Mädchen war beteiligt. Erst als ich sie daran erinnerte, erzählte sie, dass die Ziehung nie stattgefunden hätte. Die Geschichte verlor ihre Pointe.

»Ja, und dann war da das Münchner Abkommen«, schloss Josée. »Und so fand die Ziehung niemals statt.«

»Das Münchner Abkommen?«, fragte meine Mutter erstaunt. Die Geschichte blieb schwer in der Luft hängen.

»Ist dir nicht kalt?«, fragte Josée schroff. Sie hatte mich bereits mehrfach gebeten, eine Jacke überzuziehen.

»Nein«, sagte ich. »Mir ist nicht kalt.«

»Vom bloßen Hinschauen wird mir eiskalt«, sagte sie.

»Wahrscheinlich habe ich warmes Blut«, sagte ich. »Ich friere selten.«

»Du verfügst halt über diese zusätzliche Schicht«, sagte Josée und betonte jede einzelne Silbe des französischen Wortes – *en-rob-ée* –, als könnte mir sonst seine Bedeutung entgehen.

»Ja, das stimmt«, sagte ich mit einem nervösen Kieksen, das tief aus meiner Kehle kam.

»Diese Extraschicht, das weiß jeder … die besten Schwimmer haben so eine kleine Fettschicht, wie Delphine oder Fische. Du wärst eine gute Schwimmerin.«

Ich zuckte die Achseln, ein Lächeln auf dem Gesicht.

»Das wusste ich alles nicht«, sagte meine Mutter dann, und es war klar, dass sie nicht von meinem Körper, sondern von Josées Vergangenheit sprach. Aber als sie versuchte, nach Mina und Mélanie zu fragen, parierte Josée ihre Fragen mit der Eleganz einer Fechterin. »Möchtest du etwas Ananas?«, fragte sie. Ich verspürte einen kleinen Anflug von Stolz. Noch gelang es meiner Mutter nicht, sich auf Josées Rhythmus einzustellen.

Am nächsten Abend bat Josée einen Mann aus der Region um eine Empfehlung für ein nettes Restaurant. Meine Mutter korrigierte sie – wir wollten ein gutes Restaurant, kein nettes. Am Ende fanden wir uns in einem Lokal mit weißen leinenen Tischtüchern und vielen Gabeln darauf wieder. Das Personal zeigte uns die Fische im Ganzen, bevor sie sie zubereiteten und servierten. Die Preise ließen mich zusammenzucken, aber ich wusste, dass meine Mutter stolz darauf war, ihre Mutter groß auszuführen. In dieser gedämpften Atmosphäre und bei Kerzenschein fühlte es sich an, als wäre die Zeit stehen geblieben.

Meine Mutter fragte Josée etwas über ihre Kindheit, und Josée erzählte eine Geschichte, die ich bereits kannte. Josée sah mich über den großen runden Tisch hinweg an, und ich nickte kaum wahrnehmbar. Zwischen den Gängen entspann sich ihre Kindheit. Sie erzählte meiner Mutter vom Krieg und von den Jahren, die sie in verschiedenen Verstecken verbracht hatte. Sie erzählte mir diverse Anekdoten, sie sprang zwischen den Jahren hin und her, aber jetzt ergab sich endlich eine klarere Struktur.

Als Josée auf ihre frühen Jahre in Nanterre zu sprechen kam, in denen sie gemeinsam mit Mélanie auf Tante Lucys Grundstück gelebt hatte, erzählte sie auch die Geschichte, wie sie mit der Cousine zu Minas Wohnung geradelt war. Erst meine Mutter sprach sie auf eine Ungereimtheit an, die mir selbst nicht aufgefallen war.

»Aber Minas Bruder starb im Alter von neun«, sagte meine Mutter. »Und Mina hatte keine anderen Geschwister. Wer war Tante Lucy? Wer war diese Cousine?«

Josées Antworten waren vage – solche Fragen zu stellen, ihr wäre es als Kind niemals eingefallen, solche Fragen zu stellen. Doch aus den Fragen meiner Mutter entstand eine Art Genealogie.

Josées Großvater Alfred war vor seiner Ehe mit Mélanie bereits verheiratet gewesen und hatte mit seiner ersten Frau auch

Kinder gehabt. Josée war bereit, einzugestehen, dass Tante Lucy Minas Halbschwester aus der ersten Ehe ihres Vaters gewesen sein könnte. Und Alfred, so erzählte sie uns jetzt, sei zwar bereits von seiner Frau getrennt gewesen, als er Mélanie kennengelernt habe, habe sich aber erst Jahre nach Minas Geburt scheiden lassen und Mélanie geheiratet.

Meine Mutter zog voller Ehrfurcht ihre Schlussfolgerungen: Auch Mélanie war eine *fille-mère.* So nannte man eine Frau, die ein außereheliches Kind hatte: eine Mädchen-Mutter. So war auch Mina ein Bastard gewesen! Josée versuchte zurückzurudern – vielleicht sei Tante Lucy auch eine Freundin der Familie gewesen –, doch meine Mutter machte bloß *mhm* und trieb die Unterhaltung voran, indem sie Josée nach den späteren Jahren fragte. Meine Mutter hatte mir oft erzählt, wie sehr es sie schmerze, dass Josée sich noch immer so stigmatisiert fühle, schließlich sei dieser Gedanke so altmodisch. Ich erkannte, wie viel es Françoise bedeutete, das Geheimnis ihrer Mutter zu entschlüsseln.

Als das Dessert schon lange hinter uns lag und die anderen Tische des Restaurants sich geleert hatten, entschuldigte ich mich und ging zur Toilette. Länger als notwendig stand ich vor dem Spiegel, spritzte mir kaltes Wasser ins Gesicht und kostete diesen kleinen Moment für mich alleine aus. Als ich zurückkehrte, waren Josée und meine Mutter noch immer ins Gespräch vertieft. Das Personal begann, die Tische für den nächsten Tag zu decken. Erst als unser Kellner uns mit einer entschuldigenden Geste die Rechnung brachte, kehrten die beiden blinzelnd in die Gegenwart zurück.

Für meine Mutter wurde meine kurze Abwesenheit im Nachhinein immer länger, bis ich in ihren Augen fast die gesamte Mahlzeit nicht da gewesen war. »Während du weg warst …«, sagte sie mehrmals. Unbedingt wollte sie mich mit einbeziehen. Ich war da gewesen. Ich hatte einige dieser Fragen selbst gestellt. Doch irgendwann hörte ich auf, sie daran zu erinnern.

In dem Becken, das ganz genau die Temperatur des menschlichen Körpers hatte, gab es Düsen, die das Wasser so stark zum Blubbern brachten, dass es einen Menschen trug. Meine Mutter und ich hielten einander abwechselnd unter den Armen fest, sodass der Rest unseres Körpers auf der Wasseroberfläche schwebte. Als ich mich drehte, um mich aus dem Griff meiner Mutter zu lösen, zog sie stattdessen auch meine Beine zu sich heran und wiegte mich wie einen Säugling. Ich legte den Kopf schwer auf ihrer Schulter ab, während das Wasser um uns blubberte. Josée stand am Rande des Pools, sie trug einen dicken Pullover. Der Wind hatte zugenommen. Ihr war kalt, und sie wollte mittagessen gehen.

»Ich mache *rebirthing*«, erklärte ich ihr.

»Ihr solltet rauskommen und euch etwas anziehen«, sagte sie. »Ihr werdet euch noch eine Grippe einfangen.«

Meine Mutter bat Josée, ein Foto von uns zu machen, und das tat sie, wobei sie einen Moment lang mit der Kamera des iPhones kämpfte. »Lasst uns gehen«, sagte sie.

»Nur noch eine Minute«, sagte meine Mutter und legte ihr Gesicht an meinen Hals.

»Ihr werdet beide an einer Bronchitis sterben«, sagte Josée, »und ich werde dastehen, mit diesem bescheuerten Foto von euch, und ich werde sagen: Diese Närrinnen, ich habe ihnen noch gesagt, dass sie sich was anziehen sollen!«

Beim Mittagessen erwähnte meine Mutter ihre Therapie und wie hilfreich sie es gefunden habe, in all diesen Jahren mit jemandem sprechen zu können.

Josée war skeptisch. »Warum sollte man für die Ratschläge eines – wie nennen sie das noch mal in New York? *Shrimp?*«

»Shrink«, sagte meine Mutter. »Und sie geben dir nicht wirklich Ratschläge. Eigentlich spreche ich die meiste Zeit selbst. Die Hilfe besteht eigentlich eher darin, dass man sich selbst sprechen hört, ohne dass man sich dabei Gedanken machen müsste, was die andere Person von einem denkt.«

Josée sagte, dass sie sehr gut in der Lage sei, ganz umsonst mit sich selbst zu sprechen. Auf der Suche nach Unterstützung wandte meine Mutter sich an mich und fragte, ob ich bei meiner Therapie ähnliche Erfahrungen gemacht hätte.

»Nicht wirklich«, sagte ich. »Vielleicht lag es daran, dass ich sechzehn war. Es war mir sehr wichtig, dass meine Therapeutin mich mochte.«

»Und deine Eltern zahlten dafür«, sagte meine Mutter. »Das ist ein großer Unterschied. Du wolltest hingehen, aber deine Eltern zahlten dafür.«

»Ich wollte da nicht hin!«, sagte ich. »Du hast mich hingeschickt, weil du mich für verrückt gehalten hast.«

»Josée hat mich auch zur Therapie geschickt, weil sie glaubte, ich sei verrückt«, sagte meine Mutter.

»Nun ja«, sagte Josée, »mit sechzehn ist jeder ein bisschen verrückt.«

»Ich war keine sechzehn«, sagte meine Mutter und klang so verletzt wie ein kleines Mädchen. »Ich war dreizehn.«

»Du warst immer schon frühreif«, sagte Josée.

Irgendwie endete die Unterhaltung bei den Sommern, die sie in Ussel verbracht hatten, jenen Sommern, in denen meine Mutter – nachdem Josée ihr verboten hatte, mit Andrée zu spielen – vor lauter Langeweile und Einsamkeit ganz verzweifelt gewesen war.

»Wie alt warst du?«, fragte ich meine Mutter, obwohl ich die Antwort bereits kannte.

»Zwölf«, sagte sie bleiern.

»Du hast sie durcheinandergebracht«, sagte Josée. Und dann, als sie das Gesicht meiner Mutter sah: »Du hast Andrée durcheinandergebracht, aber es war trotzdem nicht nett von mir; es tut mir leid.«

Peinlich berührt wischte meine Mutter die Entschuldigung fort. Sie sprach über ihre einsamen Spaziergänge durch den Wald damals.

»Aber mir war gar nicht bewusst, dass du so allein warst!«, rief Josée. »Warum hast du nicht Tennis gespielt?« Josée hatte die Sommermonate damit verbracht, im Doppel mit Freunden, die sie besuchte, zu spielen, aber ihre drei Töchter konnten sich nur daran erinnern, wie man sie die Bälle hatte holen und den Platz nach dem Spiel in Ordnung hatte bringen lassen.

»Ich hatte keinen Spielpartner«, sagte meine Mutter.

»Du hättest gegen die Wand spielen können«, antwortete Josée.

»Es gab keine Wand«, sagte meine Mutter.

»Warum hast du mir das nicht gesagt!«, sagte Josée. »Ich hätte dir eine Wand gebaut.«

Nach dem Mittagessen saßen wir drei schweigend in den Liegestühlen und lasen. Ich stand auf, um Sonnencreme zu holen, und meine Mutter bot an, mich zu begleiten. Als ich mich umwandte, um zu sehen, ob sie mir folgte, stand sie noch immer hinter Josées Stuhl. Sie hatte sich über ihre Mutter gebeugt und bedeckte ihren Hals mit Küssen. Josée streckte sich, berührte mit beiden Händen das Haar ihrer Tochter und küsste sie auf die Wange. Ein warmes Gefühl breitete sich in mir aus. Meine Mutter sah zu mir auf, ihr Kinn in die Mulde von Josées Nacken gelegt. Mit beiden Händen griff ich mir ans Herz. Doch die Lippen meiner Mutter senkten sich abrupt, sie hob die Brauen. Diesen Ausdruck kannte ich, er bedeutete, dass etwas gar nicht in Ordnung war.

»Also?«, sagte ich, als sie zu mir aufschloss und wir uns abwandten, um gemeinsam hineinzugehen. »Das sah so lieb aus, aus der Ferne.«

»Weißt du, was sie zu mir gesagt hat«, fragte meine Mutter. »Sie sagte: ›Aber ich hatte ja gar keine Vorstellung, dass du so unglücklich gewesen bist, meine arme Cosette.‹«

»Und das hat dich aufgeregt?«, sagte ich.

»Die Cosette aus *Les Misérables*«, sagte meine Mutter wütend. »Ich brauche keine Entschuldigungen mehr von ihr.«

Zurück in unserem Hotelzimmer, fuhr meine Mutter sich vor dem Badezimmerspiegel mit den Fingern durchs Haar und schob die Locken zurecht, die ihr in die Augen fielen. Am selben Morgen hatte ich ihr auf unserer Terrasse die Haare geschnitten. Es war eine Tradition, die ich auch mit meinem Vater und meinem Bruder teilte, wenn wir gemeinsam Ferien machten. Ich bearbeitete ihre Köpfe rundherum mit der Schere, während sie vor mir saßen. Mit den Händen berührte ich ihre Nacken und Wangen und sprach sanft mit ihnen.

Meine Mutter sagte, sie fühle sich unwohl mit den Wendungen, die die Unterhaltungen mit Josée nähmen.

»Ich finde es wunderschön zu erfahren, wer meine Mutter als kleines Mädchen war«, sagte sie, »aber ich möchte nicht über meine eigene Jugend mit ihr reden. Schuldzuweisungen sind mir zuwider.«

»Aber«, sagte ich.

»Vor einigen Jahren habe ich mich entschieden, ihre Nummer in meinem Telefon unter *Maman* abzuspeichern«, sagte sie. »Das ist ein Geschenk, das ich mir selbst gemacht habe. Eine Mutter zu haben, die ich liebe. Mehr möchte ich nicht.« Ich schwieg, und sie fuhr fort zu sprechen.

»Du verstehst das nicht. Das hat mich sehr berührt. Es ist so schmerzhaft, all das an die Oberfläche zu holen. Ich kann keine offenen Rechnungen begleichen. Ich brauche keine Entschuldigungen von ihr.«

»Das verstehe ich«, sagte ich. »Aber … für mich ist diese Spannung zwischen euch, die ihren Ursprung in eurer gemeinsamen Vergangenheit hat, interessant. Ich möchte nicht, dass du dich unwohl fühlst. Und trotzdem habe ich das Gefühl, dass Josée das Gleiche sucht. Niemand hat sie darum gebeten, sich hier und jetzt zu entschuldigen – sie hat das von ganz allein getan.«

Meine Mutter seufzte. Sie wandte sich ab und dachte einen Augenblick lang nach.

»Also gut. Ich vertraue dir«, sagte sie. »Und Josée vertraut dir. Ich schätze, dass es für uns beide beruhigend ist zu wissen, dass du einen Plan hast.« Sie wandte sich um und verließ das Zimmer. Ich folgte ihr und rieb mir dabei sorgenvoll den Nacken.

Als wir am nächsten Morgen wach wurden, regnete es. Wir frühstückten unter einem Vorsprung auf der Dachterrasse des Hotels. Schweigend beobachteten wir, wie sich das Wasser in den Thermalbecken unter dem Regen kräuselte.

»Wir sind auf einer Zitroneninsel«, sagte Josée. Sie bestellte sich einen frisch gepressten Zitronensaft von einem vorübergehenden Kellner. Dann goss sie Wasser und ein Päckchen Zucker in die trübe Flüssigkeit.

»Ich werde eine Zitronenkur machen«, sagte sie. »Ich will mich an all diesen Zitronen stärken.«

Ich nahm einen Schluck von ihrem Getränk. Ich wusste, dass sie ihr Essen nicht gern teilte, aber mir war auch klar, dass sie es mir gestatten würde. Die Säure war belebend. Sie fühlte sich reinigend an. Auch ich bestellte mir einen Saft.

Nach dem Frühstück gingen wir drei hinunter in Josées Zimmer. Wir lagen auf ihrem Bett, meine Mutter in der Mitte, ihre Füße zwischen unseren Köpfen. Sie griff nach einem Kissen, um es sich in den Nacken zu legen. »Damit ich euch auch sehen kann«, sagte sie. Wir plauderten vor uns hin, lauschten dabei mit halbem Ohr den Regentropfen auf dem Parkplatz draußen. Mit meinen Fragen brachte ich Josée dazu, uns von ihren Tagen im Internat zu erzählen. Plötzlich unterbrach sie sich und sagte, dass nichts davon wirklich interessant sei. Meine Mutter sagte oft das Gleiche zu mir, wenn wir über ihr Leben sprachen, jetzt reagierte sie genauso, wie ich es sonst tat.

»Aber für mich ist das alles faszinierend«, sagte meine Mutter.

»Mag sein, dass es spannend klingt«, sagte Josée, »aber doch bloß, weil es regnet und wir nichts Besseres zu tun haben. Genauso gut könntest du einfach ein gutes Buch lesen.«

»Du hast über deine ganze Kindheit hinweg … das haut mich einfach um«, sagte meine Mutter.

»Was? Dass ich ein Kind war?«, sagte Josée schelmisch.

»Nein«, sagte meine Mutter, ohne zu lächeln. »Dass du so selten mit deiner Mutter zusammengelebt hast. Das habe ich nicht gewusst.«

»Du und ich, wir haben nie wirklich miteinander geredet, kann das sein?«, sagte Josée. »Ich war mehr Ehefrau als Mutter. Und dann bist du nach Amerika gegangen … Aber dank dieser Nervensäge hier und ihren endlosen Verhören …« Sie lehnte sich über die Füße meiner Mutter hinweg und gab mir einen leichten Klaps.

»Hast du mit meinen Schwestern darüber geredet?«, fragte meine Mutter.

»Nein, ich habe niemals mit irgendjemandem darüber gesprochen«, sagte Josée. »Ich verstehe immer noch nicht, warum das überhaupt jemanden interessieren sollte.«

»Aber hat dich denn die Geschichte deiner eigenen Mutter nicht interessiert?«, fragte ich.

»Sie hat mir ihre Geschichte nie erzählt«, sagte Josée.

Sie erzählte uns, wie Mina im Alter eine Hüftoperation gehabt hatte und wie sie gemeinsam eine kleine Runde um das Krankenhaus gedreht und sich dann auf eine Bank gesetzt hatten.

»Ich fragte sie, ob sie jemals das Bedürfnis gehabt habe, meinen Vater zu betrügen – oder halt, nein, ich sagte: ›Hatte mein Vater andere Frauen? Er hat dich ja zu wundervollen Urlauben eingeladen, damit du ihm vergibst!‹ Ich erzählte ihr von einem Foto, das ich gefunden hätte. Darauf war sie zu sehen, strahlend schön auf einem Kreuzfahrtschiff. Da schlug sie ihre Hände zusammen und sagte: *›Si! Si! Le capitaine!‹* Auf ihrem Gesicht war ein Lächeln, wie ich es noch nie zuvor an ihr gesehen hatte. Wahrscheinlich hatte sie dieses Lächeln als Zwanzigjährige gehabt. Sie erzählte mir, dass sie eine Affäre mit dem griechischen Kapitän gehabt habe. Offenbar hatte sie meinen Vater ein einziges Mal betrogen. Im Jahr 1935.«

»Also hast du eher nach der Beziehung deiner Eltern gefragt«, sagte meine Mutter nachdenklich und mehr zu sich selbst. »Habe ich dir jemals erzählt, was Mina mir aus ihrem Leben erzählt hat?«

»Das hast du bestimmt, aber ich habe es vergessen«, sagte Josée.

Also begann meine Mutter die Geschichte zu erzählen, wie Mina sie ihr im Jahr 1978 erzählt hatte. Meine Mutter und mein Vater waren zu Besuch in Frankreich gewesen, und mein Vater hatte gerade einen ersten Entwurf für *Maus* gemacht. Meine Mutter hatte es ins Französische übersetzt und es für ein kleines französisches Magazin abgetippt. Sie hatte die Geschichten von Wladek und Anja noch immer vor Augen, als sie ihre Großmutter besuchte, und erzählte ihr davon.

»Also wenn du auf der Suche nach Geschichten bist«, sagte Mina, »dann habe ich eine für dich.« Über zwei Tage hinweg erzählte Mina meiner Mutter ihre Lebensgeschichte.

Meine Mutter erzählte mir die Geschichte im Laufe der Jahre mehr als einmal. Zunächst hatte sie noch erzählt, dass auch ich dabei gewesen sei, ein Baby in ihren Armen, doch später besann sie sich eines Besseren und stellte fest, dass ich doch nicht dabei gewesen sei. Sie sei allein mit Mina gewesen, dessen war sie sich sicher. Ganz tief in meinem Inneren empfand ich eine Art Verlust.

Die Erinnerungen, die ich heraufzubeschwören versucht hatte – hatte da nicht ein Teekessel gepfiffen? Hatte ich nicht eine kühle, weiße Porzellanfigur in der kleinen Faust gehalten? –, sie verblassten.

Dies ist die Geschichte Minas, so wie sie selbst sie meiner Mutter erzählt hat.

Mina war auf den Namen Fernande getauft worden, doch sie hatte diesen Namen niemals gemocht. Lange hörte sie auf den Spitznamen Nanda, bis Beppo ihr den Kosenamen Mina gab, den sie liebte.

Ihre Eltern, Mélanie und Alfred, hatten eine kleine Autowerkstatt mit einer kleinen *buvette*, einem Imbiss. Ich weiß nicht, wo sie im Jahr 1904 lebten, als Mina geboren wurde, doch in späteren Jahren lebte die Familie in den Räumen, die sich über der *buvette* befanden. Das war in Boulogne-Billancourt, hier waren die Renault-Werke, hier durchschnitt die Seine die südwestliche

Grenze von Paris, bevor sie einen scharfen Knick machte und sich wieder zurück in Richtung Neuilly bewegte. Ein Arbeiterviertel, ein typisch kleinbürgerliches Umfeld, und Mina träumte von einer spektakulären Flucht.

Sie stürzte sich in ihre Hausaufgaben. Sie war die Klassenbeste. Doch als sie vierzehn war, erklärten ihre Eltern, ihre Ausbildung sei jetzt abgeschlossen. Sie hatte das *certificat d'études* und somit die gesetzliche Schulpflicht erfüllt. Nun war sie eine Erwachsene. Sie sollte einen Beruf erlernen und die Familie unterstützen. Minas Lehrerin kam zu ihnen nach Hause – was außergewöhnlich war –, um sich für Mina einzusetzen. Das Mädchen sei so vielversprechend, einige weitere Jahre in der Schule könnten ungeahnte Möglichkeiten eröffnen. Doch ihr Vater weigerte sich, und Mélanie ergriff nicht Partei für Mina. Françoise sagte oft, dass Mina Mélanie das nie verziehen hatte.

Im Jahr 1918 absolvierte Mina einen Stenographie-Kurs. *Formation* nannte man das auf Französisch, die Bildung wurde als ein weiterer Akt der Formung und schließlich des Werdens verstanden. Der Erste Weltkrieg hatte Frauen Zugang zum Arbeitsmarkt verschafft, sie füllten die klaffende Lücke, weil all die jungen Männer ihr Leben verloren hatten. Junge, gut ausgebildete Frauen bevölkerten die Schreibzimmer.

Damals war Sprache ebenso schwer fassbar wie Emotion, ihre Aufzeichnung kompliziert, und Stenographie war ebenso sehr eine Kunst wie ein Handwerk. Nach der einen Methode repräsentierte eine Reihe von Strichen die Konsonanten, bei einer anderen wurden Phoneme aufgezeichnet; eine Methode umfasste fünfhundert mit Punkten versehene Zeichen, eine andere benutzte Halbkreise, die sich veränderten wie die Phasen des Mondes. Eine Sekretärin konnte mit den Notizen der anderen nichts anfangen. Nur die Frau, die die Aufzeichnungen selbst gemacht hatte, konnte daraus wieder Sprache entstehen lassen.

So ähnelte die Stenographie der Erinnerung – sie verwandelte alles, was viel zu schnell vorüber war, in Symbole, die nur diejenige zu entschlüsseln vermochte, die den Schlüssel dazu besaß. Sekretärin, Ghostwriterin, Lektorin – ich rief diese drei Generationen an, ganz so, wie man die Muse ruft. Doch ich war nichts von alldem. Ich war die Erzählerin, die Erinnerungen, die nicht meine eigenen waren, in Form brachte. Und das, so musste ich nun feststellen, war ein viel gewalttätigerer Akt.

In den Zwanzigerjahren trug die Sekretärin die Haare ebenso kurz wie ihre Röcke und wurde so zum beliebten Objekt sexualisierter Phantasien. Man empfand es als selbstverständlich, dass ihr größter Traum darin bestand, ihren Chef zu heiraten. Doch obwohl sie andere Sekretärinnen kannte, die diesen Weg gewählt hatten, konzentrierte Mina sich voll und ganz auf ihre Arbeit.

Sie fand ihre Erfüllung in den *guinguettes*, die unter freiem Himmel am Ufer der Seine stattfanden. Dort ging sie jeden Samstag tanzen. Der Wein floss in Strömen, Künstler und Arbeiter feierten gemeinsam. Mit ihren großen Augen, dem herzförmigen Gesicht und einem Mund, dessen Schwung dem Bogen Amors glich, war Mina eine Schönheit, wie gemacht für ihre Ära.

Ein junger Mann wirbelte sie über die Tanzfläche. Er war ein *beau parleur,* ein Schönredner, und er erzählte ihr Geschichten über all die Dinge, die er ihr zeigen würde. Er hielt um ihre Hand an. Zu diesem Zeitpunkt war Mina achtzehn oder neunzehn Jahre alt. In ihm sah sie ihre Chance, endlich frei zu sein, also ließ sie sich darauf ein. Sobald die Pläne für die Hochzeit standen, kündigte er an, dass sie vorübergehend in die Wohnung über der ihrer Eltern ziehen würden. Sein Gehalt entsprach nicht ganz dem, was er ihr erzählt hatte, doch schon bald würde es mehr sein.

Minas Mutter hatte sie nicht darauf vorbereitet, was sich in der Hochzeitsnacht abspielen würde. Mit einer einzigen Geste offenbarte sich ihr Ehemann. Seine Genitalien waren erkrankt. Er erklärte ihr, dass er von der Syphilis zerfressen sei. Sie würden niemals miteinander schlafen, niemals Kinder haben.

»Ich habe dich geheiratet, um eine Krankenschwester zu haben« – Mina erinnerte sich noch genau an diesen Satz von ihm.

Am nächsten Tag im Büro konnte sie ihre Tränen nicht zurückhalten. Ihr Chef Eugène bestand darauf, zu erfahren, was los sei, doch Mina weigerte sich, es zu erzählen. Eine andere Sekretärin, ihre beste Freundin, klärte ihn über die Details auf. Eugène rief Mina in sein Büro. Er war viele Jahre älter als sie und dick wie ein Buddha. Er war verheiratet. Er trug einen Kneifer, die Augen dahinter waren feucht.

»Ich habe gehört, was Ihnen zugestoßen ist«, sagte er. »Ich kann mich darum kümmern.«

»Was meinen Sie?«, fragte Mina. Eugène erklärte ihr, was er im Gegenzug von ihr erwarte. An ihre Eltern konnte Mina sich nicht wenden. Sowohl ihr autoritärer Vater als auch ihre wenig hilfsbereite Mutter würden sie ganz sicher nur schelten dafür, dass sie sich in eine solche Lage gebracht hatte. Also ließ sie sich auf Eugènes Angebot ein.

Er schickte Mina für einige Tage aufs Land. Dann besuchte er den Ehemann in der Wohnung über dem Imbiss. Er sagte ihm, dass er nun entweder eine große Summe Geld akzeptieren und die Ehe annullieren lassen würde oder dass Eugène ihm die Beine brechen lassen würde. Der Mann nahm das Geld. Mina kehrte nach Paris zurück, und Eugène brachte sie in einer schönen Wohnung unter. Ein paar Mal in der Woche kam er sie besuchen.

Mina war weder glücklich noch unglücklich. Ganz sicher war es besser, als zu Hause zu leben. Für einige Jahre folgte ihr Leben einer Art Rhythmus. Eugène verlangte nicht viel von ihr. Sie arbeitete weiterhin als seine Sekretärin. Er kaufte ihr Kleider und zahlte für ihre Urlaube. Sie liebte es zu reisen und tat das oft allein. Ich hatte die verschiedensten Fotos gesehen: Mina, die auf einem Schiff auf einen Boxsack einschlägt, Mina auf einer Strandpromenade mit Wind in ihrem Haar. Ich hatte keine Ahnung, wer die Fotos gemacht hatte.

Dann verliebte Mina sich in einen jungen Mann ihres Alters.

Er war der Spross einer aristokratischen Familie und im Begriff, ein Schloss und einen Titel zu erben. Er liebte sie ebenso sehr, wie sie ihn liebte, doch seine Familie war strikt gegen diese Heirat. Sie drohten, ihn zu enterben. Er schwor, dennoch mit ihr durchzubrennen.

Als Mina Eugène mitteilte, dass sie ihn verlassen würde, vergewaltigte er sie, und sie wurde schwanger mit Josée. Ich hatte meine Mutter ausgequetscht, wie das angehen könne. Wie konnte Eugène sie nur dieses eine Mal geschwängert haben und nicht bei all den anderen Gelegenheiten? Meine Mutter entgegnete bloß, dass Mina ihr das so erzählt habe.

Mina war sechsundzwanzig Jahre alt. Es würde weitere zwölf Jahre dauern, bis sie die Koffer aus dem Fenster werfen, die Tür aufbrechen und sich in Beppos Arme fallen lassen würde.

Das war die ganze Geschichte, so wie Mina sie meiner Mutter und meine Mutter sie wiederum mir erzählt hatte. Doch an diesem regnerischen Nachmittag in Ischia erzählte meine Mutter Josée nur die Hälfte. Sie endete mit dem syphiliskranken Ehemann und Eugènes Angebot, das Mina nicht hatte ablehnen können.

»Ach so!«, sagte Josée und stieg aus dem Bett. »Mein Vater hat meine Mutter gerettet.«

»Ich bin mir nicht sicher, dass Mina –«, sagte meine Mutter.

»Das war sehr mutig von ihm«, sagte Josée, »diesen Mann zu bedrohen. Ich wusste, dass er Biss hatte. Dafür muss meine Mutter ihn geliebt haben.« Mit diesen Worten glitt sie aus ihrem Morgenmantel und zog sich ihren Badeanzug an. Der Regen habe aufgehört, erklärte sie, und es wäre die reinste Verschwendung, den ganzen Tag drinnen zu sitzen und zu reden.

An diesem Abend nahmen wir unsere Drinks am Strand in der untergehenden Sonne ein. Josée beschwerte sich wie so oft während dieser Ferien über all die Ungerechtigkeiten, die ihr durch Paul widerfahren seien. Wieder einmal erzählte sie die Geschichte davon, wie man ihr das Sorgerecht für Andrée entzogen habe.

Meine Mutter warf ein, dass sie während der Scheidung gebeten worden sei, vor einem Richter als Zeugin aufzutreten. Sie sollte dabei helfen, festzustellen, welcher Elternteil der bessere Vormund für ihre kleine Schwester sein würde.

»Was hast du gesagt?«, fragte ich.

»Ich empfand es als unmöglich, dass überhaupt jemand auf die Idee kommen konnte, einem Kind eine solche Frage zu stellen. Außerdem fragte ich, wer denn nun das Sorgerecht für mich erhalten würde. Man sagte mir, niemand habe sich darum bemüht.«

»Das ist ganz normal«, sagte Josée. »Du warst *majeure.*«

»Mais non, maman!«, sagte meine Mutter ungläubig.

»Du warst achtzehn«, sagte Josée.

»War ich nicht!«, sagte Françoise.

»Zu dieser Zeit lebtest du aber schon mit Jean-Michel zusammen!«, sagte Josée.

»Non!«, sagte meine Mutter, das Wort ein einziger langer Klagelaut.

»Als ich gemeinsam mit Andrée gegangen bin, waren alle meine anderen Kinder bereits aus dem Haus«, sagte Josée voller Selbstgewissheit. »Sie war als Einzige noch übrig.«

»Wo hätte ich denn hingehen sollen?«, sagte meine Mutter. »Ich hatte kein anderes Zuhause.«

»Du bist im Sommer 1972 mit Jean-Michel nach Afghanistan gefahren.«

»Das war eine Reise! Ich hatte nicht die Absicht, dort den Rest meines Lebens zu verbringen! Als ich zurückkam, wart ihr alle fort.«

»Ja«, sagte Josée. »Am ersten Juli bin ich gegangen. So, wie ich es ihm am ersten Februar angekündigt hatte. Ich sagte es ihm, während er mich zum allerletzten Mal vergewaltigte. In meinem Zimmer. Ich schaute auf das Aquarell, das über unserem Safe hing – ein schwarzer Sonnenuntergang vor einem goldenen Hintergrund. Ganz ruhig sagte ich zu ihm: ›Das ist das letzte Mal.‹ Er war mittendrin, und während er so in mich hineinstieß, sagte ich zu ihm: ›Nie wieder wirst du mich anfassen, am ersten Juli verlasse ich dich.‹ Und das tat ich. Am ersten Juli. Ich nahm Andrée, die Turteltauben und die Katze –«

»Sind das die Turteltauben, von denen du mir erzählt hast?«, unterbrach ich Josée. Meine Mutter hatte mir erzählt, dass ihre Turteltauben oft frei in ihrem Zimmer herumgeflogen seien. Gemeinsam hatten sie Eier ausgebrütet. Eines Tages war das Männchen durch das offene Fenster entkommen. Das Weibchen begann eine Beziehung mit dem einzigen Jungvogel, der überlebt hatte. Danach mochte meine Mutter die Turteltauben nicht mehr leiden. Immer wenn sie diese Geschichte erzählte, verzog sich ihr Gesicht zu einer übertriebenen Grimasse des Ekels.

»Ja«, sagte meine Mutter, »meine Turteltauben.«

»Du hattest sie zurückgelassen«, sagte Josée.

»Ich habe eine *Reise* nach *Afghanistan* gemacht«, wiederholte meine Mutter.

»Und als du nach Hause gekommen bist – waren die Turteltauben da immer noch da?«

Nachdem sie ihre Zeugin so in die Ecke gedrängt hatte, hob Josée einen Finger. Meine Mutter war einen Moment lang still.

»Nein!«, antwortete Josée triumphierend an ihrer Stelle. »Weil ich noch genau vor mir sehe, wie ich, den Käfig in der Hand, gegangen bin.« Ich unterdrückte ein Lächeln, und beide Frauen sahen mich scharf an.

»Die Katze konnte ich nicht tragen«, fuhr Josée fort. »Also hat dein Vater, der ausgerastet ist vor Wut, sie beim Nacken gepackt und mir ins Gesicht geschmissen. Kannst du dir das vorstellen? Mit ausgefahrenen Krallen, direkt in mein Gesicht. Tatsächlich war es deine Katze, Françoise.«

»Ich hatte keine Katze«, sagte meine Mutter. »Wir hatten keine Katze.«

»Fein«, sagte Josée versöhnlich. »Dann war es nicht *deine* Katze, sondern *eine* Katze.«

»Aber egal«, fuhr sie fort, »so fanden Andrée und ich uns auf einem Hausboot wieder. Mit zwei Turteltauben, einer Katze, einem Hamster, einem Hund und einer Schildkröte.«

Ihre Stimme wurde warm. Meine Mutter lehnte sich mit einem angespannten Zug um den Mund in ihrem Stuhl zurück, den Blick auf ihre Hände gerichtet. Doch schon bald lehnte sie sich wieder nach vorn, bald lachte sie. Josée konnte wunderbar Geschichten erzählen, und auch meine Mutter konnte sich nicht gegen den Sog, den diese Geschichte entfaltete, wehren.

Im Sommer nach unserer Reise nach Ischia entdeckte meine Mutter eine geheime Aufzeichnung. Sie befand sich zwischen den digitalisierten Aufnahmen der Heimvideos, aber diese war nur eine Tonspur. *Frühjahr 72* lautete der Titel. Meine Mutter konnte sich nicht daran erinnern, ihn schon einmal gehört zu haben.

Hinter dem statischen Rauschen erkannte sie Josées Stimme, obwohl sie, anders als jetzt, nicht tief und rau vom Alter war. Die Stimme war vor Wut ganz schrill. Diese Stimme hatte meine Mutter beinahe vergessen, erst jetzt, wo sie sie so klar und deutlich hören konnte, erinnerte sie sich wieder daran.

Mehrfach konnte man hören, wie Josée Paul aufforderte, lauter zu sprechen, wobei sie vorgab, schwerhörig zu werden. Sie schrie Andrée an, den Fernseher im Nachbarzimmer leiser zu machen. Meine Mutter begriff, dass dies eine der geheimen Aufnahmen sein musste, die Josée rund um die Scheidung angefertigt hatte. Mit oder ohne Absicht hatte sie sie Françoise eines Tages in Paris ausgehändigt. Françoise hatte sie in ihren Koffer gepackt und mit nach New York genommen. Dort hatte sie jahrzehntelang darauf gewartet, abgespielt zu werden.

Meine Mutter hatte kein Bedürfnis danach gehabt, sich die gesamte Aufnahme anzuhören. Doch in jenem Sommer spielte sie sie komplett für mich ab. Immer wieder unterbrachen wir die Aufzeichnung, um zu entschlüsseln, was da gesagt wurde.

»Ah Paul«, sagt Josée, nur Augenblicke nachdem die Aufnahme beginnt, »ich habe Françoise gerade erzählt, dass du dich einer offiziellen Trennung verweigerst und so schnell wie möglich die Scheidung willst. Im Juni werde ich gemeinsam mit Andrée ausziehen, also wirst du logischerweise das Sorgerecht für Françoise beantragen.«

»Ich beantrage überhaupt nichts«, sagt Paul in der umsichtigen Ausdrucksweise eines gebildeten Mannes, jede Silbe perfekt prononciert. »Wir wollten heute Abend gemeinsam mit Sylvie darüber sprechen.«

»Nun ja, sie ist nicht hier, trotzdem müssen wir darüber reden«, sagt Josée.

»*D'accord,* dann entscheide ich, dass ich Sylvie behalte«, sagt Paul.

»Also übernimmst du das Sorgerecht für Françoise und Sylvie«, sagt Josée.

»Wenn Françoise bei mir bleiben möchte, dann ja«, sagt Paul mit gedämpfter Stimme, wobei er ihren Namen voller Zärtlichkeit ausspricht.

»Ich habe dir bereits erklärt, dass Françoise sich für Jean-Michel entschieden hat«, sagt Josée. Aus ihrem Mund klingt der Name ihrer Tochter wie das nasale Quäken einer Ente. Nach einigem Hin und Her wendet Josée sich an Françoise, und es wird klar, dass meine Mutter die ganze Zeit im Raum gewesen ist.

»Okay, also wäre das geklärt«, sagt Josée. »Ich nehme Andrée, und das Sorgerecht für dich wird dein Vater übernehmen. Was nicht heißen soll, dass du mich nie besuchen wirst.«

»Ja«, sagt Françoise leise und mit einer Stimme, die ich überhaupt nicht erkenne. Die Stimme ist erfüllt von einem leichten Bitte-schlag-mich-nicht-Zittern. Sie klingt kümmerlich, ein Wort, das ich in Verbindung mit ihr heute niemals verwenden würde.

»Denn selbst wenn ich die Verantwortung für dich übernähme«, fährt Josée fort, »bin ich mir sicher, dass du nicht bei mir leben wollen würdest. Es bedeutet dir nichts. Dein Leben ist im Grunde schon vorbestimmt. Du gehörst zu Jean-Michel.«

Bald wird deutlich, dass Josée versucht, Françoise dazu zu bringen, nach ihrer Rückkehr aus Afghanistan im Herbst Jean-Michel zu heiraten. Aus ihrer Sicht ist das unausweichlich. Françoise scheint sich Sorgen zu machen, dass Jean-Michel das nicht wollen könnte, aber ihre eigenen Wünsche äußert sie nicht. Sie ist nichts als eine kleine Stimme, die von ihren Eltern hin und her geschubst wird.

»Ich kann nicht sagen, dass ich mich gegen diese Heirat stellen würde«, sagt Paul, »aber ich kann auch nicht sagen, dass es dem entspricht, was ich mir für meine Tochter vorgestellt habe.« Er spricht mit der Gewandtheit einer Figur in einem alten Theaterstück. Ich selbst habe ihn nie so sprechen hören.

»Ich glaube, dass eine solche Entscheidung verfrüht wäre«, fährt er fort. »Und es mag egoistisch klingen, aber Françoise weiß auch, dass es sie von unserer gemeinsamen Berufung entfernt, unserer gemeinsamen Leidenschaft, die mir so viel Freude bereitet hat. Sie ist eine der größten Freuden meines Lebens. Jeder, mit dem ich gearbeitet habe, hat das genauso gesehen – ich bin gesegnet mit einer Tochter, die jung, schön und intelligent … Nein, Françoise, so ist das. Du bist sehr, sehr, sehr hübsch. Ein sehr, sehr schönes Mädchen.«

Meine Mutter unterbrach die Aufnahme. Ein kurzes, schmerzhaftes Lachen entfuhr ihr. »Aber es ist zu früh! Es gibt nur einen einzigen Grund für diese Heirat mit siebzehn – mein Vater wäre dann vollkommen allein und seine Tochter mit dem Sohn des Liebhabers seiner Ehefrau verheiratet.« Sie schüttelte den Kopf und drückte erneut auf *Play*.

Und dann kommt Jean-Michel herein. Der unsichtbare Raum füllt sich mit geisterhaften Stimmen, es wirkt auf eine surreale Art und Weise wie eine Theateraufführung. Gläser klirren, ein Stuhl wird über den Boden geschleift, um dem Gast einen Sitzplatz anzubieten. Ich wusste, dass ich das eigentlich für eine objektive Repräsentation der Vergangenheit, es also für wahr und so weiter halten sollte, doch es fühlte sich eher an wie ein Hörspiel.

»Ah, Jean-Michel«, sagt Josée. »Wir waren gerade dabei, über das Sorgerecht für Françoise zu sprechen. Ich habe um das Sorgerecht für alle drei gebeten, aber Paul hat gesagt, dass ich Françoise und Sylvie auch dann nicht bekommen würde, wenn sie damit einverstanden wären. Da Françoise nun nicht mehr als unsere Tochter existiert, ist sie deine Frau. Sie ist nicht mehr in dem Alter, in dem jemand das Sorgerecht für sie übernehmen müsste, so viel ist klar.«

Die Aufnahme endet abrupt, mitten in einem von Pauls Monologen. Meine Mutter stützte ihre Unterarme auf den Knien ab.

»Oh«, sagte sie, die Hand auf der Stirn. »Ihre Stimme.«

Ich sagte: »Ich bin so beeindruckt, dass es dir gelungen ist, all das zu überleben.« In Wirklichkeit war ich vor allen Dingen überrascht, wie wenig die Aufnahme mir weitergeholfen hatte. Ich hatte erwartet, dass sie eine wundersame und unabhängige Wahrheit enthalten würde. Doch obwohl darin sicher einige Tatsachen zurechtgerückt wurden – Josée hatte gesagt, dass sie im Juni gehen würde und nicht im Juli –, war die Geschichte, die all diese Fakten miteinander verknüpfte, so komplex wie zuvor.

Meine Mutter hatte recht gehabt, als sie gesagt hatte, dass sie in diesem Herbst noch immer zu Hause gelebt habe. Josées Beziehung mit Louis Guérin war aufgeflogen, noch bevor ein Termin für die Hochzeit hatte ausgemacht werden können, und der Plan war durcheinandergeraten. Doch Josée hatte auch die Wahrheit gesagt, als sie meinte, dass sie geglaubt habe, Françoise sei bereits weg gewesen. Sie erfand die Vergangenheit nicht neu. Sie hatte den Vorsatz gehabt, Françoise dazu zu bringen, ihr Zuhause zu verlassen. Schon damals hatte sie versucht, diese Realität zu schaffen. Auf gewisse Art und Weise hatte Françoise das Haus bereits verlassen, streng genommen jedoch nicht. Sie befand sich in diesem Zwischenraum, in dem sich ein so großer Teil unserer gemeinsamen Geschichte abspielte.

Die ganze Zeit streichelte ich den Rücken meiner Mutter (»Ihre Stimme«, wiederholte sie immer wieder), und irgendwo, ganz tief in mir, verspürte ich Neid. Ich beneidete sie darum, dass der Rest der Festplatte nichts als Videos enthielt, auf denen mein Bruder und ich Berge von Geschenken aufreißen, uns verkleiden und Küsse in Richtung Kamera werfen. Tief in mir verwahrte ich die heftigen Gefühle meiner Jugend. Von den düsteren und schwierigen Momenten mit meiner Mutter gab es keine Aufzeichnungen, und ich empfand meine Erinnerung an sie als immer unzuverlässiger.

Am Abend nachdem Josée und Françoise sich während unserer Ischia-Reise über die Ereignisse dieses Sommers gestritten hatten, aßen wir drei in einem der vielen Restaurants direkt am Wasser zu Abend. Ein Kellner brachte uns eine Platte, auf der sich kleine frittierte Fische türmten, mein Lieblingsessen. Fettflecken machten sich in meinem Notizheft breit. Eine Frage kristallisierte sich heraus: Wann genau hatte Josée die Beziehung mit Jean-Michels Vater begonnen? War es der Sommer gewesen, nach dem die zwei Mädchen ins Internat geschickt worden waren – als Josée so enthusiastisch auf Sylvies »kleines Abenteuer« mit Jean-Michel reagiert hatte? Oder war es der Sommer danach gewesen, jener Sommer, in dem meine Mutter schwanger wurde? Josée weigerte sich, sich auf einen Zeitpunkt festlegen zu lassen. Der Ton dieser Unterhaltung wurde immer angespannter. Schließlich fragte meine Mutter geradeheraus, ob Josée und Louis Guérin bereits miteinander schliefen, als er mit Jean-Michel ins Haus der Familie kam, um die Hochzeit von Françoise und Jean-Michel in die Wege zu leiten.

»Ich weiß schon gar nicht mehr genau, wovon wir hier reden«, sagte Josée bissig. »Du ruinierst mir noch meinen Geburtstag mit all diesen Fragen.«

Meine Mutter ließ das Thema fallen. Sie stieß mir gegen die Hand und gab mir ein Zeichen, meinen Stift wegzupacken. Eine trügerische Ruhe lag über dem restlichen Essen.

Doch als wir ins Hotelzimmer zurückkehrten, lehnte meine Mutter sich gegen die geschlossene Tür. Sie wirkte, als ob ihr schwindelig wäre. Sie bat mich um mein Notizheft und zeichnete, basierend auf den Hinweisen, die Josée uns gegeben hatte, einen Zeitstrahl. »Es ist genauso, wie ich es mir gedacht habe«, sagte sie und legte den Stift mit einer filmreifen, dramatischen Geste wieder hin. »Ihre Beziehung mit Louis hatte schon lange bevor ich mit Jean-Michel zusammengekommen bin, angefangen. Wenn sie bloß zu ihrer Rolle, die sie in dieser ganzen Sache spielt, stehen würde. Ich möchte keine Entschuldigung, eine schlichte Anerkennung würde mir bereits helfen.«

Sie machte weiter, ging tiefer und tiefer in die Vergangenheit zurück. Mit jedem Wort, das sie sprach, schien sie jünger zu werden. Es war, als fiele mit jedem Satz ein Schleier, sodass der Abstand zwischen meiner Mutter und dem Mädchen, das sie einmal gewesen war, immer geringer wurde.

Sie erinnerte sich an die Sommerabende, an denen sie und Jean-Michel stets zu spät zum Abendessen gekommen waren und eilig gegessen hatten. Die zerwühlten Haare, die geröteten Wangen – *sie wusste es, natürlich wusste sie es.* Sie erinnerte sich daran, wie die Worte ihrer Eltern durch das große Wohnzimmer gehallt waren, als sie sie darüber ausfragten, ob sie bereits Sex habe – *im Grunde wusste sie da bereits, dass es zu spät war.* Sie dachte zurück an ihre Versuche, die Hochzeit zu arrangieren – *ganz sicher hatte sie mit Louis Guérin darüber gesprochen, zwei Geliebte, die planten, ihre Kinder miteinander zu verheiraten.*

»Sie wusste es«, sagte sie, »sie *wusste,* dass ich schwanger werden würde. Sie *wusste* es, noch bevor es geschah. Sie hat mich schwanger werden *lassen.* Sie *wollte,* dass ich schwanger werde. Sie hat mich benutzt, um ihre Affäre geheim zu halten. Und dann … und dann … Und all das bloß, um Paul zu bestrafen,

all das bloß, um sagen zu können: Da schau, deine Tochter, die zimperliche, die *sainte nitouche,* gerade die hat sich einen Braten in die Röhre schieben lassen.«

Sie richtete sich auf, wandte sich mir zu, sie taumelte, dann fiel sie mir in die Arme. Sie setzte sich wieder auf das Bett. Sie streckte einen Arm nach mir aus, packte mein T-Shirt, als brauchte sie Halt. Ich setzte mich neben sie. Sie umarmte mich, wobei sie ihr Gesicht an meinem Hals vergrub. Dann begann sie zu weinen. »Ach, wie gut, dass ich fortgegangen bin. Was für eine Schlange.«

Erst später wurde mir bewusst, dass meine Mutter noch nie so an meiner Schulter geweint hatte. In diesem Moment fühlte es sich an, als wäre sie das kleine Mädchen, das ich nie kennengelernt hatte. Sie atmete tief ein, um sich zu beruhigen, dann atmete sie aus, wobei sie flüsterte: »Ah, ah, ah, ah, ah.« Sie ließ sich auf das Bett sinken und legte sich auf die Seite. Ich schmiegte mich von hinten an sie.

»Es tut mir so leid«, murmelte ich ihr zu. Ihr Körper zitterte leicht, bis sie eingeschlafen war, dann schlief auch ich.

Als ich aufwachte, war ich allein im Zimmer. Ich zog mich gerade an, als meine Mutter zurückkehrte. Sie und Josée hatten gemeinsam gefrühstückt und Pläne für den Tag gemacht. Meine Mutter erwähnte das, was am vorangegangenen Abend geschehen war, nicht, doch es war allgegenwärtig. Ich sah es an ihrer Müdigkeit, an ihrem geschwollenen Gesicht. Sanft fragte ich sie, ob es ihr gut gehe. Sie seufzte schwer und sah mich fest an, ihre Augen wurden ganz schmal. Dennoch konnte ich erkennen, dass ihr Blick sich in Wirklichkeit nach innen wandte.

»Das Letzte, wonach mir heute Morgen gewesen ist, war, meine liebe, kleine Mutter zu treffen, um herauszufinden, was sie glücklich machen würde. Aber ich habe es getan. Es ist geschafft.«

Dieser Tag verging eigentlich noch entspannter als der vorherige. Die Explosion am vergangenen Abend hatte fast keine Spuren hinterlassen. Es war unser letzter Tag, und inzwischen hatten wir unsere Routinen, unsere liebsten Thermalbecken. Josée wirkte glücklicher, regelrecht erleichtert – vielleicht, weil weder meine Mutter noch ich ihr weitere Fragen über die Vergangenheit stellten. Stattdessen nahm jede von uns einen ihrer Arme und zog sie durch das Wasser, wie wir es vor so langer Zeit, während eines anderen Urlaubes, getan hatten.

»Meine Delphine«, nannte sie uns. »Meine Meerjungfrauen.«

Wir waren zu früh am Flughafen, was selten geschah, wenn man mit meiner Mutter unterwegs war. Wir saßen auf Barhockern in einem mit Neonröhren beleuchteten Café und tranken Espresso aus Pappbechern. Meine Mutter sah auf ihre Uhr und bat mich zu schauen, ob das Boarding für unseren Flug schon begonnen habe. Ich reckte den Hals, um den langen Flughafengang hinunterschauen zu können, und sagte ihr, dass das Boarding noch nicht begonnen habe.

»Geh doch einfach mal rüber und schau«, sagte sie.

»Das kann ich von hier aus sehen«, antwortete ich.

»Sei nicht so widerspenstig, Nadja«, sagte sie. »Geh einfach rüber!«

Ich seufzte dramatisch und ging die lange Strecke hin und zurück.

Später erzählte mir meine Mutter mit einem bitteren Lachen von dem Dialog, der während meiner Abwesenheit stattgefunden hatte. »Hat Nadja gerade angeboten, zu schauen, was am Gate passiert?«, sagte Josée. »Wie lieb von ihr!«

Meine Mutter murmelte, dass sie mich darum gebeten habe.

»Sie ist so aufmerksam.« Josée ignorierte einfach, was sie gesagt hatte. »Alle meine Freunde fragen mich, wie es kommt, dass ich eine so liebe, aufmerksame Enkelin habe. Und weißt du, was ich ihnen dann sage?«

»Was?«, sagte meine Mutter.

»Es ist angeboren«, sagte Josée. »Es ist einfach angeboren.«

Im Flugzeug saßen meine Mutter und ich nebeneinander,

Josée einige Reihen vor uns. Wir stellten eine Tasche auf den Platz zwischen uns. Niemand kam, um sich dorthin zu setzen, also blieb der Sitz leer. Es war der einzige im ganzen Flugzeug. Über das Rauschen der aufbereiteten Luft hinweg hatten wir die erste wirklich intime Unterhaltung der gesamten Woche. Ich entschuldigte mich dafür, sie zurück in die Vergangenheit gezogen zu haben. Sie war mir gefolgt, und es war gefährlich geworden.

»Es war nützlich«, sagte meine Mutter mit fester Stimme. Doch sie hatte Schwierigkeiten schon immer als Herausforderungen betrachten können, und daher war ich nicht beruhigt.

»Vielleicht auch nicht«, sagte ich. »Vielleicht war es einfach nur anstrengend.«

»Es war nützlich, und wir haben es überlebt«, sagte sie. »Es ist alles immer noch da – sie ist die liebe alternde Mutter, die ich mit in die Ferien nehmen kann, um deren Wohlergehen ich mich kümmern kann. Ich bin die erwachsene Tochter, die sich auf der anderen Seite des Ozeans ein Leben aufgebaut hat. Und ebenso ist sie noch immer der Mensch, der mich kaputt machen kann, denn ich bin auch noch immer das kleine Mädchen, das dem nichts entgegenzusetzen hat. Und jetzt wissen wir, dass wir uns dem aussetzen können, aber immer auch den Weg zurück finden werden. Das Feuer wird uns nicht bei lebendigem Leibe verbrennen. Wir können diese Dinge berühren und trotzdem überleben.«

Ich dachte an die natürliche Radioaktivität des Wassers im Spa, wie es dem Körper zusetzte, bis er sich entspannte. Ich hoffte, dass all dies irgendetwas Gutes hatte, aber ich war mir nicht sicher, ob das der Fall sein würde.

Als wir am Pariser Flughafen für die Zollkontrolle anstanden, legte ich meine Stirn in meine Hand, ich war müde. Plötzlich fühlte ich eine grobe Berührung entlang meiner Wirbelsäule. Ich zuckte und drehte mich mit wütendem Blick um, um herauszufinden, wer mich da berührt hatte. Den gekrümmten Finger noch immer erhoben, grinste Josée mich schelmisch an.

»Aua!«, sagte ich. Ein besorgter Ausdruck zeichnete sich flüchtig auf ihrem Gesicht ab. »Ach komm«, sagte sie und fasste sich wieder. »Das hat doch nicht wehgetan.«

In diesem Moment wurde mir klar, dass sie mich hatte streicheln wollen und bloß nicht gewusst hatte, wie.

»Nein«, stimmte ich ihr zu und meinte es auch. Ich zog sie zu mir heran, erstaunt fand sie sich in meiner Umarmung wieder. »Nein, das hat wirklich nicht wehgetan.«

EPILOG

Meine Mutter hörte auf, sich die Haare zu färben. Sie erzählte mir das am Telefon. Bei einer Party am Abend zuvor habe eine Frau ihr erklärt, dass sie ihre »mutige« Entscheidung bewundere. Andere Frauen hatten sich dem angeschlossen und mit ihren Komplimenten so dick aufgetragen, dass es beinahe wehgetan hatte.

»Jetzt sehe ich alt aus«, sagte meine Mutter traurig.

»Warum färbst du sie dann nicht einfach wieder?«, fragte ich. Meine Mutter hatte ihre Haare gefärbt, seit ich denken konnte. Angesichts der Tatsache, dass die Lösung so einfach war, kam mir ihre Trauer seltsam vor.

»Ach, *chaton*«, sagte sie, und ich spürte die Distanz, aus der sie immer dann zu mir sprach, wenn sie wusste, dass ich etwas nicht verstehen würde. »Ich werde sechzig. Ich bin alt.«

Es war nur noch ein Monat bis zu ihrem Geburtstag, deshalb rief sie auch eigentlich an. Sie wollte den Anlass begehen, indem sie einen Urlaub organisierte, so ähnlich wie jenen, den wir zwei Jahre zuvor auf Ischia verlebt hatten. Sie entschied sich für ein Wochenende in Deauville, jener Stadt an der nördlichen Küste, wo Paul und Josée einmal lachend übervolle Eimer mit Hummern herumgeschleppt hatten, während das Wasser ihre sandigen Beine benetzt hatte. Von Paris aus konnte man entspannt hinfahren, ähnlich wie von New York in die Hamptons. Auf den Wunsch meiner Mutter hin buchte ich uns Zimmer im besten Hotel und einen Tag im Spa. »Es ist verrückt, bloß für ein Wochenende nach Paris zu kommen«, sagte sie. »Aber ich werde nur einmal sechzig.«

Als sie in meiner Pariser Wohnung eintraf, wirkte sie auf

mich kaum verändert. Was mir auffiel, war der kurze lila Seidenschal, den sie sich um den Hals gewickelt hatte, so mädchenhaft und farbenfroh. Es war jene Art französisches Seidentuch, das sie auf den Bildern meines Vaters in *Maus* getragen hatte. In echt hatte ich sie noch nie eines tragen sehen. Sie bemerkte meinen Blick und legte mit einem scheuen Lächeln eine Hand darauf. Sie erzählte mir, dass sie es vor all den Jahren bei ihrem ersten Flug nach New York getragen habe. Ich fragte mich, ob sich auch das hier für sie wie ein Ende anfühlte.

Sie nahm ihren schweren Rucksack ab und begab sich direkt zu dem Tisch mit den Pflanzen, der am Fenster stand. »Die gedeihen aber gut!«, sagte sie beeindruckt und nahm ihre Blätter in die Hand. Ich erzählte ihr nicht, dass ich viele von ihnen durch neue ersetzt hatte.

»Ich bin so stolz auf dich«, sagte sie mir immer wieder, nachdem wir uns an den Frühstückstisch gesetzt hatten, den ich bereits gedeckt hatte.

»Weshalb?«, fragte ich jedes Mal, wobei meine Stimme sowohl neugierig als auch abweisend klingen konnte. Wegen allem. Weil ich eine Pflanze am Leben erhalte, weil ich in Paris lebte, weil ich die Reservierung in Deauville für sie gemacht hätte, weil ich wisse, wie man Käse auswähle. Ich winkte ab. Mein Leben war so einfach, dass es mir regelrecht peinlich war, auch weil ich bislang so wenig damit angefangen hatte. Und doch wünschte ich mir natürlich, dass sie weitermachte, und das tat sie. Ein Gefühl von Unbesiegbarkeit erfasste mich, wie so oft, wenn ich mit ihr zusammen war.

Wenn Menschen einem Dinge erzählen, die man nicht hören möchte, ist es einfach, den eigenen Unmut auf den Moment zu richten, den sie dafür wählen. Es war Abend. Wir hatten gerade das Haus verlassen und waren in eine Seitenstraße eingebogen. Wir gingen schnell – wir waren spät dran für ein Treffen mit ihren Schwestern. Immer wieder überprüfte ich die Route auf meinem Telefon.

Sie atmete scharf ein.

»Ich habe den Anfang deines Buches gelesen«, sagte sie.

»Oh«, sagte ich verblüfft. Ich hatte es ihr nicht zu lesen gegeben. Ich hatte es fast niemandem gezeigt. Es war noch nicht mehr als ein Entwurf. Sie hatte gesagt, dass sie es niemals lesen würde. Ich hatte das gern geglaubt.

»Du hast es auf dem Computer im Wohnzimmer gelassen, als du das letzte Mal in New York gewesen bist«, sagte sie.

Die Erinnerung kehrte zurück: Ich war in Eile gewesen, hatte es ausgedruckt und die Datei auf dem Computer vergessen.

»Ich wusste, dass ich es früher oder später würde lesen müssen«, sagte sie.

»Okay«, sagte ich und spürte einen Stich in der Brust. Auch Wut war da, eine Hitze am Grund meiner Kehle. Aber ich biss die Zähne zusammen. Sie hatte intimste Geschichten mit mir geteilt, damit ich sie erzählen konnte. Ich konnte nicht auch noch die Kontrolle darüber haben, wann sie sie las.

»Und?«, sagte ich.

»Es war hart, das zu lesen«, sagte sie.

»Oh«, sagte ich.

»Es war bloß seltsam«, sagte sie. »Ich habe mich nicht wiedererkannt.«

»Es ist doch schon schwierig, sich selbst auf einem Foto oder in einem Film wiederzuerkennen«, sagte ich. »Wenn über einen geschrieben wird, muss das noch schlimmer sein.«

»Es ist mehr als das«, sagte sie. »An den Stellen über meine Kindheit habe ich mich wiedererkannt, aber sobald du mit dabei warst, sobald ich durch deine Augen betrachtet wurde, habe ich die Frau, die du da beschrieben hast, überhaupt nicht mehr erkannt.«

»Oh«, sagte ich.

»Zum Beispiel«, fuhr sie fort, »sagst du, mein Lippenstift sei perfekt aufgetragen gewesen. Aber ich trage niemals Lippenstift! Du bist diejenige, deren Lippenstift immer perfekt sitzt.« Mir wurde klar, dass das stimmte. Wenn meine Mutter sich schminkte, dann betonte sie ihre Augen, nicht die Lippen. Sie besaß nicht einen einzigen Lippenstift, während ich ein halbes Dutzend hatte. Ich hatte eine bestimmte Erinnerung an einen Moment in einem Badezimmer in Paris, wo sie Lipliner aufgetragen und ihn anschließend mit Lippenbalsam vermengt hatte. Dasselbe hatte sie bei mir gemacht, ihre kühlen, weichen Hände an meinen Wangen. Doch selbst das war selten. Ich hatte diesen Moment über all die Jahre hinweg zu einer Eigenheit von ihr werden lassen, die sie gar nicht hatte.

»Wie du schon richtig erkannt hast, bin ich ein sehr privater Mensch«, fuhr meine Mutter fort. »Und diese Geschichten über mich, die würde ich niemandem erzählen. Aber ich habe sie dir erzählt. Und du hast sie aufgeschrieben, so wie du es angekündigt hattest. Es ist eine Realität, an die ich mich gewöhnen muss. Ich bin noch immer nicht sicher, wie ich es anstellen werde, aber ich werde es tun.«

Eine Schriftstellerin in der Familie zu haben, ist genauso, wie mit einem Mörder verwandt zu sein, dachte ich. Meine Brust schmerzte, und ich berührte sie dankbar.

»Ich liebe dich«, sagte ich.

»Das weiß ich«, sagte sie. »Es gab so viele Stellen, an denen ich sagen wollte: Das stimmt nicht, das stimmt nicht. Aber es ist dein Buch. Ich muss mir vorstellen, es gehe darin um eine ausgedachte Mutter. Und dann waren da natürlich die Dinge, die mir sehr wohl wahr vorkamen.«

»Was zum Beispiel?«, fragte ich.

»Das Abendessen, bei dem ich gesagt habe, dass meine Kinder in allen meinen Erinnerungen vorkommen. Ich kann mich nicht daran erinnern, das gesagt zu haben, aber ich finde, dass ich da recht habe. Und dann diese Geschichte, die Siri erzählt. ›Der Bär wurde gesehen.‹ Das ist eine tolle Zeile.«

Der Reiher wurde gesehen, dachte ich, aber ich war mir der Ironie bewusst und korrigierte sie nicht.

»Aber dann sagst du, dass dein Gewicht immer ein Problem

zwischen uns war«, fuhr sie fort, »das stimmt nicht. Es war mir niemals wichtig, wie viel du gewogen hast. Dein Vater war derjenige, der ein Problem damit hatte.«

Ein schwindelerregendes Gefühl erfasste mich, ein sehr vertrautes Gefühl. Es war, als könnte meine Mutter mir meine Erinnerungen noch immer ausreden. *»Maman«,* sagte ich, »ich kann diesen Streit nicht schon wieder führen. Ich kann es einfach nicht mehr.«

»Okay, es ist nur, ich fand dich einfach immer absolut –«, sagte sie.

Und dann waren wir bereits wieder mittendrin. Ich konnte mich nicht zurückhalten. Wir beharrten auf den immer selben Dingen, wir insistierten, als ob die andere es dieses Mal endlich begreifen würde.

»Wir können doch verschiedene Versionen haben!«, wiederholte ich nach jeder Anschuldigung, die ich vorbrachte, dabei versuchte ich doch bloß diejenige zu sein, die die Unterhaltung beendete. Wenn ich ihr nicht widersprach, und sei es nur ein einziges Mal, dann wäre der Fluch gesprochen und nie mehr zu brechen. Nie wieder würde ich den Weg zurück zu mir selbst finden, die Spur aus Krümeln, die ich mit so großer Sorgfalt platziert hatte, wäre wie weggeblasen.

»Ich erzähle dir bloß, woran ich mich erinnere«, sagte sie. Und dann hatten wir unser Ziel erreicht. Ich drückte die Tür auf, und wir lächelten für ihre Schwestern. Für ein weiteres Wort blieb keine Zeit.

Am nächsten Morgen fuhren wir nach Norden. Josée saß auf dem Beifahrersitz. Die Gebäude in Deauville wirkten wie einem germanischen Märchen entrissen, mit ihren spitzen Dächern und den dekorativen Holzbalken. Eine Stadt wie für Touristen gemacht: das große Casino, die edlen Designerläden, die dampfenden Platten mit Muscheln und Fritten. Die nördliche Küste war ein seltsames Ziel für ein Wochenende Ende Oktober, aber meine Mutter mochte die Romantik kühler, verlassener Strände mit ihren geschlossenen Sonnenschirmen.

Wir waren vor allen Dingen wegen der Thalasso-Behandlungen hergekommen. Das Spa bestand aus blauen Lichtern und weißen Fußböden, mehr Klinik als Hafen. Wir badeten in mit Salzwasser gefüllten Whirlpools, wickelten uns in Algen ein, trugen Cremes auf, die alle Mineralien des Meeres enthielten. Draußen krachten die Wellen auf den Sand. Für mich war es eine sehr französische Erfindung – so viele Teile des Ozeans ohne irgendeinen Bezug zum eigentlichen Ozean zu erleben.

Am ersten Abend, nachdem Josée ins Bett gegangen war, gingen wir ins Casino. Ich versuchte, mir den Raum so vorzustellen, wie er einmal gewesen war, mit Frauen, die Paillettenkleider trugen, und Rauch, der von Zigarettenspitzen in die Luft stieg, der hohen verzierten Decke entgegen. Jetzt war es der reinste Karneval. Leicht bekleidete Mädchen verschenkten Zuckerstangen, die Menschen tranken neonfarbene Cocktails unter dem flackernden Neonlicht. Wir spielten nicht, wir ließen uns bloß treiben und beobachteten. Auf eine seltsame Art verging die Zeit ganz so, wie es von ihr erwartet wurde, und schon bald waren wir stundenlang dort. Als wir gingen, waren die Straßen seltsam ruhig. Es war fast zwei Uhr morgens.

»Geh du ruhig schon zurück.« Meine Mutter winkte. »Ich möchte noch runter zum Strand.«

»Jetzt?«, fragte ich.

»Ich habe das Wasser noch nicht berührt«, sagte sie.

»Kann ich mit dir kommen?«, fragte ich. Sie nickte. Die Nachtluft kündete schmerzlich vom nahenden Winter. Ich zitterte unter meinem leichten Pullover.

»Weißt du«, sagte meine Mutter, die mein Zittern bemerkt hatte, »einige meiner glücklichsten Momente habe ich allein am Strand verbracht.«

»Möchtest du gern allein sein?«, fragte ich.

»Nein, ist schon okay«, sagte sie.

Schweigend bewegten wir uns auf das Meer zu. Als wir den

Sand erreichten, zogen wir unsere Schuhe aus. Meine Mutter war barfuß, aber ich trug Strumpfhosen. Vorsichtig setzte ich den Fuß auf, erwartete Feuchtigkeit, aber das Wasser war noch ein ganzes Stück entfernt. Es war der breiteste Strand, den ich je gesehen hatte, ein beinahe umgekehrtes Verhältnis von Wasser zu Sand. Man sagt, Deauville sei näher an Paris, als es am Meer sei. Wir waren noch immer so weit vom Wasser entfernt, dass es bloß als ein dünner, schwarzer Streifen unter dem dunklen Himmel zu erkennen war.

Auf halbem Wege hielten wir inne. Tiefe, von der Flut hinterlassene Pfützen fingen das Licht auf und brachen es. Mit meinen bestrumpften Füßen wollte ich nicht hineintreten.

»Geh schon«, sagte ich. »Ich warte hier auf dich.«

»Ist schon okay«, sagte meine Mutter. Sie hakte sich bei mir unter, und gemeinsam sahen wir hoch zum Himmel.

»Wir befinden uns mitten in der gestohlenen Stunde«, sagte ich. Es war die, in der die Uhren zurückgestellt wurden, was zu früheren Sonnenaufgängen und früheren Sonnenuntergängen im Winter führte. Um drei Uhr würden die Zeiger wieder auf zwei Uhr zurückgedreht werden, und diese Stunde hier würde verschwinden.

Meine Mutter wandte sich mir zu, um mich zu umarmen, ihr Atem in meinem Haar. Dann löste sie sich und ging Richtung Wasser.

»Gehst du rein?«, sagte ich zu ihrer sich entfernenden Silhouette. Sie antwortete nicht.

Sie war schon einige Meter von mir entfernt, bevor sie sich umdrehte und wieder zu mir zurückkam. Wortlos gab sie mir ihre Schuhe und ihre Tasche. Dann rannte sie zum Wasser. Ihr Schal wehte im Wind. Ihre nackten Fersen reflektierten das Mondlicht. Sie wurde kleiner und kleiner, je weiter sie sich auf dem endlosen Sand von mir entfernte. Sie wurde ein weißer Punkt. Sie verschwand.

Ich spürte die Nachtluft im Nacken, den kühlen Sand unter meinen Füßen und das Gewicht der Tasche meiner Mutter. Ich lauschte aufmerksam und hörte jenseits der Wellen das entfernte Brummen eines einzelnen Autos. Ich schaute weiter geradeaus. Durch all die Schichten der Dunkelheit hindurch konnte ich beinahe die glitzernde Silhouette meiner Mutter ausmachen.

DANKSAGUNG

Ich danke meiner Lektorin Becky Saletan, deren Talent und besonderer Einsatz dieses Buch möglich gemacht haben. Während unserer nächtlichen Skype-Unterhaltungen hat sie meine Wohnung in Paris erleuchtet und ist obendrein zu einer Mentorin und Freundin geworden. Ich danke auch Anne Fadiman, die weiß, was es bedeutet, eine Tochter zu sein, und die mich als die gesehen hat, die ich bin. Mit ihr hat dieses Projekt angefangen. Danke an Rebecca Nagel, die das perfekte Zuhause für meine Arbeit gefunden hat. Danke Jynne Dilling und Katie Freeman, die ihre außergewöhnlichen Fähigkeiten zum Einsatz gebracht haben, um dieses Buch zu vermarkten. Danke Karen Mayer, die sich dieses Buch zur Herzensangelegenheit gemacht hat. Mein Dank geht auch an den Rest des Riverhead-Teams – ganz besonders Grace Han, Gretchen Achilles, Amy Ryan, Janice Kurzius und Geoff Kloske – für all die Arbeit hinter den Kulissen.

Danke CJ Hauser, Snowden Wright und Ruth Curry, die mich in New York davon überzeugt haben, dass ich anfangen könnte, ein Buch zu schreiben. Danke auch Jacqueline Feldman, Kate Kornberg, Ian Dull und Isidore Bethel, die mich in Paris davon überzeugt haben, dass ich es auch zu Ende schreiben kann. Danke Lynda Barry für all die Speicherkarten, die ich in diesem Sommer gebraucht habe. Danke Andrew Wylie.

Danke an meine Freunde, ohne die ich verloren wäre, es sind zu viele, um sie alle einzeln zu nennen, ohne dabei jemanden zu vergessen. Ich danke vor allen Dingen auch jenen, die bei mir gewesen sind, während ich gearbeitet habe: Jasmine Roudenko, die immer wusste, wann ich im Internet gesurft habe, und Rosa Rankin-Gee, die mich in Bibliotheken laut zum Lachen gebracht hat. Danke Yelena Moskovich für ihre inspirierenden Textnachrichten und Daniel Fromson dafür, dass er mein Schreibpartner war, als das hier angefangen hat. Danke Lindsay Nordell, die mich das Lieben gelehrt hat. *Merci à* Sarra Kherrat, *qui m'a aimée mieux que je n'aurais su le lui demander.* Danke all denen, deren Geschichten Eingang in dieses Buch gefunden haben und deren Leben von seiner Veröffentlichung berührt werden. Ich danke ganz besonders meinen Tanten, die mir stets liebevoll die Hand gereicht haben. Ich weiß, dass auch ihr jeweils eine andere Version dieser Geschichte erzählen könntet.

Danke an meinen Bruder, der mich darum bat, hier so wenig wie möglich vorzukommen, aber mir so viel bedeutet. Ich bin dir so dankbar. Ich danke meinem Vater, der niemals der Baum sein wollte, der einen Schatten wirft, und mir damit dennoch ein schattiges Plätzchen geschenkt hat, an dem ich gedeihen durfte. Seine Arbeit durchdringt dieses Buch. Seine Liebe durchdringt den gesamten Rest meines Lebens. Danke Josée, die sich getraut hat, mich zu lieben, und es mir erlaubt hat, auch meine Liebe für sie zu entdecken. Sie ist viel mehr als eine Protagonistin in einer Geschichte. Ich bin so dankbar für die schlaue, geistreiche, liebevolle Frau, die ich kennenlernen durfte, und noch dankbarer dafür, dass sie zufällig auch meine Großmutter ist. Die Momente, die wir miteinander geteilt haben, werde ich immer bei mir tragen und hoffe, dass es noch viele sein werden.

Und danke, mehr als danke, über alle Worte hinweg, an meine Mutter, die so viel von sich gegeben, nichts zurückgehalten hat. Ich weiß, dass es noch so vieles gibt, was ich über dich nicht weiß, und auch, dass ich im Schreiben niemals vollkommen zeigen kann, wer du bist. Doch je mehr ich über dich erfahre, umso mehr liebe ich dich. Es war nie dein Ziel, von mir bewundert zu werden, und obwohl ich weiß, dass ich wie eine Zweitklässlerin klingen könnte: Du bist mein Vorbild und meine Heldin. Und *regardes, maman.* Ich kann fliegen.

Stephanie Danler
Sweetbitter
Roman
412 Seiten. Broschur
ISBN 978-3-7466-3471-5
Auch als E-Book erhältlich

»Eine rohe, schnörkellose, beißende, wilde Liebesgeschichte.« Marie Claire

Eigentlich wollte Tess nicht Kellnerin werden, sondern ihrer provinziellen Heimat entkommen, in die Großstadt eintauchen und endlich herausfinden, was sie will vom Leben. Durch Zufall landet sie in einem edlen New Yorker Restaurant mit seinen ganz eigenen Regeln, Allianzen, Intrigen, Affären und Freundschaften. Um nicht unterzugehen, muss sie hart arbeiten und vor allem schnell lernen, was in der Gourmet-Welt wichtig ist. Und dann verliebt sie sich in den unnahbaren Barmann Jake.
Sweetbitter ist ein großer Roman über den Genuss und die Obsession – darüber, dass man manchmal besessen sein muss, um wirklich genießen zu können.
Mit leichter Feder und einem untrüglichen Gespür für die absurden Gesetzmäßigkeiten unseres Alltags zeichnet Sayaka Murata eine scharfsinnige Satire auf unser heutiges Leben.

»Ein Roman als Sinnesrausch.« Brigitte Woman

Regelmäßige Informationen erhalten Sie über unseren Newsletter. Jetzt anmelden unter: www.aufbau-verlag.de/newsletter

atb aufbau taschenbuch

louise
erdrich
der club der
singenden
metzger
roman
atb